» LA GAJA SCIENZA «

VOLUME 1403

LA PROVA DELL'INFINITO

Romanzo di
PETER JAMES

Traduzione di
SARA CRIMI
e LAURA TASSO

LONGANESI

Longanesi & C. © 2021 – Milano
Gruppo editoriale Mauri Spagnol

www.longanesi.it

ISBN 978-88-304-5639-6

Titolo originale:
Absolute Proof

LA PROVA DELL'INFINITO

A Harry Nixon, che non c'è più

NOTA DELL'AUTORE

Caro lettore,
desidero presentarti il romanzo che stai per leggere perché ne sono entusiasta, più di qualsiasi altra cosa abbia mai scritto. Sembra incredibile, ma tra ricerche e stesura ci ho lavorato per quasi ventinove anni!

È un giallo internazionale ambientato tra Regno Unito, America, Egitto e Grecia, con un ritmo incalzante e molti colpi di scena come i miei libri della saga di Roy Grace. Il protagonista del romanzo, Ross Hunter, è un giornalista investigativo – un mestiere molto simile a quello del detective – e la prima parte della storia rispecchia quello che mi è accaduto nel 1989, quando un pomeriggio ricevetti l'inattesa telefonata di un signore dalla voce non più giovane.

Mi assicurò di non essere pazzo: era stato pilota di guerra, poi docente universitario e all'epoca era in pensione. Aveva ottenuto la prova assoluta dell'esistenza di Dio e, tramite un Suo emissario, aveva anche appreso che Peter James, il romanziere, era l'unica persona che avrebbe potuto aiutarlo a essere preso sul serio.

La prospettiva di dimostrare in maniera definitiva l'esistenza di Dio mi intrigava, quindi andai a trovare un amico vescovo, una persona di mentalità aperta. Lui mi rispose che, per gran parte dei fedeli di ogni credo, la prova è nemica della fede e che, se una persona attendibile avesse affermato di possedere quella dell'esistenza di Dio, con buone probabilità sarebbe stata assassinata: infatti, di chi sarebbe stato quel Dio? Si sarebbero create divisioni tra anglicani, cattolici, ebrei, islamici e tutti gli altri credenti, e paesi come la Cina non avrebbero apprezzato di vedersi usurpare il potere da un'entità superiore.

In quel momento ebbi un'illuminazione e compresi che quella storia mi avrebbe dato la possibilità di scrivere un giallo fantastico, un libro che i lettori avrebbero potuto gustare come un'avventura al cardiopalma, avendo nel contempo la possibilità di esplorare una delle domande più importanti per l'umanità.

1

Gennaio 2005

Il pub nel centro di Los Angeles era un postaccio, ma ben si adattava all'umore di Mike Delaney in quel momento. C'era uno sgabello libero tra una coppia di mezza età che si stava baciando con passione sulla destra e un ubriaco con l'espressione corrucciata in camicia da boscaiolo, jeans e scarpe da lavoro, chino su un tumbler di bourbon sulla sinistra.

Delaney si appollaiò sulla seduta di pelle screpolata, intercettò lo sguardo del barista e ordinò una birra. Alla parete, uno schermo trasmetteva l'immagine sfocata di una partita di football, e il volume era alto, anche se nessuno la guardava. L'ubriaco osservò Delaney con occhi iniettati di sangue.

«Ti conosco, vero?» biascicò. «Sei il tizio di quello spettacolo, vero? Quello che davano un po' di tempo fa. Sei tu, vero?»

Il barista appoggiò una birra davanti a Delaney. «Paga in contanti o apre un conto?»

«Apro un conto.»

«Ha una carta di credito?»

Era quel genere di posto.

Delaney estrasse la carta di credito dal portafoglio malconcio e la appoggiò sul bancone. Il barista la prese.

«Mickey Magic, vero?» disse l'ubriaco. «Eri tu in televisione.»

«Si ricorda della trasmissione?»

«Sì, certo. Era una merda.»

«Molte grazie.»

«No, davvero. Quanti anni sono passati? Dieci?»

«Più o meno.»

«Sì.» L'uomo mandò giù le ultime gocce del suo bourbon. «Tu facevi schifo. Non c'è da stupirsi che l'abbiano cancellata, eh?»

Delaney bevve una lunga sorsata di birra e lo ignorò. Non solo tanti anni addietro era stata cancellata la trasmissione, ma giusto un'ora prima il suo agente lo aveva mollato.

«Sai una cosa, ragazzo mio?» gli aveva detto Al Siegel al telefono dal suo lussuoso ufficio sul Wilshire Boulevard. «Devi renderti conto che sei un dinosauro. Già faticavo a trovarti un ingaggio prima che uscissi di testa in trasmissione. La tua carriera è finita. Insomma, hai quasi sessant'anni. Va' in pensione, trasloca a Palm Springs e datti al golf o qualcosa del genere, chiaro? Ho in linea un'altra chiamata che non posso rifiutare. Senti, mi dispiace, le cose stanno così. Io e te abbiamo chiuso, chiaro?»

Già, le cose stavano così, come se Mike Delaney non lo sapesse. Lì a Hollywood, a quarant'anni eri sul viale del tramonto. Quando Delaney andava nel suo solito locale, The Magic Castle, ben pochi degli illusionisti avevano più di trent'anni. Lui aveva fatto fiasco con l'ultimo ingaggio: uno spettacolo di magia a Bel Air, alla festa di un attore famoso. Aveva sbagliato un numero, poi aveva perso la testa e minacciato di stendere un tizio arrogante che lo aveva schernito da un tavolo.

«Ma hai capito cosa sto dicendo?» insistette l'ubriaco. «Devi ammetterlo, facevi schifo.» Lo scrutò ancora una volta. «E vuoi sapere una cosa? Fai schifo anche di persona.»

Delaney in effetti si sentiva uno schifo.

L'ubriaco schioccò le dita e disse al barista: «Un altro Jim Beam, doppio, con ghiaccio». Poi guardò Delaney aggiungendo: «Tu birra, eh? Tipico degli smidollati».

«Davvero?»

Il barista appoggiò il bicchiere davanti all'ubriaco e lo riempì fino all'orlo di bourbon e cubetti di ghiaccio.

L'uomo levò il bicchiere. «Dovresti bere un vero distillato come questo, signor mago che-fa-schifo. Salute!»

Ingollò una sorsata e un attimo dopo sputò tutto. «Cazzo!» urlò al barista. «Ma cosa mi hai dato? Ho ordinato un Jim Beam. Questo non è bourbon, è una schifosa birra!»

Il barista, un uomo alto sulla settantina dall'espressione triste, che lavorava lì da sempre, scosse la testa. «Mi dispiace, signore, si sbaglia. Non è che forse ha bevuto abbastanza?»

«Ti dico che questa è birra, cazzo! Stai cercando di avvelenarmi o cosa?»

Il barista prese la bottiglia di bourbon mezza piena e la mostrò all'uomo. «Ho versato da qui.»

«Davvero? Allora versane ancora.»

Il barista, scocciato, prese un bicchiere pulito e lo riempì inclinando la bottiglia di Jim Beam. Con suo grande stupore, nel tumbler cominciò a salire la schiuma fino all'orlo, che poi colò dai lati.

Mike Delaney sorrise tra sé senza dire niente.

2

Aprile 2005

Il venerdì mattina di Ross Hunter cominciò con i postumi della sbronza che si era ripromesso di non prendere. Lo stesso era successo la settimana prima, quella prima ancora e la precedente. Andava così ogni venerdì mattina da quando, diciotto mesi prima, era stato assunto da *Argus* come cronista junior.

Non aveva idea di quanto quella giornata sarebbe stata diversa.

Ormai vicino ai ventitré anni, Ross era alto e in forma, con i capelli scuri tagliati corti e un viso gradevole ma serio, come se analizzasse in continuazione l'ambiente e le persone, il che era quasi sempre vero. Ma non in quel momento.

Gli sembrava di avere un'ascia conficcata nel cranio e faticava a mettere ordine tra i pensieri. Scese dal letto ancora confuso, sbadigliò e si diresse verso il bagno in cerca del paracetamolo, maledicendosi per aver ceduto ancora una volta. Ogni giovedì sera accettava di andare a bere qualcosa con i colleghi per socializzare. E ogni giovedì notte finiva per barcollare verso casa dal Coach House Pub nel centro di Brighton.

Tra i motivi per cui accettava c'era Imogen Carter, la giovane cronista di nera del giornale. Gli piaceva moltissimo, ma lei sembrava molto più interessata a uno dei redattori aggiunti. E reggeva l'alcol meglio di tutti loro. Ross, però, aveva l'impressione che a poco a poco cominciasse a notarlo e ogni volta flirtasse con lui un po' di più.

Grazie, Imo, per un altro fantastico mal di testa e per avermi lasciato assistere alla tua uscita barcollante verso il taxi, sottobraccio a quello stronzo di Kevin Fletcher.

Ross, laureato da poco alla scuola di giornalismo della Goldsmiths e molto ambizioso, non vedeva l'ora di andare ogni mattina in redazione dove, da cronista junior, poteva essere spedito a occuparsi di qualsiasi cosa: un incidente stradale, una morte in culla, un incendio, l'udienza di un processo, la presentazione di un'iniziativa benefica o qualcosa di noioso come dover scrivere dell'open day di una scuola. Tutta acqua per il suo mulino, per imparare il mestiere facendosi le ossa in quel valido e rispettato quotidiano locale.

Sperava che un po' di esercizio in palestra e la lunga salita in bicicletta per andare al lavoro gli schiarissero le idee. Ascoltò il notiziario locale di Radio Sussex dalla radiosveglia mentre si infilava la tuta e allacciava le scarpe. Nel frattempo continuava a sognare la grande esclusiva, il tipo di storia con cui, in futuro, avrebbe potuto farsi un nome e realizzare il sogno del titolone sulla prima pagina di un giornale nazionale con la sua firma.

Inghiottì le pastiglie con un sorso d'acqua e andò nel cucinotto, dove fu accolto dai deboli effluvi di cucina indiana del takeaway due piani sotto che, penetrando dai molti spifferi del suo appartamento al secondo piano di una traversa di Portland Road, non migliorarono la nausea che accompagnava il lancinante mal di testa. Si sentì meglio dopo aver addentato una banana e bevuto del succo di mela, poi fissò il post-it attaccato al tavolo che gli rammentava il biglietto di auguri per suo padre. Più tardi ne avrebbe trovato uno da qualche parte.

Scese le scale, superò la sua bicicletta incatenata nell'ingresso e uscì nel buio sotto una pioggia leggera.

Con dieci minuti di jogging a passo veloce, arrivò in palestra poco dopo le sette. Parecchie persone si stavano allenando nella sala con gli specchi, in un lieve tanfo di sudore e cera. Quasi tutti erano soli sui tapis-roulant, alle ellittiche o sulle cyclette, oppure facevano pesi o addominali, altri lavoravano con un personal trainer. Il ritmo martellante dei Queen aveva un volume troppo alto per la testa di Ross, che salì su un'ellittica per i venti minuti del suo programma di esercizi e accese il display.

Stava accelerando il passo, osservando il suo ritmo cardiaco che aumentava – 110… 120… 130 – quando sobbalzò sentendo il fratello Ricky urlare il suo nome. Ad alta voce, vicinissimo, come se fosse stato di fianco a lui.

Ma non era possibile. Ricky viveva a Manchester, a più di quattrocento chilometri da lì, dove svolgeva un tirocinio come direttore d'albergo. Si parlavano di rado al telefono, ma Ricky gli aveva mandato un'email il giorno prima per chiedergli cosa potessero regalare al padre per il sessantesimo compleanno, la settimana successiva.

Un istante dopo ebbe la sensazione di prendere la scossa dal manubrio dell'ellittica. Era incapace di muoversi e i piedi si fermarono. Cominciò a girargli la testa: era come trovarsi sulle montagne russe a scendere in picchiata. Preso dal panico, si chiese se non stesse perdendo i sensi per un calo di zuccheri.

Oppure si trattava di un attacco cardiaco?

La stanza ondeggiava e la fila di macchinari grigi era ormai una visione confusa.

Venne risucchiato in una lunga galleria buia. Ormai il suo corpo stava oscillando pericolosamente e lui si aggrappò disperato al manubrio della macchina. Di fronte a sé, in lontananza, vide una luce diventare sempre più brillante e intensa. Gli passarono davanti agli occhi alcune immagini: un embrione, un neonato, il viso di sua madre, il viso di suo padre, una palla in volo, una lavagna e un professore con un gessetto che gli urlava contro. La sua vita, si rese conto, la sua vita che gli scorreva davanti agli occhi.

Sto morendo.

Un istante dopo venne avvolto dal bagliore alla fine del tunnel. Era una luce accecante e lui stava fluttuando su un materassino nel mezzo di un oceano piatto. Vide il viso di suo fratello aleggiare sopra di sé.

«Tutto bene, Ross? Siamo d'accordo?»

Ricky, che lui aveva sempre detestato. Non gli piaceva il suo aspetto, il modo in cui parlava, rideva, mangiava. E sapeva anche il perché: Ricky era il suo gemello monozigote. Ogni volta che lo guardava, aveva la sensazione di osservarsi allo specchio.

I gemelli dovrebbero volersi bene, avere un legame speciale, inseparabile. Ma, nel corso degli anni, Ross non aveva provato niente di tutto questo. Solo una forte antipatia, essenzialmente perché i suoi genitori avevano sempre preferito Ricky, anche se Ricky non se ne era mai reso conto.

Non appena Ross era stato abbastanza grande per andarsene di casa, era fuggito, allontanandosi più che poteva da Ricky: un college diverso in una città diversa. A un certo punto era stato persino tentato di cambiare nome.

In quel momento suo fratello stava scivolando via, assorbito dalla luce bianca, ma si voltò verso di lui a braccia tese, come se cercasse disperatamente di afferrargli le mani, di aggrapparsi a lui. Ma si stava allontanando troppo in fretta per Ricky, come un nuotatore risucchiato dalla corrente.

Ricky urlò in tono quasi disperato: «Siamo d'accordo, Ross, vero?»

«Siamo d'accordo» rispose lui.

La luce inghiottì suo fratello poi, per un istante, lo accecò.

Sopra di lui, alcune facce lo stavano osservando. La luce era cambiata e sentì puzza di sudore, moquette e capelli sporchi. Poi una musica martellante. Il suo cuore batteva a mille.

Qualcuno era inginocchiato accanto a lui.

«Stai bene?»

Ross si guardò intorno, disorientato, e – con una fitta di panico – si chiese se non fosse morto.

Lo aiutarono ad alzarsi e lo accompagnarono a una panca per i pesi, facendolo sedere.

Un uomo muscoloso, uno dei personal trainer della palestra, era in piedi davanti a lui con un bicchiere di plastica pieno d'acqua. «Bevi.»

Lui scrollò la testa, cercando di schiarirsi le idee.

«Non è che hai esagerato sulla macchina?» chiese una voce.

«No, no. Io…» Rimase in silenzio, confuso.

«Devo chiamare un medico?» chiese un altro.

Ross scrollò di nuovo la testa. «No, sto bene, davvero. È tutto a posto. Magari ho un calo di zuccheri.»

«Resta seduto lì ancora un po', fino a quando sei sicuro di star bene.»

Qualcuno gli diede un cucchiaino di miele, e lui accettò.

«Sei diabetico?» chiese una voce, un tizio dello staff che lo fissava preoccupato.

«No.»

Passati dieci minuti, Ross si sentì in grado di alzarsi senza aiuto. Dopo aver convinto tutti che stava bene, uscì dalla palestra e si avviò verso casa intontito, senza rendersi conto della pioggia, del freddo, di niente. Entrò nel portone e salì le scale sentendosi sfinito. Gli sembrava di dover scalare una montagna.

A quelli della palestra aveva detto di star bene, ma non era affatto vero. Anzi, stava uno schifo. Entrando in casa, sentì il cellulare squillare e vibrare in tasca. Lo prese, guardò il numero sul display, ma non lo riconobbe.

«Pronto?»

Sentì la voce di una donna in lacrime. «Ross? Oddio, Ross.»

Era Sindy, la ragazza di Ricky.

«Ciao» le disse ancora scosso. «Sindy, che c'è? Che è successo?»

Lei scoppiò a piangere, e Ross ascoltò i suoi singhiozzi per diversi secondi prima che lei si ricomponesse e dicesse: «Ricky».

«Che cosa c'è?»

«È appena venuta la polizia. Ricky era fuori a correre come tutte le mattine, nel parco. Gli è caduto addosso un albero, mezz'ora fa, e lo ha schiacciato. Oddio, Ross, oddio, è morto!»

3

Luglio 2009

Dopo anni di continui bombardamenti e battaglie per le strade, a Lashkar Gah non c'erano più alberghi in piedi e tutto il loro personale era stato ucciso dai talebani o era fuggito molto tempo prima. La città afghana era considerata zona rossa per via dei problemi di sicurezza e dei rapimenti di molti giornalisti, alcuni dei quali erano stati giustiziati. I membri della stampa internazionale che si avventuravano laggiù venivano ospitati in una tenda ai margini della città, dentro la base militare della Coalizione per la provincia di Helmand, un compound circondato da mura bianche.

A tutti era stato consigliato di rendersi quanto più possibile invisibili: farsi crescere la barba, vestirsi di beige, non andare in giro da soli e soprattutto – quando erano privi di scorta – non indossare il gilet con la scritta STAMPA, che li avrebbe identificati come possibili obiettivi di un rapimento.

Poco dopo il suo arrivo, Ross Hunter aveva mandato alla moglie un SMS: Gemellato con l'inferno. O meglio, aveva provato a inviarlo, ma ci era voluto più di un giorno di tentativi prima che finalmente partisse. A differenza dei reporter più navigati, quella era la sua prima esperienza in una zona di guerra e in quel momento, preda com'era di una paura costante, Ross era più che convinto che sarebbe stata anche l'ultima. Durante il giorno, il sole era quasi sempre oscurato dal denso fumo dell'artiglieria e degli edifici in fiamme. L'aria era carica del lezzo di corpi in decomposizione, fogna e cordite, e i quotidiani cinque richiami alla preghiera dei muezzin erano spesso soffocati dal rombo degli elicotteri.

Ross era seduto sulla branda che gli era stata assegnata nel dormitorio e si grattava la barba, che gli prudeva sempre, cercando di spedire il suo ultimo articolo per il *Sunday Times* dal computer portatile, connesso alla Rete attraverso il telefono satellitare. A tutto il disagio si aggiungeva il fatto di sentirsi un impostore. L'anno precedente aveva scritto un pezzo su un ex allievo della sua scuola che – aveva scoperto – parecchi anni prima aveva perso entrambi gli occhi e la mano destra in battaglia, ma era riuscito a ricostruirsi una vita, a sposarsi, ad avere due figli e ad andare anche a sciare. Ross parlava del coraggio delle truppe al fronte, che veniva ignorato dai media e dall'opinione pubblica.

L'articolo aveva suscitato una reazione entusiastica degli alti papaveri dell'esercito che lo avevano invitato a visitare una zona di guerra e a incontrare le truppe. Ma aveva anche dato la stura a un diluvio di email da parte di militari quasi di ogni grado: alcuni di loro si erano firmati, molti erano rimasti anonimi, ma tutti gli raccontavano storie orribili su come il governo del Regno Unito in realtà tradisse la fiducia dei soldati e provocasse indirettamente molte morti inutili perché lesinava sul budget fornendo equipaggiamenti dozzinali o del tutto inadeguati.

Il *Sunday Times* aveva predisposto tutti i documenti necessari e aveva pagato a Ross i tre giorni obbligatori di corso di sopravvivenza in ambiente ostile, tenutosi nell'Hertfordshire. Ross era poi arrivato in Afghanistan su un Hercules C-130 da trasporto truppe lungo una rotta indiretta. La sua unica richiesta al giornale era stata quella di non pubblicare articoli fortemente critici nei confronti dell'esercito finché non fosse rientrato nel Regno Unito. Non vedeva di buon occhio l'idea di mettersi contro qualcuno dei responsabili della sua sicurezza in loco.

Ben presto scoprì di avere parecchio da scrivere: una circostanziata denuncia del trattamento riservato alle truppe britanniche da parte del loro stesso governo. L'elenco comprendeva soldati cui venivano forniti fucili che si inceppavano e veicoli blindati con blindature inadeguate a proteggerli dalle mine.

Nell'ultimo articolo, Ross aveva citato – senza indicare il nome, su richiesta della sua fonte – un alto comandante militare che paragonava l'equipaggiamento fornito ai modelli obsoleti dei telefoni cellulari. E, per aggiungere la beffa al danno, affermava che, una volta rientrati in patria, i soldati che avevano riportato ferite gravissime e spesso invalidanti ricevevano supporto e assistenza a dir poco insufficienti. Per concentrarsi, in quel momento Ross cercò di eliminare il rumore di fondo dei lontani – anche se spesso non abbastanza – colpi di artiglieria, delle raffiche di armi da fuoco e delle sporadiche esplosioni di bombe che sarebbero proseguite per tutta la notte.

Gli altri corrispondenti esteri si conoscevano tutti e alcuni erano anche amici di lunga data, compreso il fotografo che gli era stato assegnato, e questo lo faceva decisamente sentire un estraneo. Alcuni di loro stavano giocando a poker con un mazzo di carte che aveva visto giorni migliori, sotto un pigro ventilatore da soffitto che riusciva solo a spostare l'aria calda e umida all'interno senza creare un minimo di corrente d'aria né abbassare di un solo grado la temperatura. Ross sudava, si sentiva a disagio e aveva voglia di una doccia fredda, anche se ne aveva già fatta una appena qualche ora prima. Nelle ultime due settimane non aveva dormito o quasi, ed era sempre stanco e divorato dalla paura.

Ma l'umore prevalente in quel momento, mentre digitava sul portatile, era la rabbia. Rabbia per le conseguenze dello stupro e del massacro di donne e bambini da parte dei talebani cui aveva assistito. Rabbia per ciò che aveva visto nella casa in cui era entrato il giorno prima con i soldati: un uomo anziano appeso a un cappio improvvisato e, sotto di lui sul pavimento, il corpo di una ragazza con la gola tagliata. Avevano sentito una donna piangere e avevano trovato la moglie dell'uomo nascosta in un armadio al piano di sopra. Continuava a ripetere una sola parola, che un soldato afghano aveva tradotto per Ross.

Perché?

Dov'era Dio? si chiese. Si divertiva a vedere quella carneficina?

Lì, in Afghanistan, testimone ogni giorno di un'atrocità dopo l'altra, Ross aveva la sensazione che Dio avesse davvero una mente malata, che avesse creato il mondo per un Suo perverso piacere, per vedere quali altri strati di umanità sarebbero stati strappati al popolo che Lui stesso aveva creato.

A tarda notte nel suo letto, senza poter sapere se un colpo di artiglieria avrebbe colpito la tenda dei reporter facendo a pezzi lui e i suoi colleghi, Ross indossava le cuffie e ascoltava musica per cercare di escludere i rumori esterni. Imogen, che aveva sposato due anni prima, gli aveva preparato delle playlist per il viaggio con alcuni degli artisti che più amava – Maroon 5, The Fray, Kaiser Chiefs – e molti dei suoi brani rock e country preferiti: David Allan Coe, Willie Nelson e Patsy Cline.

Il giorno prima aveva provato a mandarle un messaggio, come ogni sera:

> Ti amo tanto, tesoro. Non vorrei che fossi qui xké non lo augurerei a nessuno. Pensarti mi fa superare ogni giorno e ogni notte. Ho provato a leggere il libro delle poesie di guerra che mi hai dato, ma è troppo triste. In particolare quella che dice: «Se dovessi morire pensa solo questo di me». Perché poi lui è morto davvero. Sogno di tornare fra le tue braccia. Ho visto cose terribili. Come può un essere umano fare certe cose?
> Ti amo XX

Con suo grande sollievo, e come accadeva di rado, il messaggio partì al primo tentativo.

La mattina seguente fu una data che sarebbe rimasta impressa per sempre nella mente di Ross. Venerdì 17 luglio. Le forze della Coalizione sentivano aria di vittoria, finalmente. I nemici si stavano ritirando, e due squadre vennero mandate a mettere in sicurezza una zona della città dalla quale i talebani erano stati cacciati il giorno precedente. Al briefing fu detto ai giornalisti che sarebbe stata un'ottima occasione per vedere e fotografare altre atrocità dei talebani ma, li avvisarono, c'era ancora il pericolo dei cecchini.

Ross ne aveva discusso con il fotografo, Ben Haines, infaticabile e arguto veterano di molte zone di guerra: insieme decisero che il rischio era relativamente basso; in fondo, sarebbero stati insieme ad altri giornalisti di tutto il mondo – protetti da venti uomini della missione ISAF dell'ONU –, a molti soldati locali e guide. Per lui tutto era nuovo e avrebbe giovato alla sua carriera vedere un'azione dal vivo: avrebbe imparato in fretta.

Alle sette del mattino si avviarono attraverso la città in rovina, con il puzzo rancido di carne umana in decomposizione che stagnava nell'aria umida e gli elicotteri che, come enormi scarafaggi, restavano sospesi a bassa quota sopra di loro. Ross e Haines indossavano elmetto, mimetica militare e giubbetto antiproiettile sotto il gilet con la scritta STAMPA in grande evidenza. Tutto intorno a loro muri sbiancati e crivellati di proiettili, rovine bombardate o cannoneggiate dall'artiglieria e graffiti rabbiosi.

Accadde senza preavviso, mentre uscivano dalla protezione di uno stretto vicolo sulla piazza centrale del mercato. All'improvviso si abbatté su di loro una tempesta di fuoco che sembrava arrivare contemporaneamente da ogni direzione.

Un'imboscata.

Ross rimase in piedi per qualche secondo, incapace di muoversi, più incuriosito che spaventato. Poi partì un razzo, e la metà superiore della testa di una guida locale sparì in una nuvola di materia cerebrale e sangue proprio davanti a Ross. A breve distanza esplose una granata. Ross sentì il botto e vide soldati, giornalisti e fotografi scagliati a terra. Poi ci fu un'altra esplosione e una testa decapitata rotolò sul terreno polveroso, la bocca spalancata e gli occhi aperti in un'espressione di incredulità.

Ben Haines si accucciò per riprendere la scena, ma all'improvviso, con un grido di dolore, cominciò a rotolarsi a terra come un derviscio impazzito.

Ross era in preda alla paura: ovunque guardasse vedeva le vampate dei colpi. Venivano dai tetti delle basse case a un solo piano, dalle finestre. Alla sua sinistra c'era l'alto scheletro di un edificio bombardato, una banca senza più porte. Ross corse verso l'ingresso mentre nell'aria intorno a lui sibilavano scoppi violenti e le pallottole sollevavano terra e schegge di pietra. Avanzò nell'interno buio della banca e si guardò intorno accecato dal terrore.

Alle sue spalle gli spari non cessavano.

Si fermò guardando dietro di sé.

Gli occhi si fissarono in quelli di Ben Haines, che giaceva a terra: una pozza di sangue andava formandosi al suo fianco, la macchina fotografica era a terra davanti a lui. Ben stava cercando di muoversi, di strisciare, di afferrare l'apparecchio, ma non ci riusciva.

«Ross, aiutami! Aiutami! Ti prego, aiutami! Per amor di Dio, aiutami!» urlava con voce agonizzante e disperata.

Tutto intorno giacevano soldati, giornalisti e fotografi: alcuni erano immobili, altri si contorcevano o strisciavano.

Esplose una pesante scarica di colpi e molti non si mossero più.

«Ross!» urlò Haines. «Oddio, aiutami!»

Ross uscì correndo verso di lui, muovendosi a zigzag come gli avevano insegnato al corso di addestramento in caso di fuoco nemico, ignorando il pericolo, deciso a portare in salvo l'amico, a trascinarlo verso la salvezza. Quando però giunse a poca distanza dal fotografo, sentì una raffica di mitragliatrice. Haines tremò come una bambola di stracci, gli abiti strappati in più punti. Poi qualcosa colpì il suo elmetto e lo fece volare via. Una frazione di secondo più tardi esplose la parte superiore del cranio e Haines cadde nella polvere con la testa in avanti.

Ross, sotto shock e terrorizzato, si voltò e corse di nuovo

verso la banca. Sentì altri spari, altri schiocchi di pallottole mentre una lingua di terra davanti a lui si sollevava. Qualcosa gli rimbalzò sull'elmetto, poi sentì un dolore lancinante al piede destro e, mentre raggiungeva l'ingresso della banca, ebbe la sensazione di ricevere una martellata in testa e cadde in avanti. Il pavimento di pietra salì verso di lui e lo colpì duramente sul viso.

Doveva alzarsi.

Doveva.

Vide delle figure che indossavano il copricapo dei talebani correre nella sua direzione stringendo gli AK-47 e sparando.

Tutto intorno a lui fischiavano le pallottole.

Fuggì all'interno dell'edificio, restando chino e correndo di nuovo a zigzag per cercare di mettersi in salvo. Superò scrivanie, computer coperti di polvere e macerie, saltò sopra il bancone di una cassa e si nascose sull'altro lato. Gli sembrava che una scheggia di metallo gli avesse trapassato il piede destro e la testa gli pulsava. Aveva perso l'elmetto.

Sentì un'altra breve raffica di spari, fuori da qualche parte, seguita da un improvviso e miracoloso silenzio.

Niente passi che si avvicinavano.

Gli girava la testa. Guardò in alto ed ebbe la sensazione che il soffitto ruotasse sopra di lui. Il suo corpo oscillava, come se tutto il sangue stesse defluendo dal cranio. Picchiò di nuovo la faccia sul pavimento, ma non se ne rese neppure conto. Rimase immobile.

Qualche tempo dopo – non capì subito quanto – fu svegliato da uno squittio e si ritrovò a fissare, nell'oscurità quasi completa, il muso e i baffi di un ratto delle dimensioni di un coniglio.

«'Fanculo» sibilò.

La creatura scappò nella penombra.

Ross sentì in lontananza un'enorme esplosione.

Un'altra autobomba?

Gli pulsava la testa, aveva bocca e gola secche e desiderava disperatamente un sorso d'acqua. Riuscì ad alzarsi in ginocchio e si mise in ascolto. Ricordava il bancone che aveva saltato. In quel momento il silenzio era assoluto. Cercò di mettersi in posizione eretta, il che gli provocò un dolore lancinante al piede destro. Intorno allo scarpone aveva del sangue coagulato. Poi si passò la mano nei capelli e sentì qualcosa di appiccicoso. Guardò le dita e le vide coperte di sangue.

A quel punto i ricordi si fecero più nitidi e Ross fu scosso da un tremito.

Sono vivo.

Lentamente, con cautela, si alzò in piedi e sbirciò da sopra il bordo del bancone. In lontananza sentì il richiamo alla preghiera. Di fronte a lui, oltre il portone da cui era entrato, vedeva la debole luce del giorno.

Guardò l'orologio: le 19.30. Cristo, erano da poco passate le sette del mattino quando… quando…

Si avviò a fatica verso l'uscita e sbirciò fuori. Corpi ovunque: soldati della Coalizione, giornalisti che indossavano i gilet della stampa, molti combattenti talebani, tutti giacevano sul terreno polveroso. Lui si concentrò sul fotografo, quello che era stato il suo compagno durante l'ultimo, orribile mese.

Ben Haines.

Le mosche stavano già sciamando intorno ai cadaveri.

Ross stava per farsi avanti quando sentì delle voci e si immobilizzò.

Le voci si avvicinarono e divennero più chiare.

Scappò di nuovo all'interno, oltre le postazioni di lavoro vuote dei cassieri, verso il retro.

Dietro una porta trovò una scala di pietra che scendeva nel sottosuolo; nel richiudersi la porta alle spalle, notò il chiavistello d'acciaio. Poi imboccò la scala correndo verso il basso. Un piano, poi un altro. Giù. Lì la calura era meno opprimente. Aveva di fronte un caveau: la porta, con enormi maniglie girevoli, era socchiusa.

Gli ci volle un po' di tempo per aprirla abbastanza da scivolare all'interno: la porta era spessa almeno una quindicina di centimetri. Poi Ross usò la torcia del cellulare per cercare una maniglia interna, ma non la trovò, quindi si limitò a riaccostare la porta facendo a malapena presa con le dita.

Restando immobile, mise il telefono in modalità silenziosa per precauzione anche se non c'era segnale.

Il cuore gli batteva a mille nel petto, era l'unico movimento che Ross percepiva. Chinandosi verso la fessura fra porta e telaio, cercò di cogliere eventuali movimenti sopra di sé: magari qualcuno che, ai piani superiori, battesse sulla porta che lui aveva sbarrato.

Niente.

Tremando senza controllo, guardò lo schermo del telefono. Imogen non aveva risposto al suo ultimo SMS. Forse non era arrivato?

Nella sua testa riecheggiava il suono terribile delle urla del fotografo che chiedeva aiuto. Rivide Ben in preda agli spasmi, che cercava di strisciare, poi la parte superiore del suo cranio che volava via.

Ross riuscì a stento a non vomitare per l'orrore.

Poi sedette sul pavimento nudo e duro nel caveau vuoto. La testa gli pulsava e sentiva le fitte di un dolore lancinante al piede destro. Aveva un bisogno disperato di acqua: non beveva da prima di uscire dal compound.

Sfilò lo scarpone e la calza, sollevò il piede e lo esaminò alla luce della torcia del cellulare. Sul collo del piede c'era un buco frastagliato e pieno di sangue a pochi centimetri dalle dita, e un altro buco di aspetto anche peggiore sulla pianta, probabilmente colpita da una pallottola. Poi Ross portò la mano alla testa e sentì una piccola intaccatura, come un solco, sopra la tempia destra.

Gli avevano sparato due volte?

Da qualche parte in quella banca ci dovevano essere dei

bagni e una cucina dove avrebbe potuto trovare acqua e, forse, un kit di pronto soccorso. Ci avrebbe pensato più tardi, non era ancora il momento giusto per avventurarsi fuori dal suo nascondiglio.

Si rannicchiò sul pavimento e si addormentò.

Dieci minuti più tardi si svegliò: qualcosa gli stava strisciando sulla faccia.

4

Luglio 2009

Morirò qui sotto? In compagnia dei ratti?

Nel sonno Ross sognava acqua e cibo, cose semplici come le uova sode, le mele cotte, le patatine fritte, gli hamburger con formaggio, cetriolini e ketchup.

Quando si svegliò era ancora buio; e la batteria del suo telefono era morta. Ormai poteva orientarsi solo grazie al quadrante dell'orologio da polso, che si illuminava premendo un bottone. Si sentiva febbricitante.

Pensò a suo fratello Ricky, provando come al solito rimpianti e sensi di colpa. Poco dopo la morte di Ricky, a una festa di nozze si era imbattuto in un vecchio compagno di scuola, Jim Banting. Jim gli aveva detto che Ricky sapeva di non piacere a Ross, ma di non averne mai capito il motivo.

Seduto lì, al buio in mezzo ai ratti, Ross provò rimorso per come aveva trattato suo fratello. Continuò a pensare al corpo di Ben Haines che giaceva lì fuori e marciva nell'intensa calura. Avrebbe potuto esserci lui al suo posto o forse, se avesse fatto qualcosa di diverso, Ross avrebbe potuto salvare Ben, anche se non sapeva bene come.

La sera precedente aveva salito le scale, aperto la porta e sentito delle voci che parlavano sopra di lui. Preso dal panico, si era affrettato a scendere senza mettere il chiavistello alla porta. Ora aveva così tanta sete che la lingua gli sembrava un corpo estraneo e le labbra si erano dolorosamente incollate tra loro. La testa, invece, andava meglio, ma al debole chiarore del suo orologio vide del pus sul piede. Si stava infettando. Se non si fosse curato, l'infezione si sarebbe trasformata in setticemia e sarebbe morto laggiù, solo. Doveva cercare in fretta il modo di medicare la ferita.

Poi sentì un dolore acuto alla mano destra, aprì gli occhi e vide due bagliori rossi nel buio.

Un ratto lo aveva morso.

«Pussa via!» urlò gesticolando verso la creatura, poi si alzò su piedi incerti, stordito.

Gli sembrava di avere il piede destro in fiamme.

«'Fanculo!» gridò al ratto.

Sentì un rumore sopra di sé.

Passi.

Rimase immobile.

Merda: aveva urlato e si era tradito.

I passi si avvicinarono, scendendo le scale un gradino per volta. Passi strascicati.

Più vicini.

Passi strascicati.

Più vicini.

Si appiattì contro una parete.

Più vicini.

Passi strascicati.

Si mise a pensare: avrebbe sorpreso il bastardo, gli sarebbe saltato addosso.

Più vicini.

Sentì un lieve grugnito. Qualcuno stava tirando la porta. La sentì muoversi, aprirsi.

Tremava per la paura.

Poi la voce di un bambino, timida, straniera. «Ehi?»

Ross premette nuovamente il pulsante dell'orologio e vide il bambino. Capelli scuri, coperti di polvere tanto da sembrare grigi, gli abiti ridotti a stracci. Si limitò a fissare Ross, con sguardo distaccato.

«Tutto bene, piccolo» disse Ross.

«Inglese?»

«Sì.»

«Talebani andati. Andati» disse il bambino, poi si voltò e corse via.

Ross lo sentì affrettarsi su per le scale.

Attese qualche istante prima di seguirlo, stancamente, nel timore che fosse una trappola, anche se ormai non gli interessava più. Aveva un bisogno disperato di acqua, di cibo. Fuori era giorno e vide il bambino uscire di corsa dal portone con le braccia alzate. Ross, esitante, si tenne nell'ombra, passò a capo chino dietro scrivanie e armadi andando a sbattere di tanto in tanto contro uno spigolo, ma seguì il bambino, ostinatamente. Poi sbirciò nella piazza.

Tutti i cadaveri erano stati rimossi e le pozze di sangue si erano ormai rapprese al sole. La città era quasi silenziosa per la prima volta da quando Ross era arrivato. Un istante dopo sentì il rombo di un motore e uno sferragliare metallico. Un carro armato entrò nella piazza, e Ross riconobbe il Challenger 2, uno dei pochi equipaggiamenti decenti forniti alle truppe.

Ross corse fuori inciampando e agitando un fazzoletto in aria.

Il carro armato si fermò di fronte a lui, il portello anteriore si aprì e apparve la testa di un uomo. «Serve un passaggio?» chiese con accento cockney.

«Andate a Londra?»

«Salta su. Faccio partire il tassametro.»

Ross barcollò verso il mezzo, ma non ebbe la forza di salire a bordo. Due uomini dell'equipaggio scesero per aiutarlo.

«Sei della stampa, vero?» chiese l'uomo. Aveva la testa rasata e, sul braccio destro, il tatuaggio di un teschio sormontato da un'aquila con le ali aperte.

«Sì» ansimò Ross.

«Che giornale?»

«Il *Sunday Times*.»

«Ho rinunciato a leggerli molto tempo fa. Sono tutti spazzatura. Una vera merda, non credi?»

Ross sorrise. Non aveva più la forza di ribattere.

«Dovrebbero venire qui i direttori dei giornali. Mi capisci? Dovrebbero vedere di persona questo schifo.»

«Avete un po' d'acqua?» implorò Ross.

5

Luglio 2009

Dieci giorni più tardi, di cui quattro trascorsi in un ospedale militare americano, Ross rientrò finalmente in Inghilterra su un aereo per il trasporto truppe e atterrò nell'Oxfordshire alla base della RAF di Brize Norton. L'avevano messo su un aereo con ventiquattro ore di anticipo rispetto al programma, quindi decise di fare una sorpresa a Imogen, che non lo aspettava fino al giorno successivo.

Arrivò nel primo pomeriggio alla stazione di Brighton sotto una pioggia leggera, prese un taxi e, lungo il tragitto, chiese all'autista di fermarsi prima da un fiorista, dove comprò un enorme mazzo di fiori, poi in un'enoteca, dove prese una bottiglia di Veuve Clicquot, lo champagne preferito di Imogen.

Poco dopo le quindici il taxi si fermò di fronte al condominio nei pressi di Seven Dials, un palazzo che aveva bisogno di qualche ristrutturazione. Ross pagò l'autista, lasciandogli anche la mancia, poi scese con la sua sacca, la bottiglia e i fiori, zoppicò fino al portone ed entrò nell'androne, che lo accolse con il familiare odore di umidità e l'irritante musica ad alto volume che usciva dalla porta dell'appartamento al piano terra.

Gli sembrava strano essere di nuovo a casa, quasi surreale, un po' come se le ultime settimane fossero state solo un brutto sogno. Ma la ferita alla testa e il dolore al piede gli rammentarono la realtà, così come il terrore che lo assaliva ogni volta che chiudeva gli occhi.

Guardò l'orologio. Imogen, che gestiva il sito web di una rivista di Brighton, non sarebbe rientrata prima di un paio d'ore. Ross avrebbe avuto il tempo di fare una doccia e di rasarsi, di mettere lo champagne in freezer e i fiori in un vaso. Non vedeva l'ora di stringerla, di tenerla fra le braccia, di ritrovare il conforto della normalità. Di fare l'amore con lei – Dio, da quanto tempo! – e di parlare, raccontandole gli incubi che aveva vissuto e di come li avesse superati pensando a lei.

Magari poi sarebbero usciti a mangiare: entrambi amavano la cucina indiana e lui anelava alla normalità di un ristorante.

Salì le tre rampe di scale fino all'ultimo piano, dove abitavano lui e Imogen, prese la chiave e aprì la porta. Quando entrò nell'ingresso, passando di fianco alle librerie sentì della musica, The Fray, uno dei gruppi della sua playlist, e ne fu sorpreso. Imogen era a casa?

Entrò in salotto e vide sul tavolino una bottiglia di vino piena a metà e due bicchieri mezzi vuoti. E un bomber di taglia grande lanciato sul divano.

Si accigliò.

La musica proveniva da un altro punto dell'appartamento.

«Imogen? Tesoro?» chiamò con voce strozzata, mentre sentiva stringersi lo stomaco.

Appoggiò la sacca, i fiori e la bottiglia, poi uscì dal salotto e si avviò lungo il corridoio, con la musica che aumentava di volume quanto più lui si avvicinava alla camera da letto. Sentì anche un altro suono, un gemito. Esitò per un istante fuori dalla porta prima di spalancarla.

E vide sua moglie completamente nuda, con un'espressione estatica, i capelli gettati indietro e i piccoli seni che oscillavano, a cavalcioni di un uomo nudo con la barba.

Poi Imogen lo vide.

6

Otto anni dopo
Mercoledì 1° febbraio

Nel salire lento, al buio, la ripida collina del Somerset, il vecchio tremava oppresso dal peso che si portava nel cuore. Il peso di tutta la storia dell'umanità, l'eterna lotta tra il bene e il male, l'amore e l'ira di Dio, il dileggio di Satana.

Senza accorgersi del binocolo a visione notturna puntato su di lui, avanzava cauto sull'erba scivolosa, guidato soltanto dal debole raggio di una piccola torcia, dalle coordinate GPS sul suo telefono e dalla missione che aveva nel cuore.

Il destino.

Aveva i piedi bagnati nelle scarpe fradice e il vento pungente gli penetrava il cappotto leggero incollandoglielo sulla schiena imperlata di sudore. Aveva con sé una vanga e un metal detector.

Erano le tre del mattino.

Nel cielo sopra di lui correva un ammasso di nuvole, trapassate di tanto in tanto dai raggi di luce gelida della luna piena. A ogni bagliore, riusciva a vedere l'ombra scura della torre in rovina sulla cima, non molto distante, alla sua destra. Quella notte aveva qualcosa di soprannaturale. Le nuvole sembravano un effetto speciale dei vecchi film hollywoodiani, come in quella scena in cui Cary Grant e Grace Kelly erano a bordo di una decappottabile che sembrava correre veloce, quando invece erano perfettamente fermi e lo scenario si muoveva dietro di loro.

Quella sera, però, i vecchi film erano ben lontani dai suoi pensieri, che ruotavano intorno a un solo punto focale.

Il destino.

Quella sera, in quel luogo, iniziava il viaggio. Lui era fragile e non sapeva quanto ancora avesse da vivere. Aveva atteso così a lungo la Chiamata che aveva cominciato a dubitare del suo arrivo. E quando finalmente era giunta, lo aveva fatto nel Suo modo misterioso.

Gli avevano detto che qualcuno avrebbe potuto aiutarlo, ma non era riuscito a trovare quella persona, non ancora. E dato che il suo tempo si stava esaurendo, aveva deciso di provare da solo.

L'aria era elettrica e sembrava pizzicarlo, facendogli venire la pelle d'oca. Il vento era carico di sussurri che non riusciva a decifrare.

Sentì l'odore della stevia, poi, non lontano, il verso spaventoso di qualche animale. Pensò che una volpe avesse catturato un coniglio. Il verso divenne sempre più penoso e infine cessò.

Il vecchio controllava di continuo le coordinate che cambiavano sul suo telefono raffrontandole con quelle trascritte sul pezzo di carta che aveva in tasca. Più vicino. Più vicino.

C'era quasi.

Si fermò a inspirare, sudando copiosamente a dispetto del freddo pungente. Per arrivare lì aveva guidato per due ore e mezzo, poi aveva camminato a lungo intorno al perimetro, alla ricerca di un punto dove potersi arrampicare sulla staccionata. Aveva dimenticato i guanti, ma la macchina era troppo lontana per tornare a prenderli.

Prese il pezzo di carta e studiò ancora una volta le coordinate vergate nella sua scrittura precisa.

51°08'40"N 2°41'55"W.

Era vicino.

Sentì un sussulto di energia. Fece parecchi passi verso sinistra, poi ancora qualcuno verso l'alto.

Più vicino!

Un attimo dopo le cifre sulla bussola del suo telefono furono allineate: 51°08'40"N 2°41'55"W.

Era arrivato al punto esatto. In quel momento, le nuvole sopra di lui si diradarono e un raggio di luna scese brillante verso il basso. Qualcuno lassù gli stava dando indicazioni. Era il segno.

Il suo destino!

Cominciò a scavare febbrilmente, tenendo la vanga più stretta che poteva con le dita gelate e artritiche. La conficcò in terra, poi mise un piede sul bordo della lama e spinse verso il basso sollevando la prima zolla. Vide contorcersi un buon numero di vermi. Arretrò la vanga di poco e ricominciò.

Mentre scavava, una luce che arrivava dal nulla si mise a danzare intorno a lui. Questa volta non era la luna, ma il raggio di una potente torcia. Due torce. E sentì una voce. Una voce maschile dal tono scontroso.

«Ehi! Dico a lei!»

Si girò, per un attimo abbagliato dal fascio di luce puntato dritto in faccia. Sbattendo le palpebre, sollevò la propria torcia in quella direzione. Il raggio, molto più fievole, cadde dapprima su un giovane poliziotto in uniforme, poi sull'uomo di mezza età con un parka che gli stava accanto.

«È qui» rispose. «Proprio dove sto scavando. È esattamente sotto i miei piedi!»

«Che cosa pensa di fare? È matto?»

«Sto salvando il mondo.»

«Sta violando una proprietà privata.»

«Mi ascolti, la prego, mi ascolti.»

«No, è lei che deve ascoltare me» disse l'uomo con il parka. «Lei sta commettendo un reato. Chi diavolo le ha dato il permesso di mettersi a scavare in un luogo sacro nel pieno della notte?»

Il vecchio rispose semplicemente: «Dio».

7
Giovedì 16 febbraio

La citazione in latino sormontava una porta nel chiostro della Certosa di St Hugh, nel cuore del Sussex, a circa venticinque chilometri da Brighton.

Mihi enim vivere CHRISTUS *est, et mori lucrum.*

Significava: *Per me infatti il vivere è Cristo e il morire un guadagno.*

Dietro quella porta, nella solitudine della sua cella, fratello Angus sedeva allo scrittoio immerso nella lettura. Da molti anni conduceva un'esistenza solitaria e trascorreva svariate ore al giorno, sette giorni alla settimana, in ginocchio nel suo minuscolo cubicolo da preghiera.

Negli ultimi mesi, però, si era avventurato più di frequente fuori dalla sua cella, lungo il chiostro, verso la grande biblioteca con ballatoi rivestita di quercia. A ogni visita, cercava sistematicamente i volumi che gli interessavano tra le migliaia di tomi rilegati in pelle – molti precedenti l'invenzione della stampa – e ne portava quanti più poteva nella sua cella.

Se lo desideravano, tutti i monaci potevano restare nella loro cella senza mai uscirne. Al mattino, un confratello faceva passare il cibo dallo sportello accanto alla porta. Fratello Angus era un uomo molto preoccupato. E per un altro paio di giorni non avrebbe avuto nessuno con cui poter condividere i suoi crucci: avrebbe potuto parlare – ma per un'ora soltanto – durante la passeggiata della domenica.

Il mese successivo avrebbe compiuto sessantatré anni, e non sapeva per quanto ancora avrebbe servito il Signore. Non per molto, ne era certo. Forse, a causa della sua malattia, non avrebbe visto un altro inverno e magari neppure un'altra estate. Fino a non molto tempo prima, era stato pago della vita che gli era stata donata, benché non fosse stato sempre così. Era un figlio degli anni Sessanta, e un tempo aveva vissuto appieno. Abbandonata l'università, era diventato il chitarrista di una band heavy metal, i Satan's Creed, e per molti anni aveva fatto la vita del rocker, dedicandosi a droga e alcol, sempre in tournée, principalmente in Germania, dove faceva serate nei club o all'aperto e sesso con decine di groupie.

Fino a quando, un giorno, aveva visto la luce.

Parecchie luci, a dire il vero. Le torce stilo dei medici che gli esaminavano le pupille dopo una pesante overdose con un cocktail di roba che non ricordava neppure di avere preso. Le luci della sala operatoria. Poi quella più scintillante di tutte: la luce che lo chiamava.

Un'infermiera greco-ortodossa della clinica di North London che lo aveva disintossicato, e gli aveva salvato la vita, gli aveva parlato del fratello, un monaco che viveva in una comunità sulla sacra penisola del Monte Athos. La Grecia aveva sempre attratto Angus e c'era qualcosa che lo affascinava nella spiritualità della Chiesa greco-ortodossa. Si era convertito e, con l'aiuto del fratello dell'infermiera, aveva ottenuto il permesso di far visita al monastero.

Ci era arrivato per restare cinque giorni ed era rimasto per cinque anni, trovando una quiete spirituale profonda nel duro regime fatto di preghiera, lavoro, silenzio e scarsità di sonno. Fino al giorno in cui Dio lo aveva richiamato a Horsham, nel Sussex, in Inghilterra. L'anziana madre era malata e aveva bisogno di lui.

Nei successivi sette anni l'aveva assistita nel decorso dell'Alzheimer fino alla sua morte. Pensava di tornare al Monte Athos quando, poco dopo il funerale, era passato per caso davanti ai cancelli del monastero della Certosa di St Hugh e aveva visto di nuovo la luce, questa volta più brillante che mai. Aveva fatto inversione con la macchina, era entrato, aveva consegnato l'automobile al priore perché se ne liberasse dicendogli di destinarne i proventi alla manutenzione di quel luogo.

Da allora era rimasto lì. E ormai non se ne sarebbe più andato. Quella era la sua casa, o almeno la sua casa temporanea fino a quando...

Fino a quando non fosse arrivato alla sua vera casa.

Forse.

Il monastero di St Hugh era stato costruito nel periodo d'oro dell'ordine come porto sicuro per i monaci francesi che fuggivano dagli esiti della Rivoluzione. Ma ben pochi di questi vi si erano recati. Come molti altri edifici analoghi costruiti negli ultimi due secoli, poteva ospitare oltre duecento monaci, ma i nuovi fratelli scarseggiavano, i vecchi morivano ed era sempre più difficile rimpiazzarli. In quel momento vi risiedevano solo in ventitré, compresi il priore e il vicepriore, e gran parte di loro arrivava da qualche altro luogo del pianeta. Quella del silenzio non era solo una regola rigidamente applicata, ma una pratica che veniva quasi naturale: di quei ventitré monaci, infatti, diciassette parlavano lingue diverse tra loro. In mancanza di vocazioni, la struttura – come molte altre nel mondo contemporaneo – accoglieva i fratelli di altri ordini.

Ben pochi di quelli che arrivavano si fermavano a lungo, perché trovavano troppo rigide la disciplina e la routine. Si consigliava di andare a letto alle 20, poi ci si doveva alzare alle 23.50 per la preghiera serale, alla quale i monaci partecipavano nella solitudine delle loro cappelle private oppure in quella comune, sotto la guida del priore.

La cella di fratello Angus era insolitamente spaziosa per gli standard monastici. Era disposta su due livelli e aveva di fronte un giardino cintato da muri in cui si poteva coltivare un orto. Il piano inferiore comprendeva una cappella privata, dove alla parete era appesa un'immagine di Gesù sopra una statuetta della Vergine Maria posata su un piedistallo di fortuna realizzato con un tronco. Lungo il breve corridoio c'era uno spazio occupato dal banco da lavoro con gli strumenti necessari per eseguire la manutenzione della cella e del giardino.

Al piano superiore c'erano due piccole stanze, arredate con la branda, uno scrittoio di legno con sedia e il cubicolo da preghiera. Una boule dell'acqua calda turchese era appesa a testa in giù a un gancio accanto al piccolo bagno, poi c'era una stufa a legna che era l'unica fonte di calore nei lunghi mesi invernali. Fratello Angus avrebbe dovuto accenderla subito, lo sapeva: infatti tremava, dato che la tonaca gli offriva solo una magra protezione dagli spifferi gelati. Ma era troppo immerso nella lettura di un libro in inglese antico che doveva decifrare.

Seduto allo scrittoio, con la pila di volumi della biblioteca, la Bibbia, i libri delle orazioni e gli orari della preghiera davanti a sé, fuori dalla finestra vedeva – oltre il muro del suo giardino – il quieto cimitero circondato dai chiostri del monastero in stile neogotico.

Lunghe file di croci di legno che contrassegnavano, nell'anonimato, il luogo di sepoltura dei fratelli che se n'erano andati prima di lui. E un giorno non lontano le sue spoglie terrene avrebbero riposato lì, tra loro. Ma dove sarebbe stato il suo spirito?

Quella era una domanda che, fino a poco tempo prima, non era mai stata un problema. Ma ultimamente ne aveva parlato con il priore in diverse occasioni, e ogni volta si era sentito sempre meno convinto delle rassicurazioni del suo superiore. Più approfondiva la questione, più la sua fede veniva messa alla prova. E aveva cominciato a pensare sempre più spesso che cosa sarebbe successo se nell'aldilà non ci fosse stato nulla. Niente di niente.

E se avesse trascorso tutti quegli anni – sprecato tutti quegli anni – pregando a vanvera?

In quel momento esaminava le pagine di un libro nella speranza che Dio lo guidasse fino al passaggio nascosto nel testo che gli avrebbe fornito le risposte. Era indispensabile. Fuori da quelle mura erano cambiate molte cose da quando aveva preso gli ordini sacri. Anche se era uscito dal monastero per assistere la madre, non si era mai interessato alla tecnologia e, negli ultimi decenni, la società aveva fatto enormi progressi. Lui usava raramente un telefono anche se stava diventando sempre più bravo con Internet.

Temeva che ben presto di lui sarebbero rimaste solo ossa che marcivano sotto una croce anonima, come quelle di tutti gli altri monaci che un tempo erano stati lì con lui e prima di lui.

Poi, solo qualche mese prima, aveva ricevuto un messaggio. E le potenziali conseguenze di quell'evento lo avevano reso ancor più timoroso, perché il significato di quella rivelazione non era affatto chiaro.

Stava accadendo qualcosa. Nel mondo religioso c'era scompiglio, come non accadeva da secoli. Ogni notte, mentre fratello Angus dormiva, Dio gli mandava segni e messaggi, gli dava istruzioni per andare online, per giocare d'anticipo. Ma lui non ci vedeva chiaro e si sentiva sempre più confuso.

C'erano giorni – a volte settimane – in cui tutti i messaggi e i segni si mescolavano tra loro e lui aveva sostituito la ricerca sui testi scientifici a quella sui testi religiosi. Gran parte dei monaci della Certosa vivevano senza tecnologia moderna, ma fratello Angus, grazie alla Rete, si ritrovò a studiare alcuni degli esponenti del pensiero laterale più estremo. In particolare aveva letto con interesse un americano, un certo professor Danny Hillis, il creatore del processore parallelo e cofondatore di un'azienda, la Thinking Machines Corporation, il cui motto era: *Stiamo costruendo una macchina che sarà orgogliosa di noi*.

E alcune parole dell'inventore avevano toccato una corda nell'intimo di fratello Angus, che era rimasto colpito da un passaggio di una conferenza tenuta da Hillis a metà degli anni Novanta: «Nella ricerca di Dio da parte dell'uomo, non sono certo che sia indispensabile appuntare lo sguardo alle volte di una cattedrale gotica: ritengo che sia invece più probabile trovare tracce del divino nel cyberspazio. La tecnologia potrebbe essere la strada giusta per aprire quella frequenza di comunicazione».

Angus aveva rischiato l'ira del priore – e la possibile espulsione da St Hugh – cercando di convincerlo, senza successo, a fornire a ciascun monaco un computer con accesso personale a Internet al posto del vecchio e lento pc comune della biblioteca. Era stato congedato con queste parole: «Dio dice a ognuno di noi ciò che dobbiamo sapere. Il giorno che smetteremo di credere sarà il giorno in cui smetteremo di essere monaci. Hai forse una crisi di fede, fratello Angus? Ricorda soltanto che tutto ciò che è stato, è ancora. È lì, in Dio. Cerca e troverai. Chiedi a Lui e Lui te lo dirà».

Nelle sue preghiere, fratello Angus glieLo aveva chiesto ogni giorno, con sempre maggiore urgenza. Il messaggio che aveva ricevuto in risposta era che presto sarebbe accaduto qualcosa. Qualcosa di fondamentale per il mondo della cristianità quanto l'Avvento di Cristo.

Un Secondo Avvento?

O un Grande Impostore?

8

Giovedì 16 febbraio

Poco mancò che Ross Hunter non rispondesse alla telefonata. Il display del telefono fisso indicava NUMERO PRIVATO, probabilmente un'altra di quelle chiamate moleste che tormentavano la vita di tutti. Aveva una scadenza con la sua caporedattrice, Natalie McCourt, per il *Sunday Times*. A essere precisi per la sezione approfondimenti, che aspettava il suo articolo di denuncia su sei calciatori della Premier League coinvolti in un progetto cinematografico per evadere le tasse: il pezzo serviva per le sedici in punto, e lui aveva esattamente venti minuti.

Montmorency, il loro labradoodle grigio, era sdraiato sul pavimento accanto alla scrivania e, al momento, sembrava concentrato su due personali scadenze. Sarebbe riuscito a finire di masticare quell'osso, che faceva un rumore irritante quando lo mordeva, prima che il suo padrone lo portasse fuori per la passeggiata? E sarebbero usciti prima che facesse buio?

Nei giorni successivi, spesso Ross si chiese che cosa di preciso lo avesse spinto a rispondere alla telefonata. Anche se immaginava che, se non lo avesse fatto, di certo quella persona lo avrebbe chiamato di nuovo. E ancora. In quel momento, Ross godeva di una certa fama nell'ambiente giornalistico, e aveva il buon senso di non rifiutare mai una chiamata. Diversi anni prima, quando era un cronista alle prime armi di *Argus*, un quotidiano di Brighton, aveva avuto la sua grande occasione proprio grazie a una telefonata inattesa, che lo aveva portato alla storia di uno scandalo sessuale finito con le dimissioni di un parlamentare locale.

«Ross Hunter» rispose fissando le prime ombre della sera

che calavano su Patcham dal suo studio, ricavato nel sottotetto della casa dove lui e sua moglie Imogen si erano trasferiti per ricominciare, poco dopo il terribile pomeriggio in cui lui era tornato dall'Afghanistan e l'aveva trovata a letto con un altro.

La moglie l'aveva implorato di perdonarla, dicendo che in quel periodo temeva sempre di essere informata dal Foreign Office che lui era disperso, probabilmente morto, e per questo aveva cercato conforto fra le braccia di un vecchio amico. All'epoca, nel disperato tentativo di tornare alla normalità, lui aveva accettato le sue spiegazioni e l'aveva perdonata. Poi aveva scoperto che Imogen non gli aveva detto tutta la verità e che la relazione andava avanti da molto più tempo. Da allora il loro rapporto non era più stato lo stesso. Era come voler riattaccare i pezzi di un vetro rotto: le giunture sarebbero state sempre visibili. Ross e Imogen avevano cercato di nascondere le crepe cambiando casa. Adesso lei era incinta, ma Ross aveva ancora dei dubbi.

Non riusciva a fidarsi della moglie, non del tutto. A volte lei tornava a casa tardi dal lavoro con scuse alle quali lui non riusciva a credere. In altre occasioni Imogen chiudeva goffamente una telefonata quando lui entrava nella stanza. E in quei momenti Ross era sopraffatto dal ricordo di quel corpo nudo a cavalcioni dell'uomo con la barba, nel suo letto.

Un furgone per le consegne passava lento, con le luci accese. Ross vide arrivare una delle sue vicine: era andata a prendere il figlio a scuola, stava aprendo la portiera posteriore della macchina e, alla luce pallida dell'abitacolo, la vide sganciare dal seggiolino il figlio piccolo, un marmocchio irritante che urlava sempre.

La voce all'altro capo del telefono era quella di un uomo anziano che sembrava istruito. «Il signor Hunter, il giornalista?»

«Sono io, chi parla?»

«Grazie a Dio ho trovato la persona giusta. Ci ho messo

un po' a trovare il suo numero: ho chiamato tutti gli R. Hunter della guida telefonica del Sussex.»

«Avrebbe potuto contattarmi sui social, sono abbastanza attivo su Twitter e Facebook, oppure avrebbe potuto mandarmi un'email: i miei riferimenti li trova in calce a tutti i miei articoli.» Ross sorseggiò il tè dalla tazza che teneva sulla scrivania.

«Non è una questione di social o di email, signor Hunter. La posta elettronica non è sicura, non avrei potuto correre quel rischio. Ho letto svariati suoi articoli, ma mi ha molto colpito quello che ha scritto alcuni anni fa per il *Sunday Times* su come il governo ha tradito le aspettative delle nostre truppe in Afghanistan.»

«Lo ha letto?»

«Mio figlio è morto nella provincia di Helmand, ucciso da fuoco amico. Se avesse avuto un equipaggiamento adeguato, oggi potrebbe essere ancora tra noi.»

«Mi dispiace.»

«La ringrazio, ma non è questo il motivo della mia chiamata. Io e la mia defunta moglie abbiamo cercato di farci forza.»

Ross stava cominciando a pensare che quella conversazione gli avrebbe fatto perdere fin troppi dei pochi e preziosi minuti che gli restavano per finire e rivedere l'articolo.

«Vorrei solo rassicurarla che non sono uno squilibrato, signor Hunter.»

«Fa piacere saperlo» rispose.

«Sono il professor Harry F. Cook, ex ufficiale della RAF e docente di storia dell'arte in pensione dell'Università di Birmingham. So che potrà sembrarle strano, ma di recente ho avuto la prova assoluta dell'esistenza di Dio e mi hanno detto che uno scrittore, un rispettato giornalista di nome Ross Hunter, potrebbe aiutarmi a essere preso sul serio.»

«Che cosa?»

«So che le sembra strano, me ne rendo conto.»

«Be', a dire il vero sì.» Ross si fermò a riflettere per un istante, poi chiese: «Esattamente di quale Dio ha le prove?»

«Signor Hunter, esiste un solo Dio. Ci sono molti profeti e molte fedi diverse, ma esiste un solo Dio.»

«Posso chiederle chi le ha detto che potrei aiutarla?» chiese Ross mentre osservava la sua vicina accompagnare il figlio verso la porta di casa.

«Dio in persona» rispose con semplicità Harry F. Cook. «Potrebbe darmi ancora un paio di minuti?»

Ross guardò il suo tempo prezioso ticchettare sull'orologio. «Temo che dovrà essere molto veloce, professor Cook, ho una scadenza a breve.»

«Bene, sarò il più conciso possibile, o preferisce che la richiami tra un po'?»

«No, no, mi dica.» Prese una penna e scarabocchiò il nome: *prof. Harry. F. Cook, ex* RAF e *univ. Birmingham – storia arte – pensione*. Poi bevve un altro sorso di tè che stava diventando sempre più tiepido.

«Bene, signor Hunter, il fatto è che ci dobbiamo vedere in modo che possa spiegarle meglio la questione. Posso assicurarle che non sprecherò il suo tempo. Non dubito che ci siano persone eccentriche che la contattano ogni giorno, ma sarebbe disposto a incontrarmi solo per mezz'ora? Verrò ovunque le sia comodo. E ho qualcosa che lei riterrà senz'altro interessante, un messaggio per lei.»

«Davvero? Di chi?»

«Di suo fratello Ricky.»

Per un istante Ross rimase seduto, inebetito, chiedendosi se avesse sentito bene.

«Ha un messaggio di Ricky?»

«Sì.»

«Potrebbe riferirmelo?»

«Non al telefono, signor Hunter.»

Ross sentì un'aria gelida soffiare nella stanza. Le luci della strada che stava diventando buia sembrarono tremolare, come un migliaio di candele che gocciolassero sotto una folata di vento. Rabbrividì e scrisse qualche altra parola con mano tremante. «Davvero ha un messaggio di mio fratello?»

Vide le luci blu lampeggianti di un'ambulanza e sentì l'ululato di una sirena. Per un attimo si chiese se non stesse sognando quella conversazione. «Lei esattamente chi è, professor Cook?»

Un'ambulanza passò a tutta velocità.

«La prego di credermi, sono una persona assolutamente normale che sta facendo ciò che gli è stato detto. La prego, signor Hunter, la esorto, possiamo vederci?»

Nel corso degli anni, Ross aveva trattato con molti matti che affermavano di avere storie di rilievo mondiale per lui, e li aveva liquidati. Ma qualcosa nella voce di quell'uomo gli sembrava sincero, e lo incuriosiva.

«Le darò mezz'ora, va bene? Possiamo trovarci per un tè. Se, quando ci incontriamo, riuscirà a convincermi che le serve più tempo, ripartiremo da lì. Le va bene?»

«È molto corretto, e molto gentile da parte sua. Come le ho detto, sarò lieto di incontrarla ovunque le sia comodo. Mi dica solo quando e dove.»

9

Giovedì 16 febbraio

Boris era alla scrivania nella sua enorme gabbia, appollaiato in maniera precaria, per metà sopra e per metà fuori, e digitava goffamente sulla tastiera del computer. La scimmia cappuccina, con il suo muso rotondo e grinzoso, la zazzera color crema e la lunga coda marrone, benché intelligente per essere un primate, non lo era abbastanza per tenere un registro delle proprie battute. Non si interessava alle parole disarticolate che apparivano di fronte a lui, ma si limitava a guardare speranzoso lo scivolo, sul quale apparivano di tanto in tanto delizie come una nocciolina nel suo guscio o un pezzetto di banana.

Si rendeva conto che, se avesse smesso di digitare, sarebbe cessato anche il rifornimento di quelle leccornie. Aveva capito che, limitandosi a battere su quei tasti, i bocconcini sarebbero arrivati. Nelle ultime tre settimane, però, aveva anche capito che non doveva fare la pipì o la cacca sulla tastiera. In quel caso il cibo non compariva per un bel po' di tempo.

Il dottor Ainsley Bloor, ex docente di biologia dell'Università di Brighton, qualche anno prima aveva venduto l'anima alle grandi aziende farmaceutiche, ed era diventato l'amministratore delegato di uno dei giganti in maggior crescita del settore, la Kerr Kluge. La coincidenza che le due iniziali fossero anche le prime due lettere del Ku Klux Klan non era sfuggita a molti dei suoi più accaniti detrattori. La battuta più ricorrente – e non del tutto senza fondamento – era che la sola differenza tra le due organizzazioni fosse che il gigante farmaceutico, grazie alla divisione genetica, sapesse come cambiare il colore della pelle.

Boris, però, ignorava tutto quello che stava al di là del

suo immediato habitat. Lui si limitava a battere sui tasti e i bocconcini continuavano ad arrivare.

Ainsley Bloor era da tempo uno degli atei militanti di più elevato profilo del Regno Unito. Cinquantacinque anni, di aspetto giovanile, con lisci capelli argentei, troppo lunghi per un capitano d'industria, aveva un viso affilato e aquilino con penetranti occhi grigi, ed era un deciso sostenitore del gruppo noto all'epoca come i Quattro cavalieri della Non Apocalisse: Richard Dawkins, Daniel Dennett, Christopher Hitchens e Sam Harris.

Molti predecessori di questo Nuovo ateismo avevano cercato di dimostrare la teoria della scimmia e della macchina da scrivere, che ritenevano sarebbe stata un tassello importante per stabilire che il mondo era nato per puro caso, e non in forza di un presunto Disegno intelligente.

Si trattava di una teoria semplice ed elegante: dato un tempo infinito, una successione di scimmie – o un infinito numero di scimmie – che digitava a caso su una tastiera avrebbe finito per scrivere le opere complete di William Shakespeare.

Fino ad allora, tutti quelli che si erano cimentati in questo esperimento avevano poi rinunciato. Un collega del defunto professor Antony Flew – uno dei più celebri atei inglesi –, ci aveva provato, concludendo che il numero di particelle subatomiche dell'universo era di molte volte inferiore alla probabilità che una scimmia digitasse un solo sonetto di Shakespeare, costituito da soli quattordici versi. Il collega di Flew, dopo aver tratto queste conclusioni – ma non solo in virtù di queste – aveva poi abbandonato l'ateismo per abbracciare la fede in Dio in base alla teoria del Disegno intelligente.

Tra i venti e i trent'anni, Bloor aveva pubblicato tre libri, ben deciso a ridicolizzare la nozione di Creatore: *La grande azienda di Dio*, *Chi era il padre di Dio?* e *Dio: i conti non tornano*. L'argomentazione – e il teorema sottostante – era vecchia come il mondo e poteva essere fatta risalire ad Aristotele passando per Blaise Pascal e Jonathan Swift fino a

Émile Borel e Arthur Eddington. Tutti avevano provato a spiegare le origini della vita tramite la matematica e il caso.

A parere di Bloor, tuttavia, il modo in cui Antony Flew – e tutti quelli che lo avevano preceduto – aveva impostato questo esperimento, o quello che ne aveva estrapolato, aveva una pecca fatale.

Tutti avevano ignorato un elemento cruciale.

Seduto nel suo ufficio, mentre l'algoritmo che aveva perfezionato per dieci anni si faceva strada attraverso i dati di quelle tre settimane di digitazioni della scimmia, osservava come stesse cominciando a emergere uno schema.

Era ancora agli inizi, ma si trattava pur sempre di un progresso. Sì, decisamente un progresso! Nella serra della villa un tempo signorile dove Bloor viveva con la moglie, tra le sei scimmie nelle sei gabbie, Boris stava emergendo come un divo.

La Lunga marcia, pensò. Come aveva detto Laozi: «Un viaggio di mille miglia comincia con il primo passo».

O forse con la prima pressione su un tasto.

10

Lunedì 20 febbraio

Alle 15.50, dieci minuti prima dell'appuntamento con il professor Harry F. Cook, Ross teneva lo sguardo fisso fuori dalla finestra del suo studio al secondo piano e pensava all'articolo che stava scrivendo per il *Sunday Times*, un pezzo che avrebbe molto imbarazzato un dirigente del National Health Service. Osservò una Nissan Micra di un bianco immacolato accostarsi al marciapiede di fronte a casa sua.

Sentì la notifica di un SMS.

Guardò il telefono e vide che era di Imogen.

Torno tardi, verso le 19. Vuoi che prenda un asporto? Ti va il thailandese? Attento al tuo svitato, non voglio trovarti a pezzi in frigorifero!
Ti amo. XXXX

Rispose.

Bene! Satay di pollo e un curry verde di pesce, grazie. Sono armato fino ai denti! Ti amo. XXX

Si rimise al lavoro e cercò di concentrarsi, ma senza successo. Di nuovo in ritardo, si agitò. Perché? Cosa sta combinando? Fissò distrattamente fuori dalla finestra l'uomo nella piccola Nissan.

Poco dopo scese nell'ingresso e udì il trillo del campanello. Alle sedici spaccate. Aprì il portone.

Un uomo alto e anziano era sulla soglia e stringeva un'enorme ventiquattrore. Ross immaginò fosse tra i settanta e gli ottant'anni; indossava un completo gessato con cravatta in tinta e una pochette nel taschino.

«Signor Hunter?» chiese tendendo la mano.

«Professor Cook? Ha faticato a trovare la strada?»

«Nessun problema grazie ai prodigi del navigatore satellitare.»

Mentre si stringevano la mano, Cook si chinò in avanti, lo fissò con occhi lacrimosi e sguardo implorante dicendo: «È molto gentile da parte sua accettare di incontrarmi, signor Hunter. Comprende che lei e io dobbiamo salvare il mondo?»

Ross rispose con un sorriso esitante. «Bene, farò del mio meglio!» Vedendo l'uomo vestito con tanta eleganza, per un istante desiderò indossare qualcosa di diverso da un vecchio paio di jeans, un maglione sformato e pantofole sfondate.

«Signor Hunter, non so dirle quanto questo significhi per me… e per il genere umano.»

Ross sorrise. «Sì, bene, vedremo. Entri. Posso offrirle qualcosa da bere?»

«Sarebbe molto gradita una tazza di tè.»

Dalla cucina giunse il forte abbaiare di un cane.

«Monty, zitto!» gridò Ross.

Il labradoodle avanzò placido sulle piastrelle a scacchi bianchi e neri del corridoio agitando la coda.

Ross lo accarezzò, poi si voltò verso l'uomo che osservava apprensivo quella creatura ricciuta. «È buonissimo, ha un carattere molto dolce. Ha problemi con i cani?»

«No, no, va benissimo. Ha detto *Monty*?»

«Sì, l'abbreviazione di Montmorency.»

«Mi pare di ricordare che Montmorency fosse il nome del cane in quel bellissimo libro: *Tre uomini in barca*.»

«Lo abbiamo preso da lì, o meglio, è stata un'idea di mia moglie che ha sempre amato quel romanzo.»

Uno dei tanti che lui e Imogen avevano portato con sé nella luna di miele in Italia, che avevano letto entrambi – lui per la prima volta, Imogen almeno per la terza – e sul quale avevano riso molto, soprattutto al primo capitolo, quando il personaggio lamentava di non riuscire a mandar giù nemmeno un boccone per via del costante mal di mare. Ross e Imogen erano andati gratis in crociera per la rubrica di viaggi del giornale per cui lei lavorava in precedenza, e nei primi due giorni erano rimasti sempre sdraiati, stremati dalla nausea, mentre attraversavano il golfo di Biscaglia in mezzo a una tempesta.

«Io e mia moglie preferivamo i gatti» disse Cook.

«Anche noi avevamo un gatto, un trovatello, Cosmo. Ma era molto strano, e a volte scompariva per molti giorni di seguito.»

«Non è facile capire la mente di un gatto.»

«Vero. Poi un giorno è sparito per sempre. Magari ha trovato un'offerta migliore.»

Il vecchio ridacchiò. «Forse è andata proprio così.»

Ross lo accompagnò in salotto, arredato in stile moderno e arioso, lo fece accomodare sul divano e poi andò in cucina, una stanza ipertecnologica piena di elettrodomestici scelti da Imogen che gli era costata più del debito pubblico di una piccola nazione – molto più di quanto avrebbero potuto ragionevolmente permettersi – e accese il bollitore. Preparato il tè, cercò in un armadietto, dove trovò un pacchetto di Digestive al cioccolato che dispose su un piatto. Mise il tutto su un vassoio e lo portò in salotto.

Un momento dopo, seduto su una poltrona di fronte a Cook, e con Monty al suo fianco che teneva d'occhio l'estraneo intento a mescolare il tè, Ross esordì: «Dunque, lei mi ha detto di avere un messaggio di mio fratello Ricky».

«Lasci che ci arrivi.» Cook sorseggiò il tè, poi annuì pensoso, perso per qualche istante in un suo mondo. «Mi consenta di cominciare dall'inizio.»

Ross annuì.

«Vede, anche mia moglie Doreen insegnava nella mia stessa università. Aveva la cattedra di fisica. Sei mesi fa è morta di cancro.»

«Mi dispiace.»

«Grazie. Il fatto è, signor Hunter, che nei suoi ultimi giorni in clinica mi ha chiesto di prometterle che, dopo la sua morte, sarei andato da una medium per provare a mettermi in contatto con lei. Ed è stata davvero insistente in proposito. Francamente, da cristiano devoto e praticante, non sono mai stato favorevole a questo genere di cose, ma mia moglie su questo punto non voleva sentire ragioni, quindi io le ho dato la mia parola. Ed è naturale che, dopo la sua morte, abbia mantenuto la mia promessa.»

«Ma certo.» Ross si chiedeva dove il vecchio volesse arrivare.

«Sono riuscito a trovare una signora molto carina, che mi era stata raccomandata, e sono andato da lei per una seduta circa tre settimane dopo il funerale di mia moglie. Ma non ho comunicato con Doreen, bensì con un uomo che affermava di avere un messaggio per me da parte di Dio. Ha detto che Dio era molto preoccupato per l'attuale stato del mondo e credeva che, se l'umanità avesse potuto ritrovare la fede in Lui, questo avrebbe contribuito a farci arretrare dall'orlo dell'abisso. Come prova della sua buona fede, mi ha detto che Dio lo aveva incaricato di darmi tre informazioni, che nessuno su questa Terra poteva conoscere, in forma di coordinate geografiche. Poi ha affermato che c'era uno stimato giornalista, un certo Ross Hunter, che avrebbe potuto aiutarmi a essere preso sul serio.»

«Davvero? Non avevo idea di essere tenuto in così alta considerazione.»

«Ha anche detto di avere accanto una persona che aveva un messaggio per lei, e che quella persona era suo fratello Ricky. Mi ha chiesto di dirle che Ricky sapeva di non piacerle, anche se non ne aveva mai capito il motivo. Ma che in ogni caso la perdona.»

Ross lo fissò, affascinato. «Ha detto altro?»

«Ha detto che voleva che lei si fidasse di me e ha fatto due nomi, mi pare Bubble e Squeak. Di ricordare Bubble e Squeak, e se rammentava quando Squeak l'ha morsicata.»

Ross lo fissò inebetito. Bubble e Squeak erano due criceti che i genitori avevano regalato ai gemelli per il nono compleanno. Squeak aveva morsicato Ross sull'indice, facendogli molto male. Com'era possibile che il professor Cook ne fosse al corrente?

Il vecchio guardò la valigetta sul pavimento e annuì. «È tutto lì dentro, signor Hunter.»

«Bene.»

Cook la aprì e prese un'enorme risma di fogli legati tra loro con vari elastici. «Credo che dovrei cominciare facendole leggere questo. Mi è stato comunicato direttamente da Dio, a più riprese, alcuni giorni dopo la mia visita alla medium» disse porgendolo a Ross. «Ho dovuto cancellare le coordinate, signor Hunter, casomai il documento cadesse nelle mani sbagliate.»

La risma era pesante. La prima pagina era stropicciata e bianca, con un'orecchia su un angolo. Il giornalista scorse rapidamente il tutto: non c'erano capitoli, solo fogli a righe scritti a mano senza soluzione di continuità. La grafia era obliqua, molto inclinata a destra, tutta minuscola, scrupolosamente ordinata, in inchiostro nero, con qualche macchia di bianchetto qua e là, costellata di annotazioni con frecce e riquadri. Le pagine erano numerate in basso, e l'ultima era la 1247. «Bene» commentò Ross. «Se me lo lascia, gli darò un'occhiata.»

Il vecchio scosse la testa rammaricato. «Temo che non sia possibile. Vede, è l'unica copia esistente.»

«Non ha fatto almeno le fotocopie?»

Cook sembrò quasi offeso. «Non potevo correre il rischio che cadessero nelle mani sbagliate. Per questo stesso motivo, mentre lei legge, io resterò qui. Meglio non correre rischi.»

Ross sospirò fra sé e sé. Quell'uomo cominciava a sembrargli un po' svitato, eppure non poteva dimenticare quello che aveva detto di Ricky. Come poteva sapere dei due criceti? Non ne aveva mai scritto e, per quello che ricordava, non ne aveva mai parlato. Quindi come faceva a saperlo il professor Cook? Qual era la fonte? Sollevò il manoscritto, lo soppesò tra le mani e cominciò a sfogliarlo. «Mi ci vorranno almeno quattro giorni per leggerlo!»

Il vecchio alzò un dito. «Più o meno è corretto.»

Ross scosse la testa sorridendo, per compiacerlo. «E lei resterà qui, sul mio divano, per quattro giorni mentre io leggo il manoscritto?»

«Non posso perderlo di vista.»

Ross scosse di nuovo la testa. «Professor Cook, è impossibile. Mi dispiace ma, a parte tutto il resto, io non ho quattro giorni liberi. Dovrà decidere di fidarsi: o lo lascia a me, e io lo leggerò quando posso, nel tempo libero, oppure se lo riporta via. E comunque, ancora prima di cominciare, devo saperne molto di più sul contenuto. E su questa *prova dell'esistenza di Dio* che afferma di avere. Quali sono le tre informazioni di cui mi parlava?»

«Mi hanno dato tre serie di coordinate geografiche: la prima è il luogo dove si trova il Santo Graal.»

«Il Santo Graal?»

«Esatto.»

«È roba grossa» commentò Ross prendendo un appunto.

«Non quanto la successiva, signor Hunter. Le coordinate per trovare un oggetto importante relativo a Nostro Signore Gesù Cristo.»

«C'è anche un certificato di origine?»

«Per favore, signor Hunter, come le ho detto, non sono pazzo. La prego di ascoltarmi fino in fondo. La terza coordinata indica qualcosa di così importante che, glielo posso assicurare, avrà un impatto clamoroso, in senso decisamente positivo, sul mondo.»

«Mi vorrebbe dire di che si tratta?»

«A tempo debito, ma non ora, prima devo accertarmi che lei sia l'uomo giusto. Ma diciamo che la terza indicazione si riferisce al Secondo Avvento.»

«Il Secondo Avvento?»

«Esatto.»

Ross rifletté per un istante mentre scarabocchiava un'aureola. «Bene. E lei ha controllato uno di questi dati, oppure tutti, professor Cook?»

Cook sorseggiò il tè, poi annuì pensoso, perso nel suo mondo. «Certamente. Ho controllato le coordinate del Santo Graal. Il luogo è Chalice Well, a Glastonbury.»

«Davvero?»

«Come lei saprà, da tempo lo si ritiene il luogo di sepoltura di Giuseppe d'Arimatea. Chalice Well è uno dei pozzi più antichi della Gran Bretagna, nella valle di Avalon, tra Glastonbury Tor e Chalice Hill.»

«Si dà il caso che sia abbastanza informato in proposito. A dire il vero, qualche anno fa ho scritto per il *Guardian* un lungo articolo sul festival di Glastonbury e sui miti che circondano Glastonbury Tor. Tutte le leggende di Artù sul Santo Graal nascono da quelle parti.»

«Bene, allora saprà di cosa sto parlando. Certo, c'è anche disinformazione, diffusa dai nemici di Nostro Signore, ma credo che lei, signor Hunter, sia abbastanza saggio da vedere al di là della facciata. Probabilmente è uno dei molti motivi per cui lei mi è stato indicato come la persona che poteva aiutarmi.»

«E lei nel frattempo ha fatto un sopralluogo nella zona di Glastonbury?»

«Sono andato là con bacchette da rabdomante e un metal detector, coprendo un lungo arco intorno alle coordinate, e laggiù c'è qualcosa.» Gli occhi di Cook si accesero di uno zelo quasi messianico. «Chalice Well è un'area protetta, gestita da un Trust, e ho chiesto loro il permesso di condurre uno scavo archeologico ma, anche se ho spiegato il motivo, hanno rifiutato.»

«Le hanno indicato la ragione del rifiuto?»

«Ho fatto il possibile per convincerli, ma penso che non mi abbiano preso sul serio. Con lei credo che sarebbe andata diversamente: è una firma ben nota e ha fama di persona onesta.»

«Molto lusingato.»

«È vero, signor Hunter.»

«C'è un grosso problema» disse Ross. «Da quanto ricordo delle mie ricerche, è possibile che Giuseppe d'Arimatea sia arrivato in Inghilterra dopo la crocifissione.»

«Certo che sì» intervenne Cook. «Molto probabilmente ha veleggiato sulle piane alluvionali del Somerset, portando con sé il calice che conteneva una parte del sangue di Gesù ed è arrivato ad Avalon, la leggendaria isola di re Artù, la collina che adesso è conosciuta come Glastonbury Tor. Per tenerlo al sicuro, seppellì il calice in un luogo segreto. L'abbazia di Glastonbury è stata costruita sette secoli dopo la morte di Gesù. Nel 1191 i monaci affermarono di aver trovato le tombe di re Artù e della regina Ginevra. Credo che tutti gli archivi siano andati perduti durante la Riforma di Enrico VIII, quando la Chiesa d'Inghilterra si staccò da Roma e gran parte dei monasteri furono rasi al suolo con le loro reliquie, e i documenti distrutti o perduti per sempre.»

Ross bevve un po' di tè. «Sì, ma nel corso delle ricerche per il mio articolo, ho scoperto che molti monaci medievali avevano anche un discreto talento commerciale, e che per i monasteri il reddito ricavato dai pellegrinaggi era importante quanto lo è oggi il turismo per le località vacanziere. Un buon numero di studiosi ha affermato che la scoperta di quelle tombe era inventata al semplice scopo di attirare il turismo religioso. Lei quanto ne sa a questo proposito, professor Cook?»

«So tutto. Quel posto, in quanto luogo sacro, era visitato da migliaia di pellegrini, e lì certo non dovevano mancare frotte di ciarlatani che vendevano presunte reliquie dai poteri magici. Ma era questa la norma per molti monasteri. Lei ha ragione a dubitare, signor Hunter. E con tutto quello che è andato distrutto durante la Riforma, è impossibile stabilire la verità a tanti secoli di distanza.»

«Esatto. Lei ha già controllato almeno una delle altre due coordinate?» chiese Ross.

«Sì, ma temo che, fino a quando non si sarà fermamente impegnato ad aiutarmi, non gliele potrò rivelare.»

Per quanto ancora scettico, Ross non poteva dimenticare quello che Cook gli aveva detto di Ricky, e per di più in quell'uomo vedeva una sincerità toccante. Era chiaro fuor di ogni dubbio che Cook credeva in quello che gli avevano comunicato.

Eppure...

«Professor Cook, lei mi ha detto che Dio stesso le ha comunicato che riaffermare la fede in Lui avrebbe contribuito a far arretrare il mondo dall'orlo dell'abisso, giusto?»

«Corretto, signor Hunter.»

«Ma il mondo non è mai stato in completo equilibrio, o sbaglio? Torni indietro di qualche migliaio di anni e vedrà che, per gran parte di questo arco temporale, quasi tutti hanno creduto in un dio – o negli dèi – quale che fosse il suo nome, e lo hanno venerato. Eppure, in tutta la storia dell'umanità, ciò non ha impedito che la gente continuasse a compiere le stesse nefandezze che tuttora ci affliggono.» Si fermò per un istante a fissare il vecchio, che lo ascoltava intento.

«Sono certo, professor Cook, che se davvero Dio volesse ristabilire un equilibrio – qualsiasi cosa si possa intendere con queste parole – non gli mancherebbero le risorse per farlo. E dunque perché non provvede direttamente?»

«Perché Dio ha donato a tutti il libero arbitrio. Ha mandato suo Figlio per salvarci, e noi Lo abbiamo schernito e ucciso. Da allora ne patiamo le conseguenze. Adesso ci viene offerta una seconda possibilità.»

Ross d'istinto capì che quella era una causa persa. A Cook sarebbe stata sufficiente una semplice ricerca su Google per sapere dell'incidente di suo fratello.

Ma Bubble e Squeak?

Decise di bluffare. Buttò l'occhio all'orologio e disse: «Mi dispiace, ma il mio tempo è esaurito. Meglio che si riprenda il suo manoscritto, ne faccia una copia e me la spedisca, casomai volesse ancora una mia opinione. Diversamente...» – si alzò in piedi – «... è stato un piacere conoscerla.»

Cook non si mosse. «Va bene» rispose torcendo le labbra e annuendo pensoso. «Mi fido di lei, signor Hunter. Le lascerò il manoscritto se mi assicura che non ne farà una copia.»

Ross annuì.

«Se potesse leggerlo il più rapidamente possibile, potremmo rivederci e sviluppare la nostra strategia per salvare l'umanità.»

«D'accordo» rispose Ross. «A una condizione.»

«Quale sarebbe?»

«Che lei mi comunichi le tre coordinate geografiche di cui è in possesso.»

Cook esitò, stringendo gli occhi sospettoso. «Come mai le servono?»

«Mi sta chiedendo un grande impegno di tempo. E vorrei controllarle personalmente.»

«Le darò le coordinate precise che ho per Chalice Well come pegno di buona fede, signor Hunter. Non è che non mi fidi, ma non posso rischiare che cadano nelle mani sbagliate.» Fissò di nuovo Ross con sguardo intenso. «Comprende che ci sono molte persone che le vorrebbero? Nelle mani sbagliate potrebbero essere estremamente pericolose.»

«Che genere di pericolo?»

«Devo spiegarglielo?»

In quel momento, Ross vide il professore nell'uomo, il docente che cerca di non parlare con arroganza a uno studente imbecille.

«Lucifero, signor Hunter» disse Cook con sguardo di rimprovero. «Satana. Scacciato dal Paradiso, ha promesso di tornare e sta aspettando il momento opportuno.»

«Va bene» commentò Ross, cercando di non dare la sensazione di compiacerlo.

«Quando lo riterrò sicuro, le farò avere le altre coordinate. E mi dovrà dare la sua parola che non proverà a scavare a

Chalice Well, o in nessuna delle altre località, se io non sarò presente.»

«Ha la mia parola.»

Cook aprì il portafoglio con una certa riluttanza, prese un quadratino di carta, non più grande di 5 × 5 centimetri, e lo porse a Ross.

Il giornalista si sforzò di leggere i numeri, scritti in caratteri e lettere minuscoli. Con fatica, declamò le coordinate ad alta voce:

«51°08'40"N 2°41'55"W...»

Poi lesse i numeri che seguivano:

«12 13 20 5 11 5 18 16 9 1 17 7 17».

Guardò Cook. «Cosa sono questi numeri? Non sono coordinate geografiche.»

«No, decisamente no.»

«È forse un codice?»

«Non ne ho proprio idea. Mentre ero a Chalice Well, mi sono guardato bene tutto intorno per vedere se riuscivo a identificare qualche numero corrispondente, ma niente da fare. Eppure è chiaro che ci dev'essere una spiegazione.»

Qualche minuto più tardi, si strinsero la mano sulla soglia.

«Custodirà il manoscritto, vero, signor Hunter?»

«A costo della vita.»

Ross rimase a guardare Cook salire in auto, accendere le luci e partire. Mancavano pochi minuti alle diciotto.

Ross chiuse la porta, salì nel suo studio e cominciò a leggere.

L'uomo sulla Vauxhall grigio scuro parcheggiata lungo il marciapiede abbassò il binocolo da visione notturna, spense la videocamera, scrisse qualche appunto sul tablet, poi avviò il motore e se ne andò.

11

Lunedì 20 febbraio

Tutti erano felici, e il pastore Wesley Wenceslas lo apprezzava. Gli piaceva la felicità! E nulla allietava il quarantaseienne pastore più che diffondere la parola del Signore, be' la parola del Signore interpretata da lui. E che, era chiaro, sembrava avere influenza su molte persone. La Parola *felice*.

Da una settimana all'altra, le congregazioni erano sempre più numerose in tutte le sedi della Wesley Wenceslas Ministries. La sua chiesa di South Kensington si riempiva sempre – millesettecento persone – a ogni funzione ormai da diversi anni. Ma quando predicava il pastore Wesley Wenceslas in persona, di solito la domenica sera, altre centinaia erano in piedi fuori a seguire dagli schermi, qualsiasi tempo ci fosse, e tutti pregavano e amavano insieme. Le cose andavano esattamente allo stesso modo nelle sue altre tre chiese in Inghilterra, a Manchester, Leeds e Leicester. Oltre a queste, adesso aveva anche tre chiese ben consolidate in America, e molte di più in programma. Con l'aiuto di Dio, si poteva davvero avere il mondo in mano o, come amava dire Wesley Wenceslas, scherzando, in tasca!

Le statistiche del suo canale YouTube erano in continua ascesa. Al momento aveva 5,2 milioni di accessi alle sue trasmissioni, e stracciava molti illustri giornalisti e presentatori facendo la felicità dei suoi sponsor. Il che, a sua volta, faceva la felicità del suo direttore di banca. E dei proprietari dei suoi negozi preferiti di gioielli, scarpe e abiti di Westbourne Grove, a Londra, e di Rodeo Drive a Beverly Hills, dove amava acquistare regali da portare in Inghilterra a sua moglie Marina, che passava gran parte del tempo con i tre figli piccoli. Per motivi sia religiosi, sia di sicurezza, i bambini venivano educati in casa, a Gethsemane Park, la tenuta di campagna nel Surrey che era al contempo la dimora della famiglia e il quartier generale della Wesley Wenceslas Ministries.

Anche la concessionaria della Rolls Royce, nel Sussex, era felice. La Phantom coupé a due porte color sabbia dorata che guidava attualmente era uscita da lì due settimane prima, ma nel suo enorme garage ne aveva altre cinque, e tutte avevano meno di due anni. Quando pensava che Gesù era stato povero, soleva dirsi che quelli erano altri tempi: oggi le cose erano cambiate. Il mondo è cambiato, le aspirazioni sono cambiate, Wesley Wenceslas lo scriveva e lo predicava. In fondo chi era in posizione migliore per tendere la mano a quanti avevano più bisogno di una guida spirituale? Qualche pio monaco in sandali che girava in bicicletta, oppure una persona ben vestita e con una macchina fantastica?

Le Chiese cristiane di tutto il mondo occidentale stavano perdendo il loro gregge e si chiedevano come mai. Alcuni credevano di non avere mordente agli occhi delle nuove generazioni, e si rivolgevano a vicari rock che suonavano la chitarra elettrica e trasformavano gli inni in concerti degli U2 da poveretti, comunque senza successo. Il tutto esaurito restava un miraggio. Aveva ragione Harry Cohn, il vecchio magnate del cinema hollywoodiano, quando diceva: «Date alle persone quello che vogliono e vi abbatteranno la porta pur di averlo».

«Ehi» amava scherzare Wenceslas. «È stato il Buon Dio stesso a dire che un grande *profitto* arriverà sulla Terra!»

Le persone volevano colori, luci, risate, bellezza, e amavano il dramma, il sensazionalismo, i miracoli, ma soprattutto avevano bisogno di una cosa: il *denaro*. In un paese caldo potevi essere povero e, fin quando avevi qualcosa da mangiare, potevi vagare a piedi nudi e vestito di stracci senza avere un tetto sulla testa. Ma in un clima freddo e umido come quello inglese, ti serviva molto di più. E quel molto costava parecchio. Lui credeva nel Vangelo della prosperità: più cospicuo è il tuo conto in banca, più sei benedetto.

Lui lo sapeva. Era stato povero, e non molto tempo prima. Era una semplice equazione, ma proprio come molte Chiese tradizionali negli Stati Uniti, quelle affermate in Inghilterra da anni, anzi da secoli, non capivano la cosa più importante. Bastava guardare i numeri delle sue congregazioni per capirlo: messe sovraffollate di fedeli che diffondevano il messaggio, l'amore di Dio. La vera interpretazione della dottrina di Suo Figlio.

COMPASSIONE. TOLLERANZA. SUCCESSO!

Quante Chiese, nel corso dei secoli, avevano reso l'ultima parola un tabù per i fedeli, mentre ammassavano enormi fortune per sé? Quanto era conveniente ignorare la semplice verità che gli uomini ricchi erano quelli che agivano, che avevano successo? Erano i ricchi che producevano medicinali davvero efficaci, che costruivano aerei e macchine, producevano cibo, realizzavano scuole, biblioteche, ospedali, strade. Se era vero, come affermavano i Vangeli sinottici, che secondo Gesù era più facile per un cammello passare per la cruna di un ago che per un ricco entrare nel Regno dei Cieli, allora che posto era in realtà il Paradiso? Il pastore Wesley Wenceslas ne aveva un'idea abbastanza chiara.

Un Paradiso pieno soltanto di povera gente sarebbe stato un luogo davvero brutto, una sorta di discarica degli sfigati, e chi mai voleva trascorrere l'eternità con un gruppo di perdenti fra i piedi?

A dire il vero, lui aveva sempre avuto un problema con quel passo dei Vangeli perché, dai suoi studi su Gesù, sapeva che il Signore era un uomo equo. Ma sottintendere che tutti i ricchi erano cattivi e tutti i poveri buoni implicava un inappellabile giudizio morale ed era pure sedizioso. Dato che le Scritture erano soggette a molte traduzioni sbagliate, lui aveva approfondito, anche perché quel passo sul cammello era una sfida a buona parte delle sue convinzioni. Alla fine era arrivato al punto, nella traduzione dei testi sacri di George M. Lamsa. Lì aveva trovato la parola *corda* al posto di *cammello* con una nota a piè di pagina sull'originale di Matteo 19,14 in cui si affermava che la parola aramaica *gamla* significa sia corda sia cammello.

Un momento di esultanza per il pastore Wesley Wenceslas. Gesù in realtà aveva detto che, se un ricco voleva entrare nel Regno dei Cieli, doveva dedicare alla sua vita la stessa concentrazione che avrebbe usato per infilare una corda nella cruna di un ago.

Certo, così aveva decisamente senso. Le religioni monoteiste – quelle che credevano in un solo Dio – avevano ottenuto il loro potere e il loro status esercitando un rigido sistema di controllo. E il denaro giocava un ruolo centrale. L'incalcolabile ricchezza del Vaticano era stata ammassata proprio attraverso quel sistema di controllo – e il senso di colpa instillato nei ricchi per circa duemila anni – grazie a quella sola frase.

Basata su una traduzione sbagliata.

Qualcosa di intenzionale?

Mentre se ne stava seduto comodo sul sedile di pelle, manovrando il volante con una mano sola, ascoltava la propria voce echeggiare nell'abitacolo: una trasmissione della sua emittente web, la Wesley Wenceslas Radio.

«Matteo 5, 5 dice: 'Beati i miti, perché avranno in eredità la Terra'. Bene, riflettete tutti attentamente. Che cosa significa? Che se vi schierate, sarete dannati?»

La cancellata di ferro battuto di Gethsemane Park si spalancò nell'oscurità all'avvicinarsi della Range Rover nera che lo precedeva con a bordo le sue guardie del corpo. Dietro di lui, una seconda Range Rover, con altre due guardie. Le telecamere seguirono il convoglio mentre percorreva il lungo viale fiancheggiato dagli alberi.

Il pastore Wesley Wenceslas sorrise, guardando alla sua destra il terreno illuminato dalle lampade. Un panorama degno di un Lord: ettari su ettari di erba verdeggiante che digradava lentamente verso il lago, con il suo santuario privato al centro, circondato da fontane. Era quello il luogo dove soleva immergersi nella solitudine della preghiera e della meditazione sulle Sacre Scritture, ma guardando nello stesso tempo il computer per tenere d'occhio le sue entrate settimanali, e controllare che il gregge stesse sostenendo con generosità la sua vocazione.

L'erba era abbastanza verde, il colore che gli piaceva e, dopo mesi di copiose piogge, così doveva essere. A volte però, nei mesi estivi, quando la pioggia non arrivava e il sistema di irrigazione faticava a impedire all'erba di ingiallire, il pastore Wesley Wenceslas faceva tingere di verde i prati con un composto chimico. In quel luogo riceveva visitatori influenti e importanti, e tutto doveva essere perfetto. Questo significava erba verde, e lui non vedeva niente di sbagliato nel tingerla. A volte, nella vita, tutti noi abbiamo bisogno di aiuto, persino lo stesso Dio Onnipotente. E forse mai come in quegli anni sempre più cupi e agitati.

In particolare alla luce delle preoccupanti notizie che aveva appreso quel giorno.

12

Lunedì 20 febbraio

«È pronto in tavola e si sta raffreddando!» gridò impaziente Imogen.

«Arrivo!» rispose Ross.

«L'hai detto anche cinque minuti fa.»

«Scusa! Adesso vengo.»

Appoggiò con delicatezza la spessa risma di fogli sciolti del manoscritto che Harry Cook gli aveva affidato, l'unica copia esistente. Per fortuna, pensò. Perché almeno nessun altro poveraccio avrebbe dovuto perdere ore di vita, che non gli sarebbero mai state restituite, nel tentativo di leggerlo.

Controllò rapidamente Facebook e Twitter sul suo computer, ma non c'era niente di particolare interesse, quindi scese di corsa.

«Allora, che ne pensi?» chiese Imogen appena lui arrivò nella cucina con vista panoramica delle luci della zona di Patcham, altamente urbanizzata.

«Mi dispiace, stavo per scendere quando mi hai chiamato la prima volta, poi ho visto un brano che sembrava interessante, ma non lo era.»

Si accomodò al piccolo tavolo di legno dove la moglie aveva apparecchiato con il satay di pollo, il curry verde di pesce e un'insalata di pomodori. «Ha un profumo delizioso!» disse. «E ho proprio bisogno di bere.» Aprì il frigo e prese una birra.

«Vorrei poter bere con te!» commentò lei alzando il bicchiere di acqua minerale. Accanto a lei c'era un mucchietto di fatture.

«Di tanto in tanto ti puoi concedere un bicchiere.»

«Faccio la brava. Recupererò dopo la nascita di Caligola.»

Lui non rispose: non aveva alcun dubbio in proposito.

Poco tempo prima, quando l'ecografia dei tre mesi aveva rivelato che era un maschietto, per scherzo avevano dato al piccolo il soprannome del crudele imperatore romano, a causa delle terribili nausee mattutine di cui Imogen aveva sofferto. E in ogni caso – aveva detto sua moglie – non sarebbe mai diventata una di quelle mamme sdolcinate che entrambi detestavano. Quindi il nomignolo era rimasto.

Appena sposati, entrambi avevano deciso di non avere figli, di sicuro almeno per un po' di tempo. Gran parte dei loro amici era della stessa idea e, a parte una coppia, nessuno ne aveva ancora. Dopo il rientro dall'Afghanistan, le opinioni di Ross sulla paternità si erano fatte anche più decise. Era realmente preoccupato per lo stato del mondo e incerto sul possibile futuro di un bambino. A questo doveva aggiungere la crescente consapevolezza di non essere certo di voler trascorrere il resto della vita con Imogen, una donna che non sarebbe mai riuscito a perdonare del tutto o della quale non si sarebbe più potuto fidare ciecamente. Un figlio sarebbe stato una grossa complicazione.

Nei primi mesi dopo il suo ritorno, aveva avuto bisogno di Imogen, e lei era stata fantastica, probabilmente perché si sentiva in colpa. Ross aveva i nervi a pezzi dopo l'esperienza nella zona di guerra, dormiva a fatica e, quando lo faceva, aveva incubi di continuo. La moglie si era presa cura di lui, aveva fatto il possibile per rimediare al proprio sbaglio e per aiutarlo a guarire. Negli ultimi anni, però, Ross aveva sentito il vuoto fra loro farsi sempre più grande. Poi lei era rimasta incinta.

Un indice di quanto poco si fidasse della moglie erano stati i dubbi che lo avevano assalito appena lei gli aveva detto che non aveva affatto dimenticato di prendere la pillola. Ross credeva invece che avesse smesso di prenderla di proposito, forse preoccupata per il ticchettio dell'orologio biologico, oppure in un ultimo sforzo per salvare il loro matrimonio. Benché in tutto quel periodo avessero fatto l'amore molto di rado, forse una volta al mese.

Imogen alzò il bicchiere. «Salute!»

Fecero tintinnare i bicchieri guardandosi negli occhi, un dettaglio sul quale Imogen aveva sempre insistito. Poi lei risollevò il bicchiere esclamando: «E alla salvezza del mondo!»

«Non sono del tutto convinto che, se Dio avesse voluto salvare l'umanità, avrebbe scelto un anziano professore di storia dell'arte in pensione per farlo.»

«L'ultima volta ha scelto il figlio di un umile falegname.»

Ross sorrise.

«E questa volta ha scelto anche te per contribuire all'impresa. Non sarai il figlio di un umile falegname, ma a quanto pare tu e Gesù avete una cosa in comune: lo scarso interesse per il denaro» commentò facendo un cenno con la testa verso le fatture.

«Ce n'è di pesanti?»

«Ogni mese ne arrivano di pesanti, Ross. E pare che tu mi ritenga una maga che riesce a farle sparire. Non è così, sono solo molto brava a giostrarmi con le nostre carte di credito. Tu hai bisogno di un paio di contratti generosi, e dobbiamo anche mettere da parte dei soldi per quando arriverà il bambino e dovrò smettere di lavorare.»

«La storia di cui mi sto occupando promette bene.»

«Ross Hunter, l'uomo che vuole salvare il mondo!»

«Hai detto niente.»

«Ma mio marito ne sarà capace?»

«Tuo marito ne è capace.» Rimase in dubbio se dirle o meno quello che Cook gli aveva riferito a proposito di Ricky, ma evitò. Le aveva già parlato della strana esperienza vissuta nel momento esatto della morte del fratello, e lei era rimasta scettica, il che lo aveva sorpreso, considerando l'educazione religiosa tradizionale che Imogen aveva ricevuto. O forse proprio per quel motivo.

«E come procede mio marito con il manoscritto che lo aiuterà a salvare il mondo riportandolo indietro dall'orlo dell'abisso?»

«Temo di aver letto solo cinquantatré pagine su 1247, e di aver perduto la voglia di vivere.»

«Persevera, coraggioso soldato!»

«Certo» fu il suo commento, seguito da un altro sorso di birra. «Forse dovresti leggerlo, sei tu che ti definisci cristiana.»

«Non sono esattamente un bell'esempio di credente. Ma se conoscessi almeno un po' la Bibbia, sapresti qual è l'opinione di Dio sui medium. E che non ci si deve mai fidare di qualsiasi cosa provenga da loro.»

«E tu ti fidi di qualcosa che si trova nella Bibbia?»

Imogen gli lanciò un'occhiata di rimprovero.

«Scusami, ma trovo questa faccenda molto strana.»

«Ti sta aprendo la mente oppure solo vecchie ferite?»

«Ricky?»

Lei annuì.

«Non lo so. Io... ho una mente aperta, lo sai. Negli ultimi giorni ho pensato molto a Dio, alla religione, ho fatto qualche ricerca su Google, ho guardato un paio di dibattiti fra Dawkins e un gruppo di credenti. Immagino che ci sia una cosa che mi fa sentire dispiaciuto per Dio, se esiste davvero.»

«E sarebbe?»

«Come potrà mai vincere? C'è il sacerdote che prega perché spunti il sole e il villaggio non venga spazzato via dalle acque. Nello stesso tempo c'è il contadino che prega per la pioggia perché i suoi campi ne hanno estremo bisogno. Come fa Dio a decidere?»

«Deve prendere una decisione basandosi su chi ne ha più necessità.»

«Davvero? Parliamo di una bambina di otto anni che sta morendo per un tumore al cervello. Chi ha maggiore necessità: la piccola che vuole vivere? I suoi genitori disperati che non vogliono che muoia? Oppure il tumore che vuole distruggerla? Il tumore lo ha creato Satana per divertirsi? O Dio con uno scopo?»

«Tesoro, non puoi considerare le cose in questo modo.»

«L'ho appena fatto. È la domanda che tutti si pongono: come mai, se Dio esiste davvero, permette la sofferenza?»

«Vuoi aprire un dibattito teologico?»

Lui fece un gran sorriso e scrollò la testa. «No, devo leggere un libro. Talmente ampolloso che al confronto il libretto di istruzioni della mia macchina sembra una delle avventure di Jack Reacher. Sarà il libro che salverà l'umanità oppure è un manoscritto che arriva dritto dritto dall'Inferno?»

«Viste le premesse e il ruolo della medium, è più probabile la seconda ipotesi. Domani poi vai a Bristol per l'intervista radiofonica?»

«Sì.»

«Perché non ci vai in treno? Ti resterebbe qualche ora per leggere.»

«Voglio passare da Chalice Well sulla via del ritorno, e per farlo mi serve la macchina.»

«Prendi il treno all'andata, che ti lascia un po' di tempo utile, e noleggia una macchina per il ritorno. Il giornale non ti paga le spese di trasferta?»

«Bella idea, farò così. Peccato che l'emissario di Dio non abbia consegnato a Harry Cook un file audio: avrei potuto ascoltarlo in macchina.»

Lei scrollò la testa. «Troppo pericoloso. Ti saresti addormentato al volante.»

Lui rise. «Di sicuro.»

«Ho dovuto rifiutare un incarico da sogno grazie a Caligola» disse lei.

«Di cosa si trattava?»

«Una settimana di immersioni alle Maldive per noi due. Avrei dovuto scriverci un articolo per una rivista di viaggi online. Volo in business e tutto il resto.»

Entrambi avevano il brevetto di istruttore e avevano già fatto molte vacanze all'estero per fare immersioni, ma ora, grazie al pupo, avrebbero dovuto rinunciarvi per un po'.

«Peccato. Un giorno diremo al piccolo rompiballe che cosa ci ha fatto perdere!»

Lei rise e prese il cellulare. «Guarda, 109 like su Instagram» disse porgendogli il telefono: una foto di Monty accucciato ai suoi piedi con un'espressione rassegnata mentre Ross leggeva. La didascalia diceva: *Montmorency aspetta paziente che il suo padrone finisca di leggere il manoscritto per poter fare la passeggiata.*

«Che carino!» commentò lui.

Dopo cena, e dopo aver bevuto mezza bottiglia di uno Shiraz australiano più che accettabile, Ross tornò nel suo studio portandosi dietro bottiglia e bicchiere. Si accomodò in poltrona, si versò ancora da bere e riprese a leggere. Un passaggio biblico dopo l'altro.

> Ma per i vili e gli increduli, gli abietti e gli omicidi, gli immorali, i maghi, gli idolatri e per tutti i mentitori è riservato lo stagno ardente di fuoco e zolfo. Questa è la seconda morte.

Dopo mezz'ora, Ross appoggiò il manoscritto a terra, per fare una pausa: la minuscola grafia e le annotazioni gli facevano venire mal di testa. Andò alla scrivania e si collegò a Twitter. Poi digitò:

> Qualcuno ha opinioni su quella che dovrebbe costituire la prova assoluta dell'#esistenzadidio #dioesiste?

Inviò il tweet, poi aprì Facebook ripetendo il messaggio e postandolo. Tornò al manoscritto e proseguì faticosamente la lettura. Sbadigliò, stanco, e trovando sempre più difficile concentrarsi. Poi sbadigliò di nuovo e infine chiuse gli occhi.

13
Martedì 21 febbraio

Un forte tonfo svegliò Ross da un sogno inquietante, nel quale demoni in lunghi abiti bianchi si lanciavano contro di lui come aerei in picchiata urlando furibondi. Si tirò su con un sobbalzo, sbatté le palpebre disorientato, momentaneamente incerto su dove si trovasse. Poi notò la luce della lampada a pantografo accanto a sé e le pagine del manoscritto di Cook sparse sul pavimento.

Merda, che ora è?

Guardò l'orologio, inorridito nel rendersi conto che erano le 2.20. Si era addormentato in poltrona.

Merda, merda, merda!

Quella mattina stessa doveva partire presto per Bristol. A mezzogiorno aveva un'intervista radiofonica su BBC Radio Bristol a proposito delle pressioni occulte che alcuni lobbisti esercitavano su molte decisioni prese dal Parlamento. Seguiva un articolo che Ross aveva scritto per il *Sunday Times* e che aveva suscitato molte polemiche, al punto che il giornale voleva un secondo pezzo. Ross stava anche valutando l'idea di scrivere un libro in proposito e quell'intervista, con una rispettata giornalista radiofonica, avrebbe potuto fornirgli le munizioni necessarie ad assicurarsi un contratto con un editore. Doveva essere al massimo della forma. Bristol era a quasi trecento chilometri, e doveva anche cambiare treno a Victoria Station. Tre ore buone di lettura. Con un po' di fortuna, se fosse stato rapido, significava qualche centinaio di pagine del manoscritto. Se fosse riuscito a sopportarle.

Si sentiva sempre meno certo che valesse la pena di dedicare altro tempo al professor Harry Cook.

Lasciando tutto com'era, spense la luce, si lavò i denti,

sgusciò in camera, si spogliò, e scivolò nel letto accanto a Imogen, che dormiva sodo.

Qualche sera prendeva una pastiglia per dormire, ma ormai era tardi: a quel punto sarebbe stato intontito già di prima mattina. Si appoggiò ai cuscini ripensando al suo incontro con quello strano vecchio.

Io e lei dobbiamo salvare il mondo.

Da quanto aveva letto fino a quel momento, il manoscritto conteneva solo digressioni di una mente malata. Passaggi biblici alternati a pensieri sparsi con alcune frasi e parole sottolineate. O tra le righe si era perso qualcosa di importante?

Da adolescente Ross aveva provato, senza riuscirci, a leggere tutta la Bibbia: le ore di religione a scuola lo annoiavano a morte. Ma mai nella sua vita qualcosa lo aveva annoiato quanto quel manoscritto che aveva cercato di leggere per tutta la sera. Ottantacinque pagine su oltre milleduecento. Il testo sarebbe migliorato nel corso della lettura? Ne dubitava. Ma sentiva il bisogno di arrivare fino in fondo, per quanto rapidamente e superficialmente lo leggesse.

Tre ore sul treno per Bristol, tre ore di lettura.

Del manoscritto arrivato dall'Inferno.

La via dell'Inferno lastricata di buone intenzioni?

14
Martedì 21 febbraio

La serra era abbastanza lontana dalla casa perché i rumori, e gli odori, delle sei scimmie in gabbia non disturbassero Ainsley Bloor e sua moglie.

Dentro ogni gabbia c'era il terminale di un computer collegato a un'alimentazione continua di carta. Ogni sera, quando arrivava a casa, e ogni mattina prima di andare in ufficio, Bloor controllava per prima cosa il suo esperimento.

Fino a quel momento, dopo più di tre settimane, cinque scimmie non avevano ancora imparato il sistema, a dispetto dei bocconcini che ricevevano in automatico dopo aver premuto un certo numero di tasti. Strappavano la carta, la masticavano e la sputavano, e usavano la tastiera come toilette o come un gioco da lanciare intorno alla gabbia.

Ma una di loro, Boris, nella gabbia numero 6, era una stella. La sua grande speranza!

L'amministratore delegato del gigante farmaceutico Kerr Kluge, in tuta e scarpe da ginnastica, stava correndo a perdifiato nel buio stringendo un foglio di carta. Superò la piazzola di atterraggio di cemento e la mole indistinta del suo elicottero bimotore Agusta, poi attraversò il campo da croquet. Entrò da un ingresso laterale, corse lungo il corridoio e salì in camera da letto.

«Guarda qui!» urlò. «Cilla, tesoro, guarda, guarda!»

Spaventato dalla sua voce Yeti, il loro shih tzu bianco, saltò giù dal letto.

Erano le sei e tre quarti del mattino, e Cilla non si alzava mai presto: Bloor sapeva che, se l'avesse disturbata prima delle otto, sarebbe stata di pessimo umore per tutto il giorno. Ma per questa notizia valeva la pena.

Bloor accese la luce del comodino dal lato della moglie e con un sorriso di trionfo le mise davanti il foglio di carta, in attesa della sua reazione.

Lei strizzò gli occhi e fissò la pagina: file e file di lettere alternate a numeri e simboli.

«Tesoro, che cosa dovrei guardare esattamente?» chiese nell'abituale tono sarcastico.

«Questo!» rispose il marito battendo il dito su una lettera cerchiata di rosso, una «È».

«Hai bevuto?»

«A quest'ora? Non credo proprio.»

«'È'? E mi hai svegliata per farmi vedere questo?»

«Ma non capisci, cara, vero?» le chiese impaziente.

«Vedo la lettera 'È'. Scusami, mi sfugge qualcosa?»

«Non vedi la lettera 'È', vedi la *parola* 'È'.»

«La parola?»

«È spaziata ai due lati ed è maiuscola! Capisci che significa?»

«Mi sono persa qualcosa. Ti dispiacerebbe parlare chiaro?»

Bloor alzò i pugni in aria. «È un successo, è una cosa importantissima, è l'inizio della prova assoluta che Dio non esiste!»

Lei lo scrutò con occhi assonnati. «La lettera 'È'? Sei sicuro di non esserti attaccato alla bottiglia?»

«Non capisci, vero?»

«No, non capisco, e ti dispiacerebbe non parlare per enigmi?»

«Va bene: Boris.»

«La tua scimmia?»

«Sì, Boris! Lo ha scritto Boris! Non vedi? Non capisci?»

«No, scusami, ma temo di non capire. La lettera 'È' spaziata ai due lati. Che cosa mi sono persa di preciso?»

«È una parola, tesoro, una parola intelligibile. Ci ha messo tre settimane, ma ci è arrivato. Una scimmia ha digitato una parola!»

Lei si limitò a fissare il lenzuolo. «E tu pensi che sappia cosa significa?»

«Che importanza ha? Non posso credere che proprio tu me lo chieda. È la cosa più entusiasmante – forse – che sia mai successa! Una scimmia che digita una parola compiuta. Nessuno ci è mai riuscito prima.»

«Sarò sbalordita quando avrà dimostrato la tua teoria e avrà digitato le opere complete di Shakespeare nell'ordine corretto.»

«Non hai assolutamente capito il punto.»

«E tu sei sicuro di averlo capito?»

«Un amico dell'ateo Antony Flew ha condotto un esperimento con una scimmia, una macchina da scrivere e un'alimentazione continua di carta. In ventotto giorni, la scimmia ha digitato quaranta pagine di parole inintelligibili: non ce n'era una sola di senso compiuto. E nemmeno una 'È' tra due spazi. Fatti i conti, si è convinto che la Terra avrebbe esaurito le risorse prima che la scimmia digitasse una parola sensata, e ha usato tutto questo come prova dell'esistenza di Dio. Si sbagliava! Segnati questa data sul calendario. È il giorno in cui si è cominciato a smentire irrefutabilmente l'esistenza di Dio.»

«Lo dimostra la terza persona del verbo essere» commentò lei con noncuranza, poi chiamò il cane e si riaddormentò.

15

Martedì 21 febbraio

«La ringrazio, Ross Hunter» disse Sally Hughes, la giornalista della BBC, poi si chinò verso il microfono nel piccolo studio. «Se volete leggere il suo articolo sui lobbisti, lo potete trovare sul sito web del *Sunday Times*. È davvero interessante.» Prese fiato, poi proseguì. «Siete sintonizzati su BBC Radio Bristol. Sono quasi le tredici e abbiamo qui Rory Westerman con le ultime notizie sul traffico e il meteo. Dopo il giornale radio, sarà il momento delle ricette con il vincitore di *MasterChef* Charlie Bouvier. Ci ritroveremo alle quattordici con il mio prossimo ospite, la scrittrice Val McDermid.»

Tese la mano, premette un interruttore e la luce rossa ON AIR si spense. Poi sorrise a Ross.

«È andata bene?» chiese lui.

«Benissimo!»

Ross bevve l'ultimo sorso di caffè freddo dalla tazza che gli avevano dato prima di entrare in studio, poi prese lo zaino che conteneva il manoscritto di Cook.

«Hai altre interviste da queste parti?» chiese Sally.

«No, mi sono organizzato con una macchina a noleggio per tornare nel Sussex passando da Glastonbury» rispose. «C'è qualcosa che vorrei controllare finché c'è luce.»

«Glastonbury?»

«Sì.»

«Ci sei mai stato?»

«Qualche anno fa.»

«Mentre sei lì, dovresti andare a vedere Chalice Well, è un luogo straordinario, molto spirituale.»

«Hai detto *Chalice Well*?»

«Certo.»

«Strano che me lo nomini» rispose. «Sto andando proprio lì. Tu cosa sai di quel posto?»

«A dire il vero parecchie cose: mio zio è uno degli amministratori fiduciari.»

Lui la guardò stupefatto. «Tuo zio è nel consiglio di amministrazione del Trust di Chalice Well?»

«Sì, si chiama Julius Helmsley e ha sposato la sorella di mia madre. Perché?»

«Una vera coincidenza.»

«Coincidenza?»

Ross guardò il suo orologio, poi quello sulla parete dello studio. «Hai tempo per mangiare un boccone?»

«C'è una caffetteria non lontano da qui. E ho proprio bisogno di mangiare qualcosa.»

«Anch'io.»

Dieci minuti più tardi erano seduti a un tavolo: Sally Hughes con un tè verde e un sandwich al tonno, Ross con un espresso doppio e un panino al prosciutto e formaggio riscaldato al microonde. Sally era sulla trentina, il viso incorniciato da una massa di riccioli scuri, una cordialità che aveva messo Ross a suo agio appena entrato in studio e una voce roca che gli piaceva molto. Non era di una bellezza convenzionale, ma lo attraeva per la sua aria intelligente ed esuberante.

In quel momento sembrava rilassata, con un maglione nero a collo alto, una collana d'oro, jeans e stivali neri. Portava anche molti anelli, ma nulla all'anulare, osservò Ross.

«Dicevamo... Quale coincidenza?»

Ross le raccontò tutta la storia del suo incontro con Harry Cook e alla fine rimase in silenzio.

«Che ne pensi?» le chiese dopo qualche istante.

«Che ne pensi *tu*?» ribatté lei.

«Credo che sia un matto. O almeno, lo credevo fino a quando hai nominato Chalice Well.»

«Credi in Dio?»

«Mi definirei agnostico. Nella tarda adolescenza stavo

passando all'ateismo poi, poco dopo i vent'anni, è successo qualcosa.»

«Cosa?»

«È un po'... imbarazzante a dire il vero, troppo personale per parlarne.»

«Sei stato folgorato sulla via di Damasco?»

«Più o meno. E tu credi in Dio?»

«Non credo nel Dio della Bibbia, ma penso che ci sia qualcosa, una sorta di intelligenza superiore. Sarebbe deprimente per l'umanità avere la prova conclusiva che Dio non esiste e non c'è vita dopo la morte, niente ricompensa o castigo. Ci resterebbero solo la disperazione e l'inutilità dell'esistenza, non credi?»

«Non saprei. Stavo bene da non credente fino a quando...»

«Fino a quando è successa quella cosa nella tua vita?»

«Sì. E tuo zio... mi dici di nuovo come si chiama?»

«Julius Helmsley» rispose lei scrollando la testa. «È dirigente di un'azienda farmaceutica e non ha particolari convinzioni religiose.»

«Ma è uno degli amministratori di Chalice Well. Non è un sito sacro?»

«Sì, mio zio ha una seconda casa in zona e la sua azienda contribuisce a finanziare il mantenimento di Chalice Well, lo vedono come una specie di dovere civico. Nel Somerset hanno un laboratorio di ricerca e sviluppo.»

«Credi che tuo zio accetterebbe di parlarmi?»

«A proposito del professor Cook?»

«Sì, e di Chalice Well in generale.»

«Gli chiederò se sa qualcosa di quel tizio, e ti aggiornerò» rispose Sally con un sorriso enigmatico.

La giornalista aveva qualcosa di affascinante, ma lui non voleva mandarle segnali. Stava per diventare padre e, qualsiasi fossero i suoi sentimenti per Imogen in quel periodo, sentiva di avere dei doveri nei suoi confronti. Guardò l'orologio. «A che ora devi tornare in studio?»

«Fra venti minuti, prima che il produttore cominci ad agitarsi. Non mi hai detto che ne pensi del manoscritto che ti ha dato il professor Cook.»

«Fino a questo momento sto facendo fatica, mi sembrano tutte idiozie.»

«A parte le coordinate geografiche di Chalice Well?»

«Forse.»

«Quanto alle altre due coordinate che ti mancano, ti interessa conoscerle?»

«Immagino di sì, se indosso il cappellino del giornalista investigativo.»

Sally sorrise di nuovo. «È stato piacevole parlare con te.»

«Anche per me.»

«Fammi sapere se torni da queste parti.»

«Contaci.»

«Hai un biglietto da visita? Vedo se riesco a farti mandare un'email o a farti telefonare da mio zio.»

Ross gliene diede uno. Poi, al termine del pranzo, la baciò goffamente sulle guance. «Ti terrò informata.»

«Mi piacerebbe. Magari un giorno potresti tornare a parlare di Harry Cook nella mia trasmissione.»

«L'uomo che ha salvato il mondo?»

«E il giornalista di successo che lo ha aiutato!»

Ross batté la mano sullo zaino che aveva poggiato a terra. «Magari è tutto qui dentro.»

«Mi sembri uno con la testa sulle spalle. Dico sul serio, non ti sto prendendo in giro.»

Mentre la giornalista tornava di corsa in studio, Ross andò a pagare al bancone immerso nei suoi pensieri. Era una strana coincidenza, davvero strana. Sentir parlare di Chalice Well due volte in due giorni. Era forse un segno? O solo una banale coincidenza?

16

Martedì 21 febbraio

Dal suo ufficio tutto vetrate al quarantaquattresimo e ultimo piano del palazzo KK – soprannominato dai dipendenti «il portapillole» –, Ainsley Bloor presiedeva l'impero in continua espansione della Kerr Kluge con occhio indifferente e cuore arido. L'ufficio era nel South Bank e godeva di una splendida vista oltre il Tamigi, sul Cetriolo e agli altri monoliti della City.

Il laboratorio di ricerca e sviluppo della KK, nelle campagne del Somerset, si trovava in un edificio isolato di profilo molto più basso, al centro di un grande campus. Presentava tre soli piani in superficie, ma ne aveva altri sette nelle viscere del sottosuolo. Parte del lavoro era incentrato sulla ricerca, con test su cavie di varie specie, che venivano tenute ben lontane da sguardi indiscreti e dagli attivisti per i diritti degli animali. Ma una parte ancora più ampia delle attività segrete era il sequenziamento genetico, e la KK aveva impiantato in quel bunker il più grande laboratorio di genetica del Regno Unito.

Bloor e il suo consiglio d'amministrazione credevano che la strategia a lungo termine dell'azienda dovesse consistere nel brevettare le sequenze genetiche per controllare disturbi cronici come diabete, psoriasi, artrite e depressione, oltre che per la terapia di mantenimento di malattie spesso mortali come il Parkinson, la demenza e il cancro.

Fino a qualche istante prima Bloor era di ottimo umore: aveva appena firmato un contratto con il maggiore fornitore di medicinali dell'Africa centrale. L'azienda si sarebbe liberata di tutti i farmaci scaduti che aveva in magazzino e, per di più, avrebbe potuto distribuire in quel continente uno dei prodotti più lucrosi e di maggiore successo, un antistaminico che la FDA (l'agenzia americana di controllo dei farmaci) aveva da poco messo fuorilegge dopo aver scoperto che poteva avere effetti letali causando un'alterazione del ritmo cardiaco. Una settimana prima sembrava che questa decisione della FDA potesse intaccare seriamente gli utili della KK; ora la situazione era ribaltata.

Quel giorno lo aspettava un buon pranzo per festeggiare con i top manager la firma del contratto.

Inoltre, doveva celebrare in privato anche i suoi progressi con Boris.

Un giovane medico, laureatosi di recente e che era appena stato assunto, non avrebbe mai dimenticato il suo colloquio con l'amministratore delegato. «Steven, deve sapere una cosa, e una cosa sola, della Kerr Kluge» gli aveva detto Bloor proprio in quell'ufficio. «Siamo in affari per ricavare profitti, e tutto ciò che ci interessa è questo. Non è un mio problema se, grazie ai nostri farmaci, capita di migliorare la vita a qualche persona. La mia posizione in merito le è chiara?»

In quel momento, però, Bloor aveva un problema del tutto diverso.

Seduto alla scrivania, con il telefono all'orecchio, osservava un rimorchiatore che trainava una chiatta lungo il fiume. Fuori era una bella giornata, una di quelle mattine di sole invernale quando Londra è al suo meglio, quando – almeno a parere di Bloor – era la città più bella del mondo.

Un mondo carico di opportunità per la KK: mercati da conquistare, nuovi brevetti da depositare, altri brevetti concessi, farmaci nelle fasi finali di sperimentazione, che in genere duravano anni.

A volte, quando Bloor incontrava le persone per la prima volta a una festa e gli chiedevano cosa facesse, provava un piacere perverso nel dire loro che era uno spacciatore di farmaci.

Ma la telefonata che stava per fare non gli dava alcun piacere.

Alla fine dei conti, le fondamenta della sua azienda – e di tutte le altre società farmaceutiche, sia dei giganti che dei nani del settore – dipendevano da una sola cosa: che nessuno al mondo trovasse mai una cura *magica* a effetto istantaneo per qualsivoglia malattia. Registrare profitti, per loro, significava prolungare il più possibile la vita di chi soffriva, gestire i problemi, non risolverli.

Abbaiò le sue istruzioni al telefono.

17
Martedì 21 febbraio

Orientandosi con Google Maps sul suo iPhone, Ross attraversava la periferia di Bristol sulla piccola Toyota a noleggio. Superò una rotonda con le indicazioni per Bath, Shepton Mallet e Wells, prese la direzione di Wells, poi seguì la A37 come indicato. L'applicazione gli disse che sarebbe arrivato dopo quarantacinque minuti.

Il diluvio di poco prima era cessato e, tra le nuvole, ora spuntavano chiazze di azzurro; Ross si sentì sollevato pensando di poter scarpinare senza infradiciarsi troppo. Ma, nello stesso tempo, provava la strana sensazione che gli mancasse qualcosa.

Si chinò per sintonizzare la radio fino a quando non trovò Heart Radio, la sua preferita, e sentì un nuovo brano dei Passenger, un gruppo che gli piaceva.

Ascoltando la musica, ripensò alla sua chiacchierata con Sally Hughes, ma con la persistente sensazione che gli mancasse qualcosa, come se ci fosse un'ombra in macchina con lui.

Poi si rese conto.

«Merda!» esclamò ad alta voce. «Oh merda, merda, merda!»

Aveva dimenticato sul pavimento della caffetteria lo zaino con il manoscritto di Harry Cook.

Come aveva potuto? Forse era troppo stanco.

Cercò freneticamente un punto dove invertire la marcia. La strada era molto trafficata, con macchine alle sue spalle e un fiume di veicoli che andava nell'altra direzione. Poi vide poco più avanti sulla destra l'ingresso allo spaccio di una fattoria. Con il cuore che batteva impazzito, sudando copiosamente, mise la freccia, aspettò un varco nel traffico e svoltò, frenando poi bruscamente. Si guardò alle spalle, attese un altro varco, si immise nella corsia e accelerò tagliando la strada a un camion, che gli suonò il clacson furioso, poi guidò più veloce che poteva verso Bristol.

Cristo. L'unica copia esistente. E se qualcuno avesse rubato lo zaino credendo che ci fosse dentro un computer? Come avrebbe potuto spiegarlo a Cook?

Gli aveva affidato la salvezza dell'umanità e lui era caduto al primo ostacolo.

Merda, merda, merda.

Davanti a sé aveva un trattore, che avanzava a venticinque chilometri all'ora. «Forza, forza!» Si spostò verso destra per vedere l'altra corsia, ma era una fila ininterrotta di traffico, poi la cima di una collina.

Si sentì torcere le budella. Come aveva potuto essere tanto stupido?

E se lo zaino fosse sparito?

Era riuscito a sfogliare superficialmente le prime mille pagine. Ovunque si fosse soffermato per una lettura più approfondita, il manoscritto sembrava impenetrabile. In quel momento, sarebbe stato felice di rispedirlo a Harry F. Cook, ma sentiva nei confronti del vecchio l'obbligo di leggerlo fino alla fine. Lo doveva al genere umano, vero? Forse sì.

Ma non era convinto, nemmeno minimamente.

Eppure non poteva dimenticare la coincidenza dello zio di Sally.

Ti prego, fa' che sia ancora lì, ti prego!

Venti minuti più tardi accostò su una doppia riga gialla davanti alla caffetteria e corse dentro. Era quasi vuota. Superò il bancone dirigendosi verso il retro, dove si erano seduti, e guardò sul pavimento sotto il tavolo.

Lo zaino era sparito.

Sentì il vuoto dentro.

Poi una voce lo chiamò, facendolo voltare. Dietro il bancone c'era una ragazza dai fiammanti capelli rossi, la stessa che li aveva serviti.

«Posso aiutarla?»

«Sì. Io… io ero qui circa quaranta minuti fa, e ho dimenticato uno zaino.»

«Ah, sì. È fortunato che ci siano ancora persone oneste al mondo. Me lo ha consegnato un signore.»

Si chinò dietro il bancone e riapparve con in mano uno zaino nero di nylon. «È questo?»

Ross fu travolto da un'ondata di sollievo. «Lei è un vero angelo» disse, e poco mancò che la baciasse.

Aprì lo zaino per controllare che ci fosse tutto, poi tornò di corsa alla macchina.

Il traffico rimase intenso lungo tutto il percorso e Ross arrivò a Glastonbury poco prima delle sedici, mezz'ora prima della chiusura di Chalice Well. La strada all'ingresso della cittadina era stretta, con una fila di case fuligginose sulla sinistra che arrivavano fino a bordo strada e una siepe sulla destra. Due camion appaiati forse non ci sarebbero passati. La siepe terminava in un viottolo che risaliva la collina: sul lato più lontano, in cima a un alto muro grigio, spiccavano un cartello bianco e verde con una freccia:

CHALICE WELL TRUST

Cinquanta metri più avanti, una targa molto più grande era affissa accanto a un'apertura nel muro. Ross svoltò all'interno e si ritrovò in un parcheggio con un paio di macchine e una decina di spazi vuoti, di fronte a una fila di graziosi cottage. In un luogo diverso, pensò, avrebbero potuto essere le sale da tè di un paesino.

C'erano molti cartelli:

BENVENUTI A CHALICE WELL E AI SUOI GIARDINI

CHALICE WELL È UN SANTUARIO
E UN GIARDINO DELLA PACE NEL MONDO

PARCHEGGIO DISABILI

Un cartello più piccolo subito sotto indicava un parcheggio a duecento metri.

Ross sterzò, imboccò una strada da poco riasfaltata che conduceva a un edificio moderno a due piani con l'insegna a grandi lettere bianche R.J. DRAPER & CO. e, lì davanti, vide un grande parcheggio vuoto. Un segnale indicava la tariffa di due sterline da pagare all'interno del negozio.

Ross prese lo zaino e se lo mise in spalla: non si fidava a lasciarlo in macchina. Pagò, poi si diresse in fretta verso il sito di Chalice Well. Superò i cottage che sembravano sale da tè e imboccò un vialetto di ciottoli sotto un pergolato che saliva una collina. Vide un cartello con il disegno di un telefono sbarrato da una croce rossa e le parole VIETATO L'USO DEI CELLULARI.

Proseguendo il cammino, mise il telefono in modalità silenziosa, superò un piccolo edificio e raggiunse la biglietteria, un gabbiotto di legno con una donna allo sportello. Pagò le 4,20 sterline per l'ingresso e la gentile signora gli diede un dépliant con una piantina, spiegandogli poi la disposizione del luogo.

«Questo sentiero mi porta fino al Tor?» chiese Ross.

«No» rispose lei indicando alla sua sinistra. «Quello è l'altro ramo del sentiero: quando sale vedrà le indicazioni.»

La ringraziò e studiò la piantina. Tutto era molto più curato e ordinatamente disposto di quanto si fosse aspettato. Imboccò il sentiero in salita, bordato alla sua destra da una bassa siepe e a sinistra da aiuole di fiori. Poco oltre c'era un prato ripido che risaliva il fianco della collina con, qua e là, grandi cespugli e alberi. Alla sua destra, in un luogo particolarmente bello del parco, Ross vide una pozza circolare con l'acqua color ruggine che, uscendo da una fontana, alimentava un piccolo torrente tagliato nella pavimentazione e passava sotto uno stretto ponte. Secondo la piantina era la Vesica Pool.

Davanti a lui c'erano due splendidi alberi di tasso poi, poco più sopra, un elaborato cancello e, in alto, uno scudo con incise le parole CHALICE WELL.

Scattò una foto con il telefono.

Un uomo anziano vestito da giardiniere scendeva verso di lui spingendo una carriola: gli augurò buon pomeriggio e proseguì. Dopo pochi passi, Ross vide un'altra indicazione per il pozzo. Una rapida occhiata gli mostrò soltanto i rami bassi di alberi enormi, una massa di cespugli e arbusti molto trascurati e che avrebbero richiesto una buona potatura.

Si avvicinò e vide una staccionata, che probabilmente delimitava i confini, dove il sentiero saliva verso il lato più lontano, con il Tor sotto, e un muro circolare infossato con due rampe di gradini che lo attraversavano.

In fondo alle rampe c'era il pozzo.

Guardando in basso provò una certa delusione: era più piccolo di quanto avesse pensato, visto che il diametro non sembrava superare il metro. Era arrivato lì senza sapere cosa aspettarsi, ma aveva creduto che quel luogo avesse un aspetto più teatrale, in un certo senso.

Scese i tre gradini e si fermò sul fondo, studiando l'apertura del pozzo. Tutto intorno c'erano pietre piatte e irregolari, mentre il pozzo stesso era coperto da una grata per evitare che qualcuno ci cadesse dentro. Appoggiato a un supporto di pietra e fissato con una catena, c'era anche un coperchio sollevato e decorato con simboli elaborati.

Secondo la guida, il colore rossastro dell'acqua – la cui sorgente non si era mai prosciugata – rappresentava il sangue di Cristo.

Scattò un buon numero di fotografie, poi guardò le coordinate geografiche che gli aveva fornito Cook e che aveva programmato nel suo telefono: indicavano un punto a una certa distanza. Uscì dalla zona del pozzo seguendo le coordinate, attraversò i giardini e uscì, a sinistra, sulla ripida china erbosa. Giunse al punto preciso circa duecento metri sopra il pozzo.

51°08'40"N 2°41'55"W.

Il luogo dove Cook gli aveva detto di aver usato il metal detector e di aver rilevato qualcosa sottoterra.

Qualcuno aveva scavato proprio lì.

Gli venne la pelle d'oca: la terra era stata smossa di recente, sembrava che avessero scavato una sorta di trincea lunga un metro e larga circa sessanta centimetri, per poi chiudere tutto. Avevano risistemato il terreno e ripiantato l'erba e, in effetti, cominciavano a comparire i primi, minuscoli germogli.

Chi era stato?

Harry Cook, doveva essere stato lui.

Provò una strana sensazione, con il sole di fronte, basso sull'orizzonte, e il belato delle pecore a una certa distanza.

Strana, eppure...

La piantina indicava un negozio dove si potevano acquistare i souvenir. Erano stati i monaci medievali a creare il mito della sepoltura di Giuseppe d'Arimatea in quel luogo, per incrementare i pellegrinaggi? O quella era solo una teoria cinica?

Secondo le leggende, il Santo Graal doveva essere la coppa – il calice – dal quale Gesù aveva bevuto durante l'Ultima Cena, oppure il recipiente nel quale era stata versata parte del Suo sangue mentre si trovava sulla croce. Oppure entrambi.

Dalle ricerche che Ross aveva fatto su Google negli ultimi giorni, Giuseppe d'Arimatea era un uomo ricco che aspirava al Regno dei Cieli. Era stato un discepolo segreto di Gesù – esserlo apertamente non conveniva –, e dopo la crocifissione aveva ottenuto da Pilato il permesso di portare via il corpo di Cristo e di deporlo nella grande tomba che, in origine, aveva destinato a sé stesso.

In uno dei passaggi più intelligibili dei deliri letterari di Cook, si diceva che in seguito Giuseppe, per motivi non chiari, dovette andarsene in tutta fretta dal suo paese. Aveva portato con sé qualche ricordo – uno era il calice – durante la fuga e, giunto in Inghilterra, vi aveva fondato la prima Chiesa cristiana, secondo alcuni proprio lì a Glastonbury.

Ross si fermò a pensare. Bene, sono Giuseppe, sono dovuto fuggire dalla mia patria dopo aver sepolto il Figlio di

Dio nella tomba che avevo preparato per me. Sono capitato in questa terra di pagani ostili, in un luogo misterioso, con una strana collina e un pozzo profondo. Ho un ricordo del mio pronipote, il Figlio di Dio, e porto con me l'unica prova che Lui è realmente esistito. Non ho altro, non è molto, soltanto una coppa dalla quale ha bevuto o nella quale si è versato il Suo sangue. Ma è un legame. Ho bisogno di proteggerla e di tenerla al sicuro perché la scoprano le generazioni future.

Dunque devo nasconderla, perché i pagani potrebbero cercarla per distruggerla.

Dove?

Ross si guardò intorno. Fossi stato al suo posto, avrei scavato un buco in questo punto della collina? Non credo, sarei stato molto più furbo.

Cook poteva anche aver rilevato qualcosa sotto il punto in cui Ross si trovava in quel momento, ma poteva trattarsi di un oggetto qualsiasi; non c'erano prove che il recipiente dal quale Cristo aveva bevuto durante l'Ultima Cena, e nel quale parte del Suo sangue era stato versato mentre era sulla croce, fosse di metallo. Poteva esserlo, così come poteva essere di legno. Meno decorato e appariscente del metallo per un uomo tanto umile. In quel caso non poteva essere stato rilevato dal metal detector di Cook.

Guardò verso il pozzo e il boschetto che lo nascondeva, e pensò. Poi scrutò gli alberi e i cespugli.

Cercò di riportare il tempo a duemila anni prima. All'epoca lì cosa c'era? Quale sarebbe stato il punto più ovvio?

18

Martedì 21 febbraio

Ross tornò indietro attraverso i giardini ed entrò nel negozio di souvenir per vedere se ci fosse qualcosa di adatto alla stanza del bambino. Perlustrò gli scaffali di essenze curative, riproduzioni di calici e candele, ma non vide nulla che potesse andare bene per un neonato.

Deluso, acquistò una guida e uscì. Arrivato alla strada, percorse la breve distanza che lo separava dal viottolo che correva lungo il bordo più lontano della staccionata e lo seguì. Oltrepassò una casa dall'aspetto molto New Age, sul muro esterno della quale campeggiava un enorme dipinto floreale. Poi un tempietto di pietra, costruito su una sorgente. A poca distanza, sul declivio della collina alla sua sinistra, c'era la staccionata di legno che aveva visto stando dall'altro lato e che conduceva al pozzo. Secondo i suoi calcoli, adesso doveva trovarsi circa dalla parte opposta del pozzo. La staccionata era stata eretta su un muro di pietra, per dissuadere la gente dall'entrare senza fare il biglietto.

A poca distanza davanti a lui, sulla destra, vide un cartello che indicava la direzione per il Tor, e una stretta piazzola in cui poteva sostare qualche auto. Seguì il sentiero e, dopo qualche minuto, il Tor gli si stagliò davanti. Una vista mozzafiato.

Con le sue sette terrazze simmetriche, Glastonbury Tor aveva forti legami con re Artù e Avalon, un'aura mitologica che Ross non mancò di percepire trovandosi lì. Il panorama era bizzarro e gli ricordava le colline che aveva visto qualche anno prima quando lui e Imogen avevano visitato la Nuova Zelanda.

Osservò i resti della Torre di San Michele, poi si inerpicò per raggiungerla. Una volta arrivato in cima, percorse il perimetro delle rovine e si fermò a guardare la città di Glastonbury dall'alto, con i suoi edifici disposti alla rinfusa e le campagne che la circondavano. A poca distanza vide le pecore che aveva sentito belare. Ormai il sole era molto basso all'orizzonte e la luce stava lasciando spazio al crepuscolo. Controllò l'orologio: le 17.10. A bordo della piccola Toyota che aveva preso a noleggio, gli ci sarebbero volute tre ore e mezzo buone per arrivare a casa. Aveva visto abbastanza ed era ancor più sicuro di prima.

Ross imboccò il sentiero che scendeva dritto dal fronte della collina e, una volta ai piedi dell'altura, si fermò qualche istante per mandare un messaggio a Imogen: sarebbe stato a casa prima delle nove di sera.

Dalla cima di Glastonbury Tor, immerso nel buio dell'ingresso alla Torre di San Michele per evitare il riflesso del crepuscolo sulle lenti, un binocolo restava puntato su di lui.

19

Giovedì 23 febbraio

Ross Hunter aveva conosciuto il reverendo Benedict Carmichael quando il prelato ricopriva il posto di vicario nella chiesa di St Peter's, a Brighton. Con l'aiuto di Carmichael, Ross aveva smascherato una congrega di satanisti che commetteva abusi rituali su bambini nelle campagne al limitare della città. Quella storia non solo aveva garantito a Ross una delle sue prime pagine sui quotidiani nazionali, ma aveva anche segnato l'inizio di una durevole amicizia con Carmichael. Ross era poi rimasto sorpreso nell'apprendere che nel cuore di quell'uomo apparentemente devoto albergavano dei dubbi.

Durante un pranzo informale a Lewes, mentre era in corso il processo ai principali esponenti della congrega, Carmichael si era aperto con Ross e gli aveva spiegato di avere un problema con le interpretazioni letterali della Bibbia. La sua fede era salda, ma al contempo era profondamente incerto su molte dottrine e sull'approccio letterale alle Scritture.

Quando, pochi mesi dopo, il prelato era stato nominato vescovo di Reading, Ross ne era stato felicissimo. Aveva poi provato la stessa gioia un anno prima, nel ricevere una lettera di Carmichael che gli annunciava di essere stato nominato vescovo di Monmouth, probabilmente anche in virtù della sua perfetta conoscenza della lingua gallese.

Appena rientrato da Chalice Well, Ross telefonò a Carmichael, che non vedeva da qualche anno, e gli chiese se potessero incontrarsi: doveva parlargli, e con urgenza.

Due giorni dopo parcheggiava la sua Audi A4 grigia nel posteggio acciottolato dell'elegante dimora in pietra nel cuore di Monmouth. Uscì dall'abitacolo, si stiracchiò al sole dopo il lungo viaggio ed entrò nell'edificio dove, qualche istante più tardi, il segretario di Carmichael – un cordiale uomo di mezza età – lo scortò al piano superiore e lungo uno stretto corridoio che conduceva all'ufficio del vescovo, una stanza accogliente, ancorché ingombra.

Carmichael indossava una giacca nera aperta a rivelare la camicia viola col collarino; dal collo, attaccata a una catena d'oro, pendeva una grossa croce decorata. Dal loro ultimo incontro, Carmichael aveva messo su peso, i capelli si erano fatti più radi e grigi, ma il viso conservava l'aspetto giovanile e gli occhi brillavano di zelo.

Sedettero su due poltrone e chiacchierarono un po', aggiornandosi sulle rispettive vite, finché il segretario non rientrò portando un vassoio con caffè e biscotti.

«Allora, Ross, mi hai detto che si tratta di qualcosa di urgente...» esordì Carmichael. La voce era calda e amichevole, una voce capace di ammaliare un'intera cattedrale piena di fedeli con la stessa facilità con cui riusciva a tenere testa a un agguerrito intervistatore di *Today* su Radio 4.

Ross aprì lo zaino ed estrasse il manoscritto di Cook.

«Hai scritto un libro, Ross?»

«No. A quanto pare, è stato Dio a farlo.» Ross sorrise.

Carmichael lo guardò con aria interrogativa.

Ross gli raccontò allora l'intera storia, a cominciare dalla telefonata di Cook e terminando con il suo pranzo con Sally Hughes e la visita a Chalice Well.

Al termine della storia, il vescovo inzuppò con aria pensosa un biscotto Digestive nel caffè. «Uhm» fece dopo qualche momento. «Conoscendoti, hai fatto le dovute ricerche sul professor Cook.»

«Le ho fatte e dice il vero. Ex ufficiale della RAF, è poi diventato professore di storia dell'arte all'Università di Birmingham. La sua defunta moglie, Doreen, insegnava nella stessa università. Avevano un unico figlio, rimasto ucciso da fuoco amico in Afghanistan. Fedina penale pulita, sembra un tipo piuttosto ordinario. Da giovane giocava a scacchi: non un professionista, ma comunque piuttosto abile. È un uomo eclettico, appassionato di antropologia e biologia; qualche anno fa ha pubblicato un paio di articoli accademici in cui metteva in discussione le teorie di Darwin e sosteneva Lamarck.»

«Lamarck? Jean-Baptiste Lamarck?»

«Sì.»

Carmichael abbassò lo sguardo sulla tazza, osservando non senza irritazione il pezzo di biscotto che, troppo zuppo, si staccava e cadeva nel caffè. Raccolse i pezzetti col cucchiaino e li posò sul piattino.

«Interessante. Lamarck mi ha sempre intrigato. Forse lo sai già, ma mentre Darwin affermava che gli organismi si sono evoluti per selezione naturale, Lamarck credeva che il motore dell'evoluzione fosse stata la necessità: se togli una rana dall'acqua, i cuscinetti sostituiranno le zampe palmate nel giro di un paio di generazioni.»

«Ma questo non faceva di lui un deista meno convinto di Darwin, vero Benedict?»

«Be', su questo avrei qualcosa da dire. Se Lamarck avesse saputo dell'esistenza dei geni, avrebbe potuto affermare che era il cervello della rana a ordinare loro di sviluppare i cuscinetti al posto delle zampe palmate. Cosa, o chi, ha dato questa informazione al cervello della rana? Ma non è questo il motivo per il quale sei qui, giusto?» Si allungò e batté il palmo della mano sul manoscritto, commentando con tono velatamente dubbioso: «Vorresti che leggessi questo?»

Ross scosse la testa e vide un'espressione di sollievo dipingersi sul volto del vescovo. «No, vorrei che mi dicessi cosa ne pensi di ciò che ti ho detto, di ciò che il professor Cook ha detto a me.»

«Devo essere sincero?»

«Certo. È il motivo per cui sono qui.»

«Be', secondo quest'uomo, Dio è convinto che se il genere umano avesse la prova conclusiva della Sua esistenza, il mondo potrebbe arretrare dall'abisso. Quindi ti sta offrendo tre serie di coordinate come prova dell'esistenza di Dio: il luogo in cui è custodito il Santo Graal, un oggetto significativo che riguarda Gesù Cristo e il punto esatto del Secondo Avvento?»

«Sì.»

«Ok, bene. Questo contraddice l'argomentazione secondo la quale la prova è nemica della fede. Oppure mette le cose sotto un'altra luce.»

«Cosa intendi, Benedict?»

Il vescovo chiuse gli occhi per un istante e poi li riaprì. «Il fatto è che, per avere la prova dell'esistenza di Dio, io vorrei qualcosa di più di tre serie di coordinate. E, francamente, se io fossi Dio e volessi dare a qualcuno dimostrazione della mia esistenza, non mi limiterei a qualche coordinata. Di mio, vorrei vedere qualcosa di molto più convincente.»

«Interessante» replicò Ross. «Qualche giorno fa, ho posto la questione sui miei profili social. Ho chiesto opinioni su cosa servirebbe alle persone per avere la prova certa dell'esistenza di Dio.»

«Immagino tu abbia ricevuto risposte interessanti» sorrise Benedict con sguardo incuriosito.

«In parecchi mi hanno scritto che il fatto stesso di porre questa domanda mi condannava alla dannazione eterna, ma ci sono state anche risposte piuttosto brillanti.»

«Per esempio?»

«Una persona ha detto che la prova dell'esistenza di Dio sarebbe stata trovare inciso sul fondo della tomba di Cristo lo schema del DNA a doppia elica.» Guardò Carmichael che non appariva impressionato.

«Troppo facile da liquidare come falso storico, Ross.»

«Immagino di sì. Un'altra risposta che mi è piaciuta molto ha menzionato la soluzione di uno dei Problemi matematici per il millennio, per esempio la Teoria di Yang-Mills e del gap di massa. O magari di tutti e sette.»

«Idea interessante, ma gli scettici direbbero che il merito è di un sofisticato algoritmo informatico.»

Ross sorrise. «Ok. Quindi cosa persuaderebbe te, Benedict? Se tu fossi Dio e volessi convincere il mondo della Tua esistenza, cosa faresti?»

Detto questo, mangiò un biscotto. Il silenzio era rotto solo dal rumore del suo masticare.

Il vescovo si accomodò all'indietro sulla poltrona e intrecciò le dita. «Avrei bisogno di qualcosa che convinca anche l'ateo più ferreo, qualcosa di impossibile da confutare su due piedi o da spiegare in altro modo. Qualcosa che sfidi le leggi della fisica dell'universo. In altre parole, un miracolo. E anche bello grosso.»

Ross rifletté su quelle ultime parole. «Intendi come dividere le acque?»

«Rispetto ai tempi di Gesù, viviamo in un modo parecchio più scettico» osservò Carmichael. «La maggior parte di noi ha visto David Blaine, Dynamo, Derren Brown e innumerevoli altri maghi e illusionisti. Penso che ci servirebbe qualcosa di piuttosto spettacolare, qualcosa che il mondo intero potrebbe vedere e che non potrebbe in alcun modo liquidare né spiegare con la scienza.»

«Qualcosa tipo il sole che sorge da ovest anziché da est?»

«L'ordine è quello.»

«Capisco» rispose Ross. «E se qualcuno riuscisse a mostrare un simile miracolo, cosa succederebbe?»

Carmichael fece un sorrisetto triste e sardonico. «Vuoi sapere cosa penso davvero, in tutta sincerità? Cosa credo succederebbe se qualcuno di credibile affermasse di avere la prova assoluta dell'esistenza di Dio, Ross? Penso che quella persona verrebbe uccisa.»

20
Giovedì 23 febbraio

Forse era solo la sua immaginazione, ma a Ross parve che il cielo si fosse oscurato. Dava le spalle alla finestra e non volle girarsi per controllare. «Uccisa?» ripeté. «Intendi assassinata? Cosa te lo fa pensare, Benedict?»

Il vescovo alzò le mani. «Non sono affatto convinto che la prova dell'esistenza di Dio, se mai potesse essercene una, riporterebbe il mondo in equilibrio. Penso anzi che avrebbe l'effetto opposto di quello che crede il tuo professor Cook. Rifletti sulle conseguenze. Lo sconvolgimento che porterebbe nelle religioni del mondo: le getterebbe nel caos. Disperazione. Per secoli, tutti hanno tentato di arrogare alla propria religione il primato di essere l'unico sentiero che porta a Dio, il che è stato carburante per i fanatici di ogni denominazione. Immagina il panico di quelli che hanno ammantato di interessi commerciali un sistema religioso. Come si porrebbero le religioni abramitiche? Il vero Dio sarebbe quello cattolico? Anglicano? Ebraico? Islamico? E gli hindu o i sikh? I fondamentalisti si sentirebbero oltraggiati e griderebbero alla blasfemia. E nemmeno quelli di Scientology ne uscirebbero tanto bene, giusto?»

Ross lo fissava. Carmichael continuò, con un sorrisetto.

«Tante persone sarebbero parecchio scontente, Ross, perché dovrebbero chiudere bottega.»

«A partire dal Vaticano?»

«Il Vaticano sarebbe piuttosto a disagio, sì. Dal momento che si considerano la sola e unica Chiesa cristiana, dovrebbero trovare un modo per riaffermare il loro primato, e con estrema urgenza. Dimostrare l'esistenza di Dio, però, potrebbe legittimare le rivendicazioni degli ebrei sulla Terra

Promessa, il che avrebbe implicazioni enormi per la Palestina e Israele. Quanto a Putin, anche se in Russia la religione viene accettata di malavoglia, vedrebbe seriamente minacciato il suo potere, se venisse conferita autorità alla Chiesa. E in Cina le cose andrebbero anche peggio: in questa epoca storica, Pechino sta mirando alla supremazia mondiale, giostrandosi sul filo del capitalismo pur volendo mantenere l'autonomia. Sebbene il paese sia sostanzialmente ateo, c'è un significativo movimento religioso sotterraneo. Se si dimostrasse che Dio esiste, le persone dovrebbero ubbidire ed essere fedeli a un essere superiore, il che minerebbe l'autorità dello Stato.»

Ross taceva. Cercava di restare calmo, ma dentro si sentiva ribollire, eccitato dal potenziale di quella storia, sempre che le affermazioni di Cook avessero qualche fondamento.

O forse anche in caso contrario.

«Questi scenari non mi avevano nemmeno sfiorato, Benedict, ma hanno senso.»

Carmichael gli rivolse un sorriso imperscrutabile, poi si fece di nuovo serio. «Molte religioni sono vere e proprie industrie, almeno tanto quanto sono sistemi di fede, Ross. E, per come la vedo io, la prova assoluta dell'esistenza di Dio le estrometterebbe in blocco dal mercato, il che dispiacerebbe a parecchie persone. Poi c'è un altro aspetto da considerare, qualcosa di cruciale, a dirla tutta.» Fece una pausa, lo sguardo corrucciato.

Ross attese paziente.

«Mi preoccupa il fatto che alcune di queste informazioni siano arrivate tramite una medium. Quelle sono persone pericolose. Se fosse opera dell'Anticristo? La Bibbia dice che il diavolo è seduttore e maestro del travestimento. Penso che in tanti sarebbero pronti a sposare questa visione delle cose, e in modo molto pericoloso.»

«Pericoloso?» Ross lo fissò, soppesando l'ipotesi. «Quindi mi stai dicendo che Cook si sbaglia? Il suo non è un messaggio proveniente da Dio, ma dall'Anticristo?»

«Be', ovviamente nelle Sacre Scritture c'è un episodio in cui Dio sembra aver concesso, in circostanze eccezionali, che una persona morta parlasse con una viva: quando re Saul consulta una negromante a Endor e la donna evoca il profeta Samuele, che annuncia a Saul la sua morte imminente. La drammatica situazione che secondo te ci troviamo davanti potrebbe significare che Dio ha fatto un'altra eccezione.» Sorrise e proseguì.

«Sto cercando di illustrarti tutte le diverse prospettive di questa situazione, e le sue ramificazioni. Il tipo di prova dell'esistenza di Dio di cui tu parli non unirebbe il mondo. E, secondo me, non salverebbe l'umanità. Anzi, creerebbe divisioni ancor più gravi di quelle che ci sono già. Da amico, il mio consiglio è di riportare il manoscritto al tuo professor Cook e dirgli che ti dispiace, ma non sei l'uomo che fa per lui.»

«È ciò che Dio ti sta dicendo? Ma allora, tutto quello che c'è scritto nel Nuovo Testamento sul Secondo Avvento di Cristo?»

«Nei Vangeli, Gesù spiega che il suo Secondo Avvento sarà preceduto da falsi profeti, eventi catastrofici, guerre, carestie, terremoti, disastri e violente persecuzioni. E l'apostolo Giovanni si spinge persino oltre, scrivendo che prima del ritorno di Gesù sarà l'Anticristo a fare la sua comparsa.»

«Non ricordo la Bibbia così bene. Credevo che il Secondo Avvento fosse un'epoca di svolta, in cui Gesù sarebbe tornato a giudicare i vivi e i morti, a salvare il mondo dall'estinzione e a stabilire un nuovo cielo e una nuova Terra.»

«Questo è ciò che crede la maggior parte dei cristiani. Le fedi cristiane e islamiche credono in un Secondo Avvento, i cui termini variano a seconda delle confessioni religiose.»

«Ma gli ebrei no?»

«Gli ebrei ortodossi credono nella venuta del Messia.»

«Non è Gesù?»

«No. Per loro, Gesù è un falso Messia. Ma il Secondo Avvento non accadrà all'improvviso: nella Bibbia ci sono molti riferimenti al fatto che ci sarà un precursore, come lo era Giovanni Battista. Gli ebrei credono che, prima del Messia, apparirà il profeta Elia ad annunciarne il Regno. Di certo Gesù ha lasciato intendere che ci sarebbe stata una futura apparizione di Elia sulla Terra.»

Ross si accigliò. «È tutto molto complicato.»

«Lo è, ma sarebbe anche un evento piuttosto significativo.»

«E qual è la tua personale visione del Secondo Avvento, Benedict?»

Carmichael rispose con un altro sorriso che Ross trovò impossibile da decifrare. Dopo qualche istante, continuò: «Ross, ti sto parlando da amico che ti vuole bene: stai navigando in acque insidiose e l'impresa è fuori dalla tua portata. Non solo della tua. Chiunque, nella tua posizione, non sarebbe all'altezza. Qui non si tratta solo delle complessità dei sistemi religiosi del mondo o dei fanatici che vogliono l'esclusiva su una fede o una fazione. Là fuori c'è un mondo di aziende spietate – dentro e fuori dalla religione – e si tratta di enormi interessi finanziari, che potrebbero essere gravemente danneggiati. Per esempio, come pensi reagirebbe un venditore di olio di serpente davanti alla possibilità di una cura miracolosa di gran lunga più efficace e impossibile per lui da sfruttare economicamente?»

«Il vero ritorno di Gesù Cristo non fornirebbe una risposta incontrovertibile?»

«Quando ci siamo conosciuti, mi hai detto di essere stato un non credente, ma che la morte di tuo fratello ti aveva aperto la mente, almeno un po'. Giusto?»

«Giusto.»

«Quindi sei pronto ad accettare l'idea che Gesù sia esistito davvero?»

«Immagino di sì» rispose Ross. «Che fosse davvero il Figlio di Dio o solo un normale essere umano è invece qualcosa su cui la mia personale giuria interiore non si è ancora pronunciata.»

«Duemila anni fa, quando si è presentato al mondo, è stato messo a morte. Pensi che oggi sarebbe diverso?»

«Harry Cook ne è convinto.»

«Oggi, il ritorno di Cristo dovrebbe essere accompagnato da qualcosa di straordinario, Ross, al contempo un miracolo e un segno di qualcosa, di qualcosa di universale, che unisce tutti.»

«Per esempio?»

«Non lo so. Qualcosa che nessuno abbia mai visto o addirittura sia mai stato in grado di immaginare. Ma non so cosa.» Il vescovo sorrise di nuovo. Ancora una volta quel sorriso imperscrutabile.

21
Giovedì 23 febbraio

Il pastore Wesley Wenceslas considerava suo preciso dovere trascorrere due sere la settimana a casa, nell'ala privata di Gethsemane Park. Aiutava Marina a mettere a letto i loro tre figli – Matthew, Mark e Ruth, rispettivamente di otto, sei e quattro anni –, e leggeva a ciascuno un breve passo del Nuovo Testamento. Poi si inginocchiava e pregava con loro, chiedendo a Dio di aiutarli a essere buoni, a seguire la parola del Signore, e di benedirli.

Fatto questo, consumava con la moglie la cena preparata dal loro cuoco personale e servita dal maggiordomo. Iniziavano con un calice di Krug, seguito da un eccellente vino bianco o rosso scelto nella sua vasta cantina, a seconda che stessero mangiando pesce o carne. Al termine del pasto, si ritirava nel suo studio per controllare i quotidiani report delle offerte raccolte da ogni chiesa, le vendite dei suoi libri e del merchandising, i servizi a pagamento di preghiera online e telefonica, e tutti gli altri introiti.

Quando non era a casa, cioè le altre cinque sere della settimana in cui era impegnato in una delle sue chiese in patria o negli Stati Uniti, conduceva la stessa attenta analisi dei ricavi del giorno.

Aveva il terrore di essere di nuovo povero.

Sua madre, abbandonata incinta dal padre che lui non aveva mai conosciuto, lavorava di notte come donna delle pulizie negli uffici per mettere insieme il pranzo con la cena e per finanziarsi il Bingo, a cui giocava ossessivamente durante il giorno. Era una donna profondamente religiosa e la maggior parte delle domeniche lo faceva assistere a due funzioni della Chiesa Alta anglicana, dal momento che non approvava l'atteggiamento allegro e leggero degli evangelici, anche se questi ultimi apparivano più divertenti agli occhi del bambino. In casa era proibita la televisione e i soli libri consentiti erano la Bibbia e i commentari alla medesima. Lasciato a casa da solo quasi tutte le notti da quando era diventato abbastanza grande per leggere, il ragazzino aveva letto la Bibbia per intero diverse volte. Le storie lo intrigavano e lo sconcertavano.

Ciò che lo colpiva di più delle Scritture era quanto fosse implacabile il Dio dell'Antico Testamento: al bambinetto sembrava un egomaniaco inebriato dal potere. O Lo veneravi, o morivi; oppure dovevi sacrificare qualcuno che amavi, se no piombava su di te una catastrofe. Sempre se non eri Giobbe, nel qual caso ti toccava l'intero catalogo di tormenti.

Bene, okay, pensava lui. Se Dio ha creato il mondo, aveva il diritto di fare quello che voleva, e di arrabbiarsi se non si sentiva apprezzato.

All'epoca il ragazzino non aveva modo di sapere che la sua profonda e intima conoscenza della Sacra Bibbia gli sarebbe tornata molto utile, un giorno.

Le uniche cose che lo interessavano – a parte la Bibbia – erano le automobili e la musica, specie il reggae, e la band preferita erano Bob Marley and the Wailers. Senza una radio in casa, però, la sua unica opportunità di ascoltarli era con il walkman di un amico, a scuola.

Le automobili erano invece più alla sua portata. Lui e la madre vivevano in un appartamento al primo piano su Old Shoreham Road, una delle principali arterie di ingresso a Brighton, dalle parti di Southwick. L'appartamento era ingombro di oggetti religiosi e aveva una campana dell'Angelus che suonava tre volte al giorno: alle sei del mattino, a mezzogiorno e alle sei del pomeriggio. Quando era a casa, il ragazzino guardava i veicoli passare in strada e sognava. Sognava il giorno in cui avrebbe guidato una Porsche, una Lamborghini, una Ferrari o un'Aston Martin.

Di ciascuna conosceva il prezzo, in quanti secondi acceleravano da 0 a 100 km/h, la velocità massima, la cilindrata e i cavalli.

Quando Wesley aveva quattordici anni, la madre fece una grossa vincita al Bingo, una somma ingente. Era tornata a casa con gli occhi vitrei per l'emozione e aveva iniziato a estrarre banconote dalla borsetta, lanciandole in aria come coriandoli.

Dio le aveva detto in sogno come vincere, perché – gli aveva raccontato la madre – voleva che la donna facesse un dono speciale al ragazzo, un regalo per compensare tutti gli squallidi Natali che aveva passato a causa del fatto che lei non si poteva permettere un bel regalo. Nel sogno, Dio le aveva anche detto di usare il denaro della vincita per portare suo figlio a Disney World. Sulle prime, la donna era stata scettica, dal momento che il parco dei divertimenti andava contro il suo credo, ma Dio le era apparso in altri due sogni ed era stato chiarissimo sul fatto che suo figlio lo meritava perché era un bravo ragazzo.

Alla fine dell'anno scolastico presero un volo per Orlando, in Florida. Dopo il decollo, sull'aereo proposero un certo numero di film, ma sua madre gli aveva proibito di guardarli e gli aveva dato una Bibbia da leggere, in segno di rispetto per il dono del Signore. E della Santa Vergine, sulle cui ali stavano volando. Il ragazzino cercò di leggere, ma non riusciva a concentrarsi, era troppo eccitato per quel viaggio. Più che le attrazioni di Disney World, era impaziente di vedere un sacco di macchine americane. Ma era anche distratto dal film trasmesso sullo schermo di fronte al signore alla sua destra, nel posto di corridoio. L'uomo aveva le cuffie, quindi lui non riusciva a sentire l'audio, ma rimase affascinato da una donna con seni enormi che continuava ad apparire, a volte in biancheria intima o in bikini. Osservandola si sentiva sempre più eccitato. Sapeva che era irrispettoso, ma fu grato che la Bibbia che aveva in grembo coprisse la sua erezione.

Nel taxi dall'aeroporto non smise di guardarsi intorno e di osservare le luccicanti macchine americane e i camion. Cercava in particolare le *muscle car*, nuove e vecchie – Camaro, Corvette, Mustang e Firebird – e gli enormi camion, soprattutto i Mack. Vide per la prima volta un Mack dal vero, e apprezzò molto i gingilli aggiunti dagli autisti, come le enormi trombe e le mascotte.

Arrivati in albergo, rimase accanto alla madre alla reception, aspettando paziente mentre lei porgeva il passaporto, firmava, Marigold Smith, e poi scriveva Thomas Smith, il vero nome del figlio, all'epoca. Thomas osservò un fattorino in uniforme spingere nell'atrio un carrello di ottone luccicante, carico di valigie. Sperava che uno uguale venisse a caricare anche i loro bagagli.

Sua madre, invece, disse all'uomo della reception che, grazie, ma se la sarebbero cavata da soli, e mentre trascinavano le loro valigie con le ruote, sussurrò a Thomas, «Avremmo dovuto dargli la *mancia*», come se stesse parlando di una mazzetta da consegnare a Satana in persona. Adesso che erano arrivati e aveva visto un po' di macchine, Thomas era entusiasta di andare il giorno dopo al parco divertimenti e di provare alcune attrazioni di cui gli avevano parlato i suoi compagni. Ma sua madre aveva progetti diversi. La prima tappa sarebbe stata una chiesa, dove avrebbero chiesto perdono per la visita a un parco divertimenti.

«Potrebbe indicarci un luogo di preghiera appropriato? Qui vicino ci sono chiese anglicane?» chiese al portiere.

«Be'» rispose sorridendo l'uomo alto con l'abito scuro, «siete arrivati al momento giusto se desiderate qualcosa di davvero speciale. Domani all'Orlando Stadium abbiamo la fortuna di avere in visita il pastore Drew Duane!»

«Drew Duane?» chiese la madre accigliandosi.

«Le dico che è una persona speciale. Se non lo avete mai visto, non perdete l'occasione.»

«Appartiene alla Chiesa Alta anglicana?»

«Non ne ho idea, signora, ma è speciale. È il predicatore migliore che io abbia mai sentito. Domani parlerà davanti a un pubblico di 18.000 persone, tutto esaurito. Ma forse, con un po' di fortuna, potrei procurarvi i biglietti, se lo desidera.»

La madre esitò, abbastanza incerta. «Bene, in fondo siamo in vacanza.» Si girò verso il figlio: «Tu che ne dici? Proviamo qualcosa di americano, dato che siamo qui?»

Il ragazzo annuì, dubbioso.

«Immagino che il Signore ci perdonerà per aver frequentato una Chiesa diversa, giusto come un'avventura da vacanza.»

«Di sicuro! E non se ne pentirà. Ci andrò anch'io» disse il portiere

La madre aprì la borsa e fece scivolare sul piano una banconota da dieci dollari. «Il Signore sia lodato!» disse.

«Grazie, signora» commentò l'uomo intascando i soldi. «Le manderò la conferma in camera. Sia proprio lodato il Signore!»

Il giorno successivo, dopo lunghe code, provarono alcune attrazioni e Thomas riuscì a parlare con Paperino, Topolino e Pluto mentre passeggiavano. Poi, alle quattordici, dopo un pranzo a base di hamburger, presero un taxi per andare allo stadio. Il pastore Drew Duane doveva parlare alle diciotto ma, come disse sua madre, era importante arrivare presto per assicurarsi un posto vicino al grande predicatore. Diversamente avrebbe potuto non vederli e, se non li avesse visti lui, non li avrebbe visti nemmeno Dio.

I loro posti erano in decima fila. Il pastore Drew Duane arrivò finalmente allo stadio poco prima delle diciannove. Thomas Smith osservò con soggezione, su uno degli enormi schermi, una Rolls-Royce bianca accostare, salutata da cinquanta majorette che agitavano i bastoni e cantavano *Tell Me the Old, Old Story*.

Il giovane Thomas, però, notò soprattutto la macchina. Osservò il predicatore scendere dal sedile posteriore e sentì le urla di giubilo della folla oceanica.

Voglio quella macchina, pensò. La desidero disperatamente.

22

Giovedì 23 febbraio

Il viaggio di ritorno dalla residenza di Benedict Carmichael fu pessimo, con le ultime due ore funestate da una pioggia battente che sferzava l'oscurità nel traffico dell'ora di punta. Il tragitto diede a Ross tutto il tempo per riflettere sul suo incontro con il vescovo mentre, nonostante la stanchezza, i pensieri continuavano a ronzargli nel cervello.

Imogen era sdraiata sul divano davanti alla tv e stava affondando il cucchiaio in un grosso barattolo di gelato alla caramella mou, la sua voglia gravidica del momento; Monty era accucciato accanto a lei, con la lingua fuori, e la fissava con sguardo speranzoso e l'acquolina in bocca. Quando il suo padrone entrò, non gli rivolse nemmeno un'occhiata.

Ross baciò la moglie. «Com'è stata la tua giornata?»

Imogen afferrò il telecomando e mise in pausa il programma, poi fece una smorfia. «Un po'… bleah! Dopo che te ne sei andato, questa mattina, avevo la nausea troppo forte per andare in ufficio, quindi ho lavorato da casa. Adesso sto meglio. A te com'è andata?»

«Molto interessante!»

«Beato te. Siccome sono rimasta a casa, ho cucinato qualcosa. Vuoi mangiare presto?»

«Mi dai mezz'ora? Devo solo controllare un paio di cose finché ce le ho fresche in testa, poi ti racconto tutto.» Rivolse lo sguardo al fotogramma congelato sullo schermo del televisore. «Cosa stai guardando?»

«Un vecchio episodio di *Frasier*. C'è una scena piuttosto divertente con suo fratello.»

Ross si diresse in cucina, si preparò un caffè e se lo portò di sopra.

Aprendo la posta elettronica, trovò le solite decine e decine di email; ne scorse rapidamente l'intestazione: nulla che non potesse aspettare. Mentre sorseggiava il caffè, ripensò alla conversazione con il vescovo.

Io vorrei qualcosa di più di tre serie di coordinate... Qualcosa che sfidi le leggi della fisica dell'universo. In altre parole, un miracolo.

Ok, fair play.

La prova è nemica della fede.

Quell'espressione non gli era nuova: l'aveva già sentita ed era qualcosa che lo irritava, perché non riusciva a capirne la logica. Certo, probabilmente era una buona argomentazione che tutte le Chiese – di qualsiasi fede – potevano usare contro gli scettici: Credi in me, uomo di poca fede! Ma la poca fede era esattamente il motivo per il quale, secondo Cook, Dio aveva aperto un canale di comunicazione con lui e gli aveva mandato la cosiddetta prova.

Cercò su Google «la prova è nemica della fede».

Il primo risultato fu una citazione di Thomas Jefferson che lo mandò in confusione. Poi c'era una frase di Anaïs Nin: «Quando adottiamo ciecamente una religione, un sistema politico, un dogma letterario, diventiamo automi. Smettiamo di crescere».

Provò a fare un'altra ricerca e trovò una citazione di Henry Adams: «Anche i teologi – persino i grandi teologi del XIII secolo e addirittura lo stesso Tommaso d'Aquino – non si fidavano della sola fede né davano per scontata l'esistenza di Dio».

Tommaso d'Aquino era un teologo e filosofo morto nel 1274. Aveva scritto: «Per chi ha fede, nessuna spiegazione è necessaria. Per chi non ha fede, nessuna spiegazione è possibile».

Ross conosceva Tommaso d'Aquino, perché si era imbattuto nei suoi insegnamenti nei mesi successivi alla morte di suo fratello, quando era alla disperata ricerca di spiegazioni per quanto gli era successo quella mattina in palestra.

Secondo Tommaso, tutto – gli organi di senso, la catena alimentare, quello che oggi conosciamo come il ciclo dell'azoto, e così via – funziona in direzione di un fine. Lui era convinto che l'ordine dell'universo non fosse frutto del caso, ma di un progetto e di uno scopo, e il progetto e lo scopo fossero il prodotto di un'intelligenza. Ecco perché la natura è guidata da un Intelletto Divino o da un Grande Creatore.

Ross fu interrotto dallo squillo del telefono. Guardò lo schermo: un cellulare che non conosceva. Esitò un istante, chiedendosi se non fosse una chiamata pubblicitaria, poi rispose.

«Ross Hunter.»

«Ciao, Ross, sono Sally, BBC Bristol.»

«Ehi!» fece lui, rallegrato nell'udire la sua voce. «Mi fa piacere sentirti, come stai? Mi ha fatto molto piacere conoscerti.» A essere sincero, era sorpreso di quella chiamata, perché aveva dato per scontato che la donna si fosse completamente scordata di lui, dato che dal loro primo incontro doveva aver intervistato almeno altre venti persone.

«Anche a me» rispose Sally. «Com'è andata a Glastonbury? Tutto bene?»

«Sì, è stato interessante.»

«Ti avevo detto che avrei parlato con mio zio, l'amministratore di Chalice Well, giusto? Julius Helmsley.»

«Sì. E lo hai fatto?»

«Gli ho chiesto del tuo amico, il professor Harry Cook.»

«Grazie, molto gentile da parte tua.»

Sally continuò in tono esitante. «Be', mi spiace ma non ho notizie molto buone per te. Mio zio sa tutto di quell'uomo e dice che è matto. A quanto pare, qualche settimana fa lo hanno trovato nel cuore della notte a Chalice Well, intento a scavare con una pala, ed è stato allontanato dalla polizia. Poi in qualche modo è riuscito a procurarsi il numero telefonico di casa di mio zio, e di tutti gli altri amministratori, e non fa che chiamarli in piena notte, gridando improperi e dicendo loro che lo dovrebbero aiutare a salvare il mondo e che devono smettere di ostacolarlo. Sembra anche che, la scorsa settimana, abbia accusato mio zio Julius di essere l'Anticristo!»

«Scherzi?»

«Niente affatto. È seriamente disturbato. Credo gli manchi qualche rotella, mi spiego?»

«Perfettamente.» Ross si sentì piuttosto avvilito.

«Se fossi in te, lo lascerei perdere. Penso porti solo guai.»

Ross la ringraziò e, dopo averle promesso di chiamarla quando si fosse trovato di nuovo dalle sue parti, chiuse la telefonata.

Imogen lo informò a gran voce che la cena era pronta, ma lui non la sentì.

Fissava il manoscritto sulla scrivania, accanto alla tastiera. Sulla prima pagina c'erano l'indirizzo e il numero di telefono di Harry F. Cook.

«Ross!» gridò di nuovo Imogen. «La cena è pronta, vieni, sto morendo di fame!»

«Due minuti, Imo» rispose lui. Poi prese il telefono e compose il numero di Cook.

Dopo diversi squilli, sentì la voce del vecchio.

«Signor Hunter?»

«Non mi aveva detto di aver scavato a Chalice Well, professor Cook. E che l'hanno quasi arrestata. E che ha minacciato diversi membri del consiglio d'amministrazione» spiegò.

«Be'» rispose Cook con un tono rammaricato. «È stato un gesto disperato. Io… io volevo a tutti i costi trovare delle prove, quindi ho deciso di scavare, ma non sono andato lontano. Giusto un colpo di pala prima che mi trovassero e mi fermassero.»

«Solo uno? Non ha scavato di più?»

«No» ribatté l'altro agitato. «Non ne ho avuto modo: c'erano un poliziotto e un altro uomo, credo uno degli amministratori. Era piuttosto arrabbiato con me, ha minacciato di farmi causa per danni.»

«Mi sta dicendo la verità?»

Ross stava pensando a quella specie di trincea lunga circa un metro che chiaramente era stata scavata da poco.

«Le sto dicendo la verità. Ammetto di essermi comportato da stupido, di aver perso il controllo. Per qualche ragione, sembra che quelle persone non vogliano ammettere – o forse non vogliano sapere – che lì sotto c'è qualcosa. La prego, mi creda, non sono il pazzo che stanno cercando di farle credere. Deve fidarsi di me, signor Hunter. Mi vogliono bloccare per qualche motivo.»

«Professor Cook, sono appena stato a Chalice Well. Qualcuno ha scavato nel punto esatto indicato dalle coordinate.»

«Cosa?» Il vecchio sembrava sinceramente sconvolto. «Scavato? In che modo, di preciso?»

«Aveva l'aspetto di una trincea, simile a quelle che scavano gli archeologi. Era stata scavata e poi riempita di nuovo.»

«Questa è una notizia terribile.»

«Se non è stato lei a scavare, a chi altri ha dato le coordinate?»

«Mi deve credere, signor Hunter, a nessuno. Assolutamente a nessuno. Lei è l'unica persona al mondo ad averle.»

«Non è possibile che il messaggio sia stato comunicato anche ad altre persone?»

Cook restò in silenzio per qualche istante. «Se così fosse, credo mi sarebbe stato detto.»

«Be', chiaramente qualcuno lo sa» osservò Ross. «Idee su chi possa essere?»

«Non ho mai rivelato le coordinate ad anima viva, ha la mia parola, signor Hunter.» Suonava sincero.

«Ma lei mi ha detto di essere stato colto sul fatto da un poliziotto e da quello che crede essere un amministratore. Sapevano dove stava scavando.»

«Non ho mai dato le coordinate agli amministratori.»

«Se l'hanno trovata sul posto, non ce n'era bisogno.»

Ross si chiese se là ci fosse stato davvero uno degli amministratori o se Cook stesse mentendo sul fatto che nessun altro aveva le coordinate. Oppure ancora, quelle coordinate non erano poi così segrete come Cook credeva? Il fatto – vero o leggendario – che Giuseppe d'Arimatea si fosse recato sul posto portando con sé il Santo Graal era noto a tutti.

«Il solo pensiero che il Santo Graal possa essere caduto nelle mani sbagliate è insopportabile, signor Hunter» disse Cook. «È per questo che mi sta chiamando, per dirmi dello scavo?»

«No, in realtà la sto chiamando per dirle che non sono la persona giusta per aiutarla.»

Cook replicò all'istante, e in tono molto assertivo. «Signor Hunter, al contrario, lei lo è, glielo assicuro. Senta, dal nostro ultimo colloquio ho scoperto qualcosa che penso le farà cambiare idea. Per favore, non mi liquidi come un povero vecchio pazzo. Mi dia la possibilità di spiegarle cosa ho scoperto.»

«D'accordo, l'ascolto.»

«Non posso dirglielo al telefono, è troppo pericoloso. Ed è troppo importante. Dobbiamo incontrarci. Per favore, la sto implorando di darmi questa possibilità. Se vorrà ascoltarmi, i calcoli che ho tratto dalle coordinate e dalle sequenze numeriche saranno illuminanti. Ha a che vedere con ciò che ha trovato lei, lo scavo. Per favore.»

Nella voce di Cook c'era qualcosa che fece vacillare lo scetticismo di Ross. Non era convinto, ma esitava. Il suo istinto di giornalista gli diceva che si trovava davanti a una storia; forse non quella che Cook aveva in mente, ma probabilmente valeva la pena incontrare di nuovo l'anziano professore. Magari il *Mail* avrebbe comprato il pezzo per pubblicarlo nelle giornate più noiose: l'uomo che si era fatto arrestare a Chalice Well perché era convinto di poter salvare il mondo.

Aprì l'agenda sul computer e controllò i suoi programmi per il giorno successivo. Venerdì. Giornata tranquilla. Magari sarebbe stato interessante incontrare il vecchio a casa sua, fargli qualche foto. «D'accordo» concluse. «Che ne dice se la vengo a trovare domani? Potrei essere da lei in tarda mattinata.»

«Non se ne pentirà, signor Hunter, glielo garantisco. Porterà con sé il manoscritto?»

«Certamente.»

23
Venerdì 24 febbraio

Poco dopo le undici del mattino, seguendo le indicazioni del navigatore satellitare per trovare l'indirizzo di Harry Cook, Ross percorreva la strada principale di un ordinato e accogliente paesino a circa quindici chilometri a ovest di Birmingham. La sera precedente, a cena, quando aveva raccontato a Imogen del suo incontro con il vescovo di Monmouth, della successiva telefonata di Sally Hughes e poi della sua conversazione con Cook, la moglie gli aveva consigliato senza tanti giri di parole di lasciar perdere, perché quell'uomo era chiaramente fuori di testa e lui non avrebbe dovuto perdere altro tempo con lui.

Il navigatore gli disse di svoltare a destra dopo due chilometri.

Superò un pub di campagna, una stazione di servizio e una piccola e brutta zona industriale. Un paio di minuti dopo, vide un cartello parzialmente nascosto dai cespugli. Girò a destra su una stretta stradina, superò il ponte a schiena d'asino che attraversava un fiumiciattolo, passò accanto a un'officina meccanica, poi a uno spaccio agricolo che pubblicizzava uova fresche e formaggi di produzione propria e imboccò una lunga discesa costeggiata da alberi. Il navigatore iniziò il conto alla rovescia per la sua destinazione, poi sullo schermo apparve una bandierina a scacchi e una voce femminile declamò trionfante: «Arrivato!»

Alla sua destra, in cima a un vialetto, c'era un elegante cottage, con garage annesso e un prato immacolato, con erba talmente perfetta da sembrare finta. Parcheggiata di fronte al garage, nel bel mezzo del vialetto, c'era la Nissan Micra che Ross aveva visto qualche giorno prima, quando

Cook era andato a casa sua. Aveva sempre l'aspetto di un'auto appena uscita dal concessionario.

Ross svoltò nel vialetto, parcheggiò la sua Audi dietro alla Micra e scese. Rifletté che, negli ultimi giorni, aveva percorso parecchi chilometri. C'era un freddo pungente e nell'aria aleggiava il dolce profumo di legna bruciata. Un passerotto si stava lavando in una vaschetta per uccellini. Lieto di indossare il parka imbottito di lana e un paio di scarponi pesanti, Ross chiuse la macchina e, con il pesante zaino sistemato su una spalla, andò a suonare il campanello. Un debole trillo a due toni. Nessuna risposta.

Dopo qualche istante, suonò di nuovo. Di nuovo il trillo. Di nuovo nessuna risposta.

Riprovò, questa volta anche bussando vigorosamente.

Lungo la strada si stava avvicinando un veicolo e Ross sentì il tipico rumore di un motore diesel: un Land Rover Defender tutto infangato che trainava un rimorchio per il trasporto dei cavalli, passò senza fermarsi.

Ross sollevò lo sportellino della buca delle lettere e sbirciò all'interno, vedendo uno stretto corridoio vuoto. Bussò di nuovo.

Cook sapeva che stava arrivando e aveva il suo numero, di certo lo avrebbe avvertito se si fosse dovuto assentare.

Prese il cellulare, chiamò il numero di Cook e attese. Da qualche parte, in casa, si sentì una suoneria.

Continuò a suonare e, dopo una decina di squilli, si udì la voce compita del vecchio.

«Salve, sono Harry Cook. Mi dispiace, ma in questo momento non posso rispondere. Per favore, lasciate il vostro messaggio e il vostro numero di telefono, e vi richiamerò appena possibile. Grazie.»

Ross terminò la chiamata senza lasciare un messaggio. L'ansia lo pervase.

L'auto di Cook era lì.

Sollevò di nuovo lo sportellino della buca delle lettere e chiamò ad alta voce, «Professor Cook? È lì?» Nessuna risposta.

Decise di fare il giro della casa. Scavalcando un basso cespuglio di lavanda, passò accanto a una finestra laterale e si fermò per sbirciare all'interno. Ciò che vide lo paralizzò.

Aveva di fronte un salotto, con un vecchio televisore, un divano con due poltrone abbinate, foto sulla mensola sovrastante un caminetto elettrico e una vetrinetta di noce piena di soprammobili di Capodimonte. Però sembrava che vi fosse scoppiata una bomba. I cuscini del divano giacevano a terra, squarciati come i fianchi e gli schienali delle sedie e delle poltrone. Gli sportelli della vetrinetta erano aperti e diversi soprammobili giacevano in frantumi sulla moquette che ricopriva il pavimento. Al capo opposto della stanza c'era un piccolo scrittoio in legno: tutti i cassetti erano stati aperti e il contenuto sparpagliato.

Il vecchio aveva subito un furto, e la cosa era successa da poco, immaginò. Forse quella mattina stessa. Ma Cook dov'era?

Gli sovvenne il pensiero che il ladro – o i ladri – potesse essere ancora lì, un'idea che gli fece gelare il sangue nelle vene.

Avrebbe dovuto chiamare la polizia?

Se lo avesse fatto, però, avrebbe dovuto spiegare il motivo della sua presenza, il che avrebbe potuto violare la riservatezza di ciò che l'anziano professore aveva in mente di dirgli o mostrargli.

Afferrando saldamente il pesante zaino, quasi fosse un'arma improvvisata, superò a passo svelto un trio di bidoni per l'immondizia con le ruote, ciascuno con il coperchio di un diverso colore, e raggiunse il retro della casa. Davanti alla cucina c'era una veranda squadrata con portefinestre scorrevoli: il giardino posteriore appariva ben curato come quello anteriore, con aiuole di cespugli che costeggiavano entrambi i fianchi di un prato dalla forma allungata, un laghetto ornamentale e, in fondo, un casotto in legno per gli attrezzi.

Si avvicinò alla porta posteriore e bussò forte a una portafinestra, sempre armato del suo zaino. Dopo qualche istante, controllò la maniglia: non era chiusa e la porta si aprì scivolando di lato. Pressoché immediatamente, un fulmine rosso saettò verso di lui e un gatto lo superò di corsa schizzando verso il giardino come se fosse stato sparato da un cannone.

Ross entrò nella veranda. C'erano due sedie di vimini e un assortimento di riviste di giardinaggio perfettamente disposte a ventaglio su un tavolinetto in vimini con il piano di vetro.

«Professor Cook, è qui?» gridò.

Sentì il pesante ticchettio di un orologio e, un attimo dopo, due rintocchi lo fecero sussultare. Erano le 11.30.

Chiamò di nuovo, sempre pronto con lo zaino nel caso in cui qualcuno gli fosse balzato addosso.

Ma c'era solo silenzio, rotto unicamente dal ticchettio dell'orologio.

Si fece avanti, entrando esitante in cucina, dove trovò altri segni dell'effrazione: tutti gli sportelli e i cassetti erano aperti. Tazze, terrine, vasetti giacevano sparsi sul pavimento in linoleum. Il contenuto dei barattoli di zucchero, caffè e farina era stato rovesciato.

Esitò.

Sul tavolo della cucina una colazione parzialmente consumata. Al centro, su un leggio, una copia del *Daily Telegraph* di quel giorno. Una scatola di corn flakes, un bricco di latte e una tazza, con dentro il cucchiaio e i rimasugli di latte e cereali. Due uova sode, con la sommità tagliata, ma per il resto intatte, erano posate su un piatto dentro i rispettivi portauova con accanto sale e pepe, e un cucchiaio pulito sul tavolo. C'era anche una tazza di tè piena fino all'orlo. La sedia di legno era spinta all'indietro, un po' storta, come se Cook si fosse alzato da un pasto al quale non aveva fatto ritorno. Ross si sarebbe aspettato di vedere una seconda sedia dal lato opposto del tavolo, ma non c'era.

Iniziando a sentirsi molto nervoso, si guardò attorno alla ricerca di un'arma migliore del suo zaino. Vide un fermaporta di ottone sul pavimento. Prese in mano il pesante oggetto e rimase immobile, pronto a brandirlo, in ascolto. Facendosi strada fra i detriti, raggiunse il tavolo; immerse la punta di un dito nel tè, che era gelato. Perché il tè avesse il tempo di raffreddarsi così tanto, Cook doveva essersi alzato da tavola ben oltre un'ora prima, stimò. Forse anche due o tre, o più.

Passò nel corridoio che aveva visto dalla buca delle lettere e chiamò di nuovo. «Professor Cook! Mi sente?»

Il pesante ticchettio della pendola fu l'unico suono che gli rispose. Alla parete di fronte c'era una citazione ricamata su tela e incorniciata.

FERMATEVI! SAPPIATE CHE IO SONO DIO. SALMO 46, 11

La casa aveva un odore un po' ammuffito, di vecchi e di gatti, che gli ricordava quella dei suoi nonni.

Tre porte si affacciavano sul corridoio. La prima si apriva su una stanza con un letto matrimoniale: le lenzuola erano state tolte e il materasso tagliato in più punti; i vestiti erano stati tirati fuori dagli armadi a muro e giacevano sul pavimento; i cassetti di entrambi i comodini erano aperti.

La porta accanto si apriva su uno stanzino, con scrivania e sedia, e un cavo di alimentazione per un Mac portatile – anche se mancava il computer – sul pavimento, insieme a un router Wi-Fi e a un cestino per la carta. C'erano tre schedari metallici. Tutti i cassetti erano spalancati e i fascicoli erano sparsi sul pavimento, assieme al loro contenuto.

Sulla scrivania c'erano un mouse e un assortimento di penne e matite in un portapenne circolare. Ross vide un cubetto di foglietti da 5 x 5 centimetri: immaginò che fosse lo stesso su cui Cook aveva scritto le coordinate di Chalice Well per lui. C'era una lieve incisione sul foglio superiore del taccuino, una lunga linea curva, simile a un bastone da hockey, e quelli che sembravano numeri. Si inginocchiò e guardò nel cestino. C'era solo un pezzetto di carta stropicciato. Sempre all'erta e guardandosi di nuovo attorno, aprì il foglietto: doveva essere quello che mancava dal cubo. C'era una linea nera tracciata con la penna a sfera, che corrispondeva all'incisione. Accanto c'erano dei numeri. Sembravano quelli che avevano accompagnato le coordinate geografiche che Cook gli aveva fatto leggere il lunedì precedente, anche se non poteva esserne sicuro.

12 13 20 5 11 5 18 16 9 1 17 7 17.

Era uno strano scarabocchio, e lo incuriosiva. Lo piegò, lo infilò nel portafogli e diede un'altra occhiata in giro per lo studio. Poi tornò in corridoio, oltrepassò la pendola e si avvicinò all'ultima porta, sulla destra. Si apriva su una sala da pranzo scarsamente arredata, con un tavolo a quattro posti e una stampa solitaria sulla parete accanto a una credenza in quercia, un quadro di Palazzo Ducale a Venezia. Il cassetto centrale del mobile era stato aperto, così come entrambi gli sportelli, dove da un lato erano impilati i bicchieri e dall'altro tovagliette e tovaglioli.

Percependo un'ombra che si muoveva dietro di lui, si girò, brandendo il fermaporta. Ma non c'era nessuno. Uscì, attraversò il corridoio e sbirciò nel soggiorno devastato. Sulla mensola sopra al caminetto elettrico c'era una cornice con una fotografia di nozze in bianco e nero, dove un Harry Cook molto più giovane e in abito scuro, teneva per mano una donna dall'aspetto dolce e timido, con scuri capelli ondulati.

Tornò in cucina, con il cuore che gli batteva forte, e si guardò intorno. E poi la vide. Una porta chiusa che prima, non sapeva perché, gli era sfuggita.

Girò la maniglia e la tirò verso di sé. Dietro c'era una scala di legno che scendeva in un seminterrato o in una cantina. Chiamò. «Professor Cook? È lì? C'è qualcuno?»

La sua voce sembrava stranamente acuta. Stretta dall'ansia.

Trovò un interruttore e lo premette. Una luce, proveniente da una singola lampadina appesa a un cavo marrone, gettò ombre nette, mentre un'altra sembrò accendersi in fondo alle scale. Decise che avrebbe dato un'occhiata lì sotto e, se non ci fosse stata traccia del vecchio, allora avrebbe chiamato la polizia.

Cominciò a scendere i gradini, uno alla volta, stringendo salda l'arma di fortuna. Avvicinandosi al pavimento di cemento nudo sul fondo, vide che si trattava di una specie di deposito di cianfrusaglie. Dappertutto erano sparsi fogli e foglietti. Due vecchie valigie giacevano ai lati, aperte.

Poi, oh Gesù.

Oh, cazzo.

No.

No.

In quel momento capì perché non ci fosse una seconda sedia al tavolo della cucina: si trovava lì. L'ossuto corpo nudo di Harry Cook vi era assicurato con nastro adesivo telato grigio, che gli chiudeva anche la bocca. Le braccia erano allargate e le mani inchiodate alla parete.

Ross si guardò rapidamente alle spalle, poi si avvicinò al corpo. Cook aveva gli occhi aperti, ciechi e carichi di terrore. Il viso e il corpo erano segnati da quelle che sembravano bruciature di sigaretta, e la gola era squarciata, tanto che il sangue era colato e si era rappreso sul petto.

Ross si girò e corse su per le scale, attraversò la casa e uscì dalla porta posteriore. Vomitò sul prato. Poi estrasse il telefono e, con dita tremanti, digitò furiosamente il 999, sbagliando tre volte prima di sentire – con enorme sollievo – lo squillo di chiamata. E finalmente la voce dell'operatore delle emergenze.

24

Sabato 25 febbraio

«Avete deciso?» chiese sorridendo il cameriere del Curry Leaf, l'affollato ristorante nei Lanes di Brighton.

Dopo un istante, Imogen rispose. «Quando veniamo qui, non riusciamo mai a decidere. Perché non ci porti una selezione di antipasti e poi di piatti a tua scelta? Dai, fai tu.» Guardò gli altri tre commensali, che sorrisero. Solo Ross sembrava perso nel suo mondo.

«Ross?» lo chiamò.

Colto di soprassalto, lui alzò lo sguardo. «Scusa... io... io stavo pensando a ieri... io...»

«Ordino una selezione di antipasti, per te va bene?»

«Buona idea» rispose il marito.

«Eccellente!» disse il cameriere. «Qualcuno ha allergie o ci sono cose che non mangiate?» Guardò Ross, Imogen e i loro due più cari amici, Hodge e Helen.

«I sassi» rispose Helen, una chiropratica con un bizzarro senso dell'umorismo.

«Nient'altro?»

«Niente che sia sano» rispose Hodge, un uomo con i capelli a spazzola e la barba perfettamente curata, che lavorava come direttore finanziario per una grande catena internazionale di negozi. «Niente di dietetico, per favore.»

Il cameriere giunse i palmi delle mani. «D'accordo! Posso garantire che stasera il menu non prevede sassi e cose troppo dietetiche. Solo cose buone e gustose.»

Quando il cameriere se ne andò, Hodge sollevò il bicchiere di birra Cobra. «Alla salute.»

I quattro unirono i bicchieri facendoli tintinnare.

«Allora» disse Helen a Ross, «ieri hai avuto una giornata piuttosto traumatica.»

«Puoi dirlo forte.»

«Sei pallido.»

«Non ho dormito troppo bene.»

«La cosa non mi sorprende» intervenne Hodge. «Mi stupisce che tu sia uscito stasera.»

«Sì, be', un po' di normalità mi fa bene, dopo quello che ho visto ieri e tutta la trafila con la polizia e l'interrogatorio.»

«Era come i cadaveri che hai visto in Afghanistan?» Helen esitò. «Scusa, è una domanda indelicata.»

«No, non c'è problema. Dopo quel periodo, pensavo che niente sarebbe più stato in grado di sconvolgermi, ma mi sbagliavo. Non avevo mai visto un morto sulla scena del crimine qui in Gran Bretagna.»

«Come ti ha fatto sentire?» chiese Helen molto interessata.

«A dire il vero, di merda.» Finì la birra e si guardò intorno alla ricerca del cameriere per ordinarne un'altra. «Ancor più di merda dal momento che sono stato portato alla stazione di polizia e interrogato per tre ore, come fossi un sospettato.» Si strinse nelle spalle. «Ma è tutto materiale per la mia storia.»

«E qual è la tua storia?» chiese Hodge.

«La ricerca della prova dell'esistenza di Dio. O, per meglio dire, la storia di un uomo che era certo di avere questa prova.»

«E tu ce l'hai?» chiese Hodge.

«Non ancora… non ne ho ancora trovata una.»

Hodge fece un sorriso sardonico. «La Bibbia è stata sostanzialmente scritta sotto la supervisione di Dio, giusto? Per i credenti, o per la maggior parte di loro, non è forse l'indiscutibile parola di Dio?»

«A quanto ricordo dalle ore di religione a scuola, alle quali non ho mai prestato troppa attenzione, sì» replicò Ross.

«Io l'ho letta tutta per intero, una volta. Antico e Nuovo Testamento. Ho un vago ricordo del fatto che la Terra veniva descritta come piatta e poggiata su un piedistallo, e nel Libro dell'Apocalisse si dice che è dotata di quattro angoli. 'Ho visto quattro angeli, che stavano ai quattro angoli della Terra e trattenevano i quattro venti.'» Hodge inarcò le sopracciglia. «Se Dio ha creato la Terra, non sapeva che era tonda e non montata su un piedistallo? A quanto pare, abbiamo molto da insegnargli.»

Ross sorrise. «Credo che nella Bibbia ci siano molte metafore.»

«Anche nelle favole ce ne sono molte» ribatté Hodge.

«Il professor Cook aveva figli?» chiese Helen.

«Sì, un figlio, ma è stato ucciso in guerra, da fuoco amico, in Afghanistan. Immagino che questo fosse una sorta di terreno comune tra me e lui.»

Arrivarono altre birre.

«E il movente?» chiese Hodge. «La polizia ha detto qualcosa in proposito?»

Ross scosse la testa. «No.»

«Sembra un furto finito male» osservò Helen.

«Di prima mattina?» intervenne Imogen guardando Ross. «Hai detto che con ogni probabilità stava facendo colazione. Mi sembra un orario strano per un furto con scasso.»

«In realtà è un orario piuttosto consueto, almeno stando a quanto mi ha detto la polizia.» Rispose Ross. «Un furgone che gira di notte desta molti più sospetti che di giorno. Di giorno non attira l'attenzione.»

«Cos'hanno preso?» chiese Helen.

«Be', è quello che spero di scoprire.» Vuotò di nuovo il bicchiere. Si sentiva ancora molto scosso.

«Se vuoi annullare il golf di domani, non c'è problema» intervenne Hodge.

«No, penso che qualche ora all'aria aperta sia ciò che mi serve. E le previsioni sono buone.»

«Sicuro?»

«Prospetto una vittoria schiacciante!»

«Nei tuoi sogni!»

Ross fece una smorfia: Hodge lo batteva sistematicamente.

«Colpo d'inizio alle 10 in punto?»

Ross annuì.

«Ti farà bene» lo incoraggiò Imogen.

Ross la guardò e annuì di nuovo, ma i sospetti affiorarono ancora una volta: non accennavano ad andarsene, nemmeno considerando che era incinta di tre mesi. Quattro o cinque ore senza lui tra i piedi? Si stava comportando da moglie altruista e amorevole, o aveva un secondo fine?

«È iniziato tutto quando quell'uomo, il professor Cook, è sbucato dal nulla con quel suo strano messaggio per te?» continuò Helen. «E tu non gli hai sbattuto il telefono in faccia?»

«Sono un giornalista, le stranezze mi interessano sempre.»

«E non hai paura, dopo quello che gli è successo?»

«Io ce l'ho» intervenne Imogen. «Ho detto a Ross di dimenticarsi questa storia. Quando ti occupi di religione, non sai mai che razza di matti o di fanatici finirai per attirare.»

«Come ha detto Helen, potrebbe essere stato un furto finito male» cercò di rassicurarla Hodge.

«Ma per piacere! Era un professore universitario in pensione, non un trafficante di droga» ribatté Imogen. «Lo hanno torturato. Stavano cercando qualcosa che volevano a tutti i costi.»

«Il manoscritto?» azzardò Hodge.

«Non necessariamente» intervenne Ross. «Ci sono anche dei ladri sadici. Sono rari, per fortuna, ma ce ne sono. Qui avevano un anziano signore che viveva solo in una proprietà isolata. Forse hanno pensato che avesse una cassaforte nascosta da qualche parte.»

«Non oso pensare a cosa sarebbe successo se tu fossi arrivato quando erano ancora là.» Imogen sollevò il suo calice, allungò la mano verso la bottiglia di vino ma poi si fermò. Hodge la estrasse dal secchiello con il ghiaccio e gliela porse. «Non posso» decise lei. «Al momento, un bicchiere è il mio limite, anche se ne berrei una bottiglia intera. Non posso pensare che quel poveretto, Harry Cook, fosse a casa nostra solo lunedì e adesso è morto. Torturato e ucciso. Non credo alle coincidenze e penso che abbia a che fare col manoscritto. Quello dettato da Dio e che tu hai definito assurdo.»

«Perché lo è» ribatté Ross.

«Se è quello che stavano cercando, forse qualcuno non lo considera poi così assurdo» osservò Imogen.

«Hai detto alla polizia del manoscritto?» chiese Hodge.

«No.»

Imogen si girò verso il marito. «Cosa? Hai nascosto delle informazioni? Non lo sai che è un reato?»

«Ho pensato che, se glielo avessi detto, l'avrebbero voluto come prova.»

«E quale sarebbe stato il problema?» chiese Imogen.

«Cosa ne hai fatto?» domandò Hodge.

Ross esitò.

«Non dirmi che ce l'hai ancora» scattò Imogen.

«Non volevo separarmene, non prima di averne fatta una copia, Imo.»

«Quindi adesso dov'è?»

«Al sicuro.»

«Al sicuro dove?» lo incalzò lei.

«In garage, va bene? Lunedì lo porterò dal nostro avvocato e gli chiederò di metterlo in cassaforte.»

«Gesù! Mi avevi detto che lo trovavi assurdo, e adesso te lo vuoi tenere? Chi se ne vorrà impossessare?»

«Le persone che hanno torturato e ucciso Cook?» suggerì Hodge tentando di essere utile.

«Non è detto che sia stato ucciso per questo. Nessuno era a conoscenza del manoscritto» replicò Ross. «Almeno a quanto ne so. Nessuno a parte una giornalista della BBC con la quale ho parlato a Bristol, e non penso che lei sia un'assassina.»

«Certo certo» rispose Imogen. «Sarà anche quello che ti ha detto Cook, ma non necessariamente è vero: forse era ciò che voleva che tu credessi.»

«Adesso ti dico cosa credo davvero» fece Ross scoccando

un'occhiata ai presenti. «Io credo che Cook fosse un matto che si illudeva ed era in buona fede. Ma, e questo è un grosso *ma*, se non lo fosse stato? Se avesse avuto ragione?»

«E tu sei disposto a rischiare la vita per questo?» gli chiese Imogen.

Ross non aveva una risposta. Forse l'alcol gli stava dando coraggio. Forse sentiva di doverlo a Cook. Di una cosa però era certo: non era pronto a lasciar perdere. «Imo, conosci il mio lavoro. Scavo sempre a fondo e scrivo cose che fanno arrabbiare le persone. Sono già stato minacciato in passato, e lo sai. La sola cosa che mi farebbe desistere sarebbe la consapevolezza che la tua vita e quella del bambino sono in pericolo. In quel caso, mollerei tutto.»

«Speriamo che il gioco valga la candela» rispose secca la moglie riferendosi a quanto lui avrebbe guadagnato da quella storia.

25

Domenica 26 febbraio

La maggior parte delle domeniche, il pastore Wesley Wenceslas teneva due sermoni, uno in occasione delle lodi e l'altro in concomitanza con i vespri. Ciascuno si teneva in una chiesa diversa, sia che il pastore fosse in Gran Bretagna, sia che si trovasse negli Stati Uniti: si spostava a rotazione tra le sette chiese che guidava, secondo un programma ben definito, ora a bordo dell'elicottero della Wesley Wenceslas Ministries, ora del Boeing 737, entrambi con la livrea della WWM bianca e adornata con l'elegante logo del ministro: il pesce alato attorcigliato a una croce.

Di tutte le cose che più amava fare, la predicazione, diffondere la parola del Signore al suo gregge adorante, sentire l'amore delle sue pecorelle era quella che più gli dava gioia. Be', gliene dava almeno quanta entrare nei garage delle sue tenute in Inghilterra e in America e ammirare la flotta di lucenti auto di lusso. E gliene dava quasi quanta ne provava nello scegliere l'angelo custode – più spesso due – con cui dividere il letto per la notte.

Quella mattina, però, a dispetto del radioso cielo azzurro che ammirava da dietro il finestrino dell'elicottero e della vista mozzafiato sul Tamigi, il pastore non provava la consueta gioia nel cuore.

Sentiva invece un profondo senso di presagio. E una crescente, oscura rabbia.

C'era una minaccia, ancora embrionale, ma anche le cose piccole potevano recare ingenti danni, potevano ingigantirsi con velocità sconcertante. In uno dei sermoni che amava ripetere di tanto in tanto, c'era una frase del Dalai Lama: «Se pensi di essere troppo piccolo per fare la differenza, prova a dormire con una zanzara».

La puntura di una zanzara poteva provocare un leggero prurito, oppure la malaria, la febbre dengue o l'infezione da virus Zika: tutte malattie potenzialmente letali. Ecco perché, quando vedi una zanzara, la uccidi senza farti domande.

E adesso, là fuori, c'era una zanzara umana.

Il mondo era sempre stato un posto pericoloso, in costante equilibrio fra bene e male. Sua madre gli era stata strappata perché lui non era stato lì a proteggerla, a tenerle la mano mentre attraversava la strada. Era stata colpa sua: avrebbe dovuto essere presente. Non avrebbe mai più permesso che gli venisse strappato qualcosa. Non avrebbe mai permesso che succedesse qualcosa che lui avrebbe potuto evitare.

Dio lo aveva scelto e gli aveva conferito questa missione nella vita, aveva fatto di lui il Suo soldato di fanteria, e lui aveva fatto carriera, conquistandosi i gradi da generale. Adesso però c'era una minaccia di cui si doveva occupare proprio come fanno i generali sul campo.

Ci fu un sussulto, che lo scosse e gli procurò un attimo di panico. Dell'elicottero gli piacevano la comodità e l'ingresso in grande stile che gli consentiva di fare ovunque atterrasse, con il secondo velivolo privato che arrivava pochi minuti dopo, con a bordo i membri meno in vista del suo entourage: parrucchiera, truccatrice, cuoco personale e quattro guardie del corpo. Riceveva di continuo minacce di morte da parte di fanatici religiosi di diverse fedi che non accettavano i suoi insegnamenti. Lo spaventavano al punto da averlo fatto diventare paranoico. Anche se godeva della protezione del Signore. Ecco, su questo punto non era del tutto certo, perché non era del tutto certo che il Signore approvasse il suo stile di vita.

Stavano scendendo rapidamente, abbassandosi verso l'eliporto londinese di Battersea. Sulla pista sostavano diversi elicotteri che da lassù sembravano insetti ingobbiti e arrabbiati.

Anche lui era ingobbito e arrabbiato. Nel sermone di quel giorno c'era il suo messaggio per i fedeli: «Concentratevi sul positivo. Di negativo, nella vita, ce n'è fin troppo. Il negativo vi trascina a fondo, il positivo vi innalza. Proprio come Gesù che resuscitò grazie a tutta la positività che lo circondava».

«Mister Sorriso», come chiamava l'uomo che amministrava il suo impero, era seduto di fronte a lui, sul sedile in pelle color crema e con le cinture ben allacciate. Era un uomo basso, elegante, con capelli neri dal taglio ordinato. Portava un completo tre pezzi gessato grigio, cravatta rosa e immacolati mocassini Gucci scamosciati. Era stato Mister Sorriso a metterlo in guardia sulla nuova minaccia, dopo essere stato contattato da un poliziotto del Somerset che era membro della loro congregazione.

In quel momento, Mister Sorriso stava leggendo il sermone, aggrottando le sopracciglia e schioccando leggermente la lingua ogni volta che scriveva un'annotazione con la stilografica Montegrappa che teneva con grazia tra le dita dalla manicure impeccabile. Il suo vero nome era Lancelot Pope e, quando lo aveva conosciuto, Wenceslas aveva esclamato: «Devo averla con me: devo poter dire alla gente che il papa lavora per me!»

«Questo pezzo non mi convince, capo» disse seccamente.

«Quale pezzo?»

Pope lesse ad alta voce: «Vi dico che Satana è tutt'attorno a noi. Non è una creatura imponente con coda e forcone. Lui è nelle corsie dei supermercati e vi tenta con dolcetti di ogni tipo. Mangiate cibo spazzatura e sarete abbindolati da Satana. Vi sta avvelenando di nascosto».

«E qual è il problema? Si tratta di un messaggio importante.»

«Sto pensando ai tuoi sponsor su YouTube.»

«E io sto pensando ai nostri doveri morali. È in linea con le nostre posizioni. E con le tendenze del momento.»

«Non mi fa stare tranquillo.»

Di rado sul viso di Pope si apriva un sorriso e, quando accadeva, era debole e privo di emozione, come un raggio di sole che non riesce a bucare un cupo cielo invernale. Però, grazie a Dio, Wenceslas non lo pagava per sorridere. Lo pagava perché gestisse i suoi affari col pugno di ferro, perché tenesse d'occhio ogni dettaglio, mettesse a punto i suoi sermoni. E perché si occupasse dei problemi.

Mister Sorriso faceva proprio questo. Un maniaco del controllo ossessivo, estremamente efficiente e implacabile, era l'unico dipendente della Wesley Wenceslas che osava ribattere al capo o criticarlo. E questo anche grazie al fatto che sapeva troppe cose del pastore.

I due uomini erano consapevoli che Lancelot Pope avrebbe potuto distruggere quell'impero con un semplice comunicato stampa, ma sapevano con altrettanta certezza che non lo avrebbe mai fatto. Per via della quota azionaria che Wenceslas gli aveva dato, la posta in gioco era troppo alta e Pope non avrebbe mai ammazzato la gallina dalle uova d'oro che lo aveva già reso milionario e, se le cose fossero continuate su quella strada, gli avrebbe permesso in un futuro non troppo lontano di accumulare una montagna di soldi. Ricchezze che andavano oltre ogni immaginazione.

Wenceslas sapeva che Dio gli aveva mandato quell'uomo affinché si occupasse di lui e di tutto ciò che rappresentava.

Perché per molto tempo, quando era giovane, non aveva avuto nessuno che lo facesse. Lui e la madre erano appena tornati in Inghilterra da Disney World e la donna, probabilmente confusa a causa del jet lag – o almeno quella era stata l'ipotesi del coroner durante l'inchiesta – aveva guardato nella direzione sbagliata mentre attraversava Old Shoreham Road ed era finita sotto un autobus.

Da quel momento in poi, lui aveva perduto la fede in Dio e aveva iniziato a comportarsi da ribelle a scuola. Aveva cominciato a rubare e aveva scoperto di essere molto abile nel convincere le persone a fare cose per lui. Cose di ogni genere. Nel giro di un anno aveva una rete di cinque suoi compagni che spacciavano droga per lui a scuola.

Quando, com'era prevedibile, venne scoperto, fu condotto davanti al preside. Il signor Collins gli parlò in tono calmo e gli spiegò che, pur provando compassione per lui e per la tragedia che gli era capitata, non aveva altra scelta se non espellerlo. «Lo sai, Thomas, sei molto sveglio e penso che, sotto sotto, tu sia un bravo giovanotto che ha solo perduto la retta via. Sei bravo con le persone. Ti vedrei bene nel ramo delle vendite o nelle pubbliche relazioni. Non distruggere il tuo futuro sporcandoti la fedina penale. Se potessi esprimere un desiderio, cosa ti piacerebbe fare nella vita?»

«Voglio fare un sacco di soldi, signor Collins» aveva risposto. «E avere una Rolls con autista.»

«Davvero?»

«Davvero.»

«Tutto è possibile, Thomas, se credi in te stesso e lavori sodo. È ciò che cerco di insegnare qui. Non serve darsi al crimine per fare i soldi: devi solo fare le scelte giuste.»

«E quali sarebbero? Quali sono le scelte giuste per fare un sacco di soldi?»

«Ti dico cosa farei io se volessi diventare ricco. Penso che diventerei un immobiliarista o un banchiere. Oppure...» esitò e sorrise, «fonderei una religione.»

26

Domenica 26 febbraio

Era una di quelle fredde mattine di febbraio di una bellezza impossibile, con le gocce di rugiada che brillavano come ragnatele distese sull'erba ai lati del fairway della prima buca al Dyke Golf Club.

Da sempre Ross sfogava la tensione con l'attività fisica e, malgrado il turbamento per Harry Cook, quel giorno aveva deciso di giocare. Sperava anche che lo avrebbe aiutato a superare i postumi della sbronza. La sua mente, però, era offuscata dall'inquietudine per quanto era accaduto a Cook e per le due serie di coordinate che non avrebbe mai ricevuto. Qualcuno desiderava quelle coordinate – le stesse che servivano a lui per l'articolo che avrebbe scritto sul professore – al punto di uccidere per averle?

Tirò fuori il legno 1 dalla lussuosa sacca nuova – regalo di Natale di Imogen –, cercò una palla e posò a terra la sacca. Sollevò la palla e lesse la scritta. «Titleist 4» annunciò al compagno. Poi, per un istante, si soffermò a guardare lo spettacolare paesaggio oltre la distesa di terreni coltivati, giù fino alla ciminiera della centrale elettrica di Shoreham e alla Manica poco oltre. La sua mente, però, vagava per altri lidi.

Hodge, che aveva vinto a testa o croce, doveva tirare per primo. Piantò il tee rosso nel terreno soffice e umido, appoggiò la palla, poi si mise in posizione piegando le ginocchia e arcuando la schiena. Provò un paio di volte il colpo, fece un passo avanti, picchiò il legno sull'erba dietro la palla, poi la colpì con forza.

Si sentì soltanto un debole schiocco. Ross osservò la palla alzarsi diritta in aria, la perse di vista per un attimo nel cielo limpido, poi la vide atterrare al centro del fairway, quasi centocinquanta metri oltre, e rotolare.

«Ottimo!» commentò. «Bel colpo.»

Hodge strinse le labbra e annuì con aria molto compiaciuta. «Qui non si scherza!»

Ross piantò il suo tee e vi appoggiò la palla, che cadde a terra. Ci riprovò con lo stesso risultato. Gli sembrava che un cavo elettrico gli trapassasse il cervello. La terza volta, la palla rimase al suo posto.

Prese posizione, fece un tiro a vuoto, poi si avvicinò e roteò il legno. Mancò completamente la palla colpendo solo l'aria.

«Tre errori sul tee» commentò Hodge in tono di rimprovero e un atteggiamento sempre più compiaciuto. Poi prese un piccolo sigaro e lo accese.

Ross fece un altro paio di mosse a vuoto, poi si riavvicinò al tee e tirò. Il legno colpì il terreno a una trentina di centimetri dalla palla, sollevando un'enorme zolla d'erba che atterrò a poca distanza.

«Merda!» esclamò. «Merda!»

Rimise a posto la zolla e notò il gruppo che li seguiva, due coppie impegnate in una partita di Four-Ball, in piedi accanto a loro a osservare, con tutta l'aria di aver perso la pazienza.

Al terzo tentativo riuscì a tirare un colpo discreto, ma la palla ricadde molto più vicina di quella dell'amico e si fermò dietro un cespuglio.

Alle due buche successive Ross non fece molto meglio: era completamente distratto dai pensieri su Cook.

Mentre aspettavano che un gruppo di Four-Ball davanti a loro cominciasse la sesta buca, Hodge riaccese il sigaro chiedendo: «Che fa Imogen stamattina?»

«Parlava di andare al mattutino, cerca di farlo almeno una volta al mese.»

«Non la accompagni mai?»

«Di tanto in tanto, soprattutto quando diluvia ed è impossibile giocare a golf» rispose Ross sorridendo.

«Tu come vai con la religione di questi tempi? Non me lo hai mai detto» chiese Hodge. «A parte fare a pezzi i predicatori ciarlatani.»

Ross sorrise. L'amico si riferiva a un'inchiesta sui predicatori più ricchi al mondo che lui aveva pubblicato sul *Sunday Times* circa cinque anni prima. Nel Regno Unito, la Wesley Wenceslas Ministries aveva minacciato di querelare il giornale per quello che lui aveva scritto di Wesley Wenceslas e gli avvocati avevano lasciato cadere le accuse solo quando il giornale aveva paventato di pubblicare la fedina penale del pastore.

«Noi siamo stati cresciuti da genitori cristiani non particolarmente religiosi. Poi, quando avevo quattordici anni, mia madre, che io e mio fratello adoravamo, si è ammalata di cancro. Pregavo per lei giorno e notte, eppure tre mesi dopo è morta. Da quel momento, ho smesso di pregare, semplicemente ho perso la fede. Nostro padre ci ha cresciuti da solo. Poi, qualche anno fa, è successa una cosa molto strana che non riesco a spiegarmi.»

«Ovvero?»

«Non ti ho mai parlato di Ricky, il mio gemello?»

«No.»

«È morto per un incidente assurdo. Eravamo a quattrocento chilometri di distanza, eppure ho sentito una fortissima connessione a lui per… non saprei, un minuto o due. In seguito ho saputo che quello era il momento esatto della sua morte.»

«Ho letto di gemelli omozigoti che hanno una sorta di telepatia. Magari è quello che è successo a te.»

Ross scrollò la testa. «No, molto di più, direi che ho avuto una chiara esperienza mistica. Difficile da spiegare senza sembrare pazzi, quindi cerco di non parlarne.»

«E questo ti ha fatto tornare la fede?»

«Non in Dio, ma nel senso che potrebbe esistere un disegno più ampio.»

Hodge diede un tiro al sigaro. «Quel tizio, il professor Cook… Giusto?»

«Sì?»

«Di quale Dio parlava? Anglicano, cattolico, ebraico, islamico? Hindu? Sikh? Rastafariano?»

«Non saprei» rispose Ross lanciando all'amico uno sguardo perplesso. «Tu sei ateo fino al midollo, mi pare.»

Hodge annuì osservando, attraverso una nuvola di fumo, il gruppo del Four-Ball davanti a loro spostarsi finalmente dal tee.

«Sì, ho un grosso problema. Stephen Fry ne parlava non molto tempo fa, e lo ha riassunto alla perfezione. Diceva che se davvero è stato Dio a crearci, doveva avere una mente perversa per creare anche un parassita che prospera soltanto nell'occhio di un bambino, si fa strada dall'interno del bulbo oculare e il cui fine è soltanto quello di accecare l'organismo che lo ospita.»

«Alcune religioni avrebbero una spiegazione per questo.»

«Tutte le religioni hanno qualche genere di blanda spiegazione per la sofferenza. Ma guarda alle diverse religioni monoteiste, e alle divisioni tra loro: anglicani, cattolici, sunniti, sciiti, sefarditi, chassidici. Quando vai a scavare più a fondo, che differenze trovi? Di che parlano le loro affermazioni? Te lo dico io: di qual è il migliore amico immaginario.»

Ross sorrise. «Tra tutte le religioni che credono in un solo Dio, quella che capisco meglio credo sia la cristiana. Con poche eccezioni, nelle zone della *Bible belt* degli Stati Uniti, si è trasformata nel corso dei secoli, passando da essere un'istituzione tirannica – pensa all'Inquisizione quando, se non eri il tipo giusto di cattolico, ti potevano mettere a morte – a una struttura sociale più tollerante.»

Osservarono uno dei quattro giocatori davanti a loro: la sua palla era atterrata a meno di cinquanta metri dal tee. L'anziano golfista, barcollando, preparò il colpo successivo per quella che sembrò loro un'eternità.

«E parlo della cristianità, il cui dogma assoluto è la fede nella Resurrezione, capisci?» proseguì Hodge. «Duemila anni di fede basati su una specie di giochetto con le ossa.»

Diede un tiro al sigaro. «Oppure il tuo Harry Cook aveva qualcosa di meglio da offrire? Deve essere fantastico credere in Dio. Puoi scaricarti tutte le responsabilità, e dargli la colpa per ogni schifezza che succede. Andiamo, Ross, tu sei un giornalista in gamba. Fatti furbo!»

«Hodge, mi spieghi perché siamo qui? E mi dici da dove veniamo? Hai letto Stephen Hawking e dici di aver capito quello che ha scritto? Sei in grado di spiegare l'esistenza umana?»

«Devo farlo per potermi godere la vita? Per amare mia moglie? Per gustarmi la nostra partita di golf in questa splendida mattinata? Cosa ha a che vedere Dio con tutto questo?»

«A parte, forse, averlo creato Lui?»

«Bene, e allora chi ha creato Dio? Riesci a rispondere? Io dovrei venerarlo perché credo alla favoletta che, nell'aldilà, mi farà sedere a cena a un tavolo decente? Dio ha forse una macchina che controlla ciascuna delle nostre vite e segna un credito ogni volta che diamo un buffetto a un cane o facciamo cadere una monetina nel cappello di un artista di strada o nella mano di un senzatetto?»

«Non ti poni mai domande sull'esistenza, Hodge? Non dovremmo forse fare proprio questo con la nostra cosiddetta intelligenza? Socrate non aveva forse ragione a dire che 'la vita senza ricerca non è degna di essere vissuta'?»

«Mi stai dicendo che se non mi pongo domande sull'esistenza, la mia vita non è degna di essere vissuta?»

«No, affatto. Quello che intendo, immagino, è che...» Ross tacque.

«Va' avanti.»

Ross rimase in silenzio per qualche istante. Che cosa aveva in mente Harry Cook? La sua morte faceva parte di un disegno più grande? Questa impresa in cui si era imbarcato gli avrebbe dato qualcosa di più di qualche colonna stampata su un giornale?

«Bene, Hodge, adesso ti faccio una domanda. Che cosa ti servirebbe, come ateo, per convincerti dell'esistenza di Dio?

O almeno dell'esistenza di un Creatore dell'universo, un Creatore Intelligente?»

Hodge prese il legno 1 dalla sacca e andò fino al tee sopraelevato. «Una domanda un po' complessa per una domenica mattina.»

«Devo saperlo perché ho stima delle tue opinioni. Cosa ci vorrebbe?»

«Immagino che dovrei vedere qualcosa che non saprei spiegarti, che non saprei spiegare a me stesso. Una cosa che non sia possibile liquidare come un gioco di prestigio.»

«Come cosa?»

«Non lo so. Magari la marea che non si ritira quando dovrebbe, anche se è un fenomeno che potrebbe ricollegarsi a un'eclissi o simili.»

«Quindi, se il sole sorgesse da ovest, crederesti in Dio?»

«Non ne sono sicuro. La mia prima reazione sarebbe che i fisici – o gli astronomi – hanno sbagliato i calcoli. E potrebbe essere qualcosa che accade ogni tot millenni» rispose scrollando le spalle.

«Va' avanti. Cosa ci vorrebbe?»

«Immagino qualcosa nel campo della fisica che sappiamo essere impossibile. Magari a quel punto crederei.»

«E se accadesse davvero?»

Hodge si chinò a conficcare il tee. «Ross, amico mio, torna con i piedi per terra. Non succederà.»

Colpì la palla, che deviò a destra e atterrò in un fitto cespuglio.

«Vedi?» commentò Ross. «Dio non ha apprezzato.»

27

Non succederà!

L'espressione era diventata un mantra per Pete Stellos. Lo aveva detto a sua madre quando gli aveva chiesto quando avrebbe incontrato una brava ragazza, si sarebbe sistemato e le avrebbe dato dei nipotini. A lui non interessavano le ragazze, e nemmeno i ragazzi, e non provava tutti quei desideri sessuali di cui, come aveva letto, avrebbe dovuto essere preda.

C'era qualcosa, nelle persone, che lo respingeva – o comunque che lui non gradiva – e questo gli aveva causato difficoltà in passato. Ecco perché aveva trascorso la prima parte della sua vita lavorativa a svolgere mansioni isolate, solitarie. Prima il turno di notte in un McDonald's a Des Moines, nell'Iowa. Poi, con l'idea di voler vedere un po' di mondo – o almeno del suo paese – aveva preso la patente ed era diventato un camionista, e aveva trasportato attraverso l'America ricambi d'auto all'andata e grano al ritorno.

Da bambino era cresciuto nella tradizione greco-ortodossa, ma in seguito non aveva provato alcun interesse per la religione. Al funerale di una prozia aveva conosciuto un cugino, Angus, che gli aveva detto di essere monaco e di aver vissuto per qualche anno in un monastero del Monte Athos, in Grecia. Quella chiacchierata aveva risvegliato l'interesse di Pete per la religione greco-ortodossa. Il cugino Angus era certo che il Monte Athos potesse interessare Pete, ma lo aveva avvertito che non bastava presentarsi lì e che doveva aspettarsi un lungo procedimento di ammissione. Oltre a un'esistenza solitaria, se fosse stato accettato.

Pete gli aveva chiesto ulteriori informazioni.

28

Domenica 26 febbraio

Nelle settimane che seguirono la sua prematura uscita dalla Blatchington Mill School, sei mesi prima del suo sedicesimo compleanno e impaziente di fare soldi, Thomas Smith dimenticò tutti i consigli del suo preside. Divenne lo spacciatore del trafficante che gli aveva fornito la marijuana, l'ecstasy e le altre sostanze stupefacenti assortite che distribuiva a scuola.

Nei successivi sei mesi guadagnò molti soldi facili consegnando eroina, in gran parte a clienti di Brighton. Fino a quando lo arrestarono con in tasca l'equivalente di tremila sterline di droga al valore di mercato.

Trascorse due anni in un carcere minorile, un posto che trovò utile per costruire una rete più ampia di futuri spacciatori per l'impero della droga che stava progettando. A diciannove anni aveva un elegante appartamento sul lungomare con vista sulla Manica. Con lo spropositato affitto mensile che doveva pagare, non aveva ancora accumulato abbastanza soldi per l'automobile dei suoi sogni, ma aveva messo da parte cinquantamila sterline in quello che, scherzando, chiamava il suo «Fondo Ferrari». Nell'attesa, andava in giro con una bella Porsche nera che aveva dieci anni e una targa personalizzata.

Poi, qualche giorno prima del suo ventesimo compleanno, sei agenti irruppero nel suo appartamento alle cinque del mattino urlando «POLIZIA! POLIZIA!» e mandando in pezzi il suo mondo, oltre che la porta.

Trovarono crack, cocaina, eroina e altre amenità per un valore di ventimila sterline: una retata di certo frutto della soffiata di un rivale. La sentenza fu molto dura, gli comminarono otto anni e, forse peggio, gli confiscarono la Porsche e tutti i contanti.

Dio lo aveva salvato. In prigione Thomas aveva trovato il Signore o meglio, come amava dire, il Signore aveva trovato lui. Le sue letture bibliche da bambino, poi da adolescente, gli erano servite. Ne ricordava molti brani e si scoprì dotato di un talento naturale per la predicazione, con ampie citazioni della Bibbia.

Grazie al sostegno dell'illuminato direttore del carcere di Highdown – dove aveva trascorso gran parte dei quattro anni di pena che scontò – gli fu consentito di tenere i suoi «sermoni» ogni domenica nella zona di ricreazione. Nel giro di un anno aveva oltre cento fedeli regolari. Alla fine del secondo, più di duecento. Era popolare al punto che ogni giorno, dopo colazione, aveva cominciato a tenere dei servizi religiosi per ispirare i fedeli a diffondere la parola di Dio e a cercare nuovi adepti.

Poi una notte, nella sua cella, Dio gli aveva parlato direttamente, dicendogli di cambiare vita e di dimenticare la droga quando fosse uscito. Di imboccare una strada nuova, la Sua. E di prendere un nome nuovo, che avesse carisma, per un nuovo inizio. Doveva letteralmente cambiare pelle.

Uno dei suoi compagni di prigione, e ormai suo fedele seguace, aveva un amico che faceva il prete a Tooting Bec, nella periferia di Londra, e aveva una sala inutilizzata.

Tre mesi dopo il suo rilascio, il pastore Wesley Wenceslas aveva cominciato a predicare la Parola di Dio in quello che era poco più che un enorme capannone arrugginito, fatto di lastre ondulate e pieno di sedie pieghevoli malconce.

Il resto, come diceva con orgoglio a chiunque lo chiedesse, era storia, sia lodato il Signore!

L'elicottero tremò, poi si abbassò di colpo e sobbalzò parecchie volte.

Wenceslas ebbe paura, chiuse gli occhi e pregò in silenzio.

Oh, Signore, proteggici.

Riaprì gli occhi e guardò fuori. La piattaforma di atterraggio si stava avvicinando, ne riusciva a vedere chiaramente le scritte.

«Quanti scossoni» commentò Pope. «Un volo poco tranquillo.»

Wenceslas lo fissò. «Ricordati che Dio ha cura di noi.»

Il terreno si avvicinò rapidamente. All'ultimo momento l'elicottero si librò come su un cuscino d'aria. Poi Wenceslas sentì sotto di sé la sicurezza della terraferma.

Sopra di lui i rotori continuavano a scuotere l'aria, rallentando.

Sfilò le cuffie. Pope fece altrettanto, poi si lisciò i capelli con la punta delle dita e controllò il piccolo Hublot bianco. «Puntuali!» annunciò.

«Sia lodato il Signore!» commentò il suo capo.

29

Domenica 26 febbraio

Quando Ross tornò a casa dal golf, poco dopo le quattordici, la macchina di Imogen non c'era. Su un biglietto gli aveva scritto che portava Monty a passeggio con un'amica e il suo cane e che sarebbe tornata per le quindici. Gli ricordava che era il suo turno di cucinare l'arrosto della domenica.

Ross si chiese chi fosse l'*amica*, ma in fondo era contento che Imogen non ci fosse. Il pomeriggio precedente aveva preparato quasi tutto il pranzo, quindi si limitò ad accendere il forno, a mettere dentro pollo e patate e a far partire il timer del suo orologio, poi corse di sopra. Dopo un quarto d'ora, fatta la doccia e cambiatosi, andò nel suo studio, si collegò a Internet e aprì Google Earth. Poi digitò le coordinate che gli aveva dato Cook: la posizione era esattamente nel punto dove si trovava il martedì mattina.

51°08'40"N 2°41'55"W.

Il luogo dove Cook era convinto fosse sepolto il Santo Graal.

Al centro del prato, anche se duemila anni prima sarebbe stato un campo aperto.

Non posso dirglielo al telefono, è troppo pericoloso. Ed è troppo importante. Dobbiamo incontrarci. Per favore, la sto implorando di darmi questa possibilità. Se vorrà ascoltarmi, i calcoli che ho tratto…

Cosa voleva dirgli il vecchio, troppo spaventato per farlo al telefono?

Il significato di quei numeri che seguivano le coordinate?

Prese il foglietto che aveva trovato nel cestino della carta di Harry Cook, lo aprì e guardò quella strana forma simile a un bastone da hockey e i numeri scritti ordinatamente lì accanto.

12 13 20 5 11 5 18 16 9 1 17 7 17.

La forma era collegata a quei numeri? Erano una specie di codice? Un codice informatico?

Scrisse un'email a Chris Diplock, il suo guru informatico, digitò quei numeri chiedendo se potesse illuminarlo in qualche modo e inviò. Come sempre, anche se era domenica pomeriggio, il trillo della risposta arrivò quasi all'istante.

> Ross, mi sembrano una specie di codice. Non ho idea di quale, mi dispiace. Immagino che anche gli spazi abbiano un significato, e che in qualche modo abbiano senso anche le ripetizioni. In Rete ci sono un mucchio di siti e forum dedicati a queste cose. Te ne allego un po'.

Sotto, Diplock aveva incollato un lungo elenco di link.

Ross si trastullò con l'idea di postare messaggi su Twitter e Facebook chiedendo se qualcuno conoscesse il significato di quei numeri. Poi rinunciò: non sapeva chi avrebbe potuto rispondere né quali domande avrebbero potuto fargli. Ebbe però un'altra idea. Qualche anno prima aveva scritto un articolo sugli hacker e aveva conosciuto al Dipartimento di informatica dell'Università di Brighton un tizio strambo che aveva trovato interessante, benché imprevedibile. Si chiamava Zack Boxx.

Era una creatura della notte, con scarse capacità sociali e, a quanto sembrava, interessato unicamente ai computer e alle birre artigianali. Una sera Ross aveva passato due ore con lui all'università, e in quell'occasione Boxx gli aveva mostrato come violare i sistemi informatici di agenzie e organi governativi non solo del Regno Unito, ma anche americani e di altri paesi, e come penetrare nella rete di svariate installazioni militari, con tanto di operazione con i droni in Iran. Il tutto, gli aveva assicurato, senza lasciare alcuna traccia. Avevano trascorso la giornata successiva ubriacandosi a un festival della birra artigianale in un capannone di Horsham.

Con grande stupore di Ross, Zack non era mai stato arrestato e ormai lavorava come consulente aziendale freelance per la sicurezza informatica. Erano rimasti in contatto e, dato che Zack aveva sempre qualche storia da raccontare, di tanto in tanto si erano trovati a qualche festival della birra, in parte perché Ross apprezzava quel ragazzo e la birra, in parte perché, dopo qualche pinta, Zack poteva farsi sfuggire qualche notizia succosa.

Sapendo che probabilmente dormiva ancora, Ross gli mandò un'email chiedendogli se avesse idea del significato di quei numeri. E aggiungendo che era tempo che facessero una chiacchierata davanti a una pinta.

In quel momento Ross sentiva proprio il bisogno di una birra. Nonostante la mattinata rilassante, e la compagnia di Hodge che aveva sempre gradito, gli eventi del venerdì lo avevano scosso nel profondo. Scese in cucina, prese una Peroni dal frigo, la aprì e portò al piano di sopra la bottiglia gelata, dando qualche sorso mentre saliva. Tornò a sedersi alla scrivania e fissò lo schermo del computer con la mente altrove.

Pensava all'immagine di Harry Cook legato alla sedia.

Merda.

Se la tortura e l'omicidio di Harry Cook erano collegati a tutta la faccenda, avrebbe dovuto lasciar perdere? Mollare il colpo?

Imogen era spaventata per quello che le aveva detto. Era fuori dalla sua portata come aveva suggerito Benedict Carmichael? Valeva la pena di rischiare le loro vite? Cercò di rammentare le parole di Cook quando aveva trasmesso il messaggio ricevuto dalla medium per Ross.

Quest'uomo ha detto di avere accanto una persona che aveva un messaggio per lei, e che quella persona era suo fratello Ricky. Ricky... ha detto che voleva che lei si fidasse di me e ha fatto due nomi, mi pare Bubble e Squeak.

Come poteva aver saputo di suo fratello? Forse leggendo dell'incidente sui giornali, ma era successo anni prima. Da Internet? Ma non avrebbe certo saputo dei criceti.

Che cosa cercavano gli assassini di Cook? Il manoscritto? Le coordinate che credevano di trovarci? Oppure tutto era una falsa pista e questa gente era solo a caccia del denaro nascosto di un vecchio?

Che cosa credeva di aver calcolato Cook, e come mai era tanto agitato al telefono?

L'unico oggetto che era stato sottratto era il computer portatile di Cook. Uno degli agenti gli aveva detto che la fede della moglie era sul pavimento ancora dentro la scatola originale e che in uno dei cassetti aperti della stanza da letto c'erano duemila sterline in contanti. Il fatto che non avessero toccato tutti quei soldi e le cose di valore indicava che il suo aguzzino – o i suoi aguzzini – cercavano qualcos'altro. Informazioni su qualcuno, o qualcosa?

Ross tornò al manoscritto.

Quale che fosse la verità, non gli piaceva l'idea di tenerlo in casa. Il giorno successivo, come aveva detto a Imogen, l'avrebbe portato dal suo avvocato. O forse sarebbe stato meglio metterlo nel deposito nei pressi del porto di Shoreham dove lui e Imogen avevano stivato parte dei mobili quando avevano traslocato dal vecchio appartamento in quella casa.

Digitò su Google «Glastonbury Tor». Le informazioni gli dissero che in cima alla collina, nel X secolo, era stata costruita una chiesa, in seguito distrutta. L'attuale struttura, le rovine della chiesa di San Michele, della quale era rimasta solo la torre, era stata costruita nel XIII secolo. Se Giuseppe d'Arimatea era arrivato in Inghilterra portando con sé il Santo Graal, dovevano mancare ancora quasi mille anni alla costruzione della prima chiesa.

Ross fece qualche altra ricerca su Internet. La sola cosa che di sicuro sarebbe stata lì all'epoca di Giuseppe era il pozzo.

Se io avessi voluto nascondere il calice, continuò a pensare, avrei scavato una buca a metà collina oppure avrei usato un nascondiglio più comodo?

Eppure le coordinate indicavano un punto a metà collina.

Quali erano le altre coordinate che Cook non gli aveva comunicato? Sparite. Per sempre?

Non riusciva a togliersi dalla mente il pensiero che la morte di Harry Cook potesse essere una bizzarra versione moderna della crocifissione. O una sua orribile interpretazione.

Cercò di analizzare le cose da un altro punto di vista. Bene, sono Dio e voglio rivelare a Cook dove si trova il calice. Gli comunico le coordinate esatte o quelle di un punto vicino? Dopo tutto, io so benissimo dov'è.

A quanto sembrava il Dio dell'Antico Testamento, astuto e spesso piantagrane, metteva alla prova le persone con compiti e sfide. Dalle scarne letture bibliche che Ross ricordava da bambino, Dio non rendeva mai le cose facili. Poteva aver lanciato una sfida anche a Cook?

Che cosa voleva dirgli il professore?

Dopo uno splendido inizio di giornata, il cielo era scuro e le gocce di pioggia scorrevano sul vetro della finestra. Pensò allo spessore del manoscritto, tenuto insieme a malapena da due elastici, e improvvisamente ebbe paura.

Doveva bruciarlo?

E perdere il suo articolo?

Santo Graal o meno, aveva già molto materiale per imbastire un articolo sensazionale. Uno dei tanti giornali scandalistici glielo avrebbe comprato di sicuro. Ma aveva bisogno di mettere a posto un altro tassello, e piuttosto grande. Poteva essere tutto o niente.

Arrivò un'email da Zack Boxx.

La aprì.

A Yapton, vicino a Bognor, c'è un festival della birra sabato prossimo. Potrei anche andarci, ci dovrebbero essere parecchie buone versioni del Sussex delle Weissbier tedesche.

12 13 20 5 11 5 18 16 9 1 17 7 17. Potrebbe trattarsi di un codice numerico in cui ciascun numero rappresenta una lettera dell'alfabeto. Decifrato dice Nove metri a S (sud?), G (gira?) S (sinistra?). Ti può aiutare?

A Ross venne in mente qualcosa. Tornò entusiasta su Google Earth, cercò Chalice Well e osservò la forma del bastone da hockey.

Tornava!

Afferrò il portafoglio, uscì da Google Earth e cominciò a fare shopping compulsivo su Internet.

Aveva appena cliccato sull'ultimo «Conferma acquisto» quando sentì Monty abbaiare al piano di sotto. Seguito dalla voce di Imogen che chiamava.

«Ross, sono tornata!»

«Fantastico, sto morendo di fame» rispose. «Il pollo dovrebbe essere pronto fra dieci minuti.»

«Com'è andata a golf? Hai vinto?»

«No, ma sono arrivato secondo!»

Monty si precipitò nello studio, fradicio, si scrollò schizzando acqua ovunque, poi trotterellò verso Ross, si sedette e sollevò le zampe anteriori.

«Ehi, pelo fradicio, hai fatto una bella passeggiata?» chiese, poi si mise a fargli i grattini sulla pancia.

Ross si sentiva entusiasta, ma parecchio spaventato.

Rispose a Zack Boxx.

Sei un genio!

Pochi secondi dopo arrivò un'altra email di Boxx.

Lo so, adesso posso tornare a dormire? Per me è ancora presto.

30

Lunedì 27 febbraio

Il Principato di Monaco era perfetto per i suoi scopi. Costruito sulla roccia, era il secondo paese più piccolo al mondo, con una superficie di circa due chilometri quadrati. Circondato su tre lati dalla Francia, e affacciato sul Mediterraneo sul quarto, era zeppo di lussuosi condomini altissimi uno accanto all'altro. Non c'erano mendicanti o senzatetto, ma ovunque si notava una vistosa ricchezza che riusciva però a non dare troppo nell'occhio.

La fama di paradiso fiscale per ricchi, il clima soleggiato e la breve distanza dall'aeroporto internazionale di Nizza erano tutte attrazioni per lui, ma non il principale motivo per cui si trovava lì. La cosa che preferiva di quel posto era l'anonimato che offriva, e che i residenti si potevano permettere.

Lì a Montecarlo, al banco gastronomico del supermercato potevi ritrovarti di fianco a un pilota di Formula 1, a un banchiere russo o a un esiliato della Brexit, magari anche vicino a Big Tony che, a dispetto del nome, era abbastanza piccolo.

A dire il vero, potendo, era preferibile stare alla larga da Big Tony. Non che puzzasse, niente di simile, ma aveva una certa aura, e la portava come fosse un mantello nero.

Big Tony aveva la carnagione pallida e una corporatura esile. Non andava fuori spesso, se non per sfrecciare a tutta velocità sulle Corniche, le tortuose strade di montagna fra Montecarlo e Nizza, in sella a una delle sue potenti moto. Si era abituato a non uscire e a casa si sentiva più a suo agio. Ma gli piaceva sapere di avere almeno una scelta, a differenza di quanto gli era accaduto per metà della sua vita adulta, che aveva trascorso in un carcere di massima sicurezza in

Colorado. Quando ci era entrato, a ventisei anni, era piccolo e già curvo e adesso che ne aveva sessantatré era ancora più piccolo, più magro e con gli occhi da uccello predatore che mandavano lampi nervosi. Aveva buoni motivi per essere sempre sul chi vive: c'erano un paio di persone con le quali aveva dei conti in sospeso, in particolare due criminali che in prigione si erano vantati delle loro prodezze con lui e sui quali aveva fatto la spia in cambio di una riduzione della pena. Per il resto della vita si era guardato alle spalle e aveva sempre controllato sotto la macchina.

A venticinque anni, Big Tony aveva già ucciso su commissione diciassette persone. La diciottesima era stata un fiasco che gli era costato molto caro. Non ai suoi committenti, che, per i loro 200.000 dollari, avevano ricevuto in cambio uno stronzo morto. Ma per lui. Pura iella. Alla sua Durango a noleggio era scoppiato uno pneumatico sulla 401 a North Toronto, mentre andava verso l'aeroporto. Quando aveva accostato in corsia d'emergenza, un camionista che – come aveva saputo in seguito – stava giocando sul cellulare, lo aveva urtato di striscio. Nei successivi tre mesi, mentre era in convalescenza in ospedale, la polizia canadese aveva fatto bingo trovando nel baule della macchina il suo computer portatile e una pistola. Qualche mese più tardi era stato estradato per affrontare il processo negli Stati Uniti.

Ormai erano passati dodici anni dal suo rilascio e lui si era rimesso in piedi alla grande. Non era più tempo di incarichi casuali: poteva scegliere e accettare con attenzione. Ricordava le parole del generale americano Patton in un film che aveva visto anni prima: «Nessun bastardo ha mai vinto una guerra morendo per il proprio paese. L'ha vinta facendo in modo che qualche altro povero sciocco morisse per il suo paese».

In quel momento lui era soprattutto un Risolutore e recuperava oggetti per conto di altri. Poi, di tanto in tanto, banalmente ne procurava alle persone che li desideravano.

E lo stronzetto arrogante con gli stupidi occhiali rossi

– con il suo abito impeccabile e la ventiquattrore piena di banconote – che era appena entrato nel suo appartamento al dodicesimo piano, era qualcuno che aveva bisogno dei suoi servizi. Ce l'aveva scritto in faccia, anche se cercava in tutti i modi di nasconderlo.

Sedettero nel bovindo con vista verso sud, sull'eliporto e il Mediterraneo, e un parchetto verso est dove una donna stava portando a spasso il cane. L'inglese aveva in mano un grosso tumbler di Glenfiddich invecchiato venticinque anni. Big Tony, che sul lavoro non beveva mai, aveva un Virgin Mary. E si rivelò un drink appropriato, dato quello che poi sarebbe successo.

«Abbiamo un problema» esordì l'inglese. «E mi hanno detto che lei è l'uomo giusto per risolverlo.»

«In tal caso» rispose Big Tony con il suo accento strascicato del Mississippi e una voce molto più forte e profonda di quanto potesse far pensare il suo aspetto, «immagino che sia lei ad avere un problema, amico.»

L'inglese, perplesso, chiese: «Io?»

«Io non risolvo problemi, amico, faccio semplicemente cose per le persone.»

«Allora siamo sulla stessa lunghezza d'onda.»

«Dipende da che cos'ha portato.»

L'inglese aprì la valigetta mostrando il contenuto. Fasci di banconote da cinquecento dollari legati con elastici. «Aveva chiesto due milioni?»

«E lo stesso importo alla consegna.»

«È caro.»

«Sono caro?»

«Sì, molto.»

«Chiuda la valigetta.»

«Devo chiuderla?» chiese l'inglese.

«Sì.»

«E perché dovrei farlo?»

«Perché adesso la prende e se la porta via. Non sono l'uomo per lei.»

«Che intende dire?»

«Quale parte le è sfuggita?»

L'inglese fece una faccia strana, poi bevve un lungo sorso del suo drink. «Ok, guardi, siamo partiti con il piede sbagliato. Il suo prezzo mi va bene.»

«A me no, è appena aumentato.»

«Ehi, scusi, ma sono lieto di pagare quello che chiede.»

«Bene, adesso sono otto milioni.»

«Che cosa?»

«Mi ha sentito.»

«Ma è raddoppiato.»

«So per chi lavora, e il denaro non è un problema. Torni con l'importo giusto e ne riparliamo.»

L'inglese sembrava aver inghiottito un rospo. «Senta... la prego... proviamo...»

«Proviamo che?» lo interruppe Big Tony. «Guardi, amico, è meglio che sappia un paio di cose su di me, se vuole entrare in affari. Uno, io non contratto. Due: non sono la persona giusta da inimicarsi. Capisce cosa intendo?»

«Capisco» rispose l'inglese guardando l'orologio. «Potrei tornare domani.»

«Dopo le undici. Prima ho il mio personal trainer di Pilates.»

«Va bene... ma nel frattempo potrebbe dare un'occhiata a questa» rispose l'inglese porgendogli una chiavetta USB.

«La guarderò quando vedrò il colore dei suoi soldi. E senza negoziati.»

«Basta negoziati. Come lei ben sa, il mio capo ha le tasche profonde.»

«E gli piace farsi le seghe, vero?»

L'inglese inghiottì un altro rospo. Poi disse: «Lei ci è stato molto raccomandato».

«Evitiamo i convenevoli. Torni domani o si cerchi qualcun altro. In nessuno dei due casi mi cambia la vita.»

«Tornerò domani dopo le undici, con i soldi.»

«Certo che lo farà.»

31

Lunedì 27 febbraio

Ross aveva passato i primi anni da giornalista come reporter per il quotidiano di Brighton *Argus*, poi era passato alla redazione cittadina del *Daily Mail*. Dopo un po', era entrato nella redazione approfondimenti del *Sunday Times*, dove si era realmente fatto le ossa nel giornalismo investigativo e aveva scoperto che era il lavoro che più gli piaceva. Tre anni prima, dopo aver preso sufficienti contatti con i caporedattori dei quotidiani più importanti, con l'approvazione di Imogen aveva deciso di mettersi in proprio.

Non aveva mai rimpianto quella decisione, anche se c'erano giorni in cui gli mancavano il cameratismo e il brusio della vita quotidiana in ufficio.

Ross ci aveva messo molto tempo per abituarsi a lavorare da casa. Amava il lusso di potersi vestire come voleva e la libertà di indagare su qualsiasi storia desiderasse, ma c'erano anche giorni in cui il tempo non passava mai e finiva frammentato in piccoli eventi.

Uno era l'arrivo dei giornali, un altro la posta del mattino, poi c'erano le sporadiche consegne di Amazon e di altri ordini online. E trovava sempre il tempo di portare Monty a fare una lunga passeggiata nel primo pomeriggio.

Di solito la posta arrivava puntualissima alle dieci del mattino, ma da poco il loro postino era andato in pensione e il suo sostituto era imprevedibile: c'erano giorni in cui non arrivava fino a ben oltre mezzogiorno. Era proprio uno di quei giorni. Lui, però, era stato occupato per gran parte della mattina con tre diverse consegne di Amazon di ordini che aveva fatto il giorno prima, e due erano pacchi molto voluminosi.

Li aveva aperti e ne aveva riposto il contenuto in fondo al garage: ne usavano una parte come magazzino e lui non voleva dare spiegazioni a Imogen.

Si era rimesso alla scrivania e stava rispondendo alla proposta del direttore di un giornale che pensava gli sarebbe interessato approfondire l'ammontare della ricchezza personale e le dichiarazioni dei redditi di un magnate della grande distribuzione da poco nominato baronetto, quando sentì un ticchettio di unghie al piano inferiore e Monty che abbaiava in sottofondo.

Il segnale che la posta era finalmente arrivata. Guardò l'orologio – erano le 12.35 – e scese. Sullo zerbino c'era proprio la posta, un mucchietto sottile legato da un elastico. Un grosso plico del suo commercialista (pensò che non sarebbe stata una lettura gradevole), una busta scritta a macchina indirizzata a Imogen, una gonfia del ministero delle Finanze che pareva proprio una cartella esattoriale e, per ultima, una lettera destinata a lui, con l'indirizzo scritto a mano e il timbro di Birmingham.

La grafia era vecchio stile e la riconobbe subito.

Mise la posta di Imogen sul tavolino dell'ingresso e portò di sopra il resto, si accomodò e aprì la busta scritta a mano.

Dentro c'era una lettera.

Caro signor Hunter,
sono preoccupato per ciò che mi è stato detto e che ho riferito a lei. Per questo motivo, come precauzione nel caso mi dovesse accadere qualcosa, ho affidato le due coordinate geografiche mancanti al mio avvocato, Robert Anholt-Sperry dello studio Anholt-Sperry Brine di Birmingham, che le custodisce al sicuro. Ha ricevuto istruzioni di consegnarle a lei – a lei solo, dopo aver verificato la sua identità – e a nessun altro, se le prime coordinate di Chalice Well l'avessero convinta della mia buona fede, cosa che spero sinceramente. Nel caso mi dovesse accadere

qualcosa, spetterà a lei solo la responsabilità di salvare il mondo.
Con i miei più cordiali saluti,
prof. Harry F. Cook

Ross rilesse la lettera da cima a fondo. «Bravo, Harry, un bel lascito!» esclamò ad alta voce. Poi sorrise, ma dentro di sé tremava. Sobbalzò allo squillo del campanello.

Sbirciando fuori dalla finestra vide un furgone della UPS, si precipitò di sotto e aprì la porta.

Un'altra consegna di ordini del giorno prima.

Firmò, poi portò Monty a fare una lunga passeggiata. Attraversò il ponte pedonale sopra la A27, poi salì per il lento declivio dei campi verso il Chattri, lo splendido memoriale simile a un tempio costruito sul luogo dove erano stati cremati i soldati sikh morti a Brighton per le ferite subite durante la prima guerra mondiale.

Era un posto dove Monty amava scatenarsi senza guinzaglio e dove Ross riusciva a pensare al suo meglio.

Anche se aveva molti dubbi su quello strano vecchio, un pensiero dominava sugli altri. E se – per quanto improbabile – Harry Cook avesse avuto ragione?

Nove metri a sud gira a sinistra.

Gli avrebbe dato un'ultima possibilità, sentiva di doverglielo. Poi, se si fosse rivelata una fantasia, basta, finito.

L'indomani sera, un martedì, Imogen andava al club del libro. Un buon momento per uscire di casa anche lui. Forse, se tutto fosse andato bene, sarebbe tornato prima della moglie, ma sotto sotto ne dubitava. Era nervoso al pensiero di quello che lo aspettava, ma sapeva che, se non fosse andato fino in fondo a quella faccenda, gli sarebbe rimasta per tutta la vita la curiosità.

Lo preoccupava lo scavo sul fianco della collina di Chalice Well. Se Cook gli aveva detto il vero, qualcun altro aveva provato a scavare nello stesso punto? Qualcuno che giocava d'anticipo?

Avevano già trovato il Santo Graal?

Credeva di no e, se aveva ragione, anche loro dovevano essere in caccia.

Lo stavano sorvegliando? Si aspettavano che fosse lui a portarli sul posto?

Appena rientrato a casa, prese il portafoglio e le chiavi della macchina e guidò per sedici chilometri fino a Lewes, il capoluogo della contea. Il mercatino delle pulci di Lewes, dentro un edificio storico, era rifornito in parte dalle ditte che sgomberavano le abitazioni. I duecento banchetti vendevano di tutto, da vecchi mobili e quadri a manufatti di prima e dopo la guerra fino alle cianfrusaglie, in gran parte di scarso valore, ma troppo ghiotte agli occhi dei collezionisti per essere buttate via.

Dopo pochi minuti, Ross trovò quello che cercava.

32

Lunedì 27 febbraio

L'americano, un quarantottenne alto, sudava nella pesante tonaca nera con cappuccio mentre trasportava una bracciata di lenzuola pulite su per le scale di pietra della lavanderia del monastero. Aveva le nocche della mano destra screpolate e dolenti. Quel giorno si sentiva malissimo, ma cercava di comportarsi normalmente, come se nulla fosse accaduto.

Dopo il mattutino, fratello Pete aveva disfatto i letti degli ospiti e aveva lavato asciugamani, lenzuola e federe appendendole ad asciugare. Lì a Simonopetra, abbarbicato su un alto promontorio che dominava il Mar Egeo, la tradizione monastica del pasto e del pernottamento per i visitatori veniva rispettata con rigore. Agli ospiti, però, era permesso di fermarsi una sola notte prima di recarsi in un altro monastero a diversi chilometri di cammino.

Fratello Pete si fece strada lungo il dedalo di passaggi bui verso la foresteria ed entrò nello stanzone, che aveva un aspetto austero, simile a quello di una prigione, con file di brande metalliche, pareti spoglie e una veduta del mare azzurro, parecchie centinaia di metri sotto di loro, che filtrava dalle minuscole finestre a battenti. Quell'acqua in cui, nei soffocanti mesi estivi, lui a volte bramava tuffarsi, ma nuotare era considerato un piacere, e in quella comunità ascetica che era la sua casa, e che credeva di non abbandonare mai più, ogni piacere era proibito.

L'energia elettrica era ridotta, radio e televisione vietate e le comunicazioni con il mondo esterno severamente limitate. Una volta accettato come residente permanente, un monaco non poteva andarsene senza il consenso dell'abate.

Da quando era stato fondato il primo dei venti monasteri di questa lunga e stretta penisola montuosa della Grecia settentrionale, una sola donna aveva messo piede lì, sul Monte Athos. Lo Stato monastico autonomo della Montagna Sacra, guidato dal patriarca ecumenico di Costantinopoli, era un baluardo della cristianità da milleottocento anni. Diciassette monasteri erano greco-ortodossi, uno russo-ortodosso, uno serbo-ortodosso e uno albanese-ortodosso. Nessun monaco parlava con gli altri, se non per motivi di vitale importanza, e anche in quel caso solo con il consenso dell'abate.

La penisola era protetta da un'impenetrabile barriera montuosa, e non esistevano strade dirette di ingresso. L'unico modo per raggiungere il Monte Athos era in traghetto e l'accesso ai visitatori laici non ortodossi era consentito solo a dieci uomini per volta. Alle barche con donne a bordo non era permesso avvicinarsi a meno di un chilometro dalla riva, e le uniche forme di vita femminile ammesse sulla penisola erano le galline.

Tutto questo non dava problemi a fratello Pete. L'alto e dinoccolato monaco, con la folta barba e la testa rasata, aveva trascorso in quel monastero molti anni di tranquillità come obbedienziario degli ospiti. Quando era arrivato lì, tutti erano preoccupati – come negli altri monasteri – per il costante calo della popolazione. Qualche anno prima del suo arrivo, alla morte dell'abate precedente, i monaci non erano sufficienti nemmeno per trasportarne la bara. Per fortuna Dio era intervenuto e, negli ultimi dieci anni, i monaci erano passati da due a venticinque, persone come lui che, per un motivo qualsiasi, fuggivano da un mondo più vasto e materialistico per dedicare la loro vita al servizio di Dio. E i numeri erano cresciuti allo stesso modo in tutta la penisola.

Il Monte Athos non aveva mezzi per reclutare i monaci e, per sostituire i morti, la comunità si affidava soltanto ai visitatori che decidevano di restare. Proprio come aveva fatto lui. Pete Stellos ci era andato su suggerimento di suo cugino e lì aveva ricevuto la chiamata di Dio.

Le sue giornate erano fatte di pace, lavoro e preghiera, e la sua devozione lo aiutava a ignorare le privazioni: il caldo umido dell'estate e il freddo gelido dell'inverno. La sua routine consisteva nell'alzarsi alle due di notte, entrare nella cappella e pregare fino alle sei e mezzo, quando veniva servito il pasto del mattino, per sei giorni alla settimana. Il settimo giorno era di digiuno. Il cibo – formaggio, insalata, pesce e vino bianco – veniva consumato rapidamente, in silenzio, mentre l'abate o il suo vice intonavano le letture della giornata dal leggio del refettorio.

Dopo il pasto del mattino, fratello Pete pregava fino alle nove, poi rifaceva i letti della foresteria, lavava la biancheria e pregava fino al pasto serale, ancora una volta insalata, formaggio e vino bianco. Poi pregava sino alle dieci di sera e andava a letto.

Se un visitatore desiderava parlargli, doveva chiedere il consenso dell'abate, che di solito concedeva il permesso per un quarto d'ora dopo il pasto serale. Fratello Pete preferiva non parlare con nessuno, ma sapeva che le rare occasioni in cui veniva richiesta un'udienza con lui erano forse un'opportunità per convincere qualcuno a discernere una vocazione. Gran parte dei visitatori erano devoti uomini di fede che giungevano in pellegrinaggio o per motivi di studio, oppure disperati che cercavano l'aiuto di Dio per salvare una persona cara che stava morendo, o che avevano subito una perdita recente e desideravano comprensione e sollievo, oppure altri, sempre in cerca di conforto, che intendevano dare una svolta alla propria vita.

La sera precedente, però, un visitatore che aveva chiesto di parlare con lui gli aveva causato profondo turbamento e conseguente afflizione, al punto che aveva pregato per tutta la notte chiedendo perdono. Era un giornalista americano, aggressivo e scettico, che aveva ottenuto un permesso per cinque giorni di soggiorno sulla penisola. Calcolando che fratello Pete passava sedici ore al giorno in preghiera, gli aveva chiesto se questa attività non lo annoiasse mai.

«Certo» aveva risposto lui. «Ma, come sa, ogni lavoro ha qualche aspetto noioso.»

«Pregare è un lavoro?» aveva ribattuto il giornalista con voce condiscendente e carica di uno scetticismo che tendeva alla pietà.

«Certo.»

«Quindi per che cosa prega?»

«Prego Dio di intervenire nei problemi del mondo. Di portare la pace in Siria, in Iran, di contribuire a fermare la persecuzione dei bambini in Nigeria da parte di Boko Haram, di aiutare le vittime del terremoto in Giappone o in Italia, e ovunque questi disastri avvengano, e per tutti coloro che nel mondo sono perseguitati per la loro fede.»

«Ma voi non avete radio, televisione o giornali. Come potete sapere quello che succede nel mondo esterno?» aveva chiesto il giornalista.

«Ce lo dice Dio» aveva risposto con semplicità fratello Pete.

«È questo che credete?»

«Certamente. Per essere un monaco, devi *credere*.»

«E lei non ha mai dubbi?»

«Perché dovrei? Quando ti dedichi al servizio di Dio, è Lui che si prende cura dei tuoi dubbi.»

«Bene. E se si scopre che Dio non esiste, voi avete buttato via la vostra vita, giusto?»

Pete guardò l'orologio: l'abate gli aveva concesso quindici minuti per quel colloquio. Con suo grande sollievo, il tempo era quasi scaduto. «Adesso devo concludere» disse.

«Un'ultima domanda. Che cosa le manca di più della vita di prima?»

«Manca?»

«Sì... cinema, libertà, hamburger, Internet, qualsiasi cosa si sia lasciato alle spalle.»

«Niente. Dio mi dà tutto quello che mi serve.»

«E ha intenzione di rimanere qui per il tempo che le resta da vivere?»

Fratello Pete spalancò le braccia e si diresse verso la finestra, che era priva di vetro. Giù in fondo, l'azzurro profondo del mare. «Lei ha un panorama come questo dalla finestra del suo ufficio?»

«Questo è il suo *ufficio*?»

«Immagino di sì.»

«E quale sarebbe il prossimo gradino sulla scala gerarchica dell'azienda monastica? L'ufficio dell'amministratore delegato all'ultimo piano?»

Ignorando la stoccata, rispose con semplicità: «Perché dovrei desiderare di trovarmi altrove? Sarò qui fino a quando Dio mi chiamerà». Poi scrollò le spalle. «Allora andrò ovunque Lui abbia bisogno di me.»

«Ancora una domanda, fratello Pete. Davvero lei non ha mai dubbi di alcun genere? A volte non le sembra di stare nel sottotetto di un palazzo dove i vicini dei piani di sotto danno una splendida festa alla quale non è stato invitato?»

Il monaco gli lanciò uno sguardo di compassione. «Non ho mai avuto un istante di dubbio da quando ho messo piede qui. No, signore. Io credo in Dio, mi fido di Lui. E le dirò una cosa: credo che sia lo stesso per lei, ma non lo vuole ammettere.»

«Si sbaglia. Io rispetto il suo punto di vista, ma non sono un credente che si finge ateo. Ho una mente aperta, e per questo mi trovo qui.»

«Pensa di tornare a casa, in America, e scrivere un pezzo per il *New Yorker* sui monaci svitati del Monte Athos?»

«Scriverò che lei mi fa pena, lei e quei cretini di tutti i suoi amici illusi.»

Pete fece un passo avanti e sferrò un pugno in faccia al giornalista con tutta la forza che aveva, fracassandogli il naso.

33

Martedì 28 febbraio

Alle diciassette, un'ora prima che Imogen arrivasse a casa dal lavoro, Ross caricò nel baule della macchina tutto l'equipaggiamento necessario, gran parte del quale era stato consegnato il giorno prima e stivato in garage. Era soddisfatto che diluviasse e il cielo fosse cupo perché gli dava un po' più di copertura, e sperò che il tempo restasse così, come dicevano le previsioni.

Lasciò un biglietto per Imogen sul tavolo.

Uscito per lavoro, probabilmente torno tardi.
Dato la pappa a Monty. Divertiti al club del libro! X

Poi iniziò il lungo e lento percorso nell'ora di punta dopo aver impostato Glastonbury sul navigatore. Era concentrato su ciò che lo aspettava al punto che, per un bel tratto nella luce che svaniva, non si accorse che una berlina nera era sempre due o tre macchine dietro di lui, lungo tutta la A23, sulla M25 e poi sulla M3 oltre Basingstoke, Salisbury e, dopo quasi tre ore di viaggio, oltre Stonehenge sulla A303.

In quel momento si rese conto che forse qualcuno lo stava seguendo. Quando la macchina dietro di lui svoltò a sinistra, le luci del veicolo subito dietro gli sembrarono familiari. Quasi tutti i fari erano più o meno uguali, a parte quelli delle Audi più recenti e di altre macchine di lusso che avevano i LED ben riconoscibili. Pochi istanti più tardi, un bagliore azzurrino e violento si ingrandì nei retrovisori e lo superò con un rombo. La coda di una Porsche 911.

Non aveva altre luci alle spalle.

Chiunque fosse, probabilmente è uscito dall'autostrada,

pensò con sollievo. Ma rimase cauto e guardingo, con i nervi tesi per l'impresa che lo aspettava.

Erano passate da poco le 20.30 quando arrivò a Glastonbury. Il meteo era dalla sua parte: diluviava ancora. Perfetto. Non avrebbe potuto sperare in una copertura migliore.

Poi, con una fitta d'inquietudine, credette di vedere qualcosa nello specchietto. Rallentò e controllò ripetutamente alla luce dei lampioni.

Niente. Era solo la sua immaginazione, era nervoso, teso come una corda di violino.

Entrò nel parcheggio deserto, nel cortile del negozio dove era già stato, spense i fari e rimase seduto guardandosi intorno: ancora nessuna traccia di un'altra macchina. Pioveva troppo forte perché la gente uscisse con un tempaccio simile, a parte i proprietari di cani più coraggiosi.

Poi il suo telefono trillò, facendolo sobbalzare.

Era un messaggio di Imogen.

Spero tutto bene. Grossa discussione in corso sul libro! X

Stavano leggendo *Shantaram*. Ross rispose.

Di' che pensi che sia il nuovo Cinquanta sfumature di grigio!

Avviò il motore e fece marcia indietro per uscire dal posteggio, alla ricerca di una macchina che non c'era quando era passato qualche minuto prima, ma non ne vide.

Svoltò a sinistra, nella stradina tra Chalice Well e Glastonbury Tor che aveva percorso durante la visita della settimana precedente, proseguì, poi si fermò in uno spiazzo da dove partiva il sentiero per il Tor. Più che sufficiente per una macchina, era perfetto. Nessuno intorno.

Aprì il bagagliaio e prese le tre sacche impermeabili in cui aveva stivato tutto quello che gli serviva, poi le trascinò per il breve tratto fino alla stradina, pronto a lanciarsi nell'ombra, restando immobile, se fosse arrivata una macchina. Indossò la lampada frontale con il filtro rosso – aveva controllato: quel tipo di luce era impercettibile da qualsiasi distanza –, sollevò le sacche lasciandole cadere al di là della staccionata poi, goffamente, si arrampicò.

Si guardò intorno cercando di abituare gli occhi all'oscurità.

Sarebbe andato fino in fondo?

Il telefono emise un altro sonoro trillo.

Lo prese e guardò il display: un altro messaggio di Imogen.

Ah! XX

Sorrise, sentendosi a disagio per non averle detto la verità sul suo impegno di quella sera. Ma non voleva spaventarla. Mise il cellulare in modalità silenziosa.

Sull'altro lato della staccionata, un minuscolo punto luminoso brillò e poi svanì. Ross spense la luce frontale con il cuore che batteva a mille e i sudori freddi, poi rimase immobile fissando l'oscurità.

Niente.

Aspettò un paio di minuti sotto la pioggia che continuava a cadere fitta e incessante, si voltò, riaccese la luce, prese le sacche e avanzò verso il pozzo. Scese con cautela i gradini scivolosi e si fermò all'imboccatura, davanti al coperchio circolare sollevato.

Sei pazzo. Torna a casa.

Era fradicio, infreddolito, apprensivo e sempre più spaventato per la situazione in cui si stava cacciando.

Idiota, pensò tra sé e sé. Scordatelo. Ripensò alle immagini della morte orribile di Harry Cook. I torturatori e assassini del vecchio erano lì, nel buio, ad aspettarlo?

Rabbrividì.

Scordatelo, gli urlava il cervello. Torna a casa e trova un altro modo per salvare il mondo.

Ma ormai era arrivato fin lì.

Posò le sacche e si diresse verso l'orlo dello stretto pozzo, sbirciando attraverso la grata l'acqua nera come l'inchiostro da cui saliva un odore di muschio e alghe. Pensò al foglietto sgualcito che aveva recuperato dal cestino di Cook. Alle coordinate e all'email che Boxx gli aveva spedito con la decifrazione dei numeri.

Nove metri a S (sud?), G (gira?) S (sinistra?)
Ti può aiutare?

Dal punto esatto indicato dalle coordinate, se camminavi *nove metri verso sud e giravi a sinistra*, ti ritrovavi all'imboccatura del pozzo.

Si chinò, aprì una sacca e prese una chiave a pappagallo. Per parecchi minuti lottò per svitare i dadi e le viti che chiudevano la grata. Probabilmente non venivano toccati da anni, per non dire da decenni. Allentato l'ultimo, Ross era fradicio di sudore ed esausto. Quando si inginocchiò per sollevare la grata, nella speranza che non fosse troppo pesante, sentì il rumore di una macchina.

Stava risalendo lentamente la stradina sull'altro lato della staccionata. Ross trattenne il respiro. Se fosse stata la polizia, si sarebbe chiesta cosa ci facesse lì la sua macchina, oppure avrebbe pensato a qualcuno che faceva una passeggiata notturna intorno alla sacra collina?

Vide passare il bagliore dei fari riflesso sui rami degli alberi, poi anche il rumore svanì e lui si rimise al lavoro. Stringendo le mani intorno a due sbarre di metallo nero, diede un violento strattone verso l'alto.

Niente.

Merda.

Ritentò più volte.

Fino a quando si rese conto del problema: aveva tolto solo cinque bulloni, ma la grata era fermata da sei, e il sesto era accanto alla sua mano sinistra. Non lo aveva visto.

I nervi, si rese conto. Non era lucido.

Tolse l'ultimo bullone, si chinò e afferrò di nuovo le sbarre. La grata si sollevò con facilità: era più leggera di quanto avesse creduto.

Con un sospiro di sollievo la appoggiò con cura da un lato, poi cercò in un'altra sacca e prese il kit improvvisato che aveva messo insieme quel giorno. Era la sua GoPro, inserita nella custodia impermeabile che usava quando faceva immersioni, legata per far peso a una chiave inglese alla quale erano fissate una torcia impermeabile a LED e una corda di polipropilene.

Accese la torcia e la GoPro, che configurò su VIDEO, poi calò l'aggeggio nell'acqua filando la corda e contando a spanne. Tre metri, sei, nove, dodici, quindici.

La guida diceva che il pozzo era profondo ventiquattro metri.

Diciotto. Ventuno. Ventiquattro.

La corda divenne lasca.

La tirò lentamente, poi la ruotò più volte facendole fare diversi giri prima di ritirarla su, sempre lentamente, ma con movimenti regolari. Spesso si fermava un istante e si guardava intorno nell'oscurità, con la torcia sulla fronte che creava un bagliore rossastro sulla pietra circolare oltre l'imboccatura del pozzo.

Poi credette di sentire dei passi.

Si fermò e spense la torcia, restando seduto immobile ad ascoltare. La pioggia continuava a cadere. Lui sollevò ancora un po' la GoPro, poi si mise di nuovo in ascolto.

L'unico rumore era quello della pioggia.

Tremando di freddo, riaccese la torcia. La GoPro riemerse con un lieve *plop*.

La sollevò, aprì la custodia e la prese. Poi, proteggendola come poteva dalla pioggia dentro il suo parka, premette il pulsante REPLAY.

Per un minuto e forse più guardò il video, con l'immagine sgranata che mostrava una parete nuda, a volte coperta di muschio o di fili di alghe, mentre la GoPro scendeva. Poi l'immagine tremò, incerta: la telecamera aveva toccato il fondo.

Cominciò a ruotare. Ross vide un buon numero di monetine, poi il video terminò la rotazione completa sollevando sedimento. Niente.

Merda, merda, merda.

Almeno adesso lo sapeva: Harry Cook era....

Si immobilizzò quando, durante un'altra rotazione della telecamera, vide qualcosa nel fango.

Premette il pulsante PAUSA.

Sul fondo giaceva un'ombra scura che non era fango o una parete del pozzo. Rivide lo spezzone e la notò più chiaramente, adesso che i suoi occhi si stavano abituando a decifrare le immagini verdognole.

Sentì una specie di scossa elettrica in tutto il corpo.

Cos'era?

Riguardò l'immagine per la terza volta. Eccola, in mezzo al fango. Impossibile capire cosa fosse, forse si trattava solo di una grossa pietra.

Prese quindi le sezioni di scala flessibile da speleologo che aveva comprato su Internet insieme alle maglie rapide per unirle tra loro e cominciò ad assemblarle con mani tremanti.

Quando ebbe finito, usò una cinghia da traino per ancorare la scala a un albero accanto alla staccionata, poi calò la scala nel pozzo.

Dalla terza sacca, la più pesante, prese l'attrezzatura da immersione. Poi rimase immobile a fissare l'oscurità che lo circondava. Tremava. È una pazzia, scordatelo, torna a casa. La larghezza del pozzo era appena sufficiente a farlo passare.

Mi ha chiesto di dirle che Ricky [...] voleva che lei si fidasse di me e ha fatto due nomi, mi pare Bubble e Squeak.

La voce di Harry Cook riecheggiava tutto intorno a lui.

Era arrivato fin lì e, accidenti, non avrebbe rinunciato proprio adesso.

Si spogliò e, tremando di freddo, si infilò la muta, le scarpette di gomma e i guanti. Assicurò la bombola al giubbetto ad assetto variabile, poi fissò l'erogatore. Aprì l'aria e controllò la capacità della bombola: era solo a metà. Si maledisse per non aver controllato, ma era sicuro che sarebbe stata più che sufficiente per la profondità alla quale sarebbe probabilmente sceso, tenendo conto che non doveva lottare contro qualche corrente, a differenza dell'ultima, pericolosa immersione con Imogen nel Mar Rosso sopra la barriera corallina di Elphinstone. Agganciò la cintura dei pesi, fissò alle gambe con le cinghie la custodia con il coltello e una potente torcia subacquea, indossò il giubbetto, sistemò la torcia frontale e il computer da immersione, prese la maschera e raccolse la prima sacca. Scavalcò il bordo del pozzo e, con i manici della sacca più piccola intorno al braccio, afferrò ai lati la scala e cominciò a scendere.

L'uomo che lo aveva seguito fin lì da Patcham, nascosto nei pressi, lo osservò attraverso il binocolo a visione notturna con videocamera. Un'immagine verde e sfuocata. Quando Ross sparì alla vista, zoomò verso il pozzo.

34

Martedì 28 febbraio

Ross scese la scala instabile e oscillante, sempre più nervoso a ogni gradino, fino a quando, non lontano dall'imboccatura, arrivò alla superficie dell'acqua. Esitò. L'istinto gli gridava di rinunciare, di dimenticare tutto e tornarsene a casa. Dopo qualche momento prese coraggio, afferrò il boccaglio dell'erogatore, aggiustò la maschera e si lasciò scivolare nel pozzo.

Non appena immerse la testa sentì la morsa gelida dell'acqua.

Gli steli delle alghe gli sfiorarono la faccia e rabbrividì. Si fermò poco sotto la superficie e appese a un gradino della scala la sacca che aveva al braccio con il suo contenuto.

Poi continuò verso il basso, nell'inquietante oscurità solo debolmente illuminata dal raggio della sua torcia frontale. Sentiva il rombo costante del suo respiro, lo scoppiettio delle bollicine d'aria e il battito del cuore. Nonostante la protezione della muta tremava per il freddo.

Gli sembrò di scendere per un'eternità.

Ed era molto spaventato.

Si fermò chiedendosi se non fosse il caso di rinunciare. Il freddo stava aumentando e non era neppure a metà strada.

Probabilmente laggiù c'era solo qualche schifezza.

Il rumore del suo respiro stava diventando più forte e riecheggiava tra le pareti.

Altre alghe che sbucavano dalla parete gli sfiorarono la faccia come una ragnatela. Trovò con il piede il gradino successivo, poi un altro e infine l'ultimo. Era ormai a sei metri di profondità. Lasciò la presa e affondò, veloce e con regolarità.

Gli sembrava di andare sempre più veloce.

Nove metri. Dodici. Quindici.

Ross aveva fatto immersioni all'interno di relitti al largo delle Barbados, dentro grotte del Mar Rosso, nelle acque profonde delle Maldive, ma non aveva mai avuto paura. In quel momento, però, era terrorizzato mentre scendeva sempre più in profondità in quel pozzo stretto e nero come l'inchiostro.

Diciotto metri.

Pensò a suo figlio non ancora nato, poi a Imogen. In qualsiasi caso non bisognava immergersi da soli. Farlo in uno spazio chiuso – e ignoto – era da folli. Se avesse avuto un problema di qualsiasi tipo, nessuno sarebbe arrivato a salvarlo. Non avrebbe mai visto suo figlio.

Ventuno metri.

Era troppo nervoso e impaurito, e fece l'errore di non controllare la spinta idrostatica. Così, come un novellino, atterrò pesantemente sul fondo morbido e fangoso del pozzo.

Furioso per la propria incompetenza, poté solo aspettare che si assestasse il fango che si era sollevato intorno a lui come una nebbia. Controllò il manometro dell'erogatore e vide che l'aria che restava sarebbe bastata solo per quindici minuti circa. Il panico gliene aveva fatta consumare molta più del normale.

Era stato stupido a spaventarsi, lo sapeva. Erano cose come queste le cause di morte dei subacquei. In qualche modo doveva tranquillizzarsi, ma i suoi pensieri erano turbati dall'ansia.

Ci aveva messo sette minuti a scendere e doveva calcolarne altrettanti e qualcosa di più per risalire. Ma l'acqua era ancora troppo torbida per vedere qualcosa.

Lentamente il fango cominciò a depositarsi.

Ancora undici minuti.

Dieci.

Riuscì a vedere qualche monetina, quello che sembrava l'incarto di un KitKat, il cartone di un takeaway parzialmente disintegrato poi un vecchio ed enorme cellulare Nokia.

Non può essere quello che ha visto la telecamera. Era grosso, molto più grosso.

Si girò, sollevando altro fango che oscurò ogni cosa. Si inginocchiò e cercò a tentoni nella melma con le mani guantate, sollevandone ancora e provando repulsione. Cosa c'era laggiù? Quali cose disgustose? Animali morti, oppure parassiti vivi e vegeti? Toccò qualcosa che gli sembrò un rospo morto e rabbrividì. Poi un oggetto solido coperto di fango.

La forma che aveva visto sulla GoPro?

Lo sollevò avvicinandolo al viso e, alla debole luce della torcia frontale, riuscì soltanto a vedere fili di fango e alghe che pendevano.

Ripulì l'oggetto e finalmente, con grande delusione, vide che si trattava di uno stivale di gomma da bambino, pieno di fanghiglia.

Si assicurò che là sotto non ci fosse altro e infine cominciò a risalire.

Ancora otto minuti di aria.

Salì alla massima velocità consentita dal suo computer da immersione, fermandosi un istante dove cominciava la scala, a una certa distanza sotto la superficie, là dove aveva attaccato la sacca quando era sceso. La aprì per far entrare l'acqua, poi la richiuse. Proseguì fino in superficie, tolse l'erogatore e inspirò con sollievo la fresca aria della notte. Poi appoggiò la sacca a terra oltre l'imboccatura del pozzo.

E si immobilizzò.

Aveva davanti una figura indistinta.

Qualcosa di duro lo colpì in faccia facendolo ricadere nel pozzo, intontito ma non per questo incapace di compiere un debole tentativo di aggrapparsi alla scala con le mani mentre inghiottiva acqua.

Infine riuscì ad afferrarne un gradino e, trattenendo il respiro, si arrampicò più in fretta che riuscì. Quando arrivò in superficie, tossì sputando acqua, guardò in alto ed estrasse il coltello da sub tenendolo ben stretto nella mano destra. Continuò a salire. Al buio era difficile valutare a che distanza fosse dall'imboccatura, quindi rallentò salendo un gradino per volta e fermandosi ad aspettare dopo ognuno.

All'improvviso sentì il rombo di un motore che si accendeva, lo stridore degli pneumatici, poi una macchina che si allontanava veloce.

Bastardo.

Salì faticosamente l'ultimo tratto e si fermò sotto shock.

Sopra di lui, la grata metallica era stata rimessa al suo posto.

Il naso gli faceva male, ma quasi non se ne accorgeva mentre sbirciava titubante attraverso la grata. Il suo piano aveva funzionato.

Vedeva ancora le due sacche grandi ma, chiunque fosse il suo assalitore, aveva preso la sacca più piccola con il suo contenuto, quella che aveva messo lassù pochi istanti prima. Dentro c'erano i suoi acquisti del giorno precedente al mercatino delle pulci: una latta da biscotti degli anni Trenta, tutta arrugginita, e un boccale d'argento da battesimo, che aveva avvolto in un panno e messo nella scatola.

Rimase in ascolto, attento a eventuali rumori o movimenti, ma non sentì niente.

Poi spinse con forza la grata, ma non riuscì a muoverla.

Era in trappola.

35
Martedì 28 febbraio

Ross provò di nuovo a sollevare la grata metallica, poi sfilò un guanto e passò le dita su un lato, dove sentì il dado e la vite. Il bullone era ben serrato, impossibile da sbloccare con le dita fredde. Girando tutto intorno all'imboccatura, trovò altri tre fissaggi originali, tutti ben stretti. Troppo.

Maledetti bastardi!

Per un istante fu travolto da un panico cieco. Avrebbe dovuto stare lì per tutta la notte aggrappato alla scala? Al mattino qualcuno lo avrebbe sentito urlare?

Ma avrebbe resistito tanto a lungo?

Sfilò la cintura con i pesi e la fissò alla scala, poi seguirono il giubbetto e la bombola: senza quegli ingombri si sentì più libero e in grado di pensare con maggiore chiarezza. Era concentrato, deciso a mantenere la calma. Sul fondo del pozzo non c'era niente ma se, come supponeva, Giuseppe d'Arimatea voleva un nascondiglio per il Santo Graal e aveva scelto Chalice Well, che cosa ne avrebbe fatto? E chi aveva dato il nome al pozzo?

Certo Giuseppe non aveva un'attrezzatura da subacqueo quindi, a meno di non lanciare il calice nel pozzo, lo avrebbe nascosto sopra la superficie dell'acqua. O no?

Guardò l'orologio. Le 21.07. Probabilmente gli addetti del sito non sarebbero arrivati prima delle nove del mattino. Solo allora si sarebbe preoccupato di cosa raccontare. Nel frattempo aveva quasi dodici ore per esplorare la parte all'asciutto del pozzo. Poi avrebbe anche pensato a quel che avrebbe detto a Imogen.

Scelse un approccio metodico. Sollevò la maschera e, cominciando dall'alto, subito sotto la grata metallica, spinse tutte le pietre che formavano la parete curva, inserendo la lama del coltello sui bordi per poi portarla verso il basso

Stava per rinunciare quando sentì muoversi una grossa pietra subito sopra la superficie dell'acqua.

Infilò la lama del coltello nella fessura tra quella e la pietra vicina, e lavorò per parecchi minuti sentendola cedere sempre più e continuando a spingerla. Stava uscendo. Infine, con sua grande sorpresa, la pietra cadde verso l'interno scoperchiando un buco.

Con il cuore che batteva all'impazzata sbirciò nell'oscurità, poi prese la torcia impermeabile e diresse la luce all'interno. Illuminò una cavità di discrete dimensioni che sembrava allungarsi in profondità e sentì un soffio di aria gelida sulla faccia.

Cominciò a lavorare su un'altra pietra fino a quando anche questa cedette e riuscì a spingerla all'interno. Poi un'altra ancora, e anche quella cadde nella cavità. Ormai aveva abbastanza spazio per mettere dentro la testa e le spalle. La corrente di aria fredda si intensificò.

Cosa c'era all'altra estremità dell'apertura? Forse un'uscita?

Infilando la testa, sentì una ragnatela sulla faccia e la tolse disgustato, poi vide in lontananza due puntini rossi, che sparirono dopo un istante. Un ratto. Dopo la sua esperienza in Afghanistan li odiava.

C'era puzza di umidità, ma le pareti sembravano asciutte. Erano di pietra grezza e si chiese se fosse una grotta naturale o una galleria scavata dall'uomo. Si sollevò ed entrò. Anche con la torcia frontale e quella che teneva in mano, era difficile vedere oltre qualche metro.

L'interno era alto abbastanza per stare in ginocchio, e il soffitto incurvato era irregolare e coperto di piccole stalattiti. Tenendo la torcia in una mano, avanzò per diversi metri, poi vide davanti a sé la cavità stringersi e il soffitto abbassarsi. C'era soltanto una minuscola apertura.

Merda!

Non si sentiva mai a suo agio negli spazi ristretti, non gli piaceva nemmeno stare sui sedili posteriori di una macchina a due porte. Per poter passare, avrebbe dovuto appiattirsi sullo stomaco e strisciare.

Spinse la torcia davanti a sé e vide un altro paio di occhietti rossi brillare nel buio. 'Fanculo. Sentì uno squittio, poi un rumore di unghie che faceva eco a quello di zampette che correvano. Silenzio.

Fece un respiro profondo, si appiattì e avanzò, sentendo la testa sfiorare il soffitto della grotta. L'aria fresca sul suo viso divenne sempre più forte, lasciandogli la speranza che, alla fine, avrebbe trovato un'apertura.

Nel raggio della torcia vide la galleria stringersi ulteriormente. Dopo pochi metri, la testa stava sfregando il soffitto e il mento poggiava contro il terreno.

Faticava sempre più a respirare.

Sarebbe riuscito ad andare avanti? Lo stava prendendo il panico e cominciò a iperventilare.

Calmati. Fa' un respiro profondo. Regolare. Profondo.

Il soffitto e i lati della grotta gli premevano addosso.

Era come essere in una bara.

Sei arrivato fin qui. Va' avanti. Va' avanti.

Sentiva il proprio respiro riecheggiare intorno a sé. E il rumore che produceva a ogni spinta in avanti.

E se restassi incastrato?

Cercò di non pensarci.

E continuò a strisciare.

Poi, dopo circa venti metri, tutto sembrò aprirsi e, in un impeto di energia, si spinse avanti. Un attimo dopo era in una caverna con un soffitto abbastanza alto da poter restare in piedi, che poi si stringeva in un'altra galleria sulla parete opposta.

Si alzò in piedi a fatica, incerto, ma provando un'ondata di sollievo. Raccolse la torcia e puntò il raggio lungo il pavimento spoglio. Vide una minuscola cavità alla sua destra.

Schegge di pietra coperte di polvere appena sotto indicavano che non era una cavità naturale: qualcuno l'aveva scavata. Incuriosito, si avvicinò e ne illuminò l'interno con la torcia.

Sul fondo vide un oggetto.

Tese la mano e lo prese.

Era di legno, di forma irregolare, delle dimensioni di una palla da rugby e coperto di polvere. Sembrava formato da due metà unite insieme da un legante duro come roccia.

Gli si drizzarono i peli sulla nuca.

Quell'oggetto era opera dell'uomo.

36

Martedì 28 febbraio

Ross rimase immobile, affascinato. Non riusciva a pensare ad altro. In quel momento tutte le sue paure erano svanite.

Era ciò che cercava Harry Cook?

Era morto per quell'oggetto?

Che cosa c'era dentro?

Fu tentato di provare ad aprire le due metà in quel momento, con il coltello. Ma la sua priorità era proteggere la sua scoperta e uscire da lì senza imbattersi di nuovo nel suo assalitore. Prima o poi, chi lo aveva colpito in faccia per scappare con la sua sacca avrebbe visto cosa conteneva davvero, e avrebbe potuto tornare.

Forse la galleria che proseguiva oltre la grotta lo avrebbe condotto a un'uscita.

Non aveva altra scelta che provare.

Portò la sua scoperta sul lato opposto della grotta, si accucciò, si inginocchiò, poi dovette appiattirsi di nuovo, spingendo davanti a sé la torcia e l'oggetto.

Strisciò attraversando un'altra, lunga galleria, appena sufficiente in altezza e larghezza per lasciarlo passare. Ma più avanzava, più l'aria che gli soffiava sul viso diventava forte, gelida e pulita. Venti minuti dopo vide la fine: una parete di pietra davanti a sé con rozzi gradini scavati e un'altra cavità abbastanza alta per poterla attraversare in piedi.

Con la torcia in una mano e l'oggetto nell'altra, salì per circa sei metri e, con suo grande sollievo, l'aria gelida gli sembrò più pulita a ogni passo: doveva venire dall'esterno. Sopra di sé vide un'altra grata circolare di metallo arrugginito. Oltre, l'oscurità.

La raggiunse senza aver idea di dove si trovasse, e provò a spingere.

Non si mosse.

Lottando contro il panico, infilò con forza la lama del coltello lungo il bordo. E sentì che attraversava qualcosa di morbido: terra, che gli finì in faccia e negli occhi, accecandolo per un istante.

Strizzò gli occhi, li sfregò, poi indossò la maschera. Continuò per qualche minuto a lavorare con il coltello lungo la circonferenza.

Spinse ancora.

E sentì la grata muoversi appena appena.

Spinse di nuovo con tutta la sua forza e la grata si spostò di diversi centimetri.

Ci provò ancora e, con un rumore di risucchio – come se la terra cedesse con riluttanza –, la grata si alzò e ricadde lontano.

Salì gli ultimi due gradini, si arrampicò attraverso l'apertura e fece scorrere il raggio della torcia tutto intorno a sé.

Era in un fitto sottobosco, lo attraversò ed emerse finalmente sul fianco erboso di una collina. In quel momento capì dove si trovava.

Le rovine di Glastonbury Tor erano a un centinaio di metri sopra di lui, dove si trovava la settimana precedente. Alla sua sinistra, là da dove era appena uscito, c'era un enorme e impenetrabile boschetto di biancospino con molti alberi.

Rimase in piedi nella pioggia, fissando il buio verso Chalice Well.

37

Martedì 28 febbraio

Ross tornò al pozzo dove era cominciata la sua avventura, controllando attentamente che il suo assalitore non fosse nei paraggi. Le altre due sacche erano ancora lì. Avvolse con gran cura la sua scoperta in un asciugamano e la mise in un borsone. Poi cominciò a cancellare le tracce della sua presenza.

Aprì la grata che lo aveva imprigionato, recuperò la scala, i pesi e la bombola e rimise tutto nella sacca. Poi chiuse e serrò di nuovo la grata senza preoccuparsi di risistemare le pietre che chiudevano l'apertura più sotto. Infine sfilò la muta e si rivestì. Tornò alla staccionata, passò sull'altro lato le sacche, poi la scavalcò, attento a un eventuale rumore di passi o di una macchina in avvicinamento.

Uscito da Glastonbury, guidò per parecchi chilometri verso Brighton prima di fermarsi in una piazzola appartata. Accostò e parcheggiò la macchina in modo che non si potesse vedere dalla strada, dietro un chiosco chiuso. Bloccò le portiere, accese la luce interna, aprì con mani tremanti la sacca fradicia sul sedile del passeggero e sbirciò lo strano oggetto ovale e impolverato dentro l'asciugamano.

Lo sollevò, lo scosse e sentì qualcosa che si muoveva piano piano all'interno. Si guardò di nuovo intorno, controllando che nessuno si stesse avvicinando e, con il respiro accelerato, grattò via con cautela una piccola porzione del pesante strato di polvere, esponendo il legno sottostante. Poi portò l'oggetto all'orecchio e lo picchiettò. Suonava vuoto.

Tremante di impazienza, cercò di separare le due metà senza riuscirci. Avrebbe dovuto farlo a casa.

Si chiese cosa potesse contenere. Possibile che fosse quello che Cook aveva previsto?

E se fosse stato invece qualcosa di banale, un'enorme delusione?

Non osava neppure sperare che fosse vero, che fosse il calice. Ma certo qualcuno – che fosse stato o meno Giuseppe d'Arimatea – si era dato molta pena per nasconderlo e non farlo scoprire per tanto tempo.

Specchiandosi nel retrovisore, vide una scia di sangue secco che gli scendeva dal naso alla bocca e graffi sulla fronte e sulla guancia. Inumidì un fazzoletto e si ripulì alla bell'e meglio: quando lo toccava, il naso gli faceva male. Forse era per via delle ombre create dalla luce scarsa, ma gli sembrava di avere dei segni scuri intorno agli occhi. Indice che aveva il naso rotto.

Arrivò a casa poco dopo le due di notte, carico di adrenalina, e si fermò davanti al garage, di fianco alla Prius di Imogen. Dato che quel garage serviva soprattutto come officina e ripostiglio, nessuno dei due lo usava mai.

Si guardò intorno nell'oscurità, controllando bene prima di scendere dall'Audi.

Aprì e sollevò il più silenziosamente possibile la porta basculante, accese la luce, scaricò le sacche e si riabbassò la porta alle spalle controllando che fosse ben chiusa a chiave.

Appese frettolosamente l'attrezzatura da sub sopra la bicicletta da città e quella pieghevole, la Brompton, poi aprì la porta che conduceva in casa e portò dentro la sacca umida che conteneva l'oggetto, superò Monty che dormiva nella sua cuccia e appoggiò la sacca sullo scolapiatti. Il cane aprì un occhio e lo richiuse quando Ross lo superò in punta di piedi per dirigersi verso la camera da letto.

La versione ufficiale per Imogen a proposito del naso rotto e dei graffi sarebbe stata il pugno di un gestore di fondi di investimento furioso quando l'aveva aspettato fuori da casa per dar seguito al suo articolo sull'evasione fiscale nell'industria del cinema.

Imogen era profondamente addormentata e gli aveva lasciato accesa la luce del comodino.

Bene.

Stava per uscire dalla stanza in punta di piedi quando lei mormorò: «Com'è andata la tua serata?»

«Niente di che.»

«Bene.»

«E la tua?»

«Il libro non è piaciuto a tutti. Qualcuno l'ha trovato troppo lungo, ma io non sono d'accordo.»

Ross si chinò su di lei e la baciò. «Sogni d'oro.»

«Ti amo.»

«Anch'io.»

Cercò di sembrare sincero, ma trovava difficile pronunciare quelle parole.

Richiuse la porta il più silenziosamente possibile e tornò di sotto, in cucina, prese una bottiglia di Craigellachie dalla credenza e, per calmarsi, bevve qualche sorsata senza nemmeno versarsi il whisky in un bicchiere. Poi prese un paio di guanti di gomma ed estrasse con cautela l'oggetto dalla sacca, lo appoggiò nel lavandino su uno strofinaccio pulito e scattò una foto con il telefono.

Prese un panno e strofinò delicatamente per togliere la polvere: non volle correre il rischio di usare una spazzola per non danneggiare eventuali lettere, frasi o immagini dipinte sulla superficie. Di sicuro era di legno e immaginò fosse di quercia. Sembrava un contenitore ricavato dalle due metà di uno stretto tronco aperto in due e poi incollato.

Aveva un aspetto molto antico e il legno era scuro. Somigliava a qualcosa che si poteva ammirare nelle teche dei musei. Continuò a fissarlo e a farsi domande.

Professor Cook, è questo che stava cercando? È questo che Dio voleva che trovasse? Il primo dei tre oggetti di cui le aveva dato le coordinate?

La luce si abbassò per un istante, sfarfallò, poi tornò normale. Ross rabbrividì e alzò lo sguardo verso i faretti sentendo il cuore battere forte. Rimase in ascolto per capire se Imogen si stava alzando ma, a parte Monty che stava bevendo dalla sua ciotola, tutto era tranquillo.

Forse non doveva toccare quell'oggetto, non doveva cercare di aprirlo, rischiando di danneggiarlo, doveva invece portarlo a un esperto, magari al British Museum.

Ma avrebbe dovuto spiegare come ne era entrato in possesso. E sarebbe stato obbligato a condividere ciò che sapeva del suo possibile contenuto. A quel punto, però, quell'informazione la voleva tenere per sé.

Scattò altre fotografie, poi prese un grosso coltello da cucina dal ceppo accanto al lavandino e si mise al lavoro sul sigillo. Ma era duro come un sasso, anzi come un diamante. Per quanto provasse, attento a non far scivolare la lama, non riusciva a far penetrare il coltello tra le due metà. Stanco e frustrato, lo portò in garage e lo mise nella morsa del banco da lavoro – che aveva comprato nella speranza irrealizzata di migliorare le sue abilità nel fai-da-te –, girò il manico stringendo le ganasce il più possibile, ma senza rischiare di romperlo. Poi prese martello e scalpello.

Appoggiando la lama dello scalpello sul sigillo, cominciò a dare colpetti con il martello. Niente. Provò con più forza, poi ancora di più. Infine riuscì.

Un quarto d'ora più tardi ne aveva scrostato a sufficienza per provare ad aprirlo. Allentò la morsa, poi spinse dentro lo scalpello e lo ruotò.

La parte superiore si aprì come la valva di una conchiglia con uno schiocco forte e secco. Nella parte inferiore c'era un fagotto di stoffa marrone scuro avvolto intorno a un oggetto e legato con rozzi fili che sembravano di rafia.

Appoggiò con cura le due metà su un panno che aveva messo sul banco da lavoro, poi estrasse l'oggetto. Era leggero e sembrava duro. Cominciò ad aprire la stoffa, che era vecchia e in parte si ridusse in polvere nelle sue mani. Infine, dopo aver srotolato diversi strati, vide cosa c'era all'interno.

E sentì uno strano brivido percorrergli la pelle, come

se gli avessero tirato contemporaneamente tutti i peli del corpo.

Sembrava un boccale di legno intagliato a mano. Un calice.

Scattò molte fotografie, poi lo sollevò. Era irregolare, ma bellissimo. Molto delicato, con una pancia ellittica e una base piccola, piatta e rotonda.

Sul fondo della pancia c'era un'incrostazione scura.

Ross si chiese che cosa stesse davvero guardando.

Uno scherzo ben congegnato? O qualcosa che la cristianità cercava da duemila anni?

Era possibile?

La porta del garage tremò all'improvviso come se qualcuno stesse provando ad aprirla. Si immobilizzò, poi capì che si trattava solo del vento. Guardò il calice. Poteva essere il Santo Graal? Era possibile che l'avesse trovato proprio lui?

Chi lo aveva seguito a Chalice Well, poi lo aveva colpito in faccia ed era scappato con una sacca piena di cianfrusaglie, era chiaramente convinto che lo fosse.

Fissò di nuovo la coppa rozzamente intagliata.

Il calice dal quale aveva bevuto Gesù? Nel quale, secondo la leggenda, era stata versata parte del suo sangue mentre era sulla croce?

Quello che Giuseppe d'Arimatea aveva portato in Inghilterra e protetto nascondendolo in una caverna nei pressi del pozzo, con gli accessi ben nascosti?

Si chiese quanto ci sarebbe voluto prima che il suo assalitore si rendesse conto di essere stato fregato. E venisse a cercare l'oggetto autentico.

La stessa persona – o le stesse persone? – che aveva ucciso Cook?

Doveva nasconderlo.

Si guardò intorno nel garage con la mente che lavorava a mille. Qual era un posto in cui nessuno avrebbe pensato di cercare?

In un angolo c'era ancora la sua vecchia sacca da golf,

vuota. Spinse il contenitore di legno nella tasca laterale e richiuse la cerniera. Poi avvolse il calice nella sua giacca impermeabile da golf, mise la torcia sulla fronte e portò il calice nel giardino posteriore. Andò fino al capanno all'estremità e prese una pala.

Dietro il capanno c'era uno spazio di circa sessanta centimetri dove ammucchiava il compost. Ne spostò una parte, poi scavò una buca profonda, appoggiò la coppa avvolta nella giacca sul fondo e riempì la buca, lisciò la terra e rimise sopra il compost.

Finito quel lavoro, tornò in casa, sfilò le scarpe infangate e, sentendosi esausto, salì e andò in bagno. La testa gli pulsava per via del naso rotto. Prese un paio di pastiglie di paracetamolo e le inghiottì con un bicchiere d'acqua, si lavò i denti in fretta, si spogliò, fece una doccia veloce e si mise a letto.

L'orologio segnava le 2.49.

Era sfinito, ma l'adrenalina gli impediva di dormire. Rimase sdraiato a pensare, ad ascoltare, impaurito da ogni rumore che sentiva.

In quale pericolo aveva cacciato sé stesso e Imogen?

Quale doveva essere la prossima mossa?

Si disse che al mattino dopo, per prima cosa avrebbe chiamato un installatore di impianti d'allarme e l'avrebbe fatto venire per mettere in sicurezza la casa e per installare dei pulsanti antipanico.

Poi cominciò a vedere immagini del corpo torturato di Harry Cook. Ripensò alla sua serata. Chi lo aveva colpito, gli aveva rubato la sacca e aveva cercato di intrappolarlo nel pozzo, non avrebbe lasciato perdere. Soprattutto non dopo aver aperto la sacca.

Ben poche cose gli avevano strappato un sorriso negli ultimi tempi, ma quel pensiero ci riuscì. Fu un istante passeggero, poi la paura tornò a travolgerlo.

38

Mercoledì 1° marzo

Il refettorio di Simonopetra era un grande stanzone austero dal soffitto alto, in grado di ospitare comodamente i trecento monaci per i quali era stato originariamente costruito il monastero.

Tavoli quadrati da dieci persone, realizzati con il marmo bianco estratto sulla penisola, erano allineati per tutta la sua lunghezza. I monaci ne occupavano tre e stavano consumando in silenzio il pasto del mattino mentre l'abate, in piedi, recitava con voce monotona le Scritture da un leggio al centro della sala.

Fratello Pete, separato dagli altri, sedeva solo a un tavolo d'angolo; era la «punizione» del monastero, il tavolo dove venivano mandati a mangiare in solitudine i monaci che avevano trasgredito, per espiare.

Per un mese a fratello Pete sarebbe stato negato anche il vino che gli altri stavano bevendo. Avrebbe dovuto accontentarsi di pesce tiepido, feta, pomodori, lattuga e pane, mangiati da solo con i suoi pensieri e le nocche sbucciate e ancora doloranti per il pugno che aveva sferrato al giornalista.

Poche ore dopo l'episodio era stato convocato dall'abate e punito. Questi gli aveva anche comunicato solennemente che aveva screditato il monastero.

«Ti rendi conto che, senza finanziamenti, in particolare da parte dell'Unione europea, questo monastero – e tutta la comunità del Monte Athos – non è in grado di sopravvivere, fratello Pete?»

«Sì, padre.»

«Non sarai troppo imbevuto di tutta la violenza che circola in America per riuscire a vivere qui? Quando sei arrivato, mi hai confessato di aver trascorso due anni in prigione per aver attaccato un uomo che era stato sgarbato con te al ristorante in cui lavoravi. Non è che forse porti ancora quella violenza nel tuo cuore?»

«No, sono molto devoto a tutto quello che facciamo e che rappresentiamo qui, padre. Questo è un caso diverso: quel giornalista voleva metterci in cattiva luce. Temevo che potesse influenzare le sovvenzioni dell'Unione europea dalle quali dipendiamo. E ho creduto di dover prendere posizione per difenderci.»

«Noi non usiamo la violenza.»

«Chiedo perdono. Da qualche tempo, sono turbato da alcune visioni: ho la sensazione che nostro Signore stia comunicando con me, e stia pronunciando specifiche parole di guida.»

«Davvero?» L'abate aveva socchiuso gli occhi fissando il monaco. «Che cosa te lo fa pensare?»

«Non è facile spiegarlo, ma lo sento dentro di me.»

«E che cosa ti ha detto?»

«Che nostro Signore Gesù potrebbe essere tornato sulla Terra, ma nessuno se n'è reso conto. È venuto per salvare il mondo, ma ha bisogno del nostro aiuto.»

«Un'affermazione pesante, figliolo. E, se ti sbagli, potrebbe cacciarci in guai seri. Dimmi, come mai nostro Signore parlerebbe con te se in lui non c'è violenza? La violenza non aiuta.»

Pete aveva fissato il pavimento. «Ho peccato, e me ne pento, ma sento proprio di doverLo aiutare.»

«Tutti sappiamo che nostro Signore tornerà. I Suoi messaggi, però, sono sempre stati di amore e perdono. Dobbiamo diffondere la Sua parola. Cosa credevi di ottenere picchiando un influente giornalista?»

Pete aveva avuto il buon gusto di arrossire.

In quel momento, però, seduto solo con i suoi pensieri, mentre mangiava con scarso entusiasmo il pasto del mattino, desiderò disperatamente che suo cugino Angus fosse rimasto lì. Sentiva di poter parlare con lui come non riusciva con nessun altro essere umano.

E continuava a chiedersi se per suo cugino fosse la stessa cosa.

La sensazione che qualcosa di fondamentale stesse per accadere. Che Nostro Signore stesse preparandosi a tornare per salvarci senza che nessuno se ne fosse accorto.

39
Mercoledì 1° marzo

L'insegna nei Lanes di Brighton dichiarava DEREK BELVOIR ANTICHITÀ E RESTAURI. Nell'ufficio privato sul retro del negozio minuscolo e ingombro, Ross Hunter sfilò gli occhiali da sole che nascondevano gli occhi pesti. «Allora, che ne pensi?» chiese a Belvoir.

Ross aveva conosciuto quel vecchio furfante quasi dieci anni prima, quando stava scrivendo un articolo sulla storia dei tristemente celebri «Knocker boys» di Brighton: erano i truffatori che, nel periodo d'oro e notoriamente corrotto del commercio di antichità, utilizzavano tutti gli espedienti possibili per sottrarre agli anziani i loro più preziosi pezzi di antiquariato.

All'epoca, Derek Belvoir aveva parlato con lui, apertamente e senza vergogna. Forse esagerando un po', gli aveva raccontato nei dettagli come, per esempio, si potevano realizzare un comò o un tavolo georgiano falsi. Oppure in che modo, se ti mancavano un paio di sedie da un gruppo per la tavola da pranzo, potevi fartele con materiali moderni in maniera da non distinguerle da quelle vere.

L'antiquario sedeva alla sua scrivania, i capelli argentei pettinati con ostentata ricercatezza, con indosso un abito di tweed e una larga cravatta gialla. Con il lentino da gioielliere nell'orbita dell'occhio destro, stava esaminando le due metà del contenitore di legno che Ross gli aveva portato. Per prudenza, Belvoir aveva indossato un paio di guanti di cotone bianco e aveva poggiato l'oggetto su un panno di velluto nero.

La sua vocetta stridula e il suo accento cockney smentivano le apparenze aristocratiche coltivate con cura, così come i mocassini grigi economici e l'orecchino d'oro a un lobo solo. Di Belvoir, però, Ross rispettava una cosa: nel campo delle antichità, sapeva il fatto suo. Al punto che, per un breve periodo, era apparso nella trasmissione televisiva *Antiques Roadshow* prima di beccarsi una condanna a tre anni per aver trattato beni contraffatti.

L'ultima volta che Ross lo aveva visto, il suo emporio occupava un grande negozio a due piani in una posizione strategica nei Lanes. Negli ultimi anni, però, il commercio interno e internazionale dei cosiddetti «mobili con essenze di lusso» – quelli di pregiato legno scuro – era più o meno crollato. Gran parte dei rispettabili antiquari di Brighton si era dedicata a gioielli d'epoca o ad antichità orientali. Alcuni dei più loschi erano passati allo spaccio di droga.

«Perbacco, Ross, da dove viene?» chiese con sguardo interrogativo.

«Tu che cosa puoi dirmi?»

«È di quercia. Non credo di poterlo datare, ma c'è una traccia nel sigillante utilizzato.»

«Sigillante?»

«La colla che tiene insieme le due metà del guscio esterno.»

Ross annuì.

«Farei fatica a replicarlo. Non che mi occupi più di riproduzioni, capisci? Non ne faccio più, sono diventato onesto, serio.»

«Capisco, Derek, ma non sto cercando di coglierti in fallo. Ho solo bisogno di conoscerne la provenienza.»

Derek osservò Ross e i suoi occhi pesti. «Belli i tuoi occhi neri.» Poi, riferendosi al calice: «Qualcuno te le ha date per questo?»

«Molto divertente.»

Belvoir riprese a concentrarsi sul suo compito. «Non ho mai visto prima niente di simile.» Lo sollevò tenendolo davanti al viso, poi lo fece ruotare lentamente, con cura, per diverse volte. «È realizzato con grande abilità, da un bravo falegname, ma prima che fosse inventato il tornio. È molto vecchio, ma non riesco a datarlo. Sul fondo c'è qualcosa di appiccicoso, forse ciò che beveva il proprietario? La colla pietrificata, il sigillante, usato per tenere insieme le due metà è decisamente degna di nota. Un laboratorio potrebbe fornirti dati precisi sulla parte esterna e sulla coppa. La colla, potrebbe essere catrame o, più probabilmente, resina.»

«Derek, quanto tempo fa veniva usata?»

«Hanno cominciato a usarla mille e più anni fa, forse molti di più.»

Ross cercò di restare calmo. «Davvero?»

Belvoir appoggiò con attenzione la coppa sul panno e si tolse la lente. Qualche istante dopo alzò lo sguardo con gli occhi che brillavano. «Ti dispiace se ti chiedo da dove viene?»

«L'ho preso a un mercatino.»

«E quanto lo hai pagato? Un paio di sterline?»

Ross sollevò un solo dito.

«Una sterlina?»

«Sì.»

«Be', hai fatto l'affare del secolo! Non sono certo di potergli dare un valore perché è un oggetto unico. Quelle due metà sono chiaramente una specie di contenitore. Potrei azzardare che fosse di qualche uso sulle navi: alcuni tipi di quercia sono tra i legni che meglio resistono all'acqua. Di certo è molto vecchio.»

«Mi hai detto che la resina veniva utilizzata come collante oltre mille anni fa? Quindi potrebbe risalire a oltre mille anni fa?»

«Non te lo saprei dire. Potresti portarlo in un laboratorio per la datazione al carbonio. L'accuratezza, però, dipende da dove è stato conservato. Vorresti sapere che valore ha?»

«Non tanto quello. Mi piacerebbe conoscere la provenienza.»

«Io ti darei cinquecento sterline, se ci metti anche il calice.»

«Tutto qui?»

«Peccato che tu non abbia altre informazioni. Potrebbe essere inestimabile. Potrebbe persino essere il Santo Graal!» commentò ridendo.

«Eh, chissà.»

Belvoir lo guardò fisso. «È unico, Ross, ma è questo il problema: non c'è niente con cui raffrontarlo.» Poi alzò lo sguardo. «Immagino che non ce ne siano altri nel posto da cui viene.»

«Oh, certo, il mio supermercato di quartiere ne è pieno.»

40

Giovedì 2 marzo

Di primo mattino, Ross prese un treno affollatissimo per Victoria Station, Londra, e controllò le persone al binario e i viaggiatori sulla sua carrozza per vedere se qualcuno lo stesse seguendo. Era però fastidiosamente consapevole della probabilità che una buona squadra di sorveglianza potesse rendersi del tutto invisibile.

Dopo aver preso la metropolitana fino alla stazione di Euston si accomodò su un Intercity diretto a Birmingham. Imogen aveva chiesto un permesso al mattino per essere presente all'installazione dell'impianto di allarme: sensori di movimento, pulsanti antipanico al piano terra e nella loro stanza da letto, e sistemi anti-intrusione alle finestre. Per placare la preoccupazione della moglie per i costi, Ross le aveva detto una bugia innocente: che il *Sunday Times* gli aveva dato un mucchio di contanti per le spese.

Aprì il computer e, per prima cosa, controllò i social. Arrivavano ancora commenti al suo post della settimana precedente, quello in cui chiedeva che cosa, secondo la gente, poteva essere ritenuta una prova dell'esistenza di Dio. In gran parte le risposte provenivano da devoti cristiani che citavano brani biblici, una era di un musulmano che citava il Corano. Un commentatore gli suggeriva di uscire una sera d'estate e osservare il tramonto. Un altro scrisse che il solo fatto di porre una simile domanda lo avrebbe fatto bruciare all'Inferno per l'eternità.

Cominciò a prendere appunti, ispirato dal suo incontro con Benedict Carmichael, su cosa si potesse considerare una prova assoluta, e sulle conseguenze che potevano derivarne.

Nel mondo occidentale, per lo più secolarizzato, che differenza farebbe avere la prova conclusiva dell'esistenza di Dio?

Mentre il treno usciva dalla stazione, la fiumana di passeggeri saliti dopo di lui sciamò in corridoio passandogli accanto. Una donna si fermò a osservare il posto vuoto vicino a lui, dove aveva appoggiato la borsa del computer. Lo fissò, lanciandogli un'occhiata ostile, ma lui non aveva voglia che qualcuno lì accanto potesse sbirciare il suo schermo, quindi continuò a leggere con aria indifferente. Poi, senza volere, fece una smorfia. La donna se ne andò in tutta fretta con suo grande sollievo. Era merito di Dio! Sogghignò a quel pensiero. Poi si concentrò di nuovo sul testo.

Passò il carrello dei rinfreschi. Ross prese un caffè, una bottiglia d'acqua e un panino con l'uovo sodo, che mangiò avidamente prima di riprendere il lavoro.

Sfogliò gli appunti che aveva preso durante l'incontro con Carmichael, poi scrisse: *La prova è nemica della fede?*

Dal finestrino vide un paesaggio di edifici tristi e di grosse e sgraziate ciminiere che sbuffavano fumo nel cielo grigio. Dirigersi verso nord lo faceva pensare a Ricky. E al senso di colpa che lo attanagliava ogni volta.

Ricky aveva cercato di essergli amico e lui lo aveva ignorato. Il fratello non aveva mai capito il motivo di questo suo comportamento. Aveva sempre cercato di avvicinarsi a Ross, incapace di comprendere la freddezza di lui nei suoi confronti. Ormai Ricky era morto da più di dieci anni, eppure l'istante della sua morte per Ross era vivido come sempre. E così il suo rimorso.

Chiuse gli occhi sentendo il cuore pesante. Pensò a quanto dovesse essere sembrato meschino al suo gemello. Il disprezzo per il fratello non aveva fatto che aumentare quando erano diventati grandi, e alla fine Ross si era completamente defilato. Negli anni precedenti la sua morte, non si erano pressoché mai visti.

Il momento del trapasso di Ricky era forse stato un ultimo tentativo di avvicinarlo, di legarsi? Di mandargli un messaggio?

Doveva forse fare come Harry Cook, andare da una medium e provare a mettersi in contatto con lui?

L'idea non gli piaceva affatto, eppure non riusciva a escluderla del tutto.

Cadde in un sonno turbato e, qualche tempo dopo, lo svegliò un annuncio dall'altoparlante.

«Tra poco arriveremo a Birmingham New Street. Il treno termina la corsa. Vi preghiamo di non lasciare effetti personali a bordo.»

41

Giovedì 2 marzo

Ross era seduto in taxi, concentrato sul motivo della sua visita, ma rifletteva sull'ultima, tumultuosa settimana. Pensava a Harry Cook, che negava di aver scavato a Chalice Well. Se gli aveva detto il vero – che era stato fermato quando aveva appena cominciato – qualcun altro era andato avanti dopo di lui. Cook gli aveva assicurato di non aver dato le coordinate a nessun altro, eppure in quel punto esatto c'era uno scavo accurato, benché stretto.

Chi?

E perché?

La stessa persona – o le persone – che lo aveva aggredito, aveva rubato la sacca e lo aveva rinchiuso nel pozzo?

Cook aveva avvicinato gli amministratori fiduciari di Chalice Well, e la cosa li aveva turbati. Non erano un gruppo molto riservato: Ross li aveva cercati su Google e aveva visto tutte le loro fotografie. Gli obiettivi del Trust erano elencati sul sito e, in sostanza, consistevano nel preservare per l'eternità Chalice Well e i suoi giardini.

Ross si chiese se lo scavo non fosse opera di quegli amministratori in seguito all'avvertimento del professore in pensione. Cook aveva fornito loro più informazioni di quante ne avesse date a lui?

Avevano forse scavato nello stesso punto dove avevano colto Cook sul fatto, per accertarsi che il professore fosse davvero un po' matto?

Oppure...?

Sbirciò fuori dal finestrino del taxi. Stavano percorrendo un ampio viale con ai lati fatiscenti palazzi di mattoni rossi a quattro piani. Si fermarono davanti a uno di quelli.

«Numero trentatré?» chiese l'autista.

«Esatto.» Ross guardò l'orologio. Le 11.50: era puntualissimo per il suo appuntamento di mezzogiorno.

Pagò l'autista, lasciandogli una buona mancia, e salì i gradini verso la pensilina dell'ingresso. La targa di ottone, che aveva bisogno di una lucidata, diceva: ANHOLT-SPERRY BRINE, AVVOCATI.

Premette il campanello e sentì scattare la serratura. Entrò in una reception vecchia e decrepita quanto l'esterno. Una donna dai capelli grigi raccolti in una crocchia severa lo guardò da dietro un alto bancone di legno. «Posso aiutarla?» chiese con voce carica di sospetto.

«Ho un appuntamento con Robert Anholt-Sperry.»

«E lei sarebbe?»

Diede il suo nome e la donna gli disse di accomodarsi.

Cinque minuti più tardi, una ragazza molto più giovane e gradevole lo scortò per tre rampe di scale strette, aprì una porta e lo fece entrare in un ufficio ingombro, con pile di faldoni che coprivano la scrivania e gran parte del pavimento. Un uomo, più o meno dell'età di Cook, si alzò faticosamente dalla sedia per salutarlo. Aveva un viso paffuto, con nei pronunciati sul mento e su entrambe le guance e un riporto che nascondeva ben poco della calvizie. Il colletto liso della camicia a quadretti era schiacciato da una cravatta da ex alunno di Harrow allacciata male. Aveva l'aura di chi è stanco del mondo, e si muoveva lento, come chi è consapevole che il suo tempo sta per finire, quindi perché mai affrettarsi?

«Signor Hunter?» Aveva una voce profonda e sonora, raffinata quanto il suo nome. Gli tese una mano macchiata dalla vecchiaia.

Ross la strinse saldamente.

«Si accomodi.» L'avvocato gli indicò una sedia di cuoio consunto – l'unica peraltro – di fronte alla sua scrivania. «Caffè o tè?»

«Caffè, grazie.»

«Due caffè, Sandra. Grazie» disse alla segretaria.

Le pareti erano spoglie a parte poche file di libri ammucchiati in disordine insieme a tomi legali, e a un vecchissimo certificato di ammissione della Law Society. La finestra sudicia dava sulla strada trafficata.

L'avvocato lo osservò attentamente in viso, e Ross si rese conto che gli stava guardando gli occhi: i lividi erano meno evidenti, ma si notavano comunque.

«È stato in guerra?» chiese l'avvocato.

«Ho sbattuto contro una porta» rispose Ross.

Entrambi sorrisero, ben consapevoli che la verità era un'altra.

«È terribile quanto è accaduto al caro Harry» disse l'avvocato cambiando argomento e tornando ad accomodarsi sulla sedia. «A quanto ho capito è stato lei a trovarlo.»

«In effetti sì.»

«Non mi pare lo conoscesse da molto tempo.»

«Solo da pochi giorni» rispose Ross. «Voi eravate buoni amici?»

«Lo siamo stati per oltre cinquant'anni. Sono il padrino di suo figlio, che purtroppo è rimasto ucciso in Afghanistan. Credo che Harry glielo abbia detto.»

«Sì, da fuoco amico.»

«Lo aveva molto colpito l'articolo che lei ha scritto sul *Sunday Times* a proposito della carenza di equipaggiamento fornito alle nostre truppe laggiù.»

«Me lo ha detto.»

Anholt-Sperry fece un sorriso malinconico. «Deve sapere che Harry era un uomo onesto. E che era davvero preoccupato per il mondo.»

«Ho avuto quell'impressione.»

«Mi ha parlato dopo averla incontrata, dicendomi che si fidava di lei.» Fece ancora lo stesso sorriso triste. «Aveva ragione a farlo, signor Hunter?»

«Avevo intenzione di dirgli che non credevo di essere la persona giusta per lui, se vuole sapere la verità. Ma al telefono mi ha detto qualcosa che mi ha incuriosito abbastanza da dargli un'altra possibilità. Ecco perché sono andato a casa sua. Lei ha avuto informazioni dalla polizia su chi potrebbe averlo ucciso?»

«Non fino a ora, a parte il fatto che il rapporto preliminare dell'autopsia afferma che è morto di infarto, forse per lo shock delle torture. Ho un contatto in polizia che ha promesso di aggiornarmi quando ne sapranno di più. Al momento uno dei loro filoni d'inchiesta è che si tratti di un furto con una forte componente sadica: ed è ovvio che i suoi aguzzini cercavano qualcosa. A quanto sembra, in quella zona c'è stata un'ondata di questi furti particolarmente violenti, che hanno preso di mira anziani vulnerabili in zone rurali: al momento è tutto quello che so. Quel che mi ha detto il mio amico della polizia è che non hanno ancora escluso lei dalla lista dei sospetti.» All'improvviso, l'avvocato lanciò a Ross uno sguardo molto duro.

Ross, per un momento, si sentì a disagio. Nella casa di Cook c'erano le sue impronte e aveva raccontato alla polizia la sua storia. Ma che motivo credevano avesse? Scrollò la testa. «Non può davvero pensare che io avrei potuto farlo. E poi perché? Era stato lui a cercarmi inaspettatamente, ansioso che lo aiutassi.»

«Quindi cosa le ha detto al telefono che l'ha interessata abbastanza da dargli una seconda possibilità, signor Hunter, e da andare a fargli visita?»

«Mi ha detto che, dopo il nostro colloquio, dopo che era venuto a casa mia, aveva scoperto qualcosa che credeva mi avrebbe fatto cambiare idea e mi avrebbe convinto ad aiutarlo. Mi ha implorato di non liquidarlo come un povero vecchio pazzo, parole sue, e di dargli la possibilità di spiegare quello che aveva scoperto. Gli ho chiesto di cosa si trattasse, ma ha risposto che era troppo pericoloso, qualsiasi cosa intendesse, dirmelo al telefono.»

«Dunque lei non lo ha mai saputo?»

«Quando sono arrivato a casa sua, ho visto che era stata

saccheggiata. Probabilmente non avrei dovuto entrare, lo so.»

«Allora come mai lo ha fatto?»

«La polizia mi ha posto la stessa domanda: perché non li ho chiamati subito? Il fatto era che non sapevo se Cook fosse o meno in casa. Ero però preoccupato che potesse essere lì, in qualche stanza, magari ferito. Dalle mie parti, la polizia non interviene sempre tempestivamente in caso di furto o effrazione. Ho pensato fosse meglio dare subito un'occhiata nel caso ci fosse bisogno di soccorsi immediati.»

L'avvocato annuì. «E ha trovato qualcosa di interessante prima di scoprire il corpo di Harry?»

«A dire il vero, sì. Ho trovato qualcosa dentro un cestino della carta straccia in una stanza che credo fosse il suo studio. Non so se è quello che cercavano i suoi assassini, ma ho la sensazione che potrebbe esserlo.»

«E di che si tratta?»

«Quando il professor Cook è venuto da me, mi ha dato le coordinate geografiche che gli avevano comunicato per Chalice Well. Dopo queste coordinate c'era una serie di numeri. Gli ho chiesto che significato avessero, e mi ha risposto di non averne idea.»

«E questi erano…?»

Ross prese il suo iPhone, aprì le Note e lesse i numeri.

Anholt-Sperry aggrottò la fronte. «Molto interessante» commentò dopo un momento. «Davvero molto interessante.»

«Credo che avesse finalmente decifrato il significato, e che me lo volesse comunicare.»

«E che cosa ha trovato nel cestino?»

«Un diagramma rozzamente disegnato.» Ross prese il foglietto spiegazzato dal portafoglio e lo appoggiò sulla scrivania.

L'avvocato lo guardò con attenzione. «Sembra un bastone da hockey.»

«Infatti.»

«E lei ha idea del significato di quei numeri?»

Ross prese l'iPhone, cercò le foto del contenitore di quercia e del calice e passò il telefono al vecchio avvocato.

Anholt-Sperry prese un paio di occhiali con lenti a lunetta e studiò lo schermo, scorrendo le immagini. «Questi li ha trovati nel punto che Harry le aveva indicato?»

«Prima ho dovuto decifrare il codice numerico, che va messo in relazione con le lettere dell'alfabeto. *Nove metri a sud gira a sinistra.* Il pozzo si trova nove metri a sud e subito a sinistra del punto indicato dalle coordinate. Harry, e chiunque abbia scavato lì dopo di lui, stava cercando nel posto sbagliato» rispose Ross. «La coppa era in una nicchia del muro, sigillata in un contenitore di quercia. Un esperto di antichità mi ha detto che, secondo lui, potrebbe essere rimasta in quel contenitore per mille anni o più. Forse molti di più.»

«Buon Dio. Ma lei è consapevole di ciò che è questo calice, o di ciò che potrebbe essere?»

«Lo sono, ma lo è anche qualcun altro che ha cercato di uccidermi.»

«Quello che le ha sbattuto la porta in faccia?»

«Diciamo così.»

«Ma lei è un uomo giovane e pieno di risorse.» L'atteggiamento del vecchio era mutato radicalmente. «Questo è incredibile. Proprio incredibile. Comprende il significato di questa scoperta? Per il mondo?»

«Certo.»

Per un momento credette che Anholt-Sperry volesse aggirare la scrivania per abbracciarlo. L'avvocato sembrava fuori di sé per la gioia. «Ora lei ha messo tutto in un luogo sicuro, lontano dai nostri nemici, vero?»

«Calice e contenitore sono in un deposito di sicurezza a Shoreham. Il manoscritto che mi ha dato il professor Cook si trova nella cassaforte del mio avvocato a Brighton.»

«Cook aveva ragione a fidarsi di un giovane. Vede, io sono anziano» commentò battendosi il petto. «Il cuore, come Harry. Per ora sto bene, ma non si può mai sapere, non crede? E, Dio non voglia, se dovesse succedere qualcosa a lei?»

«Ho dato istruzioni al mio avvocato di consegnare a mia moglie i dati e i codici del deposito e di dirle dove si trova la chiave.»

La segretaria portò i caffè su un vassoio. Ross, grato, prese la sua tazzina, ci soffiò sopra e bevve.

«Quello che mi sfugge, signor Hunter, è come mai le coordinate geografiche indicassero solo un luogo approssimativo, e che si dovesse decifrare un codice numerico per trovare il punto esatto. Lei che ne pensa?»

«Ci ho riflettuto molto. La migliore risposta che posso darle è che se Dio, come affermava il professore, gli ha indicato il punto esatto in cui si trovava il Santo Graal, forse il codice numerico rappresentava un ulteriore livello di sicurezza» rispose alzando le mani in un gesto di rassegnazione.

L'avvocato annuì. «Credo che Harry avesse ragione a fidarsi di lei, signor Hunter.»

«Grazie.»

«E, su questa base, è disposto a indagare ulteriormente?»

«Quando sono andato a Chalice Well, qualcuno mi ha seguito. E mi ha aggredito. Il professor Cook è stato torturato e ucciso. Se i due episodi sono connessi, direi che la situazione è scoraggiante. Mia moglie è incinta e devo pensare a mio figlio che non è ancora nato.»

«E lei li anteporrebbe alla salvezza del mondo?»

Ross fissò il vecchio e vide nei suoi occhi la stessa sincerità, la stessa sollecitudine che aveva visto in quelli di Harry Cook al loro primo incontro.

È molto gentile da parte sua accettare di incontrarmi, signor Hunter. Comprende che lei e io dobbiamo salvare il mondo?

«Se così fosse non sarei qui» rispose.

Anholt-Sperry fece un sorriso triste, privo di calore. «Ecco perché è stato scelto.» Allungò la mano sulla scrivania e gli porse un quadratino di carta, simile a quello che gli aveva dato Cook con le coordinate di Chalice Well.

Ross guardò i numeri.

25°44'47.1264"N e 32°36'19.1124"E.

Le coordinate erano seguite da una parola: *Hatem.*

«Ha controllato a cosa corrispondono?» chiese.

«Certo, signor Hunter. Alla Valle dei Re, in Egitto. Al tempio della regina Hatshepsut.»

«E la parola Hatem?»

«È lei che decifra i codici, signor Hunter. Sono certo che abbia un significato, ma non ho idea di chi o che cosa sia Hatem.»

«A scuola giocavo a scacchi, ma ho sempre fatto schifo con gli enigmi, in particolare con quelli crittografati» rispose Ross. «Ma conosco qualcuno che potrebbe aiutarmi.»

Robert Anholt-Sperry gli scoccò il sorriso beato del vero credente. Di una persona convinta che, a dispetto delle stramberie terrene, aveva un posto riservato al miglior tavolo del Paradiso. «È chiaro che lei ci è stato mandato per salvarci, signor Hunter. Quello che mi ha mostrato sul suo telefono è il primo segno. Si limiti a credere in sé stesso, perché di sicuro nostro Signore crede in lei, ed è per questo che Lui l'ha scelta.»

Ross si stupì per quell'improvvisa manifestazione di religiosità, molto chiara ma inattesa. E si ritrovò a invidiare il fervore dell'avvocato. Come sarebbe stato semplice accettare Dio, si ritrovò a pensare, e cedere la responsabilità assoluta di tutte le tue azioni a un potere superiore. *Mi dispiace, ho sgridato il gatto del mio vicino, ma continuava a fare la cacca sul mio prato. Mi scuso per aver dato dell'idiota al bigliettaio della stazione. In futuro diffonderò il Tuo messaggio d'amore.*

«In tutta onestà non sono certo di esser il vostro uomo» rispose. «Da molto tempo non sono più un credente.»

«Fino a quando suo fratello Ricky le ha parlato.»

«È questo che le ha detto Harry Cook?»

«Non ha importanza chi me lo abbia detto. La cosa importante, signor Hunter, è che lei *lo sa*. Non è vero? Nel profondo del suo cuore. Lei può scegliere. Può andarsene da qui, salire sul treno e andarsene a casa, dimenticare questo vecchio pazzo e i suoi discorsi sconclusionati allo stesso modo in cui stava per farlo con quelli di Harry. Ma non lo farà, vero? In un modo o nell'altro, in quanto giornalista, lei ha una storia. Male che vada, potrà rabberciare qualcosa che le dia una, magari due pagine intere di un giornalaccio scandalistico. Nel migliore dei casi...» Prima di continuare, lasciò quelle parole in sospeso nell'aria. «Ci pensi. Riuscirebbe a vivere nella consapevolezza che, pur avendo avuto la possibilità di impedirlo, ha lasciato che l'umanità cadesse nell'abisso?»

Ross si strinse nelle spalle.

L'avvocato aprì un cassetto, prese una grossa busta e la diede a Ross. «Harry mi ha dato istruzioni di consegnarle questa nel caso gli fosse accaduto qualcosa prima che potesse farlo personalmente.»

«Di che si tratta?»

«Rimborso spese. Diecimila sterline in contanti.»

«Prego?»

«Le prenda. Se decidesse di non andare avanti, me le restituirà.»

«Non posso accettare.»

«Certo che può» rispose sicuro Anholt-Sperry. «Se decidesse di rinunciare, si limiti a restituirmele, ma non credo lo farà. Torni qui quando avrà trovato cosa l'aspetta al secondo punto indicato dalle coordinate. Poi lo saprà per certo. Quando avrà dato prova di sé stesso, e si sarà convinto, Harry Cook mi ha autorizzato a consegnarle le terze coordinate. Con le terze, troverà il luogo del Secondo Avvento di Cristo. Può credermi oppure andarsene. La scelta è sua, signor Hunter.»

42
Giovedì 2 marzo

La palazzina bifamiliare in stile Tudor al termine di un vicolo di Walthamstow, a East London, sembrava molto trascurata. Tutte le finestre avevano spesse tende nere, chiuse, sia ai piani alti sia a quelli bassi, da quando i vicini ne avevano memoria. Il finto intonaco a ghiaietto marrone era scrostato in diversi punti, mentre i telai delle finestre stavano marcendo e avevano un disperato bisogno di mastice e di una mano di vernice. Il giardinetto anteriore era un ammasso di erbacce.

Gli unici indizi della presenza di qualcuno erano le occasionali consegne di Ocado, il servizio di spesa online, il recapito settimanale di quotidiani arabi da parte dell'edicola di quartiere e i rari visitatori, in gran parte vestiti con gli abiti tradizionali dei religiosi musulmani. Nessun vicino rammentava l'ultima volta che aveva visto uscire l'inquilino.

Nella penombra di una stanza sul retro dell'ultimo piano sedeva un uomo di cinquantasei anni, cieco, con la testa rasata e una lunga barba che stava ingrigendo. Si chiamava Hussam Udin. Quindici anni prima – erroneamente identificato, condannato e incarcerato come leader di una cellula di al-Qaida – aveva subito un'aggressione nel carcere di Belmarsh che lo aveva lasciato cieco e sfigurato, prima con dell'acido da batteria in faccia, poi con una poltiglia di zucchero bagnato rovente.

Il suo «crimine», per il quale era stato punito dai carcerati musulmani come lui, era aver espresso le proprie preoccupazioni per l'Islam, sia per la violenza di alcune sue fazioni, sia perché ben pochi imam erano pronti a prendere una posizione pubblica contro la violenza.

Il suo nome, letteralmente, significava «Spada della Fede». A dispetto di questo, e delle sue tribolazioni, Udin credeva nella tolleranza, e negli anni successivi al suo rilascio aveva seguito un percorso spirituale, avvalendosi di tutta la sua forza e saggezza, per diffondere un messaggio di pace.

Sette anni prima, dopo la liberazione dal carcere grazie all'ostinato lavoro di un avvocato di Amnesty International, si era ritirato nella sua casa, che lui e la moglie avevano trasformato in una fortezza, e lì era rimasto temendo costantemente per la propria vita. Trascorreva le giornate ad approfondire lo studio del Corano, che leggeva in Braille e, attraverso i saggi che pubblicava, cercava di dimostrare come, a differenza delle affermazioni di gruppi come l'ISIS e delle loro interpretazioni dei testi sacri, l'Islam fosse una religione profondamente incompresa, una religione di pace e tolleranza. Se necessario, la tolleranza di accettare i non credenti.

Il *Sunday Times* aveva mandato Ross Hunter a intervistare Hussam Udin poco dopo il suo rilascio, e a Ross era piaciuto molto quell'uomo saggio e arguto. Lo ammirava perché non serbava rancore verso i suoi assalitori e per la sua determinazione a passare il tempo necessario – eventualmente anche tutta la sua vita – a correggere i miti dell'Occidente nei confronti della religione alla quale lo accusavano di avere voltato le spalle, ma che invece ancora rispettava.

«Deve capire, signor Hunter» aveva detto Udin al loro primo incontro, «che nel cristianesimo, e nell'ebraismo, se hai dubbi sei libero di scegliere un percorso di ricerca. E a quel punto potrebbe volerci parecchio tempo perché un non credente cominci a credere. Nella mia religione è diverso, perché fin dalla nascita ci instillano la fede. La domanda che va fatta a un musulmano non è che cosa gli ci vorrebbe per credere in Dio, ma che cosa dovrebbe accadergli per *non* credere in Dio.»

Di ritorno dal suo incontro con lo strano, ma sincero avvocato di Birmingham, Ross aveva deciso di far visita a quell'uomo. Accolto come un vecchio amico, in quel momento sedeva nello studio di Hussam Udin – circondato da pile di bobine, cassette audio e chiavette USB – a bere caffè zuccherato e a mangiare con gratitudine i biscotti che gli aveva portato la moglie del suo ospite.

Udin, che indossava una *djellaba* marrone e gli occhiali scuri, stava fumando una sigaretta. Sul tavolino davanti a loro c'era un vecchio posacenere della Cinzano, e Udin riusciva più o meno a usarlo. Ogni pochi tiri, si chinava in avanti e picchiettava la sigaretta. A volte la cenere atterrava nel punto giusto, altre cadeva sul tavolo. Nel posacenere c'erano una dozzina di mozziconi spenti. Chiacchierarono per un po', prima di arrivare al punto.

«Ross, sei stato molto generoso con me nell'articolo per il giornale. Ho sempre pensato di essere in debito con te per come mi hai presentato.»

«Molto gentile da parte tua, grazie.»

«Allora, a cosa devo l'onore che un giornalista tanto importante rinunci al suo prezioso tempo per farmi visita?»

«Ho bisogno del tuo aiuto.»

«Davvero? E che genere di aiuto stai cercando?»

«L'ultima volta che ci siamo visti, mi hai detto di essere nato e cresciuto in Egitto. Al Cairo.»

«In effetti è così.»

«Sei ancora in contatto con qualcuno laggiù, amici o famigliari?»

«Con alcuni, e non solo al Cairo, ma anche in altri posti del mio paese natale.»

«È quello che speravo.»

«Intuisco che hai bisogno di qualcosa. Qualcosa di urgente e importante.»

«Hai contatti a Luxor?»

«Luxor?»

«Sì, ho bisogno di una persona a Luxor con una macchina, e di cui mi possa fidare.»

Udin sollevò la testa, tenendo la sigaretta – la terza da

quando Ross era arrivato – come una freccetta e diede un altro tiro. La cenere gli ricadde addosso. Senza farci caso, Udin disse: «Lì ho un cugino che potrebbe aiutarti. Vuoi che parli con lui e garantisca per te, amico mio?»

«Lo apprezzerei molto.» Ross bevve ancora un po' di caffè.

«Veglierà su di te. Ho la sensazione che tu abbia bisogno di qualcuno che ti protegga. Mi sbaglio?»

«Sei molto perspicace, Hussam.»

«Da quando ho perduto la vista, ho divorato un sacco di audiolibri. Mi piacciono le opere di Shakespeare. Re Lear, che era cieco, mi ha sempre interessato. Un dramma bellissimo. E lui è molto saggio. 'Senz'occhi in fronte e senza soldi in tasca vedi come va il mondo!'»

«Sembri cavartela bene nonostante tutto.»

«Ho forse scelta? Non posso andare dall'ottico e comprarmi degli occhi nuovi. Non ne hanno in catalogo, poi qualcuno potrebbe cercare di uccidermi per strada. Non preoccuparti, non hai nulla da temere quando te ne andrai da qui, tu non sei musulmano. Danno la caccia solo a me, e lo faranno sempre. Ma va bene così, sai? Io so come va il mondo e questo mi fa andare avanti. Se posso aiutarti in qualche modo, ne sarei felice. Telefonerò a mio cugino. Non so come mai tu vada laggiù, e non voglio chiedertelo, ma sento che è importante. Lo capisco dalla tua voce, Ross: sei un uomo con una missione. Mio cugino si prenderà cura di te. Gli farò sapere che ti metterai in contatto. Basta che tu gli dica il giorno e l'ora e lo troverai ad aspettarti.»

Diede a Ross l'indirizzo email e il numero di telefono del cugino.

Poi Ross chiese: «Ho un'ultima domanda. La parola 'Hatem' ha qualche significato?»

«Hatem?»

«Sì» rispose Ross compitandola.

«No. Ma è un nome maschile abbastanza comune in Egitto.»

43
Giovedì 2 marzo

Quella sera, Ross arrivò a casa alle nove passate. Aveva nascosto dietro il sedile posteriore della macchina la busta con i contanti che gli aveva dato Robert Anholt-Sperry. Per il momento, decise di non farne parola con Imogen.

Aprì la porta d'ingresso ed entrò. Monty trotterellò verso di lui abbaiando eccitato e agitando la coda, seguito da Imogen in maglione, jeans e scarpe di tela senza lacci, bianca come un lenzuolo.

L'aspetto della moglie lo allarmò.

«Tutto bene?»

«No» rispose lei. «Meglio che tu venga a vedere.»

Ross diede un buffetto al cane e la seguì in cucina. Imogen aprì il suo portatile sul tavolo: lì accanto c'era un vasetto di cipolline sottaceto con un cucchiaino dentro, un'altra delle sue voglie. Imogen digitò una sequenza di tasti e, un attimo dopo, apparve un'immagine. Una stella a cinque punte, che lui riconobbe come un pentacolo rovesciato.

Sotto c'era un messaggio.

> Tuo marito lavora per Satana. Devi fermarlo per la tua sicurezza e per quella del bambino che deve nascere. Sei avvertita.

Imogen lo fissava.

«Da dove viene?» chiese lui.

«È arrivata oggi pomeriggio mentre ero in ufficio. Uno dei ragazzi ha cercato di tracciare l'indirizzo per me, ma non c'è stato verso. Probabilmente è rimbalzato da una serie di server in tutto il mondo.»

Ross si chinò e cliccò sul nome del mittente. Era un indirizzo Hotmail con soltanto una serie di numeri che comprendeva il «666». Ross rabbrividì, poi lo osservò attentamente e provò per qualche minuto, senza successo, a tracciare il mittente. «È solo un pazzo, probabilmente in risposta al mio post su Twitter della scorsa settimana.»

«Lo stesso pazzo che ha ucciso Harry Cook?»

«Harry Cook non è stato ucciso da nessuno, è morto di infarto secondo l'autopsia.»

«Secondo te la morte di un uomo sottoposto a tortura non è da considerare omicidio?» ribatté Imogen.

«La polizia ha detto che c'è stata una serie di furti con scasso analoghi in quella zona: vecchi che vivono soli che vengono presi di mira e torturati.» Cercò di essere convincente nonostante i suoi stessi dubbi.

«Hai una lista di decine di storie su cui indagare. Perché devi seguire proprio questa? La religione genera fanatici, Ross, dobbiamo stare molto attenti. Lascia perdere. Hai già detto che Cook era uno squilibrato. Perché non te ne vuoi rendere conto?»

«Cosa intendi dire?»

«Sei ossessionato da questa storia, e sei pronto a metterla davanti a me e a nostro figlio. Ma con te è sempre così, Ross. Tu vieni al primo posto, sempre. Non volevo che andassi in Afghanistan, e sono rimasta a casa terrorizzata ad aspettare che suonassero alla porta per dirmi che eri morto.»

«Mentre scopavi fino allo sfinimento per dimenticare.»

Si pentì subito di quel commento, ma gli era scappato. Era come se, per anni, si fosse accumulata una valanga in attesa delle giuste condizioni per scatenarsi.

«Mi dispiace» si scusò immediatamente. «Non volevo.»

«E invece sì.»

Era un fantasma, presente da quando Ross era tornato dall'Afghanistan. Nei giorni successivi all'episodio si erano chiariti, e lui l'aveva perdonata. Ma da allora quel fantasma era rimasto e non se ne sarebbe mai andato.

Ross sedette di fronte alla moglie e le tese le mani. Ma lei allontanò le sue. «Imo, se ci fosse un rischio concreto lascerei perdere subito. Ma...»

«Ma?»

«Potrebbe essere la storia più esplosiva in cui mi sia mai imbattuto. Me lo sento.»

«Quindi sei disposto a ignorare le mie paure?»

Ross tese di nuovo la mano, e Imogen sottrasse ancora la sua.

«Imogen, ma dai!»

«Sono spaventata, Ross. Va bene? Non riesci a capirlo?»

«Lo capisco. Quando scrivi qualcosa che ha a che vedere con la religione, saltano fuori un mucchio di fanatici. Mi hanno trollato su Twitter e ho ricevuto minacce di morte qualche anno fa, dopo che ho scritto quel pezzo sui predicatori carismatici, ti ricordi? Ma ho una sensazione a proposito di questa storia, davvero. Qui ho la possibilità di scrivere un grande articolo, in qualsiasi modo si sviluppi la situazione. Senti, visto che abbiamo appena installato dei sistemi di sicurezza, perché non chiamiamo anche un fabbro per far mettere un chiavistello di sicurezza alla porta e uno spioncino? Questo ti farebbe sentire meglio?»

«Starei meglio se prendessi in considerazione l'idea di mollare questa storia.»

«Una volta Graham Greene ha detto che tutti gli scrittori devono avere una scheggia di ghiaccio nel cuore.»

«E tu cos'hai, a parte le minacce alla tua famiglia? Quella scheggia di ghiaccio? Hai il cuore così duro da ignorare i miei sentimenti? Tutto perché un pazzo è venuto a trovarti per esporti, lo hai detto tu stesso, un'idea folle?»

«Imo, ascoltami. Io ti amo. Se pensassi, anche solo per un momento, che tu o io corressimo davvero un rischio potenzialmente letale per una storia che sto scrivendo, lascerei perdere tutto subito. Va bene? Ma ti prego di capire una cosa. Se tu avessi provato quello che ho provato io la mattina della morte di Ricky, sapresti che devo andare avanti. Solo per vedere se ha un minimo di senso. Per me non è un'opzione, *devo* farlo. Questo non significa che non ti amo. Ma ti prego di capire che devo farlo, ti prego di restare con me. Io proteggerò noi e il nostro bambino, te lo prometto.»

«Prima hai detto tu stesso che gli argomenti religiosi scatenano tutti i fanatici in Rete.»

«Sì, ma alla fin fine si tratta di gente innocua, in gran parte.»

Lei gli scoccò un'occhiata dubbiosa. «Due anni fa, quando stavi indagando su quell'imbroglione che aveva ucciso un poliziotto e si era rifugiato in Spagna, hai ricevuto minacce di morte. La polizia ti aveva avvisato che avresti potuto correre un rischio scrivendo quell'articolo, ma questo non ti ha fermato. Sei andato avanti e lo hai pubblicato. Esattamente quello che hai fatto accusando Putin di essere la mente dietro l'omicidio di quel russo, Litvinenko, a Londra.»

«È quello che faccio e che ho sempre fatto. Denuncio le persone che compiono crimini.»

«Il professor Cook non aveva fatto niente di male, Ross. Credeva di poter salvare il mondo. Forse è morto perché ha rimestato nel nido di vipere delle credenze religiose.»

«Imo, ti ho appena detto che non ci sono prove che sia stato ucciso da fanatici.»

La moglie picchiettò lo schermo del computer indicando il pentacolo. «Eccole qui le cazzo di prove. Direi che il messaggio è piuttosto chiaro.»

«Credo che Satana sarà molto più soddisfatto di me quando avrò pubblicato il mio pezzo che smentisce Cook e tutto il mito della prova dell'esistenza di Dio.»

«È questo che hai in mente?»

«Prima di venire qui stasera, ho parlato con la mia caporedattrice al *Sunday Times*, e la storia le piace. Ho cominciato a lavorarci, e lei è disposta a finanziare le mie ricerche. Si è offerta di pagarmi il biglietto aereo per l'Egitto per indagare sulla seconda serie di coordinate.»

«Che cosa?»

«Me le ha rivelate oggi a Birmingham l'avvocato di Cook, un altro svitato.»

«E tu vai in Egitto?»

«Ascolta, ho un'idea. Perché non vieni con me? Potremmo farci una breve vacanza, tornare a Sharm el-Sheikh e poi proseguire per le piramidi. I visti sono ancora validi. Che ne pensi?»

«Sai cosa penso? Che ti sei bevuto il cervello.»

44

Sabato 4 marzo

Due anni prima, quando Ross stava lavorando a un articolo su Derren Brown, l'illusionista che aveva dimostrato come bastasse qualche trucco ben congegnato per farsi passare per medium, era andato a Southampton per intervistare un celebre medium, Christopher Lewis, sua moglie Gill, anche lei medium, e il loro pupillo Dean Hartley.

Se in origine intendeva farli a pezzi, incontrandoli era stato colpito dalla loro sincerità, al punto che aveva finito per scrivere un articolo mettendoli in buona luce. Dopo la pubblicazione, loro gli avevano scritto per ringraziarlo e gli avevano offerto una seduta gratuita con Hartley quando lo avesse desiderato.

Adesso, Ross aveva deciso di accettare quell'offerta.

Era seduto nella sala al piano terra della casa dei Lewis, ancora abbastanza scettico in proposito. Dean Hartley – sui venticinque anni, capelli biondi fino alle spalle in stile rasta e ogni angolo visibile del corpo decorato di strani tatuaggi – accese un registratore sopra un tavolo coperto da un panno a motivi rosa e neri.

In un angolo, sul pavimento, un Buddha nero, nell'altro un piccolo schedario e, contro il muro accanto a lui, una scrivania bianca con il piano a specchio su cui erano posati un bicchiere d'acqua e una scatola di fazzoletti di carta.

Il medium, gentile e garbato, controllò che Ross fosse a suo agio, poi chiuse gli occhi e rimase in silenzio per qualche istante.

«Sento il nome *Pip*» disse. «Il suo vero nome era Philip, ma tutti i suoi amici lo chiamavano Pip. Le dice qualcosa?»

«No» rispose Ross. «Be', in un certo senso sì, perché è il nome di mio padre, ma stamattina era ancora vivo.»

Il medium rimase immobile, con gli occhi chiusi, per un altro, lungo istante. «È arrivato Richard.»

«Rick? Ricky?»

Ross lo fissò.

«Ricky mi sta dicendo qualcosa. Che sua moglie è incinta. Imogen, mi pare. Si chiama così?»

Il medium avrebbe potuto trovare facilmente il nome, ma non il fatto che fosse incinta.

«Conosce il sesso del bambino?» gli chiese Ross.

«Lui dice che è un maschietto.»

Ross esitò prima di rispondere. Come diavolo poteva saperlo Hartley? Avevano detto a pochissime persone che Imogen era incinta, pensando che potesse portare sfortuna, e di certo non avevano detto a nessuno che era un maschietto. Il medium non poteva saperlo. D'altra parte, rifletté, Hartley gli aveva visto la fede al dito e, dalla sua età, poteva immaginare che stesse per avere un figlio. Quanto al sesso, aveva un cinquanta per cento di probabilità di azzeccarlo.

«Che cosa mi può dire di mio figlio?»

Il medium chiuse gli occhi per un momento, poi aggrottò la fronte. «Mi stanno distraendo» disse. «Qualcuno di molto agitato che ha bisogno di comunicare con lei. Mi ha detto un nome. *Cook*. Credo che si tratti di un certo Cook che è diventato spirito di recente. Sta comunicando e percepisco un'urgenza. Vuole che le trasmetta un messaggio. Lei conosce questa persona?» Dean Hartley tenne gli occhi chiusi.

«Lo conosco» rispose Ross cercando di non rivelare niente.

«Vuole che le dica che sa benissimo che lo crede un po' matto. Dice che non era pronto al trapasso e che aveva una questione importante e irrisolta. Ha bisogno che prosegua lei al suo posto e dice che ormai tutto dipende da lei.» Hartley aggrottò di nuovo la fronte. «Mi parla della Valle dei Re a Luxor, in Egitto. Lei pensa di andarci. Mi dice che deve farlo e scoprirà tutto. Mi sta dando un nome. Bolt. Kerry, No, qualcosa di simile. Anbolt? Skerrit?»

Ross attese senza rispondere.

«Anholt-Skerry?»

Merda, pensò Ross sentendo un brivido di freddo e di entusiasmo.

«Anholt-Sperry» ripeté Hartley. «Questo nome le dice qualcosa?»

«Sì.»

«Mi dice che si deve fidare di quell'uomo. Ha senso?»

«Sì.»

Sempre a occhi chiusi, Hartley disse: «Mi comunica un altro nome, egiziano. Mi pare sia Hatem. Le dice qualcosa?»

«*Hatem*?» rispose Ross stupefatto, e lo compitò per essere sicuro. Il medium confermò.

Come faceva il medium, si chiese Ross, a conoscere quel nome? Gli venne la pelle d'oca. «Sì, mi dice qualcosa. C'è altro?»

«Hatem la aspetterà quando andrà là.»

«Là dove?»

Il medium richiuse gli occhi. «Mi sta indicando dei numeri. Un elenco di numeri e lettere. Sembrano coordinate geografiche.»

Mentre Hartley li elencava ad alta voce, Ross li scrisse. Stava cercando di restare neutrale, di ascoltare quelle parole senza giudizio, ma si sentiva profondamente confuso. Dean Hartley stava provando a giocargli un brutto tiro? Il fatto che Imogen aspettasse un maschietto era semplicemente una congettura fortunata? Quanto a Ricky, avrebbe potuto scoprirlo con facilità. Ma Hatem? Anholt-Sperry? La Valle dei Re? Anholt-Sperry e Dean Hartley erano in combutta per convincerlo? Ridicolo. Era ancor più insensato di...

Di cosa?

Di credere che quello che gli stava dicendo Hartley era vero?

45

Lunedì 6 marzo

Dal finestrino dell'aereo Ross osservava il verde lussureggiante delle rive del Nilo lasciare spazio a un paesaggio deserto di sabbia e montagne.

Ogni pochi minuti guardava gli appunti presi durante l'incontro con Robert Anholt-Sperry, e in particolare le coordinate che gli aveva dato l'avvocato.

25°44'47.1264"N e 32°36'19.1124"E.

Poi i numeri e le lettere che gli aveva comunicato Dean Hartley insieme alla parola «Hatem». Coincidevano.

25°44'47.1264"N e 32°36'19.1124"E.

Si trattava delle coordinate del tempio della regina Hatshepsut.

Avrebbe trovato lì il misterioso Hatem? E in che modo?

Quel viaggio lo aveva caricato di sensi di colpa e brutti presentimenti. Imogen non era tranquilla e sperava che quello si sarebbe rivelato l'ultimo, assurdo tentativo e che lui sarebbe tornato in sé, che avrebbe scritto un articolo sprezzante e lasciato cadere tutta la faccenda.

Si sentiva a disagio per non averle ancora detto la verità sulla sua visita a Chalice Well e su quello che aveva trovato. E non le aveva neppure parlato della seduta con Dean Hartley ma, per la tranquillità mentale della moglie, credeva fosse meglio che non sapesse. Era stato zitto anche a proposito delle diecimila sterline di Anholt-Sperry.

Mentre l'aereo rullava sulla pista, mandò un messaggio a Imogen.

Atterrato. X

Lei rispose.

> Manchi a tutti. Monty si è rotolato in qualcosa di orribile e puzzava. Ho dovuto lavarlo, un disastro. Sii prudente. XX

Mezz'ora più tardi, con il borsone in spalla, Ross uscì nella calura appiccicosa e nel caos totale della sala arrivi. Fu salutato da uno sbarramento di nomi scritti su carta, su lavagne e su iPhone. Fra quelli c'era anche il suo.

Avanzò verso un egiziano sorridente, con i baffi e un'espressione soddisfatta, che mostrava il suo nome. Poco oltre la quarantina, basso ma carico di energia, l'uomo indossava una *djellaba* beige, sandali e la tradizionale kefiah bianca fissata da una fascia nera intorno alla testa. Gli porse la mano.

«Ross Hunter? Sono Medhat El-Hadidy. Mi chiami Hadidy, per favore.»

«Piacere di conoscerla, Hadidy!» rispose Ross stringendogli la mano. Quell'uomo gli piacque all'istante.

«Benvenuto nel mio paese. Sarò la sua guida qui. Mi prenderò cura di lei, va bene?»

Poi insistette per prendere il borsone di Ross.

Uscirono e attraversarono il posteggio coperto dirigendosi verso un Land Cruiser Toyota nero, a prima vista un modello recente. Hadidy gli aprì la portiera posteriore.

Ross si accomodò all'interno, con aria condizionata e sedili in pelle, protetto dal mondo esterno dai vetri scuri. Quando Hadidy avviò il motore, la radio cominciò a trasmettere musica egiziana a un volume un po' troppo alto.

Hadidy inserì il biglietto nel lettore all'uscita del parcheggio e la barriera si sollevò. Nel mentre voltò la testa. «Lei è amico di mio cugino Hussam Udin, vero?»

«Un brav'uomo.»

«Sì» gli fece eco Hadidy. «Un brav'uomo in un mondo matto, vero?»

«Può dirlo forte,»

«Io la terrò al sicuro.»

«Grazie.»

«Niente grazie, signor Ross. Bello fare affari con lei!»

«Deve dirmi la sua tariffa. Ha una tariffa giornaliera?»

«Signor Ross, lei è buon amico di mio cugino. È un onore averla nel mio paese. Non paga fin quando sta qui. Per favore. Basta parlare di denaro.»

«Lei è molto gentile, ma io insisto per pagarla. Posso addebitare tutte le spese al mio giornale.»

«Sono felice che lei qui! Niente pagare! Niente discutere!»

Si allontanarono dall'aeroporto lungo una strada a due corsie. Ben presto entrarono in una zona con squadrati edifici bianchi e beige di varie dimensioni e altezze. Ross si sentiva al sicuro nel bozzolo di quella macchina robusta.

«Hussam Udin parla con molte persone e a qualcuna non piace quello che dice» commentò Hadidy.

«È vero.»

«Sa, qui in Egitto, tutti d'accordo. Vuoi credere in un Dio? O in molti? O in nessuno? Per il mio popolo va bene. Sa? Credi quello che vuoi.»

Indicò verso l'alto. «Lui non interessa. Ma adesso i cristiani muoiono, molti uccisi. Perché?»

«Anche in molti altri paesi, Hadidy.»

Questi guidò in silenzio per qualche minuto, poi disse: «Adesso porto in albergo. Domani andiamo alla Valle dei Re, cimitero dei faraoni. A visitare tempio della regina Hatshepsut, giusto?»

«Giusto.»

«Sarò al suo servizio. Fin quando resta nel mio paese, mio ospite. Stasera riposa. Domani cominciamo suo piano. Va bene?»

«Benissimo.»

46

Martedì 7 marzo

Ross si era registrato allo Steigenberger Hotel. Dopo una notte quasi del tutto insonne, e con l'Egitto che era due ore avanti rispetto al Regno Unito, faticò ad alzarsi quando la sveglia suonò alle 6.30. Per il suo corpo erano solo le 4.30.

Aprì le tende oscuranti e vide l'acqua magicamente azzurra del Nilo, la riva opposta e poi il deserto. Quel paesaggio sembrava immerso in una luce diversa, più intensa di quella inglese e gli rammentava i colori di un quadro di Hockney. Scattò una foto con il telefono e la spedì a Imogen, sapendo che sarebbe stata sveglia perché ultimamente non dormiva bene.

Il panorama dalla finestra del mio albergo! X

Fece colazione in camera, poi si vestì: pantaloni leggeri, una T-shirt bianca, giacca di lino e scarpe da ginnastica. Mise gli occhiali da sole nel taschino, preparò la borsa da viaggio con le sue poche cose e, come da accordi, scese a incontrare un Hadidy sempre sorridente.

Arrivò un messaggio di Imogen.

Beato te. Qui diluvia. Stai attento. X

Ross pagò il conto. Aveva prenotato il volo del tardo pomeriggio per Londra anche se non era sicuro di come sarebbe andata la giornata.

Allontanandosi dall'albergo in mezzo al costante frastuono dei clacson, sbadigliò: aveva sonno. Vide un uomo con una tunica bianca in groppa a un asino che trasportava due ceste cariche di qualche verdura a gambo lungo. A poco a poco sparì mentre loro avanzavano su una strada moderna con un gran traffico di macchine, autobus, moto, motorini – molti con tre persone a bordo – e biciclette. Superarono una fila di carretti con coperture nere, trainati da cavalli, poi il porto lungo una strada tortuosa e una rotonda caotica con una fontana al centro.

«Conosce la storia della regina Hatshepsut?» chiese Hadidy sopra il frastuono della musica che rimbombava nell'abitacolo.

«Non molto» rispose Ross sbadigliando di nuovo.

«Dicono che sia stata una delle prime donne faraone. Arrivata al trono nel 1478 a.C., ha governato con Thutmose III. Lei bravo faraone ha fatto molti palazzi in tutto l'Egitto. Era quinto faraone della Diciottesima dinastia d'Egitto!»

«Bene.»

«Ha speciale interesse per lei, signor Ross?»

Ormai erano alla periferia della città e il traffico si stava diradando. Alla sua destra, vide una fila di negozi decrepiti che erano poco più di banchetti da mercato coperti. Due uomini in tunica scura sedevano sul marciapiede malconcio bevendo qualcosa che sembrava caffè. Una moto li superò zigzagando pericolosamente e facendo inchiodare Hadidy. Lui urlò furioso, poi sollevò entrambe le mani dal volante in un gesto di disperazione.

«Qui guidano come pazzi!» commentò.

«Ne abbiamo così anche in Inghilterra.» Ross aveva abbassato il finestrino e stava scattando foto.

«Perché fretta, dico io. Sei dove sei. Goditela!»

«Esattamente quello che penso io» rispose Ross. Per sua fortuna, Hadidy sembrava guidare in maniera più assennata della maggioranza. Vide il Nilo. Chiuse il finestrino e si appoggiò allo schienale.

Dopo un po', la comodità del sedile e il movimento della macchina gli fecero venire un gran sonno.

Mentre stava per addormentarsi, fu svegliato dal telefono.

Un altro messaggio di Imogen.

Salutami i tuoi amici faraoni morti! XX

Le rispose con l'emoji di un sorriso.

Erano su un ponte e stavano attraversando il Nilo.

Davanti a lui un territorio arido e montuoso con ripide scarpate.

«I faraoni» esordì Hadidy, iniziando una non richiesta lezione di storia, «volevano essere sepolti con tutte le loro ricchezze e i gioielli, cibo e armi per il loro viaggio nell'aldilà. Ma erano preoccupati per i ladri di tombe e hanno creato questa valle, sulla sponda ovest del Nilo, lontano da Tebe – Luxor – dove le loro tombe potevano essere sorvegliate.»

«Idea brillante. Mi seccherebbe parecchio se qualcuno mi derubasse dopo la morte» commentò Ross.

«Ecco perché certe tombe sono nascoste ancora oggi. Tanti secoli dopo. Forse per sempre.»

«Nel mio paese, Hadidy, abbiamo un modo di dire: non puoi portartelo nella tomba.»

Hadidy sollevò le mani dal volante. «Forse no, ma se puoi, pensa che bella festa!»

Ross sorrise: non sapendo in cosa credeva Hadidy, non voleva rischiare di offenderlo. Poi fissò stupefatto il tempio a colonne sopraelevato che avevano di fronte. Alto come un palazzo di tre piani, con angoli netti, sottili finestre a intervalli regolari e una grande rampa che saliva al secondo piano, sembrava un edificio disegnato da un grande architetto moderno come Frank Lloyd Wright, Frank Gehry o Le Corbusier. Dietro, uno sfondo teatrale di rocce a picco.

«È questo, Hadidy?»

«Questo» rispose lui con voce tronfia d'orgoglio «è il tempio della regina Hatshepsut!»

Alla base della rampa vagavano decine di turisti, alcuni in gruppo con le guide, altri da soli, e quasi tutti stavano scattando foto.

Hadidy entrò in un parcheggio, superando molti pullman turistici, e fermò la macchina. «Da qui dobbiamo camminare. Mi vuole con lei per trattare buon prezzo per una guida? È meglio. Molti non bravi. Conosco i migliori, tutti miei amici.»

«Vorrei che venisse con me, Hadidy. Devo incontrare qualcuno. Potrebbe venire e assicurarsi che nessuno mi importuni?»

«Certo, bene. Ma vuole una guida, vero?»

«Forse, dipende.»

Allontanandosi dalla macchina, Ross si fermò a scattare qualche foto, poi indossò gli occhiali da sole. Mentre si avvicinavano alla rampa vennero assediati da uomini e donne, alcuni con i vestiti tradizionali, altri in giacca e pantaloni, ma tutti con ciarpame per turisti: modellini in plastica del tempio, delle piramidi, e paccottiglia con i simboli dell'Egitto.

Ross fu felice di essersi fatto accompagnare da Hadidy perché l'egiziano riuscì in maniera impeccabile a tenere a bada i venditori ambulanti, parlando gentilmente con alcuni – e rivolgendosi ad altri in tono rabbioso – nella loro lingua.

Superarono un gruppo di turisti giapponesi, tutti intorno a una guida con un megafono, poi un secondo gruppo raccolto intorno a un uomo in *djellaba* in piedi su una cassetta, e arrivarono davanti alla rampa.

Si affrettò verso di loro un tizio con le braccia cariche di foulard, credendo di aver trovato la sua occasione. Hadidy lo allontanò.

Senza badare a quello che poteva pensare di lui Hadidy, Ross rimase immobile e si guardò intorno.

Hadidy gli lanciò uno sguardo perplesso. «Entriamo?»

«No.»

Il gruppo dei giapponesi li superò seguendo la guida.

Ross rimase immobile e rammentò che proprio in quel posto, nel 1997, cinquantotto turisti e quattro locali erano stati massacrati da un gruppo di terroristi islamici.

Poi vide un uomo magro, anziano, con una tunica bianca e una kefiah di cotone rossa e bianca simile a quella di Hadidy, uscire dalla folla e dirigersi verso di lui. Aveva la pelle scura e rugosa, e due soli denti, guasti, come pietre tombali in un cimitero dimenticato. Parlava un inglese incerto e sembrava molto nervoso.

«Scusi, lei signor Ross Hunter, sì?»

Ross lo guardò sospettoso. «Sono io, lei chi è?»

«Hatem Rasul» rispose, con gli occhi color nocciola che dardeggiavano ovunque. «La aspettavo da molto tempo.»

Hadidy si fece avanti e parlò per pochi minuti con lui in arabo prima di rivolgersi a Ross.

«Questo è l'uomo che deve incontrare, signor Hunter. Dice che ci porta da sua sorella. Vuole che lo seguiamo nelle montagne. Viaggio lungo, forse due ore. Va bene?»

Ross si aggrottò. «Le ha detto chi gli ha chiesto di incontrarmi, Hadidy?»

«Ha detto il suo amico in Inghilterra. Il signor professor Harry.»

«Il professor Cook?»

«Il professor Harry Cook, sì.»

47

Martedì 7 marzo

Ross, sbalordito, seguì i due uomini al posteggio. A dispetto dell'età che dimostrava, Hatem Rasul camminava a grandi passi, energico e risoluto.

Harry Cook.

Sentiva torcersi le budella. Era tutto vero? Dove li avrebbe portati? Osservò il terreno arido, sabbioso e montuoso che aveva di fronte.

Come poteva quello strano uomo conoscere Harry Cook?

Giunti al posteggio, Rasul si diresse verso una decrepita moto color kaki, montò e la avviò. Per un attimo Ross pensò al film *Lawrence d'Arabia*.

Hadidy aprì la portiera posteriore del Land Cruiser invitando Ross a salire.

Lui entrò, come in sogno.

Mentre seguivano la moto fuori dal posteggio, Ross si chinò in avanti chiedendo: «Che altro le ha detto, Hadidy?»

«È a posto» rispose lui rassicurante. «Possiamo fidarci. Lo ha mandato il suo amico per fare guida. Il professor Harry Cook.»

Ross pensò prima di rispondere. «Ha detto questo?»

«Ha detto che Dio ci proteggerà nel nostro viaggio.»

«Buono a sapersi.»

«Dio ha il suo disegno, signor Ross.»

«Speriamo.»

«È scritto.»

Poco più avanti, la moto svoltò dalla strada principale su un sentiero sollevando una nuvola di sabbia. La seguirono, arrampicandosi lungo una strada bianca verso un passo di montagna brullo e inoltrandosi sempre più tra le alture. Dopo mezz'ora attraversarono un villaggio con una fila di rozzi edifici simili a cubi e sterzarono per superare un uomo che, in mezzo alla strada, trascinava una capra con una corda.

Salirono ancora più in alto e Ross non smetteva di scattare foto. E di porsi domande. Si sentiva nervoso e curioso al contempo.

Poi scesero in una vallata seguendo un percorso tortuoso. Arrivati in fondo, ripresero a salire. Superarono un pastore con un gregge di una cinquantina di pecore poi, all'improvviso, abbandonarono la strada e si inoltrarono nel deserto. Dal parabrezza Ross osservò l'agile vecchio davanti a loro che risaliva una duna sulla sua moto per scendere sull'altro lato e lo seguirono.

Si arrampicarono su una scarpata che sembrava avere una pendenza impossibile fra spuntoni di roccia.

«È venuto da solo in Egitto, signor Ross?» chiese Hadidy ansioso, concentrandosi sulla guida per tenere la macchina dritta e avere trazione sulla sabbia.

«Sì.»

«Qualcuno ci sta seguendo.»

Ross si girò per guardare dal lunotto posteriore. E vide una nuvola di sabbia.

Un brivido di paura lo attanagliò.

«Fra qualche chilometro c'è un uadi. Forse devono consegnare merce. Forse non è niente.»

«Lei è già venuto qui, Hadidy?»

«No, mai, ma si vede sulla mappa.»

Ross provò una sensazione di sollievo. «Bene.» Si voltò di nuovo a sbirciare dal lunotto la nuvola di sabbia sollevata da un veicolo a una certa distanza dietro di loro.

Scesero in un'altra valle, dove Ross vide il uadi abbastanza lontano sulla sinistra. Un gruppo di tende e diversi cammelli intorno a uno stagno di abbeveraggio. Ricominciarono a salire. Ross controllò la bussola: si stavano dirigendo verso nordest. Il paesaggio, per quanto splendido e desolato, stava diventando monotono. Sali e scendi. Sali e scendi. In quel momento non aveva idea di dove fossero, né di cosa avrebbero trovato a destinazione.

Si guardò nuovamente alle spalle e, con suo sollievo, non vide nulla. Nessuna nuvola di sabbia.

Su invito di Hadidy prese una bottiglia di minerale da uno scomparto sotto il bracciolo, poi una seconda.

Quasi esattamente due ore dopo aver lasciato il posteggio del tempio, superarono una vecchia insegna sbiadita della Coca-Cola. Davanti a loro un vecchio in *djellaba* seduto sul ciglio della strada e impegnato a parlare con un altro uomo, con un cammello in attesa lì accanto. Una breve infilata di negozi sgangherati. Un bambino si mise a correre eccitato davanti a loro. La scena quasi biblica di un uomo che conduceva un asino sul quale sedeva una donna che cullava un neonato. Poi, davanti a loro, la moto si fermò fuori da una baracca dall'aspetto primitivo. La loro guida smontò ed entrò.

Ne uscì qualche minuto più tardi accompagnato da una donna anziana vestita di nero, con sandali e il capo coperto di grigio. Con una certa difficoltà, Hatem Rasul la aiutò a montare in sella, risalì sulla moto, la avviò e ripartì.

«Ha idea di chi sia quella donna, Hadidy? La sorella di cui parlava?»

«Forse. Penso che è donna importante.»

«Importante?»

Seguirono la moto lungo un percorso sempre più ripido che superava la montagna. Dopo qualche minuto, la strada si appianò, la moto si fermò e i due smontarono. Rasul abbassò il cavalletto laterale mentre Hadidy fermava il Land Cruiser lì accanto. Scesero nella calura ardente e secca del mezzogiorno. Ross si chinò dentro la macchina, prese un'altra bottiglietta d'acqua – l'ultima nello scomparto – e la mise nella tasca della giacca.

«Signor Hunter» disse Hatem Rasul. «Questa è mia sorella Sitra.»

Da vicino, Ross vide quanto la donna fosse vecchia e avvizzita. Lei fece un sorriso sdentato e annuì, ignorando la sua mano tesa. Poi, con un dito nodoso, gli accennò di seguirla.

Salirono lungo uno stretto e ripido sentiero da capre sotto un cielo senza nuvole. La vecchia era spinta da un'energia del tutto assente in Ross che, più in alto si inerpicavano, meno guardava lo strapiombo sotto di loro. Se avesse inciampato e fosse caduto, sarebbe morto all'istante. Più in alto vide una serie di grotte.

Cercò di togliersi dalla mente il precipizio e di concentrarsi sul sentiero. Sudava copiosamente e si pentì di non aver lasciato in macchina la giacca, ormai buttata sulla spalla. Era grato di avere l'acqua, che razionava attentamente bevendone un solo sorso ogni pochi minuti. Sentiva le labbra aride e il sole che gli bruciava il viso. Peccato non avere portato la crema solare.

Durante la salita, vide a poco a poco avvicinarsi le grotte sopra di loro.

Infine la vecchia, seguita da Rasul e Hadidy, svoltò a destra passando davanti alle imboccature: superò le prime tre, disse qualcosa a Rasul, ed entrò nella quarta grotta. I tre uomini rimasero fuori in attesa.

Diversi minuti più tardi, la vecchia riapparve stringendo delicatamente fra le mani un fagotto di tessuto color crema che porse a Ross. Poi gli fece un cenno di incoraggiamento.

Sorridendo per ringraziarla, Ross lo prese.

Sembrava quasi privo di peso.

Rasul disse qualcosa a Hadidy e la sua guida si girò verso di lui.

«Può aprirlo, signor Ross, ma con attenzione.»

Ci mise un po' a disfare uno strato dopo l'altro, con il fagotto che diventava sempre più piccolo per poi arrivare al contenuto, visibile in un minuscolo sacchetto di mussola.

Un oggetto color ocra, smaltato.

Gli altri tre lo fissavano.

«Un dente?» chiese. «È un dente? Da dove viene?»

Rasul parlò in arabo con Hadidy, che poi si girò verso di lui.

«Sitra dice che è proprio un dente, un dente molto speciale. Mentre Gesù Cristo veniva accompagnato sul Calvario alla croce, insieme ai due ladri, gli abitanti del posto erano lungo il cammino e gli hanno lanciato insulti e oggetti, anche pietre. Un sasso ha colpito Gesù sulla bocca e gli ha fatto cadere un dente. Questo è il dente.»

Ross lo fissò, poi guardò Hadidy. «Come lo sanno per certo?»

Tenendo il sacchetto quasi trasparente in una mano, Ross lo fotografò con il telefono.

Hadidy proseguì: «Hatem Rasul ha detto che un discepolo lo ha raccolto. Sapeva che era pericoloso tenerlo e ha deciso di portarlo via dalla Giudea e nasconderlo. Lo ha portato qui, in Egitto, e ha chiesto di nasconderlo a una famiglia di cui aveva fiducia, che viveva in una comunità lontana nel deserto. Da allora è rimasto in questa grotta e per generazioni questa famiglia ha avuto l'incarico di fare la guardia. Da duemila anni aspettano il prescelto. Sitra dice che suo fratello le ha detto che è lei».

Ross abbassò lo sguardo, fissò il dente e rabbrividì. Poteva essere autentico? Quell'oggetto minuscolo e quasi senza peso poteva davvero essere un dente di Cristo?

E se lo fosse stato?

Tremò al solo pensiero. Alla possibilità. Poi guardò i suoi tre accompagnatori: lo stavano osservando con trepidazione.

Rasul andò da Hadidy e gli parlò in arabo.

Alla fine del discorso, Hadidy si rivolse a Ross. «Hatem Rasul dice che il professor Harry Cook ha un messaggio per lei. Il professor Cook dice che il dente è autentico e di portarlo in Inghilterra dal suo amico di Birmingham. Il signor... è un nome strano, il signor Anol-Spiry. Lo conosce?»

Ross era come paralizzato. «Lo conosco» rispose, ma la sua voce gli sembrava lontana, come se parlasse un'altra persona.

«Signor Hunter» disse Hadidy. «Hatem Rasul mi dice quando vede di nuovo il signor Anol-Spiry riceverà la prova finale. La aspetta. La prova assoluta!»

Un rumore proveniente dal cielo fece alzare lo sguardo ai quattro. In alto c'era la minuscola sagoma di un elicottero, ma era troppo lontano per identificarlo. Volò sopra di loro e, in breve tempo, il rumore svanì.

Ross si voltò verso Hadidy con sguardo interrogativo.

Hadidy scrollò le spalle. «Turisti.»

Ross riprese a osservare il cielo. Prima una macchina li aveva seguiti, ora era apparso quell'elicottero.

Si sentiva molto a disagio.

«Giro turistico» proseguì Hadidy. «Si può fare in elicottero sulla Valle dei Re.»

Ross annuì, sempre molto inquieto. La Valle dei Re era lontana, anche per un elicottero.

Sitra rimase alla grotta e disse che sarebbe tornata a casa più tardi; gli altri percorsero all'inverso il sentiero dirigendosi verso i loro veicoli. Ross camminava il più rapidamente possibile e percepiva il nervosismo anche nei suoi due compagni.

48

Martedì 7 marzo

Tornati alla macchina, cominciarono a percorrere il ripido sentiero con lo strapiombo da un lato, che in discesa faceva anche più paura. Ross cercò di dimenticarsene. Mentre Hadidy lottava col volante, Ross si concentrò sul piccolo oggetto che sembrava smaltato fino alla minuscola radice marrone.

C'era qualche possibilità che potesse essere autentico? Che fosse un dente di Gesù di Nazareth?

In una grotta in Egitto?

Era quasi impossibile crederci, eppure…

Le sue conoscenze delle Scritture e dell'Egitto erano scarse, ma sapeva dell'Esodo dell'Antico Testamento e di come gli ebrei fossero scappati dall'Egitto.

Qualcuno poteva essere davvero arrivato con un dente e averlo nascosto in una grotta isolata, lasciando a guardia una famiglia del luogo?

Mentre la pista tortuosa si snodava davanti al parabrezza, a volte tanto ripida da mettere in tensione la cintura di sicurezza, Ross osservò Hatem Rasul, che li guidava destreggiandosi sulla sua antiquata moto con l'agilità di una persona della metà dei suoi anni e l'abilità di un pilota di motocross. A volte il mezzo sembrava sfuggire al suo controllo, e lui riusciva a non cadere solo appoggiando i piedi e lasciandoli strisciare sul terreno.

Poi, sopra il rumore dei motori, si sentì il rombo di un elicottero.

Hadidy lanciò quella che sembrava un'imprecazione e guardò nello specchietto retrovisore.

Ross si voltò, sbirciando ansioso dal lunotto. E vide la

pancia nera di un elicottero, tanto basso da riuscire a distinguerne i pattini, avventarsi su di loro.

Il primo pensiero fu che si trattasse di poliziotti o militari. Si trovavano forse in una zona proibita?

Avvolse in fretta e furia il dente nel panno e lo spinse nella tasca interna della sua giacca.

Un'ombra passò su di loro. In quel momento vide Hatem girare la moto di centottanta gradi e tornare di gran carriera da dove erano venuti.

Poi l'elicottero apparve davanti al parabrezza, a poche centinaia di metri da loro. Il portello era aperto e un uomo si era sporto in fuori. Non c'era da sbagliarsi: stava puntando un'arma dalla canna lunga e nera e mirava proprio a loro.

Hadidy gridò per la paura.

Ross, terrorizzato, slacciò la cintura di sicurezza e si lanciò nello spazio tra i sedili. Sentì la macchina inchiodare a ruote bloccate e pattinare sulla sabbia.

Poi Hadidy urlò per il terrore quando il Land Cruiser sbandò con violenza.

Ross sentì la macchina precipitare.

Il Land Cruiser scivolò inclinato al punto che, per un istante, Ross pensò che si sarebbe ribaltato su sé stesso. E sentì che andava sempre più veloce.

«Hadidy!» urlò.

Erano sempre più veloci.

Veloci.

Gli sembrava di trovarsi su una discesa delle montagne russe.

«Hadidy!» urlò di nuovo.

Non ci fu reazione.

Si sollevò pian piano. La portiera di guida era spalancata: Hadidy si era lanciato fuori. Ross si guardò alle spalle e vide, in alto sul crinale, il suo autista che correva come una lepre.

La macchina stava sbandando su una china molto ripida ma, come per miracolo, puntava ancora in avanti.

Sobbalzava, rimbalzava, si alzava in aria e ricadeva pesantemente.

Ross tese le braccia verso il sedile anteriore aggirando il poggiatesta e riuscì ad afferrare il volante.

Il Land Cruiser si stava dirigendo verso una roccia.

Ross sterzò verso destra evitando il masso di un soffio. Davanti aveva uno strapiombo. Sterzò a sinistra e la macchina salì su una scarpata di sabbia rischiando di ribaltarsi su un fianco. Poi, sterzando a destra, tornò a dirigersi verso la valle e cominciò a slittare.

Puntando con la fiancata verso un muro di roccia.

Ross riuscì a evitarlo appena in tempo e a quel punto la macchina cominciò a scendere a precipizio in una gola.

Poi in un'altra, zigzagando tra i massi.

Ross si teneva stretto al volante in preda al terrore.

Un istante dopo, la macchina era lanciata verso la parte alta di una duna e si arrestò di colpo, bloccata nella sabbia profonda.

Cristo, no.

Ross uscì goffamente dalla macchina e guardò in alto. L'elicottero stava scendendo rapidamente. Ross si lanciò sul sedile di guida e guardò i comandi. Trovò il pulsante di blocco del differenziale e premette l'acceleratore a fondo. Mentre l'elicottero oscurava il sole, il Land Cruiser si mosse in avanti, lentamente, acquistando trazione. E risalì la duna di sabbia. Verso quello che sembrava un precipizio.

Merda. Merda.

Ross sollevò il piede dall'acceleratore e, in quel momento, l'elicottero gli fu davanti. Vide l'uomo con l'arma, il portellone ancora aperto, che mirava a lui.

Mentre si abbassava sotto il parabrezza e premeva a fondo l'acceleratore, udì il sibilo di una raffica, un rumore che l'ultima volta aveva sentito in Afghanistan.

La macchina procedeva sobbalzando in avanti. Sempre più avanti.

Verso il precipizio.

Se si fosse fermato, Ross sarebbe morto.

Il terrore provato in Afghanistan lo travolse ancora una volta.

Anche se fosse andato avanti, probabilmente sarebbe morto.

In una frazione di secondo prese la decisione di proseguire. Sentì un'altra raffica.

Poi la macchina avanzò sobbalzando.

E precipitò.

Ross venne catapultato in avanti e picchiò forte la testa contro il tetto dell'auto. Vide rocce. Cielo. Rocce. Cielo.

Poi, dopo avere sbattuto la testa contro lo sterzo, non seppe come, si ritrovò incredibilmente sul sedile di guida, con il Land Cruiser di nuovo sulle quattro ruote lungo una discesa ripida, ma non più a strapiombo.

Afferrò il volante che sobbalzava. Stava avanzando a velocità folle e aveva di fronte altre rocce e massi che, in qualche modo, riuscì a evitare. Il motore urlava. Poi, forse grazie all'istinto, ebbe la presenza di spirito di togliere la trazione integrale.

Il rumore del motore cambiò all'istante.

La discesa divenne meno ripida e la valle era poco più avanti.

Anche l'elicottero, però. Ross si abbassò sotto il parabrezza non appena vide la vampata dello sparo e sentì il rumore delle pallottole che si conficcavano nel terreno davanti alla macchina. Quando si sedette di nuovo, capì cosa stava accadendo: l'uomo cercava di far esplodere gli pneumatici per fermarlo.

Arrivò alla valle e vide di fronte a sé solo una stradina che si infilava in una stretta fessura delimitata da due pareti verticali. L'elicottero scese e atterrò lì davanti. Ancora una volta Ross si chinò vedendo uscire una fiammata dalla bocca dell'arma e sentì altri proiettili colpire le rocce intorno.

All'improvviso, l'uomo al portellone smise di sparare e cominciò a strattonare rabbiosamente l'arma. O si era inceppata o l'uomo aveva bisogno di cambiare il caricatore. Urlò qualcosa al pilota.

Ross capì che era la sua occasione. Spinse a fondo il pedale dell'acceleratore e sentì la macchina balzare in avanti, trovando trazione sul terreno solido. L'elicottero era vicino, sempre più vicino.

L'uomo in nero stava ancora armeggiando frenetico e urlando al pilota.

Mentre andava a tutta velocità verso di loro, Ross vide una cortina di sabbia sollevarsi tutto intorno all'elicottero. Il pilota stava cercando di decollare.

No, no, no, non ce la farete, bastardi!

La distanza si accorciava. Cento metri, cinquanta, venticinque.

Ormai Ross riusciva a vedere lo spazio tra i pattini e la sabbia sotto.

Non bastava. Oh, no.

Se lo avesse centrato sul fianco, probabilmente avrebbe fatto esplodere l'elicottero e nessuno si sarebbe salvato. All'ultimo momento, vedendo lo sguardo di terrore dell'uomo armato, sterzò verso destra e, tenendo stretto il volante, si abbassò sotto il cruscotto.

Un attimo dopo sentì uno schianto violento, vetri che volavano dappertutto e una ventata di aria rovente.

Si rimise seduto e guardò, attraverso quello che restava del parabrezza, un vasto paesaggio desertico, sentendo sul viso l'aria calda e carica di sabbia. Nel retrovisore vide la sezione posteriore dell'elicottero adagiata su un fianco. La coda strappata e il rotore giacevano a parecchi metri di distanza. Qualcuno stava cercando di saltare fuori. Ross premette più a fondo l'acceleratore.

Continuò a guidare nel deserto, fino a quando l'elicottero divenne un puntino nello specchietto. Poi, sulla cresta di una duna particolarmente alta, si fermò molto scosso.

Sentì il suono del telefono.

Un messaggio. Con mani tremanti, prese l'iPhone dalla tasca dei pantaloni.

Era Imogen:

Come ti va? XX

49

Martedì 7 marzo

Nonostante i danni subiti dalle pallottole e dai ribaltamenti, la Toyota funzionava ancora. Ross faticava a pensare, sapeva soltanto di doversene andare da lì, e lontano da Luxor.

Fissò davanti a sé, attraverso l'apertura che fino a poco prima era il parabrezza, il paesaggio arido e desertico, con una catena di colline lontane nella foschia. Poco avanti a lui, sulla destra, c'era quella che gli sembrava una pista. Cercò di accendere il navigatore satellitare e lo schermo prese vita in arabo, ma le mani gli tremavano al punto che continuava a mancare il pulsante che lo avrebbe portato all'elenco delle destinazioni precedenti. Se fosse riuscito a caricarlo, forse avrebbe trovato la programmazione per Luxor. Magari anche per l'aeroporto.

Quando infine riuscì a centrare il pulsante, lo schermo si limitò a restare com'era.

Rammentò di avere Google Maps sull'iPhone e lo prese. Con suo grande sollievo, c'era un debole segnale 3G, sufficiente a far funzionare l'applicazione. Ma con il tremito delle mani gli ci vollero diversi minuti prima di riuscire a digitare «aeroporto di Luxor».

Rimase stupito quando l'applicazione lo trovò, e apparve un simbolo rotondo blu con la sagoma di un aereo bianco. E un puntino blu lampeggiante gli indicò la sua posizione. Due ore e trentacinque minuti a destinazione, lo informò il telefono. E lo portò sulla pista che aveva già percorso.

Controllò l'orologio. Erano passate da poco le 15.00 e il suo volo era alle 17.55. Nessuna possibilità di prenderlo. Si guardò intorno nervoso, ma non vide segni di movimento. Il motore arrancava e l'aria rovente del deserto gli sferzava la faccia. Aveva sete. Fermò la macchina, sollevò il coperchio della console centrale e vide diverse bottigliette d'acqua in quello che sembrava uno scomparto frigorifero. Ne prese una, svitò il tappo e la bevve tutta, poi ne bevve una seconda.

Saltò giù e fece il giro della macchina esaminando tutti gli pneumatici, nel timore che fossero stati colpiti dalle pallottole, ma sembravano gonfi al punto giusto. Si chinò per esaminare la parte inferiore e vedere se colavano fluidi, ma tutto appariva asciutto. Poi si rimise in piedi e fissò lo scheletro della macchina: non era una vista gradevole. Il muso era danneggiato dove aveva colpito la coda dell'elicottero, una parte del cofano era deformata e un faro era rotto. Il tetto era ammaccato, così come quasi tutta la carrozzeria.

Irrazionalmente, si chiese se Hadidy avesse una buona assicurazione.

Poi ebbe un impeto di rabbia. Rabbia che il suo autista fosse fuggito lasciandolo al suo destino. Ma poteva biasimarlo?

Poi, mentre era in piedi a esaminare la macchina, ricominciò a tremare in modo più violento di prima.

Afghanistan.

Cercò di scacciare il pensiero di quell'incubo, di riflettere con chiarezza.

Chi c'era dietro tutto questo?

Le stesse persone che lo avevano seguito a Chalice Well e lo avevano colpito in faccia chiudendolo poi nel pozzo?

Si guardò intorno, voltando la testa con un movimento lento e continuo. In quel momento si sentiva molto spaventato. Avrebbe voluto telefonare a casa, sentire una voce amica. Ma forse non sarebbe stato molto furbo raccontare questo episodio a Imogen. L'avrebbe fatta crollare e lei gli avrebbe chiesto di lasciar perdere tutto, subito. Le mandò invece un messaggio:

Fa molto caldo! X

Il segnale, però, era praticamente sparito e il messaggio non partì. Lui continuò a riflettere su cosa fare. Mettersi in contatto con la polizia? Con l'ambasciata britannica? Ma avrebbe dovuto raccontare più o meno la verità, e magari esisteva qualche legge che vietava di portare fuori dal paese oggetti di valore storico. Inoltre non voleva rischiare di restare troppo a lungo in quel posto. Se fosse rimasto, avrebbe dovuto tenere un profilo bassissimo. Meglio andarsene, quel giorno stesso, a bordo di un aereo. Se non ce n'era uno per l'Inghilterra, andava bene un posto qualsiasi, poi avrebbe proseguito da là. Quelli dell'elicottero avevano altri complici a Luxor? Magari li avevano già contattati e li avevano messi in allarme? A guardia dell'aeroporto?

Con la folla caotica che rammentava in aeroporto la sera prima, non sarebbe stato difficile muoversi inosservati. Che cosa sapevano di lui? Se avevano avuto informazioni sul suo volo di andata, non sarebbe stato difficile trovare quello di ritorno e tenere d'occhio il gate. Meglio scegliere una destinazione del tutto diversa, decise. Parigi? Berlino? Madrid? Ovunque. Un posto che conosceva?

Doveva andarsene da lì.

Della riparazione della macchina si sarebbe occupato in seguito. In quel momento era ancora furioso con Hadidy perché lo aveva lasciato sul sedile posteriore di un veicolo senza guidatore. L'egiziano poteva risolversi il problema da solo.

Che andasse affanculo.

50

Martedì 7 marzo

Ross non era stato seguito, o almeno così gli sembrava. Con suo grande sollievo, mentre arrivava all'aeroporto di Luxor poco prima delle 18.45, stava facendo buio. Almeno i danni alla macchina sarebbero passati più inosservati alle guardie della sicurezza.

Entrò direttamente nel parcheggio di sosta breve, salì di un paio di livelli e posteggiò il Land Cruiser lasciando dentro le chiavi. Si tolse la sabbia dagli abiti e si sfregò la faccia, poi pulì gli occhiali da sole. Per camuffarsi un minimo indossò gli occhiali, poi la giacca, controllando che il panno con il dente fosse ancora nella tasca interna, prese la borsa da viaggio dal baule e si recò in biglietteria.

L'Inghilterra era due ore indietro rispetto all'Egitto; Francia e Germania una. La Egypt Air aveva disponibilità su un volo diretto al Charles de Gaulle alle 21.00 e la Lufthansa ne aveva uno poco dopo per Berlino, ma con due scali. Non voleva fare il biglietto fino a Londra, nel caso qualcuno stesse tenendo d'occhio proprio quello scalo. Non avrebbe fatto fatica a prenderlo da una qualsiasi di quelle destinazioni.

Acquistò il biglietto per Parigi, poi attraversò la sala delle partenze, prese un modulo d'imbarco per stranieri e lo compilò. La mano gli tremava in maniera incontrollabile. Oltre al trauma, non aveva mangiato niente dopo la prima colazione.

Se qualcuno lo stava sorvegliando mentre era in fila per il controllo passaporti, lo faceva in maniera molto discreta. Un funzionario dall'aspetto severo esaminò il suo passaporto, studiò la carta d'imbarco e lanciò a Ross un'occhiata strana. «Non resta a lungo in Egitto.»

«Purtroppo. Mi piacerebbe molto, nel mio paese fa piuttosto freddo.»

«È a Luxor per affari?»

«Sono uno scrittore. Sono venuto per incontrare un amico e collega che lavora qui: stiamo parlando di una collaborazione per scrivere un libro sulla Valle dei Re. Una specie di guida… per i turisti.»

Aveva detto la parola magica. Il funzionario stampigliò il suo passaporto, lo richiuse e glielo porse con un lieve sorriso, probabilmente di approvazione.

Superati i controlli di sicurezza trovò un bar. Appollaiato su uno sgabello, ordinò una birra gelata e un doppio scotch, poi indicò un panino dall'aria stantia su uno scaffale infischiandosene di cosa contenesse. Ingollò il whisky in una sola, piacevole sorsata. Gli fece bene il calore che sentì, e ne ordinò un secondo.

Il volo era in ritardo di due ore, ovvero sarebbero atterrati a Parigi dopo la mezzanotte. Avrebbe dovuto passare la notte in un albergo dell'aeroporto e poi proseguire il viaggio al mattino. Mandò un messaggio a Imogen per dirle che sarebbe rimasto a Luxor.

Poco dopo il decollo, crollò in un sonno intermittente e si svegliò con un feroce mal di testa due ore più tardi.

51

Martedì 7 marzo

Nella sala del consiglio di amministrazione del palazzo della KK, Ainsley Bloor era in piedi accanto a una finestra, freddo come il ghiaccio, e fissava nel buio il Tamigi mentre entravano i suoi fidati dirigenti. Schiumava di rabbia.

Infine, quando arrivò l'ultimo e si richiuse alle spalle la porta insonorizzata, Bloor si unì agli altri intorno al tavolo.

Come d'abitudine per le riunioni segrete del consiglio della Kerr Kluge a tarda sera, nessuna segretaria era presente per prendere appunti. E non sarebbe stato redatto alcun verbale.

«Signori, siamo di fronte a un fiasco monumentale» esordì Bloor. «E questo escludendo i due milioni e mezzo in mazzette che abbiamo dovuto pagare per tacitare la polizia e l'aviazione egiziane.» Guardò Julius Helmsley, il direttore operativo. «Soldi che dovrai 'perdere', Julius: non vogliamo domande imbarazzanti da parte di qualche azionista alla prossima assemblea generale.»

«Ce ne stiamo occupando, Ainsley» rispose. Alto e magro, un po' curvo, con i capelli chiari e flosci che andavano diradandosi e il viso lungo, il direttore operativo indossava occhiali assurdamente alla moda più adatti a uno studente d'arte che a un contabile di cinquantacinque anni in abito grigio. L'uomo era abituato a nascondere grossi importi erogati in contanti. Uno dei centri di costo più cospicui della società erano le mazzette ai leader di nazioni del Terzo mondo.

«Me lo auguro» commentò gelido Bloor. «Bene, un paio di voi sanno già cosa è successo, ma a beneficio degli altri, ancora una volta siete stati superati in astuzia, e alla grande.

A quanto pare, la nostra squadra di sicurezza non saprebbe organizzare un'orgia in un bordello. Prima seguono Hunter a Chalice Well e finiscono con un cazzo di niente. Adesso Hunter sta tornando in Inghilterra da Luxor con, immagino, quello che è andato a prendere.»

«Sappiamo di che si tratta?» chiese un altro.

«No, ma lo scopriremo presto. È qualcosa che potrebbe contenere il DNA di Gesù» rispose Bloor. «Non so di preciso di cosa si tratti ma, a quanto pare, quel vecchio pazzo del professor Cook non ha voluto dirlo, per quanto pesantemente sollecitato. Se quegli idioti avessero avuto più pazienza, magari glielo avrebbero tirato fuori. Prima di morirci sotto gli occhi, tutto quello che Cook ha detto è stato che si trattava di qualcosa di significativo relativo a Cristo stesso. E che nessuno all'infuori del prescelto l'avrebbe mai trovato.»

«Dunque, in qualche modo, il giornalista sapeva dov'era» commentò il capo della Ricerca e Sviluppo, Alan Gittings. «Sappiamo per certo che ha trovato davvero qualcosa?»

Bloor annuì verso il suo luogotenente più fidato, Ron Mason, un australiano robusto, duro e molto diretto.

«Il nostro osservatore lo ha visto dall'elicottero» disse Mason, «c'era una vecchia che è uscita da una grotta con un fagotto e lo ha passato a Hunter.»

«Che genere di fagotto?» chiese Gittings.

«Erano troppo lontani per vedere bene. Ho il video.» Mason aprì il portatile e tutti si affollarono intorno a lui. Fece partire il video sgranato di quella che sembrava proprio una vecchia che usciva da una grotta e porgeva un fagotto a Hunter. Il giornalista lo apriva mentre la donna e i due uomini lo osservavano.

Quando Hunter arrivò al contenuto, tutti i membri del consiglio si accorsero dell'eccitazione dal linguaggio del corpo, a dispetto della pessima qualità delle immagini.

Ron Mason mise in pausa.

«Di sicuro ha qualcosa di significativo» disse Bloor. «Questo è indubbio. E quel qualcosa ci serve molto presto. Sappiamo che altri hanno grande interesse per quello che sta facendo Hunter, e che anche loro lo hanno seguito a Glastonbury. Adesso quelle persone potrebbero essere in possesso del calice: i nostri osservatori li hanno visti afferrare una sacca con dentro qualcosa che Hunter aveva recuperato dal pozzo.»

«Sappiamo che cosa, Ainsley?» chiese Helmsley.

«No, ma sappiamo chi abbiamo contro, almeno in questo momento. Gli osservatori li hanno seguiti fino a una tenuta del Surrey, nei pressi di Guildford, molto ben sorvegliata. È il quartier generale della Wesley Wenceslas Ministries.»

«Quel tizio è un imbroglione fatto e finito» commentò Ron Mason con il suo accento australiano. «Wesley Wenceslas. Mio nipote, che bazzica gli ambienti religiosi, è andato a uno dei suoi servizi, o come diavolo si chiamano, e mi ha detto che ti fa pagare per una preghiera! Quel tizio è decisamente un truffatore!»

«Di gran successo» ribatté Gittings. «Ha milioni di seguaci.»

«E ne avrà anche di più quando inizierà a sfoggiare il Santo Graal» disse Helmsley.

«Ne faremo chiedere la restituzione da Chalice Well: si tratta di un furto» disse Bloor. «Sono sicuro che Julius potrà occuparsi di questo aspetto come amministratore fiduciario di quel posto.» Lo guardò, e Helmsley annuì, visibilmente a disagio.

«Guardiamo per un momento la realtà, Ainsley» disse Gittings. «Tanto per cominciare, non sappiamo che cosa abbia preso Hunter nel pozzo, né quindi cosa sia finito nelle mani della Wenceslas Ministries. Adesso pensiamo che Hunter possa avere recuperato altro – forse parte di un corpo, una reliquia – in una grotta in Egitto. Ma non siamo certi che appartenesse davvero a Gesù Cristo.»

«Non abbiamo nemmeno la certezza che Hunter possa, o non possa, aver recuperato dal pozzo il Santo Graal» rispose Bloor. «Ma siamo quasi sicuri che sia questo il caso. E se i due oggetti avessero lo stesso DNA, che facciamo?»

«Sarebbe una prova estremamente solida della provenienza» commentò Helmsley.

Tutti annuirono.

«Quindi avremmo il DNA di un presunto guaritore che potrebbe essere vissuto duemila anni fa e che sapeva fare miracoli?» chiese un altro membro del consiglio, Grant Rowlands, con il suo pesante accento dello Yorkshire. «A mio parere, stiamo perdendo tempo. Dovremmo invece essere grati che, per pura fortuna, non siano riusciti a risalire fino a noi, prima con il professor Cook, poi con il fiasco di oggi in Egitto. I due tizi che sono andati a casa di Cook sono...?» Lasciò la domanda aperta.

«Tornati al sicuro nell'Irlanda del Nord» rispose Bloor. «E io non sono affatto grato. Non abbiamo avuto fortuna, ma solo due fiaschi totali. Questo, e qualcun altro che è arrivato prima di noi a Chalice Well.»

«Io sono dell'idea che dovremmo lasciar cadere la cosa» proseguì Rowlands. «Stiamo rischiando la reputazione della nostra azienda, e il nostro futuro personale in termini di valore delle azioni, per cosa? Il profilo del DNA di un ciarlatano? Ma dai, Ainsley, tu sei il meno credente di tutti noi qui. Non è forse questo che vuoi dimostrare con il tuo esperimento delle scimmie? Dimostrare che Dio non esiste?»

«Grant, lo sai bene» esordì acido Ainsley fissandolo con sguardo glaciale. «Abbiamo preso tutti insieme questa decisione. A prescindere da quello in cui crediamo, eravamo d'accordo che, potenzialmente, oltre due miliardi di cristiani in tutto il mondo avrebbero pagato qualsiasi somma su cui avessero potuto mettere le mani, e intendo *qualsiasi* somma, per avere una cura ai loro acciacchi sviluppata con il DNA di Gesù Cristo. E considera anche questo: quanto pagherebbero i futuri genitori di tutto il globo pur di avere tutto o parte del DNA di Gesù Cristo per loro figlio?»

Ci fu un lungo silenzio e diversi dei presenti sorrisero.

«Se questo ti crea problemi, Grant, è meglio che tu ce lo dica.»

Grant Rowlands scrollò la testa, ben conscio di come Bloor affrontasse i problemi, ma anche della cospicua quota azionaria che possedeva e del suo bonus annuale da due milioni. «Non ho problemi, Ainsley, faccio solo il mio lavoro, sai. Controlli e bilanci.»

Bloor gli lanciò un'occhiata fulminante. «Buono a sapersi, mi piace che la mia squadra sia meticolosa.»

«Assolutamente.»

«C'è altro, Grant, prima di procedere?»

«No, va bene così.»

«Una domanda veloce, Ainsley» disse Julius Helmsley.

«Sì?»

«Come vanno le tue scimmie?»

Bloor si voltò verso un altro dirigente, Kurt Iann, il capo della sicurezza, prima di rispondere.

«Molto meglio di chiunque di voi, dato che me lo chiedi.»

Ancora scottato dallo sguardo al vetriolo di Bloor, Iann disse: «Qualsiasi cosa abbia Hunter, gliela prenderemo, Ainsley».

«Davvero?» ribatté sarcastico Bloor. «E te ne occuperai tu, vero?»

52

Mercoledì 8 marzo

Ross si registrò all'Ibis Hotel dell'aeroporto Charles de Gaulle, un albergo anonimo e impersonale dove tutti gli ospiti erano stranieri come lui, in transito. Gli sembrava che nessuno lo avesse seguito, né all'aeroporto di Luxor, né sull'aereo.

Anche così, prese delle precauzioni chiudendo la porta a doppia mandata.

Sebbene fosse esausto, il suo fu un breve sonno intermittente, poi si risvegliò da un incubo nel quale era di nuovo in Afghanistan e correva per salvarsi la vita con i talebani che gli sparavano. Si era lanciato dentro un edificio enorme ed era sceso, sempre più in basso, nel caveau buio.

In Afghanistan era sopravvissuto nascondendosi, cercando di non farsi scoprire, ammazzando il tempo, lo stesso che avrebbe dovuto fare in quel momento, pensò, mentre beveva un po' d'acqua e fissava l'oscurità. Chi gli stava dando la caccia, chiunque fosse, di sicuro aveva messo qualcuno a sorvegliare casa sua, in attesa che lui tornasse.

Si maledisse per non aver riflettuto prima sul modo in cui l'elicottero poteva averlo individuato nel deserto. Accese la luce del comodino, prese l'iPhone e cominciò a esaminare le impostazioni. Nel giro di poco tempo notò che la geolocalizzazione era abilitata. Questo significava che il suo telefono dialogava in continuazione con tutto ciò che aveva intorno e sopra. Qualcuno con il software giusto poteva tracciare i suoi movimenti in tempo reale, un minuto dopo l'altro. Fino in mezzo al deserto.

O lì.

Disabilitò la funzione.

Impaurito, scese dal letto, si vestì, preparò la borsa da

viaggio, poi andò alla porta e sbirciò dallo spioncino. La parte di corridoio che riusciva a vedere era vuota. Aprì con cautela la porta e uscì. Nel caso qualcuno lo stesse aspettando nell'atrio, infilò le scale.

Dopo tre rampe, al piano terra aprì la porta delle scale e guardò fuori. La hall era vuota e c'era solo il portiere del turno di notte. La stanza era già pagata e aveva scelto il check-out veloce. Andò dal portiere e gli chiese di procurargli un taxi per andare in centro a Parigi.

Lì c'era un piccolo boutique hotel dove aveva soggiornato con Imogen due anni prima, per il loro anniversario: il Montalambert di Saint Germain. All'arrivo del taxi, Ross salì e diede l'indirizzo all'autista.

Era un albergo piccolo, ma a cinque stelle, con servizio ventiquattro ore su ventiquattro e uno staff fantastico. In quella stagione sperava che avessero una camera libera. In caso contrario, a dispetto dell'ora, gli avrebbero trovato loro un'altra sistemazione.

Quando il taxi si avviò, Ross si guardò intorno, poi ricontrollò il telefono per assicurarsi che la geolocalizzazione fosse disabilitata. Si accomodò indietro sul sedile sonnecchiò fin quando il taxi si fermò nella stradina fuori dall'albergo. Ebbe fortuna: avevano una stanza, e lo accolsero con calore.

Dormì abbastanza profondamente fino circa alle sette e mezzo, quando lo svegliò un messaggio di Imogen.

> Spero che tu abbia dormito bene ovunque tu sia. Io e Monty no. Il nostro meraviglioso allarme nuovo è partito tre volte stanotte. Il tecnico è arrivato alle 5 del mattino. Pannello comandi difettoso o qualcosa di simile. Sono sveglia da allora. X

Pensò attentamente prima di rispondere. Magari i loro telefoni avevano una cimice o venivano intercettati in qualche modo.

Povera te. Spero che lo riparino in fretta. Ho dovuto restare qui. Ti chiamo più tardi. X

Poi sonnecchiò per un'altra ora prima di svegliarsi famelico. Telefonò per ordinare la colazione.

53

Mercoledì 8 marzo

Dopo un'omelette, due tazze di caffè forte e una doccia, Ross si sentì rinfrancato e riuscì a pensare con maggiore chiarezza.

Sperava che nessuno sapesse dove si trovava, ma chiunque lo aveva seguito in Egitto non se ne sarebbe andato a mani vuote.

Cercò di mettersi nei loro panni. Che cosa si aspettavano che facesse? Che tornasse in Inghilterra il più presto possibile?

C'erano posti ben peggiori di Parigi dove ammazzare il tempo. Decise di concedersi una giornata, di lasciare che si agitassero e, magari, si facessero prendere dal panico.

Dalla stanza telefonò a diverse compagnie aeree. C'era posto su parecchi voli del giorno successivo per Heathrow, dove aveva lasciato la macchina. Prenotò un volo British Airways.

Terminata la telefonata, aprì il fagotto con il dente.

Era questo che qualcuno desiderava tanto disperatamente? Qualcuno con denaro e contatti a sufficienza per noleggiare un elicottero con un uomo armato a bordo?

Tanto disturbo per un oggetto così piccolo e senza una provenienza certificata?

Nulla di significativo?

Oppure la reliquia più importante mai rinvenuta?

Se qualcuno si era dato la pena di cercare di rapirlo laggiù nel deserto – forse per quel dente – ci avrebbe senza dubbio riprovato. Doveva pubblicare subito il materiale che aveva? Doveva consegnare la storia alla caporedattrice del *Sunday Times*, mostrare il dente e il calice nella speranza di scacciare la maledizione di quegli oggetti?

Era troppo presto, prima doveva scoprire di più, doveva sapere se quegli oggetti fossero autentici o meno.

Ma lo avrebbe detto a Imogen, adesso che la posta si era alzata? Era corretto mettere probabilmente a rischio anche la vita della sua famiglia?

Ne valeva la pena per un articolo, per quanto esplosivo potesse essere?

Eppure non si voleva fermare lì.

Nella sua mente andava formandosi un piano.

Aprì il computer, si collegò al Wi-Fi dell'albergo, controllò se avesse delle email urgenti, poi digitò su Google il nome «ATGC Forensics».

Era una società nel cui nome si era imbattuto parecchie volte negli ultimi anni, uno di quei laboratori sicuri e indipendenti utilizzati dalle forze di polizia del Regno Unito per ricercare il DNA nei reperti usati come prova.

Trovò all'istante un risultato.

atgc forensic science - atgc group

www.ATGCgroup.com/sectors/forensic-science

atgc è leader mondiale nelle scienze forensi e, con la sua gamma completa di servizi, uno dei principali laboratori scientifici del paese.
Lavoriamo con le forze di polizia nel Regno Unito e a livello internazionale per assistere...
E offriamo un servizio 24/7

Ross andò alla pagina dei contatti, trovò il numero e lo digitò sul telefono dell'albergo, consapevole di quanto fosse facile per chiunque ascoltare la conversazione di un cellulare.

Gli rispose un'allegra voce femminile.

«Salve, mi chiedo se potete aiutarmi. Eseguite test del DNA per clienti privati?»

«Be', di solito lavoriamo con le istituzioni, ma offriamo il servizio di laboratorio anche a clienti privati. Provo a passarle qualcuno?»

«Grazie.»

Restò in attesa per breve tempo, poi sentì una voce maschile. «Parla Peter Mackie, posso aiutarla?»

Da anni Ross aveva imparato che se pronunci il nome di una persona, ottieni molto di più. Uno psicologo che aveva intervistato tempo prima gli aveva detto che il nome è il suono più importante al mondo per chiunque.

«Grazie, Peter» rispose. «Sono Ross Hunter, un giornalista che sta lavorando a un articolo, e ho due oggetti, uno di legno, una coppa, e un dente. Mi interesserebbe avere per entrambi il profilo del DNA.»

«In base alla Legge sulla protezione dei dati non potrei dirle se esiste una corrispondenza con il database del DNA del Regno Unito.»

«Mi va bene. Io sto solo cercando se esiste una corrispondenza tra quei due oggetti.»

«Una coppa di legno e un dente?»

«Sì.»

«Sa all'incirca quanto sono vecchi?»

«No... piuttosto vecchi comunque, secoli credo.»

«La coppa non dovrebbe essere un problema, ma un dente è più difficile. Dovremmo ridurlo in polvere.»

«Completamente?» chiese stupito Ross.

«Sì, temo di sì.»

Merda, pensò Ross. Potrebbe essere l'unica reliquia esistente di Gesù. Che cosa penserebbe un qualsiasi archeologo all'idea di distruggerla?

«Non ci sarebbe modo di conservarne anche un minimo frammento?» chiese.

«Be'» rispose Mackie dubbioso. «Dipende dalle dimensioni e dall'età, ma è improbabile.»

Ross si alzò e si mise a riflettere. Poteva farlo? Poteva assumersi la responsabilità, e il rischio? «E voi fareste questo lavoro per me come cliente privato?»

«Sì.»

«E quale sarebbe il costo?»

Ross trattenne il respiro, preoccupato che l'interlocutore se ne uscisse con una cifra fuori dalla sua portata.

«Be', non sono in grado di indicarle la cifra precisa, che dipende da quanto lavoro comporta l'analisi. Ma indicativamente posso dirle dalle trecento alle cinquecento sterline per oggetto.»

Ross provò un'ondata di sollievo. «E quando potrei avere i risultati?»

«Noi siamo operativi ventiquattro ore su ventiquattro. Se ce li portasse oggi, probabilmente potremmo darle i risultati domani, di sicuro entro quarantotto ore.»

«Al momento sono sul continente, e torno domani in Inghilterra. Voi siete a Kingston?»

«Sì.»

Ross fece due calcoli. Il deposito di sicurezza dove aveva lasciato il calice chiudeva alle diciotto. Se il suo volo fosse arrivato in orario, sarebbe stato in Inghilterra per le quattordici. Poi doveva riprendere la macchina e mettersi in strada, diciamo per le quattordici e trenta e, in base al traffico, sarebbe arrivato appena in tempo. Poi ci avrebbe messo un paio d'ore, valutò, a districarsi nel traffico dell'ora di punta di Londra fino a Kingston.

«Potrei essere da voi domani sera presto» rispose.

«Dirò alla mia collega, Jolene Thomas, di aspettarla, signor Hunter.»

Ross lo ringraziò.

54

Giovedì 9 marzo

Il volo di Ross verso Londra ebbe un ritardo di oltre un'ora, poi lui rimase bloccato in coda sulla A25 a causa di un incidente. Quando arrivò al magazzino dell'U-Store Self Storage, nei pressi del porto di Shoreham, l'unico, scontroso impiegato stava chiaramente chiudendo per la notte e salutò con un'occhiata gelida il suo arrivo, meno di dieci minuti prima delle diciotto.

Ross si scusò, firmò il registro indicando data e ora, poi andò alla saracinesca d'acciaio e inserì il proprio codice di sicurezza sulla tastiera. Mentre questa si apriva sferragliando, si chinò per passare ed entrò nel gelido e cavernoso interno del magazzino: ai due lati e sulla parete di fondo c'erano file di porte d'acciaio sprangate.

Trovò il suo numero, il 478, che aveva protetto con due robusti lucchetti. Uno aveva una combinazione a sei cifre, e lo aprì, l'altro una serratura. Inserì la chiave e la girò, sentendo le camme ben oliate ruotare senza intoppi.

Aprì la pesante porta metallica e prese la coppa avvolta nel panno, ma lasciò lì le due metà del contenitore di quercia. Poi richiuse e, nascondendo l'involucro sotto il giubbotto, firmò l'uscita e si affrettò a raggiungere la sua Audi nel posteggio deserto riservato ai clienti.

Mandò un messaggio a Imogen per dirle che era tornato in Inghilterra e che sperava di essere a casa il prima possibile quella sera, intorno alle nove.

Mentre usciva dal cancello d'ingresso, due berline anonime lo stavano aspettando, posteggiate a breve distanza ai lati della strada. Una puntava verso est, sullo stesso lato della strada di Ross, l'altra verso ovest, dal lato opposto. Facevano parte di un gruppo di otto veicoli di sorveglianza che lo avevano seguito fin lì dall'aeroporto.

Un piccolo van rallentò lampeggiando con i fari. Ross uscì, facendogli un cenno di ringraziamento, e svoltò a sinistra, a est, diretto verso la A27 e da lì alla A23. Mezz'ora più tardi avanzava quasi a passo d'uomo sulla A23 nel traffico pesante dell'ora di punta.

Per la successiva ora e mezzo, mentre proseguiva nel traffico in gran parte quasi fermo, passò il tempo alternando l'ascolto del giornale radio e di un recente album di George Ezra, e pensando. Ben consapevole che qualcuno lo potesse seguire, verificava attentamente negli specchietti, alla ricerca di una coppia di fari che fosse rimasta costantemente dietro di lui. Con suo grande sollievo, quelli dietro di lui cambiavano di frequente.

Tornava sempre con il pensiero al messaggio apparso sul computer di Imogen. All'attacco che aveva subito in Egitto. Valeva davvero la pena di rischiare andando avanti? Valeva il rischio per Imogen e suo figlio?

Ripensò all'incontro con il vescovo di Monmouth. Nel suo modo gentile, Benedict Carmichael aveva cercato di avvertirlo e di dissuaderlo.

Poi ripensò a suo nonno. Non gli era mai stato vicino da bambino, ma gli aveva fatto visita ogni giorno durante le sue ultime settimane di vita alla casa di cura Martlets a Brighton. Bill Hunter era stato un uomo profondamente infelice, con molti sogni non esauditi e separato da tempo dalla moglie, che lo aveva lasciato per poi morire in un incidente d'auto con il suo nuovo compagno. Ricordava sempre la sua ultima conversazione con il nonno.

Ross, tu e tuo padre siete tutto quello che mi resta al mondo, tutto quello che devo lasciare. Avevo paura di seguire i miei sogni e ho scelto la strada più sicura, be' quella che credevo sicura. Ho capito troppo tardi che la sicurezza è un'illusione, un sogno che rincorriamo. Niente ha importanza, vero? Niente eccetto una sola cosa: non morire con tutti i nostri sogni ancora dentro di noi. Non lasciare che niente o nessuno ti fermi dal fare ciò in cui credi. È questa la sola cosa importante. Io avrei vissuto la mia vita in maniera molto diversa se solo ne avessi avuto il coraggio. Sto per morire sapendo che sono un fallimento, che non ho mai contato niente. Promettimi che, qualsiasi cosa accada nella tua vita, tu farai qualcosa di importante. Ed è questo, per quanto tu possa farlo in sordina, che ti permetterà di fare la differenza per il mondo.

Intorno alle venti il navigatore gli disse che si trovava a meno di due minuti dalla sua destinazione. Di fronte a sé, a sinistra, vide il cartello ATGC FORENSICS.

Accese la freccia e guardò nello specchietto. Con suo grande sollievo, la macchina dietro di lui, abbastanza distante, segnalò una svolta a destra.

55

Giovedì 9 marzo

Ross entrò in quella che sembrava una tenuta residenziale e arrivò a una sbarra di sicurezza. Una guardia si avvicinò e lui diede il proprio nome.

La sbarra si alzò e Ross, come da indicazioni dell'uomo, seguì la strada tortuosa fino a quando vide di fronte a sé una lunga fila di moderni edifici a tre piani, di mattoni rossi, tutti collegati tra loro. Poi un cartello che indicava il parcheggio visitatori di fronte a un atrio in vetro tra due edifici, chiaramente l'ingresso principale.

Posteggiò e rimase seduto a riflettere. Avrebbero dovuto ridurre in polvere il dente. Ne aveva scattato parecchie fotografie in primo piano, ma se davvero fosse stato il dente di Cristo? L'unico reperto sopravvissuto del Suo corpo terreno, e di importanza storica unica, e lui stava per decretarne la distruzione. Diversamente, però, non ne avrebbe mai conosciuto la provenienza. Sperava di poterne conservare almeno una parte. Scese dalla macchina e si avviò verso l'ingresso, superando un grande cartello che recitava ATGC – LABORATORIO DELLA COMMISSIONE BRITANNICA PER LA FARMACOPEA. PRODOTTI MEDICINALI E PER L'ASSISTENZA SANITARIA. CONFORMITÀ PRODOTTI FARMACEUTICI.

Quando si avvicinò, le porte scorrevoli si aprirono ed entrò in una vasta reception con posti a sedere su entrambi i lati e una curiosa scultura nera a punte appoggiata su un letto di ghiaia.

Davanti a lui, un ampio bancone ricurvo con la scritta BENVENUTI ALL'ATCG, dietro il quale era seduta una donna. Ross andò verso di lei.

«Salve, mi chiamo Ross Hunter. Mi sta aspettando Jolene Thomas, del laboratorio del DNA.»

Lei gli indicò un salottino in una rientranza tra muri di mattoni a vista. Il pavimento era ricoperto di moquette, c'erano diversi tavolini rotondi, e intorno a ciascuno tre sedie rivestite di turchese; dietro, sulla parete di fondo, una serie di schermi mostrava fotografie dei tecnici di laboratorio, vestiti di bianco e con guanti protettivi, alcuni con le mascherine, altri con gli occhiali, mentre svolgevano diverse mansioni.

Ross appoggiò la borsa sul tavolo, poi controllò il telefono. Niente messaggi di Imogen. Si sentì in colpa sapendo che era molto spaventata. Magari il risultato di quel laboratorio non avrebbe dimostrato nulla e la cosa sarebbe finita lì. Un breve articolo sul *Sunday Times* a proposito del suo incontro con uno svitato pieno di fissazioni religiose che, era chiaro, poteva essere anche convincente, ma abbastanza per andare fino in Egitto?

«Signor Hunter?»

Ross sollevò lo sguardo, sobbalzando per l'interruzione dei suoi pensieri, e vide una giovane donna attraente con un vestito verde brillante e leggings, e morbidi capelli neri lunghi fino alla vita.

«Sì» rispose lui alzandosi e stringendo la mano tesa.

«Jolene Thomas» rispose accomodandosi di fronte a lui.

«È gentile da parte sua ricevermi a un'ora così tarda.»

«No, va bene, davvero. Noi lavoriamo soprattutto per le forze di polizia, quindi operiamo ventiquattrore ore al giorno sette giorni su sette. A quanto so, però, lei è un cliente privato.»

«Sì, è vero. Posso chiederle quanto confidenziale e sicuro sia il vostro lavoro?»

Lei sorrise. «Gran parte del nostro lavoro riguarda il DNA proveniente dalle scene del crimine, dove la catena di custodia è fondamentale. Qui da noi tutto è protetto da un codice di sicurezza. A tutti i reperti che ci vengono consegnati viene subito attribuito un codice a barre, non un nome. Siamo un obiettivo primario per i criminali che vorrebbero distruggere le prove con il loro DNA, quindi siamo molto attenti. Ma anche nell'improbabile caso che riuscissero a penetrare qui, sarebbe impossibile per loro trovare i campioni. Anche i singoli laboratori sono codificati.»

«Bene.»

«Allora, che cos'ha per me?»

«C'è un posto più riservato dove possiamo andare?»

Lei lo accompagnò in una stanzetta accanto alla zona della reception. Ross aprì la borsa, prese prima il calice aprendo il panno, poi tirò fuori il dente.

«Credo che tutti e due siano molto vecchi» disse. «Molti secoli, forse di più, potrebbero anche avere duemila anni. Voi siete in grado di fare anche datazioni?»

«No, non datiamo. Speriamo di riuscire a ottenere un profilo del DNA da ciascun oggetto, e possiamo trarre alcune conclusioni dalla degradazione, ma la datazione non è il nostro campo. Potremmo riuscire a determinare l'etnia, ma è in funzione di quello che troviamo. E offriamo tre tipi di profilo del DNA: standard, mitocondriale e Y-STR.»

«E cioè?»

«Lo standard le darebbe il profilo attuale della persona. Di solito lo chiede la polizia, per vedere se corrisponde a quello del sospettato. Il mitocondriale, che è più complesso ed è un test diverso, è il DNA trasmesso attraverso il cromosoma X, quello femminile. Il mitocondriale permette di determinare l'ascendenza storica, dato che non cambia.»

«Non cambia?»

«No.»

«Questo vuol dire che una persona nata duemila anni fa, che ha una linea diretta di discendenti, potrebbe essere identificata oggi attraverso il loro cromosoma X?»

«Sì. È così, salvo mutazioni genetiche che potrebbero avvenire. E il terzo, lo Y-STR, che è più recente, ottiene un risultato simile, ma per discendenza maschile, benché non sia stabile quanto il mitocondriale ed esista un numero minore di banche dati. Si chiama così a indicare la ripetizione in tandem breve del cromosoma Y.»

«E questo a che serve?»

«Come le ho spiegato è l'equivalente maschile del mitocondriale. Passa inalterato attraverso la linea maschile, attraverso il cromosoma Y.»

«Ottimo, vorrei fare anche questo, per favore. Di quale somma parliamo per farli tutti e tre?»

«Per prima cosa le devo chiedere se questi oggetti sono stati maneggiati da persone con o senza guanti.»

«Io non li ho toccati a mani nude, ma non so chi possa averlo fatto prima di me.»

«Va bene, non si preoccupi, prenderemo i profili del suo DNA per poterla eliminare, ma questo aumenterà il costo. Le va bene?»

«Sì, benissimo.»

«Adesso le indicherò i prezzi. Per i tre test sui due oggetti dovremmo arrivare a un totale massimo di duemila sterline, più altre duecento per escludere lei.»

«È un po' più di quello che mi aspettavo dopo avervi telefonato, ma posso capire il motivo» rispose Ross. «Va bene.»

La donna osservò gli oggetti sul tavolo. «Fare il test su questa coppa sarà facile, ma il dente è più complesso. Credo che le abbiano già preannunciato che, per ottenere i risultati, dovremo ridurlo in polvere, per poi eseguire una serie di procedimenti chimici.»

«Dovete distruggerlo completamente?»

«Temo di sì. Per un oggetto tanto piccolo non esistono alternative.»

«Alla fine potrebbe restare qualcosa da consegnarmi?»

«Sì, una soluzione dentro una fiala. E potremmo documentare il procedimento scattando fotografie, se questo potesse aiutarla.»

Ross fissò il dente. Se autentico, sarebbe stato l'oggetto più significativo della storia del cristianesimo. E lui avrebbe dovuto accettare di distruggerlo per determinarne la provenienza. Poteva farlo?

In caso contrario, però, il mondo non avrebbe mai saputo.

Si sentiva in trappola, ma era una scelta obbligata. Poteva farlo? E chi era lui per prendere quella decisione? Non esisteva un altro modo?

«Jolene, se lo riducete in polvere, siete in grado di determinarne il DNA normale, quello mitocondriale e l'Y-STR?»

«Sì, tutti e tre.»

«E non esiste un altro modo? Nessun'altra tecnologia, anche in corso di sviluppo, che possa trovare il DNA di quel dente senza distruggerlo?»

«Non che io sappia.»

Sentì un nodo alla gola e le mani appiccicose: stava sudando. Cosa doveva fare?

«Bene» disse infine. «Vada avanti e, per favore, con la documentazione fotografica.»

«Solo per conferma, quanta fretta ha? Per quando lo vuole?»

«Il più in fretta possibile.»

«Dovremmo riuscire a darle i risultati iniziali in circa quarantotto ore. Le va bene?»

«Perfetto.»

La donna prese un fascio di moduli e lui cominciò a compilarli.

56

Giovedì 9 marzo

Il Boeing bianco con il logo della Wesley Wenceslas Ministries stava iniziando la discesa sul Miami International Airport alla fine del volo da Denver. Sul jet si trovava tutto l'entourage del pastore.

Wenceslas, che in aereo era nervoso quanto in elicottero, di solito potenziava l'effetto delle sue preghiere al Signore con un buon numero di flûte di Krug. In quel momento, però, era troppo furioso per avere paura e non aveva toccato una sola goccia di champagne, ingollando invece doppi caffè espresso in successione, per i quali Mister Sorriso lo aveva ripetutamente sgridato. Il suo medico gli aveva rammentato che un eccesso di caffeina lo sovreccitava, che quando era in quello stato si arrabbiava sempre di più, ed essere arrabbiato gli faceva male alla pressione, già troppo alta.

Lancelot Pope, seduto di fronte a lui sul lussuoso sedile della suite del jet adibita a ufficio, vestito come sempre in maniera inappuntabile, beveva a gran sorsi da una bottiglia di minerale con aria compiaciuta e virtuosa. La posò sul tavolino e prese un altro appunto sul suo elegante blocco di Smythson.

«Che ci fa quel sorrisetto sulla tua faccia, Mister Sorriso? In quella bottiglia non c'è acqua santa, lo sai» commentò Wenceslas.

«Devi calmarti, capo» disse il suo fidato amministratore delegato. «Sai quali sono gli ordini del tuo medico.»

«Sì, grande saggio! Bene, per parafrasare lo scambio di battute fra il giudice e Oscar Fingal O'Flahertie Wills Wilde, quando il giudice ha detto: 'Mai ubbidire al proprio medico, signor Wilde', lui ha risposto: 'Cazzo, non lo faccio mai'.»

«Ahi, ahi!» lo sgridò Pope. «Un linguaggio simile da un uomo di chiesa. Il capo spirituale di milioni di persone. Immagina se finisse su Twitter.»

«Sarebbe l'ultimo dei nostri problemi.»

«Sei proprio di pessimo umore.»

«E credi che dovrei essere di buonumore? Ne avrei qualche motivo?»

Dal fondo dell'aereo, dove era sistemato il suo entourage, giunsero risatine femminili, seguite da un gridolino e altre risate.

«Sii grato per quello che hai» disse Pope.

«Oggi non ho niente.» Mostrò le mani vuote. «Vedi qualcosa?»

«Quel che vedo è che ti mangi ancora le unghie. Ragazzaccio!»

Wenceslas si osservò le dita e le studiò con espressione sorpresa. «In effetti.»

«E non venirmi a dire di nuovo che è il Signore che vuole che te le mangi in segno di umiltà. Appena arriviamo a casa chiamerò una manicure. Non è una bella immagine per una guida della cristianità avere le unghie rosicchiate.»

«Sai cosa sei? Un rompicoglioni.»

«È per questo che Dio mi ha mandato da te. Se cerchi uno zerbino, trovatelo. Fino a quel momento, ti dovrai accontentare di me.» Appoggiò la penna e mostrò entrambe le mani. «Vedi? Unghie immacolate. Dicono molto di una persona.»

Wenceslas gli lanciò un'occhiata perplessa. «Ho ben altro a cui pensare che alle unghie, *abbiamo* cose più grosse. In questo momento un grosso problema, molto grosso, non credi? Forse il problema più grosso che il mondo abbia mai conosciuto.»

L'aereo sobbalzò un paio di volte per piccoli vuoti d'aria e il pastore impallidì.

«Non voglio credere che quello stronzo di giornalista sia coinvolto» disse Wenceslas. «E che porti avanti il lavoro di quel vecchio fesso pericoloso, Harry F. Cook. Conosci la Bibbia?»

«In parte» rispose evasivo Pope. A dire il vero, era ben consapevole della sua ignoranza delle Scritture e gran parte di quel che sapeva lo aveva colto al volo lavorando per il suo capo.

«Dalle cimici che abbiamo messo ai telefoni sappiamo che il professor Cook è andato da una medium e che fosse convinto di aver parlato con Dio. La *Seconda lettera ai Tessalonicesi*, capitolo 2, versetto 9, dice: 'La venuta dell'empio avverrà nella potenza di Satana, con ogni specie di miracoli e segni e prodigi menzogneri'. Nella *Seconda lettera ai Corinzi*, capitolo 11, versi dal 13 al 15, è scritto: 'Questi tali sono falsi apostoli, lavoratori fraudolenti, che si mascherano da apostoli di Cristo. Ciò non fa meraviglia, perché anche Satana si maschera da angelo di luce. Non è perciò gran cosa se anche i suoi ministri si mascherano da ministri di giustizia: ma la loro fine sarà secondo le loro opere'.»

«E che significa esattamente?» chiese Pope.

«*Prima lettera di Giovanni*, capitolo 4, versi dall'1 al 3: 'Carissimi, non prestate fede a ogni spirito, ma mettete alla prova gli spiriti, per saggiare se provengono veramente da Dio, perché molti falsi profeti sono venuti nel mondo. In questo potete riconoscere lo spirito di Dio: ogni spirito che riconosce Gesù Cristo venuto nella carne, è da Dio; ogni spirito che non riconosce Gesù, non è da Dio. Questo è lo spirito dell'Anticristo che, come avete udito, viene, anzi è già nel mondo'. E sempre la *Prima lettera di Giovanni*, capitolo 2, verso 18, ci dice: 'Come avete sentito che l'Anticristo deve venire, di fatto molti Anticristi sono già venuti'.»

«Allora dov'è?»

«È intelligente, è abile, è un maestro del travestimento. Forse per noi è già troppo tardi.»

«Non avere pensieri negativi. È uno dei tuoi mantra, mi pare. Bene, adesso ne hai, e troppo negativi. Pensa positivo. Quel bastardo di Ross Hunter si è lanciato in una crociata.

Fantastico, lascia che faccia tutto il lavoro per noi e vediamo dove arriva. Immagina che trovi le prove conclusive che quello che ha in mano sia davvero il DNA di Cristo. Bene, lasciamo che ci porti a questo Anticristo.»

«In che modo?»

«Ci stiamo lavorando. Gli siamo addosso ventiquattr'ore su ventiquattro.»

«Ma anche qualcun altro, se non sbaglio: la Kerr Kluge. Magari con un piano molto diverso dal nostro: sono persone che vogliono imbrigliare quel potere, non distruggerlo.»

«Ho assoldato uno dei migliori sul campo, un ex di Scotland Yard. Se c'è qualcosa che lui non conosce sulla sorveglianza, vuol dire che non vale la pena di saperlo. Abbiamo ventidue operativi esperti sotto copertura, tutti su Hunter. Vuoi sapere dove si trova?»

«Sì.»

«A cinque chilometri dalla sua casa di Brighton, di ritorno dalla ATGC FORENSICS, dove ha consegnato quello che ha portato dall'Egitto e...»

«Qualsiasi cosa abbia trovato a Chalice Well quando i tuoi uomini hanno fatto fiasco» lo interruppe Wenceslas. «Una latta di biscotti e un boccale da battesimo.»

«Sì, è vero, ci ha fatto fessi, per così dire. Per fortuna in Egitto i nostri amici della Kerr Kluge hanno fatto un casino anche peggiore, secondo le mie fonti. E tutto quello che hanno è una piccola squadra che lo sorveglia.»

«Sai una cosa, Mister Sorriso, mi pare che tu prenda tutto un po' troppo alla leggera. Ma capisci quello che potrebbe significare, vero? Mi sto chiedendo se sia così.»

«Forte e chiaro, capo. E se non fosse l'Anticristo, ma il Secondo Avvento?»

«Se quel saccente di giornalista ha davvero quello che crediamo, e la cosa si venisse a sapere, come avverrà di sicuro, non si tratterebbe più di una corsa a due per ottenerlo.»

Pope annuì. Negli ultimi giorni ne avevano parlato a lungo e a fondo. Il DNA di Cristo. Quante Chiese di fede cristiana lo avrebbero cercato, a cominciare dal Vaticano? Quanti dei vecchi nemici della cristianità? Se Wenceslas avesse potuto fare una tournée con il Santo Graal, la prova del DNA di Nostro Signore e i suoi messaggi, avrebbe riempito ogni stadio del pianeta. Non riusciva neppure a immaginare gli introiti che avrebbe generato. Questo supponendo che non fosse l'Anticristo, ma proprio Gesù.

«Diventeremmo più ricchi di quei maledetti impostori della Santa Romana Chiesa! Sia lodato il Signore!» disse Wenceslas, rispondendo ai pensieri di Pope.

«Sempre sia lodato!» gli fece eco Pope.

«Ma se il Vaticano se ne impossessa, lo metterà in mostra sotto scorta in un posto dove la gente farà file chilometriche per venerarlo in una teca di vetro, in cambio di una donazione e di preghiere esaudite. O più probabilmente sparirebbe, sepolto per sempre in qualche caveau.»

«Perché dici così?»

Wesley Wenceslas guardò l'uomo al quale aveva affidato la gestione del suo impero in ascesa. «Su che pianeta vivi? Noi siamo in affari nel campo della *fede*, non delle *prove*. Se venisse dimostrata la Sua esistenza, chi avrebbe più bisogno di noi? La gente stabilirebbe un contatto diretto. Avrebbe sugli intermediari della fede lo stesso impatto che Amazon ha avuto sui negozi. Da un giorno all'altro ci troveremmo senza lavoro. Non capisci? E se si dovesse trattare dell'Anticristo che è stato profetizzato? E se fosse già qui?»

«L'Anticristo già qui? Lo pensi davvero? O si tratta solo del tuo messaggio pubblicitario, o Potente?» commentò Pope con un inchino di finto ossequio.

«Finiscila!»

«Proviamo a essere realisti» disse Pope. «Questa volta che cosa ti disturba di Ross Hunter? Credi davvero che, visto che sta seguendo le istruzioni di una medium, questa sia opera dell'Anticristo? O è soltanto la tua cortina di fumo?»

«Cortina di fumo?»

«Risparmiami quella faccia angelica e innocente, pastore!

Ti conosco troppo bene. Tu hai paura che sia vero. Che, se questo fosse davvero il Secondo Avvento, nostro Signore ti metterà alla berlina per l'imbroglione che sei. Ed è questo che intendi evitare, giusto?»

Senza preavviso, l'aereo perse di colpo quota per parecchi secondi.

Wesley Wenceslas si zittì e borbottò una preghiera.

L'aereo si stabilizzò.

Un momento dopo toccarono terra.

«Sia lodato il Signore» commentò sollevato Wenceslas.

«Direi piuttosto: sia lodato il pilota» ribatté Pope.

57

Giovedì 9 marzo

Ross arrivò a casa tardi. Fermò la macchina nel vialetto, si guardò intorno ma non vide sulla strada veicoli sconosciuti. Aspettò comunque prima di scendere dall'Audi controllando tutte le ombre. Poi prese la borsa da viaggio dal baule e andò verso la porta.

Una Imogen in lacrime, con Monty alle sue spalle, la aprì ancor prima che lui arrivasse.

Ross la abbracciò stringendola forte. «Ehi, che c'è?»

Lei premette le guance bagnate contro il suo viso. «Grazie a Dio sei a casa. Non potevo passare la notte da sola. Avrei chiamato gli Hodge e chiesto di andare da loro se non fossi tornato.»

«Che c'è? Che è successo?»

«Vieni a vedere cosa è arrivato oggi mentre ero al lavoro.»

Lui si chinò ad abbracciare e accarezzare il cane mentre Imogen chiudeva il nuovo chiavistello di sicurezza, poi la seguì in cucina. Sul tavolo c'era il computer di lei aperto. Imogen digitò qualcosa e Ross vide il messaggio sullo schermo.

Questo è il secondo avvertimento.
Non ce ne sarà un terzo.

La moglie si voltò verso di lui e chiese: «Sapresti spiegarmelo?»

Lui studiò l'indirizzo del mittente; era lo stesso Hotmail del primo messaggio, irrintracciabile. Lo riconobbe dal «666» tra gli altri numeri.

«Credo che dovremmo parlare con la polizia» commentò.

«Per dire cosa? Che pensi di aver fatto girare le palle a Satana?»

Lui fece un sorriso amaro e si mise a pensare. «Sai cosa? Chiamerò Jason Tingley.»

Tingley era un giovane agente investigativo che Ross e Imogen avevano conosciuto ai tempi di *Argus* e che ormai era diventato soprintendente.

«Ho paura, Ross.»

«Lo chiamo subito.»

Cercò tra i contatti fin quando trovò il nome e chiamò. La linea suonò, poi scattò la segreteria e lui lasciò un messaggio.

«Ciao Jason, parla Ross Hunter. Potresti chiamarmi? Ho bisogno di aiuto.» Lasciò il suo numero e terminò la chiamata.

«Allora, dimmi del tuo viaggio. Com'è andata? Che cosa hai trovato?»

«Te ne parlerò. Adesso ho voglia di un drink e devo mangiare qualcosa.»

«Ti ho scongelato una moussakà e in frigo c'è un po' di insalata.»

«Grazie.» Ross andò alla credenza, prese una bottiglia del suo whisky preferito e ne versò una dose abbondante in un bicchiere, aggiunse ghiaccio e un goccio d'acqua, poi sedette a tavola. In quel momento, mentre stava per controllare la posta, il telefono suonò. Era Jason.

Attivò il vivavoce perché sentisse anche Imogen, si aggiornarono brevemente e Ross si congratulò per la promozione. Poi gli fece un riassunto di quello che era successo dalla prima chiamata di Harry F. Cook, omettendo – a beneficio di Imogen – l'attentato alla sua vita in Egitto. Tingley gli disse che avrebbe messo in allerta le squadre della Brighton Neighbourhood Policing and Response e inoltrato una richiesta di sorveglianza di casa sua. Si fece dare i numeri di targa delle loro due automobili, poi aggiunse che avrebbe chiesto a qualcuno della squadra informatica forense di mettersi in contatto con lui per dare un'occhiata ai messaggi ricevuti da Imogen. Chiese a Ross di tenerlo informato su qualsiasi sviluppo. Ross lo ringraziò e si scambiarono la vaga promessa di vedersi a breve per un caffè.

Al termine della chiamata, Imogen chiese: «E adesso dovremmo vivere così d'ora in poi? Prigionieri in casa nostra? Con una paura costante e dipendendo dalla protezione della polizia?»

Lui la fissò bevendo un sorso di whisky. «È quello che faccio, Imo. Ho sempre corso dei rischi con gli articoli che ho scritto per mettere alla berlina le ingiustizie.»

«È diverso. Adesso sono davvero spaventata per la tua sicurezza, la nostra sicurezza. Credo che sia una situazione fuori dalla tua portata. Non solo per te, pensa a nostro figlio, che avrà bisogno di un padre. Adesso hai una priorità che supera quella del tuo prossimo articolo.»

«Imo, voglio che nostro figlio sia orgoglioso di me. Quando crescerà, voglio che diventi una persona che prende posizione per ciò in cui crede.»

«Sai cosa voglio io, invece?» ribatté la moglie. «O meglio cosa non voglio? Non voglio che nostro figlio resti orfano.»

58

Giovedì 9 marzo

Nel bagliore delle luci sotto la pancia dell'elicottero, Ainsley Bloor vedeva i fili d'erba intorno alla piattaforma di atterraggio piegarsi al potente spostamento d'aria delle pale del rotore. Poco dopo il velivolo atterrò e si stabilizzò.

Ringraziando il suo pilota personale e augurandogli una buona serata, sganciò l'imbragatura di sicurezza, sfilò le cuffie e le appese al gancio alle sue spalle, poi aprì il portellone e scese. Tenne la testa bassa fin quando uscì dal raggio delle pale che ancora giravano anche se, pur con il suo metro e ottanta di statura, avrebbe potuto stare eretto senza problemi.

L'ombra della sua villa, con le luci accese in molte finestre, era circa duecento metri davanti a lui. Ma si allontanò, mise in spalla la borsa con il computer e le carte che doveva esaminare in serata e si affrettò sul prato verso la serra e le sei gabbie con le scimmie, ansioso di vedere se avessero fatto progressi.

Accese le luci ed entrò, arricciando il naso per il puzzo rancido, ed esaminò ciascuna gabbia alla ricerca di pagine stampate: avrebbe significato che le scimmie avevano picchiato sui tasti. In nessuna delle prime cinque ne trovò: vide solo escrementi e gusci di noccioline su tastiere e stampanti, e pozze di urina sul pavimento.

Poi sbirciò attraverso le sbarre della sesta gabbia, quella di Boris. E vide, entusiasta, che c'erano diversi fogli stampati.

Mormorando complimenti infantili alla scimmia, entrò nella gabbia e corse eccitato alla stampante, prese le pagine e le guardò. Boris lo osservava da un trespolo, sfregandosi il mento come un vecchio saggio.

Bloor esaminò sei pagine di un caos insensato di lettere

dell'alfabeto, simboli e numeri. Poi, arrivato alla sesta pagina, si immobilizzò.

E la fissò.

Fissò le tre lettere che spiccavano come una pepita in un sacco di carbone.

Avrebbe voluto battere un cinque alla scimmia.

«Sì, sì, sì, bravo ragazzo, Boris! Sì, sì!!!»

In quel momento dimenticò gli incubi degli ultimi giorni.

«Wow! Sei proprio un bravo ragazzo! Wow!»

Mentre sgusciava una nocciolina, la scimmia gli lanciò un'occhiata divertita.

«Ce l'hai fatta! Cazzo, ce l'hai fatta!»

Prese la stampata e si affrettò verso casa, chiamando la moglie ancor prima di arrivare alla porta.

«Cilla! Cilla!»

Lei era in salotto e guardava un concerto per orchestra in televisione.

«Guarda!» urlò. «Guarda cosa ho qui!»

«Che ne diresti di un 'Ciao cara, come stai? Hai passato una bella giornata?'» rispose lei acida.

«Guarda questo!» esclamò di nuovo, afferrando il telecomando per silenziare il televisore. Poi le mise davanti i fogli. «Guarda! Guarda!»

«Che cosa di preciso?»

«Il principio della prova! La prova assoluta che non esiste un Creatore. Il mondo è nato per puro caso. Questa è una scoperta sensazionale! Ricordati di questa sera! Passerà alla storia.»

«La sera in cui una scimmia ha digitato la parola 'lui'?»

«Non ne capisci proprio il significato, vero?»

«A dire il vero, no. E c'è qualcos'altro che non capisco.»

«Che cosa?»

«Tu sei ateo, un ateo duro e puro. E stai facendo questo esperimento balordo perché hai la strana convinzione che, grazie a quelle scimmie, sarai in grado di dimostrare definitivamente che Dio non esiste, giusto?»

«Corretto.»

«In quel caso perché sei così impaziente di mettere le mani sul DNA di Cristo? O mi sono persa qualcosa?»

«No, non ti sei persa niente. Quelli si chiamano *affari*, mia cara.»

«Io userei un altro termine: *ipocrisia*.»

59

Giovedì 9 marzo

Qualche minuto dopo le ventitré, Ross era seduto da solo nel suo studio in un tumulto di emozioni. All'improvviso vide dei fari muoversi molto lentamente lungo la strada e fermarsi di fronte a casa sua. Per un istante si irrigidì, rilassandosi subito quando vide che si trattava di una pattuglia della polizia. Il soprintendente Tingley era stato di parola.

La macchina andò avanti.

In quel momento suonò il telefono, e sul display uscì «numero privato».

Dopo una breve esitazione, accettò la chiamata. «Ross Hunter» rispose.

La voce maschile all'altro capo della linea era così fievole che faticava a sentirla.

«Ross? Sono Hussam Udin.»

«Hussam!» rispose al religioso cieco. «Ciao.»

«Puoi parlare?»

«Sì, sì, certo.»

«Ross, ho appena sentito mio cugino, Medhat El-Hadidy.»

«Grazie al cielo è vivo. Mi dispiace, Hussam. Mi dispiace moltissimo aver coinvolto tuo cugino in tutto questo e spero proprio che stia bene. Non so che cosa sia successo o chi ci fosse dietro. Ti ha detto come sta?»

«Sta bene, non così la sua macchina. Ross, è questo che devo dirti: io so che cosa sta succedendo e devo parlarti con molta urgenza. Corri un pericolo molto più grande di quanto pensi.»

«Che genere di pericolo, Hussam?»

«Meglio non parlarne al telefono. Quando potremmo incontrarci?»

«Domani mattina?»

«Credo che sarebbe saggio.»

«Potrei essere da te verso le undici. Ti va bene?»

«Sono sempre qui.»

«A domani, allora.»

Non appena terminò la telefonata, percepì qualcuno alle sue spalle e si voltò.

Era Imogen.

«Chi era, Ross? Dimmelo. Quale pericolo corri di cui io non sia già al corrente?»

Lui fece un profondo respiro e le mostrò le foto che aveva scattato in Egitto. Poi le raccontò tutto. A cominciare dall'inizio.

Quando ebbe finito, lei chiese: «E adesso che succede, Ross?»

«Sto aspettando i risultati del DNA.»

«E poi?»

«Probabilmente quei risultati non troveranno nessuna corrispondenza. Zero, *nada*, fine della storia.»

«Ma, un momento, e se invece ci fosse una corrispondenza tra il dente e il calice? In quel caso?»

«Vedremo.»

«Hanno cercato di fermarti in Egitto. Ci minacciano qui. E se fosse tutto vero? Se ci fosse una corrispondenza? Che succederebbe, Ross? Tutti quelli che affermano di possedere reliquie come la Sindone di Torino, la Sacra tunica di Cristo o Lancia del destino... Ho guardato su Internet.» Batté sullo schermo del telefono e guardò l'elenco. «La Corona di spine, la Corona ferrea, il Velo della Veronica, il Mandylion e tutto il resto. Sono coinvolti enormi interessi economici, Ross. Chi ci sta dietro farà in modo di impedire che il DNA che hai trovato possa confutare il valore di quelle reliquie. Sei un giornalista, stai andando oltre le tue capacità. Secondo me non ti accorgi fino a che punto ci sei dentro né che nido di vipere hai scoperchiato. Un articolo vale le nostre vite? E perché mai sei stato scelto proprio *tu*?»

Imogen guardò la finestra e il buio della notte fuori come se li vedesse per la prima volta, poi si avvicinò e chiuse le tende oscuranti. «Ci hai pensato?»

«Non so, Imogen. Avranno immaginato che, se avessi raccontato questa storia, la gente mi avrebbe preso sul serio. Ma devi capire che niente è più importante per me del nostro bambino. Va bene?»

«Dunque niente è più importante per te del nostro bambino?»

«Assolutamente.»

«E io?»

«Ma questo lo do per scontato!»

«Allora dimostramelo.»

«In che modo?»

«Di' al mondo che molli questa storia, postalo su Twitter e Facebook. Annuncia che non la segui più, metti online quelle cazzo di coordinate e dalle al mondo.»

«Non posso farlo… non ancora.»

«Perché no?»

«Perché non ho ancora l'ultima coordinata, la più importante.»

«Allora trovala e mettila online al più presto.»

«Non sono certo di poterlo fare.»

Lei scrollò la testa. «Siamo alle solite. Tu vieni al primo posto, nostro figlio non ha importanza, io non ho importanza.»

«No, Imo, io non vengo al primo posto. Quello spetta all'umanità.»

«Se credi a questo, sei un egoista e un sognatore ancor peggio di quanto abbia mai pensato.»

Se ne andò dallo studio.

60

Venerdì 10 marzo

Alle undici e trenta del mattino dopo, Ross era seduto nella tana di Hussam Udin, protetto dalle tende, e stava bevendo con gratitudine un caffè dolce e forte. Aveva un lieve mal di testa per il troppo whisky che aveva sorseggiato fino a tarda ora la notte precedente. Stava bevendo troppo, lo sapeva, molto più del normale, ma di normale non c'era più niente.

Hussam Udin era seduto in posa regale, sempre con indosso una *djellaba* marrone e gli occhiali scuri. La sigaretta accesa che teneva in mano si librava sopra il posacenere della Cinzano pieno di mozziconi spenti. «Ross, hai vissuto una prova terribile, ma ti sei salvato.»

«Non so come, anche se non proprio grazie a tuo cugino.» I suoi occhi stavano adattandosi all'oscurità e cominciava a vedere meglio.

«Forse è stata la volontà di Allah?»

Ross sorrise, e si rese conto di non averlo fatto da diversi giorni. «Potrebbe essere.»

Il suo interlocutore non sorrideva e sembrava preoccupato.

«Ross, oggi ti hanno seguito fin qui.»

«No» rispose con veemenza. «Sono stato molto attento.»

«Te lo dico io, Ross, ti hanno seguito.»

«Che cosa te lo fa pensare?»

«Sembri stanco oggi, e il tuo giudizio forse è appannato. Hai a che fare con persone molto intelligenti: ti seguiranno ovunque e tu non le vedrai mai. Avranno messo cimici anche nei tuoi telefoni.»

«Stamattina ho controllato sotto la macchina che non ci fossero dispositivi di tracciamento, e non ho trovato niente.»

«Te lo dico io, non vedrai niente.» Gli occhiali di Udin lo fissavano con straordinaria precisione, come avveniva spesso. «Ross, quando sei venuto a trovarmi, hai detto che a Luxor ti serviva una macchina con una persona che ti potesse tenere al sicuro. Adesso tutto è molto diverso. Mio cugino ha una macchina distrutta, che probabilmente l'assicurazione non rimborserà, ma non ti ha protetto, quindi non sono contento di lui. Ma la cosa più importante è che tu sei nei guai. Ho ragione?»

«Non è così semplice. Se posso, vedrò di rimborsare Hadidy. Ma ascoltami, da giornalista investigativo ho pensato di avere una storia da scrivere basata sui discorsi sconclusionati di un vecchio vedovo illuso di avere la prova dell'esistenza di Dio. Ora mi sembra che la situazione sia molto più importante e concreta di quanto avrei mai potuto immaginare.»

«E più pericolosa?»

«L'hai detto.»

«Comporta la prova conclusiva dell'esistenza di Dio, se non sbaglio.»

«È così.»

Udin si portò una mano al petto. «A volte, nel mio cuore, provo invidia per chi non mette in dubbio la propria fede. E chi non lo fa, ammesso che abbia vissuto secondo il volere di Allah, non teme la morte. La stessa cosa vale per qualsiasi fede, per tutti coloro che sulla Terra credono in un Dio: musulmani, cristiani, ebrei o sikh. Solo che ciascuno lo interpreta in maniera diversa, forse i sikh più di tutti. Il loro fine è vedere l'ordine divino che Dio ha dato a ogni cosa, e attraverso questo comprendere la natura di Dio. Sono probabilmente quelli più vicini alla mia fede, quella del Disegno intelligente. Ma non ha importanza. In questo momento mi preoccupa il fatto che un mio amico sia in grave pericolo. E quell'amico sei tu, Ross. Ed è questo ciò che mi viene riferito.»

«Tu che cosa sai, Udin?»

«Ho molti amici nel mio paese, l'Egitto. E mi dicono che

ciò che hai riportato in Inghilterra è un oggetto di enorme significato. Ecco perché sei in gravissimo pericolo.»

«Cosa intendi dire?»

«Mi dicono che hai portato con te qualcosa che appartiene a un'altra religione, che a volte è nemica dell'Islam e di altre fedi. Se questo oggetto è autentico, e tu credi che lo possa essere, è pericoloso che sia in tuo possesso. In molti gli daranno la caccia. Un gruppo di persone è quasi riuscito a ucciderti per averlo, e non si fermeranno fino a quando ci saranno riusciti. E hanno risorse infinite.»

«Sai chi sono?»

Udin prese un'altra sigaretta e la accese con il mozzicone della precedente. Ross lo osservò mentre non riusciva a far toccare le due estremità e si chiese se intervenire. Poi Udin ci riuscì. Inalando avidamente, Udin ignorò la domanda. «Tu hai portato qui un dente, che potrebbe essere appartenuto al vostro profeta Gesù Cristo. Forse il test del DNA ti darà un riscontro.»

Ross fissò le lenti degli occhiali e annuì chiedendosi come facesse a saperlo il suo interlocutore.

«Immagina, amico mio, di ottenere il DNA di quel dente, del quale fosse dimostrata la vera provenienza. Poi, con la datazione al carbonio, stabilisci che in effetti risale a duemila anni fa. Tu hai anche un altro oggetto, probabilmente la coppa dalla quale ha bevuto Cristo durante l'Ultima Cena, e nella quale, mentre era sulla croce, è stata versata una parte del suo sangue. Immagina se il DNA della coppa dovesse corrispondere a quello del dente.»

«Tu come sai tutto questo, Hussam?»

«Te l'ho detto, amico mio. Posso vivere sepolto in questa casa, e quasi di sicuro morirò qui, ma ci sono persone nel mondo che mi raccontano le cose. Loro ascoltano e poi parlano. Gli oggetti in tuo possesso possono rivelarsi un nulla o possono essere autentici. Se lo fossero, molte persone li vorranno e saranno pronte a impossessarsene, e tu sarai liquidato come un'inutile pedina.»

«Dici di sapere chi ha tentato di uccidermi, Hussam. Di chi si tratta? Devo saperlo, dimmelo.»

«Tu sai chi c'è dietro. Forse non te ne rendi conto, ma di certo lo sai. Lo sappiamo tutti. Ingolliamo le loro vitamine e le loro pillole, probabilmente ci laviamo i denti con il loro dentifricio, prendiamo il loro sciroppo per la tosse, inghiottiamo i loro lassativi quando siamo costipati, usiamo i loro spray nasali quando abbiamo il raffreddore, e qualcuno, magari, usa i loro rimedi per smettere di fumare. Questa azienda uccide ogni giorno milioni di persone in Africa e negli altri paesi poveri perché vende loro farmaci non testati o scaduti, oppure latte in polvere che non contiene gli anticorpi materni di cui un neonato ha bisogno. Credi che si fermeranno davanti alla vita del giornalista di una testata inglese?»

Ross lo fissò. «Potrebbe essere qualsiasi grande azienda farmaceutica. Qual è, Udin?»

«La Kerr Kluge.»

«La Kerr Kluge?» gli fece eco Ross.

«Sì.»

«Da come ne parli, sembra l'Anticristo.»

«Quelli hanno una sola religione, Ross: il denaro. Il profitto, a ogni costo.»

«E sono preoccupati per un possibile ritorno di Gesù? Perché potrebbe metterli fuori mercato dato che è in grado di guarire i malati senza l'uso di farmaci?»

Udin scrollò la testa, diede un tiro alla sigaretta e soffiò una nuvola di fumo. «No, Ross, non credo affatto che pensino a questo. Loro vedono il valore di possedere gli unici oggetti esistenti che contengono il DNA di Cristo: il valore di marketing, per loro, è incalcolabile.»

Con un sogghigno Ross commentò: «Dovrei offrire loro un accordo?»

«Credo che scoprirai che il Diavolo non fa trattative, amico mio.»

61

Venerdì 10 marzo

Tornando verso Brighton, Ross tenne d'occhio con maggiore attenzione lo specchietto retrovisore e accostò parecchie volte a caso aspettando che il traffico lo superasse rombando. Niente indicava che qualcuno lo seguisse, eppure non aveva preso alla leggera l'avvertimento di Udin.

Ma come poteva saperlo Udin? Come potevano saperlo quelle persone? Udin aveva detto che chi aveva cercato di ucciderlo in Egitto era al soldo di un'azienda del settore farmaceutico. Poteva avere ragione?

Di chiunque si trattasse, come sapevano di lui o di quello che aveva?

Perché mai…?

Fu percorso da un brivido quando gli tornò in mente qualcosa.

Merda.

Duecento metri più avanti c'era una piazzola, la fermata di un autobus. Si fermò tremante.

La sua conversazione con Sally Hughes.

Mio zio è uno degli amministratori fiduciari di Chalice Well…

Julius Helmsley. È dirigente di un'azienda farmaceutica…

Ross prese il telefono, cercò su Google il nome Kerr Kluge e controllò i nomi dei dirigenti.

Vide quel nome: Julius Helmsley, direttore operativo.

Rifletté per qualche minuto. Erano stati loro in Egitto? Era stato uno dei loro scagnozzi a colpirlo in faccia quando stava uscendo dal pozzo a Chalice Well e a rubare la sua sacca? Quella che aveva messo lì apposta, con dentro la latta dei biscotti e il boccale da battesimo acquistati al mercatino delle pulci di Lewes?

Continuò a guidare mentre elaborava un piano. Qualche chilometro più avanti vide un centro commerciale alla sua destra e svoltò. Poco dopo c'era un cartello con l'elenco di tutti i negozi presenti. Come sperava c'era scritto anche CARPHONE WAREHOUSE. Posteggiò, chiuse l'Audi ed entrò.

Un quarto d'ora dopo tornò alla macchina con un sacchetto di plastica che conteneva un rotolo di etichette che aveva acquistato in cartoleria e due cellulari prepagati usa e getta, dei *burner* come li chiamavano i delinquenti che li usavano una sola volta prima di buttarli, per non essere rintracciati.

In macchina mise un'etichetta ai due telefoni, contrassegnandoli con i numeri 1 e 2. Poi prese dal portafoglio il biglietto da visita che gli aveva dato Sally e la chiamò dal telefono 1.

Fece cinque squilli prima che scattasse la segreteria.

«Salve, sono Sally, sono occupata, per favore lasciate un messaggio e verrete richiamati.»

«Ciao Sally, sono Ross Hunter. Potresti richiamarmi a questo numero? Dovrebbe esserti uscito sul telefono.»

Lasciò il parcheggio e imboccò di nuovo la A23, attento a chiunque potesse essere fermo in attesa di seguirlo, ma non vide nulla di sospetto.

Tornò ai suoi pensieri. Se il rapporto dell'ATCG sul DNA avesse dimostrato un collegamento fra il dente e il calice, che cosa avrebbe potuto fare? Ci doveva per forza essere un modo per scrivere il suo articolo senza che lui e Imogen fossero ancora in pericolo. E se si fosse limitato a rendere tutto pubblico? Magari dopo aver ottenuto le ultime coordinate da quello strano vecchio avvocato di Birmingham, Robert Anholt-Sperry? Rendere tutto di pubblico dominio, poi prendere le distanze.

Il suo iPhone squillò.

«Ross Hunter» rispose.

«Signor Hunter, sono l'ispettore capo Martin Starr dell'Unità crimini violenti di Birmingham. Ci siamo visti quando abbiamo raccolto la sua deposizione sul professor Cook.»

«Sì, salve.»

«Può parlare?»

«Sono in macchina, ma ho il vivavoce.»

«Preferirebbe parlare da un fisso quando sarà a destinazione?»

«No, accosto. Un attimo solo, vedo un'uscita poco più avanti.»

Ross imboccò l'uscita e dopo pochi metri fermò la macchina. «Ok» disse.

«Potrebbe dirmi ancora una volta, signor Hunter, come mai è entrato nel Rose Cottage, a Newhurst Village, invece di chiamare la polizia?»

Ross pensò bene prima di rispondere. «Sì. Avevo incontrato il professor Harry Cook qualche giorno prima. Si era messo in contatto con me dicendomi che gli era stato riferito che io ero il giornalista che poteva aiutarlo a proposito, so che potrà sembrarle strano, della prova dell'esistenza di Dio.»

«Capisco.» Il tono di Starr sembrò distaccato, con un pizzico di cinismo. «E chi aveva riferito questa cosa al professor Cook, signore?»

Ross esitò. «Un rappresentante di Dio.»

«Un rappresentante di Dio?»

«Al momento avevo considerato il professor Cook un pazzoide, ma mi ha incuriosito, a sufficienza per incontrarlo e ascoltare la sua storia.»

«E lo ha fatto?»

«È venuto a casa mia, nel Sussex, e mi ha raccontato di più.»

«A proposito della prova dell'esistenza di Dio?» Col passare dei minuti, la voce dell'ispettore si faceva sempre più scettica.

«Sì.»

«Capisco. E poi cosa è successo?»

«Dopo averlo incontrato, ho deciso che fosse abbastanza... per dirla in modo educato... sincero ma...»

«Ma cosa, signore?»

«Un po'... diciamo un po' *illuso*.»

«Eppure, in seguito ha deciso di andare da Brighton fino al Worcestershire per incontrarlo?»

«Be', gli avevo telefonato il giovedì sera per dirgli che non credevo di poterlo aiutare, ma lui mi ha implorato di incontrarlo. Ha detto di avere informazioni per me che mi avrebbero fatto cambiare idea. Sono un giornalista, quindi ho pensato che avrei dovuto almeno starlo a sentire.»

«Poi è andato a casa sua, dove lo ha trovato ormai senza vita?»

«È così.»

«E nel momento in cui ha trovato il suo corpo, ha chiamato la polizia?»

«Esatto.»

«Il professor Cook le ha mai menzionato dei nemici, signor Hunter? Fanatici che potevano non condividere il suo modo di vedere le cose?»

«No, mai.»

«Ha idea di qualche persona che avrebbe potuto nutrire astio per il professore?»

«No, no.»

«Apprezzo il fatto che lei abbia già rilasciato una dichiarazione al mio collega. Se mi servisse un'altra deposizione da parte sua, sarebbe disposto a parlare di nuovo con noi? Potremmo venire noi da lei, se le fosse più comodo.»

«Sì, certo.»

«Grazie, signor Hunter. Per ora è tutto. Mi terrò in contatto con lei.»

Al termine della telefonata, quando Ross stava per ripartire, sentì un trillo che non gli era familiare. Era uno dei nuovi telefoni, quello che aveva usato per chiamare Sally. Rispose.

«Ciao, Ross!» La sua voce sembrava ancor più cordiale e amichevole di quanto ricordasse.

«Ciao, Sally, come va?»

«Bene, e tu?»

«Bene, credo» rispose.

«Che bello sentire una voce amica. Ho appena finito una trasmissione con uno dei nostri grandi baroni del teatro. Stupido e pomposo, come se essere intervistato da una radio di provincia fosse indegno di lui. E ha risposto in maniera evasiva a tutte le mie domande. *Dunque, non vede l'ora che il suo spettacolo arrivi al Bristol Hippodrome? Oh, tesoro, dovrei? A quanto so desidera da sempre interpretare il ruolo di Archie Rice. Non è vero, tesoro. Ha qualche ambizione inappagata, Sir William, c'è un ruolo che vorrebbe interpretare? Li ho interpretati tutti, tesoro.*»

«Spero che tu lo abbia fatto a pezzi.»

«Avrei voluto. A ripensarci, mi vengono in mente un sacco di cose che avrei potuto dirgli per ribattere.»

«C'è un ottimo aforisma di Oscar Wilde a questo proposito» commentò Ross. «Era a una festa con Whistler, il pittore, che aveva fatto una battuta molto spiritosa. 'Vorrei averla detta io' gli disse Oscar Wilde. E Whistler replicò: 'Lo farai, Oscar, lo farai!'»

Sally scoppiò a ridere. «Mi è tanto piaciuta la tua intervista, è bello parlare con una persona intelligente, divertente e priva di ego.»

«In quel caso, mi dispiace averti delusa.»

«Neanche per idea. Sei stato molto più interessante di quasi tutti gli ospiti che ho in trasmissione.»

«Sei molto gentile. Dunque, il motivo della mia telefonata è se potremmo farci un'altra chiacchierata, fuori onda. Per una cosa molto importante.»

«Certo, al telefono o vuoi che ci vediamo?»

«Meglio vederci.»

«Questo fine settimana sono qui, poi vado a sciare per qualche giorno.»

Ross pensò rapidamente. Bristol era a circa tre ore di macchina da casa sua. La sera dopo avevano una festa dagli

Hodge: era il compleanno di Helen e, se avesse dato buca, Imogen non lo avrebbe perdonato. «Che ne diresti di domenica verso l'ora di pranzo? Magari possiamo mangiare qualcosa al volo in un pub.»

«Al volo?» Sembrava delusa. «Credo che un pranzo lungo sarebbe molto più gradevole.»

Ancora una volta Ross sentì la stessa vibrazione del loro primo incontro, quel fremito di attrazione tra loro. Lo eccitava, e sapeva che non era il caso. Ma non voleva nemmeno reprimerlo. Nello stesso tempo si chiese quali fossero le reali motivazioni di Sally. Faceva il doppio gioco in qualche modo?

«L'idea di un pranzo lungo è davvero molto allettante» rispose.

62

Domenica 12 marzo

Come Ross si aspettava, Imogen non fece una piega quando le disse che avrebbe passato la domenica andando e tornando da Bristol. Virginia, la sorella di lei, e il cognato Ben erano invitati a pranzo con i tre bambini, poi sarebbero andati a fare una passeggiata, e lui, anche se non lo disse, era molto felice di schivarli. La sorella era una moralista virtuosa che alzava sempre un sopracciglio quando vedeva alcolici, ed era sempre l'autista «designato»; quanto al marito, che beveva parecchio, Ross aveva esaurito già da anni gli argomenti di conversazione con lui, che non aveva mai niente di interessante da raccontare e più beveva, più tendeva a ripetersi.

Sally indossava jeans aderenti, stivali di camoscio e una camicetta bianca: era splendida e lo aspettava a un tavolo di legno nel pub moderno e affollato. Aveva davanti una bottiglia di Rioja.

«Scusa il ritardo» disse lui.

«Non devi scusarti. Vuoi un bicchiere di vino?»

Glielo versò senza aspettare la risposta e gli passò il menu. «Sulla lavagna ci sono i piatti del giorno. Io prendo la zuppa di cipolle alla francese e il roast beef: qui la domenica lo fanno ottimo.»

«Niente male. Prendo anch'io lo stesso.»

«Allora, signor Ross Hunter, celebre giornalista, cosa c'è di tanto importante per rinunciare a una domenica e venire fin qui per pranzare con una giornalista radiofonica di provincia?»

Ross decise di evitare i giri di parole. «Quando abbiamo parlato, mi avevi detto di tuo zio Julius.»

«Julius Helmsley?»

«Esatto, e mi hai detto che era nel consiglio di amministrazione di un'azienda farmaceutica, mi sembra.»

«Sì, e abbastanza in alto.»

«Mi ricorderesti qual è la sua azienda?» chiese per essere sicuro.

«La Kerr Kluge.»

«Roba da niente.»

«Davvero» rispose lei sorridendo. «Mi pare che siano al terzo posto nel ranking mondiale.»

«Potresti parlarmi un po' di tuo zio?»

«Certo, cosa vorresti sapere?»

Lui sorseggiò il vino, e approvò la sua scelta. Sollevò il bicchiere. «È davvero buono.»

«Averys di Bristol: l'economia di questa città si fondava in parte sul commercio del vino.»

«Certo.»

Ross cercò di evitare lo sguardo di Sally, ma gli riusciva difficile. «Che tipo è tuo zio?»

«Non siamo intimi. È il cognato della mia defunta mamma, credo di avertelo detto. Lei è morta l'anno scorso.»

«Mi dispiace.»

«Non ti devi scusare. Cancro al seno.» Sally si versò altro vino nel bicchiere quasi vuoto, e stava per riempire anche quello di Ross quando lui vi appoggiò sopra la mano.

«Me ne basta uno» disse. «Devo fare parecchia strada in macchina.»

«Hai mai perso una persona molto cara?» chiese lei.

«Sì.»

«Quando abbiamo parlato dopo la trasmissione mi hai detto che ti era successo qualcosa che ti aveva trasformato da agnostico scettico in credente, anche se non proprio, ma che comunque ti aveva aperto la mente. E mi hai detto che era troppo personale per parlarne. Adesso sei pronto a farlo?»

«Che ne diresti di uno scambio?»

«Uno scambio?»

«Se ti dico tutto quello che posso sul perché sono cambiato, tu poi mi parleresti di tuo zio, insomma mi diresti tutto di lui?»

Sally sorrise di nuovo. «Va bene.»

Ross le raccontò della mattina in cui Ricky era morto e di quello che gli era successo nella palestra di Brighton; lei ascoltò attenta, quasi affascinata. Quando lui ebbe finito, gli disse: «Ross, ma è incredibile. Ho intervistato un medico che aveva fatto uno studio sulle esperienze ai confini della morte e ci aveva scritto un libro. Un paio di storie che mi ha raccontato sono molto simili alla tua».

Lui annuì. «Sì, all'epoca ho letto molto in proposito. Esistono teorie di ogni genere, sulla telepatia…»

«E sulla vita oltre la morte?» chiese lei.

Ross sorrise. «Immagino che un giorno lo scopriremo… oppure no.»

«Una volta o l'altra mi piacerebbe davvero parlarne più a fondo» commentò lei. «Mi affascina davvero, e penso ci sia qualcosa.»

«Bene, sarò felice di approfondire.»

«Penso che dovresti scriverci un libro. Poi potrei invitarti in trasmissione per promuoverlo.»

«Magari un giorno lo farò. Adesso tocca a te.»

«Bene. Il fatto è che, quando ero bambina, zio Julius era sempre un po' strano. Gli piaceva mostrarmi esperimenti chimici, tipo come fare le bombette puzzolenti e i lampi di magnesio. Come se fosse un mago. In tempi più recenti ho quasi perso i contatti con lui. Ho provato a invitarlo in trasmissione, ma non gli interessa. La sua è un'organizzazione molto riservata, come quasi tutte le aziende farmaceutiche. Sono protettivi verso tutto, tutti i loro brevetti, e verso quello che stanno sviluppando. Perché ti interessa?»

«Pura curiosità.»

Sally chinò la testa di lato. «Ma davvero? E sei venuto fino a qui per chiedermi di mio zio: la definirei ben più che *pura curiosità*!»

Ross sentì il telefono vibrare in tasca. Scusandosi con Sally, lo prese e rispose. «Pronto?»

«Il signor Hunter?»

«Sono io.»

«Sono Jolene Thomas della ATGC FORENSICS.»

«Oh, salve!» disse facendo un altro cenno di scusa alla sua commensale.

«Ho creduto che volesse saperlo. Abbiamo appena ricevuto dal laboratorio i primi risultati per lei sui due oggetti. Mi dispiace che sia un po' più tardi di quanto avessi sperato, ma con il dente ci è voluto più tempo del previsto. Potrebbe venire qui domani? Potremmo esaminarli insieme e le spiegherò che cosa significano.»

«C'è una corrispondenza fra loro?»

«Mi dispiace, ma per motivi di sicurezza non posso dirle niente al telefono.»

Lui la ringraziò e chiuse la comunicazione.

«Buone notizie?» chiese Sally.

63

Lunedì 13 marzo

Sulla strada per l'ATGC FORENSICS, Ross fece una deviazione a Lewes. Mise la macchina nel posteggio del Needlemakers, pagò per un'ora e lasciò lo scontrino sotto il parabrezza, poi si affrettò verso l'emporio di antichità subito dietro l'angolo che lui e Imogen amavano visitare di tanto in tanto nel weekend.

Quaranta minuti più tardi era di nuovo in macchina diretto a nord, verso Kingston, a sudovest di Londra. Per lui ormai era diventato normale – forse erano paranoie – controllare attentamente nello specchietto alla ricerca di qualsiasi segnale che lo stessero seguendo. Cambiava spesso velocità per cercare di smascherare qualcuno, accelerava per brevi tratti a centocinquanta chilometri orari per poi tornare a ottanta.

Posteggiò ed entrò dall'ingresso principale, arrivò al bancone della reception e disse che lo aspettava Jolene Thomas. La receptionist gli porse il modulo per i visitatori, che compilò con nome, targa della macchina e ora d'arrivo, poi lei lo piegò dentro una busta attaccata a un cordoncino. Ross lo mise al collo.

Qualche minuto dopo arrivò la giovane scienziata forense, che indossava un elegante abito verde, e salirono in ascensore al secondo piano. Imboccarono un labirinto di corridoi color crema, superarono una serie di doppie porte, poi lei si fermò di fronte a un'altra doppia porta che conduceva verso destra. Alla parete c'era un cartello nero con lettere bianche. In alto c'era scritto SCENA DEL CRIMINE.

Sotto, le indicazioni: LABORATORI 1/15, 1/18, 1/20, 1/21, 1/22.

Su un'altra riga: LABORATORI 1/1, 1/5, 1/6, 1/7, 1/8.
Più sotto:
DIPARTIMENTO DNA SPECIALISTICO E DNA FORENSE
LABORATORI 1/10, 1/12, 1/13
FNDAS
LABORATORIO 1/14

Vide Ross osservare confuso quelle indicazioni e sorrise.

«Cerchiamo di non rendere facile agli estranei orientarsi qui. Fa tutto parte della nostra sicurezza, dato che questa sezione lavora in gran parte su reperti contenenti DNA per le forze di polizia.»

«Buono a sapersi» commentò lui, consapevole dell'avvertimento di Hussam Udin e delle sue recenti esperienze. «Avete mai subito furti?»

«Toccando ferro no. Sappiamo che a molti criminali piacerebbe mettere le mani su alcuni reperti che esaminiamo e distruggerli. Ma a tutto quello che entra qui viene assegnato un codice, e lo staff conosce solo quello. Anche se qualcuno penetrasse nel nostro sistema informatico, che è piuttosto sicuro, non saprebbe nemmeno dove cominciare a cercare.»

«Vedo» commentò Ross seguendola lungo un altro labirinto e guardando i cartelli.

ESTRAZIONE OSSA LABORATORIO 1/22
NON APRIRE LA PORTA SENZA GUANTI E MASCHERINA
ATTENZIONE! NON ENTRARE SE LA SPIA LUMINOSA È ACCESA.

Jolene, infine, si fermò davanti a una porta con un piccolo pannello di vetro rinforzato. Sollevò un badge davanti al lettore, digitò un codice, poi entrò tenendo aperto per Ross.

Era una stanza lunga, un open space con circa venti persone chine sulle postazioni di lavoro, tutte all'apparenza molto concentrate. Jolene si diresse a un terminale libero verso il fondo, prese una sedia per Ross e gli sedette accanto. Digitò una password. Sotto il monitor, sulla scrivania in disordine, c'erano una scatola di fazzoletti di carta, una pila di documenti e una tazza da caffè di cartone con il coperchio di plastica.

Lo schermo si illuminò. In basso a sinistra apparve quello che sembrava un indice e file di numeri che per lui non avevano alcun significato. Al centro dello schermo c'erano diverse colonne con coppie di punte sottili, ad altezze differenti, ciascuna con in alto un piccolo cerchio che conteneva un numero.

Jolene si voltò verso Ross. «Ha mai visto il DNA?»

«No.»

«Bene, questo è quello della coppa che ci ha dato, abbiamo ottenuto il risultato grazie al sangue coagulato all'interno.»

«Sangue?»

«Sì. Di sicuro, ed è stato confermato da un'analisi presuntiva.»

«Sangue?» chiese di nuovo Ross. Era forse il sangue di Cristo? Di quando si trovava sulla croce?

«Temo che in questo caso il DNA sia parzialmente degradato. Quello ottenuto dal dente è migliore. Ciascuna coppia di punte che vede rappresenta l'abbinamento uomo donna. Come lei ha richiesto, abbiamo ricavato il DNA standard, mitocondriale e Y-STR sia sulla coppa, sia sul dente. Fra un minuto le mostrerò il mitocondriale e l'Y-STR.»

«Siete in grado di fornire una datazione approssimativa di questo DNA dalla coppa?»

«No, dovrebbe far eseguire una datazione al carbonio. Ma posso dirle che, a mio parere, è molto vecchio.»

«Un'idea di quanto vecchio?»

Lei scrollò la testa. «Dipende da come e dove è stato conservato. Immagino qualche centinaio di anni minimo e, probabilmente, molti di più. Ma vorrei sottolineare che si tratta solo di una supposizione, basata su quanto mi ha detto lei.»

Digitò ancora qualcosa sulla tastiera.

Apparve una nuova immagine. Qui le punte erano molte

di più, alcune così vicine da sembrare le cancellate di un parco, ma troppo attaccate per poter distinguere le coppie. Poi venne sostituita da una seconda immagine, piena di file di colonne che contenevano gruppi con le lettere ATGC che mutavano in continuazione.

«Questo è il mitocondriale del contenuto della coppa» disse. «Adesso la cosa si fa molto interessante.»

Dopo diverse digitazioni, Ross vide altre coppie distinte di punte, ancora una volta con i dischi numerati in cima. Erano molte più di quelle della prima immagine.

«Questo è quello che abbiamo ottenuto riducendo il dente in polvere. Vede?»

Lui osservò attentamente senza capire che cosa stava guardando. «Credo di sì.»

Altre digitazioni, e apparvero molte file di colonne, prive di significato per Ross quanto le prime. Le fissò attento.

«Che cosa dovrei vedere, Jolene?»

Lei indicò diverse coppie di numeri sulle colonne. «Quelli sono i punti di corrispondenza del DNA standard tra il dente e la coppa. Abbiamo lo stesso schema per il DNA mitocondriale, anzi è migliore. E, con mia grande sorpresa, dato che è il meno stabile di tutti, abbiamo anche una corrispondenza chiarissima dell'Y-STR tra i due oggetti.»

«Quante corrispondenze?»

Lei sembrava molto soddisfatta di sé stessa. «Be' se dovessi presentarlo in tribunale per conto dell'accusa, direi che tra i due esiste una corrispondenza che va al di là di ogni ragionevole dubbio, in termini di probabilità matematica. Miliardi contro una. Il DNA mitocondriale ha sette mutazioni specifiche, mutazioni molto rare se raffrontate con il nostro database, e altre sette diverse nel cromosoma Y, anche queste molto rare. Queste stesse mutazioni sono presenti nel DNA sia del dente sia della coppa.»

Ross sentì uno strano brivido, come una specie di corrente elettrica. «E la cosa si ripete nello standard, nel mitocondriale... e nell'Y-STR?»

«Sì.»

«Se ho ben capito da quello che mi ha detto l'ultima volta sul DNA mitocondriale, questo significa che la mutazione passa inalterata per la linea femminile?»

«Sì, è esatto.»

«Mentre l'Y-STR passa altrettanto inalterato per la linea maschile?»

«Corretto.»

«E per quante generazioni potrebbero passare, Jolene?»

«Fino a quando continua il processo riproduttivo nel quale nasce una femmina, per il mitocondriale, o un maschio per l'Y-STR. Se ciascuno di loro ha figli, può proseguire all'infinito.»

«Inalterato?» chiese Ross per verificare.

«Inalterato.»

Ross temeva di scoprirsi troppo, eppure sentiva di potersi fidare di quella donna. «Bene, diciamo che questo DNA ha duemila anni. Se ho capito bene quello che mi ha detto, dal DNA mitocondriale che contiene un profilo genetico unico sarebbe possibile identificare qualcuno in vita ai giorni nostri come un diretto discendente.»

«Sarebbe possibile, signor Hunter, per una donna. Sì.»

«E dall'Y-STR?»

«Un uomo, sì.»

Si sentiva andare a fuoco. «Vi è rimasto qualcosa del dente che avete dovuto ridurre in polvere? Qualsiasi cosa.»

«Sì» rispose lei. «È in una fiala di vetro, in soluzione liquida.»

Ross si sentì travolgere dal sollievo. «Grande! È fantastico!»

«Ho bisogno che mi firmi i moduli di ritiro e le darò la ricevuta. Vuole riavere anche la coppa?»

«Sì, grazie.»

64

Lunedì 13 marzo

Quaranta minuti più tardi, Ross svoltava dalla M25 sulla M23, diretto a sud verso Brighton. Guidava più lento del normale sull'autostrada poco trafficata perché era immerso nei suoi pensieri, quindi manteneva una velocità costante di centodieci chilometri orari sulla corsia di marcia. Non c'era molto traffico, il sole era ancora basso nel cielo sopra le lontane colline delle South Downs e la luce gli arrivava negli occhi, accecandolo. Abbassò il parasole, da cui cadde il vecchio scontrino di un posteggio. Momentaneamente distratto, lo prese appoggiandolo sul sedile del passeggero.

Poi notò un autoarticolato che viaggiava alla sua destra, nella corsia centrale. Lo aveva affiancato, ma non faceva alcuno sforzo per superarlo, anzi sembrava voler tenere la sua stessa velocità. Perché, se la strada era libera, non procedeva?

Poi il retrovisore venne interamente occupato dalla griglia frontale di un SUV. Il veicolo era a pochi centimetri da lui e lo tallonava pericolosamente da vicino.

L'istinto gli disse che qualcosa non andava. Schiacciò l'acceleratore e sentì l'Audi cambiare marcia e balzare in avanti, rischiando di finire contro un furgone bianco che aveva appena tagliato la strada al camion e adesso era davanti a lui.

Premette furioso il clacson.

Le luci dei freni del furgone si accesero e cominciò a rallentare, così come il camion, che mantenne la posizione accanto a lui.

Ci mise un istante a capire cosa stava succedendo. Era la classica manovra che la polizia utilizzava per fermare un veicolo, l'inseguimento e contenimento tattico. Tre, a volte quattro veicoli, bloccavano i movimenti di un sospetto riducendo costantemente la velocità e costringendolo a fermarsi.

Stava per arrivare a un'uscita. Non appena decise di imboccarla, il SUV alle sue spalle cambiò corsia all'improvviso, arrivando al suo interno e impedendogli di svoltare. Ross frenò, così come il SUV.

Superato lo svincolo il SUV tornò nella corsia lenta, subito dietro di lui.

Ross guardò la corsia di emergenza. Sarebbe riuscito a sterzare a sinistra e a imboccarla per poi accelerare oltre il furgone che aveva di fronte superandolo sul lato interno?

Come se avesse previsto i suoi pensieri, il furgone si spostò leggermente a sinistra e, un attimo dopo, il camion si avvicinò ancora di più a lui, continuando a stringerlo. I casi erano due: o si scontrava con il camion, oppure doveva spostarsi a sinistra, finendo in parte sulla corsia d'emergenza.

Merda, merda, merda.

Si spostò, ma il camion si avvicinò di nuovo, costringendolo ulteriormente di lato.

Gli stop del furgone si illuminarono e Ross dovette rallentare sempre di più. 95… 85… 80. Doveva fare qualcosa. Doveva.

Poi ricordò un particolare delle luci degli stop. Si accendevano toccando il pedale del freno, ma non con il freno a mano.

Guardò nello specchietto preparandosi, poi tirò forte il freno a mano e lo tenne fermo.

Sentì lo stridio dei suoi pneumatici posteriori che si bloccavano.

La macchina cominciò a zigzagare e il volante a sobbalzargli in mano. Sentì l'urlo degli pneumatici del SUV, poi lo vide nello specchietto sbandare e superarlo all'interno, mancando di un soffio il retro della sua macchina. Si alzò una pioggia di scintille quando il SUV colpì il guardrail: un istante dopo sembrò rimbalzare e schizzò sulla corsia di emergenza colpendo il camion sulla fiancata e cappottandosi.

Ross spostò la leva del cambio su R e, girando la testa, schizzò in retromarcia il più veloce possibile, con la macchina che sbandava oscillando sulla corsia di emergenza e il cervello che girava a mille. L'uscita era circa duecento metri più in là. Quello che stava facendo era illegale e pericoloso. Se in quel momento fosse arrivata la polizia, bene, avrebbe detto loro quello che era successo. In caso contrario, l'avrebbe imboccata.

Si concesse un rapido sguardo in avanti, e vide il SUV cappottato sulla corsia di emergenza, in parte incastrato nella fiancata del camion, come un animale che banchetta con una preda. Il furgone bianco era sparito.

Raggiunse l'uscita, attese un varco nel traffico, che comunque stava rallentando, poi eseguì una manovra pericolosa, arretrando oltre lo svincolo per poi accelerare a fondo.

La testa gli pulsava e le mani tremavano. Sapeva però una cosa: quello che era appena successo rendeva ancor più imperativo arrivare a destinazione il più rapidamente possibile.

Poco meno di un'ora più tardi, ancora molto scosso per l'incidente in autostrada, Ross lasciò la macchina nel parcheggio del deposito dell'U-Store di Shoreham. Rimase seduto, chiedendosi se avrebbe dovuto chiamare la polizia e riferire di essere stato coinvolto in un incidente. Non era forse un reato allontanarsi in simili casi? Le telecamere lo avrebbero individuato? Avrebbero visto la sua retromarcia in autostrada? Ci avrebbe pensato più tardi.

E poi, tecnicamente, era stato davvero coinvolto in un incidente, dato che la sua macchina non aveva subito danni?

Ross scese e andò subito sul retro dell'Audi. Dopo essersi guardato intorno con cautela, prese il borsone dal baule e si diresse all'ufficio della sicurezza.

Un tizio sulla trentina, parecchio sovrappeso e con l'aria annoiata, sciatto, con i capelli unti e non curati e un solo orecchino d'oro – Ross lo riconobbe da altre visite – sedeva al banco davanti a una serie di monitor della sorveglianza. Mostravano vedute statiche dell'esterno del deposito e dell'interno del capannone. Il tizio stava leggendo un romanzo di Terry Pratchett e intanto mangiava un grosso panino. Quel posto puzzava di curry. Un badge appuntato al risvolto dell'uniforme sgualcita e della misura sbagliata lo identificava come Ron Spokes.

«Salve, Ron!» lo salutò allegro Ross.

La guardia alzò lo sguardo senza dar cenno di riconoscerlo. «Sì?»

«Sei un fan di Pratchett?»

«Non è male.»

«Anche a me piace» commentò Ross.

Per tutta risposta ebbe uno sguardo vacuo.

Ross firmò l'ingresso.

Ron Spokes gli indicò la porta sul retro, premette un pulsante e la serratura scattò. L'uomo diede un altro morso al gigantesco panino e riprese la lettura, ignorando il filo di salsa che gli colava sul mento. Ross portò il borsone oltre la porta in un cortile. A breve distanza davanti a lui c'era la saracinesca del deposito. Digitò il codice sul pannello all'ingresso e attese mentre la porta si alzava. Fu felice di essere l'unica persona lì, come era accaduto nelle visite precedenti. Attese che la saracinesca si abbassasse, poi avanzò in quell'enorme spazio fino a raggiungere il suo deposito. Appoggiò a terra il borsone, ruotò fino a comporre la combinazione del primo lucchetto, poi inserì la chiave nel secondo e lo aprì.

Mise il borsone all'interno, richiuse la porta e controllò più volte i due lucchetti, quasi ossessivamente, prima di tornare all'ufficio, uscire nel posteggio e salire in macchina.

Rimase seduto sull'Audi a controllare le email sul telefono, ma non c'era niente di importante. Programmò sul navigatore l'indirizzo della sua destinazione, uscì dal deposito e attese un varco tra le macchine sulla strada trafficata accanto al porto di Shoreham. A una certa distanza, sulla destra, posteggiato sull'altro lato della strada davanti a un palazzo di uffici, c'era un van bianco con il simbolo di una parabola satellitare e il nome KEITH HAWKINS AERIALS.

Quando lui svoltò a sinistra e si diresse verso casa, un uomo sul retro del van lo osservò con un binocolo da dietro i vetri oscurati delle portiere posteriori. Un'auto, parte dell'attuale turno di sorveglianza e che si era scambiata di posto con altre alle sue spalle da quando Ross era uscito di casa quella mattina, cominciò a seguirlo, badando a restare diverse macchine indietro.

65

Lunedì 13 marzo

Ross tornò a casa affamato. Appena arrivato aprì il baule dell'Audi e prese tre enormi sacchetti con il nome del negozio, SAFE HOUSE SECURITY SYSTEMS. Attraversò il garage, entrò in casa e li appoggiò con delicatezza sul pavimento. Contenevano cinque telecamere da esterni e un'unità di controllo che gli avrebbe permesso di vedere le immagini sul telefono o sul computer ovunque si trovasse. Sperava che potessero far sentire Imogen un po' più al sicuro, in aggiunta al sistema di allarme che ormai era in funzione e, ovviamente, a lui.

Non era mai stato molto abile nel fai-da-te, ma il commesso del negozio gli aveva assicurato che l'installazione era molto semplice: dato che il sistema era senza fili e funzionava a batterie, lui avrebbe dovuto limitarsi a fissare ogni telecamera con un paio di viti e poi seguire le semplici istruzioni di configurazione. Nonostante tutto, Ross era dubbioso. Dalle passate esperienze, se gli dicevano che un lavoro come quello era semplice, in realtà significava che era semplice per uno scienziato della NASA.

Ogni volta che Imogen lo vedeva con un martello, una sega o un cacciavite in mano, gli lanciava uno sguardo preoccupato. Decise quindi di mettersi all'opera dopo un pranzetto veloce e un paio di telefonate urgenti per sorprendere la moglie quando fosse rientrata a casa quella sera.

Si preparò un panino con cheddar e salsa Branston per la gioia di Monty, che ingollò parecchi pezzi di formaggio.

«Sai una cosa, Monty, dovresti assaporare il cibo, non credi? Ti limiti a ingurgitarlo, ma potrebbe essere qualsiasi cosa.»

Per tutta risposta, il cane abbaiò.

«Ne vuoi ancora?»

Monty abbaiò di nuovo.

«Basta!» rispose Ross, ben sapendo che Imogen non approvava quei vizi.

Monty si sedette e si limitò a fissarlo speranzoso, con la lingua fuori.

«Adesso ti metti a fare le scene strappalacrime?»

Monty chinò la testa di lato con espressione afflitta.

Ross prese un grosso pezzo di cheddar e glielo diede: sparì in due bocconi.

«Non dirlo alla mamma, però. Siamo d'accordo?»

Monty abbaiò.

«No! Adesso basta. Finito, non ce n'è più! Più tardi ti porto a fare una passeggiata, prima ho qualcosa da fare.»

Ross si accomodò al tavolo di cucina con il panino in mano. Mangiando diede una scorsa ai giornali. Dopo un paio di pagine del *Times*, l'occhio gli cadde su un titolo.

PASTORE METTE IN GUARDIA CONTRO IL GRANDE IMPOSTORE

Lesse l'articolo:

> Il pastore Wesley Wenceslas, il più popolare predicatore del Regno Unito, afferma che il clima di frammentazione dell'ordine costituito, la rabbia e l'ascesa di uomini politici aggressivi sono tutti eventi previsti dalla Bibbia, e annuncia che si tratta delle condizioni perfette per l'arrivo dell'Anticristo.
>
> Ieri ha lanciato questo avvertimento a una folta congregazione nella sua chiesa di Kensington: «La Bibbia ci dice che l'antico serpente, il diavolo, che ha ingannato Eva nel Paradiso terrestre, apparirà travestito da Dio o da Figlio di Dio. Il diavolo farà la sua comparsa in tutte le grandi città della Terra, una alla volta. Quando apparirà, il mondo sarà in una condizione disperata e si sentiranno ovunque grida di sofferenza. Il padre della menzogna e delle tribolazioni, il nemico

dell'umanità intera, ostenterà simpatia per le terribili sofferenze dell'uomo. Per rendere credibile il suo inganno darà segni importanti, come guarire i malati e nutrire gli affamati. In molti verranno raggirati e crederanno che il diavolo sia Dio Onnipotente. Con me percorrerete la retta via, attenti al Grande Impostore».

Il pastore Wesley Wenceslas ha quattro chiese in Inghilterra e altre tre negli Stati Uniti. Il suo canale YouTube, Wenceslas Ministries TV, ha oltre cinque milioni di iscritti in tutto il mondo. Lo scorso anno Wenceslas è stato inserito all'830° posto nella classifica dei più ricchi del *Sunday Times*, con una fortuna personale di 172 milioni di sterline.

Nel corso della nostra intervista esclusiva, Wenceslas ci ha dato risposte caute alle domande accettate in anticipo dal suo addetto stampa, che era presente all'intervista. Alla domanda sulla necessità di un Boeing 737 privato – e sul suo attuale appello ai fedeli per una raccolta fondi, «Prega per un miglio celeste», per poter sostituire l'attuale aereo con un altro più grande – l'addetto stampa ha risposto che in cielo il pastore si sente più vicino a Dio e che ha bisogno di trascorrere più tempo lassù, lontano dalle interferenze terrene.

Ross strappò la pagina dal giornale e la piegò. Non era cambiato molto dall'epoca in cui, qualche anno prima, aveva scritto il suo articolo sul pastore. Quell'imbroglione stava ancora attirando i gonzi e aveva un bel fegato a parlare di impostori.

Ross si preparò un caffè chiedendosi se Wenceslas potesse aver avuto sentore della storia di Harry Cook. Portò la tazza e l'articolo al piano di sopra, sedette alla scrivania e controllò la posta continuando a riflettere. La caporedattrice del *Sunday Times* gli chiedeva di andare a Strasburgo per intervistare un campione di eurodeputati e conoscere le loro opinioni sugli ultimi negoziati per la Brexit.

Era un incarico lucroso, ma lo avrebbe tenuto lontano parecchi giorni. E in quel momento non poteva. Rispose:

> Natalie, sto lavorando a quella storia di cui ti ho parlato qualche giorno fa. E, se va come spero, ti farà saltare sulla sedia. Non posso mollare proprio ora, capirai quando ti manderò il pezzo. A malincuore, ma potresti dare Strasburgo a un altro? Ross X

Lei rispose all'istante.

> Mi serve qualcosa di grosso per domenica prossima – quando posso vedere la tua storia?
> Ce la fai a mandarmela per giovedì? X

Ross appuntò lo sguardo oltre lo schermo, fuori dalla finestra, sulla sua Audi tutta sporca nel vialetto davanti a casa. Giovedì? La sua caporedattrice non aveva idea di quanto grossa potesse essere la sua storia.

Nemmeno lui, a dire il vero.

La corrispondenza del DNA di un dente che poteva essere di Gesù Cristo con una coppa che poteva aver contenuto il suo sangue.

Quante probabilità c'erano che un dente custodito in una grotta di una zona montuosa dell'Egitto avesse lo stesso DNA di un piccolo calice di legno recuperato da un pozzo a Glastonbury, in Inghilterra?

Stava per rispondere quando sentì arrivare un'altra email. Era di Imogen.

> Come è andata al laboratorio?

Rispose:

> Interessante! Appena ci vediamo ti dico tutto.

Poi rispose alla caporedattrice:

> Forse giovedì della prossima settimana, se sarò ancora vivo.

Pochi secondi dopo giunse la risposta.

Spero che tu stia scherzando.

Ross digitò:

Magari.

Aprì la rubrica, cercò il numero dell'avvocato di Birmingham e lo compose. Riconobbe subito la voce della megera che gli rispose. Disse il suo nome e chiese di parlare con Robert Anholt-Sperry.

«Temo che sia in riunione con un cliente, posso dirgli di richiamarla? Sa già di cosa si tratta?»

«Sì» rispose Ross. «Lo sa.»

Poi telefonò per mettersi in contatto con un uomo che non sentiva dai tempi del suo rientro dall'Afghanistan. Non sapeva neppure se fosse ancora vivo. Cercò su Google il sito del luogo dove viveva suo zio Angus e trovò un numero di telefono. Lo compose.

«Potrei parlare con il priore?» chiese all'uomo sorprendentemente calmo e gioviale che gli rispose.

«Sono io.»

Ross spiegò chi era e cosa voleva.

«Signor Hunter, lei si rende conto che i nostri fratelli sono eremiti che vivono sotto un tetto comune? Hanno scelto la vita silenziosa della preghiera e della contemplazione al sicuro dalle distrazion, e dalle ingerenze, del mondo. Tutto quello che posso fare è chiederlo a fratello Angus: gli manderò un biglietto questa sera insieme al suo pasto. Ma non posso prometterle una risposta.»

Al termine della telefonata, a Ross venne in mente una cosa. Digitò su Google le parole «provette da laboratorio».

Dopo pochi minuti di ricerca su tre siti, trovò esattamente ciò che voleva.

66

Lunedì 13 marzo

Solo dopo duecento pagine del romanzo di Terry Pratchett, Ron Spokes ebbe l'impressione di averlo già letto. Gli succedeva sempre. E aveva nello stomaco una sorta di esplosione termonucleare in corso, dato che borbottava e sibilava. Quell'enorme panino al curry aveva un gusto strano, avrebbe dovuto sputarlo. Oltre a tutto il resto, si era beccato un avvelenamento da cibo?

Ormai erano le 17.55, l'unica buona notizia. Mancavano solo cinque minuti, poi poteva andare a casa, passando a prendere un kebab, o forse no, considerando le condizioni del suo stomaco. Poteva provare, e trascorrere la serata come da programma, ingozzandosi di agnello allo spiedo e gelato con miele e noci, guardando un vecchio film, *Matrix*, di cui il suo amico Mick del club delle freccette diceva meraviglie.

18.00.

Finito!

Si alzò faticosamente dalla sedia, con le ginocchia che gli facevano male per essere rimasto seduto troppo a lungo, e con andatura ondeggiante andò ad attivare il sistema notturno di allarme. Era uscito dall'ingresso principale e camminava nell'oscurità umida e nebbiosa del parcheggio quando ebbe un attacco di crampi allo stomaco. Percepiva l'aria che si andava formando dentro di lui quando i crampi gli strinsero lo stomaco e si piegò in due, con le lacrime agli occhi, fin quando si allentarono.

Proseguì verso la macchina, un catorcio bucato dalla ruggine. Da oltre un anno non faceva il tagliando alla sua Honda Accord di ventun anni: di lì a quattro giorni scadeva la revisione della Motorizzazione e sicuro come l'oro non l'avrebbe passata. Aveva tre pneumatici lisci e la marmitta bucata, ma senza macchina non poteva andare al lavoro. Poi c'era una nuova ragazza con cui aveva cominciato a uscire, Madeleine. Se avesse dovuto andare a prenderla in autobus, che effetto le avrebbe fatto?

Mise la chiave nella serratura, anche se non aveva molto senso chiuderla: ci sarebbe voluto qualcuno di più sfigato di lui per rubarla, pensò. Si lasciò cadere sul sedile di guida, chiuse la portiera e cercò a tentoni nel buio di inserire la chiave nel blocchetto. Poi fece una potente scorreggia.

«Affascinante» commentò una voce maschile alle sue spalle.

Mentre sobbalzava per lo shock, Spokes sentì un oggetto freddo e duro premuto alla base del collo.

«È esattamente quello che pensi» disse la voce. Poi, un istante più tardi: «Cavolo, che cosa hai mangiato?»

«Che cosa vuoi?»

«Sono qui per darti una scelta: posso essere il tuo giustiziere oppure la fata dai capelli turchini.»

«Molto divertente.»

«Non sto scherzando.»

La canna fredda della pistola premette più forte sul collo della guardia di sicurezza.

«So a quanto ammontano i tuoi debiti, e ho con me contanti a sufficienza per estinguere quelli delle tue carte di credito: diecimila sterline in contanti. Se ti va, potremmo entrare in affari.»

«Quali affari?»

«Basta che mi lasci entrare, disattivi le telecamere e mi accompagni al deposito di uno dei tuoi clienti, il signor Ross Hunter.»

«Non posso farlo.»

«Oh, certo che puoi, ti assicuro che puoi e lo farai, non è vero?»

«Sai in che casini mi metti?»

«Non quanti ne avresti da morto.»

67

Lunedì 13 marzo

«Ross, che diavolo stai combinando?» chiese Imogen scendendo dalla macchina.

Ross era in piedi sulla scala, appoggiata in maniera precaria contro la facciata della casa, e cercava disperatamente di fissare la telecamera subito sotto il cornicione.

«Ho quasi finito.»

«Quasi finito cosa? Di ammazzarti?»

Il cacciavite e due tasselli a espansione che teneva in bocca caddero a terra, rapidamente raggiunti dal trapano elettrico, scivolato dall'alto della scala. «Merda, merda, idiota!»

«Scendi!» urlò Imogen in tono furioso afferrando la scala.

Ross ubbidì remissivo, tenendo nella mano sinistra la telecamera. «Oggi pomeriggio ho comprato queste: pensavo che ci avrebbero fatto sentire più al sicuro.»

«Credi che tornare a casa e trovarti appollaiato su una scala mi faccia sentire più al sicuro? Non penso proprio. Tu e il fai-da-te siete su due pianeti diversi. Hai un enorme talento per la scrittura, ma non sei un cazzo di elettricista!»

«Montare queste non è difficile.»

«Vedo.»

Lui scrollò le spalle. «Be', magari un po' più difficile di quanto pensassi.»

«Perché non chiamiamo un elettricista e gli chiediamo di pensarci lui domani?»

«Potrebbe essere una buona idea» rispose Ross sorridendo. «Com'è andata la tua giornata?»

«Bene fino a mezzogiorno, quando mi è venuta la voglia di patatine con sale e aceto» rispose lanciandogli uno sguardo colpevole. «Ne ho mangiati tre pacchetti. Intendo confezioni grandi. Adesso ho una sete terribile.»

Entrarono in casa. Ross chiuse la porta e fece scorrere il chiavistello.

Mentre si inginocchiava per accarezzare Monty, Imogen chiese: «Allora, il laboratorio. Che è successo?»

«Be'» rispose lui. «Il DNA corrisponde. Roba da matti, non credi?»

«Il dente e la coppa?»

«Sì.»

Imogen impallidì. «Saliva sulla coppa?»

«No, da quanto hanno potuto identificare, si tratta di sangue parecchio degradato.»

Lei lo fissò in silenzio. «Ho bisogno di un drink» disse. «Un bicchierino di vino bianco: può andare, non credi?»

«La sera in cui scopri che tuo marito potrebbe essere in possesso del DNA di Gesù Cristo direi che un bicchierino di vino è permesso.»

«Non scherzare.»

Lui andò verso il frigorifero, prese in silenzio una bottiglia di Albariño e cominciò ad aprirla. «Non scherzo.»

«Non mi piace. Te l'ho già detto, Ross, in questo caso stai andando oltre le tue capacità.»

Ross le portò il bicchiere, glielo porse e si mise a sedere.

«Il professor Cook è stato ucciso per questo» commentò lei. «Poco mancava che ti ammazzassero in Egitto. Io ho ricevuto minacce. Un cazzo di articolo vale il rischio della nostra vita? Qui siamo sul terreno dei matti, del fanatismo religioso.»

«Ma figurati!»

«No, Ross, ma figurati un cazzo. Torna con i piedi per terra.»

«Esiste qualcosa di più reale di una corrispondenza del DNA fra un dente rinvenuto in una grotta in Egitto e una coppa che ho trovato sigillata in un antico contenitore a Chalice Well? Immagina per un momento che sia vero, che Cook abbia realmente ricevuto un messaggio di Dio. E che io, pur essendo la persona prescelta per dirlo al mondo, molli tutto. Credo che non potrei più guardarmi allo specchio.»

«Servirai molto al mondo da morto» commentò la moglie.

«Devo andare fino in fondo. Devo, ok?»

«Perché? Perché lo devi al professor Cook? Tu stesso hai detto che era matto.»

Lui sorseggiò il vino. «A quanto pare non lo era poi così tanto.»

«No?»

Ross salì nel suo studio e tornò con le stampate che gli aveva dato Jolene Thomas. Le aprì sul tavolo e le spiegò a Imogen.

«E cosa dovrei dire?» commentò la moglie alla fine. «Che sono colpita?»

«Dimmi in cosa sbaglio, Imo. Questa è dinamite, probabilmente l'articolo più esplosivo mai scritto. Ti immagini i titoloni?»

«Sì, ed è proprio questo che mi spaventa. Me le ricordo le parole del tuo amico vescovo: tutte le fazioni religiose, e quelle non religiose.»

«La possibilità di consegnare al mondo la prova dell'esistenza di Dio? Davvero possiamo far finta di niente?»

«Io potrei» rispose Imogen. «Sono sicura che se a Dio interessa tanto salvare il mondo può trovarsi qualcun altro.»

«Tu hai fede, Imogen, molto più di me. Vai sempre in chiesa.»

«Sì, ma non ne ho in questa follia in cui ti sei cacciato.»

Ross la guardò e vide la paura sul suo viso. Era ben consapevole del pericolo in cui si trovavano, e ancora scosso per quanto accaduto prima in autostrada. Eppure... Era qualcosa di più grande di un articolo di giornale, infinitamente più grande. E gli mancava un solo tassello che, con un po' di fortuna, avrebbe ottenuto l'indomani.

«Domani vado a Birmingham per incontrarmi di nuovo con l'avvocato di Cook. Vieni con me, così puoi vedere di persona.»

«Non posso, Ross, e lo sai. Devo andare in ufficio.»

«Bene. Lui ha l'ultima tessera di questo puzzle e me la darà. Questo dimostrerà in maniera definitiva se questa storia ha un minimo di sostanza oppure se si tratta solo della folle illusione di un vecchio pazzo. Poi prenderò la mia decisione.»

«E se la sostanza ci fosse, che farai Ross?»

Lui fissò il tavolo per un istante prima di guardarla di nuovo negli occhi. Non aveva una risposta.

68
Martedì 14 marzo

Nemmeno Lancelot Pope aveva una risposta. Erano le 10 e sedeva sbalordito di fronte a Wesley Wenceslas nella sala del consiglio di amministrazione di Gethsemane Park, con la moquette bianca e le enormi finestre del primo piano che si affacciavano su un panorama di terrazzamenti e perfetti prati verdi che digradavano verso il lago. In mezzo al lago c'era un'isola artificiale a forma di croce, con al centro una statua di marmo bianco alta sei metri che ritraeva il pastore a braccia spalancate, come a voler parlare al cielo.

Alle pareti era appesa la collezione di icone di Wesley, acquistata nell'ultimo decennio alle aste di tutto il mondo. Sopra il tavolo da venti posti erano appoggiati un dentino e una coppa di legno. Il silenzio fu temporaneamente interrotto dalla vibrazione del telefono di Pope. Lui lo silenziò, poi aggiornò Wenceslas sulla sorveglianza del giorno precedente, raccontando anche come i loro rivali avessero quasi buttato Hunter fuori strada.

«E allora?» chiese Wenceslas furioso. «Il mio Mister Sorriso non mi pare che sorrida molto, vero?»

Pope fissò di nuovo i due oggetti, come inebetito.

«Sto aspettando le tue spiegazioni, Lancelot. Nel frattempo la mia coppa di abbondante pazienza si sta esaurendo.»

Pope prese la coppa di legno e se la rigirò tra le mani per la terza volta. Aveva un'espressione confusa.

«Questo è quello… quello che c'era nel deposito di sicurezza di Ross Hunter.»

«Per cui hai pagato diecimila sterline.»

«Sei stato tu ad autorizzarlo, capo.»

«Io ti ho autorizzato a spendere diecimila sterline per

procurarti il Santo Graal e il dente appartenuto a Gesù Cristo, per poterli proteggere e custodire nel nome di nostro Signore.» Poi si spostò all'altro lato del tavolo e afferrò la coppa dalle mani del suo amministratore delegato. La rovesciò e tenne la base vicina alla faccia di Pope. «Non credo che si tratti del calice autentico di Nostro Signore: secondo te, il *Santo Graal* aveva sul fondo l'etichetta 'Made in China'? Credi probabile che la Cina esportasse in Terrasanta coppe di legno duemila anni fa?»

Pope esitò. «Probabilmente no.»

«Cazzo, certo che no!» esplose Wenceslas picchiando la coppa sul tavolo con forza.

«Capo, qui abbiamo a che fare con una persona molto intelligente. Forse Hunter ha staccato quell'etichetta da un altro oggetto e l'ha applicata al calice per cercare di fregare tutti.»

«E lo pensi davvero?» Poi prese il dente. «E tu credi che Gesù Cristo, nostro Signore fosse un vampiro, vero?»

«Un vampiro?»

«Non so come fossero i dentisti ai tempi di nostro Signore, ma dubito che facessero diventare i denti delle zanne. O mi sono perso qualcosa?»

Pope soffocò una risatina nervosa. «No, capo, potresti avere ragione.»

«Questo non è un dente umano, ma appartiene a un animale, un animale selvatico. Io non so niente di denti, ma quando ne vedo uno so se non è umano. Abbiamo appena pagato diecimila sterline che avrebbero potuto aiutare i poveri per uno schifo di souvenir di legno e per il dente di un cane morto. Ci hanno fregati.»

«Magari hanno fregato Hunter» rispose fiaccamente Pope. «È quello che c'era nel suo deposito.»

«Allora il Santo Graal e il vero dente di nostro Signore Gesù Cristo sono da un'altra parte e non nel deposito del signor Hunter. Trovali, e in fretta.»

«Lascia fare a me, capo.»

Wenceslas lo fissò. «Non abbiamo molto tempo. Fra poco cominceranno a correre voci su ciò che quell'Hunter ha in mano. Continuano a seguirlo e sorvegliarlo?»

«Ventiquattro ore su ventiquattro e sette giorni su sette.»

«Quindi adesso dov'è?»

Pope consultò un'applicazione sul telefono. Dopo qualche istante, lanciò a Wenceslas un'occhiata sospettosa. «Se ne è andato da Brighton venti minuti fa, e ha attraversato il villaggio di Henfield, circa sedici chilometri a nord. La squadra, al momento, ha perso il contatto visivo.»

Wenceslas picchiò ripetutamente i pugni sul tavolo. «Che cosa? Ma non è possibile!»

«Va tutto bene, non sono lontani, lo ritroveranno.»

«Ma certo, proprio come hanno trovato il Santo Graal. Ti dirò io dove dovrebbero cominciare a cercare; che ne diresti di un banchetto di souvenir in un mercato di Shanghai?»

69
Martedì 14 marzo

Come migliaia di altre persone, Ross aveva superato quel cartello un'infinità di volte senza notarlo. E anche in quel momento quasi lo mancò.

CERTOSA DI ST HUGH

Un piccolo rettangolo bianco sul bordo del prato, di fronte a una siepe poco curata, indicava con discrezione l'ingresso al monastero.

Inchiodò, tendendo la mano sul sedile accanto a sé per evitare che cadesse in avanti un sacchetto, che tintinnò, poi svoltò bruscamente a sinistra su un viale asfaltato. Superò un piccolo cottage dove non vide segni di vita. Il viale curvava prima di raddrizzarsi e passare sotto l'arcata di una portineria. Aveva di fronte un imponente edificio che gli rammentò uno di quelli dell'Università di Cambridge. La parte più alta, sormontata da tre guglie, era fiancheggiata ai due lati da ali di clausura chiuse da vetri e aveva un grande portone di quercia.

Fermò la macchina, scese e prese il sacchetto dal sedile del passeggero, poi lo zaino dal baule.

La porta si aprì e vide un uomo paffuto, sulla sessantina, in tonaca bianca, papalina bianca e un paio di Birkenstock. Avanzò con un sorriso amichevole e l'aria più di un *bon viveur* che di un monaco ascetico.

«Il signor Hunter?»

«Sì.»

Gli tese la mano. «Sono padre Raphael, il priore. Abbiamo parlato ieri. Benvenuto nella nostra umile magione.»

Ross rispose sorridendo. «Non mi sembra così umile.»

«A dire il vero siamo abbastanza fortunati. Tra l'altro abbiamo i chiostri più lunghi di tutti i monasteri del Regno Unito.»

«Davvero?»

«Sì. Come direbbe l'attore Michael Caine: 'Non molti lo sanno!'»

Ross rise, sorpreso di trovare un priore tanto alla mano.

«Ma non credo che lei, signor Hunter, sia venuto per sentir parlare della lunghezza dei nostri chiostri. Lasci che la accompagni da suo zio Angus. È stato molto felice di avere sue notizie, con mia grande sorpresa, ma questo è un bene. Io non credo che i contatti con il mondo esterno siano sempre una brutta cosa, anche per coloro che conducono una vita di clausura. Lui non gode di un'ottima salute, quindi spero che la sua visita lo rallegri.»

Ross lo seguì lungo un corridoio dal soffitto alto, con nude pareti di pietra e molte colonne. Superarono una bacheca di legno con un elenco di nomi. Ross ebbe il tempo di leggerne solo alcuni: fratello William, don Pachomius, fratello Alban, don Ignatius, don Henry, don Stephen Mary. Poi un piccolo cartello color crema: TONSURA 9.30-10.

Girarono un angolo ed entrarono nel lungo e stretto passaggio di un chiostro. Il pavimento era di pietra grigia e le pareti bianche si intersecavano all'infinito con archi a volta color crema fino a quello che sembrava l'orizzonte lontano. Ogni venti metri circa c'era una porta di legno scuro, intagliata, con sopra un'iscrizione in latino.

Poco dopo, il priore si fermò di fronte a una di quelle porte. Ross osservò la scritta in latino, ma non aveva idea di cosa significasse.

MIHI ENIM VIVERE CHRISTUS EST, ET MORI LUCRUM.

Il priore bussò alla porta.

Ross cercò di rammentare l'ultima conversazione con suo zio. Per molto tempo, i suoi genitori avevano parlato di Angus come della pecora nera della famiglia. Nelle foto aveva i capelli lunghi, occhialini tondi con le lenti colorate e indossava una T-shirt nera, jeans aderenti e stivaletti con tacco cubano. Per Ross era fantastico avere uno zio rocker.

Al momento non aveva idea di cosa aspettarsi, ma anche così, mentre la porta si apriva lentamente – come se dietro ci fosse una donna anziana che teme gli intrusi –, rimase scioccato dalla figura sparuta che vide. Con la pelle giallastra e la testa rasata, e indosso una tonaca con il cappuccio a punta, suo zio sembrava uno spettro.

Quegli occhi nocciola, un tempo brillanti e maliziosi, adesso sembravano stelle spente in un universo sul punto di collassare, e il grande sorriso che ricordava, il sorriso sicuro di chi pensa che il mondo sia un grande scherzo, era diventato qualcosa di lieve e triste.

«Ross? Ross? Sei davvero tu! Oh, Ross!» disse con una voce che conservava qualcosa dell'antica energia. Tese una mano fragile e ossuta e Ross la strinse con delicatezza. Suo zio lo osservò da vicino. «Ti prego, entra. Temo che non sia la suite presidenziale del Four Seasons.»

Ross guardò il priore, che fece un sorriso beato. «Vi lascio soli.»

Quando lo zio chiuse la porta, Ross si ritrovò in uno stretto corridoio piastrellato e, una decina di metri più avanti, una statuetta dipinta della Vergine Maria posata su un tronco d'albero. Alla parete sul fondo era appesa un'icona incorniciata, illuminata dalla finestra.

«Non che abbia vissuto in tanti altri monasteri, ma a quanto pare sono molto fortunato, Ross» disse lo zio. «Hanno costruito questo posto per ospitare duecento monaci, e qui siamo solo in ventitré. Ho due interi piani, una bella officina e un giardino tutto per me. È come se fosse casa mia, ma senza la preoccupazione dei vicini rumorosi! Entra.»

La scala di pietra non era lunga, ma Ross capì quanto fosse malato lo zio dal tempo che ci mise a salirla, fermandosi spesso a riprendere fiato.

In alto c'era una stanza spartana, con il pavimento a listoni di legno nudo. L'unico mobile era uno scrittoio con sedia, sul quale c'erano una lampada a pantografo, qualche libro, una Bibbia e un calendario. C'erano una stufa a legna, spenta, e una nicchia con un crocifisso alla parete, quella che a Ross sembrava una zona per pregare. Attraverso una porta aperta vide una boule dell'acqua calda turchese appesa a un gancio e uno stretto letto sistemato in un vano.

«Ti ho portato un regalo, zio Angus» disse porgendogli il sacchetto.

«Un regalo?» Il monaco prese il sacchetto con un sorriso sognante, come se gli avesse scatenato un ricordo lontano, lo appoggiò sul pavimento – pareva troppo pesante per lui – e sembrò prossimo alle lacrime. «Non ricordo... l'ultima volta... che ho ricevuto un regalo. Sei gentile, molto gentile.»

Ross fu toccato dallo stupore dello zio e poco mancò che piangesse. «Ho pensato... non sapevo se potevi...»

Il monaco prese le quattro bottiglie di Bordeaux, le sollevò alla luce e le esaminò con un'espressione di pura gioia che gli tolse parecchi anni dal viso. «Vino rosso? Francese? Sono passati anni, anni, dall'ultima volta che ho bevuto qualcosa di diverso dal vino della comunione!» Poi rimise la mano nel sacchetto e prese qualcosa che esaminò. «Un cavatappi! Sei molto premuroso, che Dio ti benedica!»

Ross rimase in piedi, a disagio, senza sapere come reagire alla genuina felicità dello zio. In quel momento desiderò avergli portato più bottiglie.

Poi Ross aprì lo zaino e prese il calice, accuratamente avvolto e rimesso dentro il suo contenitore di legno, e una piccola fiala sigillata con un tappo di plastica bianca, che conteneva poche gocce di un liquido opaco. Mise entrambi sulla scrivania dello zio.

Guardando incuriosito quegli oggetti, Angus disse: «Ti prego, siediti Ross. Temo di avere pochi mobili, sai, nelle nostre celle non teniamo molti ricevimenti!» Poi sorrise. «A dire il vero sei l'unico ospite che abbia mai avuto.»

Ross fece un gran sorriso. «Grazie, sto bene in piedi.»

«Sai, Ross, tu mi sei sempre piaciuto. Ero sicuro che saresti diventato qualcuno nella vita. Abbiamo tanti anni da recuperare, e credo che dovremmo berci sopra.»

«No, ti prego, tienile per te, goditele.»

«Be', non so se i farmaci che prendo, o i miei voti, me lo permettono. Ma forse il Signore perdonerà un vecchio malato per una piccola debolezza.» Guardò di nuovo le bottiglie. «Che tentazione! Sei davvero molto gentile.» Aprì il contenitore di legno e sbirciò dentro. «E mi hai portato anche un bicchiere da vino.»

«A dire il vero, zio Angus» rispose Ross in tono serio, «quella coppa non serve per farti bere. E la fiala non contiene qualcosa per farti sballare.»

«Ti ricordi! I vecchi tempi quando avevo la mia band, i Satan's Creed! Andavamo in tournée con i Black Sabbath, eravamo il loro gruppo spalla.»

«Ricordo, mio padre mi aveva detto tutto. Ero molto orgoglioso di te, tu eri lo zio figo.»

Il vecchio sorrise, con il viso rugoso segnato dalla felicità. «Allora, dimmi come mai Dio ti ha portato qui a trovare un vecchio che, un tempo, ha messo in imbarazzo la famiglia e che non ha ancora molto da vivere?»

Ross indicò i due oggetti sulla scrivania. «Zio Angus, ho bisogno che tu li tenga al sicuro per me, come favore. Per nasconderli. E mettili in un luogo molto sicuro.»

«Sono importanti per te?»

«Non solo per me, sono importanti per il mondo, per l'umanità. E non voglio che cadano nelle mani sbagliate. Molte persone li desiderano disperatamente.»

Fratello Angus aggrottò la fronte. «Vuoi dirmi qualcosa in più?»

«Forse dovrei lasciare a Dio il compito di farlo.»

Lo zio lo accompagnò verso la finestra accanto alla scrivania e indicò qualcosa fuori. Sotto c'era un giardino cintato, e oltre un lungo cimitero rettangolare, con file ordinate di croci di legno piantate nell'erba ben curata, delimitato dai chiostri.

«Presto una di quelle croci sarà la mia, Ross. Non so per

quanto ancora il Signore mi risparmierà. Ho un cancro che, purtroppo, è abbastanza 'avventuroso', così mi ha detto il medico. È riuscito a viaggiare praticamente in ogni parte del mio corpo. L'ho chiamato Marco Polo.»

Ross sorrise di nuovo. «Ti stai curando?»

«No, ormai sarebbe inutile. Ma va bene così, ho vissuto la mia vita. Devo ancora concludere una missione, e credo che nostro Signore mi concederà di farlo.»

«Mi dispiace, zio.»

«Non essere dispiaciuto. Ti sto solo dicendo che, se hai bisogno di proteggere qualcosa di importante, probabilmente non sono la persona più adatta.»

«Lo sei. Ti ho chiesto questo favore perché anch'io non so quanto mi resta da vivere. Sono certo che saprai dove tenere quegli oggetti nascosti e al sicuro.»

«Sei malato, Ross? Non si direbbe guardandoti.»

«Non sono malato, ma in pericolo. Un pericolo molto grande.»

«Davvero? Dimmi.»

Ross indicò il calice e la fiala. «Non voglio mettere in pericolo anche te, oltre a tutto quello che stai già passando.»

«Che cosa può far male a un uomo che sta morendo?» Il vecchio monaco rimase in silenzio per un istante, poi appoggiò sulla scrivania il cavatappi e una bottiglia, uscì dalla stanza e tornò con due bicchieri spaiati. «È passato molto, molto tempo, tanti anni, da quando ho bevuto con qualcuno al di fuori dalla comunione. Mi pare che questo sia il momento giusto. Dio perdonerà entrambi.»

«Purtroppo io devo guidare fino a Birmingham.»

Fratello Angus rispose: «Qual era l'espressione che si usava tanti anni fa? *Un goccio prima di andare*?»

Qualche minuto dopo fecero tintinnare i bicchieri. «Dio ti benedica» disse suo zio.

Prima di ripartire, Ross gli raccontò tutto: sentiva di dovergli dire che cosa doveva salvaguardare. Lo zio gli rispose di avere un'idea.

70

Martedì 14 marzo

Due ore più tardi, Ross entrava in un'area di servizio per fare rifornimento. Il navigatore indicava ancora un'ora e venti minuti alla sua destinazione. L'effetto del bicchierino di vino era ormai svanito da tempo e lui aveva assolutamente bisogno di andare in bagno, di una botta di caffeina e di qualcosa da mettere sotto i denti. Dopo aver fatto benzina, posteggiò l'auto ed entrò nella stazione di servizio, dall'interno vistoso e pieno di prodotti di ogni genere.

Da quando aveva lasciato il monastero provava una strana mescolanza di emozioni nei confronti dello zio. Non gli era stato facile conciliare quell'uomo solo e fragile, in quella cella severa ma sorprendentemente spaziosa, con il rocker ribelle di un tempo. Eppure la fede cristallina di suo zio lo aveva toccato nel profondo. Come l'espressione di pura gioia sul suo viso quando aveva visto le bottiglie di vino.

Com'era possibile che un edonista come suo zio Angus si chiudesse al mondo e vivesse una vita solitaria, fatta di continua preghiera, respingendo e negandosi tutti i piaceri? Era possibile farlo quando si era sostenuti dalla fede? Se la fede era abbastanza salda?

Suo zio non era uno sciocco. Era come moltissime altre persone al mondo che quella fede l'avevano e la conservavano, qualsiasi cosa accadesse loro. Sotto un certo aspetto erano fortunati.

Ripensò a Harry Cook e a sé stesso. Due coordinate geografiche, che lo avevano condotto a un calice in un pozzo a Glastonbury e a un dente in una grotta in Egitto. A un attentato alla sua vita. E alle minacce.

Agli avvertimenti di Benedict Carmichael.

Al messaggio del fratello morto.

A questo pianeta, al quale era attaccato come con la colla, per gravità. Uno dei mille miliardi di corpi celesti, forse miliardi di miliardi – e oltre – dell'universo. Questo meraviglioso pianeta. Questo luogo spietato, inquinato, miracoloso, lacerato ogni giorno dall'odio che tanto spesso nasce da credenze religiose diverse. Diverse fazioni della stessa fede.

Pensò alle minuscole differenze tra le tante religioni, differenze semantiche, tra le altre. Ma tutte che, in fin dei conti, credono in un Dio supremo.

Sunniti. Sciiti. Cattolici. Anglicani. Libere chiese. Evangelici carismatici e conservatori. Esercito della salvezza. Quaccheri. Ebrei. Indù. Sikh. L'elenco era infinito. Sarebbero rimasti divisi fino alla fine dei giorni? Fino a quando ogni singola fede su questo straordinario pianeta sarebbe stata consumata dalla polvere nucleare?

Oppure Harry F. Cook aveva davvero qualcosa che avrebbe potuto cambiare il mondo come aveva affermato?

Pensò alle parole dell'astronauta Frank Borman a bordo dell'Apollo 8. «Quando alla fine ti trovi vicino alla Luna a guardare la Terra, tutte le differenze e i tratti nazionalistici si fondono insieme, e capisci che questo potrebbe davvero essere un solo mondo. Poi ti chiedi perché diavolo non possiamo imparare a vivere insieme come persone perbene.»

Era quello che provava Ross guardandosi intorno e osservando i cartelli della stazione di servizio. Burger King. WHSmith. E tutti gli altri viaggiatori che entravano e uscivano, molti con l'aria stanca. Qualcuno lo urtò e si affrettò ad allontanarsi senza scusarsi. Una coppia lo superò spingendo una carrozzina. Vide sé stesso e Imogen di lì a qualche mese. In quale mondo sarebbe nato suo figlio? si chiese mentre entrava nella zona ristorante, arricciando il naso per il puzzo di fritto.

Un mondo che, se niente fosse cambiato drasticamente, forse non sarebbe durato a lungo. E lui poteva essere la ragione del cambiamento, per quanto improbabile. E doveva portare a termine quella missione per suo figlio non ancora nato: nel profondo del cuore sapeva che, se avesse lasciato perdere, non sarebbe mai riuscito a guardarlo negli occhi.

Prese un vassoio e si aggirò tra i banconi, saltando le insalate e le altre opzioni salutari. Aveva bisogno di qualcosa di caldo e sostanzioso, qualcosa che gli desse energia. Ordinò al bancone fish and chips con purè di piselli, poi chiese un caffè in tazza grande e prese una bottiglia di minerale.

Pagò, andò all'altro bancone a prendere le posate, versò un po' di latte nel caffè, mise vicino al piatto diverse bustine di ketchup, aceto, sale e pepe, e portò il vassoio a un tavolo vicino a una finestra. Fuori vide due donne che fumavano nella pioggerellina. Appoggiò tutto, ripose il vassoio su una rastrelliera vicina poi si accomodò e prese in mano una bustina di ketchup.

Stava per aprirla quando un uomo magro, sulla quarantina, con capelli scuri, corti e ordinati, un trench portato sopra un completo e un bicchiere di caffè da asporto con coperchio, si accomodò sulla sedia vuota accanto a lui, come di proposito.

Seccato per quell'invasione, e vedendo molti tavoli vuoti tutto intorno, Ross guardò male l'uomo. Quello si limitò a sorridere come se lo conoscesse. Aveva un viso dai lineamenti decisi e l'espressione seria, e Ross notò che portava all'anulare un anello con sigillo.

Ross non era interessato a fare conversazione con un altro viaggiatore annoiato, quindi stava per alzarsi e spostarsi a un tavolo vicino quando l'uomo parlò con voce cortese e sicura.

«Ross Hunter?»

«Sì?»

L'estraneo si guardò intorno prima di parlare abbassando la voce. «Stuart Ivens, del ministero della Difesa.» Aprì con gesto discreto il portafoglio e gli mostrò un tesserino di identificazione. «Mi perdoni se interrompo il suo pasto» proseguì, «ma dovremmo fare due chiacchiere.»

«A proposito di cosa?» Ross fissò il tesserino e lesse la scritta, piccola ma ben chiara: MI5.

Qualche anno prima aveva scritto un articolo sulla misteriosa morte di un uomo sospettato di essere un agente dell'MI5. Era stato trovato cadavere in un appartamento di Londra, chiuso in un borsone, vestito dalla testa ai piedi in latex e con indosso una maschera sadomaso. L'agenzia aveva fatto ostruzionismo quando aveva cercato di far luce sull'accaduto e lui non era mai riuscito a sapere se l'uomo fosse morto per un gioco erotico finito male, oppure se fosse stato ucciso. Ma l'approccio dell'agente in quel momento non poteva certo riferirsi a quel caso, di sicuro non dopo tanti anni. Ross, però, si era già fatto un'idea abbastanza chiara dell'oggetto di quella conversazione, e non sbagliava.

«Credo che lei conoscesse il defunto professor Harry Cook» dichiarò Stuart Ivens in tono cortese.

«Lei cosa sa del professore?» rispose Ross sospettoso.

«Probabilmente non quanto ne sa lei signor Hunter» disse l'uomo togliendo il coperchio al bicchiere di caffè bollente. «Ma abbastanza perché i miei superiori siano molto preoccupati per la sicurezza nazionale, e per la sua.»

Ross si limitò a fissarlo.

«Guardi, andiamo subito al punto. A seguito del suo incontro con il professor Cook, lei è attualmente in possesso di alcuni oggetti che ritiene si riferiscano alla prova dell'esistenza di Dio. È corretto?»

«E lei come lo sa?»

«In questo periodo di sicurezza rafforzata, fa parte del nostro lavoro saperlo: la chiami sicurezza nazionale, un incarico di sorveglianza» rispose calmo, e sempre in tono cortese. «Lei crede di avere materiale per un articolo, ma ci sono conseguenze ben più vaste di cui forse non si rende conto. E la cosa rappresenta una minaccia molto reale alla sua stessa vita.»

«Ne sono consapevole.»

«Davvero?» Stuart Ivens gli lanciò un'occhiata perplessa.

«Se ciò che ha è davvero autentico, riesce a comprendere appieno quali conseguenze potrebbe innescare? E anche se non fosse autentico, ma lei riuscisse a mettere insieme una storia plausibile, le potenziali ricadute lasciano intravedere uno scenario da incubo in termini di disordini nel nostro paese e nel mondo.»

Ross lo guardò. «Cosa crede che abbia, o che potrei avere?»

«Alcuni oggetti che potrebbero dimostrare l'esistenza di Dio, signor Hunter.»

Ross si sentì sempre più a disagio. «Io non ho prove, non ancora, sono molto lontano dall'averne, ammesso che tutto sia vero e anche dimostrabile. E anche se potessi dimostrarlo, il mondo mi crederebbe? E se invece fosse tutto campato in aria? Pensa comunque di arrestarmi? Di rinchiudermi da qualche parte e torturarmi?»

Ivens fece un lieve sorriso. «Niente di tutto questo, e non sono qui per minacciarla in alcun modo. Lei è un rispettato giornalista, e sa bene come chiunque che al giorno d'oggi, nel nostro paese, e in molte parti del mondo, la religione è un argomento molto delicato.»

«Quindi vorrebbe che dimenticassi tutto?»

«Non sono venuto per chiederle questo. Vorrei soltanto farla riflettere sulle responsabilità che ha, vorrei che considerasse le conseguenze di qualsiasi informazione che pubblicherà. Sarebbe disposto a farci leggere il suo articolo prima che vada in stampa?»

Ross lo guardò. Gli sembrava tutto surreale. «Ci dovrei pensare e parlarne con la mia caporedattrice. Non posso farle promesse.»

Ivens soffiò sul caffè, poi lo bevve.

Era tutto vero? Stava parlando con un agente dell'MI5 in una stazione di servizio?

«Signor Hunter, lei è un uomo molto intelligente. Faccia mente locale: in quanti posti al mondo la gente ha fede in Dio? E in quanti quella stessa fede sta spaccando il paese e lo fa da anni, da decenni? Irlanda, Yemen, Siria, Iran, Iraq, Nigeria? Quanto deve andare indietro nella storia?» Ivens continuò a bere il caffè. «Il professor Cook le ha detto esattamente di chi fosse il Dio di cui le avrebbe fornito la prova?»

Dopo qualche istante, Ross rispose: «No». E, nel suo intimo, fece uno sgradevole esame di realtà.

«Esattamente. E all'interno di qualsiasi fede c'è chi ha una propria interpretazione: di qui nascono le divisioni.» Ivens prese un biglietto da visita e lo fece scivolare verso Ross. «Lei è un giornalista influente e la stampa britannica pubblicherà tutto ciò che lei scriverà. Nella sua carriera si è occupato di molti temi scottanti e non si è fatto scrupolo di mettere in imbarazzo il governo per l'equipaggiamento fornito alle nostre truppe in Afghanistan.»

«E se lo meritava appieno.»

«Su questo sorvolerei» rispose Ivens con uno strano sorriso.

«Davvero? Significa che è d'accordo?»

Ivens sorrise di nuovo. «Non tocchiamo questo tasto, se non per dire che rispetto il suo coraggio. Qui abbiamo a che fare con qualcosa di molto diverso, pensi solo a questo. Forse, e con ciò non intendo denigrare in alcun modo la sua integrità o la sua intelligenza, lei non comprende appieno fino a che punto questa storia possa andare oltre le sue capacità. Il terreno della fede non è razionale, non lo è mai stato. In questo paese, e in tutto il mondo, esistono divisioni religiose senza precedenti. E ritengo che lei sappia benissimo che la nostra sicurezza nazionale è gravemente minacciata proprio da queste divisioni. Lei può avere l'impressione che fornire la prova dell'esistenza di Dio possa riportare l'equilibrio nel mondo, ma pensi se sortisse l'effetto opposto. E non le dico altro. Se vuole parlare di nuovo con me, ha i miei contatti su quel biglietto da visita. Mi può trovare a qualsiasi ora.»

Ivens gli diede il biglietto, prese la tazza e fece un sorriso ironico. «Mi dispiace aver interrotto il suo pasto.» Poi se ne andò ma, fatto qualche passo, si voltò. «A proposito, le do un consiglio. Non è mai una buona idea dimenticare lo zaino in una caffetteria. In particolare non di questi tempi.»

71

Martedì 14 marzo

Dopo la partenza del nipote, per qualche momento fratello Angus si sentì triste, consapevole che difficilmente sarebbe vissuto abbastanza a lungo per rivederlo. Ma sentì anche l'enorme peso della responsabilità mentre fissava il calice di legno e la fiala di vetro con il poco liquido che conteneva.

Li portò nel suo cubicolo, chiuse gli occhi e si inginocchiò, chiedendo a Dio la forza di proteggerli – come gli aveva chiesto Ross – e lo pregò di proteggere anche il nipote.

Pensò alle parole di Ross.

Forse Dio gli avrebbe spiegato che fare.

Ma dopo un'ora, Dio non gli aveva detto niente.

Aveva la sensazione – una semplice intuizione – che nulla gli sarebbe arrivato forte e chiaro, e che quella visita di Ross, e quegli oggetti, avessero a che fare con i dubbi che gli erano venuti sulla propria fede e con le sue preoccupazioni per il mondo.

Si sentì travolgere dal senso del dovere verso suo nipote: doveva proteggere quei due oggetti. Sì, sapeva di poter chiedere che venissero sepolti con lui, ma sapeva anche che il monastero non navigava in buone acque, dal punto di vista finanziario. Solo ventitré monaci, lui compreso, in un monastero che ne poteva ospitare molti di più. Forse fra qualche anno lo avrebbero venduto, magari trasformandolo in un resort di campagna con un campo da golf. Sapeva come andava il mondo. Un immobiliarista non si sarebbe preoccupato delle tombe. Fratello Angus doveva fare qualcosa per rispettare il desiderio del nipote, per assicurare che quei due oggetti si conservassero indisturbati per sempre.

Forse glielo stava dicendo Dio, oppure era soltanto il suo buon senso?

L'idea che gli era venuta prima andava consolidandosi. C'era una persona che conosceva e della quale si poteva fidare e si trovava in un luogo assolutamente sicuro. Riponendo i due oggetti nella credenza accanto al letto, più ci pensava, più apprezzava la propria intuizione.

Avrebbe chiesto al priore e, se lui avesse detto di no, pazienza.

Ma era certo che Dio lo avrebbe guidato e gli avrebbe fatto dire di sì.

72

Martedì 14 marzo

La riga verde sul navigatore guidò Ross nel labirinto del raccordo soprannominato Spaghetti Junction. Era lo svincolo peggiore e più complicato mai costruito al mondo? Di sicuro, pensò, chi lo aveva progettato doveva avere un minimo senso civico e spirito di servizio in qualche punto del cuore, per quanto dal risultato finale non si notasse affatto.

La mappa svanì, sostituita da una grossa riga bianca che curvava su sé stessa e gli indicava di tornare indietro, accompagnata dalla stentorea voce femminile che gli ordinava di fare una inversione a U.

Fantastico! «Cazzo, sono in autostrada!» le rispose Ross, sfinito dal lungo viaggio e dall'interruzione del pasto a opera di quel viscido Stuart Ivens dell'MI5. La pioggia battente, poi, non migliorava certo il suo umore.

Suonò il telefono, e lui premette il pulsante di risposta sul volante.

«Ross?» Era Imogen, e la sua voce sembrava tesa.

«Ciao! Come va?»

«Dove sei?»

«Da qualche parte fuori Birmingham e sto per portare le chiappe a destinazione. Che c'è?»

La mappa tornò visibile e la freccia del navigatore indicò l'uscita successiva, accompagnata dalla voce femminile che gli ordinava di svoltare a sinistra alla prima uscita. Lui eseguì e vide che si stava dirigendo dove non voleva: sulla M6 in direzione sud. Esattamente da dove era arrivato. Dannazione.

«Si è presentato un uomo nel mio ufficio» disse Imogen.

Anche lei aveva ricevuto una visita del tizio dell'MI5, Stuart Ivens?

«Chi era, che cosa voleva?» Ross cercò oltre il parabrezza l'uscita successiva.

«Un certo monsignor Giuseppe Silvestri, o un nome simile. È arrivato su una macchina con autista e ha detto di essere un rappresentante del Vaticano. Voleva parlare in privato con me, e siamo andati in una sala riunioni.»

«E?»

«Mi ha detto che se sei in grado di dimostrare che ciò che hai è autentico, sarebbero disposti a comprare i due oggetti. E ha più o meno fatto capire che il prezzo sarebbe a tua discrezione.»

«Il Vaticano?»

«Ross, perché non accetti? Vedi quanto offrono, poi potremo prendere le distanze da tutta questa faccenda.»

«Indicare io il prezzo?»

«Sì! E ho la sensazione che pagherebbero un mucchio di soldi, davvero tanti.»

«Imo, senti, io non ho...»

«Ross» implorò lei, «ti prego, ascoltami. In qualsiasi cosa tu, noi, siamo coinvolti, io sono spaventata a morte. Tu sei intelligente, sei un grande giornalista, ma quale che sia la verità sulla storia che stai seguendo, è troppo pericolosa. Ti chiedo almeno di incontrarlo domani per sentire cosa ha da dirti.»

«Lasciami finire questa cosa qui a Birmingham, poi ci penserò, va bene?»

Si stava avvicinando all'uscita.

«Ross, non sono sicura di voler continuare a fare parte di questa faccenda.»

«Senti, appena avrò finito con Anholt-Sperry ti richiamo, va bene? Ora devo concentrarmi sulla strada.»

«Va bene» rispose lei gelida. «Richiamami appena puoi. Quando sarai a casa?»

«Più o meno verso le sette di sera.»

«Arriverai prima di me. Se puoi, porta Monty a fare una passeggiata. Io non tornerò prima delle dieci, vado a mangiare con una mia ex compagna di scuola che è in città per una conferenza.»

«Chi è?»

«Jennie Elkington, non la vedo dai tempi del liceo.»

«Ok, divertiti» rispose Ross. Non aveva mai sentito prima quel nome e, per quanto ci provasse, non riusciva a ignorare quel dubbio persistente. Si chiese chi incontrasse davvero sua moglie.

Ormai da qualche mese Imogen aveva cominciato a comportarsi in modo strano, e gli era tornata in mente l'epoca della relazione clandestina. E infatti allora, poco tempo dopo, gli aveva confessato che la cosa andava avanti da molti mesi e, ripensandoci a posteriori come gli era capitato spesso, si era reso conto dei segnali che aveva avuto prima di partire per l'Afghanistan, ma che aveva ignorato. Erano gli stessi che notava in quel momento, anche se la moglie era incinta.

O era lui che vedeva fantasmi?

73

Martedì 14 marzo

Venticinque minuti più tardi, Ross si fermò in un parcheggio vicino agli uffici dello studio Anholt-Sperry Brine. Scese e si affrettò chinando la testa sotto la pioggia. Superò una Ducati con grandi borse laterali ferma accanto al marciapiede, salì di corsa i gradini fino alla pensilina dell'ingresso e suonò il citofono.

Quasi subito sentì uno scatto e il pesante portone di legno nero si aprì per far uscire in tutta fretta un tizio che lo superò senza nemmeno scusarsi. Sembrava un motofattorino, vestito di pelle nera, casco integrale con il visore abbassato e una valigetta in mano. In quel momento Ross sentì una strana, invisibile forza che lo attirava verso quell'uomo come una mano invisibile: la sensazione durò un istante, e il medaglione di san Cristoforo che Imogen gli aveva regalato anni prima sembrò voler schizzare fuori dalla camicia. Oppure si era immaginato tutto?

La zona della reception era affollata: con tutte le sedie occupate gli rammentò la sala d'attesa di un medico. I membri di una numerosa famiglia asiatica erano seduti in gruppo, immersi in una conversazione. Una giovane coppia incupita si teneva per mano e fissava il vuoto. Un uomo sulla cinquantina dall'aspetto ansioso stringeva di nascosto una sigaretta elettronica e sfumacchiava. Su un'altra sedia, una donna con il burqa con un bambino che piangeva.

La stessa tizia bisbetica che riconobbe dalla sua visita precedente era appollaiata dietro il bancone di legno e gli lanciò un'occhiata gelida quando lo vide avvicinarsi.

«Sì?»

«Ho un appuntamento con l'avvocato Anholt-Sperry.»

Lei sfogliò l'agenda. «Alle tre?»

«Sì.»

«Oggi qui è un caos e la segretaria dell'avvocato non si è presentata in ufficio. Ho appena visto andarsene un cliente che aveva un appuntamento con lui.» Premette un interfono. Poi scrollò la testa con espressione lievemente addolcita. «Non ha idea di quanto lavoro ci sia. Meglio che salga, la strada la conosce.»

«Certo.»

Salì le tre rampe di stretti gradini malfermi e, arrivato in cima, bussò alla porta sulla destra.

Non ebbe risposta.

Bussò di nuovo più forte e attese. Nessuno rispose. Spinse lentamente la porta e vide lo stesso ufficio ingombro che ricordava dalla visita precedente, con pile di faldoni sparse sul pavimento e cumuli di carte sulla scrivania.

Robert Anholt-Sperry in persona sedeva eretto, col viso paffuto, i nei e il riporto rado, le mani appoggiate al piano in pelle della scrivania. Era vestito, come la volta precedente, con una camicia a quadretti lisa e una vecchia cravatta annodata male, e fissava il vuoto davanti a sé con espressione divertita.

«Oh, scusi l'irruzione, la signora di sotto mi ha detto di salire.»

Nessuna risposta dall'avvocato.

L'uomo era immobile e gli occhi fissi.

«Avvocato Anholt-Sperry?»

Ross si avvicinò e vide che l'uomo non respirava.

Gli sembrò di essere entrato in un congelatore e che qualcuno avesse chiuso la porta alle sue spalle. Si precipitò dalla receptionist al piano di sotto.

74

Martedì 14 marzo

Quando fratello Angus entrò nell'ufficio del priore – non ci aveva mai messo piede nei tanti anni trascorsi al monastero – si guardò intorno intimidito. Osservò gli scaffali carichi di libri, le comode poltrone di pelle, il computer, la stampante e il televisore fissato alla parete.

Avrebbe potuto essere l'ufficio dell'amministratore delegato di una multinazionale più che dell'uomo cui era affidata la custodia di ventitré monaci dalle provenienze più disparate. Quella vista rammentò a fratello Angus tutto ciò che si era lasciato alle spalle quando aveva preso gli ordini sacri. Ma servì anche a ricordargli che non gli mancava nessuna di quelle cose.

La semplicità della sua vita contemplativa – o per essere precisi, della sua *seconda* vita dopo una giovinezza sregolata – gli aveva dato la pace e l'appagamento che non aveva mai trovato in tutti gli anni in cui suonava strafatto di droga, andava a letto con le groupie e guadagnava una quantità spropositata di denaro. A quei tempi c'era stato un periodo in cui l'idea della morte lo terrorizzava, ma tutto era cambiato quando era entrato nella comunità monastica del Monte Athos e aveva scoperto la propria fede, che si era ulteriormente rafforzata quando era arrivato a St Hugh dopo aver sepolto sua madre.

Per lui erano finite le paure, le ansie, le responsabilità che non fossero le quotidiane preghiere per il mondo. Ben presto anche il suo corpo sarebbe stato sepolto, come quello di sua madre. Solo un guscio vuoto. Il suo spirito, la sua anima, anelava a un fine più alto.

«La tua silenziosa contemplazione, fratello Angus, è già

stata interrotta oggi» disse il priore con la sua voce tanto gradevole. «Siediti alla mia scrivania, fa' la tua telefonata. Mi sbaglio o sta accadendo qualcosa nella tua vita?»

«Sì, priore.»

Angus si accomodò, grato di riuscire ancora a conservare qualche energia.

«Lo sento anch'io, fratello Angus. Durante le mie preghiere mattutine, il Signore mi ha detto che ti è stato affidato un incarico estremamente importante per tutti noi. È corretto?»

«Credo di sì, padre Raphael.»

I due rimasero in silenzio per un po'. Il priore ben conosceva le regole della riservatezza e non indagò oltre.

«Fratello Angus, la mia porta è sempre aperta. Ti lascerò solo per fare la tua telefonata. Se mai avessi voglia di parlare, ti prego di venire da me. Non aspettare troppo, me lo prometti?»

«Lo prometto, fratello Raphael.»

Il priore uscì dallo studio e chiuse la porta.

Fratello Angus fissò il moderno apparecchio sulla sua base. Da molto tempo non faceva una telefonata. Aprì il foglietto che aveva in mano, lo appiattì sulla scrivania, poi prese trepidante la cornetta e compose un numero internazionale.

Un lungo silenzio. Forse non era più attivo.

Poi sentì un *bip* seguito da un altro, poi un altro ancora.

Infine uno scatto, seguito da una voce arcigna e sospettosa che parlò in greco. Negli anni trascorsi al monastero di Simonopetra, sul Monte Athos, aveva imparato un greco elementare, sufficiente per poter parlare con gran parte dei monaci.

Disse in greco: «Buongiorno, sono fratello Angus, ho vissuto da voi qualche anno fa. Avrei bisogno di parlare con urgenza con mio cugino, fratello Pete, l'americano. È ancora con voi?»

La voce rimase arcigna e sospettosa, come irritata per la

telefonata. Informò fratello Angus che sì, fratello Pete era ancora con loro e ancora obbedienziario degli ospiti del monastero.

«È molto importante» disse fratello Angus. «È un ordine di Dio.»

Dopo un lungo silenzio, il monaco all'altro capo dell'apparecchio rispose. «Può telefonare alle diciotto e cinquanta, dopo il nostro pasto serale. Dirò a fratello Pete che ha il permesso di parlare con lei, se lo desidera.»

Fratello Angus lo ringraziò profusamente.

75
Martedì 14 marzo

Wesley Wenceslas sedeva nella suite di un albergo di Leeds insieme a Lancelot Pope e stava guardando il montaggio finale della sua trasmissione settimanale sul canale YouTube della Wesley Wenceslas Ministries Faith TV. Il pastore beveva Krug – la bottiglia era sul tavolino nel secchiello con ghiaccio – e Pope sorseggiava un single malt. Sul tavolo, gli avanzi della cena a base di hamburger.

Il video, con colonna sonora soul, presentava Wenceslas con i capelli prematuramente ingrigiti acconciati alla perfezione, un elegante completo nero di Armani con collo alla coreana, camicia nera e un alto colletto bianco inamidato. Microfono in mano, percorreva il palco di fronte ai millesettecento fedeli che affollavano la sua chiesa di Leeds. Le panoramiche si alternavano a primi piani dei fedeli, scelti con cura e ritrasmessi su enormi schermi alle spalle del pastore. Volti di ogni etnia, età e genere che cantavano inni, pregavano o ascoltavano con espressione rapita.

«E il Signore ha detto non pronuncerai invano il nome del Signore tuo Dio. E il Signore ha detto ama il denaro, sì, lo ha fatto! Perché la *Prima lettera di Timoteo*, capitolo 6, versetto 10, ci dice che l'amore per il denaro è la radice di tutti i mali, ma… ascoltate bene! *Se il denaro del Signore viene piantato nuovamente nel ministero del Signore, nostro Signore, che non è in debito con nessuno, ci ha promesso nel Vangelo di Marco, capitolo 10, versetto 30, che ci darà cento volte più di quanto abbiamo messo nel piatto delle offerte!*»

Il pastore continuò a percorrere il palco in silenzio, lasciando ai suoi fedeli il tempo per interiorizzare questo importante concetto. Poi proseguì. «Il matrimonio è ordinato da Dio e permette una sacra unione sessuale solo tra un uomo e sua moglie. Qualsiasi altro connubio viene considerato un abominio agli occhi del Signore.»

Di nuovo in silenzio, Wenceslas voltò le spalle al pubblico, poi tornò per affrontare, sfidare ed esortare i presenti.

«Prendetevi per mano!» disse. «Lo volete? Fatelo nel nome di Gesù! Questa sera la gloria del Signore scenderà copiosa su di noi. Fatelo, forza.» Poi cominciò a cantare: «Alleluia! Alleluia!»

La folla si unì come una voce sola.

«Chi vuole l'unzione questa sera?» chiese.

Si presentò un uomo di mezza età in completo blu.

Due collaboratori di Wenceslas si fecero avanti con discrezione e uno si mise alle spalle dell'uomo.

«Come ti chiami?» chiese il pastore.

«Brian.»

«Sei pronto stasera ad abbracciare Gesù, Brian?»

L'uomo annuì, supplicante.

Ponendo le mani intorno al capo chino di Brian, Wenceslas disse: «Brian, quello che Dio farà adesso per te resterà con te per sempre. Oh, Gesù sempre glorioso, prepara in noi il Tuo tempio!» Batté su entrambe le spalle dell'uomo, poi si chinò ancor più avanti. «Quello che ora mi dice il Signore è prezioso, assolutamente prezioso, Brian! Riponi la tua fede nello Spirito Santo, Lui è con tutti noi stasera.»

Wenceslas si girò per mettersi di fronte all'altare, coperto di enormi composizioni floreali e illuminato con sfumature di blu e verde fosforescente. Da un lato c'era un'orchestra di quindici elementi. Il pastore stava schioccando le dita. «Gesù sempre glorioso, crea in noi il Tuo tempio!»

Poi si girò nuovamente verso l'uomo e gli batté ancora sulle spalle. «Sei pronto a riceverlo, Brian? Quello che mi sta dicendo il Signore è molto prezioso» disse soffocando un singhiozzo. «Molto prezioso, assolutamente prezioso!»

L'uomo, con le mani giunte, scivolò a terra e rimase sul pavimento, immobile, sdraiato su un fianco.

«Quel che Dio sta ora facendo con lui è assolutamente prezioso!» proseguì Wenceslas con voce incrinata dall'emozione. Poi cominciò a passeggiare avanti e indietro, asciugandosi le lacrime con il dorso della mano e singhiozzando. Prese un fazzoletto, si asciugò gli occhi e, ancora singhiozzando, si rivolse alla congregazione. «Alzate le mani e pregate, ora. Forza! A volte pianifichiamo qualcosa, ma Dio cambia il corso degli eventi. Alzate tutti le mani e pregate lo Spirito Santo, Dio non ha ancora finito. Stasera, qui, Dio ha salvato Brian, ma potrà salvare tutti voi? Solo coloro che vogliono essere salvati. A quelli che lo desiderano, Dio, Gesù e lo Spirito Santo chiedono di farsi avanti, ma prima ascoltatemi. Sentite cosa sta accadendo. La Grande Bestia, l'Anticristo, potrebbe già essere tra noi, camuffato, come dice la Bibbia, da nostro salvatore. Devo combatterlo per Brian, per voi tutti, per tutta l'umanità. Chi tra di voi mi aiuterà a smascherare questa Bestia?»

Puntò a caso un dito verso i membri del pubblico tra urla entusiastiche di «Io! Io! Io!»

«Matteo, al capitolo 24, versetto 24, ci dice 'Perché sorgeranno falsi cristi e falsi profeti e faranno grandi segni e miracoli, così da ingannare, se possibile, anche gli eletti'.» Wenceslas spalancò le braccia. «Gli *eletti* siete tutti voi presenti. E so che mi posso fidare di voi perché siete i Soldati del Signore! Stasera, quando tornerete a casa, speditemi un fazzoletto e un assegno di venticinque sterline: io pregherò su quello e ve lo rispedirò, e lo terrete con voi per sempre, sarà il vostro scudo. E non dimenticate il mio servizio '1 donazione = 1 preghiera'. Tutto il denaro che raccogliamo serve a tenere in vita questo ministero. E ricordate sempre che chi semina nel ministero raccoglierà i frutti della benedizione di Dio.»

Su un grande schermo alle sue spalle lampeggiava, insieme a un numero di telefono, il messaggio: 1 DONAZIONE = 1 PREGHIERA. SI ACCETTANO LE PRINCIPALI CARTE DI CREDITO.

«E ora preghiamo il nostro Signore e protettore!»

Al termine del video, Pope guardò il suo capo. «Bella interpretazione… tu che ne dici?»

«Può andare» rispose Wenceslas, ancora furioso con lui per la coppa e il dente fasulli che gli avevano presentato quella mattina. «Ma sai a che penso davvero?»

«Sono tutto orecchie, Grande Maestro.»

«Stasera credo di aver bisogno di rilassarmi in gradevole compagnia.»

«In tal caso, direi che la Divina Provvidenza ha provveduto, letteralmente, ancora una volta! Ho giusto giusto due signorine molto graziose che al momento sono in una stanza due piani sopra di noi.»

Il pastore Wesley Wenceslas sorrise per la prima volta quel giorno. Poi, accigliandosi, chiese cauto. «E sei sicuro che non sappiano chi sono io?»

«Certo che sanno chi sei. Ti chiami Maurice Winters e sei un immobiliarista londinese di successo che si trova qui a Leeds in cerca di opportunità di sviluppo.»

«Sia lodato il Signore! Credo che tu, Mister Sorriso, sia vicino alla redenzione!»

«Sei proprio un ragazzaccio» ribatté Pope e tirò fuori una delle citazioni bibliche che conosceva a memoria e a volte usava per punzecchiare il suo capo. «Apocalisse. 'Allora uno dei sette angeli… mi si avvicinò e parlò con me: "Vieni, ti farò vedere la condanna della grande prostituta che siede presso le grandi acque. Con lei si sono prostituiti i re della terra e gli abitanti della terra si sono inebriati del vino della sua prostituzione"'.»

«'Fanculo.»

«Esattamente quello che spero succeda stasera.» Pope sorrise e alzò occhi sognanti al cielo. «A ciascuno il suo.»

76

Martedì 14 marzo

Il motore della Ducati borbottava al minimo mentre il centauro, sfinito, si chinava e premeva un pulsante sul pannello accanto al cancello alto e bianco della casa di Richmond Hill, nella zona sudest di Londra. Consapevole che una telecamera lo stava inquadrando, tenne il visore abbassato.

«Sì?» chiese una voce femminile.

«Ho una consegna» disse, facendo del suo meglio per camuffare l'accento americano, aiutato in questo dal casco che gli attutiva la voce.

Il cancello si spalancò. Ghiaia. Big Tony odiava la ghiaia, e vederla non fece che peggiorare il suo pessimo umore. Era rimasto bloccato per due ore sulla M40, grazie a un idiota che si era ribaltato con una roulotte e alla polizia che aveva chiuso la strada. Percorse lentamente il viale tenendo le gambe aperte, pronto a piantare i talloni se la moto gli fosse sfuggita di sotto. Quando si avvicinò alla moderna villa di mattoni rossi, si accesero dei riflettori.

Scese davanti all'ingresso principale, spense il motore, abbassò il cavalletto e sistemò la moto con attenzione, assicurandosi che non potesse cadere. Aveva molta cura dei suoi mezzi. Controllò che la targa del Principato di Monaco fosse ancora ben coperta da quella falsa inglese, poi salì gli imponenti gradini verso il portico d'ingresso e premette il campanello.

Lo illuminò un'altra lampada di sicurezza.

All'interno sentì abbaiare furiosamente, poi una rossa sulla quarantina, in tuta e scarpe da ginnastica, aprì e lo scrutò. «Ha una consegna?» chiese con quello che gli sembrò l'accento dell'alta società inglese. Alle sue spalle un cane continuava ad abbaiare.

«Per il signor Brown, ma prima devo ritirare qualcosa» rispose Big Tony.

«Credo che mio marito la aspettasse molto prima.»

«Davvero? Magari avrebbe dovuto diradare il traffico per me.»

«È impegnato in una videochiamata, posso firmare io la consegna? E che cosa deve ritirare?»

«Ho bisogno di vedere suo marito, ma non posso aspettare che la gente finisca di telefonare, signora» disse, lasciando trapelare il suo accento americano. «Immagino che quello che ho sia piuttosto importante per lui.» Poi cominciò a scendere i gradini. Arrivato in fondo si voltò e aggiunse: «Dica al signor Brown che è passato Big Tony, lui sa come contattarmi».

«Aspetti!» gridò lei. «Sta arrivando. Ha detto il signor Brown? Credo che abbia sbagliato…»

Big Tony vide precipitarsi fuori dalla porta l'uomo alto e dinoccolato che conosceva come signor Brown, con indosso i pantaloni di un completo sorretti da bretelle rosse sopra una camicia formale aperta sul collo, occhiali con la montatura rossa e ciabatte con il monogramma.

«Tony, salve! Mi scuso per l'attesa! Pessimo viaggio?»

Voltandogli le spalle, Big Tony si mise a cavalcioni della moto. L'uomo corse da lui. «Ce l'ha? Ha la… chiavetta?»

«Sì. Ho creduto che la volesse, mi sono dato piuttosto da fare per lei, ma non mi pare che ne abbia particolare urgenza. Magari me la porto via, le addebito il deposito, e mi fa sapere quando vuole venirsela a prendere.»

«No, la prego, ci serve proprio.»

«In questo caso potrei alzare il prezzo.»

«Ho il denaro per lei. L'ho preso adesso dalla cassaforte nel mio studio. Aspetti solo un istante.»

«Ho detto alla signora che non aspetto in eterno, per nessuno. Le darò un minuto esatto.» Sollevò il polsino del guanto per guardare l'orologio.

L'uomo schizzò su per i gradini e inciampò, finendo lungo disteso. Big Tony sorrise. Aveva perso i suoi occhiali alla moda. Mentre l'uomo si alzava e li rimetteva, Big Tony vide del sangue che gli colava su una guancia. Il signor Brown non gli piaceva, non gli piaceva per niente. Aveva frequentato parecchie persone malvage nella sua vita, persone davvero cattive, come lui. E quell'uomo che si allontanava zoppicando nell'ingresso di casa sua sembrava intriso di malvagità, che gli impregnava tutti i pori della pelle.

Big Tony controllò l'orologio. Erano passati 55 secondi. 56. 60.

Premette il pulsante di avviamento, spinse la moto fin quando il cavalletto si sollevò, mise la prima e, in mezzo a una grandinata di ghiaia, con il posteriore della moto che sbandava, accelerò a fondo verso il cancello ancora aperto.

77

Martedì 14 marzo

Ross era stanco, affamato e molto scosso mentre guidava verso sud sulla M40, nel buio, sotto una pioggia ancora battente e con un nuovo e ulteriore pericolo che stava rallentando il suo viaggio anche più del traffico: una nebbia che andava facendosi sempre più fitta. Nel tentativo di tirarsi un po' su di morale, ascoltava alcuni dei suoi pezzi preferiti di Glen Campbell. In quel momento il brano era *Rhinestone Cowboy.*

«*Now I really don't mind the rain... And a smile can hide all the pain...*»

Mi dispiace, Glen, pensò. Ma la pioggia mi infastidisce e non sto sorridendo.

Poi sua moglie non rispondeva al telefono: le aveva lasciato due messaggi vocali e un SMS.

Superò un camion, e gli schizzi di pioggia lo accecarono per un momento, poi i tergicristalli pulirono il vetro a sufficienza per lasciargli vedere le luci posteriori delle macchine davanti a lui.

Mentre guidava a distanza di sicurezza dalla macchina di fronte, continuava a ripensare agli eventi delle ultime ore.

La receptionist aveva chiamato la polizia oltre all'ambulanza, considerando che il cliente prima di lui si era precipitato fuori in maniera sospetta. Ross aveva aspettato, poi aveva accompagnato lei e due paramedici al piano di sopra. Aveva osservato dalla porta mentre cercavano di rianimare l'avvocato, con la donna accanto a loro, sconvolta e singhiozzante.

Con tutte quelle distrazioni, Ross aveva colto l'occasione per scivolare inosservato dietro la scrivania e leggere i nomi sui dossier che erano impilati. Quasi subito vide il suo, sopra una cartelletta verde. Accertandosi che nessuno guardasse, l'aveva aperta: era vuota.

Dopo circa dieci minuti, i paramedici avevano rinunciato e infine avevano dichiarato la morte di Anholt-Sperry. Non essendoci evidenti segni di violenza sul suo corpo, il decesso poteva essere ricondotto a un arresto cardiaco.

A dispetto delle apparenti cause naturali, il comportamento del cliente prima di lui aveva però destato i sospetti della polizia, e anche quelli di Ross, benché non avesse detto niente in proposito. L'avvocato era morto mentre un cliente in tuta da motociclista era nel suo studio? In quel caso, come mai il cliente non si era precipitato ad avvisare la receptionist? Poi c'era il mistero sull'identità di quell'uomo.

Aveva prenotato l'appuntamento con il nome di Terence Dunn, un nuovo cliente che diceva di aver bisogno di consulenza a proposito di un'eredità. Un rapido controllo della polizia aveva rivelato che il numero apparteneva a un telefono usa e getta. E, quando lo avevano chiamato, nessuno aveva risposto.

Considerando che aveva visto uscire quell'uomo e aveva trovato l'avvocato morto, Ross aveva accettato di accompagnare i due agenti alla stazione di polizia per rilasciare la propria testimonianza.

Non sapeva esattamente quanto rivelare, poi, mentre era seduto in attesa, un uomo sulla quarantina, con un abito elegante, si era avvicinato. «È un piacere rivederla, signor Hunter. Sono Martin Starr, ispettore capo dell'Unità crimini violenti di Birmingham. Mi pare che stia prendendo l'abitudine di arrivare agli appuntamenti con il morto.»

L'ispettore si era affrettato a rassicurare Ross che non era in arresto, e neppure un sospettato, ma voleva soltanto che gli dicesse tutto quello che ricordava. Li aveva raggiunti l'agente Maria Stevens, che sembrava pensarla diversamente e lo aveva trattato più come un criminale che come un testimone.

La prima domanda di Starr era stata se avesse visto qualcuno uscire dallo studio di Robert Anholt-Sperry. Ross aveva risposto di no, ma che un motociclista, all'apparenza un motofattorino, lo aveva quasi travolto mentre usciva, e corrispondeva alla descrizione fatta dalla receptionist del cliente che lo aveva preceduto. Ross non aveva potuto descriverlo perché la visiera scura del casco era abbassata, ma lui – avrebbe anche potuto essere una lei – teneva in mano una valigetta, e fuori dal palazzo era posteggiata una Ducati. Disse ai due poliziotti di averla notata perché ne desiderava una da sempre.

Le domande di Starr erano diventate più imbarazzanti: aveva cominciato a chiedergli quanto sapesse dei rapporti tra l'avvocato e Cook.

Dalla sua esperienza di giornalista, Ross sapeva che esistevano rigide regole di riservatezza nei rapporti tra avvocati e clienti, e decise di avvalersene se necessario.

«Dunque non c'era alcun collegamento tra le affermazioni di Cook a proposito della prova dell'esistenza di Dio e la sua visita all'avvocato Anholt-Sperry?» aveva chiesto Maria Stevens.

«Volevo incontrare l'avvocato Anholt-Sperry per scoprire qualcosa di più sul suo defunto cliente per un articolo che sto scrivendo per il *Sunday Times*» era stata l'evasiva risposta di Ross.

Aveva firmato una breve dichiarazione e accettato, se richiesto, di fare una deposizione più completa. Infine era partito per il lungo viaggio verso Brighton poco prima delle venti.

La morte del vecchio avvocato era collegata a quanto stava accadendo? O era una semplice coincidenza? Anholt-Sperry era anziano e sovrappeso, con problemi cardiaci: quando lo aveva visto la volta precedente non aveva un aspetto particolarmente sano, ma poteva trattarsi anche di stress.

Ne dubitava, però. Era certo che le morti di Cook e Anholt-Sperry fossero collegate, eppure l'avvocato non aveva ferite apparenti, almeno non visibili.

Pensò alla cartelletta vuota con il suo nome che aveva

visto sulla scrivania. Il motociclista aveva preso il contenuto? Oppure l'avvocato stava per metterci dentro qualcosa? La terza serie di coordinate?

Ricordò che Imogen gli aveva detto che sarebbe arrivata tardi a casa – che si vedeva con un'amica – e provò a telefonarle ancora una volta con il vivavoce della macchina. Con suo grande sollievo, lei rispose quasi subito.

«Ciao!» esordì Ross. «Ero molto preoccupato, ti ho chiamata e ti ho mandato un messaggio. Tutto bene?»

Lei sembrò sconvolta. «No, Ross» rispose urlando in maniera isterica. «Sono appena rientrata a casa e non va tutto bene. Non va affatto bene!»

78
Martedì 14 marzo

Boris sembrava essersi impratichito, pensò Ainsley Bloor mentre osservava la scimmia digitare sulla tastiera. Batteva sulla «a» e sulla «r» con crescente regolarità, poi afferrava avidamente una nocciolina, un acino d'uva o un pezzetto di banana che ogni volta scendevano dallo scivolo. Dalle pagine che uscivano dalla stampante, Boris sembrava aver capito che, digitando per intero «lui», avrebbe ricevuto un bocconcino speciale: una mela, un'arancia o una banana intere.

Nessuna delle altre cinque scimmie sembrava averlo ancora compreso. E le opere complete di Shakespeare sembravano di là da venire.

Bloor aveva lavorato a un nuovo algoritmo per premiare Boris quando scriveva una parola più lunga ma, fino a quel momento, la sciocca creatura non lo aveva accontentato. Si limitava a ripetere in continuazione quelle singole «a» e «r» e, di tanto in tanto, un «lui».

In quel momento, però, mentre tremava per il freddo e l'umidità, l'esperimento era l'ultimo dei problemi di Bloor. Sbadigliò, stanco dopo una giornata lunga e frustrante: non vedeva l'ora di entrare in casa e versarsi qualcosa di forte e liscio. Il suo pilota lo aveva avvertito che la nebbia era troppo fitta per arrischiarsi a volare fino a casa, quindi era rientrato in macchina, con l'autista che guidava in maniera ridicolmente lenta per la scarsa visibilità. Erano passate le venti e trenta, e doveva prepararsi a un'intervista l'indomani mattina per *Today* di Radio 4 sull'operato della sua azienda nel campo delle terapie genetiche, alla quale sarebbe seguito un consiglio di amministrazione a Londra.

Il mancato arrivo della telefonata che aspettava non fece

che alimentare la sua rabbia. Gli uomini della sua organizzazione erano incompetenti quanto quelle cazzo di scimmie?

«Dai, Boris, ce la puoi fare!» urlò.

La scimmia si voltò per un attimo verso di lui poi, come per ubbidire al padrone, si rimise a digitare. Dallo scivolo scese un grappolo d'uva.

Un'altra lettera «r».

«Idiota!» urlò Bloor poi, rivolto a tutte le sei scimmie: «Voi non sapete quanto siete fortunate, sciocche scimmie nane!»

Si voltò infuriato e, mentre andava a gran passi sull'erba bagnata verso casa, a una certa distanza oltre un muro di nebbia, il suo telefono squillò. Il display gli indicò un nome.

«Sì, Julius» rispose. «Ce l'hai?»

«Houston, abbiamo un problema» rispose Helmsley.

79

Martedì 14 marzo

Erano le 23.15 quando Ross, che faticava a tenere gli occhi aperti, si fermò nel vialetto di casa accanto alla macchina di Imogen. Anche se era sfinito, controllare attentamente i dintorni prima di scendere dall'Audi era diventato per lui un automatismo. La strada era deserta e, durante il viaggio, non aveva notato nessuno che lo seguisse.

In casa le luci erano accese. Troppe, tutte, e brillavano alle finestre di ogni stanza. Che strano, pensò apprensivo mentre premeva il telecomando per chiudere la macchina. Guardò le tre telecamere subito sotto il cornicione, fissate dall'elettricista. E si preoccupò, provando una sensazione di vuoto allo stomaco.

Tutti gli obiettivi delle telecamere erano stati rotti.

La porta d'ingresso si aprì prima ancora che la raggiungesse e Ross vide Imogen, in salopette e T-shirt bianca, con i capelli in disordine, il colorito di un pallore mortale e il viso rigato di lacrime.

«Ciao!» disse avviandosi verso di lei con le braccia spalancate ma la moglie, non appena la raggiunse, si tirò indietro.

«Meglio che guardi cosa è successo a casa tua, Ross. A casa nostra. A quella che *era* la nostra casa.» Stava tremando.

Ross entrò e si bloccò all'istante. Sulla parete dell'ingresso erano dipinti con la vernice spray due crocifissi rovesciati. Su una delle due croci la scritta, rosso sangue, ROSS HUNTER AMICO DELL'ANTICRISTO e sull'altra IMOGEN HUNTER, MADRE IN ATESA DELL'ANTICRISTO.

Si sentì gelare il sangue.

Tutti i cassetti del tavolino nell'ingresso erano stati tirati fuori e giacevano sul pavimento, con il contenuto sparso in giro.

«Non è solo qui, Ross, è dappertutto. È quello che ho trovato tornando a casa.»

Ross passò in cucina. Monty, che di solito si sarebbe precipitato di corsa a salutarlo, era rannicchiato nella cuccia.

Su una parete la scritta BURATTINI DEL DIAVOLO, a grandi lettere. Tutto era stato estratto dai cassetti e dagli scaffali e gettato intorno.

Ross tornò nell'ingresso e guardò in cima alle scale, dove vide altre frasi.

VIDI CHE QUEL CORNO AVEVA OCCHI SIMILI A QUELLI DI UN UOMO E UNA BOCCA CHE PROFERIVA PAROLE ARROGANTI

Provò la porta del garage, e si aprì. Accese la luce: i suoi attrezzi e le mazze da golf erano sparse in giro, e la bicicletta da città era distrutta sul pavimento, con il telaio spezzato.

Tornò di nuovo in casa e sul pianerottolo del primo piano. Trovò altre scritte. Nella loro camera da letto, sulla parete a sinistra, a grandi lettere nere: CHI HA INTELLIGENZA CALCOLI IL NUMERO DELLA BESTIA...

Entrò nel suo studio. Anche lì tutte le pareti erano coperte di scritte. I suoi archivi erano aperti e i documenti sparsi ovunque. Vide che il disco di backup non era più sulla scrivania.

Qualcosa si era salvato da quell'orrore, pensò, una piccola scintilla di sollievo, visto che aveva portato con sé il suo portatile. Diversamente, pensò, anche quello sarebbe sparito.

Si voltò verso Imogen, che era alle sue spalle sulla soglia.

«Hai visto abbastanza?» gli chiese.

«Come sono entrati? Hanno spaccato una finestra?»

«Ha importanza?»

«Ha importanza?» le fece eco lui. «Sì, voglio accertarmi che la casa sia sicura, se mai dovessero tornare. Hai chiamato la polizia?»

«Certo che l'ho chiamata ed è arrivata nel giro di pochi minuti. Mi hanno indicato le nostre meravigliose telecamere rotte. Uno ha detto che sembrava un lavoro fatto con un fucile ad aria compressa. Arriveranno gli agenti, o quelli della scientifica, o chissà chi, a prendere le impronte. Hanno detto che provavano a mandare qualcuno stasera, se no domani mattina.»

«Tesoro.» Provò ad abbracciarla, ma lei si sottrasse.

«Ho telefonato a Virginia» disse. «Stanotte vado da lei e da Ben. Puoi venire anche tu se vuoi.»

La sorella di lei e il cognato vivevano con i tre figli in un paesino circa venticinque chilometri a nord di Patcham.

«E Monty? Mi sembra che Ben sia allergico ai cani.»

«Non mi interessa il cane. In questo momento per me è importante nostro figlio. Se dovrò fare la pendolare, lo farò, ma non resterò qui un'altra notte fino a quando...»

«Fino a quando?»

«Fino a quando dimenticherai tutta questa storia. Non riesco a credere che tu abbia rifiutato quell'intervista agli europarlamentari a Strasburgo, che ti avrebbe fruttato tremila sterline. Abbiamo bisogno di quei soldi. Perché dobbiamo vivere in questo inferno? Vendi tutto quello che hai al Vaticano, se sono veramente interessati. Magari ci ricavi abbastanza per estinguere il mutuo.»

«Non posso farlo, non dopo che...»

«Dopo cosa, Ross? Dopo che saremo morti entrambi? Questa storia da pazzi vale il rischio di perdere tutto quello che hai, che abbiamo?»

«Storia da pazzi? Tu sei *credente*, sei cristiana. Che cosa c'è di folle in questa storia?»

Lei spalancò le braccia indicando le scritte sul muro. «Questo non è da pazzi? Non mi servono prove, non mi servono prove assolute. Sì, sono credente, e questo mi basta. Il mondo è in una situazione abbastanza fragile così com'è, senza bisogno che tu crei una tempesta religiosa... grazie ai discorsi sconclusionati di un vecchio pazzo.»

Ross rimase fermo a fissarla. «Se Cook fosse stato davvero *pazzo*, come mai il Vaticano... come si chiamava il tizio che è venuto a trovarti, Spinoni...?»

«Silvestri, monsignor Giuseppe Silvestri.»

«Come mai era disposto a offrirci del denaro?»
«Solo se hai qualcosa di *autentico*, Ross.»
«Bene, è proprio quello che sto cercando di fare, scoprire se è autentico.»
Imogen indicò di nuovo le pareti. «Questo non è abbastanza autentico? Le minacce che ho ricevuto via email non sono abbastanza autentiche? Qualcuno non apprezza quello che stai facendo, Ross, e ti sta mandando segnali forti e chiari.»
Gli tornò in mente l'immagine di Robert Anholt-Sperry alla scrivania, e si sentì scuotere fin nel profondo.
Poi vide gli occhi lacrimosi e imploranti di Harry Cook.
Io e lei dobbiamo salvare il mondo.
Guardò sua moglie. E la sua pancia ingrossata: suo figlio.
Poteva controbattere a quello che gli aveva detto?
Fissò le scritte deliranti sulle pareti di casa sua e sentì montare la rabbia. Pensò all'elicottero in Egitto. Al corpo torturato di Harry Cook. All'avvocato morto.
Al mondo che aspettava suo figlio non ancora nato.
Al fratello morto.
Ai bastardi che lo avevano preso a calci in faccia mentre emergeva dal pozzo.
Di chi si poteva fidare? Di Stuart Ivens dell'MI5?
O dell'uomo di cui Imogen gli aveva parlato, monsignor Giuseppe Silvestri, che affermava di rappresentare il Vaticano?
Poteva lasciar perdere quella storia, prenderne le distanze e tornare a scrivere di politica, guerra e cambiamento climatico? Tutto questo aveva importanza di fronte al quadro più grande che aveva potenzialmente davanti a sé?
Poteva essere l'articolo più esplosivo mai pubblicato.
Così esplosivo da cercare di uccidere lui, ammazzare il professor Cook e forse anche il suo avvocato di Birmingham? L'uomo in tuta da motociclista aveva sottratto l'ultima tessera del puzzle? Quella che gli voleva dare Anholt-Sperry?
Gli riusciva difficile guardare Imogen, dirle che non si

sarebbe fermato, non ora. Sapeva che sarebbe sembrato assurdo a chiunque. O forse non proprio a chiunque, come dimostravano le pareti di casa sua, della loro casa, del loro rifugio.

Erano stati invasi.

Da chi?

Da fanatici con motivazioni religiose? Si sarebbe lasciato intimidire? Magari era esattamente quello che volevano: intimidirlo perché rinunciasse. Ma lui non rinunciava, non era nel suo stile e di certo non lo avrebbe fatto in quella circostanza.

Si voltò per affrontare la moglie. «Imo, capisco, capisco quello che provi.»

«Davvero? Fantastico. Allora ce ne andiamo adesso. Io ho già fatto i bagagli. Va' a mettere qualcosa in un borsone, ti aspetto.»

«Per mettere in pericolo anche Virginia e la sua famiglia? E che ne facciamo di Monty?»

«Mettilo in pensione.»

«Tesoro, senti...»

«Senti *cosa*?»

«Ho bisogno di te.»

«Davvero? Non ti riconosco più, Ross. Sei un uomo con una missione. E non si tratta di una missione in cui io voglio essere ancora coinvolta. Adesso sei solo.»

80

Mercoledì 15 marzo

Ross si svegliò stanco, confuso e con una sensazione di paura. Rimase immobile per un momento prima di aprire gli occhi e tendere la mano verso Imogen, ma toccò solo un cuscino freddo.

Se n'era andata davvero.

Lui si sentì vuoto.

Era una mattina luminosa e soleggiata. La luce del giorno entrava dalle tende; Ross sentì le voci degli operai sull'altro lato della strada.

Non era stato un brutto sogno, le scritte erano lì, sul muro accanto al letto.

CHI HA INTELLIGENZA CALCOLI IL NUMERO DELLA BESTIA…

Chi le aveva tracciate? Lo stesso verme che aveva spedito le email?

Non era certo opera di un'unica persona. C'erano almeno due, forse tre diverse grafie sulle pareti. Come erano entrati senza far scattare l'allarme e senza essere ripresi dalle telecamere? Erano rimasti seduti tranquilli in macchina sparando alle telecamere prima di disattivare l'allarme?

Chi sapeva quello che lui stava facendo?

Quante persone poteva aver contattato Cook prima di avvicinarlo? Ovviamente quelli di Chalice Well, e in quel modo lo aveva saputo la Kerr Kluge. Adesso lo sapevano anche l'MI5 e, a quel che sembrava, il Vaticano. L'intrusione della sera precedente poteva essere opera della KK che lo voleva spaventare? O di un predicatore multimilionario come Wesley Wenceslas? O di una setta di fanatici religiosi?

Dubitava che si trattasse delle stesse persone che avevano cercato di ucciderlo in Egitto, che lo avevano seguito fino alla grotta e avevano cercato di impossessarsi del dente e che, con buone probabilità, in precedenza avevano torturato Cook. Quel vandalismo in casa sua aveva uno stile completamente diverso, e gli dava la sensazione che fosse qualcuno che cercava di intimidirli con un motivo.

Fargli vendere le informazioni?

Una persona come monsignor Giuseppe Silvestri?

Si voltò, notando con stupore che erano le 7.20 del mattino.

Di solito Radio 4 lo svegliava puntuale alle 6.30.

Merda.

La radio era accesa, probabilmente da quasi un'ora, ma lui ci aveva dormito sopra. Un giornalista di Radio 4 stava intervistando uno scienziato dalla voce arrogante.

«Abbiamo identificato i geni responsabili dell'empatia» disse lo scienziato. «Crediamo che, tra non molto tempo, una generazione al massimo, i genitori potranno scegliere il livello di empatia di loro figlio. Vuoi un ragazzino dolce e gentile? Ma potrebbe essere calpestato da grande. Ne vuoi uno forte e duro? Ma potrebbe diventare il bullo della scuola, magari un sociopatico.»

«E Dio ha a che fare con tutto questo?» chiese il giornalista.

«Be', dipende da quale parte della barricata della fede ti trovi» proseguì lo scienziato con voce melliflua. «Disegno intelligente o Selezione naturale.»

«Lei da che parte sta?»

«Mi ponga la stessa domanda tra qualche mese e potrei avere la risposta per lei.»

«Davvero? Potrebbe dirci qualcosa di più?»

«Non adesso.» Il distacco e l'arroganza della sua voce erano palpabili.

«Be' devo dire che ha incuriosito me, e molti ascoltatori, ne sono sicuro. Oggi la sua azienda annuncerà un importante successo nelle cure con la terapia genica. Potrebbe spiegare che cosa significa?»

«Certo, la rivoluzione nelle cure con la terapia genica che noi della Kerr Kluge annunceremo cambierà i giochi nel campo della medicina.»

Ross si mise a sedere e alzò il volume. *Kerr Kluge*. Stentava a credere alle sue orecchie.

«Significherà due cose, John» rispose l'uomo tranquillo e con sicurezza. «La prima è che, nel giro di dieci anni, riusciremo a curare alcune delle malattie più letali al mondo. E non sto parlando di prolungare le aspettative di vita, diciamo dei malati di cancro, con i farmaci. Stiamo parlando di cure definitive grazie a mutazioni nella struttura del DNA delle persone.»

«Volendo essere cinici, dottor Bloor, lei guida un'azienda che dipende dalle vendite di farmaci. E le patologie che più fruttano ad aziende come la sua ritengo che siano quelle croniche, nelle quali una persona dipende dai farmaci per anni o decenni. Offrire una cura istantanea per queste malattie non sarebbe come spararsi in un piede?»

«Anzi, è l'opposto. E c'è un altro punto importante, John: riusciremo a creare un enorme mutamento di paradigma nel modo in cui noi tutti consideriamo la vita. Per la prima volta nella storia dell'uomo, grazie al nostro lavoro alla Kerr Kluge, gli esseri umani si libereranno da tutti gli effetti della tirannia che ha dominato la loro esistenza da quando ha avuto inizio la vita intelligente per come la consideriamo noi. Identificando i geni dell'invecchiamento e invertendoli non dovremo più subire le indegnità della vecchiaia o di patologie invalidanti. Libereremo tutti dalla tirannia di Madre Natura. Noi crediamo che la Kerr Kluge sarà il precursore di un'età dell'uomo del tutto nuova.»

«Per chi potrà permettersi di pagare?»

«La scelta sarà a disposizione di tutti» si affrettò a rispondere Bloor.

«Tutti quelli che si possono permettere di pagare? Non si verrà a creare un mondo a due velocità: per chi ha denaro e per chi non ne ha? Non rischiate di creare un proletariato genetico? Temo che il tempo a nostra disposizione stia per terminare. Potrebbe rispondere in una battuta?»

«John, al contrario di quanto ha detto lei, noi offriremo al mondo un tipo di uguaglianza mai vista prima.»

«La nostra intervista con Ainsley Bloor, amministratore delegato della Kerr Kluge, finisce qui. Grazie per la disponibilità, signor Bloor.»

«Grazie a lei, John.»

«E ora Rick Anderson, con le ultime notizie sportive.»

Ross abbassò il volume.

Ainsley Bloor. L'amministratore delegato, l'uomo che guidava l'azienda che poteva essere dietro il suo tentato omicidio in Egitto. Per quale motivo?

Adesso la cosa aveva più senso. Riusciva a capire con maggiore chiarezza il valore per Bloor e la Kerr Kluge di ciò che aveva. Quanto ne sapeva lo zio di Sally Hughes, Julius Helmsley?

Già immaginava la cinica campagna pubblicitaria.

Un'offerta esclusiva per voi dai custodi del DNA *di Gesù Cristo!*

Fissò le scritte sulle pareti della stanza: si trattava di un palese tentativo di spaventarlo per farlo desistere, e di sicuro ci erano riusciti con Imogen.

Era forse uno sciocco a non lasciarsi intimorire?

A dire il vero, era preoccupato, ma anche furioso e ben deciso a non cedere. Durante il suo lavoro di giornalista investigativo era stato minacciato più volte. Qualche anno prima aveva aspettato davanti alla sua casa nell'Essex il gestore di un progetto fraudolento di multiproprietà in Spagna. L'uomo gli aveva sferrato un pugno in faccia, lasciandogli un occhio nero, e gli aveva scatenato contro due rottweiler che gli avevano morso a sangue una gamba, obbligandolo a farsi ricucire e a fare un'antitetanica. Un'altra volta, indagando su una rete di pedofili che coinvolgeva bambini romeni di strada obbligati a lavorare in un nightclub di Bedford, era stato minacciato con una pistola, picchiato da due sgherri e lanciato in un cortile posteriore dalla porta di servizio. Quell'articolo gli era valso due costole incrinate e millecinquecento sterline di dentista.

Forse era stato il breve periodo in Afghanistan a renderlo quasi immune alla paura.

Anziché spaventarlo, quelle reazioni lo rendevano più determinato.

E in quel momento la sua determinazione era più salda che mai.

Arrivò un messaggio sul suo Apple Watch. Era di Imogen.

Mi manchi. Torna in te e raggiungimi. Ti amo. XX

Prese il telefono, da dove gli riusciva più semplice rispondere, e rispose.

Ti amo, ma devo occuparmi di questa cosa. X

Scese al piano di sotto, la rabbia contro la KK acuita dalla compiaciuta arroganza del suo amministratore delegato. Quando arrivò in cucina, Monty uscì dalla cuccia e andò verso di lui lentamente, quasi esitando, con la coda bassa. Il suo comportamento era strano, non era da lui. Di solito, al mattino, gli si precipitava incontro agitando la coda con una specie di enorme, dolce sorriso.

Si inginocchiò e abbracciò il cane. «Cosa è successo? Chi hai visto ieri sera? Chi è venuto qui? Come sono entrati? Non li hai fatti entrare tu, vero? Non gli hai aperto la porta?»

E si chiese che fine avesse fatto la pattuglia della polizia che il soprintendente Tingley aveva promesso.

Il cane tremava.

«Non ti preoccupare, non ti porto in pensione. Mi prenderò cura di te e ne usciremo insieme. Va bene?» Avvicinò il viso e sentì il naso umido di Monty contro la sua guancia.

Che cosa avevano fatto a Monty quei bastardi, visto che era ancora spaventato? Gli avevano dato qualche boccone drogato o avvelenato? Non ce ne sarebbe stato bisogno: Monty era dolcissimo e avrebbe accolto un intruso come fosse un amico che non vedeva da tempo.

«Ti voglio bene, Monty» disse avvicinando ancora il viso al cane. «Ti voglio davvero bene.» Sentì l'odore del suo pelo umido. «Calmati, va tutto bene, va tutto bene.»

Avrebbe voluto crederlo.

81

Mercoledì 15 marzo

Sotto la doccia, Ross aprì l'acqua calda al massimo. Nonostante lo sfinimento, cominciava ad avere le idee più chiare.

Aveva girato per la casa cercando il punto da dove erano entrati gli intrusi, ma non aveva trovato niente: né finestre infrante, né porte forzate. Aveva controllato sotto un vaso di fiori nel capanno del giardino posteriore, dove lui e Imogen avevano nascosto una chiave di riserva, ma era ancora lì indisturbata. Poi aveva fatto un altro giro per fotografare tutte le scritte.

Un gruppo di fanatici si sarebbe introdotto con la forza all'interno, ma il fatto che fossero entrati con una certa abilità era, a suo parere, indice di un lavoro professionale. Il lavoro di gente che aveva risorse alle spalle.

Doveva far ritinteggiare tutta la casa, ogni stanza, e gli sarebbe costato parecchio. Più tutto quello che avevano rubato a lui e Imogen – ancora da valutare –, e il disco di backup del suo computer. Sperava che l'assicurazione avrebbe coperto i danni.

Uscì dalla doccia e si stava asciugando quando suonò il campanello e Monty si mise ad abbaiare.

Avvolgendosi l'asciugamano in vita, si affrettò per le scale mentre il campanello suonava di nuovo. Guardò dallo spioncino e vide un uomo con un furgone parcheggiato alle spalle. Controllò che la catena fosse inserita poi aprì una fessura di pochi centimetri.

«Consegna» disse l'uomo con accento dell'Europa dell'Est tenendo in mano una scatola con la scritta AMAZON. Sembrava un libro e lui aveva parecchi ordini in corso per diversi volumi sulla religione che voleva leggere.

Sganciò la catena, prese il pacco, firmò sul tablet e richiuse la porta. Accarezzando il cane con una mano, osservò dallo spioncino l'uomo che tornava al furgone e se ne andava. Poi portò la scatola in cucina e l'appoggiò sul tavolo. Sembrava leggera, quasi troppo per contenere un libro, a meno che non fosse un volume molto piccolo. Scrollò il pacco e qualcosa si mosse all'interno. Mentre guardava meglio la scatola, si rese conto che non era il solito pacco ben fatto di Amazon: tutto intorno era fissato con un nastro telato nero, come se fosse un vecchio cartone riciclato.

Esitò e lo fissò a disagio. Che fosse una bomba?

Lo rigirò, cercando possibili indicazioni sul mittente, ma non c'era nulla. Doveva lasciarlo lì e chiamare la polizia? Farli venire e lasciar prendere la decisione a loro?

Magari erano solo paranoie.

Prese un coltello da un cassetto e tagliò con cautela il nastro telato nero, poi aprì molto lentamente le due ali del cartone. Che stupido, lo sapeva, avrebbe dovuto chiamare la polizia. Eppure era quasi arrivato al punto di non badarci più. Aprì il cartone e fissò l'oggetto che conteneva.

Un piccolo crocifisso di plastica. Con una busta fissata al cuore di Gesù da una bacchetta da cocktail spezzata che somigliava a un pugnale.

Scattò subito una foto con il telefono, sfilò la bacchetta e aprì la busta. Dentro c'era un foglio dattiloscritto: *Infatti l'ira di Dio si rivela dal cielo contro ogni empietà e ogni ingiustizia di uomini che soffocano la verità nell'ingiustizia. Rm 1, 18.*

Girando il foglio, vide una scritta anche sul retro: *Non ho apprezzato il suo post su Twitter. Lei si trova in acque pericolose e blasfeme, amico mio. Le suggerisco di tornare al suo solito lavoro.*

Da tempo Ross era immune ai tweet aggressivi, e in passato lo avevano trollato per articoli controversi che aveva scritto. Ma quel messaggio lo irritò in modo particolare e fu felice che Imogen non fosse a casa per vederlo. Mise tutto nel cartone di Amazon, lo portò in studio e lo nascose in un cassetto della sua scrivania. Magari avrebbe dovuto mostrarlo alla polizia oppure tenerlo come prova, non si poteva mai sapere...

Tornato in bagno, si inumidì la faccia, applicò il gel sul viso e cominciò a rasarsi pensando a che fare. Le coordinate che gli avrebbe dovuto dare Robert Anholt-Sperry ormai erano di sicuro nelle mani di qualcun altro.

E aveva un'idea abbastanza precisa di chi: la Kerr Kluge.

La terza serie di coordinate che Cook aveva indicato come relative al Secondo Avvento.

Senza i risultati del DNA, però, avevano qualche valore per l'azienda? Forse doveva organizzare una trattativa mettendo a confronto l'MI5, il rappresentante del Vaticano monsignor Silvestri, e la Kerr Kluge?

Magari Imogen aveva ragione quando gli diceva che stava andando oltre le sue capacità? Esisteva una via d'uscita che non fosse proseguire le ricerche?

Si vestì, poi salì in studio e prese il portafoglio di pelle nera che Imogen gli aveva regalato due anni prima a Natale. Fece scorrere un dito lungo la fodera marrone scuro e sentì le grinze rassicuranti del foglietto di carta che ci aveva messo, insieme al minuscolo tubo da laboratorio sigillato, prima di incollare nuovamente la fodera.

Conteneva, ridotti a dimensioni poco più grandi di un francobollo, i dettagli del DNA standard, mitocondriale e Y-STR che Jolene Thomas aveva ottenuto dalla coppa e dal dente, insieme a una minuscola quantità, una precauzione, del fluido rimasto dopo aver ridotto in polvere il dente, quello che Jolene gli aveva consegnato e lui aveva affidato in seguito allo zio Angus.

Il DNA di Gesù Cristo?

Avrebbe mai trovato la terza serie di coordinate scomparse?

Lo avrebbero lasciato vivere abbastanza a lungo per farlo?

Chiamò l'elettricista sul cellulare e l'uomo rispose immediatamente. Ross gli fece un rapido riepilogo dell'effrazione e dei vandalismi, e gli chiese se avesse tempo quel giorno stesso, o almeno entro un paio di giorni, di riparare gli obiettivi delle telecamere oppure di sostituirle. L'elettricista rispose che sarebbe andato a dare un'occhiata quel giorno e, al mattino dopo, avrebbe sistemato tutto.

Ross scese al piano di sotto, riempì la ciotola di Monty, si preparò un caffè forte poi mise nel microonde una ciotola di porridge. Mentre si scaldava, tagliò una mela e mise una pastiglia di Be-Total in un bicchiere d'acqua: Imogen lo aveva convinto da poco a prenderne una al giorno. Era una bella giornata di sole, e Ross portò tutto sul patio, poi andò all'ingresso e raccolse il fascio di giornali sullo zerbino portandoli fuori e osservando uno dei titoli in prima pagina:

MADRE UCCIDE IL FIGLIO

Il suo telefono squillò, ma il display indicava un numero che lui non conosceva.

«Ross Hunter» rispose diffidente.

«Signor Hunter, mi chiamo Quentin Grieg e mi scuso per il disturbo. La chiamo per conto dell'arcivescovo di Canterbury. Ci è giunta voce di un articolo al quale starebbe lavorando.» L'uomo sembrava molto cortese e gentile.

«Potrebbe darmi un numero di telefono? La richiamerò subito.»

Dopo un istante di esitazione, Grieg glielo dettò e Ross trascrisse. Chiamò dal telefono usa e getta. «Di quale articolo si tratta?» chiese Ross. «Al momento sto lavorando a un certo numero di storie.»

«Quello di cui parlo, se non ci sbagliamo, è di natura religiosa.»

«Sì» rispose Ross. «È esatto.»

«Al momento abbiamo soltanto informazioni molto scarne, ma l'arcivescovo è interessato e si chiede se lei, signor Hunter, sarebbe disposto a dedicargli una parte del suo prezioso tempo per parlarne insieme.»

Ross, stupefatto di ricevere una telefonata come quella, pensò rapidamente. Era un'occasione d'oro. L'arcivescovo di Canterbury, il capo religioso della Chiesa anglicana nel Regno Unito, voleva incontrarlo. Qualsiasi direzione avesse preso la sua storia, avrebbe potuto inserire un paio di citazioni dell'arcivescovo che gli avrebbero dato enorme credibilità.

«Sarei molto lieto di incontrarlo.»

«Mi ha indicato un paio di date in cui sarà a Londra, a Lambeth Palace, e ha qualche momento disponibile in agenda. Ma mi ha pregato di dirle che, nel caso non le andassero bene, è pronto a cancellare altri appuntamenti per incontrarla.»

Ross sentì un fremito. L'arcivescovo di Canterbury era disposto a cancellare appuntamenti per vedere *lui*? Faticava a credere alle proprie orecchie. Poteva essere una trappola? Oppure faceva parte di un piano? Forse era stato Benedict Carmichael ad avvisare l'arcivescovo?

«Potrebbe vederla oggi pomeriggio alle quindici e trenta oppure domani alle undici.»

«Ce la dovrei fare oggi pomeriggio» rispose Ross.

Grieg gli diede indicazioni e disse che gli avrebbero riservato un posto auto, nel caso ne avesse bisogno.

Al termine della telefonata, Ross sentì il cicalino del microonde.

Entrò e prese la ciotola di porridge, poi portò fuori la colazione, si sedette e cominciò a sfogliare *Argus*.

Dopo poche pagine, un titolo lo incuriosì.

DIVORZIATO PERCHÉ HA PASSATO IL SEGNO

Lesse l'articolo. Parlava di un contabile, sposato da vent'anni, la cui moglie sospettava che le fosse infedele. Per un certo periodo la donna non era riuscita a trovare alcuna prova concreta, poi aveva visto dei segni su un bloc notes, evidentemente lasciati scrivendo sulla pagina precedente, che mancava.

Non era stata in grado di decifrarli, ma ricordava un programma che aveva visto in televisione su un laboratorio forense utilizzato dalla polizia, dove usavano un kit, l'ESDA, in grado di recuperare le scritte anche dai minimi segni di pressione lasciati su un foglio.

Il laboratorio era la ATCG Forensics.

All'improvviso, Ross ebbe un'illuminazione, e ripensò alla visita del professor Cook e al manoscritto che gli aveva lasciato.

Naturalmente ho cancellato le coordinate, signor Hunter, casomai il documento cadesse nelle mani sbagliate.

Afferrò il telefono.

Monty trotterellò verso di lui con il guinzaglio in bocca.

Ross appoggiò il telefono e lo accarezzò. «Mi dispiace, amico, ma niente lunga passeggiata ieri e nemmeno oggi, per ora. Ti prometto che recuperiamo quando torno. Stasera ne faremo una lunghissima, va bene?»

Il cane gli lanciò un'occhiata che diceva che non andava affatto bene.

Poi Ross udì il suono del campanello. Si affrettò a sbirciare dallo spioncino e vide un ragazzo con un borsone in mano. Era un tecnico della Scientifica che si presentò come Alex Call.

Nell'ora successiva, Call passò in tutta la casa la polvere per rilevare le impronte digitali. Ross lo lasciò al suo lavoro. Quando ebbe finito, Call gli disse che, fino a quel momento, non aveva trovato corrispondenze nei loro archivi.

Appena Call se ne andò, Ross prese le chiavi della macchina, uscì per aprire la porta del garage e portò dentro l'Audi, poi si richiuse la porta alle spalle. Voleva caricare qualcosa nel baule senza rischiare di essere visto da un'eventuale sorveglianza esterna.

82

Mercoledì 15 marzo

Julius Helmsley entrò zoppicando nell'ufficio dell'amministratore delegato pochi minuti dopo le dieci con un sacchetto di brioche in una mano e una busta rigida marrone nell'altra. «Bella intervista alla radio, Ainsley. Molto bella» disse il direttore operativo.

«Grazie.»

Prima di sedersi al tavolo delle riunioni accanto alla finestra, Helmsley chiese: «Non registri?»

«Non sono matto, Julius, no. Caffè?»

Helmsley annuì e Bloor versò. «Cosa hai fatto alla faccia?»

Helmsley, imbarazzato, si toccò il cerotto sulla guancia sinistra. «Ho inciampato.»

«Inciampato? Nel senso di incespicato? E ti sei fatto male alla gamba e tagliato una guancia? Bella festa, eh?»

«Molto divertente.»

Lungo il Tamigi, sotto di loro, passò una lancia con i tipici scacchi gialli e blu e la scritta POLICE sulla chiglia.

Bloor fece scivolare verso Helmsley la tazza, seguita da un bricco di latte. «Dunque, che è successo?»

«Abbiamo fatto un errore, abbiamo assoldato un animale che adesso ci ha messi con le spalle al muro.»

«Non *noi*, Julius, *tu*. Quell'uomo di Montecarlo?»

Helmsley annuì.

«Quello che ci ha raddoppiato il prezzo quando sei andato a trovarlo?»

«Sì.»

«È l'uomo che avevi raccomandato tu.»

«Ci era stato raccomandato. Credenziali impeccabili e un curriculum notevole.»

«Certo, sono molto impressionato. Finora ci ha spillato otto milioni e adesso ci minaccia.»

«Volerò a Montecarlo per risolvere la cosa.»

«Montecarlo non ha aeroporto» commentò Bloor stizzito.

«Volerò su Nizza e prenderò l'elicottero.»

«No, non prenderai l'elicottero e non volerai nel lusso. Questo casino è merito tuo, quindi puoi volare con easyJet e prenderti un cazzo di pullman.»

Helmsley rise, poi si rese conto che Bloor non stava scherzando.

«Ma almeno sappiamo se ce l'ha lui?»

«Ce l'ha, ne sono certo. La terza serie di coordinate. Quelle che l'avvocato di Birmingham, Robert Anholt-Sperry, doveva dare a Ross Hunter ieri pomeriggio» rispose Helmsley. «O meglio, dovrei dire il *defunto* avvocato.»

«Ross Hunter.» Bloor pronunciò quel nome con astio. «Mi rammenta le parole di Enrico II. 'Qualcuno mi libererà mai da questo prete agitato?'»

«Mi pare che in realtà abbia detto *impiccione*» ribatté Helmsley. «*Agitato* è una citazione sbagliata.»

Bloor gli lanciò un'occhiata stizzita. «Non credo sia il momento per la filologia.»

«Scusa, capo.» Versò un po' di latte nel caffè. «Ma uccidere Hunter in questo momento non sarebbe una mossa astuta. Sono quasi sicuro che lui abbia la chiave.»

«Credi che sarebbe disposto a trattare con noi?»

«Hunter?»

«È in difficoltà economiche, e lo è da un paio d'anni. Il giornalismo rende sempre meno e sappiamo che ha un grosso mutuo, le carte di credito quasi al limite e un figlio in arrivo.»

Helmsley gli lanciò un'occhiata strana. «Dato che siamo in tema di citazioni, 'Se devi cenare con il diavolo, assicurati di avere un cucchiaio abbastanza lungo'. Hunter è furbo e pericoloso, abbiamo già avuto modo di vederlo. Ha importanti contatti nella stampa e tutte le nostre ricerche su di lui indicano che non è un uomo motivato dal denaro. Parecchie persone e molte organizzazioni che hanno provato a comprare il suo silenzio in passato sono state sputtanate. La cosa di cui siamo sicuri è che lui ha nascosto chissà dove una parte o tutto quello che crediamo sia il DNA di Gesù Cristo, e ne abbiamo bisogno.»

«Che mi dici del manoscritto, che a quanto pare è in suo possesso, quello che Cook gli ha dato e che non siamo riusciti a trovare a casa del professore?» Bloor si chinò e prese una brioche dal sacchetto. «Queste mi ricordano sempre i granchi» disse strappandone la punta e tenendola in alto. «Sembrano chele, non ti pare?»

«Non ci avevo mai pensato.»

«Sono molte le cose a cui non pensi, Julius?»

«Che intendi dire?»

«A volte ho la sensazione che tutto per te sia un gioco. Qui non stiamo giocando. Se riusciamo a mettere le mani su quello che cerchiamo, ti rendi conto di cosa significa per la nostra azienda, vero? Il DNA di Gesù Cristo nei nostri prodotti? Tu detieni una cospicua quota azionaria che, sulla carta, ha già fatto di te un uomo ricco. Ma questo potrebbe portarci a un livello completamente diverso, potrebbe renderti miliardario, lo sai? Quindi metti i piedi per terra.»

«Come vanno le scimmie?» rispose Helmsley come un bambino petulante. Poi, per un istante, pensò che all'amministratore delegato stesse per venire un infarto.

Bloor si alzò dalla sedia e picchiò entrambi i pugni sul tavolo. «Cosa cazzo c'entrano le mie maledette scimmie con tutto questo?»

Helmsley alzò le mani in aria, con gesto pacificatore. «Stavo solo cercando di capire come le concili con tutto questo.»

«Concilio con cosa?»

Sbirciandolo attraverso gli occhiali dalla montatura rossa, Julius Helmsley rispose: «L'esperimento che stai conducendo con le scimmie dovrebbe dimostrare, o almeno suggerire, come il mondo abbia avuto origine per puro caso e non per un Disegno intelligente. Eppure tu credi che la futura crescita della nostra azienda possa essere collegata al DNA del Figlio di Dio. Una lieve contraddizione, non pensi?»

«Io li definisco *affari*, Julius. Nel mondo ci sono 2,2 miliardi di cristiani. Se tu fossi un cristiano...»

«Lo sono» lo interruppe Helmsley.

«Bene. Allora non ti dispiacerà dirmi una cosa. Immagina di avere una malattia incurabile. Preferiresti curarti con la terapia genica dell'azienda che ha il DNA di Gesù oppure con un'altra che non ce l'ha?»

«Non c'è storia, Ainsley.»

«Esattamente quel che penso. Quindi mettiamo i piedi per terra. Questa terza serie di coordinate deve essere in quel cazzo di manoscritto del professor Cook oltre che sulla chiavetta.»

«E noi pensiamo che il giornalista abbia una copia delle coordinate? Nel manoscritto?»

«Non credo che possa averle, Julius. Sono quelle che doveva prendere ieri a Birmingham. Se le avesse avute nel manoscritto, non avrebbe avuto motivo di andarci.»

«Bene, quindi lui non le ha. Immaginiamo che siano nelle borse di una moto da qualche parte fra qui e Montecarlo, nelle mani di quel sicario imbroglione che non si rende conto di cosa ha per le mani. Ross Hunter è andato alla ATGC e, qualsiasi cosa gli abbiano dato, devono averne anche una copia in archivio.»

«Potremmo cercare di hackerare i loro computer, Julius?»

Lui scrollò la testa. «Ci ho già pensato, ma sono come una fortezza. Molti criminali non vedrebbero l'ora di penetrare nei loro database, ma non è mai successo. Li abbiamo messi alla prova, e hanno sistemi di sicurezza molto validi: tutto è codificato e neppure i loro tecnici di laboratorio conoscono l'identità dei clienti, dato che hanno solo un numero di codice.»

«Ma ci deve essere qualcuno che lavora lì e ha accesso ai file di Hunter che potremmo corrompere, o rapire» rispose Bloor.

«Non credo che funzionerebbe. Dobbiamo solo pazientare e farci dare dal nostro amico di Montecarlo qualsiasi cosa abbia, sorvegliare Hunter giorno e notte e vedere dove ci porta. È tutto organizzato secondo un piano ben preciso.»

«E dove credi che ci porterà Hunter?»

Julius Helmsley sorrise. «Alla Terra Promessa.»

83
Mercoledì 15 marzo

Poco dopo le dieci, Ross era seduto in una piccola sala conferenze nei moderni uffici del suo avvocato. Stava fissando fuori dalla finestra la Jubilee Library di Brighton al di là della strada, un edificio che amava molto, mentre beveva una tazza di tè che la receptionist gli aveva portato in attesa che arrivasse il suo documento. Il cellulare trillò. Era un messaggio di Imogen.

> Di ritorno dall'ufficio devo passare da casa a prendere un po' di cose. A che ora ci sei? Non voglio andarci da sola. X

Rispose.

> Non ho idea. Oggi pomeriggio ho un appuntamento a Londra. Probabilmente verso le 18.30. Se vuoi ti chiamo quando sto arrivando. X

La porta si aprì ed entrò l'assistente del suo avvocato con una grossa scatola che mostrò a Ross. «Penso che volesse questa.»

Era etichettata ROSS HUNTER – RISERVATO.

Aprì il coperchio e sbirciò all'interno. Poi, voltandosi, rispose: «Sì, è questa, grazie».

«La lascio solo» rispose lei indicando il telefono a un'estremità del tavolo. E proseguì: «Chiami l'interno 21 quando avrà finito o se avesse bisogno di qualcosa. Le risponderò io».

«Potrei aver bisogno di fotocopie.»

«Nessun problema, basta che chiami.»

Non appena la donna chiuse la porta, Ross prese il manoscritto dalla scatola e lo appoggiò sul tavolo. Quando sfilò il primo dei due elastici, questo si ruppe perché la gomma si era rinsecchita. Sfilò il secondo con cautela, poi si dedicò all'arduo compito di esaminare il manoscritto, una pagina per volta, pensando alle parole del professore.

Naturalmente ho cancellato le coordinate, signor Hunter, casomai il documento cadesse nelle mani sbagliate.

Ci mise poco meno di un'ora a trovarle, a pagina 565. La prima volta le aveva mancate perché le zone cancellate erano molto piccole.

Su una riga, il nome *Chalice Well* era seguito da circa quattro centimetri cancellati con un pennarello. Due righe più sotto, *Egitto, Valle dei Re*, era seguito da una cancellatura simile. Poi, dopo altre due righe, vide le parole che stava cercando.

Secondo Avvento.

Seguite da circa quattro centimetri di parole cancellate.

Appoggiò delicatamente di lato il foglio, prese quello subito sotto, la pagina 566, e la sollevò in controluce. Era lieve, ma lì c'era sicuramente qualcosa di visibile attraverso l'inchiostro. L'impronta delle parole scritte sulla pagina precedente.

Le coordinate?

84

Mercoledì 15 marzo

Julius Helmsley, ancora scottato dalla rabbia dell'amministratore delegato e con la fastidiosa consapevolezza di aver fatto un fiasco enorme, sedeva nel suo ufficio e fissava lo schermo del computer. Vedeva una mappa stradale che mostrava una parte della tangenziale di Londra, la M25. Un puntino rosso si muoveva con regolarità nel traffico leggero della tarda mattinata. Lo osservò svoltare sulla M3 diretto a nord, verso Londra.

Era l'Audi di Ross Hunter.

Il giornalista che si credeva tanto in gamba non avrebbe trovato il dispositivo di tracciamento nemmeno se avesse smontato la macchina. Era nascosto dentro la luce degli stop dei fari posteriori.

A cinquanta chilometri di distanza, nel suo ufficio al primo piano dell'ala ovest di Gethsemane Park, Lancelot Pope sorseggiava la sua tisana. Osservava il puntino muoversi sulla M3 dallo schermo del suo iPhone, grazie ai dati che gli inviava la squadra di otto macchine di sorveglianza di turno in quel momento.

Era ancora furioso che quegli idioti non fossero riusciti a incastrare Hunter mentre tornava dalla ATCG con quella merce scottante in macchina. Ma l'episodio aveva insegnato a Pope a rispettare l'astuzia di Hunter, ammesso che già non lo facesse. Come quella maledetta volpe che era riuscita a penetrare nel giardino recintato del suo cottage nel Dorset e a uccidere tutte le anatre del suo stagno.

Continuò a osservare il puntino mentre avanzava verso Kingston.

Stava tornando alla ATCG direttamente dallo studio del suo avvocato di Brighton?

Cosa stava succedendo?

Il giorno prima Ross Hunter era andato in uno studio legale di Birmingham per la seconda volta. Poi, tra le notizie locali di minore importanza, era comparsa la notizia della morte improvvisa e inesplicata di uno dei soci, l'avvocato Robert Anholt-Sperry. Si sospettava un attacco cardiaco o un infarto.

L'avvocato del professor Harry Cook.

Mezz'ora più tardi, la previsione di Pope si avverò. Ross Hunter si fermò nel posteggio della ATCG. In quello stesso istante, il telefono di Pope squillò.

«Sì?»

«Solo per farle sapere, capo, che il soggetto si è fermato nel posteggio della ATCG.»

«Vedo. Che ci fa lì?»

«È sceso dalla macchina e sta camminando con una busta sottobraccio.»

«Seguitelo! Scoprite che diavolo c'è dentro.»

85

Mercoledì 15 marzo

Ross tornò alla macchina dopo il breve incontro con Jolene Thomas alla reception della ATGC. Avrebbe consegnato al gruppo ESDA la pagina 566, quella che lui aveva preso dal manoscritto di Cook. Già mettendolo in controluce nella zona della reception, lei aveva visto che la scrittura sulla pagina precedente aveva lasciato chiare incisioni. Dal poco che Jolene sapeva delle capacità dell'ESDA, era abbastanza certa di un risultato positivo.

Ross accese l'Audi e programmò il navigatore per andare da Kingston, dove si trovava, a Lambeth Palace digitando attentamente il codice postale. SE1 7JU.

Il tempo di percorrenza indicato era di quarantasette minuti.

Erano le 13.15 e il suo appuntamento era per le 15.30. Aveva quindi tutto il tempo di mangiare un boccone per strada e di mettere in atto il suo piano.

Ormai alla periferia di Londra, il traffico era molto più pesante e il navigatore gli indicava come ora d'arrivo le 14.21. Si diresse verso ovest, attraversando per la prima volta le anse del Tamigi nei pressi di Twickenham, poi di nuovo a Richmond e una terza volta a Kew. Il telefono indicava come ora d'arrivo le 14.48, che poi ricalcolò in 14.37.

Mezz'ora più tardi, mentre percorreva il Chelsea Embankment, il dispositivo gli disse di svoltare a destra sul Vauxhall Bridge.

Mentre attraversava un'altra volta il Tamigi, Ross accostò, poi digitò sul navigatore la ricerca di un parcheggio. Prima di raggiungere la trafficata rotonda di Elephant & Castle, ne trovò uno davanti a sé. Lo mancò la prima volta, poi si inserì nella corsia giusta e riuscì a entrare in un multipiano. Dovette salire fino al quarto livello prima che un cartello gli indicasse che c'erano posti liberi.

Entrò in retromarcia, aspettò di sentire il *bip* dei sensori di prossimità, poi avanzò ancora mezzo metro, sufficiente, valutò, per raggiungere il baule. Spense il motore, scese, aprì il baule e prese la sua bicicletta pieghevole Brompton. Poi chiuse la macchina, trasportò la bicicletta in uno spazio più ampio e la aprì, bloccando il telaio, e sistemando la ruota anteriore e la sella. Indossò il giubbotto giallo da ciclista, gli occhiali sportivi e il casco, inserì il telefono nel supporto sul manubrio e scese la rampa circolare, libero.

Libero da chiunque lo seguisse!

Pedalò verso la strada, attento al traffico. Era passato qualche mese dall'ultima volta che aveva usato la bicicletta a Londra, ma grazie al numero sempre crescente di piste ciclabili e alla generale consapevolezza degli automobilisti – con l'eccezione di qualche idiota –, lo aveva sempre trovato gradevole. Quel giorno in particolare, grazie al cielo azzurro.

E con la sensazione di esultanza per quello che probabilmente si era lasciato alle spalle.

Pedalò lungo l'Albert Embankment, con il Tamigi e lo splendido Parlamento sulla riva opposta. Poi, dopo che molti edifici moderni gli avevano bloccato la visuale, cominciò a vedere in lontananza l'imponente Lambeth Palace con le sue torri gemelle. Guardò l'orologio notando che mancava meno di un'ora al suo appuntamento. Continuò a pedalare, poi notò una caffetteria sull'altro lato della strada. Smontò, attese un varco nel traffico, attraversò spingendo la bicicletta e la piegò prima di entrare. Scelse un tavolino che guardava l'ingresso e la strada.

Il menu appeso alla parete offriva colazione a tutte le ore, seguita da una serie di proposte salutari. Ci fosse stata Imogen con lui, avrebbe scelto qualcosa di vegano, o almeno di vegetariano. Ma Ross era da solo e immaginava di aver bisogno di un po' di carboidrati, quindi ordinò prosciutto, uova e patatine fritte.

Mentre aspettava – e teneva d'occhio la strada e le macchine che passavano – controllò il telefono, ma non c'era niente di nuovo. Si rese conto che gli tremavano le mani. Sentiva la pressione degli ultimi giorni e si chiedeva cosa sarebbe accaduto dopo. Come sarebbe finita? La situazione poteva peggiorare? Forse Imogen non aveva tutti i torti, ma non poteva mollare in quel momento.

Era molto curioso di scoprire come mai l'arcivescovo fosse tanto interessato a incontrarlo personalmente, e sapeva che, qualsiasi fosse il suo fine, avrebbe aggiunto *gravitas* al suo eventuale articolo. Ma era altrettanto importante il fatto che, con il capo spirituale della Chiesa d'Inghilterra dalla sua parte, avrebbe sicuramente goduto di maggiore protezione. Poteva fidarsi della Chiesa d'Inghilterra più che, diciamo, del Vaticano?

Nel momento in cui arrivò il suo pranzo, il telefono squillò indicando un numero privato.

«Pronto?» rispose circospetto.

Una voce morbida, intenzionalmente amichevole, con un lieve accento italiano, chiese: «Parlo con il signor Ross Hunter?»

«Chi parla?»

«Mi chiamo Giuseppe Silvestri. Mi ha dato questo numero sua moglie. È un momento adatto per parlare?»

Riconobbe il nome all'istante: era l'uomo del Vaticano.

«A dire il vero, in questo momento sono impegnato.»

«È una questione di estrema importanza, signor Hunter. Potrei chiamarla un po' più tardi, magari?»

«Direi questa sera.»

«Non posso che ribadire l'importanza della questione.»

Ross trovò irritante la voce di quell'uomo. Tenendo il telefono con la spalla, prese un tubetto di senape e ne spremette un po' nel piatto. «Allora, signor Silvestri, sono certo che se è così importante mi richiamerà.»

Chiuse la telefonata.

86

Mercoledì 15 marzo

Tre quarti d'ora più tardi un uomo educato e ben vestito accompagnò Ross in uno splendido ufficio rivestito di libri con un bel tappeto antico. Alle pareti erano appesi dipinti a olio e una finestra si affacciava sul Tamigi, il Parlamento e il Big Ben.

Da dietro la scrivania si alzò ad accoglierlo un uomo dall'aspetto sano ed energico, sulla sessantina, il cui viso gli era familiare grazie alle molte apparizioni sui media. I capelli grigi si stavano diradando e portava occhiali con la montatura rotonda di metallo, una camicia viola con collarino bianco sotto una giacca grigia da completo e una grande croce d'oro appesa a una pesante catena.

Girò intorno alla scrivania, la mano tesa che sfoggiava un anello d'oro episcopale con una pietra viola, e un grande sorriso. Aveva un forte accento da public school inglese. «Signor Hunter! È stato molto gentile da parte sua aver accettato di incontrarmi.»

«Al contrario, signore, mi sento molto onorato del suo invito.»

Ed era vero. Provava una sensazione strana, quasi travolgente, nel trovarsi in quello studio a incontrare il reverendissimo, molto onorevole Tristram Tenby, il più potente leader ecclesiastico del Regno Unito, e si sentì affascinato fin da subito dal contegno di quell'uomo.

Ma doveva stare attento a non abbassare la guardia.

L'arcivescovo lo fece sedere in una comoda poltrona di fronte alla finestra, con un tavolino piccolo e basso, e Ross si chiese se quella collocazione fosse voluta per fargli ammirare lo splendido panorama.

Pochi istanti più tardi arrivò un assistente portando un vassoio con teiera, tazze di porcellana e biscotti da tè.

«Le va bene il tè o preferirebbe un caffè?» chiese l'arcivescovo.

«Il tè è perfetto.»

Due minuti più tardi, sistemate le tazze, dopo che l'assistente se n'era andato chiudendo la porta, Tenby gli fece un sorriso caloroso. «Immagino che conosca il motivo per cui volevo fare una chiacchierata con lei, signor Hunter. Ma posso chiamarla Ross?»

«Ross va benissimo, signor… arcivescovo.»

«Va bene anche Tristram» rispose lui facendogli l'occhiolino come fosse un cospiratore.

«Grazie. Bene… ho più o meno idea del motivo per cui mi trovo qui.»

«Mi pare che lei e il vescovo di Monmouth siate amici.»

«Vecchi amici, signor… Tristram, sì. Benedict e io ci conosciamo da molto tempo, da quando lui era vicario a Brighton. Gli sono molto affezionato.»

«Be', anch'io. Ho molta fiducia nelle sue capacità. Dunque, mi ha parlato del vostro recente incontro che lo ha lasciato incuriosito e preoccupato per quello che gli ha detto.»

«In che senso preoccupato?»

«Immagino in primo luogo per la maniera in cui le è giunta questa informazione, da un uomo, il professor Harry Cook, che l'aveva ottenuta in parte consultando una medium.» L'arcivescovo prese tazza e piattino e li appoggiò in grembo. «Sono certo che lei sappia cosa dice la Bibbia dei medium e qual è la considerazione di cui godono tra noi del clero.»

Per metterlo alla prova, Ross rispose: «Magari perché sono in concorrenza con i vostri collegamenti con l'aldilà? Non è forse che la Chiesa ritiene di avere il monopolio della comunicazione con il mondo spirituale e sfrutti tutti i sinistri avvertimenti della Bibbia per cercare di sminuire quelle persone?»

Tenby sorrise. «Non ribatterò a questa affermazione, perché dovremmo restare qui per giorni a discutere. Per ora lasciamo la questione in sospeso e approfondiamo quelle che riguardano la prova dell'esistenza di Dio. Di certo conosce il vecchio detto secondo il quale la scienza chiede *come* e la religione *perché.*»

Ross annuì.

«Gli esperimenti scientifici riguardano il tentativo di *dimostrare*, le affermazioni della fede riguardano il tentativo di trovare un *significato*. Nel mondo moderno, a mio parere è dovere della Chiesa cercare di unire le due cose. Si tratta di discorsi molto diversi, *significato* e *valori*. Le recenti controversie cui abbiamo assistito negli Stati Uniti e in Europa dimostrano che le persone desiderano un cambiamento, un cambiamento dal modello in base al quale abbiamo vissuto in precedenza e verso i valori che, secondo loro, noi dovremmo abbracciare. Rapporti, libertà, uguaglianza. La comunione degli uomini. L'ordine mondiale che conosciamo da tempo sta crollando, e ne sta emergendo uno nuovo. Sarà migliore o peggiore?»

Ross lo fissò. «Al momento qualcuno lo sa?»

«Direi che la giuria è ancora riunita. Se non sbaglio, il professor Cook affermava di essere in possesso di tre serie di coordinate geografiche che avrebbero fornito la prova dell'esistenza di Dio. Ma Benedict le ha detto che, se fosse stato al suo posto, lui avrebbe cercato altri elementi probatori.»

«Sì, è vero, ma non abbiamo approfondito a cosa potessero portare quelle coordinate.»

«Ma certo.» L'arcivescovo sorseggiò il tè, poi rimase per un attimo in silenzio. «Sa, nel corso del tempo molte religioni monoteiste hanno creduto che nel mondo sarebbe arrivato un salvatore. I musulmani credono che Gesù Cristo tornerà, ma come un profeta, non come *il* Profeta, che per loro rimarrà sempre Maometto. La fede ebraica crede nell'arrivo del Messia. Noi cristiani crediamo nel Secondo Avvento di Cristo, ma siamo sempre stati cauti, sapendo che eventuali impostori avrebbero potuto farsi passare per Lui. E quando il messaggio che Dio è preoccupato per lo stato del mondo arriva attraverso una medium, mi dispiace doverle dire, Ross, che questo fa suonare dei campanelli di allarme.»

Tenby riappoggiò sul tavolo tazza e piattino. «Ciò non significa liquidare con un'alzata di spalle quel che le ha detto il professor Cook. Potrebbe trattarsi di un vero e salutare memento dell'importanza di Dio in un'epoca di grandi cambiamenti nel mondo. Forse un cambiamento di passo affinché il mondo abbia maggiore rispetto degli esseri umani e della comunità. Mi dica, Ross, lei cosa sente nel cuore? Ho letto molti suoi articoli, e so che lei è un uomo intelligente e sensibile. Mi dica cosa sente davvero.»

«Credo che il professor Cook fosse un uomo onesto, forse un po' troppo ossessivo per essere preso sul serio e la morte della moglie potrebbe aver minato la sua lucidità. Ma da quando ho preso il testimone che mi ha passato, se devo essere sincero ho paura.»

«Paura per quale motivo?»

«Sarò onesto. Inizialmente ero scettico, e pronto a liquidarlo come persona un po' tocca. Gli eventi che sono seguiti, però, mi hanno fatto cambiare idea. Due persone che ho incontrato, una il professor Cook, l'altra il suo avvocato, sono morte. Io sono stato aggredito a Glastonbury, e mi hanno dato la caccia fino a spararmi da un elicottero in Egitto. Mi hanno devastato la casa scrivendo slogan religiosi su tutte le pareti e hanno minacciato mia moglie.»

Tenby sembrava sinceramente sconvolto. «Vorrebbe raccontarmi i particolari?»

Ross si sentiva a suo agio con quell'uomo e gli raccontò tutta la storia, dalla prima telefonata di Cook alle sue visite a Chalice Well e in Egitto. E gli spiegò anche come mai aveva percorso in bicicletta l'ultimo tratto per arrivare a Lambeth Palace.

Quando ebbe finito, l'arcivescovo si alzò scusandosi, andò alla scrivania, prese il telefono e chiese al segretario di avvertire che, probabilmente, sarebbe arrivato in ritardo all'appuntamento successivo. Poi si rimise a sedere.

«Ross, quello che mi ha sempre colpito nei suoi articoli è la sua apparente umanità. In fondo, tutte le religioni riguardano la fede in uno stesso Dio. E, nella sostanza, parlano di vivere bene. Uguaglianza. Libertà. Bene comune. Ad alcuni ci vuole più tempo che ad altri per arrivare a quel punto, e io sono il primo ad ammettere che la cristianità ha un passato molto oscuro. Faccia tornare indietro l'orologio di mille anni e ci saranno le atrocità delle Crociate, la tortura e il rogo degli eretici per i secoli che seguirono. Da allora ci siamo evoluti in qualcosa di molto diverso, in gran parte, per diventare una struttura sociale tollerante. Un regno di verità e giustizia. Diamo speranza al mondo ed è un'immagine gloriosa e positiva. In fin dei conti, quello che cerchiamo di offrire alle persone è un significato. La religione riguarda il significato. Come le ho detto prima, la scienza potrà chiedersi come, ma quello che cerchiamo noi è la risposta al *perché*.»

«E lei questa risposta l'ha trovata, Tristram?»

«No, ho la mia fede e continuo a cercarla.»

«La disturba se continuo a cercarla anch'io?»

L'arcivescovo assunse un'espressione molto seria. «Mentirei se le dicessi di non temere per la sua sicurezza, Ross. Molte persone prima di lei hanno cercato il DNA di Nostro Signore, e magari lei l'ha trovato davvero. Anche se mi preoccupa che alcune informazioni siano arrivate grazie a una medium, a prescindere dalle sue opinioni al riguardo. Però ci sono molte persone ricche e potenti che vorrebbero mettere le mani su questo DNA. E queste stesse persone avrebbero un interesse personale nel non volere che lei renda pubblico ciò che ha.»

«Non sono nuovo al pericolo. Nella mia carriera ho ricevuto molte minacce.»

«Qui siamo in una dimensione del tutto diversa da qualsiasi cosa sulla quale abbia indagato in precedenza. Lei sta affrontando la domanda più fondamentale per il genere umano. E al mondo ci sono molte persone disposte a sfruttare la fede religiosa per legittimare la violenza, persone che non solo sono pronte a morire per ciò in cui credono, ma anche a uccidere per proteggerlo.» Tenby rimase in silenzio, e la sua espressione si fece cordiale.

«Ross, in lei percepisco un uomo onesto in un mondo oscuro e turbato, mentre cerca la luce. Mi dica se la trova. Fino a quel momento io pregherò per lei. E la prego di tenere presente che io sono qui in qualsiasi momento lei abbia bisogno di me, o di uno qualunque di noi. Che Dio sia con lei. Adesso vogliamo recitare insieme una preghiera?» L'arcivescovo giunse le mani e chiuse gli occhi.

Pur sentendosi a disagio, Ross lo imitò per timore di offenderlo.

87

Mercoledì 15 marzo

Ross passò tutto il viaggio di ritorno a casa nel traffico quasi fermo dell'ora di punta, pensando al suo incontro con l'arcivescovo. Tenby gli aveva dedicato molto tempo e dato saggi consigli, ma lui si chiedeva fino a che punto l'arcivescovo lo avesse preso sul serio.

Era stato liquidato in maniera molto sottile e intelligente? L'avvertimento di Tenby a proposito delle informazioni arrivate attraverso una medium era solo una brillante mossa a favore della Chiesa d'Inghilterra per farlo dubitare delle proprie fonti?

Squillò il telefono. Ross osservò il display: il prefisso era 0121, quello di Birmingham.

«Ross Hunter» rispose.

Sentì una voce femminile con un lieve accento di Birmingham e la riconobbe. Era l'anziana receptionist di Anholt-Sperry, che era diventata molto più cordiale subito dopo la morte dell'avvocato. Ross le aveva dato il suo numero personale e si erano scambiati un paio di messaggi.

«Signor Hunter, sono Irene Smither.»

«Salve, Irene» rispose con tono gentile. «Come sta?»

«Bene, mi faccio forza. Come può immaginare, qui siamo tutti scioccati.»

«Certo che lo immagino.»

«Ho pensato che le avrebbe fatto piacere un aggiornamento.»

«Sì, la ringrazio. Che novità ci sono?»

«Ho appena ricevuto una visita dell'ispettore capo Starr. Ha i risultati preliminari dell'autopsia dell'avvocato, e a quanto pare il suo pacemaker ha smesso di funzionare.»

«Pacemaker? Non sapevo che lo avesse.»

Poi rammentò Anholt-Sperry che gli accennava dei suoi problemi di cuore.

«Sì, e da molti anni. In realtà questo era il secondo, e glielo hanno inserito un anno e mezzo fa. Lo hanno mandato a esaminare per vedere se...» La voce della donna si spezzò, e Ross la sentì tirare su col naso, come a volersi ricomporre. Poi continuò. «... per vedere se era difettoso.»

Ross provò una strana sensazione di freddo mentre rammentava una cosa. Il motociclista che lo aveva superato in tutta fretta davanti alla porta dell'avvocato. E lo strano senso di attrazione che aveva sentito in quel momento. Il suo medaglione di san Cristoforo che sembrava voler schizzare fuori dalla camicia.

Rammentò un articolo letto di recente su Internet a proposito dei metodi per uccidere qualcuno senza essere scoperti. Alcuni moderni tipi di pacemaker potevano essere hackerati alterando o bloccandone gli impulsi.

Ma si potevano influenzare anche con un potente magnete.

Il motociclista – quasi di certo il cliente precedente di Anholt-Sperry – aveva con sé un magnete di quel tipo?

Sentì la voce della donna, debole e distante, come un'eco. «Pronto, pronto. Signor Hunter, è ancora lì?»

«Sì, mi scusi, non c'è molto campo, sto guidando.»

«Oh, forse la dovrei richiamare più tardi.»

«No, non c'è problema, ho il vivavoce. L'ispettore ha detto altro?»

«Sì, ha detto che non sono ancora riusciti a rintracciare il cliente prima di lei, il signor Dunn, Terence Dunn.»

«E lui pensa che ci possa essere un collegamento con la morte dell'avvocato?»

«Ha detto che al momento non escludono niente. Io... è terribile.»

«Robert era un uomo piacevole» commentò Ross con tono di circostanza.

Al termine della chiamata, il suo telefono riprese a squillare. Era Imogen.

«Dove sei Ross?»

Lui guardò l'orologio della macchina: le diciotto. «Sono all'incrocio tra la M25 e la M23. C'è un traffico tremendo.»

«Quanto ci metterai?»

«Tra quaranta minuti e un'ora.»

«Aspetterò.»

«Domani viene Gordon, l'elettricista, a sistemare le telecamere.»

«Ecco il mio Ross» commentò lei amara. «Fa tutto quando i buoi sono scappati.»

«Ehi, Imo, non è…»

Lei aveva riattaccato.

88

Mercoledì 15 marzo

Seduto nella grande sala del consiglio di amministrazione di Gethsemane Park, il pastore Wesley Wenceslas fissava l'oscurità. Al tavolo con lui c'era solo Lancelot Pope. Non era felice.

La moglie Marina lo chiamò sull'interfono. «Caro, vieni a dare la buonanotte ai bambini e a leggere?»

«No, tesoro, ho un problemino di cui occuparmi. Da' loro la buonanotte per me.»

«A che ora vorresti cenare?»

«Non lo so, ti chiamo. Va bene, tesoro?»

«Cerca di non fare troppo tardi.»

Mentre Wenceslas terminava la chiamata, Pope gli sorrise. «Le gioie domestiche, vero?»

Ignorando il commento, Wenceslas lo attaccò. «Mister Sorriso, Ross Hunter non ha passato due ore e mezzo del pomeriggio seduto in macchina in un multipiano di Elephant & Castle con un dito nel culo. Quindi dov'è andato?»

«Non lo so, ci ha seminati. Ma ora gli siamo di nuovo addosso.» Pope indicò con la testa lo schermo del computer. Il puntino blu si muoveva verso sud lungo la M23 in direzione di Brighton e in quel momento stava superando lo svincolo per l'aeroporto di Gatwick.

«Lo vedo» commentò Wenceslas puntandosi due dita verso gli occhi. «Ho sulla faccia queste cose che mi ha dato il Buon Dio quando ti stava riempiendo la testa di segatura. Ma non vedo che cosa ha fatto Hunter in quelle due ore e mezzo.»

«E Dio non può dirtelo?»

Wesley Wenceslas fulminò il suo amministratore delegato. «Fino a quando permetterai che quel giornalista sia sempre un passo avanti a te? A volte penso che tu stia affrontando questa situazione come se fosse un bello scherzo. Che ne diresti se ti licenziassi? Sarebbe anche questo un bello scherzo?»

Mister Sorriso lo guardò e assunse un'aria molto compiaciuta. Entrambi sapevano che Wenceslas non avrebbe mai potuto licenziare Lancelot Pope nemmeno in un milione di anni. O a meno che non volesse vedere il proprio impero crollare e bruciare quando Pope si fosse rivolto alla stampa con un armadio pieno di scheletri. «Calmati, capo, ti fa male alla pressione.»

«Sei tu che mi fai male alla pressione.»

«In alto i cuori! Seguiamo ogni sua mossa ventiquattro ore su ventiquattro: conversazioni, movimenti, posizione. E seguiamo anche chi lo segue. Sappiamo che ha portato *qualcosa* alla ATGC, e questa volta, quando andrà a ritirarla, ce ne impossesseremo ancora prima che esca dal posteggio.»

«Se non ci riusciamo, c'è in ballo la tua testa.»

Pope la scrollò. «No, la mia testa non è mai in ballo. Non minacciarmi, non mi piace. Credo che ti dovrei prendere un libro sulla gestione della rabbia, davvero.»

«Lancelot, sai qual è la fonte della mia rabbia? Sei sempre tu.»

«Stai soltanto riversando le tue frustrazioni addosso a me. *La cultura dello scaricabarile*, una delle cose contro cui predichi, pastore. Bah!»

«Ti potrei strangolare, davvero.»

«Non uccidere… sesto comandamento.»

Wenceslas riportò lo sguardo sullo schermo. «Capisci quanto è grave la situazione, vero?» chiese.

Pope si girò verso di lui. «La rabbia ti sta facendo dimenticare una cosa, lo sai? Ti ho trovato quando predicavi a una congregazione di cinquanta fedeli in un capannone decrepito di Tooting, in un brutto periodo per me. Mi avevano appena licenziato ed ero tornato a casa solo per scoprire che il mio compagno se ne era andato a Ibiza con un altro. Vagavo per strada chiedendomi che diavolo avrei fatto quando ho sentito la tua voce uscire dalla porta aperta.»

«Il Signore ti ha portato a me.»

«No, non gli stavo sulle palle fino a quel punto.»

Wenceslas ebbe il buon gusto di sorridere.

«Ti ho visto predicare e ho pensato che avessi del potenziale. Ho visto le espressioni rapite del tuo pubblico.»

«Congregazione» lo corresse Wenceslas.

«Come ti pare. Ho visto un'opportunità di crescita, va bene? Mi pare molto semplice. La tua abilità di predicatore e il mio bernoccolo per gli affari. E tanti anni dopo, mi pare che non ci vada poi male, non credi?»

«E adesso stiamo oscillando sull'orlo dell'abisso. Ross Hunter sta per svelare il Grande Impostore al mondo. Ti rendi conto di cosa significa? Ci scatenerà addosso Satana!»

«Ma dai» rispose Pope. «Non stai parlando a uno dei tuoi gonzi. E tu sei il primo a non credere a tutte quelle cazzate. Vecchio imbroglione, sei molto preoccupato per ben altro, vero?»

«Chi è l'imbroglione peggiore?» ribatté Wenceslas. «Il contabile fallito che ha capito come fare fortuna manipolando un umile predicatore? Eh?»

«Oppure» sbottò Pope «il finto uomo di Chiesa che ha trovato il modo di trasformare il culto in un impero globale? E che adesso è terrorizzato che Dio, quello vero, stia per tornare, o che possa già essere qui, e lo smascheri? Pastore, ti stai comportando come un bambino viziato. Adesso non è il momento di lanciare i giocattoli fuori dalla carrozzina. Dobbiamo essere seri, farci furbi.»

Dopo un istante, Wenceslas annuì, più calmo. «Hai ragione.»

«Ce l'ho sempre.»

89

Mercoledì 15 marzo

A una cinquantina di chilometri di distanza, al quarantaquattresimo piano del palazzo della KK, Ainsley Bloor e Julius Helmsley fissavano il puntino rosso su un grande schermo che continuava a muoversi verso sud sulla A23, in direzione di Brighton.

«Non esiste che Hunter abbia passato due ore e mezzo seduto in un parcheggio multipiano» sbottò Bloor furioso. «Hai assoldato un branco di idioti. Come è possibile che riesca sempre a seminarli e, cosa più importante, dov'è andato Hunter nel frattempo? Cosa c'è lì intorno?»

«Il South Bank?» rispose Helmsley.

«Certo, e che ha fatto? È andato a teatro a vedersi una commedia?»

«Non credo.»

«Il Parlamento. Oppure Lambeth Palace: magari è andato a trovare l'arcivescovo di Canterbury! E già che ci siamo Sua Santità il papa?» grugnì Bloor.

«Non lo escluderei» replicò Helmsley.

«Ah ah. E allora perché è tornato all'ATCG? Che ci faceva di nuovo là?»

«Lo scoprirò.»

«Con la stessa, spietata efficienza con cui hai scoperto che cosa avrebbe consegnato quell'avvocato di Birmingham a Hunter?»

«Domattina volo a Montecarlo per la consegna, Ainsley.»

«Con il prezzo aumentato almeno di un altro milione.»

«Poca cosa, molto poca cosa rispetto a quanto vale per noi.»

«E il nostro amico di Montecarlo lo sa.»

«Non è un cretino. Sa anche che non ha alcun valore per lui, quindi dovrà accettare un compromesso. Lascia fare a me.»

Bloor fissò lo schermo. «Dov'è andato Hunter in quel buco di due ore e mezzo?»

«Guarda il lato positivo. È un uomo con una missione. Qualsiasi cosa stia facendo, alla fine la sta facendo per noi. Basta non perdere la testa e, quando arriverà il momento, saremo un passo avanti a lui.»

«Al momento, Julius, siamo due passi indietro.»

Helmsley sorrise all'amministratore delegato. «Non dimenticare il vecchio adagio: 'beati gli ultimi…'»

«Sì, ma cerchiamo di non fidarci dell'onestà dei primi.»

«Ho già preso le mie precauzioni.»

90
Mercoledì 15 marzo

Avvicinandosi a casa, Ross vide la macchina di Imogen posteggiata fuori. Era entrata nel vialetto in retromarcia, probabilmente per tenere d'occhio la strada.

Ross si fermò lì accanto e scese dalla macchina.

Appena lo vide arrivare Imogen aprì la portiera, mise fuori le gambe e si alzò per andargli incontro. Aveva un aspetto orribile, con gli occhi cerchiati, i capelli in disordine, e indossava un maglione sformato e jeans stazzonati. Gli lanciò uno sguardo strano.

«Ciao» esordì lei.

Anziché abbracciarla o baciarla, Ross si limitò ad annuire e si avviò verso la porta d'ingresso. Appena la aprì, Monty arrivò all'istante correndo verso di loro con in bocca una papera di gomma che starnazzava e, quasi ignorando Ross, si precipitò verso Imogen.

Mentre lei era chinata ad abbracciare il cane, Ross prese la posta dal pavimento e la lasciò cadere sul tavolino senza neppure guardarla.

«Bravo, mi hai portato un regalo!» disse Imogen al cane. «Bravo ragazzo!»

Poi Monty corse tutto tronfio da Ross per mostrargli la papera agitando la coda come un matto. Con la coda dell'occhio, Ross vide Imogen controllare rapidamente la posta. Prese una busta, la aprì e ne estrasse un foglio. Poi lo appallottolò.

«Compri un cazzo di vestito in un negozio e cinque anni dopo ti tormentano ancora con le offerte speciali.»

«Non avresti dovuto lasciargli l'indirizzo» commentò Ross. «Non avevi alcun obbligo legale di farlo.»

«Tutti facciamo cose per cui non abbiamo alcun *obbligo legale*» rispose lei tagliente avviandosi verso la porta del garage, aprendola ed entrando. Tornò con una valigia e si richiuse la porta alle spalle. «Tu non hai alcun *obbligo legale* di venire a stare con me da Ben e Virginia, ma sarebbe carino se lo facessi.»

«Casa nostra è questa.»

Lei osservò le scritte alle pareti. «Non mi sembra più casa nostra, Ross. Era il nostro rifugio, ma è stata violata e mi dà una sensazione orribile. Adesso qui non mi sento al sicuro e non mi ci sentirò fino a quando non dimenticherai tutta questa faccenda di Harry Cook.»

«È per questo che hai dato il mio numero a quel tizio del Vaticano dalla voce untuosa, Silvestri? Nella speranza che io potessi accettare e dargli tutto quello che ho?»

«Ross, siamo in pericolo, ci serve un aiuto. Lascia che il Vaticano prenda in mano la situazione, è abbastanza grande per affrontarla, tu no.»

«Mi hai detto che Silvestri si offriva di comprare gli oggetti se avessi potuto dimostrare che quello che ho è autentico. Da quel che sento, non mi pare stia facendo un'offerta incondizionata.»

«Ma almeno gli hai parlato, Ross?»

«Mi ha telefonato mentre stavo pranzando, e gli ho detto di chiamarmi più tardi.»

«Di solito non ti fai problemi a parlare al telefono mentre mangi.»

«Be', è vero, ma Silvestri mi ha infastidito.»

Lei scrollò la testa. «Cristo, non ci posso credere. Le nostre vite sono in pericolo, ci arriva una soluzione inaspettata e tu la respingi.»

«Non respingo nulla, Imo.»

«Allora a che punto sei con le prove?»

«Mi sto avvicinando a… non lo so… avvicinando all'ultima tessera del puzzle.»

«Avvicinando» ripeté lei, e annuì in maniera irritante,

come faceva ogni volta che Ross diceva qualcosa a cui lei non credeva. «Se ti lasceranno vivere abbastanza.»

«*Chi* mi lascerebbe vivere abbastanza? Questo è il punto.»

«Sai di cosa sto parlando, Ross. Lo sai benissimo. E sarebbe carino se vivessi abbastanza da veder nascere tuo figlio, e magari mi aiutassi a crescerlo.»

«Imo» disse lui facendo un passo avanti, «guarda, so come ti sembra, e non ti biasimo se hai deciso di rifugiarti a casa di tua sorella fino a quando questa storia finirà, ma credo che la tua reazione sia eccessiva. So che sei stressata perché sei incinta.»

«Che cosa?» gli urlò lei con gli occhi fiammeggianti. «Non provare nemmeno a usare questi trucchetti con me. Sto cercando di essere realista.»

«Anch'io sono realista, Imo. Abbiamo un enorme mutuo su questa casa e tu per molti mesi non porterai a casa uno stipendio.»

«Quindi magari, forse, un accordo con Silvestri potrebbe risolvere in una sola volta tutti i nostri problemi, quelli economici e quello della sicurezza.»

«Bene, e allora perché non vai alla Kerr Kluge e gli dici che indiciamo un'asta, Imo? Loro, il Vaticano e chiunque sia interessato. Il miglior offerente si aggiudicherà il DNA di Cristo. È questo che vuoi?»

«Voglio solo sentirmi al sicuro» rispose lei. «Voglio solo che tutto sia come prima, prima che tu ricevessi la telefonata di quel maledetto professore.»

«Impossibile.»

«No, certo che è impossibile» replicò prendendo la valigia. «Adesso tu devi salvare il mondo.»

91

Mercoledì 15 marzo

Dopo la partenza di Imogen, Ross si sentì molto solo. E sfinito.

E svuotato.

Sedette al tavolo in cucina cercando di ignorare le scritte alle pareti e, come se avesse percepito il suo umore, arrivò Monty, fece un sospiro e si accucciò di fianco a lui.

Ross si chinò ad accarezzarlo. «Sai, Monty, forse non te ne rendi conto, ma hai una vita comoda. Ti diamo la pappa e ti vogliamo bene, e la tua unica preoccupazione al mondo è quando sarà la prossima passeggiata. Sbaglio?»

Il cane sospirò di nuovo, poi uggiolò e guardò il padrone.

«Mi stai dicendo che vuoi fare una passeggiata? Sei stato qui tutto il giorno a dormire e rosicchiare ossi e sei annoiato, vero? Va bene. Ho idea che tutti e due abbiamo bisogno di aria.»

Ross si alzò e Monty abbaiò entusiasta.

Prese il guinzaglio, mise il vecchio giaccone che usava per le passeggiate e un cappello da baseball, ficcò in tasca un paio di sacchetti di plastica, prese una torcia e faticò ad allacciare il guinzaglio perché il cane non stava fermo per l'eccitazione.

Uscirono nel buio e nell'umidità, e Ross si guardò intorno con circospezione prima di chiudersi la porta alle spalle. Girò a sinistra dirigendosi verso la collina, aspettando Monty che doveva controllare quasi tutti i lampioni, annusandoli e segnandoli con una goccia di pipì. Una volta Imogen aveva detto, sorridendo, che quella era la versione canina delle email: raccoglieva gli odori degli altri cani e lasciava il suo.

In cima alla collina c'era un piccolo parco, lungo e stretto, circondato dagli alberi. Ross si chinò a sganciare il guinzaglio e subito Monty partì a razzo. In quel momento, una voce dall'accento straniero subito dietro di lui lo fece sobbalzare.

«Il signor Hunter?»

Ross si voltò prendendo la torcia dalla tasca, accendendola e puntandola contro l'uomo, che si trovava a mezzo metro da lui e aveva le mani in tasca. Era troppo vicino; Ross arretrò di qualche passo. L'uomo rimase immobile.

Sulla quarantina, vestito elegante con un trench dall'aspetto costoso con cintura e spalline, l'uomo era bello e molto sicuro di sé.

«Sì, e lei chi è?»

«Mi perdoni se interrompo la sua passeggiata serale, signor Hunter. Mi chiamo Giuseppe Silvestri. Abbiamo parlato prima, ricorda?»

Ross riconobbe l'accento italiano. «Credevo mi avrebbe telefonato.»

«Mi scuso» disse l'uomo con tono talmente sincero che Ross poco mancò ci credesse.

Silvestri gli tese una mano guantata. Ross la fissò per un istante, poi la strinse con riluttanza. Nel frattempo si guardò intorno per controllare Monty. Con suo grande sollievo vide la sagoma del cane che correva in tondo a breve distanza, annusando a terra e trovando qualche odorino interessante.

Poi l'italiano gli porse un biglietto da visita. Ross lo illuminò con la torcia e vide che era stampato a rilievo in oro, con lo stemma con le chiavi incrociate, una scritta in latino, il nome di Giuseppe Silvestri e sotto la qualifica: Emissario della Santa Sede.

«È un momento adatto per parlare, signor Hunter?»

«A proposito di cosa?»

«Forse preferirebbe andare in un luogo più riservato, a casa sua o nella mia macchina?»

«Qui va benissimo.»

«Ma certo.» E continuò con tono suadente: «Credo che

sappia, probabilmente, come mai sono venuto a parlare con lei».

«Mia moglie mi ha accennato qualcosa. Le dispiacerebbe cominciare dall'inizio?»

Monty iniziò ad abbaiare. Una donna, che Ross non riconobbe tra i frequentatori abituali del posto, entrò nel parco con uno schnauzer. Li superò ed entrambi rimasero in silenzio per un attimo.

«Buonasera» li salutò la donna.

«Buonasera» rispose Ross.

Quando fu abbastanza lontana, Silvestri disse: «Si parla molto della missione che ha intrapreso, signor Hunter. Delle scoperte che ha fatto. Oggetti che potrebbero avere un grande significato storico. Ma che potrebbero mettere lei e sua moglie in grave pericolo».

«Lo sta dicendo per minacciarmi?»

«La prego di non prendere nel modo sbagliato ciò che sto dicendo. Ma se ciò che mi è stato riferito in merito agli oggetti in suo possesso è vero, deve capire che le conseguenze sono enormi, e molto pericolose. Non solo per lei e la sua famiglia, signor Hunter. La portata è di gran lunga più vasta. È necessario che lo capisca.»

«Chi glielo ha detto, e che cosa le è stato riferito?»

L'italiano sorrise. «La prego, signor Hunter. Una cosa di tale importanza, mi creda, la so. E la sanno in molti.»

«In che modo? Come lo sanno?»

Ci fu un profondo silenzio. Silvestri lo guardò sempre sorridendo. «Signor Hunter, è impossibile celare simili scoperte.»

Ross fu distratto per un momento da una macchina che scendeva lenta lungo la strada. Un'altra occhiata e vide che era un'auto della polizia.

«Wooky! Wooky!» gridò la donna.

Si voltò e vide Monty che giocava con il cane più piccolo.

«Wooky!» chiamò ancora lei, imperiosa.

«Vorrebbe dirmi che glielo ha detto Dio?» chiese Ross.

«Mi hanno informato che lei ha un mutuo che fatica a pagare» disse l'italiano. «E che delle persone si sono introdotte nella sua casa scrivendo cose sgradevoli.»

«Che altro le ha detto mia moglie?»

«Non me lo ha detto lei, signor Hunter. E sono stato mandato qui da un'autorità superiore per aiutarla.»

«Certo, il papa in persona?»

«Wooky!» La donna avanzò verso di loro mentre i cani continuavano la lotta. «Mi scusi, le dispiacerebbe controllare il suo cane?»

«Monty, Monty!» chiamò Ross. «Monty!»

Dopo un momento il cane uscì allo scoperto e corse verso di loro.

Ross si inginocchiò e gli riagganciò il guinzaglio.

«Forse sarebbe meglio proseguire questa conversazione in un luogo più riservato, non crede?» suggerì Silvestri.

Ross gli girò le spalle e, tirando con delicatezza il guinzaglio, si diresse verso il marciapiede e la discesa. L'italiano tenne il passo alle sue spalle.

«La prego di voler capire che non intendo farle del male né offenderla. Vorrei aiutarla, questo è tutto.»

«Sto benissimo.»

«No, credo proprio di no, signor Hunter, non se davvero ha in suo possesso un dente appartenuto a Nostro Signore Gesù Cristo e il calice da cui bevve all'Ultima Cena, e nel quale è stato versato il Suo sangue mentre si trovava sulla croce. In quel caso sono autorizzato a pagarle una grossa somma di denaro. Sufficiente non solo a estinguere il suo mutuo, ma a fare di lei un uomo ricco. E sarebbe di certo una transazione discreta: potremmo pagarla su un conto svizzero. Nessuno lo verrebbe mai a sapere.»

«Davvero? Se le sue informazioni arrivano direttamente da Dio, come mai mette in dubbio la provenienza di ciò che ho? E se lei ne mette in dubbio la provenienza, perché mai dovrei crederle?»

«Vorrei capire un po' di più, avere qualche ulteriore informazione. E, naturalmente, vedere gli oggetti, farli esaminare.»

«La vostra religione è la più ricca della Terra» rispose Ross. «La Chiesa cattolica ha un patrimonio superiore a quello di tutti gli oligarchi russi messi insieme. Teme che la prova dell'esistenza di Dio possa avere un impatto su questo? Che la sua religione non sarebbe più, per tutti i vostri seguaci, la strada esclusiva per arrivare a Dio?»

Silvestri sorrise. «Si sbaglia. La prova dell'esistenza di Dio sarebbe una cosa meravigliosa. Ma sapere che Dio c'è, non significa conoscerLo.»

«Quindi bisogna essere cattolici, e non anglicani, musulmani, ebrei, sikh o indù per *conoscere* Dio?»

«L'esperienza umana di amore, verità e bellezza è ciò che serve per conoscere Dio» rispose pacato Silvestri. «Quando arriverà il Secondo Avvento, nessuno potrà negare l'esistenza di Dio nel bene e nel male. Sarà inequivocabile, la prova assoluta che Gesù era chi affermava di essere. Se esistesse una prova assoluta, ci piacerebbe pensare che tutti ne gioirebbero.»

«A patto che siate voi, la Chiesa cattolica, a possederla e a comunicarla?»

«No, signor Hunter, non è affatto questo che sto dicendo.»

«Allora come mai offrite a me e a mia moglie enormi somme di denaro?»

Cinquanta metri più avanti, Ross vide la macchina della polizia che si era fermata accanto a una grossa Mercedes con targa diplomatica, posteggiata di fronte a casa sua. Un'agente era in piedi sul marciapiede e parlava con l'autista.

«È la sua macchina?» chiese Ross.

«Sì.»

Ross si avvicinò all'agente dicendole: «Buonasera, sono Ross Hunter».

«Va tutto bene?» chiese lei.

«A dire il vero no» rispose indicando l'italiano. «Mi stanno importunando.»

«È la sua macchina, signore?» chiese lei a Silvestri.

«Sì.»

«Ha sentito quello che ha detto il signore?» disse con uno sguardo cortese, ma deciso.

L'italiano aprì la portiera posteriore e salì. Guardando Ross, gli disse con lo stesso tono gentile e affabile: «Signor Hunter, ha il mio biglietto da visita. Credo che dovremmo proseguire la nostra conversazione».

Mentre la macchina si allontanava, Ross si girò verso l'agente e la ringraziò.

«Siamo di turno fino alle undici e mezzo di stasera» rispose lei. «Per qualsiasi problema, chiami subito il 999. E informerò anche i colleghi del prossimo turno.»

Ross la ringraziò ed entrò in casa. Sganciò il guinzaglio di Monty, che schizzò in cucina, poi uscì dalla sua porticina basculante con uno schiocco. Ross osservò le scritte alle pareti con l'errore.

ROSS HUNTER AMICO DELL'ANTICRISTO

IMOGEN HUNTER, MADRE IN ATESA DELL'ANTICRISTO

Passò in cucina, si preparò un caffè, poi chiamò Imogen e si sedette al tavolo.

Lei rispose subito. «Ciao, tutto bene?»

«Non proprio. Dimmi una cosa. Quell'italiano untuoso che è venuto a trovarti ieri, Giuseppe Silvestri...»

«Non era untuoso, io l'ho trovato molto affascinante.»

«Certo, tra faccia e capelli aveva olio a sufficienza per cuocere un uovo. Cosa gli hai detto della nostra situazione economica? Della casa vandalizzata?»

«Niente, Ross, sono sincera. Delle nostre finanze sembrava sapere che non sono in ottimo stato. Hai detto che ha parlato della casa vandalizzata?»

«Sì.»

«Ross, non avrei potuto dirgli niente perché in quel momento non lo sapevo. Come potevo se non ero a casa?»

Forse avevano messo delle cimici in casa? si chiese Ross all'improvviso. Per la successiva mezz'ora cercò ovunque, ma non trovò nulla e tornò in cucina.

92

Mercoledì 15 marzo

Per un po' rimase seduto immobile, profondamente scosso. Quando tirò le somme, richiamò Imogen.

«Forse glielo ha detto la polizia, forse ha dei contatti che lo hanno informato?» azzardò lei.

Ross non rispose. Stava riflettendo. Il responsabile era Silvestri? Vandalizzare casa loro faceva parte della sua strategia di intimidazione?

«Ascolta, Ross, perché non vieni qui? Non deve essere piacevole stare in mezzo a tutte quelle orribili scritte. Qui vicino c'è un pub fantastico, il Cat, se ci sbrighiamo potremmo cenare lì.»

«Ho da fare» rispose lui consapevole del proprio tono distante.

Perché era così che si sentiva.

«Ben è via per lavoro, potresti usare il suo studio.»

«Ho un sacco di cose da sbrigare qui, tra cui aspettare l'imbianchino per il preventivo.»

«L'assicurazione coprirà le spese?»

«Non lo so, me lo auguro.»

«Non li hai ancora chiamati?»

«No» fece lui, irritato dalla voce della moglie. «Lo farò domani. E poi, te l'ho detto, deve arrivare anche l'elettricista per aggiustare le telecamere.»

Chiuse la telefonata.

Silvestri.

Delle persone si sono introdotte nella sua casa scrivendo cose sgradevoli.

Uomini di Silvestri?

Sorseggiò il caffè, estrasse un tortino di pesce dal freezer, lesse le istruzioni e lo mise nel microonde. Poi notò la lucetta che lampeggiava sulla segreteria della linea fissa. Un nuovo messaggio. Premette il tasto di riproduzione.

«Salve, sono l'agente Harris della Divisione investigazioni criminali di Brighton. Chiamo a seguito della segnalazione di atti vandalici perpetrati nella sua abitazione. Se il signor Hunter potesse richiamarmi per fissare un appuntamento o per parlare con uno dei miei colleghi nel caso in cui io fossi assente, questi sono i recapiti e i dati della pratica.»

Ross annotò il tutto, poi salì nel suo studio.

Aveva un'email di Jolene dell'ATGC.

Salve, signor Hunter,
l'ESDA ci ha comunicato i risultati dell'analisi condotta sul suo documento. Saranno disponibili qui da noi domani mattina presto.

Ross rifletté per qualche secondo e poi ebbe un'idea: rispose all'email chiedendo di inviare i risultati e la pagina del manoscritto al suo avvocato a Brighton, tramite corriere.

Poi lo sguardo gli cadde sulla pagina ripiegata che aveva strappato dal *Times*.

PASTORE METTE IN GUARDIA CONTRO IL GRANDE IMPOSTORE

Cercò su Google il canale YouTube di Wesley Wenceslas e attese.

Sullo schermo comparve un Boeing bianco, decorato con il logo del pesce alato attorcigliato intorno a una croce. In sovraimpressione si leggeva una scritta:

1 PREGHIERA = 1 MIGLIO CELESTE. AIUTA IL NOSTRO PASTORE WESLEY WENCESLAS A COMUNICARE CON DIO PER TE E A DIFFONDERE IL VANGELO NEL MONDO. SI ACCETTANO LE PRINCIPALI CARTE DI CREDITO.

Poi comparve il pastore in persona, mentre in sovraimpressione una scritta esortava i fedeli:

PREGA PER IL PASTORE WESLEY WENCESLAS.
AIUTALO A PREGARE PER TE!

A quel punto, un nuovo cambio di scena sostituiva l'aereo con un elegantissimo pastore Wesley Wenceslas che, collarino sacerdotale al collo e microfono alla mano, incedeva solenne davanti a un'enorme congregazione. Alle sue spalle, una croce illuminata alta sei metri, un'orchestra e un gioco di luci abbacinanti.

Parlava in tono tranquillo, sincero. Il suo gregge lo ascoltava in silenzio, rapito. La telecamera inquadrava in primo piano i volti delle persone: tutti annuivano, come se il pastore stesse parlando individualmente a ciascuno di loro.

«Quanto è importante la vostra anima per voi? Ci pensate mai?»

Il pastore fece una pausa, lasciando che i presenti metabolizzassero quelle parole, poi continuò. «Questa sera vi voglio parlare dell'uomo che è venuto qui per salvarvi. Il suo nome è Gesù. Gesù Cristo, che fu crocifisso, morì e fu sepolto. E il terzo giorno è resuscitato. È resuscitato, pronto a tornare per salvarvi. Sta tornando, vi salverà? Dove pensate che si mostrerà? In una delle grandi città cristiane? O in un luogo che deve essere salvato per primo? Voi siete tutti qui perché credete in Gesù.»

Nella sala si levò un coro di grida: «Alleluia!»

Il pastore annuì con un'espressione umile e pia sul viso. «Leggete le Sacre Scritture, Matteo 24. Ci dice cosa aspettarci prima del ritorno del Signore.» Abbassò la voce e fissò sulla congregazione uno sguardo implorante. «Dice che dobbiamo aspettarci disordini. Gravi tribolazioni. Gesù è onesto, ci ha detto la verità sul futuro, non ci ha nascosto nulla.»

Poi Wenceslas unì le mani e sollevò la testa. «Grazie, Gesù, per essere onesto.»

Fu interrotto da un altro coro di «Alleluia!»

Sorrise e mosse qualche passo sul palco, più vicino ai fedeli. «Sentite, vi dirò le cose come stanno. Fino al ritorno di Gesù, ci dobbiamo aspettare grossi guai. Nulla è dato senza sofferenza, non c'è corona senza spine. Ci attendono tempi difficili. Matteo 24 ci fornisce un quadro chiaro, quando i discepoli Gli chiedono quali sarebbero stati i segni del Suo Secondo Avvento. Lui ci ha indicato quattro segni incontrovertibili, e ammonito contro gli inganni. Ricordate il primo? Vedrete disastri nel mondo, 'si solleverà infatti nazione contro nazione, e regno contro regno; vi saranno carestie e terremoti'.» Fece un'altra pausa e di nuovo allargò le braccia, parlando in tono pacato. «Non dovete però essere turbati, perché questi non sono dolori di morte, sono dolori di nascita! Quando i non cristiani dicono di non sapere in che direzione va il mondo, i cristiani ribattono, come un sol uomo: *Noi sì!*»

Sempre più irritato per il modo in cui quell'individuo manipolava il suo pubblico, Ross osservava, in attesa della successiva richiesta di donazioni.

«Ci saranno falsi messia che affermeranno di essere il Salvatore. Daniele scrisse dell'*abominio della desolazione*: in essa sta l'uomo che pensa di essere Dio risorto; egli è senza legge, promette pace e sicurezza, ma è la Bestia. Una figura molto pericolosa. Un dittatore politico. Fortunatamente, il suo regno sarà breve.»

Un'altra pausa, un altro coro di «Alleluia!»

«Nel Libro dell'Apocalisse leggerete dei Quattro Cavalieri dell'Apocalisse. Il primo è bianco, simbolo dell'aggressione militare. Il secondo è rosso come lo spargimento di sangue. Il terzo è nero, come la carestia. Il quarto è verdastro, il colore della pestilenza. Anziché Padre, Figlio e Spirito Santo arriveranno a voi Satana, l'Anticristo e un Falso Profeta. Ve lo sto dicendo: tutto è stato preannunciato dalla Bibbia. Ogni singola profezia della Bibbia finora si è avverata. Ma, in quanto veri cristiani, potete essere salvati!»

Si girò verso l'altare, si inginocchiò e sollevò le mani con un gesto supplice. Poi si alzò e si rivolse alla folla.

«Un giorno non molto lontano guarderete verso il cielo e troverete il Sole, la Luna e le stelle spenti. Il giorno sarà nero come la notte più profonda. Dio spegnerà tutte le luci. Ma poi… poi ci sarà un'improvvisa luce accecante! Su il sipario. E vedrete Gesù e gli angeli in gloria!»

Centinaia di persone gridarono «Alleluia!»

A quel punto, il pastore si allontanò rapido dal palco, come attratto da una forza invisibile.

Sul grande schermo apparve la scritta:

DONA ORA PER ESSERE SALVATO. LE CASSETTE PER LE OFFERTE SI TROVANO ALL'USCITA. VISITA IL MIO SITO WEB PER I PREZZI DEI MIRACOLI. SI ACCETTANO TUTTE LE PRINCIPALI CARTE DI CREDITO.

Poi comparve di nuovo l'immagine del Boeing 737.

PREGA PER UN MIGLIO CELESTE

Ross chiuse il browser, imprecando contro quell'uomo. Come facevano i suoi adepti a non capire che era un truffatore? La gente riusciva a essere davvero stupida. In passato Ross aveva tentato di smascherare Wenceslas, ma evidentemente con scarso successo.

Guardò di nuovo l'articolo del *Times* sul pastore Wesley Wenceslas. Era sbalordito da come la gente abboccasse.

Poi rifletté: forse il meccanismo era lo stesso che aveva portato lui ad abboccare alla storia di Cook?

La notifica di un messaggio lo riscosse dai suoi pensieri. Prese il cellulare: un SMS di Sally Hughes.

Ciao, Ross. Come stai? XX

Ross poteva affermare in tutta coscienza che, dal momento

in cui aveva iniziato a uscire con Imogen, non aveva mai abbandonato la retta via né – per dirla con i toni grevi dei suoi amici – si era «lustrato gli occhi». Però, e questo doveva ammetterlo, in quella giornalista radiofonica c'era qualcosa che cominciava a trovare sempre più attraente. A parte questo, era curioso di sapere cosa avesse in mente la donna.

Rispose senza sbilanciarsi.

Mi sento un po' come se si fosse avverata quell'antica maledizione cinese: Che tu possa vivere in tempi interessanti. X

Qualche istante dopo, lei replicò.

Davvero? Spiega! XX

E Ross:

È troppo da scrivere in un SMS. Ci vediamo per un caffè o qualcosa da bere, una volta o l'altra? X

La risposta non si fece attendere:

Domani sono a Brighton. Mi hanno commissionato un pezzo sugli scrittori che vivono nella tua città. Hai tempo? Caffeina o alcol? Per me, l'alcol vince sempre! XX

Questa risposta lasciò Ross perplesso. Non gli aveva forse detto che quella settimana sarebbe stata in montagna a sciare? Quella visita aveva ragioni recondite? Qualcosa che aveva a che fare con Harry Cook e suo zio?

Mi piace il tuo stile. Chiamami quando sei in città. X

93

Giovedì 16 marzo

Faceva ancora buio quando Ainsley Bloor, in tenuta da jogging, uscì nella secca e mite aria del mattino. Fece qualche allungamento, accese la torcia che portava sulla fronte e iniziò il percorso, correndo a passo ritmato lungo la pista di cemento che aveva fatto posare anni prima e che serpeggiava attorno alla sua proprietà.

Amava chiamare quella corsa mattutina «Battere i confini». Il cielo era trafitto da strisce rosse e rosa. Niente nebbia o bruma. Ottimo: il suo elicottero l'avrebbe potuto portare in ufficio, atterrando sul tetto della KK, il che significava che sarebbe potuto arrivare almeno quaranta minuti prima di quel che gli avrebbe consentito l'automobile.

Mentre attraversava di corsa il parco dei cervi, pensava a Ross Hunter. Come diamine avrebbe dovuto gestire la questione? Qual era il modo migliore per ottenere ciò che volevano da lui? Sempre correndo, fece il giro del grande lago, poi coprì di scatto gli ultimi quattrocento metri. Finì l'allenamento, tutto sudato e ansante, alla serra, dove le luci restavano accese tutta la notte. Un'idea si stava formando nella sua mente.

Entrò e passò accanto alle sei gabbie, sbirciando dentro ciascuna. Come si aspettava, le prime cinque scimmie non avevano ancora prodotto niente, mentre sembrava che nel cassetto che raccoglieva gli stampati del suo astro nascente ci fossero parecchi fogli.

Appollaiata in alto, la scimmia guardò con sospetto Bloor che entrava, si avvicinava alla stampante e apriva il coperchio del cassetto. «Sei stato bravo, Boris?» chiese. «Vediamo quanto, d'accordo?»

La scimmia rimase immobile mentre Bloor esaminava i fogli.

L'uomo fece altrettanto.

Ogni singola pagina era coperta di una sola parola ripetuta: «lui». *lui lui lui lui lui lui lui lui lui lui lui lui lui lui lui…*

Tutte e otto le pagine.

«No, no, no!» disse Bloor. «Boris, voglio qualcosa di meglio!»

Per tutta risposta, la scimmia balzò noncurante dal trespolo sul trapezio ed emise un grido acuto. Bloor piegò le pagine e le portò con sé verso casa, infastidito e profondamente deluso. Scese dabbasso nella piscina coperta, si spogliò, indossò gli occhialini e iniziò i suoi quotidiani venti minuti di nuoto. Mentre una vasca si succedeva all'altra in un crawl sostenuto, nel suo cervello si rincorrevano i pensieri. Per un momento mise da parte Ross Hunter e si concentrò su Boris.

lui lui lui lui lui lui lui lui lui lui lui lui lui lui lui…

Temendo di essere messo in ridicolo, aveva tenuto segreto il suo esperimento. Ne erano a conoscenza pochissimi colleghi e un solo membro del personale domestico, il fidato giardiniere capo, che ogni giorno puliva le gabbie e si assicurava che il cibo per le scimmie non mancasse mai. La moglie di Bloor, Cilla, pensava che quell'esperimento fosse una sciocchezza.

Forse aveva ragione.

Però lei non conosceva abbastanza Richard Dawkins: aveva letto solo *L'illusione di Dio*, mentre era nell'*Orologiaio cieco* che Bloor aveva trovato l'ispirazione per il suo esperimento. Dawkins si era avvicinato più di chiunque altro a dimostrare che l'evoluzione era avvenuta nel corso di milioni – anzi, miliardi – di anni; come l'occhio umano si fosse sviluppato, attraverso l'evoluzione, da una singola cellula.

Il filosofo Antony Flew, per un periodo il più noto ateo al mondo, era stato l'ultimo personaggio pubblico a prendere sul serio l'esperimento della scimmia e della macchina da scrivere, almeno per quanto ne sapeva Bloor. La cosa si era rivelata un fiasco totale e aveva contribuito alla conversione di Flew all'idea che esistesse un Disegno Intelligente.

Adesso anche il suo esperimento, per quanto iniziato da appena sei mesi, sembrava sulla via del fallimento.

lui lui lui lui lui lui lui lui lui lui lui lui lui lui lui...

Si chiese se non avesse sbagliato il meccanismo di ricompense. Quel risultato era frutto del caso, visto che le lettere L, U e I erano vicine sulla tastiera e a Boris piaceva quella combinazione di tasti? Oppure nel cervello della scimmia stava accadendo qualcos'altro?

Come fare per cambiare il percorso mentale della bestia? Avrebbe dovuto elargire maggiori ricompense per parole diverse? In quel caso, però, non avrebbe potuto considerare casuale il risultato.

Si ripromise di pensarci in un altro momento, perché allo stato attuale delle cose aveva un problema più grave di cui occuparsi. L'esperimento con le scimmie rientrava nella sfera dei suoi interessi personali, Ross Hunter rappresentava invece il futuro della sua società.

Bloor si concentrò sulla riunione del consiglio di amministrazione che lo attendeva di lì a poche ore. Occorreva prendere un'importante decisione.

94

Giovedì 16 marzo

Siccome non riusciva a dormire molto, Ross si alzò poco prima delle sei e mezzo del mattino e portò Monty a fare una passeggiata. Mentre albeggiava, attraversò il ponte pedonale sulla A27, un'autostrada a doppia corsia, controllò che non ci fossero pecore nei paraggi, sciolse il cane dal guinzaglio e lo lasciò correre libero all'estremità opposta dei campi.

Poi, con le mani affondate nelle tasche del suo malandato e vecchio Barbour, camminò a passo lento, cercando di fare un bilancio della situazione. Tante erano le cose da valutare, ma molto dipendeva da ciò che i laboratori dell'ATGC avevano trovato per lui. Doveva vedere quei risultati e poi avrebbe preso una decisione.

Tornato a casa, guardò il telegiornale delle otto di *Breakfast TV*, fece la doccia e preparò la colazione per sé e per Monty. Nessun messaggio di Imogen, quindi gliene scrisse uno lui.

Spero tutto ok. X

Passò in rassegna i giornali mentre Monty spazzolava via il cibo facendo tintinnare la targhetta del collare contro il bordo della ciotola.

Appena terminata la sua granola, Ross corse di sopra. Chiamò il numero che l'agente Harris gli aveva lasciato il giorno prima e fissò un appuntamento per le dieci e mezzo. Poi diede una scorsa a Twitter. Niente di nuovo. Aveva sempre lo stesso numero di follower dell'ultima volta che aveva controllato: 7865. Poi passò a Instagram sul cellulare, realizzando che era passato oltre un mese dall'ultima volta che aveva postato qualcosa: c'era ancora la foto che Imogen gli aveva fatto mentre cercava di leggere il quotidiano domenicale con Monty che chiedeva attenzioni e la didascalia, *Fiuto per le notizie?* Aveva quarantasette like.

Suonarono alla porta. Era l'elettricista, arrivato per sostituire le telecamere danneggiate. Ross preparò una tazza di tè per l'uomo e una di caffè per sé, poi salì al piano di sopra.

Jolene gli aveva appena mandato un'email: confermava che non sarebbe stato un problema organizzare l'invio tramite corriere e chiedeva di essere chiamata per concordare il metodo di pagamento.

Temendo che la linea fissa e il cellulare fossero sotto controllo, le mandò un SMS con uno dei telefoni usa e getta, scrivendole l'indirizzo del suo avvocato e chiedendole di addebitare i costi sulla stessa carta di credito che avevano registrato in anagrafica.

Poi scrisse un messaggio all'avvocato, gli annunciò la consegna e gli diede istruzioni di fotocopiare il contenuto della busta, mettere le copie in cassaforte e di spedirgli con urgenza, sempre tramite corriere, l'originale.

Passando in rassegna le email arrivate quella notte, ne cestinò un paio con ogni evidenza truffaldine, poi vide un messaggio di Natalie del *Sunday Times*.

> Ciao, signor Primula Rossa. Qualche possibilità di vedere la grossa storia a cui stai lavorando prima della fine dei tempi?

Si alzò e controllò fuori dalla finestra. Sul lato opposto della strada era parcheggiato un camioncino e alcuni muratori stavano scaricando dal cassone i pali di un'impalcatura. All'orizzonte nessun altro veicolo ignoto. Tornò alla scrivania.

La grossa storia.

A che punto era, concretamente? Cosa gli avrebbe riservato quel giorno?

Ne avrebbe saputo molto di più all'arrivo del plico.

Rifletté su alcune delle conversazioni di quegli ultimi

giorni: l'uomo dell'MI5, Stuart Ivens, che lo aveva avvicinato alla stazione di servizio, l'arcivescovo di Canterbury, l'italiano della notte precedente, Giuseppe Silvestri.

Quell'uomo non gli piaceva: dietro al suo fascino si celava qualcosa di profondamente sinistro.

Emissario della Santa Sede.

Cosa significava? Tirapiedi del papa?

Quando, poco più che ventenne, aveva studiato giornalismo all'Università a Londra, molti suoi compagni avevano sognato la *grossa storia*. Uno dei professori, un uomo davvero in gamba, Jim Coheny, era un tizio dall'atteggiamento informale e dal curriculum impressionante. Durante una serata di bevute al pub, Coheny gli aveva detto che ogni giorno c'era un milione di storie da scrivere, ma che quella davvero grossa, quella esplosiva, arrivava solo una volta ogni dieci anni, o persino una sola volta nella vita. Quella storia non sarebbe balzata subito all'occhio: intuito, tenacia, perseveranza, fiducia in sé stessi e una posta in gioco altissima erano gli elementi che, secondo Coheny, erano necessari in egual misura per aggiudicarsela. Il professore aveva citato il sogno di ogni reporter: lo scoop di Woodward e Bernstein nel 1972, quando avevano portato alla luce lo scandalo Watergate e segnato la fine della presidenza di Richard Nixon.

Poi Coheny lo aveva guardato dritto negli occhi. «Se quell'opportunità dovesse mai presentarsi a te, Ross, coglila a ogni costo. Quella sarà la tua occasione per un posto al sole. Quando arriverà, la sentirai nel cuore. Potrebbe fare la differenza tra avere, un giorno, uno spazio tutto tuo sul *Times* o sul *Guardian* o dove preferirai, o terminare la tua carriera scrivendo di feste di paese e cani smarriti per qualche foglio di provincia sull'orlo del fallimento. Tu hai talento, ragazzo. Tu hai le palle. Lo so. Non deludermi.» Poi aveva posato la pinta e si era toccato le orecchie. «Ascolta.» Si era indicato gli occhi. «Osserva.» Aveva stretto le mani a pugno e sibilato: «Colpisci!»

Ross avrebbe voluto parlare con il suo vecchio professore in quel momento, chiedergli consiglio sul da farsi, ma Coheny era morto in Siria cinque anni prima, assassinato mentre lavorava a un pezzo sull'ISIS. Ross si chiese se fosse stata quella la sua *grossa storia*.

Ripensare a Coheny gli fece ricordare le parole che gli aveva rivolto suo nonno poco prima di morire, quando gli aveva consigliato di non aver mai paura di fare le scelte giuste.

In quel momento, però, si sentiva molto scoraggiato. E in una posizione strana. Solo.

Imogen se n'era andata e la loro casa era stata vandalizzata. Navigavano in cattive acque dal punto di vista finanziario. La caporedattrice del *Sunday Times* stava chiaramente esaurendo la pazienza. Gli eventi delle settimane precedenti lo avevano traumatizzato e si rese conto che avrebbe dovuto essere più spaventato. Ma non lo era. Forse era troppo stanco per pensare lucidamente? Forse stava andando avanti con il pilota automatico?

Avrebbe dovuto chiamare Silvestri e negoziare?

E poi? Se ne sarebbe andato con la garanzia di una sicurezza economica a vita?

Sarebbe riuscito a vivere con quel pensiero?

A convivere con il ricordo dello sguardo malinconico che solo qualche settimana prima gli aveva rivolto Harry Cook e con la consapevolezza che avrebbe potuto fare qualcosa di davvero importante per il genere umano, ma aveva preso i soldi ed era scappato? E poi, dove scappi in un mondo che sta andando a pezzi?

Ripensò alle parole di Coheny.

Ci vogliono intuito, tenacia, perseveranza, fiducia in sé stessi e una posta in gioco altissima, e il tutto in egual misura.

La grossa storia. Imogen sapeva qual era il suo sogno e lo aveva sempre sostenuto, almeno fino a che non avevano violato casa loro.

Suonò il cellulare.

«Ross Hunter» rispose.

«Come sta andando la tua giornata?» chiese un'allegra voce femminile che riconobbe subito.

«Sei già qui, Sally?»

«Sul treno.»

«Hai programmi per pranzo?»

«Nulla che non possa annullare per l'uomo che ha la prova dell'esistenza di Dio.»

Lui sorrise, in un attimo di buonumore. «C'è qualcosa che ti piace mangiare in particolare?»

«Cristiani rinati. Alla griglia, preferibilmente.»

«Grigliata di pesce?»

«Il pesce è ottimo. Molto cristiano.»

Si accordarono per vedersi all'una all'English. Quando si salutarono, Ross chiamò il ristorante e prenotò un tavolo.

95
Giovedì 16 marzo

I dirigenti della Kerr Kluge erano riuniti nella sala del consiglio di amministrazione all'ultimo piano dell'edificio. Ciascuno di loro aveva una copia del documento scaricato dalla chiavetta che Julius Helmsley aveva finalmente ottenuto dal suo contatto nel Principato di Monaco.

Ainsley Bloor lesse le coordinate.

34°4'56.42"N 118°22'56.52"W.

Lo schermo alla parete mostrò una mappa stradale di West Hollywood, Los Angeles.

«Bel lavoro, Julius» commentò Bloor in tono amaro. «Ti rendi conto di quanto è estesa quell'area? C'è qualcosa che vorresti aggiungere?»

«Questo era il contenuto della cartelletta di quell'avvocato di Birmingham, Anholt-Sperry. Presumo dovesse consegnarlo al reporter, Ross Hunter» rispose Helmsley.

«Riesci a restringere l'area di ricerca? Cosa stiamo cercando esattamente?»

«Una cosa la sappiamo, Ainsley» disse Helmsley. «Con questa mossa, abbiamo fregato Hunter.»

Bloor lo fissò. «Finora, non siamo riusciti a impossessarci di ciò che Ross Hunter stava cercando a Chalice Well. Abbiamo fallito anche in Egitto. Adesso abbiamo qualcosa che stava cercando lui ma non sappiamo di che si tratta, giusto? Una mappa senza legenda.»

«Forse Hunter ha la legenda ma non la mappa?» azzardò Alan Gittings, capo della Ricerca e Sviluppo.

«Sentite, a nessuno è venuto in mente che stiamo affrontando la cosa nel modo sbagliato?» domandò Ron Mason, il dirigente del quale Bloor si fidava di più nell'intero team.

«In che senso, Ron?» chiese Julius Helmsley.

Mason spinse verso di lui un foglio. «Questa è l'attuale situazione finanziaria di Hunter. Date un'occhiata.»

Helmsley prese il foglio e lo studiò. «Quattrocentocinquantamila sterline di mutuo e ha chiesto alla banca una sospensione dei pagamenti. Ha quasi raggiunto il tetto delle diecimila sterline di fido. Ottocento sterline di credito residuo sull'AmEx. Millecinquecento sulla Visa.»

«E questo cosa ci dice?» incalzò Mason.

«Come già sappiamo, ha bisogno di soldi. Un disperato bisogno» rispose Helmsley.

Bloor sorrise. «E qual è il motto della nostra società, Julius?»

Ci prendiamo cura di te.

«Quindi, andate a parlargli. Offritegli di estinguergli il mutuo, di rimborsare le carte di credito e aggiungete una bella somma a coronamento del tutto. Una cifra che il suo giornale non gli pagherà mai.» Bloor sorrise, scoprendo i denti di un bianco immacolato. «Dimostrategli che ci prendiamo cura di lui.»

96

Giovedì 16 marzo

L'agente Mike Harris dimostrò tanto sdegno quanta empatia davanti allo spettacolo delle pareti di casa di Ross. Alex Call della Scientifica lo aveva informato: niente prove, quindi Harris chiese a Ross se avesse idea di cosa potesse aver scatenato quella furia vandalica.

Siccome temeva di essere spiato, Ross condusse Harris all'esterno e gli raccontò la verità sulla telefonata e la visita di Harry Cook, e su cosa avesse trovato in casa di Cook, poi gli fece il nome dell'ispettore di Birmingham, Martin Starr. Gli disse anche ciò che sapeva della morte di Robert Anholt-Sperry. Harris rispose che si sarebbe messo in contatto con Starr.

L'agente se n'era appena andato, quando arrivò il corriere con il plico del suo avvocato.

Ross l'aprì in cucina ed estrasse il documento che l'ATGC aveva trasferito su un foglio di carta bianca. La serie di coordinate era vergata a mano:

34°4'56.42''N 118°22'56.52''W.

Salì nel suo studio, aprì Google Earth e inserì le coordinate nella barra di ricerca. Dopo qualche secondo, apparve sullo schermo una sezione ingrandita di West Hollywood: mostrava l'intersezione di Fairfax e Melrose. Si chiese se le coordinate fossero deliberatamente vaghe, come quelle di Chalice Well, e lo ponessero nelle vicinanze ma non sul punto preciso.

Passò alla modalità Street View e navigò virtualmente nei dintorni, spostandosi con il cursore. Vide un piccolo centro commerciale, il Mercato contadino di Fairfax, un laboratorio di cosmesi dentale e una stazione di servizio, poi un grosso complesso di edifici e uno spazio aperto, la Fairfax High School, e ancora bar, ristoranti, negozi, una struttura azzurra male in arnese simile a una capanna con un tabellone giallo che indicava EDICOLA CENTERFOLD.

Cosa avrebbe dovuto vedere? Quel posto non aveva esattamente l'aria di essere il futuro teatro di eventi che avrebbero cambiato la storia dell'umanità. Ma, quanto a questo, una stalla di Betlemme non era da meno.

Si fermò e gli tornarono in mente le parole di Anholt-Sperry.

Torni qui quando avrà trovato cosa l'aspetta al secondo punto indicato dalle coordinate. Poi lo saprà per certo. ... Con le terze, troverà il luogo del Secondo Avvento di Cristo.

Sentì una scossa di trepidazione. Un'idea che forse poteva funzionare. Possibile?

Cercò il numero di Jolene Thomas, uscì e lo compose su uno dei due cellulari usa e getta. La donna rispose dopo appena due squilli.

Lui si identificò.

«Salve, signor Hunter!» disse lei in tono allegro. «I documenti sono arrivati sani e salvi?»

«Sì, grazie» la rassicurò lui. «C'è una cosa per la quale mi chiedevo se potesse aiutarmi.»

«Ci proverò!»

«Si tratta dei database del DNA. Lei è in grado di dirmi se ci sono database nazionali e internazionali dedicati ai diversi tipi di DNA: standard, mitocondriale e Y-STR?»

«Sì, certo. Quelli di gran lunga più completi sono quelli del DNA standard, per il quale c'è una copertura pressoché mondiale tra le varie forze di polizia, sono soggetti alle norme sulla privacy di certi paesi e di alcuni Stati americani. I database del mitocondriale sono meno completi, mentre quelli dell'Y-STR si potrebbe dire che sono una novità e attualmente sono anche i meno forniti. Le cose cambieranno, ma ci vorranno anni prima che raggiungano i livelli dei database dello standard.»

«Giusto per essere sicuro di aver capito, mi conferma che il DNA standard è diverso in ogni essere umano?»

«Glielo confermo. Fanno eccezione le coppie di gemelli omozigoti e, in rari casi, i trigemini.»

«E il mitocondriale è il DNA che si trasmette per linea materna senza modifiche?»

«Sì.»

«Per generazioni, giusto?»

«Sì, il passaggio è matrilineare: da madre a figlia a nipote, e così all'infinito, senza alcuna modifica.»

«E l'Y-STR fa altrettanto, ma per linea paterna?»

«Sì, finché questa continua. È di estremo valore per i test di paternità e per le ricerche genealogiche. Ma in questo caso occorre essere consapevoli che a volte possono esserci mutazioni e più si va indietro nel tempo, più le probabilità di mutazioni aumentano.»

«Quante probabilità?»

«Decisamente poche.»

«Così poche da essere improbabili?»

«Sì, molto improbabili, ma non da escludere del tutto. La possibilità c'è sempre.»

Ross stava prendendo appunti.

«Mi ha detto che, a oggi, i database di DNA Y-STR non sono molti.»

«Corretto.»

«E dove si trovano i più forniti?»

«Per l'Y-STR?»

«Sì.»

«Al momento ce n'è qualcuno nel Regno Unito, e il loro numero sta crescendo. Poi ce ne sono diversi in Europa, in particolare nella Repubblica Ceca, che per qualche ragione è molto progredita in questo campo.»

«E in America?» chiese Ross.

«Sì, ce ne sono parecchi. Nello Stato di New York, in Illinois, in Florida. Al momento, il più grande è nella California meridionale.»

«California meridionale?»

«Sì.»

«E lei sa se hanno anche un database di DNA mitocondriale altrettanto grande?»

«Sì, ce l'hanno e parecchio più grande di quello dell'Y-STR, almeno al momento.»

«Si può accedere a questi database? Io potrei farlo?» chiese.

«No, sono strettamente riservati. Qui nel Regno Unito sono tutelati dal Data Protection Act, per esempio. Io non potrei nemmeno fornirle il suo DNA, se fosse a database. Quelli all'estero dipendono dalle leggi dei singoli paesi, o Stati americani. In alcuni, le forze dell'ordine possono accedervi liberamente, in altri serve un ordine del tribunale.»

Con il cuore che sembrava scoppiargli in petto per l'eccitazione, Ross ringraziò Jolene e chiuse la telefonata.

California meridionale.

Los Angeles era nella California meridionale.

97

Giovedì 16 marzo

Ross guardò gli appunti che aveva appena preso durante la conversazione con la scienziata esperta di DNA. *Strettamente riservati.*

Guardò l'orologio. Le 11.55. Doveva uscire entro non più di quindici minuti, per arrivare in città e parcheggiare in tempo per il pranzo con Sally. E doveva accedere a quei database. In un modo o nell'altro.

Ma come?

Poi gli venne in mente qualcuno che poteva aiutarlo. Sapeva che, sebbene fosse quasi mezzogiorno, era come se fosse notte fonda per il suo amico hacker, che era un vero e proprio animale notturno. Il tizio era piuttosto originale e non gradiva essere disturbato prima del tardo pomeriggio, che considerava l'alba. Peggio per lui. Cercò il numero di Zack Boxx, uscì in giardino e lo compose su uno dei telefoni usa e getta.

Dopo diversi squilli, rispose una voce impastata.

«Mmm.»

«Zack, sono Ross Hunter.»

«Mmm.»

Ci fu un lungo silenzio. Ross attese paziente, ma niente.

«Zack?»

«Hai idea di che ore sono?»

«Mezzogiorno.»

«Non a San Francisco. Sono le quattro del mattino, per l'amor di Dio, Ross!»

«Sei a San Francisco?»

«No, sono a Brighton. E sto cercando di dormire. Cosa vuoi?»

«Ho bisogno di aiuto.»

«Ti ho già aiutato. Cazzo. Vuoi aiuto gratis?»

«Sono disposto a pagare.»

«Sarebbe la prima volta.»

«Sono serio. Posso venire lì, così ti spiego? Non mi fido dei telefoni. Sei sempre al solito posto?»

«Intendi dal punto di vista mentale? Fisico? Geografico? Astronomico? Astrologico?»

«Residenziale.»

«A dirti la verità, mi trovo in un grazioso condominio su Marte, visto che me lo chiedi. Di questi tempi, è un posto perfetto dove vivere. La mia residenza sulla Terra, invece, è sempre Elm Grove, Brighton, ma spero non ancora a lungo.»

«Abbastanza a lungo perché io possa passare da te, e con urgenza?»

«La tua urgenza può aspettare fino alle quattro di oggi pomeriggio?»

«Va bene.»

«Ottimo. Fino ad allora, vaffanculo e lasciami dormire.»

98

Giovedì 16 marzo

Davanti a loro, su un'alzata di acciaio, era sistemato un vassoio di ostriche di West Mersea, con fette di limone, piattini di vinaigrette con cipolla tritata e fette di pane nero imburrato.

Sally era splendida. Alzando il calice, Ross disse: «Salute!» Fecero tintinnare i bicchieri.

«Mi fa davvero piacere vederti di nuovo» aggiunse lui.

«Curioso che tu lo dica: io stavo pensando la stessa cosa» rispose Sally con un sorrisetto malizioso.

«Quindi sei in città per intervistare alcuni scrittori» osservò lui. «Con chi hai parlato finora?»

«William Shaw e Elly Griffiths, entrambi carinissimi. E Andrew Kay. Scrive di cucina ed è meravigliosamente eccentrico. Li conosci?»

Ross annuì. «Sì, Andrew Kay lavora molto con i media locali ed è anche un romanziere interessante. E ho letto sia Shaw sia Griffiths. Ottimi scrittori.»

«E come sta il signor Dio?» chiese Sally. «O è una signora?»

«Ottima domanda.»

«Il tuo articolo? Lo hai scritto?» Sally prese una valva, spremette un po' di limone sull'ostrica, aggiunse un cucchiaino di vinaigrette, poi si portò il tutto alla bocca, masticò appena e inghiottì. «Wow!» osservò. «Sensazionale!» Prese il bicchiere e bevve un po' di vino. «Ok, nel tuo messaggio hai parlato di *tempi interessanti*. Quindi, che mi dici?»

Facendo attenzione a non rivelarle troppo e avendo cura di non menzionare le coordinate di Los Angeles, Ross aggiornò la giornalista sugli ultimi sviluppi.

Quando ebbe finito, lei lo guardò in silenzio. «E adesso cosa farai?»

«Vuoi la verità?»

Sally annuì.

«Mia moglie mi sta facendo capire in maniera sempre più netta che, se voglio salvare il nostro matrimonio, dovrei vendere al miglior offerente.»

«Al losco signor Silvestri?»

«Secondo lei, dovrei accettare l'obolo del Vaticano.»

«E tu lo farai?»

«Non sono il tipo, Sally. Al momento è tutto surreale. Completamente surreale. Ma non posso mollare, non adesso. Ormai sono andato troppo avanti.» Le piantò gli occhi negli occhi, sorridendo, poi bevve un sorso di vino. «E, dimmi, hai parlato di nuovo con tuo zio?»

«Il viscido zio Julius?»

Molto interessato a quel commento, Ross chiese: «Perché lo chiami *viscido*?»

«Hai mai visto una sua foto?»

«Sì, ho cercato su Google l'intero consiglio di amministrazione della Kerr Kluge.»

«Quello è il tipo d'uomo che ti fa venire voglia di lavarti le mani, o persino di farti un bagno, dopo che hai trascorso un po' di tempo con lui. È un pervertito.»

«Sul serio?»

«A me non ha mai fatto niente, ma lo sento, l'ho sempre sentito. È il suo aspetto, con quei ridicoli occhiali rossi e quella stupida acconciatura. E non ti guarda mai negli occhi quando ti parla, è come se guardasse oltre te. Bleah! Ha sempre quell'aria superiore e condiscendente. Quando ero bambina e ci veniva a trovare, aveva sempre un atteggiamento di snobistico distacco. Lui e la sua sontuosa dimora a Londra, e i fine settimana nella tenuta di campagna, e tutto il resto.»

«E com'è sua moglie?»

«La regina delle nevi. Mamma aveva un temperamento artistico e un po' caotico, bohémien. Mia zia Antonia, invece, è sempre stata fredda e dura, molto razionale. Mamma tollerava Antonia perché era sua sorella, ma non penso siano mai state molto in sintonia.» Esitò e arrossì. «A dirla tutta, e so che potrei risultare patetica, quando avevo sei anni mio zio Julius mi ha distrutto la poesia del Natale.»

«Io amo il Natale e questo non mi sembra affatto patetico. Cos'è successo? Che ha fatto?»

«Lui e mia zia erano venuti a trascorrere il giorno di Natale da noi. C'era l'albero con i pacchetti sistemati sotto, insomma, tutte le cose divertenti. Lui mi prese da parte, mi portò in una stanza, mi fece sedere e trascorse mezz'ora a spiegarmi in tono solenne i motivi scientifici per i quali era impossibile che Babbo Natale esistesse. Non trascurò nessun dettaglio: mi disse che le renne non avevano le ali e quindi non potevano volare. E aveva fatto i calcoli, che mi mostrò sotto forma di elaborati diagrammi facili da capire: nella sola Inghilterra, mi spiegò, c'erano qualcosa come venticinque milioni di case e, se Babbo Natale avesse dedicato anche solo due minuti a ciascuna, gli ci sarebbero voluti 34.000 giorni, circa novantacinque anni. Ricordo ancora la sua espressione. Era davvero crudele, come se traesse piacere nel dirmi quelle cose.»

«Ma che bastardo! Odio quelli che rubano la fantasia ai bambini.»

Sally annuì. «Concordo. E tra questi mettiamo anche gli atei convinti, come Dawkins?»

«Sai, anche nelle sfumature più atee della mia fase agnostica, c'è sempre stata una cosa che mi infastidiva dei riduzionisti. C'è un enorme paradosso per gli scienziati.» Bevve un altro sorso di vino.

«E qual è?»

«Allora, ci sono scienziati che affermano categoricamente come si è formato il mondo: la teoria del Big Bang, giusto?»

«Giusto. Mio zio è uno di questi.»

«E qui sta il paradosso: uno dei pilastri della scienza è che qualunque esperimento dovrebbe essere ripetibile in laboratorio. È una delle principali argomentazioni contro fantasmi, medium, telepatia e ogni forma di paranormale. Conosci l'espressione 'naturalismo metodologico'?»

Sally aggrottò la fronte. «No.»

«È la scuola di pensiero di tuo zio e di numerosi altri scienziati: privilegia lo studio scientifico del mondo, escludendo completamente ogni possibile causa sovrannaturale. È la convinzione assoluta che Dio non ha alcun ruolo nei fenomeni scientifici.»

«E dove sta il paradosso?»

«Il naturalismo metodologico prevede che gli scienziati cerchino le spiegazioni nel mondo attorno a noi, spiegazioni che siano basate su ciò che possiamo osservare, testare e replicare. Magari possono cercare di replicare il Big Bang in un acceleratore di particelle, ma...» allargò le braccia, «replicheranno l'universo? Questo ristorante? Noi due seduti qui? Questa bottiglia di Pouilly-Fuissé?»

«Quindi il paradosso sta nel fatto che i cosmologi non sono in grado di spuntare tutte le caselle richieste dalla scienza? Non pensi che qualcuno di loro potrebbe risentirsi del fatto che il loro lavoro non si qualifichi come scienza?»

«Penso sia ora che l'arroganza di alcuni atei militanti venga scalfita. Quando riusciranno a replicare il mondo, in maniera esatta e a qualunque stadio di evoluzione si trova in questo preciso momento, allora accetterò senza riserve le loro tesi. Fino ad allora, dovranno essere più tolleranti nei confronti di altre possibili spiegazioni, Dio compreso.»

«A patto che riescano a replicare anche queste ostriche di West Mersea?»

«Ovviamente!»

«E che mi dici del bosone di Higgs?» chiese Sally.

«La particella di Dio che hanno scoperto al CERN? Dimostra davvero qualcosa? Resta aperta la domanda su chi l'abbia creata.»

Sally prese un'altra ostrica.

Fissandolo con gli occhi che brillavano, disse: «Lo sai che queste dovrebbero essere afrodisiache?»

Ross ricambiò il sorriso. «Già. Ed erano anche il cibo del popolo, oltre che la base della dieta dei monaci, visto che apportavano proteine a basso costo.»

«Stai deliberatamente cercando di uccidere un momento romantico?» azzardò lei.

«Sono un uomo sposato.»

«E io non farei mai nulla per indurti in tentazione.»

«Ti credo.»

Ci fu un momento di piacevole silenzio tra loro.

Fecero di nuovo tintinnare i calici.

«Un'altra bottiglia, signore?»

Ross alzò lo sguardo verso la cameriera. Avevano già finito un'intera bottiglia? Forse, si chiese, se Sally avesse bevuto un altro po', si sarebbe lasciata scappare qualcosa.

«Direi proprio di sì» rispose. «Sarebbe scortese rifiutare.»

Sally Hughes concordò.

Ross si alzò, scusandosi. «Vado a fare pipì. Torno subito.»

Mentre lui si allontanava, un suono dal telefono di Ross attirò l'attenzione di Sally. Un messaggio.

Vedendo Ross sparire lungo la scala, cedette alla curiosità e, con un gesto rapido, girò il cellulare. Era il messaggio di un'agenzia di viaggio, la Travel Counsellors, che confermava la prenotazione di un volo per Los Angeles. Rimise a posto il telefono e attese il suo ritorno.

Quando Ross si sedette di nuovo al suo posto, Sally non ne fece parola.

99
Giovedì 16 marzo

Imogen parcheggiò davanti a casa poco dopo le tre del pomeriggio. Non sapeva se rallegrarsi o essere triste per il fatto che la macchina di Ross non era nel vialetto. Quando entrò, Monty la raggiunse trotterellando entusiasta, e lei si inginocchiò per fargli le carezze.

«Mi sei mancato, tesoro!»

Dopo qualche momento di adorazione canina, salì in camera da letto per prendere alcuni vestiti di cui aveva bisogno ma, non appena mise piede in camera, suonarono alla porta, quindi scese di corsa le scale, attraversò il corridoio e aprì.

Sulla soglia c'era un uomo alto, dall'aspetto equino e con addosso un completo formale. Portava estrosi occhiali dalla montatura rossa, un taglio di capelli moderno e adatto a qualcuno di vent'anni più giovane ed esibiva un paio di cerotti sulla guancia.

«Oh, salve» esordì. «Il signor Ross Hunter è qui, per caso?»

«No, ma io sono la signora Hunter, per caso.»

L'uomo fece un sorriso imbarazzato.

«Come posso aiutarla?»

«Ehm...» esitò. «Forse dovrei tornare?»

«Vuole lasciarmi un messaggio per mio marito?»

«Be', sì.» Le porse un biglietto da visita. «Il mio nome è Julius Helmsley, sono il direttore operativo di una società chiamata Kerr Kluge.»

Imogen inclinò la testa. «Una società *chiamata* Kerr Kluge. Pensa forse che non vi abbia mai sentiti nominare?»

«Be', io... io immagino che il nostro sia un nome piuttosto noto.»

«Direi proprio.» Imogen sorrise. «Quindi è venuto qui per vendermi dentifricio? Sapone? Pillole per dormire?» Guardò il biglietto da visita.

«No, a dire il vero si tratta di una questione finanziaria.»

«La Kerr Kluge è una società molto sessista, signor Hamley?»

«*Helmsley*» la corresse lui. «Niente affatto, nemmeno lontanamente. Al contrario, siamo tra i pionieri della parità di genere sul posto di lavoro, signora Hunter. Tutte le nostre dipendenti guadagnano esattamente quanto i loro colleghi maschi.»

«Bene. In tal caso, può riferire a me qualunque cosa intendesse dire a mio marito. Vuole entrare? Le offro una tazza di tè.»

«Se non è un disturbo.»

«Non è un disturbo.»

100

Giovedì 16 marzo

Sally era di certo un'ottima bevitrice, e reggeva benissimo l'alcol, cosa che Ross apprezzava, assieme al gusto di lei per il cibo. Sembrava avere gusto per la vita stessa, il che era piacevolmente contagioso.

Anche Imogen era stata così, all'inizio della loro relazione, ricordò mesto.

Lui e Sally avevano finito la seconda bottiglia di vino e poi, siccome non avevano voglia di smettere di parlare, Ross aveva ordinato un cognac e lei un Cointreau on the rocks. Quando alle tre e mezzo del pomeriggio, ultimi avventori rimasti, uscirono dal ristorante e si fecero strada fra i tavoli del dehors, Ross si sentiva un tantino incerto sulle gambe. E ancora non era riuscito a capire Sally.

Si fermarono e si guardarono. Sally gli rivolgeva un caldo sorriso d'invito.

«È stato divertente!» fece lui.

«Dovremmo rifarlo.»

«Dovremmo proprio.»

Ci fu un silenzio imbarazzato.

«Penso…» iniziò lui, poi esitò.

«Pensi?»

Ross le scoccò uno sguardo canzonatorio. «In effetti a volte lo faccio, sì!»

Sally si sporse in avanti e con un movimento spontaneo gli piantò un bacio sulla guancia. Poi si girò, lo salutò con un ampio gesto del braccio e gridò «Ci vediamo!» per poi allontanarsi avvolta nel cappotto bianco, con i jeans attillati infilati negli stivali di pelle dal tacco alto.

Lui rimase lì, sentendo un lieve capogiro.

Aveva decisamente bevuto troppo per guidare.

Avrebbe preso un taxi fino a casa di Zack Boxx, poi sarebbe tornato il giorno successivo a prendere la macchina nel parcheggio sotterraneo del Waterfront Hotel.

Si diresse verso la stazione dei taxi di East Street e, mentre camminava, cercò di concentrarsi su ciò che doveva chiedere a Boxx, ma era un po' distratto perché pensava al profumo dei capelli di Sally.

Sentì suonare un campanellino d'allarme in testa e la notifica di un messaggio in tasca.

Estrasse il telefono e lo guardò.

Un messaggio di Sally.

Decisamente un pranzo coi fiocchi! La prossima volta offro io. X

L'istinto gli diceva di non rispondere finché non fosse stato sobrio, ma dopo essere salito sul taxi e aver dato all'autista l'indirizzo di Zack Boxx, le scrisse.

Facciamo che sia presto. ☺

101
Giovedì 16 marzo

Zack Boxx era sempre lo stesso. Viveva ancora nello stesso tugurio buio e caotico nel quale si era trasferito dieci anni prima, da studente, e che condivideva con lo stesso, ostile gatto siamese. Era il seminterrato di una casa a schiera vittoriana, vicino all'ippodromo di Brighton, e le tende erano costantemente tirate. L'ambiente aveva un odore di chiuso, leggermente rancido, un disperato bisogno di luce naturale e aria fresca, e vi aleggiava un lieve sentore di cannabis.

Boxx portava una T-shirt con un Gandalf scolorito, jeans di un modello fuori moda e un paio di ciabatte che poteva benissimo aver ereditato da un nonno defunto. I capelli lisci e flosci avevano sempre lo stesso stile informe, ma Ross notò che cominciavano a farsi più sottili e grigi. L'accenno di barba di un decennio prima era evoluto nell'apologia di una barba incolta da intellettuale e appariva fuori luogo sul suo viso paffuto, quasi infantile. L'incarnato, poi, era quello di un fantasma.

Mentre Ross si faceva strada in un labirinto di monitor, tastiere e server che coprivano il pavimento del salotto quasi per intero assieme a tazze e cartoni del takeaway vuoti, Boxx gli indicò un divano mezzo sfondato a ridosso della parete opposta. Le sole novità evidenti dopo la sua ultima visita erano rappresentate da due schermi televisivi, uno spento e l'altro, largo quasi quanto la parete, interamente occupato da un video.

«Quindi non scherzavi a proposito di Marte.»

«È il feed in diretta dall'osservatorio britannico a Mauna Kea, nelle Hawaii. E, dato che me lo hai chiesto, al momento là è ancora notte» aggiunse sarcastico, allungandosi per accarezzare il gatto che inarcò la schiena e scappò. «Sto cercando di traslocare prima che sia troppo tardi. Mi restano solo le ultime cose da mettere a punto, tipo trovare un altro posto che permetta l'esistenza di forme di vita basate sull'anidride carbonica, e un modo per arrivarci.»

Quel genio dell'informatica, capace di parlare fluentemente sette lingue, aveva ancora lo stesso atteggiamento ostile, come il suo gatto. E la stessa caratteristica mancanza di buone maniere. Era come se il mondo intero fosse contro di lui e la gente facesse meglio a tenere le distanze.

Ross raggiunse il divano e si sedette, sentendo subito una molla rotta sotto le natiche. In ginocchio sul pavimento, Boxx lo ignorò completamente per diversi minuti, impegnato com'era nel login a un computer, poi a un altro, e studiando quelle che – agli occhi di Ross – erano file di numeri algebrici privi di qualsivoglia significato e borbottando. «Idiota... non ci posso credere... che cazzo avete fatto? Rincretiniti! Sul serio?... Cosa... cos'è questo?»

Dopo un po' si girò verso Ross. «Sono da te fra un attimo. Devo aiutare quelli del governo con le comunicazioni e la CIA ha dei casini in Iraq.»

«Tranquillo, continua pure a salvare il mondo.»

«Onestamente, penseresti che a volte... insomma... quei tizi... loro...» Tacque, digitando furioso sulla tastiera e fissando lo schermo. «Insomma... capisci? Ridicolo.»

Ross si sentiva ancora un po' brillo. «Qualche possibilità di avere un caffè?»

«Cucina. Serviti. Ci sono un bollitore e una Nespresso. E comunque puzzi come una distilleria.»

Ross entrò in cucina, che sembrava essere appena stata colpita da un tornado. Dopo aver rovistato un po', trovò quella che sembrava l'unica tazza pulita in tutti gli armadietti e un mucchietto di capsule vicino alla macchina del caffè.

Si preparò un espresso triplo e lo portò in salotto. Stava riprendendo posto sul divano, quando Boxx si girò verso di lui. «Quindi?»

«Come vanno le cose?» chiese Ross.

«Un po' da schifo. Sto lavorando al mio piano di evacuazione. Dobbiamo andarcene tutti, e di corsa.»

«Non posso darti torto.»

«Te lo sto dicendo. Armageddon. Trovati un pianeta, sul serio. In ogni caso, questa non è una visita di cortesia, giusto?»

«No, mi chiedevo se potessi aiutarmi. Mi servi per hackerare alcuni database.»

«Ah.»

Senza rivelargli tutti i particolari, gli disse cosa gli serviva.

Mentre Ross parlava, Zack Boxx prendeva appunti digitando su una tastiera che teneva davanti a sé. Quando ebbe finito, disse, «Ok. D'accordo. DNA standard, DNA mitocondriale e Y-STR, Los Angeles, o meglio California meridionale. Vuoi che guardi nei loro database?»

«Sì.»

«Infrangere la legge?»

«Qualunque cosa serva. Immagino che tu sappia come coprire le tracce.»

«Non faccio più queste cazzate per divertimento, Ross, o perché lo so fare. Adesso per me è lavoro, mi ci guadagno da vivere. Capisci cosa intendo?»

«Capisco.»

«Voglio davvero andarmene da qui e sto mettendo da parte dei soldi.»

«Vuoi lasciare l'appartamento?»

Boxx lo guardò come se fosse matto. «Da questa merda di pianeta. Se ti è rimasto un briciolo di cervello, vieni con me.»

«Sto cercando di salvarlo, questo pianeta.»

«Tanti auguri.» Spinse altri tasti e lo schermo cambiò. «Ok, ciò che farò adesso è cercare di entrare in ciascuno di questi tre database e lasciarci dentro qualcosa che andrà alla ricerca di una corrispondenza o mi invierà una notifica se, in futuro, comparirà una corrispondenza.»

«In un futuro prossimo o remoto?» chiese Ross.

«Decidi tu.»

«Quanto ti serve per ottenere un risultato?»

«Dipende da cosa c'è là dentro, e poi ho da fare per i miei datori di lavoro, un programma piuttosto impegnativo da scrivere. Forse stasera tardi o domani.»

«Ok.»

«E, prima di iniziare, non offenderti ma ho bisogno del pagamento anticipato.»

«Quanto mi costa?»

Boxx sorrise per la prima volta. «Tariffa per gli amici? Duemila per le ricerche. Mille di bonus per ogni risultato, per un massimo di tre. D'accordo?»

«Accetti carte di credito?»

«Ah ah ah ah!»

102

Giovedì 16 marzo

L'abate seduto dietro alla scrivania era un uomo gracile con spessi occhiali da vista e un'incolta barba bianca da profeta. Alle sue spalle, una stretta finestra priva di vetri, con i bordi irregolari, ricavata nel muro da un muratore attorno al 1366, quando il monastero era stato costruito sulla scarpata a quel tempo nota come Simonopetra, appollaiata sul Mar Egeo.

Di fronte all'abate, con le mani dietro la schiena, fratello Pete. I due uomini erano abbigliati in modo identico: pesante tonaca nera e *kamilavkion*, il copricapo rotondo con un velo che scendeva da entrambi i lati del viso e lungo le spalle, tipico dei cristiani ortodossi orientali. Il solo tratto distintivo dell'abate era la tradizionale croce d'oro antica che, attaccata a una catena, scendeva dal collo fin quasi alla vita.

Era la stessa croce che aveva portato un altro abate, defunto ormai da molto tempo, ritratto nella foto di gruppo in bianco e nero appesa alla parete di fronte alla finestra. L'immagine mostrava tre file di monaci nel cortile del monastero, quelli nelle due posteriori in piedi, gli altri seduti. Tutti sfoggiavano una lunga barba, che lasciava visibile solo la parte superiore del viso; pochi portavano gli occhiali. Erano di età compresa fra i venti e i novant'anni, e tutti avevano un'aria solenne e coscienziosa.

Fratello Pete aveva già visto quella fotografia: era stata scattata oltre mezzo secolo prima e anche i monaci di oggi avevano lo stesso aspetto, così come ce l'aveva il cortile. Se fosse stata fatta cinquecento anni prima, quell'immagine sarebbe stata identica. E lo sarebbe stata anche tra cinquecento anni, se…

Se tutto fosse rimasto uguale. Se il tempo lì avesse continuato a non passare.

Se i finanziamenti avessero continuato ad arrivare, per grazia di Dio.

Se il mondo…

L'abate stava annuendo, come se gli leggesse nel pensiero e fosse d'accordo con lui. Dopo un lungo silenzio, disse: «Fratello Pete, se io ti concedo il permesso di andare, come saprò per certo che tornerai?»

«Perché non dovrei, padre? Non c'è altro posto in cui vorrei vivere. Questa è la mia casa, qui, e lo sarà sempre, finché non sarò chiamato alla Casa del Padre.»

L'abate appariva pensieroso. «Quindi, dimmi, perché esattamente vuoi intraprendere questo viaggio?»

«Mio cugino Angus sta morendo. Ricorderai fratello Angus, è grazie a lui che sono venuto qui.»

«Lo ricordo bene. Gli diedi il permesso di andare a fare visita a sua madre malata, e non tornò più.» Fece un debole sorriso. «Non aveva davvero bisogno di andare da lei, il suo viaggio non era necessario: le sue preghiere da qui sarebbero state altrettanto efficaci, ne sono certo. Perché desideri scomodarti a spostarti, perché non ti limiti a pregare per tuo cugino?»

«Penso che questa sarà l'ultima volta in cui lo vedrò, padre. Non gli resta molto da vivere.»

«L'ultima volta?» Gli occhi del vecchio brillavano di una luce strana. L'accenno di un sorriso. «No di certo. Al massimo sarà l'ultima volta in cui lo vedrai *qui*, fratello Pete, fino al giorno in cui sarete riuniti nella Gloria del Signore.»

«C'è una cosa che mio cugino mi deve consegnare affinché la tenga al sicuro. Quella telefonata che ho ricevuto due giorni fa, alla quale tu mi hai concesso di rispondere. Me l'ha chiesto. Un ultimo desiderio. Gli è stata affidata la protezione di due oggetti, che, a quanto mi ha detto, sono di inestimabile significato per la fede cristiana. Teme che, quando lui sarà morto, possano finire in mani sbagliate.»

«Sai di cosa si tratta? Sono autentici?»

«Lui lo crede.»

«Devi fare attenzione, fratello Pete. La storia della nostra fede è stata infangata da finte reliquie, falsi di ogni tipo e truffe. Alcune sono opere dell'Anticristo, altre solo opera di opportunisti e approfittatori, persone che hanno cercato di fare soldi alle spalle dei creduloni.»

«Fratello Angus ritiene che ben presto avremo le prove della loro autenticità.»

«Non dovremmo aspettare queste prove, prima che tu vada? Non dovremmo verificare?»

«Padre, temo che se Angus muore, quegli oggetti andranno perduti per sempre.»

L'abate annuì pensoso. «Non pensi che, se provengono davvero da Dio, troveranno la loro giusta collocazione anche senza il nostro intervento?»

«Forse, padre, è destino che sia il nostro monastero la giusta collocazione.»

Il vecchio fece un sorriso triste. «Per favore, spiegami cosa sono quegli oggetti e poi prenderò la mia decisione.»

Esitando, fratello Pete glielo disse.

103

Giovedì 16 marzo

Ross sedeva sul sedile posteriore di una scomoda monovolume che sobbalzava in continuazione: il tassista guidava in maniera sconsiderata, litigando con qualcuno al telefono, che teneva attaccato all'orecchio, e infrangendo ogni possibile norma del codice della strada. Ross stava rientrando a casa dopo essere stato da Zack Boxx.

Gli arrivò un messaggio di Imogen.

Ehi, sei scomparso? Come sta andando la tua giornata? Perché non ci vediamo stasera? Ci raggiungi? XX

Fissò il testo, sentendosi in colpa per l'incontro con Sally, per il bacio che lei gli aveva dato fuori dall'English, nonostante sua moglie fosse incinta.

«Quindi i Seagulls vanno forte, sì!» gridò all'improvviso il tassista straniero voltandosi verso di lui con il telefono ancora in mano.

«Sì, fantastici, vanno forte!»

Guardò di nuovo il messaggio.

Dopo qualche secondo, ne arrivò uno di Sally.

Mi sa che dopo il nostro pranzo ero un po' alticcia e non ti ho ringraziato come si deve. Tutto bene il tuo appuntamento? ☺

Si accigliò, cercando di ricordare i dettagli delle loro conversazioni a pranzo e ciò che le aveva detto di Zack Boxx, sperando di non essersi sbottonato troppo. Stando ai giudizi sprezzanti ai quali si era lasciata andare su suo zio Julius

Helmsley, Sally non aveva l'aria di una che sarebbe corsa da lui a spiattellargli tutto, ma non poteva esserne certo.

Rispose a Imogen.

Grazie, ma non posso. Ho parlato con gli imbianchini e vengono per un preventivo, e per farmi sapere quando potrebbero iniziare. X

Poi guardò il messaggio di Sally Hughes e scrisse.

Sono riuscito a stare sveglio, anche se non so quanto fossi lucido. Il pranzo però è stato fantastico! Da rifare presto! XXXX

Arrivò un altro messaggio di Imogen.

Felice di sapere che il pranzo è stato fantastico. E con chi era da meritare quattro X?

Si sentì gelare dalla paura. Cazzo, cazzo, cazzo.

Com'era potuto succedere?

Guardò la conversazione: aveva mandato quella risposta a Imogen per errore.

Arrivò una risposta di Sally.

Imbianchini? In che senso?

Maledisse di nuovo la propria stupidità. La mente correva impazzita e, con grande attenzione, digitò una risposta a Imogen.

La mia caporedattrice! XX

Dopo qualche secondo, la risposta della moglie.

Oh, capisco. Non avevo idea che te la dovessi scopare per farti assegnare dei lavori.

104

Giovedì 16 marzo

«Quindi?» chiese Wesley Wenceslas.

«Quindi?» ripose Pope.

«Dimmi. Voglio una risposta» disse il pastore nel microfono delle cuffie, mentre osservava a disagio la pioggia che scivolava lungo il finestrino dell'elicottero e fuori era buio.

«Dipende dalla domanda» fece Pope. «Se vuoi sapere qual è la capitale del Perù, è Lima. Se invece ti interessa conoscere il senso della vita secondo Douglas Adams, è quarantadue.» Abbassò di nuovo lo sguardo sul foglietto con gli appunti per il discorso che il pastore avrebbe tenuto quella sera davanti ai suoi fedeli, a Leicester.

«Questo non è il momento di fare dell'ironia» disse Wenceslas.

Nell'abbassarsi sull'aeroporto di East Midlands, l'elicottero sobbalzò e imbardò per una turbolenza. Il pastore serrò gli occhi e strinse le mani davanti a sé.

«Ah, quindi non hai mai letto Kurt Vonnegut?» chiese Pope.

«Kurt chi?»

«Un grande scrittore americano. Lui aveva colto il punto, aveva capito. Sono sue alcune delle più sagge parole mai scritte: 'Siamo qui sulla Terra per andare in giro a cazzeggiare. Non date retta a chi dice altrimenti'.»

Wenceslas lo fissò. «Ti è mai venuto in mente che una volta o l'altra tutta questa irriverenza ti si ritorcerà contro?» Scosse la testa. «Cosa ho fatto di male per meritarti?»

«Dio mi ha mandato a te, ricordi? Prenditela con il Suo senso dell'umorismo.»

Adesso, proprio sotto di loro si vedevano le luci della

pista; l'elicottero era sospeso ad appena qualche metro da terra e Wenceslas finalmente si rilassò. Scoccò un'occhiata a Pope. «Posso solo dire che, se davvero è stato Dio a mandarti a me, doveva aver avuto una giornata storta.»

Non appena il velivolo si posò al suolo, i due uomini si tolsero le cuffie. «Quindi, vediamo di essere seri, Mister Sorriso, a che punto siamo con questo Ross Hunter? La cosa mi preoccupa moltissimo, continuo…»

Fu interrotto da un *ting-ting*. Pope guardò il telefono e studiò il messaggio che aveva appena ricevuto. «È il nostro elettricista.»

«Elettricista?»

«Ha allungato una mancia al tizio che doveva aggiustare le telecamere a casa di Ross Hunter. L'equivalente di cinque anni di lavoro, per quell'uomo. Forse ce la saremmo potuti cavare con meno, ma, che diamine!, non siamo tirchi, vero, pastore?»

«Facile, quando spendi i miei soldi.»

«I *nostri* soldi.»

«Sei un imbroglione.»

«Oh, certo, chiedo perdono. Quand'è stata l'ultima volta in cui hai davvero pregato su un fazzoletto per il quale ti hanno versato venticinque sterline?»

«È simbolico.»

«Ma certo che lo è! È questo che dirai a Dio nel Giorno del Giudizio? Sempre dando per scontato che Lui sia in casa quando arriverai davanti ai Bianchi Cancelli?»

«Lui capirà che io sono stato davvero un uomo del popolo, un uomo che ha portato milioni di persone vicino a Lui, infondendo in loro lo Spirito Santo.»

Pope lo guardò. «Questo è parte del tuo problema, vero? Che tu credi veramente ai tuoi spot.»

«E una grossa parte del tuo, di problema, signor Pope, è che se continui a prendere le cose alla leggera, quel viscido pennivendolo di Ross Hunter potrebbe seriamente compromettere il tuo piano pensionistico.»

«E il tuo.»

«Insomma, hai dato una mancia all'elettricista di Hunter?»

«Per far sì che il *nostro* elettricista lo aiutasse. Adesso abbiamo il controllo delle telecamere di sorveglianza esterne e una cimice nella sua linea telefonica di casa. Non appena rientrerà questa sera, dopo essere stato a pranzo in centro a Brighton e aver incontrato qualcuno vicino all'ippodromo, dovremmo essere in grado di monitorare da remoto anche le comunicazioni del suo cellulare, sempre se sarà abbastanza stupido da tenere attivo il Bluetooth.»

«E se non lo è?»

Fedele al suo soprannome, Mister Sorriso fece un largo sorriso. «In tal caso, lo accenderemo noi per lui.»

Wesley Wenceslas puntò verso Pope l'indice. «Cattivone e ficcanaso!»

«Non è ciò che il tuo Dio fa di continuo?» ribatté Pope. «Ficcare il naso negli affari di noi tutti?»

Il pastore lo fissò. «Dovresti stare attento a dire cose come queste. Sei al limite della blasfemia. Hai mai pensato che potresti finire all'Inferno?»

«E la cosa dovrebbe preoccuparmi? Tu continui a rassicurare tutti che l'aldilà è di gran lunga migliore dell'aldiquà, quindi immagino che l'Inferno lo sia. Sto facendo il conto alla rovescia!»

«Mister Sorriso, a volte dispero per te. E prego per la tua anima.»

«Il che mi rende unico.»

«Unico? In che modo?»

«Ricevo gratis le tue preghiere!»

105

Giovedì 16 marzo

Quando rientrò, la casa era buia. Ross pagò il taxi, prese la ricevuta e si diresse alla porta d'ingresso, come sempre guardandosi attorno circospetto. Dall'interno proveniva un latrato privo di convinzione.

Quando entrò, mentre aveva ancora Monty attaccato alle gambe, il suo telefono iniziò a squillare: un numero privato.

«Ross Hunter» rispose.

«Buona sera, signor Hunter, mi scuso per il disturbo. Mi chiedevo se avesse qualche commento da fare sulla nostra conversazione di ieri sera.»

Era Giuseppe Silvestri.

«Nessun commento» replicò.

«Vorrei davvero poterla incontrare di nuovo per presentarle la mia proposta. Sono stato autorizzato dai miei superiori a farle un'offerta senza condizioni.»

Tenendo il telefono tra spalla e orecchio, Ross si mise in ginocchio ad accarezzare il cane. «Per che cosa, esattamente?»

«Per il calice e per il dente che riteniamo siano in suo possesso.»

«Cosa intende per 'offerta senza condizioni'?» chiese Ross,

«Che ne direbbe di tre milioni di euro versati su un conto bancario a sua scelta ovunque nel mondo?»

Attonito, Ross rimase in silenzio per qualche secondo. Al tasso attuale di cambio, tre milioni di euro equivalevano a quasi tre milioni di sterline. Soldi grossi. Più di quanto lui avrebbe mai potuto immaginare di ottenere dal suo eventuale articolo e da possibili approfondimenti. Anche se ci avesse dovuto pagare le tasse, avrebbe estinto il mutuo e comunque sarebbe rimasta loro una bella cifra. Inoltre, non avrebbero più ricevuto minacce. Eppure…

Cercò di pensare lucidamente, poi disse: «Signor Silvestri, ieri lei metteva in dubbio la provenienza di quanto ho, o potrei avere. Adesso si è convinto?»

«Possiamo incontrarci e discuterne di persona, signor Hunter? Potrei venire da lei anche subito, se le sta bene.»

«Lei deve capire che qui non si tratta di soldi. Mi rendo conto che quella che mi sta offrendo è una grossa somma e non la rifiuterò così su due piedi, ma ho bisogno di tempo per pensare. Ho il suo numero. Mi serve tempo per valutare.»

«Signor Hunter, questa situazione è troppo importante per pensarci sopra a lungo e il rischio che quegli oggetti finiscano nelle mani sbagliate aumenta di ora in ora.» Il tono dell'uomo si stava facendo aggressivo.

«Mi ascolti bene: io non accetto di essere intimorito da chicchessia, e credo che questo dovrebbe saperlo. Sono stato aggredito e minacciato, e la mia casa è stata vandalizzata. Lasci che le dica una cosa: le intimidazioni con me non funzionano. Mi sono spiegato?»

«Adesso lasci che sia io a spiegarle una cosa, signor Hunter. L'autorità per parlare con lei mi è stata conferita direttamente da Sua Santità il papa, il Vicario di Cristo, il vescovo di Roma, la Santa Sede. Il nostro papa è il simbolico discendente dell'apostolo Pietro, il capo della Chiesa cattolica.»

«Le sue credenziali sono impressionanti, signor Silvestri, ma lei sta parlando della Chiesa cattolica che, come quella anglicana, è solo una delle tante. Che mi dice invece dei Testimoni di Geova? O dei presbiteriani? E la Chiesa ortodossa, invece? I battisti, i luterani, i quaccheri? I Plymouth Brethren? I metodisti o la Chiesa pentecostale?»

«Signor Hunter» rispose Silvestri calmo e gentile come sempre, «evitiamo di impantanarci nella semantica. Se lei è entrato in possesso del Santo Graal e di un dente di Nostro Signore Gesù Cristo in persona, questi oggetti appartengono di diritto a Roma, la sede della Cristianità.»

«Questa è la sua opinione.»

«Signor Hunter, è la verità.»

«Le posso assicurare, signor Silvestri, che quegli oggetti sono in mani sicure. Io li rispetto e ho fatto in modo di proteggerli. Se e quando deciderò che voi siete i loro giusti custodi, vi informerò. Prendo in considerazione la vostra offerta, d'accordo?»

«Lei può essere convinto di aver messo al sicuro quegli oggetti, ma forse non si rende conto che ci sono persone, me lo consenta, dalla levatura morale ben al di sotto di Sua Santità. Persone determinate a metterci sopra le mani a ogni costo, anche a costo della sua vita, signor Hunter. Là fuori lei ha molti nemici. Noi faremo il possibile per proteggerla finché non ce li avrà consegnati. Ovviamente lei comprende che, una volta ceduti a noi quegli oggetti, lei e la sua famiglia sarete al sicuro.»

«Lei mi sta minacciando, signor Silvestri?»

«Non mi fraintenda, la prego.»

«E come dovrei intenderla?»

«Mi veda come un amico.»

«D'accordo, amico mio, io adesso riattacco. Se e quando sarò pronto ad approfondire, mi metterò in contatto.»

Ross chiuse la telefonata e si guardò attorno, osservando i terribili messaggi sulle pareti. Poi prese Monty e lo portò a fare una passeggiata. Camminò al buio, immerso nei suoi pensieri, e a quel punto completamente sobrio.

Quando arrivò al parco e liberò il cane dal guinzaglio, rilesse il messaggio di Imogen.

Oh, capisco. Non avevo idea che te la dovessi scopare per farti assegnare dei lavori.

Rispose.

Allettante, ma non è così che funziona. X

Poi scrisse a Sally.

L'appuntamento non è stato divertente quanto il nostro pranzo. X

La giornalista gli rispose pressoché all'istante.

Ho deciso di restare a Brighton. Sono fuori a cena. Se ti va di bere qualcosa, fammi sapere. XX P.S. Sono una maga delle ritinteggiature.

Fissò quella risposta sogghignando e poi decise di mettere un freno alla cosa:

Mi piacerebbe raggiungerti ma non posso. Divertiti! X

Non aveva fame, ma sapeva di dover mangiare. Rientrato a casa dalla passeggiata, esplorò il freezer, trovò un risotto ai funghi e lo prese: più tardi lo avrebbe riscaldato al microonde. Poi salì nel suo studio e controllò i social. C'era un post su Instagram, una foto di Imogen e Virginia sedute sul divano con i bambini in pieno stile famiglia felice.

Scese di nuovo in cucina e si preparò un caffè. Aprì la finestra e, prendendo da un cassetto le Silk Cut e un accendino, si accese una sigaretta. Fumava e pensava a Sally. E ai tre milioni di euro. Premette il mozzicone nel posacenere che stazionava sul davanzale.

L'anno prima aveva scritto un pezzo sugli oligarchi russi. Uno di loro, Boris Berežovskij, aveva deciso che un patrimonio di un miliardo e mezzo di sterline non fosse sufficiente per sbarcare il lunario, e secondo alcuni era arrivato a suicidarsi per la disperazione.

Al confronto, tre milioni sembravano noccioline.

Al confronto di quella che potenzialmente era la storia più esplosiva mai raccontata da un giornale.

Una cifra che avrebbe permesso loro di sbarazzarsi del mutuo e di stare tranquilli per il resto della vita.

Doveva accettare?

Passare la patata bollente a Silvestri, prendere i soldi e scappare? Magari negoziare al rialzo?

Oppure rischiare, come l'aveva ammonito Benedict Carmichael, di rimanere ucciso.

Alzò lo sguardo al limpido cielo notturno. Le stelle. Il firmamento.

Tutto questo perché due pezzi di polvere erano entrati in collisione e avevano dato origine al Big Bang?

Se le cose erano davvero andate così, se questo era il vero motivo dell'esistenza, allora niente valeva un fico secco. Allora la vita umana non era che un caso accidentale e insignificante?

Un giorno, l'insieme di cellule che al momento albergavano dentro Imogen sarebbero diventate un essere umano deambulante e parlante. Loro figlio. Quel bambino si sarebbe seduto sulle sue ginocchia e, fissandolo dritto negli occhi, lo avrebbe bersagliato di domande. Lo stesso tipo di domande che lui stesso era solito fare ai suoi genitori.

Da dove sono arrivato?

Dov'ero prima che nascessi?

Dove andrò quando sarò morto?

Perché esisto?

Sarebbe stato capace di guardare suo figlio negli occhi e dirgli: «Purtroppo non lo so, perché quando è stato il momento, ho scelto il malloppo»?

106

Giovedì 16 marzo

«Stasera ho fatto schifo, vero?» chiese Wenceslas, mettendo in pausa la riproduzione video del sermone che aveva tenuto qualche ora prima nella sua chiesa di Leicester. Si appoggiò all'indietro sul divano dell'enorme suite in cui alloggiava e guardò Lancelot Pope al lato opposto del tavolino da caffè.

«Ti hanno adorato! Ti adorano sempre, pastore. Anche quando la tua performance è… aspetta che trovo le parole giuste… come ti ricordo sempre, forse un po' troppo incentrata sul *profitto* e non su qualche *profeta* biblico.»

«Non incasinarmi la testa, Mister Sorriso.»

«Questo lo lascio fare a Dio.»

Dopo qualche istante, Wenceslas disse: «E il termine liturgico corretto, Mister Sorriso, non è *profitto*, bensì *piattino delle offerte*».

«Chiedo perdono.» Pope si concentrò nuovamente sul computer portatile. «Ci sono buoni commenti su Twitter. Solo commenti positivi. Senti questo:

> Prego che tutti capiscano il vero potere dello #SpiritoSanto (Dio) wow! Potente predica @PastoreWenceslas. Amen

E questo:

> Wow. Intenso. Grazie @PastoreWenceslas

E questo è notevole:

> Padre, è bellissimo. Lo Spirito Santo che entra in me grazie a te mi sta cambiando la vita. #diotibenedica

Toccante. Davvero toccante» concluse Pope alzando gli occhi al cielo. «Dovresti essere contento.»

«Che mi dici di Facebook?»

«Ho controllato e più o meno sono sulla stessa linea. Ti amano. Ti adorano!»

«Non sono che un umile strumento, Mister Sorriso. Lo sono sempre stato. Mi amano perché lo spirito di Nostro Signore scorre nei loro cuori attraverso di me.»

«Possa Nostro Signore riempire il tuo cuore fino a traboccare.»

Wenceslas gli rivolse uno scherzoso sguardo truce.

«Per tornare alle cose mondane solo per un secondo, capo. Ho ordinato il servizio in camera: ti porteranno la colazione alle sei. Le previsioni del tempo sconsigliano di volare, quindi ho chiesto che tengano pronta la macchina, dato che abbiamo il consiglio di amministrazione a Gethsemane Park alle nove. Va bene per te?»

«Ho scelta?»

Suonò il campanello. Lancelot Pope chiuse il portatile, saltò in piedi e si diresse alla porta.

Un cameriere dall'aria nervosa spinse dentro un carrello dal quale si diffondeva un profumo di patatine fritte. Sulla tovaglia bianca erano sistemate due cupole di acciaio, un cestino di pane, una bottiglia di acqua minerale e due bicchieri.

«I signori desiderano che apparecchi in sala da pranzo?»

«No, qui va bene» rispose Wenceslas.

Il cameriere abbassò le due estremità del carrello, convertendolo in un tavolino. Sollevò una delle cupole sotto la quale si celava la bistecca con patatine ordinata da Wenceslas e poi l'altra, rivelando l'insalata di quinoa di Pope.

Wenceslas si alzò, chiuse gli occhi e sollevò le mani al cielo, parlando con il tono di voce che di solito riservava alla preghiera. «Grazie, buon Signore, per questo cibo, e per l'unzione di questa sera, che mi conferma che hai scelto me, tuo umile e fedele servitore, per innalzarmi tra gli uomini. Amen.»

L'*amen* sembrò risvegliare Pope, che saltò dal divano e chiese: «E dov'è lo champagne?»

«Champagne?» Il cameriere sembrava perplesso.

«L'ho ordinato assieme alla cena.»

«Sono desolato, signore, vado subito a controllare e glielo farò avere immediatamente!» Poi si rivolse a Wenceslas. «Signore, questa sera avrei voluto essere con lei a pregare, ma il mio capo non mi ha permesso di allontanarmi dal lavoro.»

«Come ti chiami?» chiese il pastore.

«Melvin.»

«Melvin, vuoi inginocchiarti qui davanti a me?»

Il cameriere ubbidì.

Wenceslas si erse in tutta la sua statura e pose le mani sulla testa dell'uomo. «Figliolo, sei pronto a ricevere il Signore qui, adesso? Sei pronto per Gesù?»

«Lo sono.»

«Senti il Suo spirito? Senti il Suo potere e il Suo calore entrare dentro di te? Nel tuo cuore e nel profondo della tua anima?»

«Sì, sì, sì.»

«Il Signore sia lodato!»

Sempre tenendolo per la testa, Wenceslas gli diede una spinta ferma ma gentile e il cameriere crollò a terra e rimase immobile.

Il pastore si inginocchiò accanto a lui. «Signore, ti prego, benedici quest'uomo! Perdonalo per i suoi peccati! Riempilo con il Tuo Spirito! Aiutalo, con la tua infinita generosità, a essere un ottimo cameriere. Quest'uomo, un giorno, servirà alla Tua destra alla Tua mensa celeste!»

Lentamente, il cameriere si riscosse dallo stato di trance e si guardò attorno confuso.

«Melvin, sii grato: da adesso non sei solo un figlio di Dio, ma anche figlio mio!» disse Wenceslas.

Il giovane si alzò incerto sulle gambe e guardò il pastore. «Grazie» disse. «Grazie, pastore.» E si diresse con passo malfermo verso la porta. «Per favore... per favore alla fine chiami... per far portare via il carrello.»

«Il Signore te lo farà sapere, figlio mio. Mi raccomando, ricorda di fare la tua donazione sul sito web della Wesley Wenceslas Ministries, affinché tu possa essere autenticamente benedetto. Dona in base alle tue possibilità.»

Il cameriere abbassò la testa con aria sconvolta. «Sì, sì, lo farò.» Poi sgattaiolò fuori.

Pope prese cibo e bottiglia dal carrello, li sistemò sul tavolino e versò l'acqua nei due bicchieri. «Ti ammiro, capo. La gente di solito dà la mancia al servizio in camera, tu sei riuscito a fartela dare. Massimo rispetto.»

«È solo una dimostrazione di rispetto nei confronti di Nostro Signore» lo corresse Wenceslas.

Pope si sedette di fronte a lui. «Sì, sì, certo. E a sua volta Nostro Signore ti fa un bonifico per dimostrarti la Sua generosa bontà o quel che è?»

Ignorandolo, Wenceslas cambiò discorso. «Quindi, mi hai detto di avere un aggiornamento.»

«Ce l'ho. A quanto pare, abbiamo un rivale in amore. Nientepopodimeno che il mio omonimo, il papa in persona.»

«Che cosa?»

«Mi è arrivato il primo resoconto delle intercettazioni da casa di Hunter. A quanto pare, un uomo di nome Giuseppe Silvestri, se la pronuncia non mi inganna, Emissario Speciale della Santa Sede, sta negoziando con Hunter per ottenere due oggetti attualmente in suo possesso: il Santo Graal e un dente di Cristo. Gli ha offerto tre milioni di euro.»

«Allora va' da lui e offrigliene di più.»

«A quanto pare, i soldi non sono una motivazione sufficiente.»

«Tutti hanno un prezzo.» Wenceslas teneva in mano il bicchiere d'acqua e sembrava fissarlo.

«Stai aspettando che arrivi Gesù a trasformarla in vino?» lo canzonò il suo amministratore delegato.

«Mister Sorriso, ormai ho perso le speranze per te. Dove cazzo è quello champagne? Mi serve un drink vero.» Spremette il tubetto di ketchup sulla bistecca e sulle patatine, poi fece un cenno con la testa verso il piatto di Pope. «E tu perché mangi foraggio da conigli?»

«Quinoa. Dio non te ne ha parlato? È il nuovo super-food.»

«E a te non ha detto niente del vitello grasso? Lo sto mangiando adesso. Il ritorno del figliol prodigo. Il mio problema è che il figliol prodigo non se n'è mai andato, e adesso se ne sta qui davanti a me a mangiare foraggio per conigli e a giudicarmi.»

«All'Ultima Cena hanno mangiato patatine?»

Wenceslas gli scoccò uno sguardo in tralice. «No, quelle le hanno mangiate alla Penultima, prima che la friggitrice si guastasse e mandasse a monte il menu.»

«Ecco perché Giuda era così incazzato.»

«Mister Sorriso, io ti avverto. Un giorno cadrai morto stecchito. Adesso torniamo a noi. Ross Hunter.»

«Un uomo che vogliamo vedere morto stecchito, giusto?»

Ci fu un lungo silenzio. Wenceslas lo guardò. «Se sarà necessario. Se ci porterà quegli oggetti.»

«E il quinto comandamento?»

«Il Grande Impostore, Mister Sorriso. Devo ricordartelo? Ross Hunter sta spianando la strada al Grande Impostore. Sta per fare affermazioni sul Secondo Avvento. Troverà il Grande Impostore e gli darà l'ossigeno della pubblicità presso la stampa e i media di tutto il mondo, legittimandolo. Sai cosa succede quando l'ossigeno incontra le fiamme? Il fuoco divampa ancor più violento. Hunter deve essere fermato. Capisci cosa ti sto dicendo? Ross Hunter ha questa fantasia di rivelare al mondo il Secondo Avvento, ma quel povero illuso, in realtà, sta dando ossigeno all'Anticristo. L'essere più pericoloso al mondo. Un totale impostore. Stai sentendo ciò che ti dico? Un impostore.»

«Ci vuole un impostore per riconoscerne un altro» ribatté Pope.

Wenceslas lo fulminò con lo sguardo. «Qual è il tuo problema stasera?»

Pope gli rivolse un sorriso disarmante. «Noi due sappiamo il vero motivo per il quale vuoi fermare Ross Hunter, per il quale vuoi sbarazzartene. L'ho già detto. Prescindendo dalle vecchie ruggini per quell'articolo poco lusinghiero che ha scritto su di te, tu hai paura che il Secondo Avvento possa essere reale. Temi che a tornare non sia il Grande Impostore, niente affatto: tu sei terrorizzato al pensiero del Secondo Avvento di Cristo. E, proprio come è accaduto l'ultima volta che è stato qui, quando è andato a prendere a calci nel culo i mercanti e i cambiavalute nel tempio, in questa occasione potrebbe occuparsi di tutti i predicatori evangelici, tanto ipocriti quanto carismatici, che fanno soldi a palate sfruttando il business di Dio. E tu sai molto bene, pastore, che saresti quasi in cima alla lista.»

«E la cosa ti diverte? Se io vado a fondo, tu vieni con me. E tutto ciò che abbiamo finisce giù per il cesso.»

Pope lo guardò con un improvviso bagliore gelido e oscuro negli occhi. «Non mi diverte, pastore. Sono completamente al tuo fianco, anzi, un passo avanti a te. Credo che l'unico modo per fermare Hunter sia farlo fuori» concluse passandosi un dito lungo la gola con un gesto teatrale. «E in fretta.»

Wenceslas ricambiò lo sguardo, altrettanto serio. «Hai qualcuno in mente?»

«Ce l'ho. Qualcuno che mi è stato caldamente raccomandato. Molto discreto. Vive a Montecarlo. L'ho già informato, gli ho versato i soldi su un conto svizzero ed è già sul caso.»

«Nulla che possa ricondurlo a noi?»

Pope lo fissò. «No. Quel tizio è il migliore.»

«Costoso?»

Pope sorrise. «In maniera rassicurante.»

«Occhio per occhio?»

«Date le circostanze, direi piuttosto dente per dente.»

Suonò di nuovo il campanello.

Pope andò alla porta e l'aprì.

Entrò un altro cameriere del servizio in camera, questa volta con un vassoio sul quale erano sistemati un secchiello per il ghiaccio dal quale spuntava il collo di una bottiglia e due flûte da champagne. Sul braccio portava un tovagliolo bianco piegato. Questo cameriere era più anziano e ossequioso di quello che il pastore aveva appena redento. Aveva i capelli impomatati e parlava con un accento dell'Europa dell'Est.

«Krug, signori? Mi scuso per il ritardo. Posso stappare e servire?» domandò con un inchino deferente.

«Grazie» disse Pope indicando il tavolino.

L'uomo vi posò il secchiello, poi con un gesto enfatico coprì la bottiglia con il tovagliolo e la estrasse dal ghiaccio, con la base che sgocciolava acqua. La puntò nella direzione di Wenceslas.

Ci fu un *pop* soffocato.

Wesley Wenceslas scattò indietro sul divano.

Per un terribile istante, Lancelot Pope credette che il pastore fosse stato colpito in faccia dal tappo di sughero. Poi si paralizzò, fissando attonito il forellino al centro della fronte e il sottile rivolo di sangue che ne fuoriusciva.

«Che…» gridò Pope.

Il tovagliolo puntò contro di lui.

Ci fu un secondo *pop*.

107

Venerdì 17 marzo

Ross trascorse una notte inquieta e piena di incubi. Quando la sveglia suonò alle sei e mezzo con i titoli del notiziario, lui schiacciò lo snooze perché voleva dormire ancora un po' e non si sentiva pronto per la giornata che lo aspettava.

Dopo pochi secondi, almeno così gli sembrò, la radio si riaccese, ma la ritardò ancora. Alla terza sveglia erano ormai le sette meno dieci.

Si sedette sul letto, bevve un po' d'acqua e prese il telefono. C'era un messaggio di Sally, inviato poco prima delle ventitré.

> Spero tu stia passando una bella serata. Sogni d'oro. XX

Niente da Imogen.

Gli sembrava di averle mandato un messaggio prima di andare a letto. Controllò.

> Sogni d'oro a te e Caligola. Monty ti saluta. X

Non aveva risposto.

Fantastico.

Forse era andata a letto presto.

O magari era ancora arrabbiata con lui per l'SMS che le aveva spedito per sbaglio.

Falla finita, Imo, esco sempre a pranzo con qualcuno, fa parte del mio lavoro vedere persone e sondarle. Questo non vuol dire che me le porto a letto.

Nemmeno se mi piacciono, non siamo tutti come te.

Suonarono alla porta e Monty cominciò ad abbaiare.

Erano le sette; Ross sentì una punta di inquietudine.

Prese la vestaglia, la infilò in fretta, corse oltre il pianerottolo nello sgabuzzino che affacciava sull'ingresso e guardò la strada. Erano Dave e Rob, i due imbianchini che avevano tinteggiato la casa quando lui e Imogen si erano trasferiti lì. Adesso ricordava: gli avevano detto che sarebbero passati presto, prima di andare al lavoro. Scese le scale, calmò il cane con qualche coccola, aprì il chiavistello di sicurezza e aprì la porta.

Appena oltrepassata la soglia, i due fissarono increduli le pareti.

«Caspita!» commentò Rob.

«Che stronzi ignoranti» aggiunse Dave guardandosi in giro. «Non sanno nemmeno scrivere!» proseguì puntando il dito.

«Scrivere?» chiese Ross.

ROSS HUNTER AMICO DELL'ANTICRISTO. IMOGEN HUNTER, MADRE IN ATESA DELL'ANTICRISTO.

«Sarò anche un imbianchino che non ha studiato, ma so scrivere. *Atesa*?»

«Di madri in attesa se ne intende» commentò Rob. «Ha cinque figli.»

«Ci dovrebbero essere due T, non una sola» proseguì Dave.

«Molto utile» rilevò Ross.

«Signor Hunter, mi conosce da quando abbiamo imbiancato questa casa. Utile è il mio secondo nome.»

«Anche il mio» aggiunse Rob.

«Se scopro chi è stato, magari lo faccio tornare a correggere» commentò asciutto Ross.

Poi li accompagnò a vedere le stanze.

«Non sapevo che i giornalisti avessero un fan club» disse Rob.

«Ah ah» replicò Ross.

«È un lavorone» esordì Dave. «Non si può imbiancare sopra le scritte, ci vorrebbero troppe mani. Dovremo togliere la carta da parati. È assicurato?»

«Spero proprio di sì.»

«Le faremo un preventivo e glielo porteremo stasera o domani. Se le serve per l'assicurazione gliene potremmo fare due, mi sono spiegato?» chiese facendogli l'occhiolino.

Ross scoppiò a ridere e li ringraziò, accompagnandoli alla porta. Poi indossò tuta e scarpe da ginnastica e portò Monty a correre: voleva schiarirsi le idee e pensare.

Tornò a casa intorno alle otto e un quarto, accese la televisione sul telegiornale delle otto di *Breakfast TV* e cominciò a preparare la pappa a Monty: aveva un odore disgustoso, ma era un cibo sano e dietetico che Imogen aveva cominciato da poco a comprare.

Una serie di luci lampeggianti sullo schermo del televisore catturò la sua attenzione e si mise a guardare il servizio. Vide l'ingresso di un grande albergo isolato dai nastri della scena del crimine, un buon numero di macchine della polizia posteggiate come capitava e una folla di giornalisti e fotografi. In basso sullo schermo scorreva la scritta ULTIMA ORA.

La linea passò allo studio, dove il presentatore Charlie Stayt aveva un'espressione solenne. «È di pochi minuti fa la notizia che i corpi di due uomini sono stati scoperti questa mattina nella suite di un albergo occupata dal pastore Wesley Wenceslas, il popolare predicatore evangelico. Adesso passiamo la linea in diretta all'Hinckley Point Hotel, nei pressi di Leicester, dove la polizia sta per fare una dichiarazione.»

Un uomo robusto e sicuro di sé, con capelli neri impomatati, abito e cravatta scuri, era in piedi davanti al cordone con l'albergo alle spalle. La cravatta sbatteva nel forte vento in mezzo a un continuo balenare di flash.

Sotto lo schermo scorreva la scritta ISPETTORE PAUL GARRADIN, POLIZIA DI LEICESTER.

«Posso confermare che due uomini sono stati trovati morti per ferite da arma da fuoco in una suite di questo hotel» disse. «L'ipotesi investigativa è al momento duplice omicidio. Più tardi, dopo che avremo conferma dell'identità delle vittime, terremo una conferenza stampa ufficiale. Al momento non ho ulteriori informazioni. Grazie.»

L'ispettore ignorò lo sbarramento di domande urlate dai giornalisti.

Ross continuò a fissare lo schermo. *Il pastore Wesley Wenceslas.* Ricordava di averlo aspettato fuori dalla sua chiesa di Londra quando stava lavorando all'articolo su di lui, e che una delle guardie del corpo lo aveva spinto con tale forza da farlo cadere. E ricordava i tentativi di Wenceslas di citare in giudizio sia il *Sunday Times* sia lui dopo la pubblicazione dell'articolo.

Il pastore Wesley Wenceslas era un vero stronzo, ma anche un uomo molto intelligente e carismatico. Aveva finalmente avuto ciò che meritava? Senza dubbio l'omicidio avrebbe dominato i notiziari nelle ore a seguire.

Ross, tuttavia, vide in quel fatto qualcosa che gli fece provare una profonda inquietudine e ripensò alla sua conversazione della sera precedente con Giuseppe Silvestri.

Lei può essere convinto di aver messo al sicuro quegli oggetti, ma forse non si rende conto che ci sono persone, me lo consenta, dalla levatura morale ben al di sotto di Sua Santità. Persone determinate a metterci sopra le mani a ogni costo, anche a costo della sua vita, signor Hunter. Là fuori lei ha molti nemici. Noi faremo il possibile per proteggerla finché non ce li avrà consegnati. Ovviamente lei comprende che, una volta ceduti a noi quegli oggetti, lei e la sua famiglia sarete al sicuro.

Se lo era già chiesto prima, ma era possibile che il pastore Wesley Wenceslas fosse uno di quei nemici?

Che l'italiano si riferisse al pastore?

Ipotesi azzardate, lo sapeva, ma c'era forse un legame fra quegli omicidi e tutto quello che gli stava capitando? Un legame rappresentato da Silvestri?

Monty uggiolò.

«Scusami, amico!» Finì di preparargli la pappa evitando di inalare troppa puzza, poi mise la ciotola a terra.

Invece di precipitarsi sul cibo, il cane attraversò la cucina e si accucciò nella cesta.

«Ehi, che c'è? Pensavo avessi fame. Cos'hai? Ti manca la mamma?»

Ross andò alla porta, prese i giornali appena consegnati, poi mise i cereali in una ciotola. Tagliò una mela, aggiunse qualche mirtillo, uva e yogurt greco, li mescolò e si mise a sedere.

Fissò la televisione in attesa degli aggiornamenti sugli omicidi, ma non ce ne furono. Parlarono di una protesta dell'Unione europea contro la politica americana sul cambiamento climatico. Di un deputato che aveva presentato una mozione di sfiducia contro lo speaker della Camera dei Comuni. Di altri problemi per il Servizio sanitario nazionale e di un ministro della Salute che difendeva il proprio operato accalorandosi.

Poi l'Apple Watch al suo polso sinistro cominciò a vibrare.

Vide che si trattava di un'email di Jack Boxx arrivata durante la notte.

> Ciao, Ross, ti avevo detto che ti avrei addebitato 2000 sterline per la ricerca. Con un bonus di 1000 sterline per ciascun risultato. Bene, ho buone notizie - o forse cattive - per te. Mi devi 5000 sterline!

Sapendo che era molto improbabile trovarlo sveglio a quell'ora, Ross rispose con un'email.

> Che cos'hai scoperto???

Rimase in attesa parecchi minuti, ma Boxx non rispose. Impaziente, prese il telefono usa e getta, trovò il numero e lo chiamò.

Dopo quattro squilli scattò la segreteria.

«Salve, parla Jack Boxx. Se volete avere una conversazione sensata con me, chiamatemi dopo le quattro del pomeriggio. Sogni d'oro! Se proprio siete disperati, lasciate un messaggio.»

Ross lasciò un breve messaggio.

Poi si sedette, immerso nei pensieri e intento a mangiare i cereali anche se non aveva appetito. Cosa aveva trovato Boxx?

Al notiziario delle nove, la BBC presentò lo stesso servizio che Ross aveva già visto sul duplice omicidio.

Decise di dare un'occhiata a Twitter, e trovò subito molte informazioni in più, postate da quello che sembrava un dipendente dell'albergo con un tweet già diventato virale. Un cameriere del servizio in camera – che portava al pastore la colazione – aveva trovato due uomini morti, entrambi con una ferita da arma da fuoco alla testa.

Ross rabbrividì.

L'iPhone squillò. Era Imogen.

«Ciao» rispose.

«Hai visto il notiziario?» chiese lei.

«A proposito del pastore Wesley Wenceslas?»

«Sì.» Il tono di voce era cupo. «Un membro del suo staff ha già creato una pagina Facebook alla memoria, e sta ricevendo centinaia di post.»

«Perché la morte di quell'imbroglione dovrebbe interessarci?»

«Non vuoi capirlo, vero Ross? Altri due omicidi. Sono davvero preoccupata, temo che noi saremo i prossimi.»

«Ma, Imogen, quei tizi non hanno niente a che fare con me, se non per il fatto che ho cercato di intervistarli anni fa.»

«Dai, Ross, svegliati! Non è una coincidenza. Là fuori ci sono dei fanatici. Vieni a stare qui fino a quando saremo al sicuro.»

«Imogen, non credo di correre un reale pericolo. Ho quello che cercano e, fino a quando è in mio possesso, io sono al sicuro. E tu sei molto più protetta se restiamo separati, poi non voglio mettere Monty in pensione solo perché Ben è allergico. Ne parliamo più tardi, ti dispiace?»

«Scusa, non volevo interrompere il tuo idillio.»

«Ehi, che stai dicendo?»

Nessuna risposta. Imogen aveva appeso.

Digitò il suo numero, ma scattò subito la segreteria telefonica. «Imogen, sono qui da solo, va bene?»

Dopo essersi fatto la doccia, sbarbato e vestito in fretta, controllò il telefono. Imogen non lo aveva ancora richiamato. Provò di nuovo. Ancora una volta la segreteria telefonica.

Appese, furioso con lei. Furioso con sé stesso.

Andò alla scrivania e continuò a lavorare alla cronologia degli eventi accaduti fino a quel momento.

Alle quattro in punto telefonò a Zack Boxx. Gli rispose la voce assonnata dell'amico.

«Sì?»

«Sono Ross.»

«Ah, sì, bene.»

«Hai detto di avere risultati per me.»

«Sì, è vero.»

Un lungo silenzio. Ross si chiese se Zack si fosse rimesso a dormire.

«Ci sei ancora Zack?»

«Sì. Meglio che tu venga qui, credo che sia più facile mostrarteli.»

«Adesso?»

«Penso che adesso vada bene» rispose con voce riluttante.

In quel momento, Ross rammentò che la sua Audi era nel parcheggio sotterraneo del Waterfront Hotel. «Sarò lì tra un'ora.»

«Purtroppo sarò ancora qui, intrappolato sulla Terra.»

108
Venerdì 17 marzo

Poco dopo le cinque del pomeriggio, Ross Hunter era accovacciato in una scomoda posizione accanto a Zack Boxx sulla malandata moquette beige. Il gatto si aggirava sull'altro lato della stanza e non sembrava particolarmente a suo agio. Ross non aveva mai visto Boxx così animato.

Sullo schermo di fronte a loro c'erano file di numeri e lettere che per Ross non avevano alcun significato. Boxx gliene indicò alcuni con aria entusiasta facendo scorrere il dito lungo una colonna. «Vedi quella corrispondenza del DNA?»

«Non proprio» rispose Ross.

Boxx ricaricò la schermata e apparve una nuova serie di cifre, altrettanto incomprensibili per Ross. «E questa?»

«No.»

Alla terza serie Boxx chiese «Una di queste?»

«Nemmeno.»

Boxx si tirò indietro i capelli e guardò Ross con aria di compatimento. «Bene, allora torniamo alla prima immagine.»

Digitò qualcosa sulla tastiera e in pochi secondi lo schermo si riempì di colonne di cifre. «Sei fortunato, Ross. Credo che abbiamo avuto una vera, grande fortuna! Con il DNA standard, il mitocondriale e l'Y-STR.»

«In che senso?»

«In ogni senso! Bene, la prima è il database del DNA mitocondriale dell'LAPD, il Dipartimento di polizia di Los Angeles. E ho una corrispondenza con il mitocondriale che mi hai indicato. Le sette mutazioni sono presenti in entrambi i profili.»

«Hai... con chi?»

«Una signora che si chiama Arlene Katzenberg.»

«Arlene Katzenberg?»

«Sì, ti dice qualcosa?»

«Direi di no. Ma come mai l'LAPD ha il suo DNA?»

«Adesso capirai tutto.»

Ross fissò lo schermo in silenzio. Mitocondriale, il DNA che passa inalterato per linea femminile. Se il DNA del calice e del dente era davvero di Gesù Cristo, questo voleva dire che Arlene Katzenberg, chiunque fosse, discendeva direttamente da Gesù.

«Bel lavoro, Zack.»

«Bene, adesso guarda questo. Tu mi hai dato l'Y-STR, la ripetizione del tandem breve del cromosoma Y, che discende inalterato, come il mitocondriale, ma dalla linea maschile. Anche qui ho una corrispondenza, e sempre con le sette mutazioni, con un medico, un certo dottor Myron Mizrahi, nato a La Jolla, California. Anche questa è sul database dell'LAPD.»

«E come mai lo hanno nel database?»

«Capirai tutto» rispose Boxx lanciandogli un'occhiata compiaciuta. «Vedrai che mi sono guadagnato i miei soldi.»

«Credo proprio di sì.»

Ross aveva la mente in subbuglio. Il dottor Myron Mizrahi, discendente diretto in linea maschile di Gesù Cristo. Gli venivano in mente infinite possibilità.

«Tu sei religioso, Zack? Credi in qualcosa?»

«Credo nella fisica quantistica.»

«Io non ci capisco niente.»

Boxx annuì eccitato. «Dovresti provare, studiala. È... probabilmente è la chiave di tutto.»

«Se si potesse capire!»

«Nella fisica quantistica ci sono un sacco di cose che nessuno capisce, lo sai? Collegamenti nel mondo che nessuno riesce a spiegare. Fatti che sono più di una semplice coincidenza, di un caso. Soprannaturali? Potrebbero essere opera di un Creatore intelligente?»

«È quello che credi?»

«Conosci la teoria del multiverso?»

«Ho sentito il termine, ma ignoro cosa significhi.»

«Perché ci sia vita sul nostro pianeta serve un numero incredibilmente elevato di elementi combinati insieme. L'esempio più semplice è: se ci trovassimo anche di poco più vicini al Sole, andremmo arrosto, e non potrebbe esistere vita sul nostro pianeta. Un po' più lontani e farebbe troppo freddo per qualsiasi forma di vita. Esiste un'infinità di altri esempi. I calcoli matematici, fisici e chimici perché possa esistere la vita come la conosciamo sono semplicemente inconcepibili. Quindi la teoria del multiverso afferma che il Big Bang, quando è avvenuto, ha creato centinaia, forse milioni, forse miliardi di universi come il nostro. Ma, in base alla teoria, solo su uno di questi è possibile che, per puro caso, si siano combinati tutti gli elementi che permettono la vita come la conosciamo. Il nostro pianeta, la Terra.»

«E tu ci credi?»

«No, penso che siano cazzate. C'è un errore di categoria. Per me, la cosa più interessante nella fisica quantistica è l'interferenza dell'osservatore. Ovvero, che se tu guardi una cosa, il solo fatto che tu la stia guardando la cambia.»

«Dio che ci guarda? E ci cambia?»

«Chissà. O questo, oppure la vita umana è il risultato di un'enorme coincidenza.»

«Che cosa volevi dire parlando di *errore di categoria*?»

«Ok, bene. È una specie di analogia dell'orologiaio di Paley...»

«Analogia dell'orologiaio di Paley? Mi sono perso di nuovo.»

«Ok, prendi una Ford e portala in una zona isolata del mondo dove la osserva una persona che non ha mai visto una macchina, e non sa nulla di moderne tecnologie. Potrebbe immaginare che dentro il motore ci sia un dio, il signor Ford, che la fa funzionare. Potrebbe anche credere che, quando il motore funziona senza problemi, è perché lui piace al signor Ford che sta nel motore, e quando non ne vuole sapere di avviarsi è perché lui non piace al signor Ford, oppure lo ha fatto arrabbiare. Fin qui ci sei?»

Ross aggrottò la fronte cercando di capire dove Boxx volesse arrivare.

«Allora, se poi il tizio studia ingegneria e smonta il motore, scopre che dentro non c'è il signor Ford» prosegue Zack. «E impara anche che il vero motivo per cui funziona è la combustione interna. Ma facciamo un passo avanti: se dovesse arrivare a stabilire di sapere ormai come funziona il motore, non avrebbe più motivo di credere nell'esistenza del signor Ford, ma farebbe un *errore di categoria*. Perché se il signor Ford non fosse mai esistito per disegnare i meccanismi, questi non esisterebbero.»

Ross cercò di assorbire i concetti, poi chiese: «E tu cosa credi davvero, Zack?»

«Non l'ho ancora capito. Le coincidenze hanno un certo interesse e mi attirano. Einstein definiva le coincidenze il *biglietto da visita* di Dio. Io sto per comunicarti una coincidenza che è la cosa più vicina possibile al biglietto da visita di Dio. Sei pronto?»

Ross sorrise. «Sì, credo di sì.»

«Bene. Arlene Katzenberg e Myron Mizrahi si conoscevano!»

«Cosa?»

«Si conoscevano» ripete sorridendo.

«Quando? E tu come lo sai?»

«Nel 1946 Arlene Katzenberg e Myron Mizrahi si sono sposati.»

Ross lo guardò sbalordito. «Sposati?»

Boxx annuì. «Sì, e hanno avuto un figlio, nato nel 1947.»

109

Venerdì 17 marzo

Ross si alzò in piedi euforico. Una donna, il cui DNA corrispondeva a quello di Gesù Cristo, sposata a un uomo il cui DNA corrispondeva a quello di Gesù?

E avevano avuto un figlio.

«Zack» chiese Ross con un tono di urgenza nella voce. «Il figlio... hai idea se sia ancora vivo?»

«Lo era di sicuro tre anni fa.»

«E tu come lo sai?»

«Tutto a tempo debito.»

Quali erano le possibilità che quei due si incontrassero? si chiese Ross. Entrambi discendevano da un avo nato e cresciuto a migliaia di chilometri di distanza oltre duemila anni prima. Quante erano le probabilità?

Miliardi contro una? Triliardi contro una?

Erano assolutamente incalcolabili.

«Come hai ottenuto questa informazione, Zack?»

«C'è qualcosa che ti andrebbe di condividere con me, Ross?» ribatté lanciandogli uno sguardo d'intesa.

«Parlami dei genitori. Sono ancora vivi?»

Boxx scrollò la testa. «Ecco come ho potuto ottenere queste informazioni dagli archivi della polizia: sono stati uccisi nel 1957, poco dopo aver traslocato a Los Angeles, e il caso non è mai stato risolto. Una sorta di omicidio rituale, almeno all'apparenza. Per nostra fortuna, be' per tua fortuna, l'LAPD ha riaperto di recente il caso nel contesto del loro riesame di omicidi storici irrisolti, i cosiddetti *cold case*, e ha estratto il loro DNA dai campioni di sangue conservati.»

«Omicidio rituale? Cosa è successo? Come sono morti?»

«Sembravano esserci implicazioni religiose. Erano nudi,

entrambi inchiodati al pavimento di casa loro, a faccia in su, fianco a fianco con le braccia tese in fuori, un chiodo in ciascuna mano e un terzo per entrambi i piedi. Come li avessero crocifissi.»

Ross inorridì. Rimase in silenzio per un istante, poi chiese: «Era nei documenti che hai hackerato?»

«Tutto lì.»

«Quindi che ne è stato del figlio? Come si chiama?»

«Michael. I documenti della polizia indicano che i suoi genitori naturali sono morti quando aveva dieci anni. È stato affidato a una famiglia, ma dopo allora su di lui non c'è niente.»

«Ma se hai detto che era ancora vivo, oppure lo era tre anni fa?»

Zack Boxx sorrise e annuì. «Ecco la parte che credo apprezzerai molto, e dove mi sono guadagnato i soldi che mi darai.»

Ross lo guardò, in attesa.

«Nel marzo del 2014, a West Hollywood, un uomo di sessantasette anni, Michael Henry Delaney, è stato arrestato per sospetta guida in stato di ebbrezza. La polizia ha prelevato un campione di sangue e da quello ha ottenuto il DNA.» Alzò su Ross uno sguardo quasi allegro. «Il DNA di Michael Delaney, con le sette mutazioni uniche del mitocondriale e del cromosoma Y, corrisponde al cento per cento ai profili che mi hai dato.»

Ross lo fissò. «Il figlio perduto?»

Rimase in silenzio riflettendo sulle implicazioni. Il cuore gli batteva a mille.

«Quindi c'è?» gli chiese l'altro.

«C'è cosa, Zack?»

«Qualcosa che vuoi condividere con me in proposito?»

«Magari un giorno, Zack, ma non adesso. È meglio che tu non sappia.»

110

Venerdì 17 marzo

Ross si allontanò frastornato da casa di Boxx. Aveva dovuto eludere le domande sul perché fosse tanto interessato a tutto quel DNA. Gli aveva risposto che stava facendo ricerche sui legami genetici storici relativi alla diaspora e all'emigrazione degli ebrei negli Stati Uniti.

Gli girava la testa.

Michael Delaney.

Michael Henry Delaney.

Se davvero ciò che aveva in suo possesso era autentico – il calice e il dente – questo significava che Michael Delaney aveva lo stesso identico DNA mitocondriale e Y-STR di Gesù Cristo, il che era l'equivalente genetico dell'impronta digitale. Tutti sapevano che Gesù non si era sposato, ma il suo cromosoma Y doveva essere lo stesso dei suoi fratelli, che avevano preso moglie.

Il telefono emise un suono per l'arrivo di un messaggio, ma lui lo ignorò non volendo interrompere le sue riflessioni. I genitori di Delaney, discendenti diretti di Gesù Cristo per linea maschile e femminile. Si erano incontrati. E avevano avuto un figlio.

Cercò di esaminare le implicazioni.

Arlene Katzenberg e Myron Mizrahi.

Due completi estranei, entrambi con cognomi ebraici.

Si erano incontrati e sposati.

Ed erano stati uccisi dieci anni più tardi con un omicidio simbolico, rituale.

Questo significava che già allora qualcuno sapeva? Ma in questo caso perché uccidere i genitori e non il figlio?

Qualcuno che conosceva l'ascendenza del figlio lo aveva

portato via e nascosto? E si chiamava Delaney? Aveva cambiato il cognome ebraico con un cognome irlandese? Lui della Bibbia ricordava Erode e il massacro degli innocenti. Avevano ucciso tutti i bambini sotto i due anni cercando di eliminare Gesù.

Avrebbe voluto conoscere meglio la Bibbia.

Ricominciò a pensare alla coincidenza. Due persone che si incontrano, e fin qui ci siamo, e probabilmente vivevano nella stessa contea della California meridionale. Ma entrambi con quel DNA, con quei geni? Poi avevano avuto un figlio con una corrispondenza esatta al DNA che lui aveva fatto identificare al laboratorio dell'ATGC? Com'era possibile? Ogni genitore ha geni maschili e femminili della sua linea, e questi si dovrebbero unire in maniera casuale nel DNA nucleare di un ovulo fecondato. Eppure quel Michael Delaney aveva un DNA mitocondriale e Y-STR identico a quello di Gesù Cristo, la sua impronta genetica unica. Come era possibile? Destino?

Se Delaney era ancora vivo, ormai aveva passato i settant'anni.

Il Secondo Avvento?

In tal caso, come mai nessuno ne aveva sentito parlare?

O non era così?

I genitori di Delaney morti in un omicidio rituale che imitava la crocifissione. Il ragazzo probabilmente nascosto. Era terrorizzato ancora oggi, ammesso che fosse vivo? Teneva un profilo basso, era attento a non attirare l'attenzione e custodiva un segreto che aveva troppa paura di rivelare?

Magari, pensò all'improvviso Ross, non lo sapeva.

Un'altra spiegazione, forse più semplice, era che il calice e il dente non fossero autentici.

Oppure, semplicemente, Gesù Cristo non era il Salvatore come credevano alcune religioni? Ma solo un prestigiatore e un illusionista, di cui molti avevano scritto in maniera frammentaria e fantasiosa, compresi alcuni apostoli che credevano di poter fondare una religione creando il mito intorno a lui?

Se era questo il caso, gliene dava atto: i loro comunicati stampa erano decisamente validi per essere durati oltre duemila anni.

Se però Michael Delaney era il vero Messia, quali erano le implicazioni per il mondo?

Pensò all'articolo che avrebbe potuto scrivere se fosse riuscito a trovare quell'uomo.

Lo scoop più esplosivo di tutti i tempi?

111
Venerdì 17 marzo

Qualche minuto prima delle diciotto Ross entrò in casa e si chinò ad accarezzare Monty. «Più tardi andiamo a fare una passeggiata, va bene? Promesso.»

Salì di corsa al piano di sopra, si mise davanti al computer e lo accese. Non appena lo schermo si illuminò, digitò su Google il nome «Michael Delaney».

Trovò centinaia di occorrenze.

Restrinse la ricerca cambiandola in «Michael Henry Delaney Wiki».

Le occorrenze si ridussero a centinaia.

Wikipedia aumentò le sue speranze quando trovò una corrispondenza:

> Michael Henry Delaney (nato il 18 aprile 1947) è un prestigiatore. Con il nome d'arte di Mickey Magic, dal 1994 al 1997 ha avuto uno show tutto suo in prima serata su ABC Television. Ha lavorato per la Creative Artists Agency. Da bambino è stato affidato a una famiglia, della quale ha adottato il cognome, a seguito dell'omicidio (irrisolto) dei suoi genitori, Myron e Arlene (nata Katzenberg) Mizrahi.

Ross cercò quindi nelle Immagini di Google, ma ottenne solo una serie di fotografie di un uomo appariscente, vicino ai cinquant'anni, con lunghi capelli castani. In tutte le foto indossava un completo bianco. Alcune lo mostravano mentre faceva magie con la testa circondata da raggi di luce che creavano l'effetto di un'aureola.

Non c'erano altre fotografie di Michael Delaney, e nessuna indicazione che fosse morto.

Dov'era quindi adesso? Tutti questi particolari della sua vita su Wikipedia significavano che non aveva più paura?

Era davvero un discendente diretto di Gesù Cristo? Viveva da qualche parte a Los Angeles, come sembravano indicare le coordinate, senza sapere chi fosse realmente?

A suo modo, Gesù non era forse stato un mago ai tempi in cui il mondo era molto meno scettico?

Ross si occupò di rispondere ad alcune email urgenti. Sull'iPhone c'era un messaggio di Imogen che suggeriva di trovarsi a pranzo il giorno dopo se era libero e non stava «lavorando», mentre sul telefono usa e getta ne trovò un altro di Sally Hughes che gli chiedeva come fosse andata la sua giornata.

Non rispose a nessuna delle due donne. Andò al piano di sotto, prese il guinzaglio di Monty dal gancio sulla porta di cucina e uscì con lui nel buio.

Pensava e stava elaborando un piano.

Al suo rientro, un'ora più tardi, salì nello studio e mandò un'email alla sua caporedattrice.

> Ciao, Natalie, ho bisogno di un fondo spese, devo andare al più presto a Los Angeles per la storia di cui ti ho parlato e ho trovato un volo a buon prezzo. Mi puoi telefonare appena ricevi questa email?

Con sua grande sorpresa, lei lo richiamò cinque minuti più tardi sul numero dell'usa e getta che lui le aveva dato.

«Resta un momento in linea» le disse, e corse fuori per parlare. «Ok, ci sono.»

«Ross, è la tua ultima possibilità. Stai rifiutando tutti gli articoli che ti propongo e non ricevo niente da te. Vorrei che tu scrivessi qualcosa sull'omicidio di Wesley Wenceslas, visto che te ne sei già occupato in passato. Potresti farlo per questo fine settimana?»

«Non posso, devo andare a Los Angeles.»

«Meglio che questa storia sia molto valida. Cosa puoi dirmi di più?»

«Be', non sono sicuro che mi crederesti.»

«Mettimi alla prova.»

Ross lo fece.

112

Venerdì 17 marzo

Big Tony si era messo comodo sul divano curvo accanto alla finestra, al dodicesimo piano del palazzo in cui viveva a Montecarlo. Stava bevendo il suo scotch single malt preferito e ascoltava in cuffia Ross Hunter parlare al telefono dalla sua casa piena di cimici nel Sussex.

L'appartamento di Tony era arredato in colori vivaci e solari: tende e cuscini gialli, tappeto e mobili bianchi. Dopo i tanti anni trascorsi nella semioscurità della sua cella di massima sicurezza, desiderava luce e allegria. Gli piaceva il sole che entrava dalle finestre: non lo aveva visto per più di vent'anni.

Fuori, un elicottero azzurro e bianco della Héli Air Monaco stava decollando: in sette minuti sarebbe arrivato all'aeroporto di Nizza. Ne osservò le luci lampeggianti mentre si arrampicava nell'oscurità sopra il Mediterraneo, poi diede un tiro al suo Cohiba Robusto.

Gli piacevano i Cohiba, l'unico sigaro che fumava Fidel Castro. Nei primi giorni al potere, il dittatore cubano aveva l'ossessione di essere avvelenato, quindi aveva assunto degli arrotolatori di sigari che lavoravano solo per lui.

Big Tony immaginava che il dittatore della prima nazione produttrice di sigari del mondo potesse scegliere a suo piacimento: se i Cohiba andavano bene per Castro, andavano bene anche per lui. Gli piaceva sapere le cose, ed era anche un intenditore di whisky. La distilleria Haig era stata fondata nel 1824 ed era stata la prima a produrre whisky di grano usando il metodo degli alambicchi continui a colonna. E, secondo Big Tony, era importante conoscere tutto quello che potevi delle persone con cui eri in contatto. Negli ultimi giorni aveva saputo molte cose grazie all'ascolto in cuffia.

La conversazione era interessante. Ross Hunter stava parlando con una donna – la sua caporedattrice, a quel che sembrava – e le chiedeva fondi per un viaggio a Los Angeles dove diceva di voler andare con una certa urgenza. La voce, però, era molto debole, come se Hunter fosse uscito di casa, e Tony riusciva a cogliere solo una parte della conversazione. Gli bastò comunque per sapere quale sarebbe stata la sua prossima mossa.

Nella vita, rifletté, le cose possono prendere la piega più inaspettata. Sbattuto in galera per venticinque anni quando non ne aveva ancora trenta, aveva vissuto una vita d'inferno in quel carcere di massima sicurezza. Dopo quello, la vita era stata bella, e adesso andava alla grande: quando usciva la giusta combinazione dei dadi, le cose ti andavano così bene che ti sembrava di ricevere un aiuto da lassù, chissà da dove.

Magari un aiuto un po' distorto. Inizialmente era stato pagato per uccidere l'uomo che in quel momento parlava al telefono, Ross Hunter, una mezza tacca di giornalista. Tutto era stato concordato e lui aveva incassato i soldi pagati in anticipo. Poi gli avevano chiesto di uccidere i due uomini a capo dell'azienda – la Wesley Wenceslas Ministries – che lo aveva incaricato di uccidere Hunter. Certo, i suoi committenti non gli avevano rivelato la loro vera identità, ma erano pochi i clienti che riuscivano a serbare un segreto con lui molto a lungo.

L'etica professionale gli aveva impedito di tirare il grilletto su Wenceslas e Pope, ma questo non significava che avesse voglia di perdere quell'incarico, quindi aveva fatto una rara eccezione alla propria regola di non fidarsi mai di nessuno e aveva assunto uno scagnozzo per quel compito.

Un mediatore affidabile di Bucarest. Per meno del dieci per cento dei cinque milioni che aveva richiesto, il suo mediatore di Bucarest aveva mandato qualcuno in Inghilterra, che si era occupato della faccenda ed era ripartito il giorno successivo. Con la quota incassata, l'assassino avrebbe potuto vivere da re nel suo paese per i successivi dieci anni. Lo stesso periodo che sarebbe passato prima che il suo capo lo rimandasse in Inghilterra.

Si poteva quasi credere nell'esistenza di Dio!

Il tiro mancino giocato alla Wesley Wenceslas Ministries lo portò a chiedersi se i suoi servizi professionali fossero ancora richiesti. In caso contrario, però, avrebbe dovuto restituire i soldi, quindi decise di continuare secondo le istruzioni.

Fece tintinnare i cubetti di ghiaccio nel bicchiere e sorseggiò un po' di whisky. Un vero peccato che non potesse succedere la stessa cosa a quell'odioso Julius Helmsley, alias «signor Brown». Ma era un'idea da conservare, magari per il futuro. In quel momento aveva in ballo cose più importanti. Il suo obiettivo, Ross Hunter.

Hunter stava cercando di farsi assegnare un fondo spese per il viaggio a Los Angeles e, a quanto pareva, la tizia con cui parlava aveva accettato, anche se con una certa riluttanza. Il viaggio era deciso, e Big Tony ne era felice. Los Angeles era un terreno di caccia che conosceva bene.

Poi apprezzava l'idea di tornare in America. Anche se viveva in una specie di esilio, restava ancora un cittadino americano a tutti gli effetti, benché la sua casa fosse ormai Montecarlo. Lì si sentiva a suo agio ed era ricco al di là di ogni suo possibile sogno di gioventù.

Aveva un unico problema: non c'era niente per cui dovesse o volesse spendere i suoi soldi.

Il suo unico piacere era dare la caccia alle persone e ucciderle, per quanto cercasse da sempre di negarlo a sé stesso.

Una vera euforia. Ogni omicidio era una nuova sfida, un nuovo fiotto di adrenalina. Quando era in caccia, all'inseguimento, erano i momenti in cui si sentiva davvero vivo.

Il portatile sul tavolo davanti a lui mostrava decine di foto di Ross Hunter. Una particolarmente bella era accanto alla firma sul giornale per cui scriveva, il *Sunday Times*: snello, il viso sorridente, capelli corti, occhi penetranti.

Aveva memorizzato quel volto, con e senza occhiali da

sole, con e senza cappellino da baseball, con o senza una barba appena accennata, con la barba, i baffi, rasato.

A Los Angeles si sarebbe divertito.

Sarebbe stato bello viaggiare insieme, prendere lo stesso volo. Ma dagli spezzoni di conversazione che aveva colto, Hunter era condannato alla classe economica. Magari avrebbe potuto chiedere alla hostess di prima classe di portare un bicchiere di champagne d'annata laggiù, al tizio che stava tanto scomodo nel ghetto dell'aereo.

O magari non lo avrebbe fatto.

Prese il telefono e chiamò un suo contatto a Syracuse, New York, che gli doveva un favore. Quel tipo gestiva un servizio riservato che monitorava le prenotazioni aeree. Era in grado di dirti su quale volo si era prenotata una persona, se era in viaggio e a che ora sarebbe atterrata. Big Tony gli diede il nome Ross Hunter e gli chiese di avvisarlo non appena avesse prenotato un volo dal Regno Unito a Los Angeles.

113
Venerdì 17 marzo

«Prenda una carta! Una qualsiasi, senza farmela vedere, la prenda e basta!»

Era venerdì, e il giorno della festa di san Patrizio. Il Fairfax Lounge era mezzo pieno. La sala aveva un aspetto stanco, lo stile era quello di una volta ma non lussuoso, un po' rétro: era semplicemente vecchia. Il puzzo di birra rancida era penetrato ovunque. Su un lato correva un lungo bancone lucido, sull'altro una fila di divanetti in pelle dallo schienale alto e ricurvo. I paralumi verdi che pendevano bassi dal soffitto mandavano una luce fioca e creavano un'atmosfera da *speakeasy* degli anni Trenta. Un manipolo di clienti, per lo più uomini ma anche un paio di donne, se ne stava appollaiato sugli sgabelli, guardando una partita al televisore appeso alla parete dietro il bancone. In fondo alla stanza c'era un piccolo palco con le aste dei microfoni, diversi strumenti musicali, un intrico di cavi e due altoparlanti delle dimensioni di un frigorifero. Le bandiere bianche e verdi che punteggiavano la stanza, le stesse ogni anno, pendevano flosce e polverose.

I musicisti erano in pausa: chitarrista, batterista e sassofonista, insieme a una anziana cantante biondo platino che si era ritoccata al punto che al chirurgo non restava più niente da tirare.

«Una carta qualsiasi, signore! Proprio così, una qualsiasi.»

Mike Delaney, un uomo magrissimo con il viso coperto di venuzze per il troppo bere, indossava il suo unico abito, grigio chiaro con qualche cucitura saltata e i gomiti lisi, camicia nera e stivaletti molto consunti. Sopra la fronte, un ricciolo dei capelli troppo lunghi, grigi e radi, gli copriva in parte l'occhio destro.

Con mani tremanti, aprì a ventaglio un mazzo di carte a faccia in giù. Quattro persone erano sedute su un divanetto davanti a lui: un uomo beveva una Bud, l'altro un whisky on the rocks, le signore sorseggiavano cocktail da un bicchiere da Martini. Uno degli uomini, con la testa pelata e un completo monopetto, aveva un'espressione ostile. Sembrava non gradire l'intrusione del prestigiatore, ma tese un braccio tatuato sul quale sfoggiava un grosso Breitling e prese una carta.

«Come si chiama, signore?»

«Billy.»

La voce di Delaney era stridula e insistente. «La guardi, Billy, senza farmela vedere. La mostri agli altri, ma non a me!»

L'uomo obbedì. Aveva preso l'otto di cuori.

Delaney gli porse un pennarello «Per favore, Billy, le dispiacerebbe scrivere il suo nome sul dorso?»

Billy firmò in inchiostro nero, restituì il pennarello e l'anziano prestigiatore lo mise in tasca.

«Adesso rimetta la carta nel mazzo, dove vuole.»

L'uomo eseguì scrollando le spalle scettico.

Delaney chiuse il mazzo poi, mentre riapriva le carte a ventaglio, con un movimento maldestro fece cadere tutto a terra, con le carte a faccia in su.

«Merda, amico, ma lei bara» commentò Billy ad alta voce.

Le due coppie erano chine sul tavolo e guardavano in basso. Tutte le carte erano identiche. Tutte erano l'otto di cuori.

Mike Delaney si inginocchiò e raccolse il mazzo in fretta e furia. «Qual era la carta che aveva scelto, Billy?»

«Dannazione, lo sa benissimo, idiota.»

Delaney gli porse il mazzo. «Le dispiacerebbe mostrarmela, signore?»

«Ma che cazzo...»

«Mi mostri quella carta, la prego, Billy.»

L'uomo voltò le carte. Con sua grande sorpresa, quella in basso era la regina di fiori e non l'otto di cuori. Aggrottando la fronte, la fece scivolare sul tavolino davanti a sé. Quella successiva del mazzo era un due di picche. Perplesso, continuò a esaminarle. Ogni carta era diversa. Ormai i suoi compagni lo stavano osservando interessati.

«Vede la sua carta, Billy?»

«Dannazione.» In silenzio, l'uomo passò in rassegna tutto il mazzo: alla fine tutte le carte erano sul tavolino a faccia in su e disse: «Non c'è».

Delaney assunse un'espressione stupita. «Bene, allora proviamo qualcosa di diverso. Provi a dirmi quale carta ha scelto e io le dirò dove si trova.»

«Va bene.»

Delaney fece comparire un cucchiaino apparentemente dal nulla. «Le dispiacerebbe passarmi il suo bicchiere Billy? Se si dovesse rovesciare qualcosa, gliene porterò un altro. Le sta bene?»

L'uomo gli porse il tumbler con riluttanza.

Delaney prese con il cucchiaino un cubetto di ghiaccio poi, sempre dal nulla, apparve un martelletto d'argento. Tenendo con una mano il cubetto, Delaney lo colpì con il martello rompendolo. Dentro c'era una carta piegata in quattro. «È forse questa la carta che ha scelto, Billy?»

L'uomo si chinò in avanti, la prese e la aprì. Poi la sollevò, stupefatto, mostrandola agli amici.

«È la sua carta, Billy?»

«Be', è l'otto di cuori.»

«La giri.»

L'uomo eseguì. Sul dorso c'era il nome Billy, scritto da lui in nero.

«Cristo!» esclamò. «Come diavolo ha fatto?»

I suoi compagni sembravano sbalorditi.

Delaney sorrise. «Meglio che vada, si sta facendo tardi, vi lascio alla vostra festa.» Poi esitò. «Billy, mi scusi, potrebbe dirmi che ora è?»

«Certo» rispose e guardò l'orologio. O meglio, il punto dove c'era il suo orologio: stava fissando un polso nudo.

Delaney mise una mano nella tasca interna della giacca e tirò fuori il Breitling dell'uomo tenendolo per il cinturino.

«È questo che sta cercando, Billy?»

114

Sabato 18 marzo

Ross sedeva di fronte a Imogen nel loro ristorante vegetariano preferito, il Terre à Terre. A casa nessuno dei due beveva a pranzo, ma Imogen disse di avere voglia di un bicchiere di vino e anche a lui l'idea andava bene.

Avevano finito per ordinare una bottiglia di Albariño.

«Salute!» disse Ross dopo un silenzio imbarazzato in attesa che il cameriere tornasse con il vino e lo versasse. Gli sembrava strano essere seduto lì con sua moglie.

Imogen alzò il bicchiere. «Salute» rispose con voce cupa. «Molto minerale» commentò poi in tono distaccato.

«Di norma i vini *minerali* ti piacciono.»

«Ma adesso c'è qualcosa di normale, Ross?»

«Ascoltami. So che è stato un periodo difficile, ma cosa penseresti se ti dicessi che Gesù Cristo è tornato sulla Terra e forse l'ho trovato?»

«Che dovresti finire in manicomio?»

«Dico sul serio, Imo. So che hai vissuto un inferno, ma non credere che non sia lo stesso per me. Quello che ho in mano, però, è dinamite pura. Ho di che scrivere un articolo da sballo. Ho solo bisogno che mi lasci mano libera e ti fidi del mio istinto, va bene? Questa storia ci arricchirà, diventeremo più ricchi di quanto avremmo mai potuto immaginare. Salderemo i nostri debiti e ci resteranno un mucchio di risparmi.»

Lei inclinò la testa e sorseggiò il vino. «Vuoi parlarmene?»

«Ma certo!» rispose lui alzando il bicchiere e facendolo tintinnare contro quello di lei. Poi le raccontò tutto quello che era successo negli ultimi due giorni.

«Quindi domani vai a Los Angeles?»

«Sì.»

«E dove comincerai a cercare? È una città enorme, e tu hai le coordinate per una zona, niente di più.»

«Là ho qualche contatto, un mio vecchio amico che adesso lavora all'*LA Times*, e conosco un tizio all'LAPD che mi ha molto aiutato per il pezzo che ho scritto un paio d'anni fa sullo stalking alle celebrità. Ho mandato un'email a entrambi.»

Lei annuì. «A che ora parti?»

«Mezzogiorno.»

«E che farai con Monty?»

«Ho dovuto prenotare la pensione, ma ne ho trovata una che mi piace: quella che vediamo ogni volta che passiamo da Lewes.»

«Dunque vai a Los Angeles per incontrare Gesù Cristo?»

«È quello che spero.»

«E se fosse un tizio completamente fuori?»

Lui sorrise. «Smetti di essere tanto cinica.»

«Scusami Ross, ma dovresti provare a dettare tutto questo a un registratore per poi sentirlo e capire quanto suoni ridicolo.»

«Ma in origine Gesù non è forse morto in croce perché molti non gli credevano, o avevano paura di lui? Imo, tu sei una persona religiosa, e tutta la tua fede si basa sul credere nella Resurrezione, quindi che problema hai?»

«Ross, il mio problema è che nella mia fede crediamo che, prima del ritorno di Cristo, il Secondo Avvento, lo verremo a sapere, forte e chiaro. Quello che stai facendo potrebbe dare credito a un pazzo, con conseguenze che potrebbero gravemente danneggiare la fede cristiana.»

Ross la guardò. «Non riesco a credere che tu non mi sostenga proprio adesso. Sei mia moglie, siamo una cosa sola, un'unità che dovrebbe essere inseparabile. *Quel… che Dio ha unito, l'uomo non lo separi.*» Le lanciò un'occhiata dura, d'intesa, e lei ebbe il buon gusto di arrossire. «Mi dispiace» proseguì Ross. «Non intendevo…»

«Rivangare il passato? Le braci ardenti che non si spengono mai per te, vero?»

«Imo, potrei avere in mano la storia più grossa di tutta la mia vita.»

«Non posso più sostenerti, Ross, perché per te questa storia significa più di me e del nostro bambino. Mi sono innamorata di un uomo che credevo mi avrebbe messa al di sopra di tutto nella sua vita. Ma no, mi sono sbagliata. Già all'inizio del nostro matrimonio ho capito che il tuo lavoro, le tue storie, sarebbero sempre state al primo posto. Sopra tutto. C'è qualcos'altro che ha importanza per te?»

Lui la guardò fisso. «Sai una cosa? Ti dirò quello che mi importa più di tutto il resto: che nostro figlio abbia un futuro, e nello schifoso stato attuale del mondo non sono sicuro che sarà così. Questa non è una qualsiasi storia già sentita, Imo, qui sto parlando della possibilità di cambiare il mondo e di salvarlo.»

«E ci credi davvero? Credi ai discorsi sconclusionati di un vecchio? Hai mai letto E.M. Forster?»

«*Camera con vista*? *Passaggio in India*?»

«Sì. 'Se dovessi scegliere fra tradire il mio paese e tradire il mio amico, spero di avere il fegato di tradire il mio paese'.»

«Tu preferiresti che tradissi il mondo solo per farti sentire meglio?» Prese il bicchiere. «Che cosa dice questo della tua fede?»

«La mia fede?»

«Mi stai dicendo che dovrei rifiutare la possibilità di dimostrare al mondo l'esistenza di Dio per non sconvolgere la mia famiglia?»

«Non si tratta di sconvolgere la tua famiglia, si tratta di pensare se il bambino e io vivremo o moriremo. Di mettere noi prima della tua storia.»

«Ma si tratta anche di sostenere il tuo compagno, Imo.»

«Quindi su una cosa siamo d'accordo: abbiamo opinioni diverse.»

Lui scrollò la testa e sentì montare la rabbia. «No, Imo, non siamo d'accordo su niente.»

115

Sabato 18 marzo

Rientrato a casa dopo il pranzo con Imogen, Ross andò in camera da letto a fare i bagagli. Monty lo seguì e gli rimase accanto, a coda bassa come sempre quando vedeva una valigia.

«È vero, ragazzo, vai in pensione, ma solo per qualche giorno, promesso.»

Che strano pensò: aver fatto arrabbiare Imogen lo lasciava indifferente. Gliene sarebbe dovuto importare, invece, ma non era così. Riportò il pensiero ai bagagli. Rifletteva sulle esigenze di velocità e mobilità, e si chiese se provare a far stare tutto in una valigia da cabina, rinunciando a quella più grande, da stiva, che aveva appoggiato sul pavimento.

Ci stava ancora pensando quando suonò il telefono. Rispose e sentì una voce con uno spiccato accento delle Midlands che non riconobbe.

«Signor Hunter? Mi scuso per il disturbo, signore. Sono l'ispettore Simon Cludes della Unità crimini violenti della polizia di Leicester.»

«Sì?»

«Signore, forse è al corrente del duplice omicidio del pastore Wesley Wenceslas e del signor Lancelot Pope.»

«Sì, difficile non esserlo, ne hanno parlato tutti i notiziari.»

«Posso chiederle se conosceva le due vittime, signore?»

«Assolutamente no. O meglio, una volta ho provato a parlare con Wenceslas, ma non sono mai riuscito a superare le guardie del corpo. In seguito, ho parlato di lui in termini non esattamente lusinghieri in un articolo che ho scritto, circa cinque anni fa, sui predicatori evangelici più ricchi del mondo.»

«Forse li ha messi in imbarazzo, signor Hunter?»

«Sì, hanno minacciato di far causa a me e al giornale. Poi credo ci abbiano ripensato.»

«Potrebbe averli turbati al punto da desiderare di ucciderla?»

«Temo di turbare parecchie persone nel mio lavoro» rispose. «Ma l'episodio risale almeno a cinque anni fa, se non sei. Se li avessi davvero infastiditi al punto di volermi uccidere, adesso sarei già morto.»

«Temo che questo non corrisponda alle informazioni in mio possesso, signor Hunter. Da quello che i nostri esperti di informatica sono riusciti a recuperare dai loro computer finora, riteniamo possano esserci rischi per la sua sicurezza.»

«Può spiegarmi meglio?».

«Temo di non avere altri dettagli, al momento, signore. Lei non ha avuto contatti recenti con il pastore o la Wesley Wenceslas Ministries, contatti che avrebbero potuto rinfocolare la loro rabbia nei suoi confronti?»

«No, nessuno. Immagino che adesso che Wenceslas è morto, la minaccia non sussista più.»

«Lo speriamo, signore, ma non lo sappiamo per certo. Vorremmo che rilasciasse una dichiarazione e sto chiedendo alla polizia del Sussex di mandare due agenti a incontrarla.»

«Sì. Io, io... potrei vederli, ma parto per l'America domani.»

«Le lascio il mio numero, signor Hunter. Potrebbe chiamarmi al suo ritorno?»

«Certo. Può dirmi... mi sta dicendo che qualcuno ha messo una specie di taglia sulla mia testa? Lei che cosa sa?»

«Niente più di quanto le ho detto, signore. Abbiamo trovato solo allusioni finora, i tecnici informatici non hanno recuperato riferimenti puntuali. Non voglio preoccuparla in maniera ingiustificata, ma verrei meno ai miei doveri se non la avvertissi. Le suggerisco di stare particolarmente attento fino a quando non scopriremo se c'è dell'altro. E stia tranquillo, nel momento stesso in cui troveremo ulteriori informazioni, glielo farò sapere. Quando sarà in America, potrò contattarla a questo numero?»

«Ventiquattro ore su ventiquattro.»

Ross terminò la chiamata. Il pastore Wesley Wenceslas aveva ordinato di ucciderlo? Cinque anni dopo il suo articolo sui predicatori fasulli e profittatori? Certo, la vendetta è un piatto che va gustato freddo, ma cinque anni erano troppi perché l'ordine di ucciderlo fosse legato a quell'articolo. Tutto lasciava pensare che ci fosse un collegamento con ciò che stava facendo adesso.

Guardò la pagina Facebook del pastore e vide moltissime manifestazioni di dolore. Tutti i post esprimevano shock, incredulità e tristezza. Poi passò al sito web di Wenceslas, dove un link lo portò sul canale YouTube del pastore. C'era una funzione di preghiera nella sua chiesa di Londra, guidata da uno dei suoi tirapiedi e la telecamera inquadrava un mare di visi in lacrime.

Fissò la strada sottostante. Tutto era molto tranquillo per un sabato pomeriggio, probabilmente perché il Brighton non giocava all'Amex Arena, ma era in trasferta.

Perché mai Wenceslas e la sua organizzazione lo volevano morto?

Il pastore era preoccupato delle conseguenze delle scoperte di Ross per il suo impero?

Aprì il file con i suoi appunti su tutta la storia e, nelle successive due ore, rimase seduto a scrivere. Continuò il diario degli eventi che aveva cominciato sul treno per Birmingham, e gli sembrò che fossero passati eoni. Poi spedì quello che aveva scritto alla sua caporedattrice insieme a un'email di accompagnamento:

Cara Natalie, tutto quello che troverai in allegato non è roba da pubblicare. Te lo invio solo per sicurezza. Ho ricevuto una minaccia di morte credibile. Spero di riuscire presto a mandarti qualcos'altro. Per il momento tieni questo e, se mi dovesse succedere qualcosa, qui avrai del buon materiale!

Scese al piano di sotto, infilò gli stivali, mise il guinzaglio a Monty, prese la torcia e uscì nel crepuscolo.

Attraversarono il ponte pedonale, poi Ross lasciò scorrazzare Monty nei prati, camminandogli accanto nel vento tempestoso.

Riteniamo possano esserci rischi per la sua sicurezza.

Ripensò al suo incontro con Benedict Carmichael, il vescovo di Monmouth, e al suo avvertimento.

Vuoi sapere cosa penso davvero, in tutta sincerità? Cosa credo succederebbe se qualcuno di credibile affermasse di avere la prova assoluta dell'esistenza di Dio, Ross? Penso che quella persona verrebbe uccisa.

Adesso Wenceslas era morto. Assassinato. Chi lo aveva ucciso e perché?

Mentre camminava e inalava i profumi della campagna, guardò verso le luci di una lontana fattoria e si sentì molto solo. Ripensò al pranzo con Imogen, con quell'estranea infuriata che era sua moglie. L'estranea infuriata che aspettava suo figlio.

Prendere i soldi di Silvestri? Mettere fine a tutti i loro problemi economici e ricominciare daccapo? Potevano vendere la loro casa e traslocare in un altro paese, il loro sogno da tanto tempo. Ma Ross tornava sempre allo stesso punto. Poteva trascorrere il resto della vita a rodersi nel dubbio perché aveva scelto di vendere l'anima per trenta denari?

116

Sabato 18 marzo

Un'ora più tardi, guidato dalla luce della torcia, Ross tornò attraverso i campi. Quando raggiunse la staccionata prima della strada principale, chiamò Monty e gli riagganciò il guinzaglio. Attraversarono il ponte sopra l'autostrada e passando per le strette strade di Patcham rientrarono a casa. Non appena raggiunse la porta, alle sue spalle brillarono dei fari.

Si voltò.

Una limousine si fermò accanto al marciapiede: la stessa Mercedes con targa diplomatica di tre sere prima. La portiera posteriore si aprì e ne scese Giuseppe Silvestri.

«Ah, signor Hunter.»

«Buonasera, signor Silvestri.»

«È un momento adatto per fare una chiacchierata?»

«No, direi proprio di no.»

«Le chiedo soltanto qualche minuto.»

«Mi dispiace, non è il momento giusto.»

«Signor Hunter, so cosa sta facendo.»

«Sul serio?»

«Lei non si rende conto del danno che provocherà. La prego di ascoltarmi.»

«Sto ascoltando. Danno a cosa?»

Silvestri si guardò intorno, a disagio. «Non credo che sia il posto migliore per parlare. Vorrei continuare la nostra discussione di prima.»

«Di quale danno sta parlando? Danno a cosa esattamente?» ripeté Ross.

«A tutte le nostre religioni, a tutti i sistemi di fede nel mondo.»

«Davvero? Ai sikh, per esempio? Non credo che la prova

dell'esistenza di Dio li danneggerebbe. Il loro dio è in tutto. E *sanno* che esiste.»

«Signor Hunter, farebbe meglio a non mettersi contro la Chiesa cattolica.»

«È preoccupato di perdere il monopolio, signor Silvestri? Più che un uomo di Dio, lei mi sembra un negoziatore della mafia che viene a farmi un'offerta che non posso rifiutare. Credevo che i giorni dell'Inquisizione fossero ormai passati da tempo.»

«Signor Hunter, il mondo vive in tempi bui. Sentiamo cose, sappiamo cose, abbiamo orecchie ovunque. Siamo il collegamento diretto con Dio.»

«Che cosa vuole da me? Il calice e i resti del dente che potrebbero contenere il DNA di Gesù Cristo? Come mai siete tanto interessati a ottenerli?»

«Gesù Cristo è fondamentale per la religione cristiana, per la nostra esistenza.»

«E se Lui fosse tornato proprio adesso?»

«Sulla Terra?» Silvestri lo guardò dubbioso. «Gesù Cristo tornato sulla Terra? Signor Hunter, credo che saremmo i primi a saperlo.»

«In tal caso non ha nulla di cui preoccuparsi.» Ross fece un sorriso gentile, aprì la porta, fece entrare Monty e lo seguì. Poi la richiuse alle spalle e mise il chiavistello di sicurezza.

Sganciò il guinzaglio, corse nel suo studio senza accendere la luce e sbirciò fuori dalla finestra in strada. Osservò Silvestri restare fermo per qualche istante, esitare, poi tornare lentamente alla limousine e salire a bordo.

La macchina si allontanò.

Ross accese la lampada della scrivania, si accomodò e accese il computer.

C'era un'email del suo contatto all'LAPD, l'ispettore Jeff Carter.

Ross, chiamami quando arrivi in città. Credo di aver trovato il tuo uomo.

117

Domenica 19 marzo

Non sapendo quanto si sarebbe fermato a Los Angeles, Ross aveva infine optato per una valigia abbastanza grande, da stiva. Visto che mancava poco più di un'ora al suo volo, andò da WHSmith, dove comprò diversi giornali della domenica, poi in una caffetteria a prendere un caffè e una brioche.

Trovò un tavolo, si sedette, esaminò la prima pagina dell'*Observer* e cominciò a sfogliarlo.

E si fermò.

Una pagina intera sul pastore Wesley Wenceslas. Immagini di uomini e donne in lacrime che partecipavano a una funzione nella sua chiesa di Londra. E l'articolo sotto, che citava diverse dichiarazioni dell'ispettore Simon Cludes.

> Al momento non abbiamo indizi su chi potrebbe aver commesso questo terribile crimine contro un uomo di Chiesa tanto popolare e il suo fidato braccio destro. Faccio un appello: chiunque abbia informazioni si faccia avanti oppure, se preferisce restare anonimo, chiami il numero indicato sotto.

Ross non riuscì a frenare il suo naturale scetticismo. *Un uomo di Chiesa tanto popolare*? Ma davvero?

Ispettore Cludes, che ne direbbe invece di *Uno squallido e incallito imbroglione arraffasoldi che ti sfila dal portafoglio venticinque sterline per pregare su un pezzo di stoffa?*

Poco dopo i suoi pensieri furono interrotti da una voce familiare alle sue spalle.

«Oggi niente ostriche?»

Si girò sullo sgabello.

Era Sally Hughes.

«Ehi» la salutò. «Che ci fai qui?»

«Probabilmente quello che fai tu. Devo prendere un aereo.»

«Ti offro qualcosa da bere. Hai tempo? Tè o caffè?»

«Sto bene così, grazie.» Si accomodò sullo sgabello accanto al suo. Indossava una giacca di camoscio, jeans e stivali e sulla spalla aveva una borsetta molto elegante.

«Che coincidenza! Dove stai andando?» chiese lui.

«A Los Angeles, e tu?»

«Vai a Los Angeles?» le chiese stupefatto.

«La mia radio vuole che vada a tastare il polso dell'opinione pubblica sul clima politico attuale.»

«Los Angeles è una roccaforte democratica. Non credo che laggiù troverai molti ammiratori di Trump.»

«E tu dove stai andando?» gli chiese.

«Puoi non crederci, ma anch'io vado a Los Angeles!»

«Ma non è possibile! Su che volo sei?»

«BA 201.»

«Davvero?»

«Sì.»

«Anch'io. Tu probabilmente sei in prima o in business, o almeno in Premium Economy» commentò lei.

«Scherzi? Sono in economica, come dire in fondo all'autobus. Tu?»

«Anch'io nel ghetto.»

Lui sorrise. «Che numero di posto?»

Sally prese la carta d'imbarco. «43B.»

Ross prese la sua, la guardò poi gliela mostrò.

«Sono proprio davanti a te!»

Lui era al 44B.

Troppo strano, pensò Ross. Non era una semplice coincidenza. Sally aveva in mente qualcosa.

118

Domenica 19 marzo

«Cos'è questo?» disse Bloor sdegnato mentre, a bordo del Gulfstream, la hostess gli porgeva un vassoio di panini.

«Il suo pranzo, signore» rispose lei educata. «Salmone affumicato, insalata di pollo, uova con maionese, hummus e pomodori.»

«Cristo! Mi aspetto qualcosa di simile su un volo commerciale in classe economica, non su un jet privato.»

Julius Helmsley, seduto di fronte a lui, cominciò a togliere la pellicola protettiva dal vassoio. «Capo, sui jet piccoli è diverso.»

«Davvero?» ribatté Bloor furioso. «Paghiamo un mucchio di soldi per un jet privato e ci portano uno schifo di panino?»

«Non ho avuto tempo di organizzare un banchetto di cinque portate.»

«Avremmo mangiato meglio in prima sulla British Airways a un quarto del prezzo di questo volo.»

«Tu volevi arrivare a Los Angeles prima di Hunter, Ainsley. Ed è quello che stiamo facendo. Rilassati. Calmati! Magari la prossima volta noleggiamo un aereo più grande.»

«Hunter ci sta ancora creando difficoltà?»

«Lasciamolo fare, e poi saremo noi a creare difficoltà a lui» rispose Helmsley. «Difficoltà che nemmeno si immagina. Ma non è ancora il momento. Per ora abbiamo allineato le nostre pedine. Sappiamo in quale albergo alloggerà e dove ha intenzione di andare.»

«Più o meno» gli rammentò Bloor.

«Be', abbiamo la nostra informatrice che è compensata in modo più che adeguato» rispose Helmsley sorridendo.

«Bel lavoro quello, Julius.»

«Siamo in ottima posizione per tenerlo d'occhio e, con un po' di fortuna, saremo un passo avanti a lui nel momento del bisogno, ovvero probabilmente domani.»

«E poi?»

Helmsley sorrise di nuovo. «Hunter, lo sappiamo, crede che Gesù Cristo sia tornato e si trovi a Los Angeles, e pensa che un tizio che conosce all'LAPD lo stia aiutando a rintracciarlo. Se Cristo in persona, o un credibile impostore, è davvero a Los Angeles, Hunter ci porterà dritto da lui.»

Bloor annuì. «E poi cosa prevede il nostro piano?»

«Ciao ciao, Hunter.»

«E poi negoziare con Gesù Cristo perché diventi testimonial della Kerr Kluge?»

«Vedremo.» Helmsley addentò un panino e un pezzetto d'uovo cadde sul tovagliolo. «Molto dipende da quanto è significativo il DNA.»

«A dire il vero non riesco a credere a quel che stiamo facendo, Julius. Non è che questa faccenda si rivelerà la più grande presa per il culo al mondo? Attraversare mezzo mondo per trovare una persona che potrebbe, o forse no, avere parte del DNA di Gesù Cristo?»

«Le cose non stanno così, Ainsley. Tutti abbiamo una parte del DNA dei nostri antenati. Qui stiamo parlando di una firma genetica unica nel DNA mitocondriale e nell'Y-STR di Delaney, identica a quella di Gesù. C'è una bella differenza.»

«Sì, e le probabilità che qualcosa di simile accada non sono una su dieci miliardi, o qualcosa di simile?»

«Le probabilità sono anche inferiori. Ma sì, sono d'accordo, potrebbe essere la più inimmaginabile delle coincidenze. In ogni caso, se vogliamo essere realisti, le probabilità che le linee matrilineari e patrilineari convergano nello stesso individuo oltre duemila anni dopo Cristo sono enormemente basse.»

«Io continuo a insistere sul fatto» replicò Bloor, «che se

si tratta davvero del figlio di Dio, si sta avvicinando ai settant'anni. Come mai ha passato la vita restando nell'ombra? Quel ridicolo libro di favole che leggono i cristiani dice che il Secondo Avvento sarà preceduto da ogni genere di segni: presagi, guerre, catastrofi, il giudizio universale imminente, e via così.»

Helmsley lo guardò cupo. «E non credi che questo sia esattamente lo stato in cui si trova il mondo?»

«Se è per questo, c'è da sempre, in questo stato.»

«Non sono d'accordo. L'intero ordine del mondo sta andando a pezzi. Siamo tornati agli anni Trenta. Malcontento, rabbia, la gente che si sente privata dei propri diritti, despoti che hanno potere sulle nazioni, odio tra le religioni, tumulti. Forse stava aspettando il momento opportuno, e adesso è arrivato.»

«Julius, mi pare di ricordare che il Secondo Avvento è considerato il ritorno, alla lettera, di Gesù Cristo sulla Terra come re, carico di potere e gloria, per poter regnare per un migliaio di anni. Se si avvicina ai settanta, è meglio che cominci.»

«Ha già avuto risultati migliori dell'ultima volta, quando è arrivato solo a trentatré anni.»

«Ok, penso che nei prossimi due giorni scopriremo se è proprio lui o meno» rispose Bloor.

«Sì.»

«E se è davvero lui, Julius?»

«Per un ateo come te, sarebbe un bel problema, vero?»

119

Domenica 19 marzo

Big Tony si sentiva molto rilassato mentre finiva il terzo bicchiere di Roederer d'annata. All'imbarco aveva visto Ross Hunter nella lunga fila della classe economica.

Goditi il volo, amico. Goditi le tue ultime ore sulla Terra!

Trovò uno scampo nell'insalata e lo inforcò. Un po' troppo freddo per i suoi gusti, ma lo champagne lo innaffiò egregiamente.

Provava la tentazione di percorrere il corridoio per vedere come se la stava cavando il suo obiettivo, ma la prudenza ebbe la meglio. Inutile correre rischi non necessari, comunque Ross Hunter non sarebbe andato da nessuna parte, e lui aveva tutto il tempo del mondo.

Fece schioccare le dita per chiamare una hostess che arrivò con un altro bicchiere di Roederer.

Magia!

«Magia» disse Ross a Sally – che era riuscita a scambiare il posto con un altro passeggero – sollevando il bicchiere di plastica con lo champagne che lei gli aveva offerto. «Ma dimmi di preciso com'è andata.»

«Non saprei, ma è molto bello» gli rispose Sally con un gran sorriso. Chinò la testa verso di lui. «Magari il destino ci ha messo insieme? Ne sono molto felice» disse appoggiando una mano perfettamente curata sul bracciolo tra di loro.

Lui la strinse, stando al gioco. «Anch'io, se solo non fossi sposato.»

Lei sorrise. «Capisco e rispetto la tua moralità, ma fammi sapere se mai cambiassi idea.»

«D'accordo!» esclamò Ross ricambiando il sorriso. «Mai dire mai...»

Arrivò il pranzo.

Appena finito di mangiare, Ross si addormentò, svegliandosi due ore più tardi. Sally era seduta con indosso le cuffie e stava guardando un film che lui non conosceva.

Prese il portatile dalla tasca davanti a sé e lo aprì il più possibile, dato che il passeggero di fronte aveva reclinato il sedile. Sentiva le gambe rigide, e si mise a rileggere in quel modo scomodo la storia che aveva scritto fino ad allora, poi cominciò a digitare, partendo dall'email del poliziotto di Los Angeles che pensava di aver trovato Michael Delaney.

Evitò di menzionare che Sally Hughes era sull'aereo con lui.

Poi richiamò la mappa della parte di West Hollywood che aveva scaricato da Google Earth e studiò la rete stradale. Si mise a riflettere.

Los Angeles?

Se Gesù Cristo era davvero tornato, come mai aveva preferito Los Angeles al Monte degli Ulivi in Terrasanta come profetizzava la Bibbia?

Dal Monte degli Ulivi al Monte degli Agrifogli, come suggeriva il significato letterale del nome Hollywood? C'era un significato?

Poi si accorse che Sally sbirciava il suo schermo.

Lei sfilò le cuffie. «Cosa stai cercando? Sei molto misterioso sui motivi che ti portano a Los Angeles. Posso provare a indovinare?»

«Vai.»

«La terza serie di coordinate del tuo amico, il professor Cook?»

«Potrebbe essere» le rispose evasivo, ma sorridendo.

«Il luogo del Secondo Avvento?»

«Pensi seriamente che, con tutti i posti che ci sono al mondo, Lui sceglierebbe Los Angeles per tornare sulla Terra?»

«A dire il vero sì» rispose lei.

«Come mai?»

«Se io fossi Gesù e volessi avere il massimo impatto sul mondo, l'America sarebbe un'ottima scelta. Negli ultimi duemila anni le opzioni a mia disposizione si sarebbero ridotte, e penso che sceglierei la nazione che conserva una delle più forti tradizioni cristiane e che ha la maggiore influenza sul mondo. Se fossi Dio e volessi che mio Figlio godesse della massima pubblicità possibile, credo che Lo manderei in una delle capitali mondiali dei media. E Los Angeles è tutto questo.»

«E se io fossi Satana e volessi mandare il Grande Impostore in qualche luogo della Terra dove potesse ottenere la massima esposizione globale, potrei scegliere lo stesso posto» replicò lui.

«È questo ciò che pensi, Ross? Il motivo per cui vai a Los Angeles? Per smascherare un impostore? Satana che inganna l'umanità con un finto Secondo Avvento?»

«Sono un giornalista, Sally, non un oracolo. Mi limito a seguire le tracce, le storie. Non so cosa troverò, ammesso di trovare qualcosa.»

«Mettiamola così, se trovassi la persona che stai cercando, come farai a sapere qual è la verità?»

«C'è un antico detto dei popoli della Mesopotamia, secondo cui tra la verità e la menzogna ci sono in mezzo quattro dita. Se prendi le misure, scoprirai che è la distanza fra gli occhi e le orecchie.»

Lei lo guardò. «Tra ciò che senti e ciò che vedi?»

«Esattamente, ed è un principio al quale mi sono attenuto in tutta la mia carriera. Le voci che senti e la verità che vedi di persona.»

«Se dovessi scoprire la verità, me lo dirai?»

Ross la fissò. In quel momento il passeggero davanti a lui reclinò ulteriormente il sedile spingendo il coperchio del suo portatile fino al punto di coprire quasi interamente lo schermo. «Lo dirò a te e a tutto il mondo.»

Lei sollevò una mano, come per avvertirlo. «Mi prometti una cosa?»

«Cosa?»

«Nel caso si tratti di una verità sgradevole, me lo dirai? Non voglio una fatwa contro di te, come è successo a quello scrittore, Salman Rushdie. Vorrei essere la prima a saperlo, va bene?»

«Va bene.»

«Dico sul serio.»

«Anch'io.»

«Promesso?»

Ross sollevò il braccio destro. «Parola di scout!»

120

Domenica 19 marzo

Fratello Peter Stellos scese dall'aereo a Heathrow nel tardo pomeriggio. Portava la stessa borsa di pelle che aveva quando era arrivato al Monte Athos, ma era più leggera di allora, perché conteneva soltanto la sua Bibbia, lo spazzolino e il dentifricio. Aveva indosso praticamente ogni abito che possedeva: la tonaca nera e il *kamilavkion*, oltre a un paio di scarpe nere. Ed era tutto.

Si diresse al controllo passaporti e rimase stupito: la folla intorno a lui, i cartelli, i percorsi obbligati. Era strano essere tornati in un mondo pieno di rumori e colori. Le donne: finché non era arrivato all'aeroporto di Salonicco qualche ora prima, non ne vedeva da dieci anni. E nemmeno bambini, gente che correva o cani.

Rimase fermo senza riuscire a muoversi. Non osava fare un passo. Sentiva intorno l'andirivieni della folla come un peso enorme che lo soffocava. Poco mancò che gli venisse un attacco di panico, e faticava a respirare.

Il primo istinto fu quello di voltarsi e tornare di corsa all'aereo dal quale era appena sbarcato, pregando che lo riportassero a casa.

Ma aveva fatto una promessa a suo cugino, fratello Angus. Ed era convinto che non esistesse peccato peggiore che infrangere una promessa, una promessa agli occhi di Dio.

«Posso aiutarla?» chiese una donna in uniforme.

Lui allargò le braccia. «Io… immagino di essere un po' confuso.»

«Vive nell'Unione europea, signore?»

«Sì, sì, ma ho un passaporto americano, nuovo, emesso tramite l'Ufficio pellegrini di Salonicco.»

Lei indicò un banco. «Vada da quella parte e si metta in coda là.»

La ringraziò e avanzò nella fila. Venti minuti più tardi era di fronte allo sportello del controllo passaporti e presentò il documento.

L'uomo lo studiò con attenzione poi chiese: «Peter Stellos?»

«Sì.»

«Bene, mi spieghi come mai è vestito così.»

«Sono un monaco della comunità greco-ortodossa del Monte Athos, in Grecia.»

«E che cosa la porta in Inghilterra?»

«Vengo su richiesta di mio cugino, anche lui monaco, che è in punto di morte.»

«Mi dispiace.»

Il funzionario gli restituì il passaporto e gli fece cenno di andare.

Seguì la corsia NIENTE DA DICHIARARE ed entrò nella zona duty-free, dove venne fermato da un uomo che vendeva i biglietti dell'Heathrow Express per il centro di Londra. Ne acquistò uno.

Uscendo nella sala degli arrivi, rimase fermo per un istante, sconcertato. Le persone lo superavano veloci, tutti diretti di corsa chissà dove, molti tenevano un piccolo telefono premuto all'orecchio, alcuni preoccupati, altri felici. Fissò una marea di cartelli tenuti in alto da uomini in abito da ufficio. Abbracci, uomini d'affari diretti verso gli autisti. Percepiva un senso di anticipazione, riunione, fretta.

Lui fretta non ne aveva.

Per lui il tempo si era fermato.

Dieci anni che erano passati veloci nel silenzio.

Dieci anni durante i quali il mondo era cambiato molto, mentre lui era lo stesso di sempre. Dieci anni trascorsi a servire Dio, a pregare per il mondo.

Si guardò intorno con un'improvvisa, irrazionale vampata della rabbia di un tempo. Qualcuno di quelli sapeva che lui pregava per loro? Ogni giorno, quattordici ore al giorno. Ma lo apprezzavano?

Alzò lo sguardo verso i tabelloni cercando l'indicazione per i treni. In quel momento un omone che trascinava una valigia lo urtò, facendolo quasi cadere, ma proseguì senza neppure scusarsi.

Per un attimo ebbe voglia di urlargli dietro, poi rammentò quello che gli aveva detto l'abate non molto tempo prima, dopo che aveva dato il pugno al giornalista. Una massima buddista: «Tutti quelli che incontri combattono una battaglia della quale non sappiamo niente. Sii gentile con tutti».

Pete si calmò, poi si sentì percorso da un brivido freddo, come se fosse accaduto qualcosa di brutto.

Suo cugino?

Pochi giorni prima, quando avevano parlato al telefono, Angus gli era sembrato una persona molto diversa dall'uomo che ricordava. La voce era debole, priva di energia e di gioia.

Pete chiuse gli occhi per un istante e pregò. Pregò che suo cugino Angus fosse ancora vivo.

Quella notte avrebbe dormito in un albergo che gli aveva gentilmente prenotato l'Ufficio pellegrini di Salonicco, non lontano da Victoria Station dove, il mattino successivo, avrebbe preso il treno per il Sussex. Aveva detto all'abate che sperava di prendere il volo di ritorno quello stesso pomeriggio.

Anche se Pete aveva altri progetti.

121

Domenica 19 marzo

Dopo lo sbarco, Ross cominciò il lungo percorso nella zona immigrazione. Si sentiva ubriaco di stanchezza.

In tempi normali, quando riaccendeva il telefono dopo un volo, gli arrivava un messaggio di Imogen, ma in quel momento non ricevette nulla da lei. Sempre in tempi normali, lui le avrebbe inviato un SMS dicendo che era atterrato sano e salvo, seguito dai baci. In quel momento non era dell'umore per farlo. Forse era ancora arrabbiato dopo il pranzo del giorno precedente, oppure apprezzava troppo la compagnia di Sally: non sapeva esattamente quale delle due cose.

Mentre attendevano insieme al ritiro bagagli che il nastro cominciasse a girare, Ross calcolò mentalmente la differenza di orario. Il volo era durato undici ore, e a Los Angeles erano le quattro del pomeriggio. In Inghilterra era tarda serata, troppo tardi comunque per mandare un messaggio, si giustificò.

Un uomo di bassa statura con una giacca di tweed, una polo e pantaloni kaki era in piedi subito dietro di loro, senza farsi notare, e teneva in mano il telefono. Aveva acceso il Bluetooth e stava cercando gli altri apparecchi. Nella lista di oltre venti che apparve sul suo schermo, uno diceva: IPHONE DI ROSS.

Big Tony sorrise e premette un paio di tasti.

«Hai progetti per cena?» chiese Sally.

Lui scrollò la testa e soffocò uno sbadiglio. «Immagino che sia quasi mezzanotte per il fisico. Non avevo pensato di mangiare, ma un cocktail potrebbe starci, forse.»

«Quando lavoravo alla CNN, c'è stato un periodo in cui

andavo avanti e indietro oltreatlantico. E ho scoperto che il modo migliore per sconfiggere il jet lag è restare svegli fino a quando si riesce, poi alzarsi presto, uscire alla luce del giorno e fare una lunga passeggiata. Se andassi a letto adesso, ti sveglieresti alle tre di notte per poi sentirti da schifo. Va' a registrarti in albergo, poi ci vediamo nel bar del tuo: sei al Beverly Hilton, vero?»

«Sì.»

«Un paio di cocktail e dormirai come un agnellino, garantisco.»

«Davvero?»

«Fidati, sono una presentatrice radiofonica.»

«E un'autorità internazionale sul jet lag?»

«Anche.»

Ross aveva prenotato una macchina a noleggio e offrì un passaggio a Sally. Guidò seguendo il navigatore e cercando di abituarsi ad auto e strade diverse, e fissando un paesaggio che nulla aveva in comune con quello del Regno Unito. Era stato a Los Angeles cinque anni prima, e gli era piaciuta molto. Rivide mentalmente le immagini di film e serie televisive ambientati lì.

Lasciò Sally in un albergo molto elegante, lo Shutters on the Beach di Santa Monica. Prima di ripartire digitò il numero dell'ispettore dell'LAPD.

Una voce brusca, ma amichevole, rispose al secondo squillo. «Jeff Carter.»

«Ciao, sono Ross Hunter.»

«Sei in città, amico?»

«Appena atterrato.»

«Benvenuto a Los Angeles! Hai programmi per stasera?»

«No, niente che non possa rimandare.»

«Bene, in che albergo sei?»

«Al Beverly Hilton.»

«Ci vediamo lì per una birra alle sette?»

«Sarebbe fantastico, grazie.»

«Nessun problema, amico.»

Ross terminò la telefonata e mandò un messaggio a Sally.

> Mi dispiace molto, stasera non riesco. Il mio contatto in polizia vuole incontrarmi per qualche informazione. Cena domani?

Pochi istanti dopo lei rispose.

> Per me va bene. Chiamami dopo, mi piacerebbe sapere cosa ti ha detto. Magari un drink sul tardi se sei ancora dell'idea? Sta' attento. XX

Arrivato in camera, Ross decise di dover mandare un messaggio a Imogen.

> Arrivato bene. X

Rimase sorpreso perché lei lo chiamò quasi subito.

«Ciao» esordì in tono ben più amichevole rispetto al loro pranzo.

«Sei ancora sveglia così tardi?»

«Sono preoccupata per te, Ross. Come stanno andando le cose? Hai sentito il tuo poliziotto?»

«Lo vedo qui in albergo più tardi.»

«Fantastico, poi mi chiami?»

«Potrebbero essere le tre o le quattro del mattino per il tuo fuso orario.»

«Giusto, allora mandami un'email. Voglio sapere tutto.»

«Certo.»

Ross disfece i bagagli, si spogliò e rimase a lungo sotto la doccia per rinfrescarsi. Sei piani sopra di lui, in una stanza molto più grande e pomposa, anche Big Tony stava facendo la doccia. Con il traffico imprevedibile di quella città, aveva creduto fosse meglio restare vicino al suo obiettivo, anche se ormai il telefono di Ross era i suoi occhi e le sue orecchie. Big Tony poteva sentire tutte le conversazioni e vedere su una mappa dove si trovava Ross Hunter, con una precisione di tre metri. Doveva solo sperare che Ross non perdesse il telefono e non lo facesse cadere nel gabinetto. A lui una volta era successo.

Qualche minuto prima delle sette, rinfrescato e con abiti puliti, Ross scese ed entrò nel bar. Si accomodò a un tavolino d'angolo su una sedia di cuoio, passò in rassegna la lista dei cocktail, poi ordinò una birra.

Qualche minuto più tardi un uomo sulla cinquantina, capelli a spazzola, giubbotto, T-shirt nera, jeans e scarpe da ginnastica che sembravano nuove, entrò con calma e si guardò intorno. Fissò Ross e si diresse subito verso di lui.

«Ross?»

Ross si alzò. «Jeff?»

Anche se si erano parlati un paio di volte, quando lui lavorava al suo articolo sugli stalker delle celebrità, non si erano mai incontrati.

Ross ordinò una birra per Carter, poi si sedettero uno di fronte all'altro. In attesa della birra, parlarono del più e del meno, del volo, del tempo in Inghilterra. Ross cercò di capire la sua posizione sulla diffusione delle armi in America, ma l'altro fu evasivo. Quando infine Carter ebbe il bicchiere in mano, disse: «Michael Delaney? Giusto?»

«Sì.»

«Ti dispiacerebbe spiegarmi il tuo interesse per lui?»

«Oh, sto scrivendo un articolo per uno dei giornali con cui collaboro, il *Sunday Times*.» Poi esitò. «Sui predicatori evangelici truffaldini che usano la magia, i giochi di prestigio, nel loro lavoro.»

«Be', io ho controllato il nome Delaney e nessun predicatore evangelico si chiama così. La corrispondenza che abbiamo, e che definirei significativa, è per un ex prestigiatore, predicatore laico a tempo perso, che porta quel nome. Mike Delaney, nato nel 1947. Aveva un suo show in televisione con il nome d'arte di Mickey Magic, fino a quando, circa vent'anni fa, è stato licenziato.»

«Sai per quale motivo?»

«Non ufficialmente per problemi con la bottiglia, o almeno così si sente dire. Era alcolizzato e riusciva ad affrontare il pubblico solo se era sbronzo. Ma non sono stato io a dirtelo, mi raccomando.»

Ross si prese le labbra tra le dita a indicare che erano cucite.

«Nel marzo 2014 è stato arrestato a West Hollywood e accusato di guida in stato di ebbrezza dopo un incidente: è passato con il rosso ed è finito addosso a un camion della spazzatura.»

«Non il bersaglio migliore.»

Carter fece un sorriso sardonico. «Se proprio ti devono centrare la fiancata, immagino che un camion della spazzatura sia uno dei mezzi più sicuri in cui trovarsi. L'autista è stato fortunato, e nessuno si è fatto male a parte Delaney e la sua patente.»

«Nel messaggio mi dicevi di averlo trovato: sai dov'è?»

«Quello che ti posso dire dai documenti della Previdenza sociale è che Delaney lavora per un ente benefico vicino al Mercato contadino di Fairfax e West Third.»

«Un ente benefico?»

«Un centro di disintossicazione per tossicodipendenti gestito dalle suore. Il La Brea Detox Sisters Rehab Center.»

Ross trascrisse tutto. «Interessante, grazie. È fantastico.»

Il detective studiò Ross. «Non credo gli caverai molto per il tuo giornale.»

«Al contrario.» Ross sorrise, ma Carter non ricambiò. «Mi è di grande aiuto, Jeff.»

«Davvero? Se cerchi dei predicatori evangelici truffaldini, ne teniamo d'occhio a decine.»

«Potrei tornare a chiederti i nomi.»

Carter lo fissò. «C'è forse un altro motivo per cui vuoi vedere quel Delaney? Un motivo che non mi dici, Ross?»

«No, è la mia caporedattrice, che ha il pepe al culo perché lo veda. Sono tutti così: si aggrappano a un'idea e deve essere quella.»

L'ispettore annuì. «C'è altro che posso fare per te mentre ti trovi nella Città degli Angeli?»

«Hai l'indirizzo di casa di questo Delaney, Jeff?»

«Ho parlato con la suora che dirige il centro di disintossicazione. Crede che abbia una stanza in affitto da qualche parte nel quartiere, ma non sa dove.»

«Grazie ancora, apprezzo che tu sia venuto fin qui la domenica sera.»

«Non è un problema» rispose Carter finendo la birra.

«Un'altra?» chiese Ross.

«Grazie, ma penso sia meglio che vada. Mio figlio ha appena cominciato la scuola e la domenica sera è un po' triste. Gli ho promesso che sarei tornato in tempo per leggergli una storia. Tu hai figli?»

«Uno in arrivo.»

«Allora devi ancora provarle tutte.»

Si strinsero la mano e l'ispettore se ne andò. Ross ordinò un'altra birra, poi uscì a fumare una sigaretta nell'aria tiepida della sera. Osservò il traffico su Wilshire Boulevard e il flusso continuo di macchine e taxi che si fermavano all'albergo.

Quando ebbe finito, chiamò Sally e l'aggiornò per vedere la sua reazione.

«Sicuro di non aver voglia del bicchiere della staffa?» chiese lei.

Ross esitò. Lo tentava, ma si sentiva ormai esausto. «Mi piacerebbe molto, ma sono proprio stremato. Non vorrei cadere addormentato addosso a te.»

«Non te lo permetterei!» rispose per prenderlo in giro.

Ross fece un gran sorriso. Lei lo faceva ridere e questo gli piaceva molto.

«Cena domani?» chiese.

«Già prenotata, in un posto che mi hanno consigliato alla reception» fu la risposta di Sally.

«Non vedo l'ora.»

«Anch'io.»

Tornò dentro, finì la seconda birra riflettendo su quello che gli aveva detto Carter, poi salì in camera e mandò a Imogen un'email raccontandole tutto. Sfinito, si spogliò, lavò i denti, puntò la sveglia e crollò addormentato.

Big Tony rimase ad ascoltare il suo respiro pesante per qualche minuto, fino a quando si convinse che dormiva sodo. Poi staccò il collegamento, prese una mignon di whisky dal frigobar e fece un paio di telefonate.

122

Lunedì 20 marzo

Poco prima di mezzogiorno, il taxi che fratello Pete aveva preso arrivando alla stazione di Horsham rallentò. Stavano percorrendo una strada di campagna a due corsie fiancheggiata da siepi.

Davanti a loro un cartello bianco sbucava da una bordura d'erba incolta.

Sopra le parole CERTOSA DI ST HUGH c'era la semplice croce dell'ordine certosino con il simbolo del globo. Fratello Pete rammentava le parole che rappresentava.

Stat crux dum volvitur orbis.

La croce è salda mentre il mondo gira.

Il taxi svoltò a destra nel viale, poi passò sotto l'arcata di un'elegante portineria. Circa duecento metri davanti a loro c'era uno splendido edificio. La parte centrale era una torre sormontata da tre guglie e, ai due lati, le ali si estendevano per svariate centinaia di metri.

Si fermarono di fronte al portone di quercia.

Fratello Pete pagò l'autista, si avvicinò al portone e tirò la grossa maniglia del campanello.

Sentì un lieve tintinnio, seguito da un altro, poi un uomo paffuto sulla sessantina in tonaca bianca gli aprì e sorrise. «Sono padre Raphael, il priore. Cosa posso fare per te?» chiese.

«Sono fratello Pete, Pete Stellos, e vengo dal monastero di Simonopetra, nella comunità monastica del Monte Athos. Sono venuto per vedere mio cugino, fratello Angus.»

«Ma certo, ti stavamo aspettando.» Poi cambiò espressione, facendosi più serio. «Ti prego, entra.»

Fratello Pete lo seguì per un lungo corridoio spoglio, su

una rampa di gradini di pietra, poi per un altro corridoio e in un grande e confortevole studio con le pareti rivestite di libri. Il priore invitò il monaco ad accomodarsi su una sedia.

«Hai fatto un lungo viaggio, fratello Pete.»

«È vero, priore.»

«Devi aver sete e fame. Posso offrirti un caffè o un tè? Qualcosa da mangiare?»

«Un caffè andrà benissimo, grazie. Senza latte.»

Il priore uscì dalla stanza e tornò qualche minuto più tardi con un vassoio, due tazze di caffè, un piatto di biscotti e un altro piatto con sopra un pezzo di cheddar, diverse fette di pane e un coltello. Appoggiò il vassoio sul tavolo di fronte a loro. «Ti prego, serviti.»

Pete prese un biscotto Digestive al cioccolato. Mentre dava un morso, il priore disse. «Temo di avere una triste notizia per te.»

Pete smise di masticare e fissò il priore.

«Tuo cugino, il nostro caro fratello Angus, se ne è andato la notte scorsa dopo una lunga battaglia contro il cancro.»

«Sono arrivato tardi. Io...»

Il priore lo guardò con una triste espressione di attesa.

«... ho avuto un presentimento» ammise Pete.

«Devi sapere che era un vero uomo di Dio.»

Fratello Pete annuì. «Lo so, è stato lui a farmi intraprendere questo cammino.»

«Ti aveva chiesto di venire qui perché aveva degli oggetti molto importanti che voleva che tu tenessi al sicuro.»

«Sono venuto per questo.»

«Li ho io. Era così felice che tu fossi in viaggio. E sollevato. Credo che abbia fatto del suo meglio per resistere fino al tuo arrivo, ma nostro Signore ha deciso altrimenti.» Il priore sollevò un sacchetto di iuta. «Sono qui. Non so cosa ci sia dentro, e non l'ho chiesto, perché qui siamo tutti molto riservati. Ma ti prego di prendere questo sacchetto e di tenere al sicuro il suo contenuto, come ti ha chiesto lui.»

Fratello Pete mise il sacchetto nella sua borsa.

«Mi dispiace moltissimo per la tua perdita, e per la nostra perdita. Lui era un vero visionario.»

«Potrei vedere il suo corpo?»

«Ma certo. Ti porterò da lui. Ti vorresti fermare per il servizio funebre, che si terrà domani? Posso ospitarti qui.»

«Grazie, mi farebbe piacere.»

«Allora dimmi, fratello Pete, come vanno le cose al Monte Athos?»

«Be', tutto bene» rispose con un tono di circostanza. «Il numero dei monaci sta aumentando per la prima volta dopo molti anni. A Simonopetra, il mio monastero, quando trent'anni fa è morto l'abate precedente, non c'erano monaci a sufficienza nemmeno per trasportare la bara. L'unico metodo per far arrivare nuovi monaci, allora, era il passaparola, quello che ha portato lì anche me. Ma immagino che, viste le condizioni attuali del mondo, possiamo offrire un futuro sicuro a chiunque sia turbato da quanto sta accadendo.»

«Il nostro defunto fratello Angus mi ha parlato di te. Della tua vita precedente di camionista e dei turni di notte da McDonald's. Che cosa ti hanno insegnato anni di vita monacale in un ordine chiuso?»

«Onestamente?» chiese fratello Pete fissandolo con sguardo duro.

«Le altre risposte sono prive di valore.»

«Mi dicono di continuo che per essere un monaco devi credere, in maniera assoluta e incondizionata. E che, se hai dubbi, sei nel posto sbagliato. Tu, priore, hai mai avuto dubbi?»

«Siamo nati tutti sapendo una sola cosa con certezza, fratello Pete: che un giorno moriremo.»

Pete annuì. «E la domanda che tutti ci facciamo è cosa accadrà dopo la nostra morte.»

«Siederemo alla destra di Dio?»

«Oppure marciremo nel cimitero che vedo dalla tua finestra.»

Il priore sorrise. Fratello Pete vide che alzava gli occhi al cielo.

«Io prego quattordici ore al giorno, ogni giorno, priore. A volte percepisco un collegamento con un potere più grande, altre volte mi sento, mi dispiace dirlo, un cretino fatto e finito. Mi sembra di invecchiare senza aver mai vissuto. E che un giorno mi sveglierò a ottant'anni, se mai ci arriverò, e mi chiederò che ho fatto della mia vita. Ti sei mai sentito così?»

Il priore scrollò la testa. «La mia fede è arrivata dopo anni di abusi dei piaceri del corpo. La vita non è solo un dono, ma anche una responsabilità, almeno per le persone intelligenti. In cambio del Suo dono della vita, Dio si aspetta una sola cosa, ovvero che ciascuno di noi, quando se ne va, lasci un posto migliore di quello che ha trovato. Tu puoi dire di averlo fatto, fratello Pete?»

«Ci sto lavorando.»

«Anch'io, e anche fratello Angus, che Dio l'abbia nella Sua grazia!»

123

Lunedì 20 marzo

Il pavimento dello stanzone del La Brea Detox Sisters Rehab Center era di piastrelle rosse. Lungo tre pareti c'erano piani in acciaio inossidabile con cucchiai e siringhe sopra tovaglioli di carta, ordinatamente disposti come i coperti di un ristorante.

Aleggiava un odore rancido, un misto di disinfettante e abiti non lavati. Ross fissava l'uomo con una tuta lurida e i capelli unti e ingrigiti, con un taglio simile alla tonsura di un monaco. Probabilmente aveva quarant'anni, ma ne dimostrava sessanta. Era seduto su uno sgabello, chino e concentrato, con cartine di sigaretta tutto intorno, e teneva la fiamma di un accendino sotto un liquido che crepitava in un cucchiaio.

Un piano sopra, dal suo punto di osservazione, sorella Marie Delacroix – che sotto ogni aspetto sembrava più una madre devota ai suoi figli che una suora – stava dicendo a Ross nel suo morbido accento strascicato del Sud: «Gli permettiamo di farlo. Qui abbiamo dei medici volontari, ventiquattro ore su ventiquattro. Diamo loro siringhe pulite e, se vanno in overdose, li possiamo aiutare. Se proprio si devono drogare, preferiamo che lo facciano in un ambiente sicuro e igienizzato, con un medico a portata di mano».

Ross soffocò uno sbadiglio. Era sveglio dalle quattro del mattino, e aveva continuato a rigirarsi nel letto fin quando ne aveva avuto abbastanza ed era uscito all'alba a fare una passeggiata. Erano da poco passate le dieci.

«E la polizia è d'accordo?»

«Capiscono il nostro lavoro. E sì, diciamo che chiudono un occhio. Ci sono altre cliniche di questo tipo, in Germania e Olanda: salvano molte vite.»

«Dovrei scriverci un articolo: sul vostro lavoro e sulle cliniche in Europa.»

«Dovrebbe, davvero. Abbiamo bisogno di tutta la buona pubblicità possibile. Dunque, cosa posso fare per lei, signor Hunter?»

«Mi hanno detto che qui avete un volontario, un certo Michael Delaney.»

La sua reazione lo sorprese, sembrava fosse andata in estasi. «Mike Delaney!» esclamò con profonda riverenza. «Quell'uomo è… come dire, un santo!»

«Davvero?»

«Davvero, signor Hunter.» Abbassò la voce assumendo un tono da cospiratrice. «Le dirò come lo chiama il mio staff: *l'uomo dei miracoli*!»

«*L'uomo dei miracoli*?»

«Davvero, quell'uomo è straordinario, è come se avesse dei poteri magici. Cura tutte le persone con cui parla. Nel giro di qualche settimana sono pulite, anche se si drogano da molto tempo. Ha una percentuale di successi del cento per cento. È arrivato qui un paio d'anni fa chiedendo se poteva dare una mano. È straordinario. Se lei crede nei miracoli, lui li fa. Un vero e proprio uomo dei miracoli.»

«Ma come ci riesce?» chiese Ross cercando di nascondere l'entusiasmo.

«Si limita a posare le mani su di loro, caro. Solo questo: appoggia le mani.»

«Quando dovrebbe arrivare?» chiese Ross.

Lei scrollò le spalle. «È questo il problema. Si presenta quando ne ha voglia.» Poi abbassò di nuovo la voce. «Quando non ha esagerato col bere la sera prima.»

«Quindi potrebbe anche non venire oggi?» insistette Ross.

«No, caro, è abbastanza imprevedibile.»

«Sa dove abita?»

La suora cambiò atteggiamento e sembrò a disagio. «Si sposta qua e là, in diverse camere in affitto. Ma non posso darle l'indirizzo attuale senza il suo consenso.»

«Naturalmente, capisco.»

«Se non si presenta oggi, potrebbe provare al Fairfax Lounge stasera.»

«Il Fairfax Lounge?»

«È un pub a pochi isolati di distanza. Il signor Delaney era un prestigiatore famoso, fino a quando è diventato schiavo dell'alcol, almeno credo.» Sollevò la mano e la fece oscillare come se tremasse. «Il pub lo paga a chiamata per girare tra i tavoli con i suoi trucchi. Tra quello e le mance, racimola quel che gli basta per continuare a bere. Anche noi lo paghiamo una miseria. Cerco sempre di portargli qualcosa da mangiare a pranzo, un panino o qualcosa di simile.»

«E va al Fairfax Lounge tutte le sere?»

«Quasi tutte, o almeno così mi dice. Anche se penso ci siano giorni in cui beve al punto di non sapere nemmeno che giorno della settimana è. Buona fortuna, se lo vuole intervistare.»

«A quanto pare dovrò farlo.»

«Certo, caro. E comunque è un tipo taciturno. Credo sia una persona piuttosto infelice. Non ha famiglia, non mi pare, e sembra un'anima perduta. Eppure...» esitò.

Ross attese paziente.

«... A volte, quando lo guardo» riprese la suora, «mi sembra di guardare dentro un pozzo senza fondo. In lui ci sono profondità nascoste che forse solo Dio può vedere.»

«Forse» concordò Ross.

124
Lunedì 20 marzo

Ross fu felice di lasciarsi alle spalle il puzzo opprimente e l'atmosfera del centro di disintossicazione e di uscire sotto un sole caldo. La sua mente girava vorticosamente.

L'uomo dei miracoli.

Si limita a posare le mani su di loro, caro.

Si guardò intorno, per controllare se qualcuno lo sorvegliasse o lo seguisse. Si trovava lungo una strada ampia, trafficata, con cartelli ovunque. Uno enorme, su un'impalcatura, pubblicizzava un film. Alla sua destra la parola MARKET si accendeva e si spegneva lampeggiando, ma molte lampadine erano bruciate. Sospeso sopra una zona contrassegnata sull'asfalto il familiare cartello PED XING, attraversamento pedonale.

Si spostò all'ombra, cercò «Fairfax Lounge» in Google Maps e, dopo qualche secondo, lo trovò insieme alla possibilità di calcolare il percorso. Avviò l'applicazione che gli indicò quattordici minuti a piedi.

Seguendo le istruzioni del telefono, svoltò in un viale bordato di palme con alti palazzi di appartamenti sui due lati. All'incrocio successivo svoltò a sinistra in un'altra strada trafficata, a quattro corsie, con molte macchine parcheggiate lungo il marciapiede. Passò un supermercato kosher, una panetteria, uno Starbucks, un'hamburgeria, un Duane Reade e un negozio che vendeva bambole dall'aspetto inquietante. Qualche minuto più tardi si ritrovò su Fairfax e l'applicazione gli disse di girare a sinistra.

Superò il Mercato contadino e, poco dopo, arrivò all'incrocio con Melrose Avenue. Sull'altro lato della strada c'era la Fairfax High School, attraversò, costeggiò la scuola e una struttura azzurra simile a un capanno che riconobbe dalle sue ricerche in Google Earth. Sul lato opposto c'erano un negozio dell'usato, una valigeria e lo studio di un medico. Poi lo vide, al di là della strada, davanti a un attraversamento pedonale, tra una panetteria con caffetteria e un negozio di lampadari con un FUORI TUTTO PER CESSATA ATTIVITÀ scritto sulle vetrine. Sul muro c'era una grande e vecchia insegna al neon, FAIRFAX LOUNGE e sotto, molto più piccola e non illuminata, la scritta TUTTE LE SERE SPETTACOLO DI MAGIA!

Aspettò che passasse una fila di macchine, poi attraversò. L'esterno sembrava non vedesse una mano di vernice da decenni e le finestre erano sudice. Ross immaginò che l'interno fosse altrettanto malmesso.

Aprì la porta e venne subito assalito dall'odore di birra stantia che era penetrato ovunque. Ci volle un attimo perché gli occhi si adattassero alla semioscurità. Sulla sinistra c'era il lungo bancone del bar, con un tizio anziano e dall'aspetto malconcio che, in maniche di camicia, passava con uno strofinaccio una fila di bicchieri da cocktail. Sulla destra c'erano dei divanetti in pelle. Sulla parete di fondo, un palco con l'asta del microfono e un paio di altoparlanti. Le luci erano quasi tutte spente, basse, con paralumi verdi a frange. Un pessimo impianto stereo trasmetteva in sottofondo una canzone di Sinatra. La moquette sotto i piedi era appiccicosa.

Accanto a un grande cartello VIETATO FUMARE, era appeso alla parete un piccolo poster scolorito in una cornice economica. Al centro un viso che riconobbe dalle ricerche fatte su Internet. L'uomo appariscente dai capelli lunghi, sulla cinquantina, con le luci del set fotografico che gli creavano intorno alla testa l'effetto di un'aureola. La didascalia diceva:

MICKEY MAGIC – UOMO DEL MISTERO
UN NUOVO SPETTACOLO PER FAMIGLIE DELL'ABC
PRIMA ESTIVA 16 GIUGNO
VENERDÌ ORE 21 / ORE 20 CENTRAL TIME

Ross si chinò il più possibile sul bancone del bar e scattò una foto con il telefono. Poi si rivolse al barman: «Salve» disse. «Sa se Mike Delaney verrà stasera?»

«Le pare che lo so?» rispose l'altro senza sollevare la testa.

«Mi pare che lei sia l'unica persona qui» ribatté Ross.

«Magari sì, magari no. Se viene, arriva all'ora dei cocktail, l'Happy Hour.»

«E qui a che ora è?»

Il barman indicò alle sue spalle con un dito e Ross vide il cartello alla parete. L'Happy Hour era dalle 17.30 alle 19.30. In quel posto non doveva essere un momento particolarmente allegro.

Ross ringraziò, ricevendo in risposta un grugnito, e tornò in strada. Gli serviva una dose di caffeina e qualcosa da mettere nello stomaco: troppo presto per pranzare, ma aveva fatto colazione molto presto e ora aveva fame. Si guardò intorno, ma non vide nulla che lo attirasse. Ricordava quanto fosse piaciuta Melrose Avenue a Imogen quando ci erano stati insieme, e le tante caffetterie e i chioschi lungo la strada. Aveva molto tempo libero, quindi riattraversò dirigendosi da quella parte, poi svoltò a destra e passò di nuovo davanti alla scuola.

Prese il telefono e chiamò Sally, ma trovò la segreteria e le lasciò un messaggio. Continuò a camminare, immerso nei suoi pensieri e godendosi il calore del sole. Melrose Avenue aveva un'atmosfera elegante ed eccentrica che gli ricordava alcuni quartieri di Brighton. Superò l'insegna di un negozio di abbigliamento chic da donna, HOT PINK. Poi quella SHOWTIME subito accanto, una grande farmacia CVS bianca e una vetrina tutta nera con l'insegna TATUAGGI.

Cercava di ricordare dove aveva fatto un brunch una domenica insieme a Imogen con uno dei migliori piatti di uova che avesse mai mangiato. Vide una caffetteria che gli piaceva sull'altro lato della strada, con una pensilina, e attraversò. Sul marciapiede era appoggiato un cavalletto con la scritta HAPPY HOUR. Ross si fermò all'ingresso, si guardò intorno, poi entrò.

Era un grande stanzone con un'atmosfera bohémienne quasi completamente vuoto. Si accomodò a un tavolino vicino alla vetrina – da dove poteva vedere bene la strada fuori e chiunque potesse seguirlo – e ordinò un espresso doppio, una Diet Coke, cheeseburger e patatine. Poi rimase a osservare il traffico e a raccogliere le idee. Stava pensando cosa dire a Mike Delaney quella sera, ammesso che si presentasse.

Cosa potevi dire al... al Figlio di Dio?

La sua mente vacillava di fronte all'enormità di quel pensiero e Ross cominciò a tremare.

Al contempo una voce nella sua testa gli diceva che non era vero, che non poteva essere vero.

Guardò la fila di negozi di fronte, il Glass Hookah Lounge e quello accanto, Nail Nation, la Manic Panic Style Station e il La Crème Cafe.

I suoi pensieri vennero interrotti dalla vibrazione del telefono. Era Sally.

«Ehi!» le disse.

«Allora, com'è andata?»

Ross la aggiornò.

«Vuoi che venga lì? Magari in due si riesce a rompere il ghiaccio meglio che da soli.»

«No, grazie, sei molto gentile, ma è una cosa che devo fare da solo.»

«Mi chiami subito dopo? Dio, ma è incredibile Ross.»

«Oppure è un'incredibile delusione?»

«Non credo.»

Al termine della telefonata arrivò la sua ordinazione. Prese il sale e stava per spargerlo sulle patatine quando, sul lato opposto della strada, passò una donna che somigliava a Imogen in maniera incredibile.

La mano si fermò a mezz'aria.

Era la sosia di Imogen.

Aveva forse le allucinazioni? Il suo cervello stanco e frastornato inventava le cose? Impossibile.

Oppure aveva visto giusto?

Appoggiò la saliera, prese l'iPhone e digitò il numero di Imogen. Pochi istanti più tardi, la donna si fermò, prese il telefono dalla borsetta e lo guardò. La vide premere un tasto tenendo il cellulare lontano dall'orecchio e poi riporlo nella borsa.

Aveva deviato la chiamata sulla segreteria telefonica.

125

Lunedì 20 marzo

Ross balzò dalla sedia per correre alla porta e inseguire Imogen. Ma ci ripensò e si risedette sconcertato.

Di sicuro il suo numero le era apparso sul telefono, lei lo aveva visto e non aveva risposto. Perché? Perché si trovava su una trafficata strada di Los Angeles e non nella tranquilla campagna del Sussex con sua sorella.

La sua presenza in California spiegava come mai gli avesse telefonato la sera prima quando in Inghilterra era più o meno l'una di notte. Allora perché era lì? A che gioco giocava? Qual era il suo piano?

Si sentiva molto confuso.

Già era una coincidenza quasi incredibile il solo imbattersi in lei in una città tanto grande. Riflettendoci, però, non era poi così strano, dato che quella zona era una delle sue preferite quando erano stati a Los Angeles insieme. Forse, quindi, non era così strano che l'avesse vista lì.

Ma le coincidenze sembravano sommarsi una all'altra. L'incontro con Sally Hughes – con lo zio che era un amministratore fiduciario di Chalice Well – il giorno dopo il suo primo incontro con Harry Cook. La coincidenza – se davvero era tale – che Sally fosse sul suo stesso volo a una fila di distanza. E ora quella di vedere Imogen passargli davanti. Se fosse arrivato cinque minuti più tardi, non l'avrebbe notata.

Oppure avrebbe potuto incontrarla per strada.

Ripensò alle parole di Einstein sulle coincidenze.

Il biglietto da visita di Dio.

Mangiò senza quasi sentire il sapore del cibo. Era completamente immerso nei suoi pensieri.

Cosa stava succedendo? Che diavolo ci faceva lì Imogen?

Lo spiava? Sospettava che le avesse mentito circa le motivazioni di quel viaggio? L'ultima volta che si erano sentiti avevano parlato di pericolo. Cosa era cambiato? Cosa diamine stava facendo sua moglie? Come mai non gli aveva detto niente?

Ancora agitato, prima di uscire dalla caffetteria si guardò intorno con attenzione alla ricerca di Imogen. Gli sembrava strano doversi nascondere da sua moglie. Poi pensò, ma che diavolo, se si fosse imbattuto in lei sarebbe stato molto interessante, e non vedeva l'ora di sentire le sue spiegazioni, visto che negli ultimi tempi si lamentava sempre del fatto che dovessero tirare la cinghia. Evidentemente non così tanto, se si poteva permettere un biglietto aereo per Los Angeles.

Aveva ancora alcune ore da ammazzare prima che avesse senso tornare al Fairfax Lounge, quindi fece un giro al Mercato contadino, si lasciò tentare da un'enorme ciambella e la mangiò, pentendosi amaramente subito dopo. Uscì dal mercato e si avviò a passo veloce verso Hollywood Hills, su una salita sempre più ripida, nel tentativo di bruciare le calorie della ciambella. Un'ora e mezzo più tardi sentiva ancora lo stomaco pesante e gli sembrava di aver inghiottito una palla di cannone.

Stava tornando verso la macchina, posteggiata non lontano dal La Brea, quando arrivò un messaggio di Sally.

Attento a non farti reclutare tra i suoi discepoli. Ma sono sicura che saresti uno schianto con barba e sandali. ☺ XX

Scoppiò a ridere e rispose.

Ah ah! XX

126
Lunedì 20 marzo

Ross salì in macchina e chiuse la portiera. L'orologio del cruscotto indicava le 15.50.

L'Happy Hour del deprimente Fairfax Lounge cominciava alle 17.30. Mike Delaney si sarebbe presentato?

Ross fu travolto da un'ondata di stanchezza. Un pisolino gli avrebbe fatto bene, ma la sua mente era troppo attiva.

Imogen era arrivata fino a lì – nonostante le loro finanze non fossero in buone condizioni – senza dirgli niente. Pensava di fargli una sorpresa? Be', quanto a quello ci era riuscita.

Guardò sul telefono l'elenco delle ultime chiamate. La più recente era *Imogen cell.* Restò con il dito sospeso sopra il numero.

In Inghilterra era quasi mezzanotte. Avrebbe risposto fingendo di essere assonnata? Oppure non avrebbe risposto affatto, ancora una volta? E cosa le avrebbe detto, ammesso che accettasse la chiamata?

Non aveva ancora deciso quando premette il tasto di chiamata.

Dopo quattro squilli scattò la segreteria telefonica con un messaggio breve e molto pratico.

«Ciao, sono Imogen, lasciate un messaggio.»

«Sono io» disse lui con voce squillante. Poi, in tono sarcastico «Scusa se è tanto *tardi*. Chiamami.»

Nei dieci minuti che seguirono controllò la posta dal telefono: c'era un'email della sua caporedattrice che gli chiedeva se fosse arrivato bene e come andassero le cose. Poi guardò Twitter e Facebook, e a seguire Sky News. Era imminente uno sciopero della metropolitana di Londra, mentre un altro della Southern Railways avrebbe riguardato i treni per Brighton. Il telefono di Hitler sarebbe stato battuto all'asta. Fantastico! Si chiese chi mai potesse desiderare un trofeo tanto macabro. La frequenza settimanale alle funzioni della Chiesa d'Inghilterra era scesa per la prima volta sotto il milione di fedeli.

Non c'era da meravigliarsi che Dio fosse preoccupato, pensò Ross.

Questo gli rammentò una frase del premio Nobel per la fisica Max Planck: la scienza progredisce un funerale per volta.

La scienza stava forse rimpiazzando la Chiesa senza fare troppo chiasso? Stava puntando al gioco sulla lunga distanza?

A dispetto del nervosismo, provò un'altra ondata di stanchezza e sbadigliò. Puntò la sveglia dell'orologio dopo un'ora, reclinò il sedile e chiuse gli occhi.

Ma riusciva solo a pensare a Imogen che camminava su Melrose Avenue e la vedeva dietro le palpebre chiuse.

Cosa stava facendo?

Aveva forse una relazione? La cosa terribile, pensò, è che non me ne importa proprio. E questo, lo sapeva, la diceva lunga sullo stato del loro rapporto.

Anche in quel caso, sarebbe stata così stupida da andare nella stessa città dove si trovava lui? A meno che non lo stesse spiando.

Lei sapeva dove alloggiava e non si era messa in contatto. Aveva respinto la sua telefonata per due volte. E non lo aveva richiamato.

Quando suonò la sveglia, Ross aprì gli occhi ancora sconcertato, scese dalla macchina, la chiuse, poi si avviò verso il Fairfax Lounge.

127
Lunedì 20 marzo

Nell'ultima ora il cielo si era rannuvolato e si era alzato un vento che faceva sbattere la giacca di Ross mentre attraversava la strada verso il pub. Senza la luce del sole, quel posto sembrava anche più cupo e meno invitante di prima.

Spinse la pesante porta ed entrò. Le luci a soffitto erano quasi tutte accese, ma le fioche lampadine dietro i paralumi polverosi creavano solo un debole bagliore. La televisione trasmetteva una partita, ma nessuno la stava guardando, e la voce di Dolly Parton usciva gracchiante dagli altoparlanti. Il vecchio barman scontroso si era agghindato e indossava uno smoking cremisi con farfallino. Era immobile, con le mani appoggiate al bancone e all'apparenza nulla da fare se non osservare il mondo con sguardo torvo. Un altro barman, più o meno della stessa età, un uomo piccolo e magro vestito esattamente come il collega, stava mescolando un cocktail con un cucchiaio in uno shaker argentato.

Su un divanetto c'erano due uomini in completo scuro con il telefono incollato all'orecchio. Entrambi avevano davanti un bicchiere da Martini. L'unico altro cliente era un signore di mezza età, anche lui in completo scuro, in compagnia di una rossa in abito provocante. L'uomo portava la fede, notò Ross, la donna sfoggiava un paio di grossi anelli, ma non aveva niente all'anulare. Si chiese quale fosse la loro storia.

Un cameriere portò un cocktail verde brillante alla donna e una birra all'uomo, poi andò verso di lui.

«Buonasera, signore.»

Ross avrebbe voluto qualcosa di forte, ma non aveva idea

di quanto avrebbe dovuto aspettare e non voleva rischiare di essere troppo intontito al momento giusto. «Potrei avere dell'acqua?»

Il cameriere aggrottò la fronte a indicare che non approvava la sua scelta. «Di rubinetto?»

«No, in bottiglia, per favore.»

«Naturale o gasata?»

«Avete l'Evian?»

Non capì perché, ma aveva azzeccato la scelta e all'istante il vecchio si illuminò. «Evian, certo che l'abbiamo. Con una fettina di limone?»

«Perfetto, grazie.»

«Ok, gliela porto subito.»

«Lei sa per caso... se Mike Delaney verrà stasera?» chiese Ross.

«Signore, solo due persone potrebbero rispondere a questa domanda: il signor Delaney e Dio onnipotente.» Poi si chinò, lanciò uno sguardo da cospiratore verso i colleghi, come a volersi accertare che non ascoltassero, e a voce bassa proseguì: «Signore, se sta cercando uno spettacolo di magia, si dice che il posto migliore qui in città sia il Black Rabbit Rose su North Hudson. Temo che il nostro signor Delaney, sa, forse sia un po' blando per gli standard odierni». Poi si toccò le labbra. «Ma non sono stato io a dirglielo, mi raccomando signore. Un'acqua Evian con fetta di limone, arriva subito.»

Nell'ora che seguì entrò qualche altro cliente. Ross sgranocchiò le noccioline che il cameriere gli aveva portato con il suo drink, ordinò una seconda Evian, poi andò in bagno. Quando tornò al suo posto, faticava a stare sveglio.

Cominciò a pensare alla cena con Sally, più tardi. Non sarebbe stato di grande compagnia in quelle condizioni, pensò. Devo riprendermi!

Si chiese dove cenasse Imogen quella sera, e con chi. Che possibilità avevano di finire nello stesso posto? Be', di sicuro la conversazione sarebbe stata interessante.

Bevve l'acqua e stava appoggiando il bicchiere quando notò un uomo alto e abbastanza anziano, un po' curvo, attraversare il pub. Indossava un abito grigio liso, stivaletti consunti e una camicia nera con bottoni di strass, il viso lungo incorniciato da una zazzera di capelli grigi e radi, il naso grosso e le guance segnati da venuzze rosse.

Si avvicinò ai due uomini d'affari, che sembravano immersi in un'animata discussione con i telefoni appoggiati sul tavolo. Erano ormai al secondo Martini, forse al terzo.

L'uomo li raggiunse e aprì a ventaglio un mazzo di carte nella mano destra. «Prenda una carta, signore» disse a uno dei due. «Quella che preferisce.» Aveva una voce raffinata, simpatica, con l'accento californiano.

Uno dei due uomini gli fece cenno di andarsene con noncuranza. Il vecchio alzò un braccio in segno di scuse e andò verso Ross con un'agilità che sembrava smentire i suoi anni.

128

Lunedì 20 marzo

Ross cominciò a tremare. Sentiva di non avere il controllo dei nervi. Fece molti respiri profondi in rapida successione quando si rese conto che era giunto il momento che avrebbe potuto rappresentare l'apice della sua vita.

Di recente ho avuto la prova assoluta dell'esistenza di Dio e mi hanno detto che uno scrittore, un rispettato giornalista di nome Ross Hunter, potrebbe aiutarmi a essere preso sul serio.

Era difficile che Ross fosse a corto di parole, ma in quel momento si sentiva così. Ricordando appena in tempo il suo piano, posò con discrezione la mano sul telefono e richiamò l'app Note vocali attivando la registrazione.

Nonostante l'aspetto da fallito, il prestigiatore diffondeva una strana forza con la sua presenza. Mentre l'uomo si avvicinava, Ross sentì la pelle formicolare. Gli occhi nocciola di Delaney brillavano di energia e vigore dietro gli occhiali con la montatura storta.

Da vicino Ross notò la somiglianza con il prestigiatore molto più giovane del manifesto alla parete dietro il bancone. E lo vedeva tale anche nell'intimo, nascosto dentro il guscio del vecchio. Era come se indossasse un abito e una maschera dietro i quali c'era una persona diversa.

Ross percepì un'aura strana, molto potente, ed ebbe la sensazione di venire risucchiato in una bolla d'aria. Scoprì di volersi inginocchiare davanti a quell'uomo.

«Mike Delaney?» chiese con voce che gli sembrò venire da lontano.

«Sono io, signore» rispose l'uomo aprendo a ventaglio un mazzo di carte nella mano tremante. Nel suo alito si sentiva l'odore dell'alcol. «Signore» chiese, posso mostrarle un trucco?»

Ross vide gli occhi giovani scintillare sotto la maschera, con umorismo e malizia. E brillavano per un segreto condiviso.

Sentì rizzarsi i peli della nuca, tremò, sbigottito e impressionato, ma nello stesso tempo con la sensazione di sognare. Non era vero, era impossibile.

Ma eccolo lì: Mike Delaney era di fronte a lui.

L'uomo con il DNA di Gesù Cristo.

Delaney continuò a sorridere, con gli occhi che lo trapassavano come se gli leggesse dentro. Lo incoraggiava e, quasi senza rendersene conto, Ross cominciò a provare un'intensa sensazione di calma, benessere, energia.

«Signore, posso mostrarle un trucco?» ripeté l'uomo.

Me lo stai già mostrando avrebbe voluto dire Ross, *mi stai mostrando qualcosa di incredibile*. Tuttavia si limitò a ricambiare il sorriso dell'uomo e a indicare il bicchiere di Evian. «Potrebbe trasformarla in vino?»

I loro sguardi si incontrarono. Ross ebbe la strana sensazione che gli occhi dell'altro lo attirassero dentro, in profondità, attraverso le lenti degli occhiali, dentro le pupille, dentro l'anima stessa di quell'uomo. Vide il sorriso incerto. A dispetto di un'apparenza fragile e tremolante, in lui c'era qualcosa di solenne e autorevole.

Che confermava la presenza dentro il guscio, dietro la maschera.

«Pinot Noir o Merlot, signore? O magari uno squisito Chablis?»

«L'ultima volta ha dato loro scelta?» rispose Ross.

Delaney aggrottò la fronte per un istante fugace, poi sorrise di nuovo con rinnovata cordialità. Ross provava una strana sensazione di completo e totale benessere. La sua stanchezza era svanita e non si sarebbe potuto sentire più sveglio di così. Poi, all'improvviso, ebbe i sudori freddi e un capogiro, come se la stanza si muovesse intorno a lui.

«Molto bene» commentò Delaney in tono di approvazione. «Ma immagino che non sia arrivato fin qui dall'Inghilterra per un bicchiere di vino gratis. Mi sbaglio, signor Hunter?»

Ross fu sorpreso che Delaney conoscesse il suo nome, quindi sorrise scuotendo la testa e rispose: «Speravo in qualcosa di più».

«In un certo senso la stavo aspettando. Il vecchio è venuto a trovarla, non è vero?»

Ross annuì. La stanza sembrava girare intorno a lui. «Il professor Cook.»

«Il professor Harry *F.* Cook.»

Dentro il giovane che viveva nel guscio dell'anziano pareva esserci un uomo ancor più giovane. E un altro ancora, come un secondo guscio. A Ross sembrava di guardare nell'anima di un numero infinito di esseri, uno dentro l'altro, come una matrioska. E lo trascinavano dentro, lo avviluppavano, lo proteggevano come in una bolla d'aria.

«Perché proprio lui?» chiese Ross. Sentiva la gola chiusa. «Perché ha scelto lui?»

«Perché non lui?» rispose semplicemente Delaney.

Tra i due vi fu un istante di silenzio in cui si limitarono a guardarsi. Ross si sentiva stranamente a suo agio, era come se in quel momento non esistesse altro a parte loro.

«Vuole unirsi a me, signor Delaney? Posso offrirle qualcosa da bere?» propose Ross.

Delaney si accomodò sulla panca, lasciando spazio tra loro. «Non mi posso fermare per molto, sa, non apprezzano, vogliono che mi muova, che passi tra i tavoli. Ora, però, mi sembra tutto tranquillo, quindi possiamo parlare per un momento.»

Ross ordinò un Jim Beam per lui e una birra per sé. Poi, mentre il cameriere se ne andava, si voltò di nuovo verso Delaney. Nonostante l'aspetto trasandato, aveva il profumo di chi ha appena fatto una doccia.

«Mi sembra di sognare» disse Ross. «Io… io volevo… volevo solo chiederle…» Cadde in un lungo silenzio, incerto su come esprimere ciò che gli premeva. Avrebbe voluto fargli tante domande, sul passato e sul futuro.

«So chi sono» disse Delaney, «se questa era la domanda.» Guardò Ross. «Era questo che voleva chiedermi, vero?»

Ross lo fissò negli occhi, affascinato. «Come mai ha scelto un anziano modesto e umile quando avrebbe potuto…» Si zittì di nuovo, a corto di parole.

«Quando avremmo potuto comunicare in molte altre maniere? Trovare una persona più saggia? Più appetibile per i media? A cui avrebbero creduto tutti? Non al papa, non all'arcivescovo di Canterbury, non a un imam, ai leader dei sikh, ai bramini indù, ai rabbini. Tutti loro hanno già la fede, loro *sanno.* Non sono loro a dover credere. E non fermeranno l'umanità quando cadrà nell'abisso.»

Ross continuava a pensare alle parole di avvertimento: *il Grande Impostore.* Era seduto lì, con un vecchio imbroglione, il *signor dieci-miliardi-di-possibilità-contro-una* di avere lo stesso DNA di Cristo?

Oppure era quello vero?

Cominciava ad avere difficoltà a credere che Delaney fosse reale, temeva fosse frutto della sua immaginazione troppo fervida. Ma quando rivolse di nuovo lo sguardo all'uomo, percepì il suo magnetismo. Era come fissare dentro l'infinito, nelle anime di tutti coloro che erano vissuti su questo pianeta.

Ma come sa di Harry Cook? Come conosce il mio nome?

«Dunque, signor Delaney, chi è in grado di fermare l'umanità, come dice lei, prima che cada nell'abisso?» chiese Ross, e prima di dare all'altro la possibilità di rispondere, proseguì. «Il professor Cook mi ha detto che Dio credeva che riaffermare la nostra fede, se fosse stato possibile, avrebbe contribuito a riportarci in equilibrio. Nel Medioevo, però, quasi tutti avevano fede, ma questo non ha impedito secoli di guerre terribili, l'Olocausto, le bombe atomiche su Hiroshima e Nagasaki. Perché mai adesso la situazione dovrebbe essere diversa?»

Delaney fece un sorriso malinconico, tornando a essere per un momento solo un vecchio con la pelle raggrinzita intorno agli occhi. «Forse perché in troppi ascoltano un gruppo ristretto di persone arroganti e autoritarie. Scienziati brillanti ed esperti dei vari campi del sapere, tutti con la loro boria, che credono che nell'universo non esista nulla di più importante di loro stessi. Le medesime persone che sono tanto sicure di sé, ma non sanno spiegare come ha avuto inizio il mondo. Parlano in maniera convincente del Big Bang, ma non sanno spiegare come è avvenuto. Due frammenti di polvere entrati in collisione? Ma chi ha messo lì quei due frammenti? Ecco l'argomento che evitano sempre. Insieme alla domanda sul *perché*. *Perché* qualcuno ha messo lì quei due frammenti di polvere? Nessuno sa rispondere, signor Hunter, perché la sola risposta possibile è qualcuno di più grande dell'uomo.»

«Qualcuno o *qualcosa*?» chiese Ross per metterlo alla prova.

Delaney sostenne il suo sguardo, così come la persona dentro di lui, e l'altra ancora. «Un'intelligenza superiore, signor Hunter. Forse è vero, forse è una leggenda metropolitana, ma nel 1899 il sovrintendente dell'Ufficio brevetti degli Stati Uniti consigliò al Congresso di chiudere il suo ufficio in quanto, disse, tutto il possibile era ormai stato inventato e non ci sarebbero state nuove scoperte. Ci pensi per un attimo. Questo è accaduto prima che un aereo volasse, prima dei computer, prima di Internet, prima di quasi tutto quello che di tecnologicamente avanzato esiste al mondo.»

«Un vero visionario, se l'aneddoto è reale» commentò Ross con un sorriso. «Ma deve ammettere che la Chiesa non ha grandi precedenti in termini di sostegno agli scienziati. Nel 1633 l'Inquisizione giudicò Galileo colpevole di eresia per aver affermato che la Terra girava intorno al Sole. Non è forse vero che allora la religione si è attestata in una posizione conservatrice avversando la scienza?»

«Forse» rispose Delaney sorseggiando il suo bourbon. «Forse la cristianità ha cercato di aggrapparsi troppo a lungo a vecchie credenze e, invece di abbracciare la scienza, le ha voltato le spalle. L'ironia sta nel fatto che la scienza pone domande alle quali solo la religione può rispondere, ma per gli scienziati accettare quelle risposte significherebbe ammettere la sconfitta.»

«A quali domande pensa nello specifico?» chiese Ross.

«Conosce la teoria dell'entanglement quantistico?»

«No.»

«Spiegata in maniera molto semplice, se lei divide in due una particella subatomica e ne mette una metà in un laboratorio di Londra e la seconda metà in un laboratorio all'altro capo del mondo, diciamo a Sydney, poi rovescia quella di Londra, nello stesso istante si rovescerà anche quella di Sydney. Anche Einstein ne restò affascinato e coniò persino un'espressione: *azione spettrale a distanza.*»

Ross sorrise di nuovo e sorseggiò la sua birra. Non riusciva ancora a credere che quella conversazione fosse reale, e si sentiva attirato sempre più nelle profondità di quella miriade di occhi dentro gli occhi.

«Un'altra cosa che nessuno è in grado di spiegare, signor Hunter, è il magnetismo. Nessuno sa dirle quale ne sia la causa, e gli scienziati sanno ciò che fa, ma si limitano a questo. E vogliono davvero spiegare come avviene e come, per esempio, si realizza la teoria dell'entanglement quantistico solo con l'evoluzione da una palude primordiale? Non credo proprio. Certo, l'evoluzione esiste, ma l'evoluzione è parte dell'esistenza, è una *conseguenza* della vita, non la causa primaria.»

Delaney bevve un altro sorso di bourbon e osservò sereno Ross. «Ha dei dubbi su di me, non è vero?»

«Onestamente? Se lei è davvero chi credo sia, non capisco come mai non abbia palesato prima la sua presenza. Come mai ha aspettato oltre duemila anni?»

Delaney rimase in silenzio per qualche istante. Poi a voce bassa, tanto bassa che Ross faticò a sentirlo al di sopra della musica e del rumore di fondo, disse: «Allora mi dica chi crede che io sia?»

«Il suo DNA corrisponde a un dente che potrebbe essere

di Gesù Cristo e al DNA recuperato da quello che potrebbe essere il Santo Graal.»

«E crede che tutto questo sia casuale, Ross?»

Sorrise per l'uso del suo nome da parte dell'altro, come se stessero diventando più intimi. «No.»

Delaney ricambiò il sorriso e i loro sguardi si incrociarono. Ross sentì passare tra loro una sorta di corrente elettrica, una comprensione, un legame.

«Deve capire che io non sono il Figlio di Dio» disse Delaney sempre sottovoce. «Sì, ho il suo stesso DNA. Io sono il precursore, mandato qui per mescolarmi alle persone e riferire. Per vedere se l'umanità è pronta al Secondo Avvento.»

«Il credo di Nicea» rispose Ross. «Gesù Cristo è salito al cielo e siede alla destra del Padre. E di nuovo verrà nella gloria per giudicare i vivi e i morti e il Suo regno non avrà fine.»

«Perfetto, alla lettera.»

«E?»

«Le persone non sono pronte.»

«Cosa intende con *le persone*?» chiese Ross.

«Ciascuno ha i propri interessi personali e niente è cambiato in duemila anni: sono vanità, cupidigia e paura a muovere il mondo. Ed è sempre stato così. Gesù è stato ucciso per tutti questi motivi: la gente aveva paura di ciò che avrebbe potuto perdere a causa sua. I capi della religione ebraica lo ritenevano una minaccia alla loro autorità se davvero fosse stato il Messia. I romani, sapendo che si definiva re, lo credevano un diretto sfidante del loro imperatore. Ponzio Pilato credeva che fosse realmente il Figlio di Dio, ma era un politico che pensava al proprio interesse e un debole. Quindi se n'è lavato le mani declinando la responsabilità e lasciando che fosse la folla a decidere. Ma avrebbe potuto salvare Gesù.»

Ross lo fissò chiedendosi ancora una volta. *Ma sei reale? È possibile che tu sia reale?*

Come se gli avesse letto nel pensiero, Delaney disse: «Lei dubita, vero? E si chiede se questo vecchio trascurato possa essere reale. Ho cercato di vivere una vita normale, be' il più normale possibile. So di essere diverso, ma ho ben chiaro quale sia il mio ruolo».

Ross sentì la pelle formicolare, come per l'elettricità statica. Era strano, non sgradevole, e gli diede la stessa energia di una doccia bollente. Delaney gli fece un gran sorriso d'intesa.

Bruscamente come era iniziato, il formicolio finì.

«Magari il mondo ha bisogno di una scossa, o almeno sto cominciando a crederlo, prima che si possa verificare il Secondo Avvento» disse Delaney. «Qualcosa che non sia possibile fraintendere, che nessuno scienziato possa spiegare, qualcosa che sfidi le leggi della fisica dell'universo.»

Ross aggrottò la fronte e rammentò di aver già sentito quelle stesse parole. Dal vescovo di Monmouth, Benedict Carmichael. Gli aveva detto esattamente la stessa cosa.

«Intende un miracolo? Come quello delle acque del Mar Rosso?» chiese Ross.

«Un miracolo che tutto il mondo vedrà e non potrà negare.»

Ross leggeva una ferrea determinazione negli occhi di Delaney. Una forza. Un calderone immenso di potere dietro l'oscurità delle sue pupille dentro altre pupille dentro altre pupille ancora. E questo lo intimorì e lo spaventò al contempo. «Che… che cosa ha in mente?»

«Lo saprà quando accadrà. Tutto il mondo lo saprà. È previsto dalla Bibbia, al capitolo 9 della Genesi, quando Dio disse: 'Questo è il segno dell'alleanza che io pongo tra me e voi e ogni essere vivente che è con voi, per tutte le generazioni future'.»

«Ma in che modo comunicherà il significato di questo evento a un mondo in gran parte scettico e ostile?»

Delaney alzò le mani. «Vede, è qui che ho bisogno del suo aiuto. È qui che lei entra in gioco, ecco perché è stato prescelto.» Indicò con un cenno il telefono di Ross sul tavolo. «Un giorno non lontano avrà bisogno della registrazione che sta facendo su quell'aggeggio, quello che il capo dell'Ufficio brevetti americano non immaginava sarebbe mai stato inventato. E quel giorno la potrà riprodurre per tutti i san Tommaso.»

Ross provò un certo imbarazzo, dato che non aveva chiesto a Delaney il permesso. Come poteva saperlo? Lo aveva visto avviare la registrazione mentre si avvicinava?

Delaney proseguì. «È scritto anche in Matteo 24: 'Il Sole si oscurerà, la Luna non darà più la sua luce, le stelle cadranno dal cielo e le potenze dei cieli saranno sconvolte. Allora comparirà in cielo il segno del Figlio dell'Uomo'.» Rimase in silenzio e annuì per un attimo prima di riprendere a parlare con uno sguardo sognante negli occhi. «Presto, dopo che verrò richiamato, accadrà. A lei i media danno ascolto. Ha la registrazione, signor Hunter. Lei avrà la prova assoluta.» Vuotò il bicchiere e si alzò: «Immagino di dover lavorare. E di doverla tenere al sicuro fino a quando sarà necessario».

Ross lo fissò. Stava ancora cercando di rendersi conto di tutto. «E dove… dove e quando apparirà questo segno?» Aveva ancora milioni di domande da fargli.

«Ovunque, esattamente nello stesso momento, in ogni paese e in ogni fuso orario. Non esiste anima al mondo, non una sola creatura vivente, che riuscirà a non vederlo.»

Ross prese il telefono. «Posso scattarle una fotografia?»

Delaney sembrò esitare, poi rispose: «Va bene».

Posò per un paio di foto.

Poi Ross gli chiese: «Come posso contattarla? Ha un biglietto da visita? Un indirizzo email?»

«Mi dispiace, non ho biglietti da visita, e non ho un indirizzo email, non più. Può trovarmi qui quasi tutte le sere, praticamente ogni giorno tranne la domenica. Almeno fin quando sarò su questa Terra, il che non sarà ancora per molto.»

Quando Delaney gli voltò le spalle, Ross prese di nascosto il fazzoletto, afferrò il tumbler e se lo fece scivolare in tasca. Al suo rientro in Inghilterra, il laboratorio avrebbe potuto ricavarne il DNA di Delaney, pensò. Poi fermò la registrazione e la controllò. E sentì la voce di Delaney al tavolo accanto al suo.

«Prenda una carta, signore, una carta qualsiasi. Giusto, ma non me la faccia vedere. Adesso scriva il suo nome sul dorso con questo pennarello.»

Ross rimase seduto parecchi minuti, finì la birra – che aveva appena assaggiato mentre era con Delaney – profondamente scosso e cominciò a riflettere. Cercava di capire quello che era appena successo. Delaney era come Harry Cook: erano una coppia di pazzi?

Sentì delle risate al tavolo vicino. Delaney aveva in mano un martelletto e stava per rompere un cubetto di ghiaccio.

Il precursore del Secondo Avvento?

Osservò Delaney estrarre una carta piegata dai resti del cubetto, aprirla e mostrarla. Ross riuscì a vedere la scritta sul dorso.

«È questa la sua carta, signore? È la sua scrittura?»

Ross sentì un gridolino di stupore.

129

Lunedì 20 marzo

Qualche minuto più tardi, Ross pagò il conto, lasciò la mancia e uscì frastornato. Aprendo la porta con difficoltà sentì una raffica di vento. Mentre era al pub si era alzato fortissimo, quasi da burrasca.

Fuori era buio, con scrosci di pioggia, e la strada era piena di auto. Gli ci volle un momento per orientarsi. Esattamente di fronte a lui c'era un minimarket con accanto una caffetteria. Doveva attraversare le quattro corsie, girare a sinistra poi a destra due isolati a nord di Melrose Avenue sarebbe arrivato alla macchina. Prese il telefono dalla tasca, impaziente di raccontare a Sally quanto era appena accaduto e aspettò che il semaforo diventasse verde. Cominciò a scriverle un messaggio, dicendo che stava arrivando e, nel frattempo, scese sulla carreggiata.

Quando arrivò sulla mezzeria, ancora concentrato sullo schermo del telefono, sentì il rombo di un motore e vide le luci brillanti e violente di un SUV che lo puntavano ad alta velocità.

Erano dirette verso di lui.

Non si sarebbero fermate all'attraversamento pedonale.

Rimase immobile.

Sempre più vicine.

Le luci diventavano più grandi. Più brillanti.

Il tempo sembrò rallentare all'improvviso.

Cosa doveva fare? Correre dall'altra parte? Tornare indietro? Si guardò alle spalle. E vide Mike Delaney in piedi sul marciapiede fuori dal Fairfax Lounge.

Una frazione di secondo più tardi, Delaney stava correndo verso di lui a braccia tese, con i piedi che sembravano quasi non toccare terra. Sembrava volasse.

Il rombo del SUV era assordante. Le luci lo accecavano.

Sentì l'urlo di una donna.

Poi, prima che le mani di Delaney lo raggiungessero, sentì una potente forza urtarlo sul fianco e spingerlo al di là della strada come se si trovasse su un cuscino d'aria. Sbatté contro il muro del minimarket con un colpo che gli tolse il fiato e gli diede la sensazione di non avere più un solo osso intero.

Nel frattempo, come al rallentatore, vide il SUV centrare in pieno Delaney. Il vecchio venne catapultato in aria e atterrò accasciato una ventina di metri più in là.

Il SUV proseguì, accelerando ancora, e nel giro di pochi secondi si videro soltanto le luci posteriori.

Altre grida.

La gente corse verso il vecchio. Ross, come in sogno, si avviò a tentoni in quella direzione. Una pozza di sangue scuro si stava creando sull'asfalto sotto la testa. Era immobile.

«Avete visto?» chiese un uomo.

«Non si è fermato!» commentò un altro.

«Chiamate un'ambulanza!» urlò una voce.

Ross rimase immobile, completamente stordito dall'orrore.

130

Lunedì 20 marzo

«Cosa è questo traffico assurdo?» chiese Ainsley Bloor sbirciando furioso dal finestrino posteriore oscurato della limousine. Non si muovevano da parecchi minuti. Davanti a loro vedeva una pompa di benzina della Mobil, circondata da orribili cartelloni. La limousine avanzò a passo d'uomo. Lui fissò le insegne luminose. PLANET HOLLYWOOD. AMOEBA RECORDS. STARBUCKS. WHISKY A GO GO.

«Non possiamo spostarci da questa maledetta strada?» chiese all'autista.

L'uomo al volante, che non aveva un vero e proprio collo e sembrava scolpito in un blocco di granito, alzò il braccio e il suo orologio d'oro brillò sotto le luci dell'insegna di un negozio. «Sono le otto di sera di un lunedì. Non so quale sia il problema, di sicuro è successo qualcosa, ma Los Angeles è così, impossibile prevedere il traffico. Di solito a quest'ora Sunset è un buon percorso.»

«Be', in questo momento direi che non lo è, le pare? Quanto manca?»

«Senza questo traffico direi cinque, dieci minuti.»

«Non possiamo cambiare strada?»

«Credevo voleste fare un giro turistico.»

«Che cosa?» Bloor si voltò verso Julius Helmsley, che era accanto a lui sul sedile posteriore, immerso nelle email sul telefono. «Tu gli hai detto che volevamo fare un giro turistico, Julius?»

Helmsley scrollò la testa.

Bloor si rivolse all'autista. «Guardi, non siamo qui per fare i turisti, va bene? Vogliamo arrivare il più presto possibile al Fairfax Lounge.»

«Non è stata questa la comunicazione che ho ricevuto» rispose l'autista. «Il mio ufficio ha detto che volevate fare un giro andando lì.»

«Be' non vogliamo farlo.» Bloor guardò l'orologio. «Siamo partiti dall'albergo da quaranta minuti, a dire il vero tre quarti d'ora. Ci porti là più in fretta che può.»

«Quel posto, il Fairfax Lounge, è una topaia. Sicuri di volerci andare?»

«Sì.»

«Si fidi di me. Persone eleganti come voi, che alloggiano in un albergo alla moda, meglio che non vadano in un buco come quello. Ci sono posti molto migliori. Posso portarvi...»

«Ci porti a quel maledetto Fairfax Lounge, e spinga su quell'acceleratore!» ribatté Bloor con voce quasi stridula.

Pochi istanti più tardi, la limousine svoltava a tutta velocità in una strada laterale e l'autista sterzava con violenza, facendo fischiare gli pneumatici e lanciando Bloor contro la portiera. A Helmsley schizzò via di mano il telefono e dovette cercarlo a tentoni sul pavimento. Un attimo più tardi, andava a sbattere contro la portiera mentre la macchina svoltava velocissima a sinistra.

«Nella sua vita precedente ha fatto da autista per una banda di rapinatori?» chiese Bloor tentando la carta dell'umorismo.

«No» fu la risposta imperturbabile.

Qualche minuto più tardi svoltò a destra a un semaforo, molto più lentamente, immettendosi in una strada a quattro corsie fiancheggiata su entrambi i lati da negozi, ristoranti scadenti e takeaway. Imprecando, l'autista inchiodò quando il traffico davanti a loro ebbe un rallentamento avvicinandosi a un incrocio. «A quanto pare non è il nostro giorno fortunato.»

Bloor e Helmsley videro davanti alla macchina il muro di lampeggianti rossi e blu. Una volante della polizia era parcheggiata di traverso con le luci tutte accese. Subito dietro, la strada era bloccata dal nastro giallo e nero con la scritta

NON OLTREPASSARE che sbatteva nel vento. Due poliziotti erano di guardia lì davanti. Alle loro spalle, non lontana, c'erano una grossa ambulanza con le luci di emergenza accese e diversi altri veicoli ufficiali. Sentirono l'urlo di una sirena che si avvicinava.

«Dov'è il Fairfax Lounge?» chiese Bloor.

«Mezzo isolato avanti sulla sinistra» rispose l'autista.

«Che succede?»

«Posso solo dirle che più di così non riusciamo ad avvicinarci.»

«Vado a vedere.» Bloor aprì la portiera e andò verso un poliziotto, quasi piegato in due controvento.

«Agente» disse. «Devo andare al Fairfax Lounge.»

«Al cosa?»

Bloor vedeva l'insegna illuminata circa cinquanta metri più in là. Quasi di fronte al pub c'era una berlina bianca con la parola CORONER sulla portiera e, subito accanto, un furgone bianco con la barra di lampeggianti sul tetto. Sulla portiera anteriore le scritte CORONER DELLA CONTEA DI LOS ANGELES e il motto LA LEGGE E LA SCIENZA AL SERVIZIO DELLA COMUNITÀ.

Sentì un presentimento che non riusciva a spiegare. «Il Fairfax Lounge, agente, è proprio lì» disse. «Posso passare?»

L'agente lo guardò limitandosi a scuotere la testa.

«Quanto... quanto crede ci vorrà prima di poter passare?»

«Signore, c'è stato un incidente mortale, non so altro. E non so quanto ci vorrà.»

In quel momento un altro poliziotto, robusto e muscoloso, uscì dalla porta del Fairfax Lounge e avanzò impettito verso di loro, come se la strada fosse solo sua. Chiaramente lui e l'agente di guardia erano amiconi.

«Resteremo per un bel po'» gli disse a bassa voce.

«Novità?» chiese l'altro.

«Un pirata della strada, un sacco di confusione, il solito. Idioti che scattano foto con il telefono. Ho un paio di testimoni che dicono che il vecchio ha cercato di salvare la vita a un tizio più giovane e lo ha spinto via. A quanto pare il guidatore del SUV era ubriaco o drogato. È arrivato a tutta velocità dal nulla, non si è fermato e ha proseguito. Speriamo di rilevare le targhe dalle telecamere esterne di uno dei negozi.»

«La vittima aveva documenti?»

«A quanto pare si chiamava Mike Delaney: uno dei baristi del Fairfax Lounge è uscito e gli ha dato un'occhiata. Lavorava lì, una specie di mago del posto.»

«Peccato che le sue magie non abbiano funzionato stasera» commentò l'altro agente.

«Mi scusi, ha detto *Mike Delaney*?» lo interruppe Bloor.

«Sì» rispose l'agente che aveva comunicato la notizia.

Bloor sentì un gran vuoto allo stomaco.

«Mike Delaney?» chiese di nuovo.

Nessuno dei due agenti rispose.

«Io... io stavo andando a incontrarlo. Devo vederlo.»

«Non lo troverà troppo loquace, signore» rispose l'agente robusto.

«No, lei non capisce. Io... io devo vederlo. Non potrebbe farmi passare solo per un attimo?» chiese in tono disperato.

«Non credo che abbia sentito bene, signore. È morto. Qui non c'è niente per lei.»

«Dove... dove lo porteranno?»

«È parente della vittima, signore?» chiese il poliziotto di guardia.

«Sì. Be'... sì... mio cugino» mentì inventando su due piedi. «Sono venuto apposta dall'Inghilterra per incontrarlo. Una riunione di famiglia. Era un cugino perso di vista da tempo e solo da poco ci eravamo ritrovati. È stato un viaggio molto emozionante per me. Dove porteranno il corpo?»

«In centro, Ufficio del medico legale. L'obitorio è là, ma non direi che sia il posto migliore per una riunione di famiglia.»

Bloor fece una smorfia. «C'è un solo obitorio dove lo potrebbero portare?»

Il poliziotto di guardia rispose in tono sarcastico. «Guarda, amico, non sono come gli alberghi, sai? Quando sei morto non puoi scegliere dove passare la notte, ok?»

«Non capisce… chi è lui… chi potrebbe essere.»

«Capisco benissimo» rispose l'altro poliziotto. «E adesso credo sia meglio che se ne vada, signore, dobbiamo lasciare libera la strada.»

«No, no… vi prego, voi non sapete!»

«Nessuno lo saprà per certo fino a un'identificazione formale, signore.»

«E dove avverrà? All'Ufficio del medico legale?» Bloor controllò sul telefono. «Questo obitorio, giusto?»

I due agenti lo fissarono e quello di guardia annuì.

«Avete l'indirizzo?»

«Lo troverà sulla *Guida ai migliori alberghi*» rispose l'altro.

Il collega sghignazzò.

Bloor fissò entrambi. Non capivano, non avevano idea di chi fosse la persona che giaceva morta a pochi metri dalle loro facce compiaciute.

Mentre Bloor tornava alla limousine, gli venne in mente che forse poteva non essere affatto un disastro, ma un'opportunità preziosa.

Cominciò a elaborare un piano.

Salendo sulla limousine disse all'autista: «Cambio di destinazione. Può portarci in centro, all'Ufficio del medico legale?»

«North Mission Road.»

«È quello l'indirizzo?»

«Esatto.»

«Possiamo andarci, per favore?»

«Ottima scelta. Senza dubbio preferirei passare una serata lì che al Fairfax Lounge.»

131

Lunedì 20 marzo

Poco dopo le ventidue, Ross e Sally erano seduti nella zona bar di un ristorante asiatico fusion alla moda che le avevano consigliato. Lei sorseggiava un Margarita, Ross aveva già ingollato un doppio scotch e teneva con mano tremante una grossa birra alla spina. In sottofondo si sentiva *Piano Man* di Billy Joel.

Sul tavolino davanti a loro una scelta di *dim sum*, anche se Ross non aveva appetito. Sentiva dolori dappertutto, gli facevano male parecchie costole ma quasi non se ne rendeva conto. Una parte di lui avrebbe voluto dire tutto a Sally, farle ascoltare la registrazione parola per parola. Ma stava ancora cercando di capire da dove cominciare ed era ancora cauto.

«Pronto?» disse lei agitandogli una mano davanti alla faccia. «Ehi, ci sei?»

Lui la guardò sobbalzando. «Scusami» rispose, «sono...»

Da un'altra parte, lo sapeva, come in trance. Cercava di dare un senso alla situazione. Un senso al fatto che Imogen fosse a Los Angeles. Un senso al fatto che qualcuno avesse appena cercato di ucciderlo. Un senso per capire di chi si potesse ancora fidare.

«Raccontami dal principio che cosa è successo stasera, Ross» disse Sally. «Davvero, sembra che tu abbia visto un fantasma.»

«Forse è proprio così.»

«Lo Spirito Santo?»

Lui fece un lieve sorriso. «Immagino... non so, sto cercando di ricordare la sequenza di quello che è successo. È stato incredibile, Sally. È stato come... non riesco a descriverlo… qualcosa di ultraterreno. So benissimo che tutto quello che ti dirò può sembrare da pazzi.»

«Mettimi alla prova.»

Lei riuscì ad afferrare un raviolo con le bacchette e a sollevarlo di qualche centimetro, ma poi ricadde nel piatto.

«I cinesi li schiacciano prima, poi li mettono in bocca» commentò lui cercando di dare il suo contributo.

«Molto elegante» fu il suo commento. «Così?» chiese prendendo il raviolo con le dita, lasciandolo cadere nel piatto e cominciando a schiacciarlo. «Perdonami, sto morendo di fame, ma muoio anche dalla voglia di sapere. Che cosa è successo, voglio dire, cosa *pensi* che sia successo quando sei uscito dal Fairfax Lounge?»

«Ho cominciato ad attraversare la strada ed ero concentrato sul messaggio che ti volevo scrivere, per organizzare l'appuntamento.»

«Non molto brillante come idea» commentò lei con un sorriso di rimprovero. «Attraversare la strada mentre guardi il cellulare. Hai proprio voglia di morire?»

«Ero sulle strisce pedonali e il semaforo era verde.»

«Be' diciamo che preferisco che tu arrivi con qualche minuto di ritardo qui che troppo in anticipo nell'aldilà.»

Lui rise. «Molto appropriato.»

«In questo sono brava.»

«Comunque, ero a metà dell'attraversamento quando il SUV è apparso dal nulla a tutta velocità. Ho sentito il rombo del motore, ho visto i fari. È stato come se qualcuno mi puntasse volutamente. Mi sono fermato, come inchiodato sul posto. Onestamente, ho pensato di essere spacciato, non sapevo dove andare. Poi è successo qualcosa, non saprei come descriverlo se non dicendo qualcosa di *mistico*.»

«In che senso?»

«Delaney. L'ho visto in piedi davanti al Fairfax, probabilmente mi aveva seguito fuori. In una frazione di secondo, con il SUV che mi era quasi addosso, si è precipitato verso di me. Forse sono scioccato e la testa mi fa brutti scherzi, ma

Delaney si è mosso molto più veloce di quanto sia umanamente possibile, ancor di più se pensi alla sua età. Ho sentito che mi spingeva e sono stato letteralmente catapultato al di là della strada: mi sembrava di essere su un cuscino d'aria. Per un attimo ho creduto di essere morto, sai come le persone che descrivono le esperienze di confine. Mi sembrava di provare una cosa così, più o meno come quando è morto Ricky. Poi mi sono schiantato contro un muro, mi sono ritrovato a terra. Io...»

Tacque, cercando di ricordare altro. «Ho visto la macchina, un grosso SUV, sfrecciare lungo la strada e Delaney che volava in aria come... come un'enorme bambola di stracci.»

Lei tese il braccio e appoggiò teneramente la mano su quella di lui.

«È stato come se il tempo si fosse fermato per una frazione di secondo.»

«Ma non accadono cose strane quando le persone vivono un'esperienza di quasi-morte? Mi hai detto quella cosa straordinaria su tuo fratello, quando stava morendo.»

«Questa è stata diversa, più come...»

«Un miracolo?» chiese lei.

«È stato un miracolo. Ma perché lui è morto? Avrei dovuto morire io.»

«Credi che ti abbia salvato?»

«Forse.»

«Come dire che ha sacrificato la sua vita per la tua?»

«Non so, è probabile. Ma perché?»

Lei lo fissò con gli occhi che brillavano come se avesse capito. «Perché hai una missione da compiere?»

«Non lo so» rispose Ross bevendo un altro sorso di birra. «Ho avuto la sensazione che sapesse che la sua morte era imminente, me lo ha fatto capire al pub. Una delle ultime cose che mi ha detto è stata: 'Presto, dopo che verrò richiamato, accadrà. A lei i media danno ascolto. Ha la registrazione, signor Hunter. Lei avrà la prova assoluta'.»

«Come è stato il vostro incontro al pub? Parlare con lui?» chiese Sally.

«Non saprei nemmeno come cominciare a descriverlo.» Ci pensò per un attimo. «Molto strano, incredibile. Continuavo a percepire l'energia che lui emanava, come elettricità statica o qualcosa di simile. Come qualcosa di soprannaturale.» Si strinse nelle spalle. «Ma forse è stata solo la mia immaginazione.»

«Forse no.» Sally si chinò in avanti e studiò il viso di lui. «Hai detto che ha parlato di un segno?»

«Ha citato la Genesi. Ho tutto registrato.»

«Posso sentirlo?»

«Certo.»

«Magari dopo cena?»

Lui annuì. «Si è anche riferito al capitolo 24 di Matteo, mi pare fosse quello. Quando parla del sole e della luna che si oscurano, delle stelle che cadono dal cielo e poi dell'arrivo di un segno di Dio. Quel segno sarebbe stato ovunque, esattamente nello stesso momento, in ogni paese e in ogni fuso orario.»

«E quelli che dormono o i ciechi?»

«Li ha inclusi dicendo che non un'anima al mondo, non una sola creatura vivente, riuscirà a non vederlo.»

Lei lo fissò in silenzio. «Se è vero, voglio dire se lui è reale, è...»

«Piuttosto interessante?»

Lei sorrise. «Sì, *piuttosto interessante*. È l'eufemismo dell'anno o degli ultimi duemila anni?»

Ross diede un colpetto sulla tasca della giacca e sentì un tintinnio di vetri rotti: il tumbler da cui aveva bevuto Delaney e che si era infranto quando Ross era finito contro il muro. «Il bicchiere da cui ha bevuto. Potrei verificare con questo.»

«Brillante!» commentò Sally. «Ma non avrei creduto che fossi un cleptomane.»

«Un giorno tornerò e pagherò il bicchiere» le rispose sorridendo.

«Ma qual è l'ultima cosa che ti ha detto?» chiese Sally.

«Delaney ha finito il suo drink, si è alzato e ha detto: 'Immagino di dover lavorare. E di doverla tenere al sicuro fino a quando sarà necessario'. Io gli ho chiesto quando e dove sarebbe apparso il segno, e lui mi ha risposto che sarebbe avvenuto presto, dopo il suo richiamo, immagino in cielo. Ha detto anche che avrei potuto raggiungerlo fino a quando fosse rimasto, ma che non sarebbe restato per molto. Poi è andato al tavolo accanto al mio e ha cominciato con i suoi giochi di carte. Io ho pagato e sono uscito.»

«Poi lo hai visto fuori dal pub e quando lo ha investito il SUV?»

«Sì.»

«Credi che sia stato intenzionale… l'investimento? Ma cercava di uccidere te o Delaney?»

«Be', poco dopo ero seduto dentro una macchina della polizia per rilasciare una dichiarazione. Un poliziotto mi ha detto di aver parlato con uno dei baristi. Gli ha detto che, qualche sera prima, Delaney stava facendo i suoi trucchi: a quanto pare ne aveva una buona serie da borseggiatore. Quella sera aveva preso il portafoglio a un cliente ma, quando lo ha restituito, il tizio lo ha accusato di avergli rubato cinquanta dollari. La situazione si è fatta spiacevole e hanno chiamato la polizia, che ha portato Delaney in una stanza sul retro e lo ha perquisito. Ma era pulito, non gli hanno trovato addosso banconote da cinquanta dollari. Il cliente, però, non era soddisfatto e se ne è andato dicendo che sarebbe tornato per pareggiare i conti con Delaney. Adesso stanno concentrando l'inchiesta su questo episodio.» Ross rimase in silenzio per un attimo, poi aggiunse «Ma…»

«Ma?»

Ross stava pensando al suo viaggio fino a quel momento, a tutto quello che era successo, cercando di capire chi avrebbe potuto volerlo uccidere. Con Wenceslas morto, certo il principale sospetto era la Kerr Kluge.

«Ross, il tuo amico, il vescovo di Monmouth, Benedict

Carmichael, ti ha avvertito che, se qualcuno avesse affermato di avere le prove dell'esistenza di Dio, avrebbe rischiato di essere ucciso. Tu ne hai fatto esperienza a Glastonbury, poi in Egitto e adesso probabilmente qui. Magari il vescovo aveva ragione» disse Sally.

«Forse.»

«Ma questo non ti fermerà, vero Ross?»

«No.»

«Ne sono felice. Non voglio che ti facciano del male, ma ammiro i tuoi principi. Quindi hai ottimo materiale per il tuo articolo. Quando lo scriverai?»

«Ho già cominciato.»

«E il tuo giornale lo prenderà sul serio perché lo scrivi tu?»

«Lo spero» rispose Ross. «Ma a ogni articolo corri sempre il rischio che esca in un giorno in cui ci sono importanti notizie dell'ultima ora e le tue due pagine rischiano di essere ridotte a poche colonne di qualche centimetro.»

«Ma il tuo articolo *è* proprio quella notizia dell'ultima ora, una storia che farà sembrare irrilevante tutto il resto.»

«Lo spero, Sally, lo spero proprio. Ho rischiato molto per questo, ma nel frattempo ho anche conosciuto persone incredibili.» La fissò con sguardo carico di significati, i loro sguardi si incontrarono e lei annuì.

Ross provò a prendere un *dim sum* con le bacchette, un raviolo di granchio. Dopo qualche tentativo fallito, lo trafisse e lo portò alla bocca. Masticò per qualche istante senza poter parlare poi inghiottì. Si rese conto di essere allo stremo delle energie e ne mangiò subito un altro mentre rifletteva.

«Credi davvero a quello che ha detto Delaney, Ross?»

«Non lo so, non so a cosa credere. Stanno accadendo molte cose strane, cose che non ti ho ancora detto.»

«Del tipo?»

La mente di Ross tornò al Fairfax Lounge. Era come un sogno. Aveva solo immaginato l'uomo giovane sotto il guscio di Delaney? Quel ragazzo che portava ancora in sé? Tutti gli strati, uno sotto l'altro?

«Ehi!» lo richiamò Sally. «Te ne sei andato di nuovo.»

La guardò, poi esitò confuso. Di cosa stavano parlando?

«Hai detto che c'erano cose che non sapevo ancora.»

«Giusto.» Era di nuovo concentrato. «Mia moglie è qui a Los Angeles.»

«Che cosa?» chiese lei con espressione scossa. «Imogen?»

Le raccontò cosa era successo.

«E tu non avevi idea che sarebbe venuta qui? Lei sa dove alloggi e non ha provato a contattarti? Ha rifiutato le tue telefonate?»

«Sì» annuì Ross. «E con i soldi non siamo messi bene. Immagina un po'.»

«Io immagino che abbia una relazione.»

«Non sarebbe la prima.»

«Come?»

«Sally, Imogen è una donna intelligente. Mettiti nei suoi panni. Immagina di essere sposata con me e di sapere che vado a Los Angeles. Davvero verresti qui negli stessi giorni con il tuo amante?»

«Solo se volessi essere colta sul fatto. Se volessi chiudere il matrimonio.»

Ross la fissò in silenzio. «Non l'avevo considerata sotto questo aspetto» disse infine.

«Alcune menti lavorano in maniera obliqua, Ross.»

«Non credo che Imogen sia subdola, non in questo modo.»

Sally chinò la testa verso di lui. «Hai detto che è una donna intelligente. Be', lo deve essere se ti ha sposato.»

«Grazie.»

«Nel corso degli anni ho intervistato più di un criminale» commentò lei. «E una cosa che ho imparato da loro è che il nascondiglio migliore è proprio sotto il tuo naso.»

«Una teoria valida, ma in questa situazione non ci credo.»

«Ne hai una migliore?»

«No, le ho esaurite. Ma credo a una cosa e mi aggrapperò a quella, per quanto possa essere arduo. Poi lo sapremo per certo, in un senso o nell'altro.»

«Il segno che ha promesso Delaney?»

«Sì.»

«E se non apparisse?»

«Ho sempre apprezzato una citazione di Martin Lutero, che suona tipo: 'Anche se sapessi che la fine del mondo è domani, pianterei comunque il mio melo'.» La guardò. «Sai, tu mi fai sentire così. Mi scuso se sembro sdolcinato, ma è vero.»

«Piuttosto sdolcinato» sorrise lei. «Ma va bene. Mi sento sdolcinata anch'io.»

In quel momento, dalle casse dell'impianto stereo uscì un brano di Van Morrison: cantava *Have I Told You Lately That I Love You?*

Ross ricambiò il sorriso. «Che aveva detto Noël Coward a proposito della potenza della musica?»

Lei inclinò la testa. «Vorresti dirmelo?»

132

Lunedì 20 marzo

«Il posto è questo» biascicò l'autista quando arrivarono all'obitorio. «A quanto pare siamo arrivati tardi per l'Happy Hour.»

Erano quasi le dieci di sera quando la limousine entrò dal cancello aperto, superando un grande cartello CONTEA DI LOS ANGELES, UFFICIO DEL MEDICO LEGALE-CORONER.

Alla luce dei fari, Bloor vide una fila di bassi edifici di aspetto moderno, collegati uno all'altro e numerati. Sui muri, molti cartelli a grandi lettere azzurre.

UFFICIO DEL CORONER, LABORATORI FORENSI

UFFICIO DEL CORONER, AMMINISTRAZIONE

Sul piazzale antistante c'era una fila di berline bianche parcheggiate, tutte uguali e tutte con lo stesso simbolo e la scritta CORONER.

Fermando la limousine davanti a quello che sembrava l'ingresso principale, l'autista disse: «La festa comincia qui».

Bloor scese, ignorandolo e lasciando Helmsley in macchina ancora impegnato con le sue email.

Salì i gradini con il vento che ululava e arrivò di fronte a una doppia porta a vetri, consapevole della telecamera puntata su di lui. Un cartello sul vetro diceva VIETATO L'ACCESSO AL PUBBLICO. Sbirciando dall'esterno, vide una piccola zona d'attesa con un paio di divani molto funzionali, un apparecchio per disinfettare le mani e una bacheca piena di certificati in cornice.

Arrivò un uomo da dietro l'angolo. Era di mezza età, con lunghi capelli grigi e baffi. Indossava una camicia viola aperta sul collo e stringeva un fascio di fotografie.

Bloor bussò sul vetro. L'uomo si guardò intorno, scrollò

la testa e indicò un punto alle spalle di Bloor, che si guardò intorno perplesso. L'altro ripeté lo stesso gesto, ma Bloor scrollò le spalle. Allora si diresse verso la porta e la aprì. Bloor venne investito da un forte odore di detergente.

«Posso aiutarla?» Dava l'impressione di un tipo amichevole ed efficiente. Nel taschino sul petto aveva un telefono e intorno al collo un cordoncino con un badge. C'era scritto MARK JOHNSON, DIRETTORE, FOTOGRAFIA FORENSE E SERVIZI DI SUPPORTO, CONTEA DI LOS ANGELES, DIPARTIMENTO DEL MEDICO LEGALE-CORONER.

«Spero proprio di sì» rispose educatamente Bloor cercando di fingersi addolorato. «Vede, sono arrivato dall'Inghilterra in visita a un cugino. Tragicamente, lui è stato investito da un pirata della strada a West Hollywood ed è morto. Pensavo di poter essere d'aiuto se lo avessi identificato formalmente.»

«Le faccio le mie condoglianze, ma deve andare in quell'edificio alle sue spalle e parlare con la reception. E in ogni caso non credo sarà necessaria la sua identificazione.»

«No?»

«Ormai si fa tutto con il DNA e le impronte.»

«Capisco.»

«Mi dispiace che sia venuto qui per niente.»

Bloor improvvisò. «Be', il fatto è che sono venuto dall'Inghilterra per una grande riunione di famiglia. Sarebbe possibile vedere Mike? Porgergli un ultimo omaggio?»

«Purtroppo non accettiamo più visite, ci sono troppi rischi con l'assicurazione. Dovrà parlare con le pompe funebri, quando la salma di suo cugino uscirà di qui.»

«Bene, posso sapere dove lo porterete?»

«Come si chiama il defunto?»

«Mike Delaney.»

«Ah, capisco. Temo che sia classificato come parte della scena di un crimine. Solo quando il coroner autorizzerà il rilascio del corpo alle pompe funebri potrà vederlo.»

«E questo quando pensa che avverrà?»

«Dovremo aspettare l'autopsia, e siamo parecchio in ritardo: ne abbiamo cinquecento in attesa. Ci potrebbe volere qualche giorno, o magari una settimana o più.»

«Capisco» rispose Bloor con tono afflitto. «Immagino che sia impossibile fare uno strappo alla regola, dato che ho fatto tanta strada e devo tornare a casa fra due giorni, e lasciarmi dare un'occhiata veloce.»

«Temo proprio di no. Potrebbe però tornare domani e sottoporre il suo caso al coroner.» Sembrò riflettere, poi aggiunse «Oh, no, mi scusi, lui e il suo vice sono via per un convegno e torneranno solo giovedì. Mi dispiace molto».

Bloor lo ringraziò, lesse di nuovo il nome sul badge e si allontanò. Invece di tornare alla macchina, svoltò a destra e camminò sul fianco dell'edificio sbirciando dentro le finestre buie. Poi dopo aver sceso qualche gradino, sentì odore di sigaretta provenire dal parcheggio sottostante.

Scese ancora, superò una fila di furgoni, svoltò l'angolo e vide un uomo basso in camice azzurro, con una cuffia da sala operatoria spinta in alto sulla fronte, in piedi fuori da una porta intento a fumare.

Bloor avanzò con passo sicuro verso di lui. «Che buon profumo!» esordì.

«Ne vuole una?» L'uomo mise una mano sotto il camice e gli porse un pacchetto di sigarette.

«Sicuro?» chiese Bloor. Non fumava una sigaretta da quando aveva vent'anni.

«Noi fumatori dobbiamo essere solidali.»

«Sicuro!» Prese una sigaretta, poi l'altro gliela accese.

«Lei mi sembra inglese.»

«Lo sono.»

«E cosa la porta qui?»

«Oh, in patria sono patologo forense. Da noi non ci sono molte morti per ferite da arma da fuoco e, considerando la minaccia terroristica, mi hanno distaccato qui per imparare, su invito di Mark Johnson: l'ho visto proprio adesso.» Bloor lanciò uno sguardo furtivo al badge dell'uomo e lesse DR

WAYNE LINCH. «Mark mi ha detto che domani mi presenterà un certo dottor Linch che lavora qui e spero di poter passare un po' di tempo con lui.»

«Il dottor Linch? Sono io!»

Si strinsero la mano. «Piacere di conoscerti, dottor...»

«Porter, Richard Porter.»

«Bene, Richard, sei nel posto giusto. Ecco perché sto lavorando fino a tardi stasera. Quattro morti per ferite da arma da fuoco nella Orange County. A quanto pare, uno scambio di droga finito male. Vuoi dare un'occhiata?»

«Certo» rispose Bloor. «Mi sarebbe d'aiuto.»

Finirono le sigarette ed entrarono.

Bloor lo seguì in uno spogliatoio, dove il patologo gli diede un camice azzurro, una cuffia e una mascherina di carta, poi prese un paio di stivali bianchi di gomma da sotto una panca.

«Che tipo di morte da arma da fuoco vuoi vedere?»

«Pistola. Abbiamo qualche caso dovuto a colpi di fucile, incidenti di caccia, ma raramente per colpi di pistola.»

Il patologo lo condusse lungo un corridoio, poi aprì una porta e accese le luci.

All'interno, su una barella d'acciaio, giaceva supino un uomo ispanico nudo, sotto un grande scanner circolare. Sul petto aveva un enorme tatuaggio e ai due lati del capezzolo sinistro, due piccoli fori.

«Vedi quei segni sul petto?»

«Quelli vicino al capezzolo?»

«Sì. Fatti con un piccolo calibro, una pistola 22 caricata con proiettili dum-dum. I fori di entrata sono piccoli, ma le pallottole sono esplose all'interno, dopo l'impatto. Se lo girassi, vedresti che gran parte della schiena non c'è più, insieme agli organi interni.» Indicò lo scanner. «Cercheremo di individuare tutti i frammenti rimasti dentro.»

Bloor osservò il tatuaggio sul petto del morto. C'era scritto: IO SONO QUI.

Notando l'interesse, anche il patologo lo osservò, poi si rivolse al viso del morto commentando: «Non più, amico».

Uscirono dalla stanza, Linch spense le luci e chiuse la porta. «Ok, meglio che torni al lavoro. È stato un piacere conoscerti, Richard.»

«Un piacere anche per me. Ci vediamo domani. A che ora arrivi?»

«Oh, sono mattiniero. Alle sette.»

«Bene, allora, per le sette.»

Mentre l'altro si allontanava, Bloor rimase immobile, incredulo per la fortuna che gli era capitata. Il corpo di Mike Delaney era già stato portato lì, ma dove?

Provò un momento di ansia quando vide arrivare verso di lui un tizio giovane, sovrappeso e con la barba, con indosso un camice azzurro simile al suo, ma senza cuffia.

«Buona sera» disse passando.

Bloor grugnì qualcosa, poi si affrettò lungo il corridoio. Aprì la prima porta che trovò e vide uno stanzone lungo e stretto, con luci da camera operatoria, una fila di barelle d'acciaio e alcuni corpi che giacevano sotto teli di plastica. Tutti avevano la pelle scura. In fondo c'era un uomo, vestito come il patologo con cui aveva appena condiviso una sigaretta, al lavoro su un cadavere molto piccolo. Un bambino.

Chiuse la porta e proseguì, superando i bagni, un distributore d'acqua, un bidone dei rifiuti giallo su ruote e diverse bacheche. Arrivò davanti a un ascensore e si chiese dove portasse. Poi vide un'altra porta più avanti.

La aprì.

Fu investito da una folata d'aria gelida, densa e carica del lezzo nauseante della carne in decomposizione. Le luci erano accese. Era un enorme deposito frigorifero che somigliava a un magazzino. Una striscia di luci era fissata a un soffitto ondulato. File di corpi giacevano su scaffalature metalliche, alte cinque ripiani, che si perdevano in distanza. Decine di barelle d'acciaio, in gran parte occupate, erano piazzate in maniera apparentemente casuale sul pavimento. Ogni cadavere era coperto da un telo di plastica, alcuni trasparenti, altri bianco opaco. Dall'alluce di tutti pendevano due cartellini, uno arancio, l'altro marrone chiaro.

Oltre cinquecento, pensò, rammentando le parole di Mark Johnson.

Uno di loro era Mike Delaney.

Le luci sfarfallarono e, quasi nello stesso istante, sentì lo schianto di un tuono che rimbombò nello stanzone con un profondo boato metallico.

Si richiuse la porta alle spalle e avanzò rapido verso una barella a breve distanza da lui. Sopra giaceva una figura avvolta nella plastica bianca. Controllò alle sue spalle, ma la porta era ancora chiusa. Lesse i cartellini sugli alluci, ma non c'erano nomi, solo numeri corrispondenti alla rispettiva pratica. Sollevò la copertura all'altezza della testa e fissò un uomo di colore che aveva perso metà della calotta cranica, esponendo il cervello.

Deglutì per non vomitare, risistemò il telo e procedette oltre. Doveva trovare Delaney e prendergli qualche capello per ricavarne il DNA.

Doveva farlo!

Le luci sfarfallarono un'altra volta. Poi lo scoppio di un altro tuono, seguito da un secondo. Poi da un terzo, ancora più forte. Anche il pavimento tremò e il rimbombo gli diede la sensazione di trovarsi dentro un enorme tamburo.

Guardò parecchi altri cadaveri sotto il telo trasparente. Una donna bianca obesa, un ragazzo magrissimo, una bellissima bionda. Poi si avvicinò a un'altra figura avvolta nella plastica bianca. La sollevò per vedere la testa e vide gli occhi spalancati di una ragazza nera con un foro bordato di sangue al centro della fronte.

Dove sei Delaney? Dove sei in questo inferno?

Le luci tremolarono ancora, poi si spensero del tutto, per riaccendersi dopo qualche secondo. Poi, subito sopra di lui, un'esplosione come di una bomba che scosse l'intero edificio.

Sempre più in affanno, Bloor superò molti altri cadaveri nella plastica trasparente, ma nessuno di loro somigliava all'immagine di Mike Delaney che aveva stampata in testa. Poi un altro corpo nella plastica bianca. Non appena lo raggiunse, le luci tremolarono per l'ennesima volta e si spensero.

Si sentì un rombo di tuono così forte e vicino da far tremare ancora tutto.

Bloor prese il telefono e accese la torcia per controllare il viso del cadavere.

Un altro tuono.

Un altro corpo coperto di bianco. Sollevò il telo. Era una donna cinese.

Poi sentì una voce furiosa alle sue spalle, una voce che riconobbe. Mark Johnson urlò: «Ehi, ehi! Dico a lei, signore!»

Si voltò in preda al panico.

«Che diavolo crede di...»

In quel momento, Bloor sentì un crepitio di elettricità e tutta la stanza si illuminò di un bagliore azzurrino. Vide lampi frastagliati blu danzare intorno al soffitto, poi attraversare le scaffalature metalliche, come i picchi e gli avvallamenti di un elettrocardiogramma. Intravide il viso furioso dell'uomo con la camicia viola alle sue spalle. Poi sentì sopra di lui un'enorme esplosione.

Alzò lo sguardo e vide il soffitto in fiamme.

Superò di corsa l'uomo, scostandolo con tale forza da farlo cadere all'indietro, arrivò alla porta, la spalancò e corse fuori nel corridoio.

Sentì lo schianto di un altro tuono.

Poi si accorse che stava correndo nella direzione sbagliata.

Il soffitto sopra di lui esplose in una palla di fuoco.

Si voltò e corse alla cieca, disperato, nella direzione opposta, sotto i getti d'acqua dell'impianto antincendio. Raggiunse il banco della reception e andò verso la porta. Tirò, spinse, ma senza riuscire ad aprirla.

Ci fu un altro tuono fortissimo.

Una parte del soffitto crollò in fiamme alle sue spalle.

Vide accanto alla porta un pulsante verde e lo premette, ma senza ottenere risultati. Tornò di corsa al banco della reception, prese la sedia e la lanciò con tutte le sue forze contro la porta di vetro, che si infranse. Riuscì a uscire, poi corse alla limousine, spalancò la portiera posteriore e si lanciò all'interno.

«Stai bene?» chiese Julius Helmsley preoccupato.

«Via di qui!» urlò Bloor all'autista.

«Fulmini» disse Helmsley. «L'edificio è stato colpito due volte di seguito.»

Mentre uscivano dal cancello aperto, Bloor si voltò per guardare l'obitorio. Tutto l'edificio era avvolto dalle fiamme.

Sentì in lontananza l'urlo delle sirene dei pompieri in arrivo.

133
Martedì 21 marzo

Dopo una notte inquieta e insonne a causa dei tuoni e dei pensieri angosciosi, alle cinque del mattino Ross rinunciò a cercare di dormire. Finita la cena, Sally lo aveva invitato al suo albergo per il bicchiere della staffa, ma lui aveva declinato. Ogni volta che la vedeva si sentiva sempre più attratto da lei; con lei provava qualcosa che non aveva mai sentito con Imogen, ma che non riusciva a mettere a fuoco: un legame molto profondo.

I pensieri su Imogen continuavano a turbinargli nella mente. Come mai era a Los Angeles? A che gioco giocava? Non aveva senso, ma d'altronde nulla, in quella situazione, sembrava averlo.

Prese il telefono e guardò il display nella speranza di un messaggio di Imogen che spiegasse la sua presenza in città.

Aveva un solo messaggio, ed era di Sally, inviato la sera prima alle 23.30.

Sogni d'oro, salvatore del mondo, sì, proprio tu! XX

Rispose.

Si scrive con la maiuscola: Salvatore. XX

Sally rispose immediatamente. Forse, come lui, nemmeno Sally aveva dormito.

Adesso non fare il maestrino ☺ XX

Rise e, per un attimo, il suo umore cupo si alleggerì.

Gli sembrava che gli avessero sfregato gli occhi con la carta vetrata. Prese il telecomando, accese la televisione e cominciò a fare zapping. Un vecchio episodio di *E.R.*, un documentario sullo scioglimento dei ghiacci nell'Artico, poi il notiziario locale che mostrava un edificio in fiamme e, di fronte, molti camion dei vigili del fuoco e mezzi d'emergenza. Manicotti, pompieri, uno speaker telegenico che stringeva un microfono.

«... lavorando tutta la notte per domare un incendio provocato da un fulmine caduto sugli uffici del coroner della contea di Los Angeles. Qui con me c'è Mark Johnson, il direttore. Com'è la situazione?»

Johnson, un uomo dall'espressione cupa, con i baffi e una camicia viola, rispose: «Abbastanza brutta. A quanto pare il fulmine più forte ha colpito il locale che noi chiamiamo Cripta, dove erano conservati oltre cinquecento corpi in attesa dell'autopsia. È ancora presto per valutare i danni, ma a quanto sento dai vigili del fuoco, quella parte dell'edificio è andata praticamente distrutta».

Ross si mise a sedere sul letto. Nell'ora che seguì rimase incollato al televisore passando da un canale all'altro per avere le ultime notizie. Poi suonò il telefono.

Era Sally.

«Ehi, hai visto il notiziario?» chiese.

«Lo sto guardando in questo momento.»

«Strano, eh?»

«Puoi dirlo forte.»

«È stato bello vederti ieri sera.»

«Anche per me.»

«Anche se ti sei addormentato a tavola.»

«Davvero? Oh, merda, scusami!»

«Ti perdono, ma a una condizione.»

«E sarebbe?»

«Stasera ceniamo ancora insieme.»

Lui sorrise. Non ne era ancora sicuro al cento per cento, ma aveva sempre più la sensazione di potersi fidare di lei. «Cercherò di restare sveglio.»

«In caso contrario la prenderò come un'offesa personale.»

Poco dopo la fine della chiamata, il telefono suonò di nuovo.

Era Imogen.

134

Martedì 21 marzo

«Che ci fai a Los Angeles?» chiese Ross alla moglie.

«Non ne posso parlare al telefono. Potremmo vederci alle 10 nella hall del Serena Hotel su Sunset Boulevard?»

La sua voce aveva un tono gelido e la moglie gli sembrò un'estranea.

«Sì, ma dimmi cosa...»

Sentì un *clic*.

Lei aveva chiuso la telefonata.

La richiamò, ma scattò subito la segreteria.

Non lasciò un messaggio. Rimase sul letto chiedendosi cosa stesse succedendo. A che gioco giocasse la moglie. Poi riportò i pensieri agli eventi della sera precedente. Aprì le note vocali e riascoltò la registrazione dell'incontro con Mike Delaney, attento alle sfumature della voce. Alla sincerità.

«È scritto anche in Matteo 24: 'Il Sole si oscurerà, la Luna non darà più la sua luce, le stelle cadranno dal cielo e le potenze dei cieli saranno sconvolte. Allora comparirà in cielo il segno del Figlio dell'Uomo'.»

Desiderò aver messo in valigia le scarpe da ginnastica, almeno avrebbe potuto usare la palestra dell'albergo. Indossò una T-shirt, jeans, stivaletti e una giacca di pelle e uscì a fare una passeggiata. Il vento era anche più forte del giorno prima e, dopo la pioggia torrenziale, l'aria era fresca. Svoltò a caso in una strada tranquilla, bordata di alberi, e superò molte case eleganti e isolate, poi arrivò a un piccolo parco. A quell'ora era già pieno di gente che faceva jogging e portava a passeggio il cane, e anche lui fece due brevi giri a passo veloce.

Rientrato in albergo, ordinò la colazione in camera: omelette di tre uova, pane tostato, frutti di bosco e caffè, fece la doccia, si rasò e prenotò un taxi per andare al Serena Hotel – a un quarto d'ora di distanza, come gli disse il portiere – per le 9.45.

135

Martedì 21 marzo

Erano quasi le sei del pomeriggio e fratello Pete imprecò. Era salito sul treno sbagliato: avrebbe dovuto prendere quello per Victoria Station ma, come gli aveva detto un passeggero gentile, quello su cui si trovava era diretto a una stazione diversa, London Bridge. A meno di non scendere e cambiare.

La pioggia rigava il finestrino, Pete sentiva in faccia una corrente fredda. Stavano attraversando una zona urbana tutta grigia e si sentiva molto depresso. Fino a quel momento, il piano che aveva ideato gli sembrava la cosa giusta da fare, ma adesso cominciava a dubitarne. La Bibbia che aveva in grembo era rimasta chiusa per tutto il viaggio.

La sua intenzione era di non tornare al Monte Athos, almeno non subito. Avrebbe voluto vedere un po' di mondo e mettere alla prova la sua fede. Per vedere se quella fede lo avrebbe fatto tornare sui suoi passi. Aveva bisogno di comprendere qualcosa nel profondo della sua anima: se a trattenerlo al monastero era la fede o lo stile di vita che si conduceva tra quelle mura, un modo di vivere che gli garantiva la pace e la lontananza dalle cose del mondo che aveva sempre desiderato.

Era stato suo cugino fratello Angus a dirglielo, un tempo, spiegando che a lui ci erano voluti oltre quarant'anni per comprendere il suo scopo nella vita, ovvero servire solo il Signore, in solitudine. Nel primo pomeriggio, Pete aveva aiutato i monaci a trasportare la bara nel semplice e tranquillo cimitero, con le sue file di spoglie croci di legno.

Si sentiva al contempo triste e felice per il vecchio monaco: diversamente da tanti altri, Angus sembrava aver trovato la pace e l'appagamento in tale vita semplice. Ma in quel momento, mentre era seduto sul treno e stringeva al suo fianco la borsa, Pete era incerto sul da farsi. Nella borsa c'era il sacchetto che il priore gli aveva dato affinché lo mettesse al sicuro. Oggetti che Angus voleva disperatamente fossero conservati per l'eternità. Sul Monte Athos sarebbero stati al sicuro.

Ma il suo cuore era pieno di dubbi.

Se fosse tornato al Monte Athos, probabilmente non gli avrebbero più permesso di andarsene. Per uscire dalla penisola non c'erano strade, ma solo la barca, e solo l'abate poteva dare il permesso di prenderla.

Una donna dall'aspetto sfinito si sedette di fronte a lui con un bambino che urlava, il moccio che gli colava dal naso. Un frammento di umanità. Accanto a lui, un ragazzo chino su sé stesso ascoltava musica nelle cuffie a un volume decisamente troppo alto. Pete sentiva il continuo *tum-tum-tum* e vedeva quel tipo dall'aria sciocca muovere la testa al ritmo della musica. Due anziani sedevano uno di fronte all'altra sul lato opposto del corridoio. Entrambi avevano lo sguardo fisso davanti a sé, puntato nel vuoto. Nella mano ossuta l'uomo stringeva un bastone, la donna era grassoccia e aveva una serie di doppi menti.

«Mi annoio» si lamentò l'uomo.

«Anch'io» rispose la donna.

«Quanto manca?» chiese lui.

«Non so» fu la risposta.

Il treno stava arrivando a una stazione. Fratello Pete vide il cartello EAST CROYDON. Era lì che poteva cambiare per Victoria Station.

Si alzò mentre il treno si stava fermando e poi scese, sollevato di potersi allontanare da quell'ambiente claustrofobico. Sul Monte Athos aveva spazio, non doveva vedere bambini con il naso che colava o sopportare l'orribile musica di un altra persona. Si rese conto che, per la prima volta da quando era partito, gli mancava la solitudine.

Orientandosi nel dedalo dei binari, sotto una pioggia

battente, trovò infine il treno giusto per Victoria Station. Un cartello elettronico indicava che quello successivo sarebbe arrivato dopo quattordici minuti. Sedette su una panchina vuota, sotto una pensilina, prese la Bibbia dalla borsa e cominciò a leggere.

Poco dopo percepì la presenza di qualcuno, un gruppo di persone che lo stava accerchiando. Sentì puzza di fumo e di alcol. Poi una voce beffarda disse: «Che cazzo stai leggendo, il Corano?»

Pete alzò lo sguardo. Erano quattro ragazzi, tutti tatuati, due con la testa rasata, uno con la cresta, uno con anelli al naso e alle labbra e i capelli verdi tutti dritti. Indossavano felpe, pantaloni della tuta e scarpe da ginnastica, e tutti avevano in mano una lattina di birra. Tre di loro stavano fumando.

«È la Bibbia» rispose educatamente.

«Davvero?» disse uno.

Lui annuì.

Il treno stava arrivando. Pete rimise il libro nella borsa e si alzò. I ragazzi lo stavano osservando con uno sguardo di odio silenzioso.

Ignorandoli, salì sul treno in un vagone vuoto. Con suo grande sollievo, i ragazzi proseguirono verso un'altra carrozza. Pete sedette ancora scosso per quell'incontro. Come mai nel mondo c'era tanta ostilità? Forse era il modo in cui Dio metteva tutti alla prova, il modo che Lui aveva per instillare la rabbia nel suo cuore, Pete lo sapeva. Una rabbia che, a volte, si infiammava e diventava incontrollabile.

Poco dopo il treno ripartì, con la pioggia che entrava dal finestrino mezzo aperto accanto a lui. Stava per alzarsi a chiuderlo, quando sentì alle sue spalle una porta che si apriva e si richiudeva. E puzzo di sigaretta. Poi una voce.

«Sei un cazzo di terrorista o cosa?»

Sollevò lo sguardo e, con suo grande sgomento, vide nel corridoio i quattro teppisti. Uno di loro teneva una sigaretta tra le dita e stava facendo un tiro.

«Qui non si può fumare» disse fratello Pete prima di riuscire a trattenersi, e sentì montare una vampata di quella rabbia incontrollabile.

«Nemmeno i musulmani possono stare qui, amico» rispose Cresta.

«Non sono musulmano.»

«E allora che cazzo sei con quella testa a fungo e la vestaglia nera?»

«Sono un monaco greco-ortodosso» rispose con un lieve sorriso, nella speranza di riuscire a placarli.

«Eh? E come facciamo a sapere che non sei un cazzo di terrorista? Che non hai una bomba nella borsa?»

«Sono un monaco.»

«Bene, allora, facci vedere.» Quello con i capelli verdi cercò di prendere la borsa.

Pete allungò il braccio sinistro, per difendersi, e fece cadere il ragazzo. Poi afferrò la borsa per i manici e la fece roteare verso gli altri urlando: «Lasciatemi in pace, sono un monaco! Non sono un terrorista!» La roteò ancora una volta, con forza, ma non colpì nessuno, solo il finestrino.

I quattro lo guardarono.

«Sei un maledetto pazzo» disse Cresta.

Quello con i capelli verdi gli sferrò un pugno sul naso. Con gli occhi che lacrimavano per il dolore, Pete ebbe la visione confusa del ragazzo che afferrava la borsa e la lanciava fuori dal finestrino aperto.

«No!» urlò fratello Pete. «No, no, no!»

«Almeno adesso su questo treno siamo tutti al sicuro, la bomba non c'è più!»

Scoppiarono a ridere e si allontanarono nel corridoio.

Pete rimase in piedi, cercando di guardare fuori dal finestrino, con il vento e la pioggia che gli sferzavano la faccia, le lacrime che scendevano, mentre il treno accelerava.

136
Martedì 21 marzo

Qualche minuto prima delle dieci, il taxi svoltò nell'imponente viale del Serena Hotel. Poco ma sicuro, pensò Ross con una certa rabbia chiedendosi quanto costasse una notte lì, Imogen non avrebbe mai alloggiato in una topaia.

Un giorno gli faceva la predica sulla necessità di fare economia e risparmiare per quando avrebbe smesso di lavorare per avere il bambino e avrebbero dovuto vivere solo dello stipendio di lui. Il giorno dopo prendeva un aereo per Los Angeles e faceva la signora in uno degli alberghi più chic della città.

Il taxi avanzò per diverse centinaia di metri lungo un viale curvo, bordato di palme, e arrivò di fronte alle colonne dell'ingresso, che brulicava di personale in livrea e di limousine, macchine sportive e SUV di lusso.

Gli aprì la portiera un ragazzo giovane, molto bello e ossequiosamente gentile.

«Benvenuto al Serena Hotel, signore!»

Ross pagò il tassista lasciandogli anche la mancia, poi andò verso l'ingresso, superando statue di bronzo delle icone del passato di Hollywood. Riconobbe John Wayne seduto su una panchina, Marilyn Monroe allegra con la sigaretta in mano, mentre Rock Hudson, appoggiato a un muro, gli sorrideva ironico.

Le porte si aprirono automaticamente ed entrò in una hall gigantesca, bianca e profumata. Era dominata da una vasca circolare, con fontana e tre angeli dorati che si ergevano al centro. Lungo il bordo, vicino all'acqua, erano disposti gruppi di poltrone e divani.

Si stava ancora guardando intorno quando vide Imogen

andare verso di lui vestita con un tailleur elegante, come se la loro fosse una riunione di lavoro.

L'accompagnavano due uomini di mezza età che indossavano un completo, nessuno dei due particolarmente di bell'aspetto. Uno era di statura media, con lisci capelli argentei, una figura slanciata e un viso aquilino dal sorriso compiaciuto. L'altro era alto e magro, con occhiali dalla montatura rossa più adatti a uno studente d'arte e che gli davano un'aria da stupido, pensò Ross.

Li riconobbe dalle foto sul sito web dell'azienda. Se il male avesse un odore, quei due puzzerebbero, pensò.

Come per un silenzioso comando militare, i due si fermarono e Imogen proseguì sola nell'ultimo tratto.

«Ciao, Ross» disse, fermandosi a distanza di sicurezza.

L'istinto sarebbe stato quello di farsi avanti, abbracciarla e baciarla, ma il linguaggio del corpo di lei lo fermò. Era come se ci fosse una barriera.

«Cosa fai qui, Imo? Senza rispondere alle mie telefonate. Vuoi dirmi che succede? Io sto impazzendo.»

«Oh, poverino, perché io no? Nelle ultime settimane, da quando hai messo a rischio la vita di entrambi.»

«Sto facendo il mio lavoro.»

«La gente lavora per guadagnare *soldi*, Ross» ribatté lei.

«Chi sono i tuoi scagnozzi?» chiese indicando con la testa gli uomini alle spalle di lei. «Vedo che non ti fai mancare niente: voli a Los Angeles, soggiorni qui, assumi guardie del corpo.»

«Non sono guardie del corpo, e sono loro che pagano tutto. Ci offrono una montagna di soldi, molto più di quanto ti pagherà mai il giornale per l'articolo.»

Ross abbassò la voce in modo che lo potesse sentire solo Imogen e disse: «Davvero? Sono quei pezzi di merda che hanno cercato di uccidermi in Egitto?»

«No, ti sbagli, non ti volevano uccidere, volevano quello che avevi. Ma adesso ci offrono un accordo molto vantaggioso, molto migliore di quello del Vaticano. Possiamo andare a parlare in un posto tranquillo?»

«Qui è tranquillo.» La fissò. Era come se non la conoscesse più.

«Almeno andiamo a sederci.»

Imogen, seguita dai due uomini, si diresse verso un salottino vicino all'acqua della fontana, con un tavolino al centro, abbastanza lontano dagli altri per non essere ascoltati.

«Ross» disse Imogen. «Ti presento Ainsley Bloor e Julius Helmsley.»

Ross strinse riluttante le mani, prima all'uomo dal viso aquilino, poi a quello con gli occhiali stravaganti, e tutti si accomodarono.

«Un vero piacere conoscerla, Ross» disse Bloor. La voce era acuta, troppo amichevole e del tutto insincera. «Posso farle portare un tè o un caffè?»

«Un americano con latte caldo.»

Bloor fece schioccare le dita e un cameriere in giacca beige si affrettò a raggiungerli.

«Vorrebbe mangiare qualcosa?» chiese Bloor. «Ha fatto colazione?»

«Sono a posto così.»

Ordinarono, poi Ross disse: «Avete un biglietto da visita, per favore?»

«Ma certo.» Bloor prese uno splendido astuccio d'argento e gli porse il cartoncino.

«Kerr Kluge?»

«Esatto» rispose Bloor con lo stesso sorriso di un maestro a un bambino dell'asilo.

«E lei è l'amministratore delegato?»

«Sì, mentre Julius è il nostro direttore operativo.»

Ross non commentò. Imogen lo osservava ansiosa.

«Forse sua moglie le ha spiegato come mai ci troviamo qui.»

«No, non ne ho idea.»

«Ah, bene» proseguì Bloor con il suo tono paternalistico. «A quanto sappiamo, lei si trova qui a Los Angeles per incontrare un signore, un certo Mike Delaney, che in base ai documenti che lei è riuscito a ottenere, potrebbe essere Gesù Cristo tornato sulla Terra, per quanto la cosa possa sembrare improbabile.»

«E da chi lo avete saputo?»

«Da sua moglie» rispose Bloor con disarmante sincerità.

«Sì, signor Hunter, siamo bene informati» aggiunse Julius Helmsley.

Ross guardò torvo Imogen, poi i due uomini. «Ho sentito bene? Saprete anche che è stato ucciso la scorsa notte da un pirata della strada. Nulla a che vedere con voi?»

«Ross!» intervenne piccata Imogen.

«Con noi?» chiese Bloor, sempre con il tono di chi parla con un bambino piccolo. «Siamo venuti qui nella speranza di incontrare il signor Delaney, non per ucciderlo. La Kerr Kluge è una società molto rispettata, come sono certo che sappia. Uccidere le persone non è nel nostro stile.»

«Se vogliamo escludere me in Egitto e la povera gente che vive in Africa?» chiese Ross.

«Prego?» chiese Helmsley offeso.

«In diverse circostanze, la vostra società è stata criticata per aver venduto medicinali scaduti nel continente africano» disse ignorando lo sguardo furioso di sua moglie.

«Signor Hunter» rispose Helmsley, «tutti i nostri prodotti farmaceutici hanno un ampio margine di sicurezza rispetto alla data di scadenza indicata sulla confezione. Forse saranno scaduti per i distributori che riforniamo in Europa e negli Stati Uniti, ma sono ancora prodotti validi. Se venderli a basso prezzo può contribuire ad aiutare i paesi più poveri, penso sia un'azione lodevole, non crede?»

«Sembra di sentir parlare un santo, signor Helmsley» commentò Ross.

«A mio parere troppe persone demonizzano l'industria farmaceutica.»

«Davvero? Non riesco a capire come mai.»

«Ross!» sibilò Imogen.

«Senta, signor Hunter» intervenne Bloor, «inutile fare

tanti giri di parole. Noi vorremmo ciò che crediamo lei abbia, e siamo disposti a pagarlo profumatamente.»

«Ciò che *credete* che abbia? Avete messo cimici in casa mia, non è vero? Voi *sapete* quello che ho.»

Bloor arrossì.

«Da quando mi avete fatto graffitare la casa, giusto? Molto intelligente da parte vostra nascondervi dietro la scusa dei fanatici religiosi.»

Bloor non commentò.

«Avete ucciso voi il povero Harry Cook e il suo avvocato?»

«Molte persone sono in cerca di quello che ha, Ross. Non ci siamo solo noi.»

«Davvero?»

«E credo che lei lo sappia.»

«Tutti spietati come voi? Persone disposte a spararmi in Egitto? A cercare di annegarmi in un pozzo?»

«Quando la posta in gioco è alta, i rischi sono commisurati» commentò cinico Bloor. «E a volte le persone devono pagare il prezzo estremo. Così vanno le cose, così sono sempre andate. Lei ha qualcosa che potrebbe cambiare il mondo: una fiala di fluido, ottenuta polverizzando un dente, che probabilmente contiene il DNA di Gesù Cristo. Immagini che fine farebbe nelle mani sbagliate.»

Ross guardò Imogen, sbalordito. «Hai detto a questi della fiala? A questi vermi ripugnanti?»

«Non sono *vermi ripugnanti*, Ross. Sono brave persone che sanno fare le loro ricerche e fanno del bene al mondo.»

«Davvero?» Osservò furibondo i due uomini mentre arrivavano i caffè insieme a un piatto di biscottini.

Quando il cameriere se ne andò, Ross aggiunse: «E vorreste dirmi, signori, come mai il DNA di Gesù Cristo è tanto importante per voi? So che occupate una posizione di rilievo nel campo della genetica. State forse pensando di clonarLo? Oppure, signor Bloor, lei teme che possa farlo qualcun altro e di ritrovarsi orde di uomini dei miracoli che vanno in giro a guarire la gente facendo fallire la sua azienda?»

«Io sono ateo, Ross» ribatté Bloor sorridendo. «È molto semplice. Come lei ha correttamente osservato, noi siamo una delle più importanti aziende nel campo della ricerca genetica. Io non credo che Gesù Cristo sia il Figlio di Dio, né che sia stato un guaritore o un imbonitore. Ma nel mondo ci sono oltre due miliardi di cristiani praticanti, e molti di loro acquistano i nostri prodotti. Si tratta di marketing puro e semplice.»

«Che cosa?» chiese Ross. «Non riesco a seguirla.»

Bloor assunse di nuovo la sua espressione condiscendente. «È molto semplice, signor Hunter. Lei è un consumatore e può scegliere tra prodotti diversi. Se fosse cristiano, e credente, e volesse delle pastiglie per il mal di testa o una cura per il raffreddore, a parità di prezzo quale prodotto sceglierebbe? Quello di un'azienda della quale non sa niente, oppure quello che contiene il DNA di Gesù Cristo?»

Ross rimase in silenzio per qualche istante ad assimilare. Poi scosse la testa. «È così incredibilmente cinico.»

Bloor, sempre sorridendo, rispose: «Si chiamano *affari*, signor Hunter».

Ross si voltò verso la moglie. «Quanto hanno offerto di pagarti, Giuda… scusa, Imogen. Trenta denari?»

«Ross» rispose Imogen. «Si offrono di pagarci il mutuo, tutti i debiti e anche di più.»

«Siamo disposti a farle un'offerta molto generosa» disse Helmsley.

Ross guardò la moglie. «Non ci posso credere. Potrei fare qualcosa per l'umanità, e tu sei disposta a vendermi? Prima Silvestri, e adesso mi porti questi stronzi?»

«Sì, Ross, va bene, non lo faccio per il resto del mondo, lo faccio per noi.»

«Proprio tu, Imogen, che dovresti essere cristiana!»

«Sì, lo sono. Anche se forse, a volte, metto alcune considerazioni pratiche al di sopra della mia fede.»

Ross guardò i due uomini. «E di quale cifra stiamo parlando?»

«Prima di passare ad accordi dettagliati, dobbiamo essere del tutto certi della provenienza, signor Hunter» rispose Helmsley.

Ross prese il portafoglio dal taschino interno della giacca e lo tenne in alto. «Provenienza?»

Gli occhi di Bloor e Helmsley si illuminarono.

Ross strappò la fodera del portafoglio. Poi prese una minuscola fiala con l'etichetta dell'ATGC, tenendola nella mano alzata. «Mi state chiedendo la provenienza di ciò che è qui dentro?»

Registrò l'allarme negli occhi di Imogen.

«È corretto, signor Hunter» rispose Helmsley. «Dobbiamo dare rassicurazioni al nostro consiglio d'amministrazione.»

«Non ho dubbi che il consiglio d'amministrazione sia già al corrente della provenienza.»

«Non capisco» rispose Helmsley.

«Sta scherzando? Mi dice di non conoscerne la provenienza? Avete cercato di farmi uccidere quando sono andato in Egitto per prenderlo.»

«È un'accusa oltraggiosa!» protestò Bloor.

«Voi sapete che è vero, signori» disse guardando la fiala. «E volete sapere una cosa? Ho la sensazione che questo oggetto sia la causa di molti problemi.»

«Ross!» lo ammonì Imogen.

Stringendo la fiala con la sinistra, Ross svitò il tappo con la destra, si alzò e arrivò al bordo dell'acqua.

«Noooo!» urlò Bloor, tanto forte che molti si voltarono.

«Signor Hunter!» disse Helmsley con voce implorante.

«Ross! Non farlo!» gli ordinò Imogen.

Lui lanciò la fiala con tutta la sua forza verso la fontana. Mentre volava in aria, caddero diverse goccioline e poi, un istante dopo, la fiala scomparve alla vista sott'acqua.

Ross si girò e vide i visi sconvolti dei due dirigenti della casa farmaceutica. «Presto, signori, prendete un secchio ciascuno! Vi faccio un regalo. Acqua santa, tutto gratis!»

137

Martedì 21 marzo

«Stai bene?»

Seduta accanto a lui sull'aereo, Sally era terrea. Annuì. «Grazie, sì. È solo che non mi piacciono i decolli e gli atterraggi.»

«Io preferisco gli atterraggi all'alternativa.»

«Taci!»

Avevano finito il rullaggio in pista e, al momento, erano in coda. Il vento si era rinforzato e percuoteva l'aereo facendolo tremare.

Ross guardò l'orologio. Le 18.20. L'arrivo a Londra Heathrow era previsto all'ora di pranzo, del giorno successivo.

«Ross, ma che forza deve avere il vento prima che decidano di lasciare a terra gli aerei?» chiese.

«Deve essere molto forte: questi aggeggi hanno degli agganci in cielo.»

«Pessimo. Sai, quasi speravo che cancellassero il volo e ci facessero sbarcare. Così avremmo potuto passare un'altra serata a Los Angeles.»

Lui studiò il suo viso per un istante, mentre i motori salivano di giri e l'aereo tremava ancora più forte. «Ti farò una domanda, e vorrei che mi rispondessi sinceramente, ok?»

Lei rise. «Ci provo.»

«Era proprio necessario che facessi questo viaggio oppure erano tutte balle?»

«È così facile leggermi dentro?»

«No, ma ho il vago sospetto che tu possa essere appena un po' machiavellica.»

«Signor Hunter!» esclamò lei con finta indignazione. «Sono cose che si dicono a una signora?»

«Sono un giornalista e fare domande è il mio lavoro. Anche il tuo, se non sbaglio.»

«Va bene, confesso. Il viaggio l'ho pagato con i miei soldi. Mi interessi, e mi interessa la missione in cui ti sei imbarcato. Volevo essere sul posto e vedere cosa trovavi. Poi, speravo di darti un po' di sostegno.»

L'aereo si mosse per il decollo. Sally afferrò la mano di Ross, la strinse piantando le unghie e chiuse gli occhi.

L'aereo accelerò sulla pista, sempre più veloce, con i carrelli che sobbalzavano sotto di loro e il vento che scuoteva sempre più la carlinga. Erano ancora sulla pista. Sempre più veloci. Altri sobbalzi. Anche Ross cominciò a provare una certa ansia. Merda, sarebbero riusciti a decollare?

Poi, all'improvviso, furono in aria, gli scossoni ancora più forti. Le unghie di Sally si piantarono più a fondo. Stavano salendo, e l'aereo venne sballottato, tremò, per poi virare bruscamente verso sinistra. Un forte schianto alle loro spalle li spaventò. Poi si calmarono: era solo qualcosa che sbatteva nel comparto posteriore.

Dal finestrino, Ross riusciva a vedere le luci della città sotto di loro. Poi ciuffi di nuvole. All'improvviso le luci sparirono. Stavano salendo rapidamente di quota. Sempre più sballottati.

«Adesso puoi aprire gli occhi.»

Sally lo guardò, ancora mortalmente pallida, con un debole sorriso di sollievo.

«Grazie» disse lui.

«Per cosa?»

«Per essere stata onesta con me.»

«Sempre.»

138

Martedì 21 marzo

Due ore dopo il decollo del volo di Sally e Ross dal LAX, il Gulfstream con a bordo Ainsley Bloor e Julius Helmsley stava rullando sulla pista dell'aeroporto di Santa Monica, qualche chilometro più a nord, per rientrare in Inghilterra.

Il piccolo jet tremava nel vento, che aveva continuato a rinforzare per tutta la sera.

Entrambi erano furiosi. Il pilota aveva cercato di dissuaderli a causa delle condizioni atmosferiche, ma Bloor non era dell'umore giusto per sentirsi dire cosa fare.

Con la cintura allacciata, vuotò il secondo bicchiere di champagne e chiese per la terza o quarta volta: «Dimmi un po', Julius, quello stronzetto di Hunter come ha fatto a sapere che siamo stati noi in Egitto?»

«Non lo so, te l'ho detto Ainsley, non lo so.»

«Qualcuno gli ha permesso di fare il collegamento. Cazzo, qualcuno deve averglielo detto.»

«Ho già chiesto ai piloti.»

Il pilota e il copilota del Gulfstream erano sull'elicottero in Egitto, insieme a un collega del luogo che li aveva aiutati a orientarsi.

Bloor fissò lo sguardo fuori dal finestrino. Faticava a vedere anche le luci della pista, sembrava quasi ci fosse la nebbia.

La voce del primo pilota gracchiò dagli altoparlanti: «Signori, sta arrivando una tempesta di sabbia e sarà un viaggio molto poco confortevole. Io consiglierei di rinunciare e vedere che tempo fa domani mattina».

Bloor afferrò il microfono sul bracciolo e lo accese. «Vai e basta, ok? Va' e frega questa schifosa tempesta. Hai detto che partendo adesso l'avremmo anticipata.»

«Bene, il capo è lei. Ma sarà un volo travagliato.»
«Sarà più travagliato per te se non decolliamo.»
«I soldi sono suoi, sceglie lei.»
I motori rombarono e l'aereo accelerò rapidamente.
«Sei sicuro, Ainsley?» chiese nervoso Helmsley.
«Questo pilota ha compiuto centodieci missioni in Iraq. Là ci sono tempeste di sabbia, quelle vere. Sa il fatto suo, per lui questa è uno zuccherino.»
Pochi istanti dopo, mentre decollava, l'aereo venne scosso di lato con violenza e perse di colpo quota.
Helmsley urlò.
Riprese altitudine.
Poi scese di nuovo di colpo.
Bloor impallidì.
Si ritrovarono come dentro uno shaker. L'aereo salì quasi in verticale, poi scese altrettanto in verticale per diversi secondi prima di stabilizzarsi. Sembrava che fosse spinto da un lato, poi all'improvviso cominciò a roteare su se stesso.
«Cristo!» urlò Bloor.
Helmsley vomitò.

139

Mercoledì 22 marzo

La voce del pilota svegliò Ross da un sonno leggero e scomodo sull'angusto sedile. Sally dormiva ancora, con il viso a pochi centimetri dal suo schiacciato contro il piccolo cuscino che veniva dato a ogni passeggero. Ross sentì il tintinnio di un carrello e il profumo di cibo caldo.

«Mi dispiace per la nottata di scossoni, ma la buona notizia è che il vento in coda ci ha dato una bella spinta e arriveremo a Heathrow con quasi un'ora di anticipo. La temperatura a Londra è mite, 14 gradi, e c'è il sole. Fra non molto vi aggiornerò.»

Sally aprì gli occhi e gli sorrise.

«Sei riuscita a dormire?» le chiese.

«Sì, più o meno del sonno di chi dorme su un trampolino pieno di gente.»

Lui sorrise e, ancor prima di rendersi conto di quel che faceva, le diede un lieve bacio sulla fronte.

Sally lo fissò dritto negli occhi. I suoi erano limpidi, di un azzurro profondo, fiduciosi. Occhi sorridenti. Sbadigliò. «Allora, qualche volta ci vedremo ancora?»

«Presto, spero.»

«Anch'io» rispose lei. «Facciamo molto presto!»

Ross mise in moto la macchina e uscì dal posteggio a lungo termine di Heathrow pensando a tutto quello che era successo negli ultimi due giorni.

Già gli mancava la compagnia di Sally.

Era ormai parte di lui.

Doveva togliersela dalla testa, ora bisognava guidare fino

a casa per poi concentrarsi sull'articolo per il *Sunday Times* e trovare un modo per andare avanti con Imogen. Sentì montare la rabbia. Che stronza. Lui non riusciva a capire. Non capiva il punto di vista di sua moglie. Prima aveva parlato del pericolo in cui si trovavano, sembrava sconvolta, poi, all'improvviso, tutto era diventato solo una questione di soldi.

A dire il vero, forse Imogen non aveva tutti i torti. Forse aveva ragione e lo stupido era lui. Ostinato. Poco realistico.

Ma era così irrealistico provare a fare qualcosa per riportare il mondo indietro dall'orlo dell'abisso?

Oppure lui era proprio matto? Aveva gettato al vento la possibilità di fare soldi, soldi veri, con tutta quella faccenda? Ma non tutto era perduto. Fratello Angus aveva il calice e la fiala con il DNA. Era solo una questione di scelte, la situazione non era compromessa.

Poi Ross sentì la notizia alla radio.

La costa occidentale degli Stati Uniti era battuta da tempeste anomale, e i danni maggiori si registravano in California. L'aeroporto di Los Angeles era stato chiuso. Per fortuna erano partiti in tempo.

Forse, pensò, gli dèi erano furiosi per la morte di Mike Delaney.

O era Dio a essere furioso?

In quel momento Ross sentì il suono di un messaggio in arrivo sul telefono. Poi lo sentì di nuovo qualche minuto dopo. Decise di ignorare la cosa, visto che stava guidando. Imogen lo sgridava sempre perché guardava i messaggi mentre era al volante, e un paio di mesi prima lui stesso aveva scritto un articolo sugli incidenti mortali provocati da guidatori che avevano questa pessima abitudine. Un funzionario della polizia stradale del Sussex gli aveva parlato di due recenti incidenti mortali, non correlati tra loro, per i quali era intervenuto. I conducenti, una donna in un caso, un uomo nell'altro, avevano sterzato senza alcun motivo apparente nella corsia opposta schiantandosi contro un camion.

In seguito i tecnici della stradale avevano appurato che dai telefoni dei defunti erano partiti dei messaggi qualche istante prima della collisione.

Alla fine, poco dopo le 14.30, stanco e affamato, con un disperato bisogno di caffeina, Ross svoltò nel vialetto deserto di casa sua. Spense il motore e guardò i messaggi.

Il primo era di Sally:

Ehi, non volevo sembrarti una stalker. Mi piaci davvero, ma capisco che sei un uomo sposato e non mi va di incasinarti la vita. Mi è già successo e ne porto ancora le cicatrici. Allora ottimi amici? Buona fortuna per l'articolo, dimmi quando verrà pubblicato, che non vedo l'ora di leggerlo! XXX

Ross fece un sorriso malinconico. Poi digitò la risposta.

Sano e salvo a casa, mia nuova ottima amica. XXX

Poi lesse il messaggio successivo. Era di Imogen, e molto lungo.

Ross, non so dove sei. Non so se lo hai saputo, ma Bloor e Helmsley sono morti la notte scorsa. Il loro jet è precipitato, qui ne parlano in tutti i notiziari. Resto in America per qualche giorno, vado a far visita a una vecchia amica. Non ho potuto dirtelo quando ci siamo visti ieri, ma purtroppo ho perso il bambino. Non è facile scriverlo, ma ho paura di aver perso anche te, o meglio, ci siamo persi. Non so più chi sei. Ami il tuo lavoro più di quanto amerai mai me. Credo sia meglio separarsi, e sono certa che per te non sarà una sorpresa. Mi dispiace e spero che saperlo via SMS non ti faccia troppo male. Ti ho amato per molto tempo, davvero, e so che anche tu mi hai amata. X

Ross rimase seduto a lungo a leggere e rileggere il messaggio, in un tumulto di emozioni e cercando di trattenere le lacrime. Aveva perso suo figlio e sua moglie. Erano state le ultime vicende ad allontanarli, oppure erano solo l'ultima goccia di una relazione ormai a pezzi? Lui era convinto da tempo che Imogen avesse una storia con qualcun altro. Quindi il bambino era proprio suo?

Rispose:

C'è un altro?

La risposta arrivò immediatamente.

Che importanza ha?

Certo, la vita era piena di sorprese, pensò cinico.

Il telefono squillò interrompendo i suoi pensieri. Rispose cacciando indietro le lacrime e sentì un accento di Birmingham.

«Il signor Hunter?»

«Sono io.»

«Sono l'ispettore capo Starr, dell'Unità crimini violenti di Birmingham.»

«Sì, salve.»

«È un buon momento per parlare?»

Ross esitò, poi rispose: «Sì, certo».

«Ho solo un paio di cose da riferirle, signore. Il coroner ha dato il nulla osta per il corpo del professor Cook e il funerale sarà venerdì. Mi chiedevo se volesse partecipare.»

«Sono appena tornato dagli Stati Uniti. Guarderò l'agenda, ma credo di essere libero.»

«Se intende partecipare, signore, mi chiedevo se fosse possibile avere da lei una deposizione ufficiale, visto che sarà in zona.»

«Ma certo. Controllerò l'agenda e la richiamerò.»

Starr gli diede il numero dove era più facile trovarlo e lo ringraziò.

Ross scese dalla macchina, prese la valigia e la borsa del computer e si avviò verso casa. Era troppo stanco per guardarsi intorno e controllare se qualcuno lo sorvegliava, e ormai non gli importava più.

140
Venerdì 24 marzo

Ross stava guidando sulla Spaghetti Junction, incredulo al pensiero che dall'ultima volta in cui aveva percorso quello svincolo da incubo fossero trascorsi solo dieci giorni.

Il sole brillava alto nel cielo, il che per certi versi non gli sembrava appropriato a un funerale.

Come a riecheggiare i suoi pensieri Sally, seduta accanto a lui sull'Audi, disse: «Credevo che per i funerali il tempo dovesse essere orribile. A tutti quelli cui ho partecipato pioveva e c'era vento».

«Vale anche per me.»

«A che ora hai appuntamento domani con l'ispettore?»

«Alle undici e mezzo.»

«Bene» rispose in tono di approvazione.

«Non l'ho preso volutamente troppo presto.»

Lei chinò la testa. «E come mai?»

«Be', l'albergo è una graziosa casa in campagna, e ho pensato che avremmo potuto goderci un po' il posto.»

«Magari!» rispose lei, poi continuò a guardarlo sorridendo. Riportò l'attenzione sul navigatore del telefono e lesse le indicazioni per superare una serie di incroci caotici. Quando fu certa di essere sulla strada giusta, riprese: «Sai, ho ripensato a quello che hai fatto, a quando hai lanciato la fiala nella fontana. C'è qualcosa...» Non terminò la frase.

«Qualcosa?» la sollecitò lui.

«Non riesco a spiegarlo, non adesso almeno. Ma credo che tu abbia fatto la cosa giusta.»

«Forse» rispose annuendo. «So dov'è la copia di riserva, se mai dovessi cambiare idea.»

Rifletté per un momento e provò una grande tristezza

all'idea di aver saputo della morte di Angus solo dopo il suo rientro da Los Angeles. Avrebbe voluto partecipare al suo funerale, se glielo avessero consentito.

«Personalmente spero che tu non cambi idea. Ho la sensazione a pelle che… che ci sia qualcosa di pericoloso in questa faccenda.»

«Che cada nelle mani sbagliate?»

«Come sarebbe stato nel caso della Kerr Kluge.»

Lei gli posò la mano sul braccio e lo strinse leggermente. «Come ti senti?»

Ross pensò un momento prima di rispondere. Da quando aveva ricevuto il messaggio di Imogen, aveva vissuto un caleidoscopio di emozioni. All'inizio era stato uno shock. Eppure, e non sapeva spiegare perché, sin da quando Imogen gli aveva detto di essere incinta, lui aveva nutrito dubbi sul fatto di essere il padre del bambino. La notizia che lei lo aveva perso avrebbe dovuto rattristarlo, magari anche sconvolgerlo, ma non era stato così. Adesso tutto ciò che provava – per quanto potesse essere sbagliato – era un senso di sollievo.

A dire il vero, si sentiva a suo agio come non gli succedeva da tempo. Sally era ancor più attraente vestita di nero. E gli sembrava che il suo posto fosse da sempre sul sedile accanto al suo. Forse si sarebbe dovuto sentire in colpa per Imogen, ma non era così. Per nulla. Si sentiva stranamente liberato, ma in un modo che non riusciva a razionalizzare.

«È fantastico che tu sia venuta con me» disse.

«Mi piace viaggiare con te, signor Hunter. Non sono in molti a saper trasformare un funerale in un'avventura. Non l'ho mai incontrato, ma mi sembra di conoscere abbastanza bene Harry Cook.»

«Immagino di dovergli molto.»

«Forse non solo tu. Che ne diresti di tutto il mondo?»

«Lo scopriremo domenica.»

«Lo pubblicano davvero? È deciso?»

«Alla mia caporedattrice l'articolo piace moltissimo. Inizialmente mi aveva chiesto di ridurre l'ingombro per farlo stare in due pagine, poi ha detto che al suo capo è piaciuto al punto di volerlo ampliare a tre, magari quattro pagine.»

«Straordinario… è quello che meriti.»

«Sì, ma evito di entusiasmarmi troppo, nel caso dovesse arrivare una storia più importante. Mi è già successo.»

«E che notizia potrebbe essere più importante?»

«Un grosso disastro aereo. L'assassinio del presidente degli Stati Uniti. La morte di un membro della famiglia reale.»

«In quel caso che succede?»

«Se sono fortunato, spostano l'articolo di una settimana. Se sono sfortunato, come ti ho già detto, riducono il mio articolo a una colonna. E se sono proprio sfortunatissimo, lo cestinano.»

«Ovvero?»

«Finisce nel dimenticatoio.»

«Impossibile, Ross!»

«Benvenuta nel meraviglioso mondo del giornalismo.»

«Quell'articolo farà il botto. Lo so. Io credo in te» rispose Sally. Poi si chinò e gli diede un bacio sulla guancia.

141

Venerdì 24 marzo

Quaranta minuti più tardi arrivarono alla graziosa chiesa normanna del villaggio, a pochi chilometri dalla casa di Harry Cook dove, un mese prima, Ross lo aveva trovato morto.

Fuori c'erano poche macchine quando Ross posteggiò. Prese dalla tasca la cravatta nera e, grazie allo specchietto di cortesia, al terzo tentativo riuscì a fare il nodo nella maniera corretta.

Erano le 11.40.

Scesero dall'Audi in un clima insolitamente caldo. Il sole picchiava mentre si dirigevano verso la chiesa, con Ross che si sentiva un po' strano nell'abito blu scuro. Era molto più a suo agio vestito casual.

Presero il foglietto della messa all'ingresso, avanzarono nella navata e sedettero dietro un gruppetto di persone in gran parte anziane. Una coppia di mezza età con due figli adolescenti, un ragazzo e una ragazza, sedeva in prima fila.

Ross guardò il foglietto e vide sulla prima pagina la foto di un Harry Cook molto, molto più giovane di quello che lui aveva conosciuto. Doveva avere poco più di vent'anni, forse meno, indossava la divisa della RAF, aveva un paio di baffi ispidi e un sorriso orgoglioso.

La messa era officiata da un vicario in paramenti con una barba da Babbo Natale ed era chiaro che conosceva bene Cook. Lo descrisse come un uomo dedito alla famiglia, devastato dalla morte del figlio, ucciso in azione in Afghanistan, e che aveva faticato ad accettare la morte della moglie tanto amata, Doreen. Adorava la nipote Angela e i due figli di lei, Alice e Robert. Rispettato docente, nei molti anni di insegnamento universitario, aveva trasmesso ai suoi allievi, con infinita pazienza, il suo amore per la storia dell'arte.

«Tutti voi che avete conosciuto Harry» disse il vicario, «avrete beneficiato della sua sincerità e del suo umorismo. Qualche anno fa, un giornale gli aveva chiesto che cosa avesse imparato sull'evoluzione della natura umana studiata con gli occhi dello storico dell'arte. Fu lui a dirmi come aveva risposto. 'Ecco la sola cosa che ho imparato' mi disse. 'Acquista azioni di società che producono beni alimentari e armi. Le persone dovranno sempre mangiare e si uccideranno sempre tra loro.'»

Una risatina nervosa percorse i fedeli.

«Io gli dissi che, come sacerdote, non avevo risparmi da investire sul mercato azionario, ma che avrei ricordato il suo consiglio. Aveva una mente analitica e si appassionava alle cose in cui credeva. E credeva soprattutto in questo nostro mondo. La sua dipartita ci priva di un'ottima persona, ma adesso si sarà riunito in Cielo con la sua amata Doreen e suo figlio.»

Il nipote lesse un brano della Bibbia, la nipote una poesia. Infine, tutti uscirono dalla chiesa sotto un cielo senza nuvole. Ross e Sally, che si sentivano degli intrusi, seguirono il gruppo attraverso il cimitero cercando di restare in fondo.

Era un luogo idilliaco, pensò Ross. Oltre i muri di cinta c'erano dolci colline costellate di pecore. Si sentiva il coro dei belati.

Il vicario diede inizio alla sepoltura. «Io sono la Resurrezione e la Vita, dice il Signore.»

All'improvviso il sole sembrò oscurarsi.

Ross alzò lo sguardo.

Non c'era una nuvola, ma solo cielo azzurro.

«Chi crede in me, anche se muore, vivrà; chiunque vive e crede in me, non morirà in eterno» intonò il vicario.

Il cielo si stava oscurando. Nel volgere di pochi secondi il suo colore passò da un brillante cobalto al blu scuro. Ross alzò di nuovo lo sguardo.

«Io infatti sono persuaso che né morte, né vita, né angeli, né sovrani, né presente, né avvenire, né potenze, né altezza, né profondità, né alcun'altra creatura potrà mai separarci dall'amore di Dio, che è in Cristo Gesù, nostro Signore.»

Sembrava che stesse calando la notte.

Ormai molte persone stavano guardando in alto, confuse.

Il cielo andava oscurandosi sempre di più.

Un gruppo di storni scese sul tetto della chiesa, appollaiandovisi.

Ross e Sally si guardarono perplessi.

Sembrava fosse in corso un'eclissi totale di sole.

Ross ne aveva vista una sola in vita sua, e aveva guardato affascinato, attraverso le lenti protettive, la luna scivolare di fronte al sole. Ma in quel momento vedeva il pallido disco della luna, ed era molto distante dal bagliore del sole sempre più fioco.

«Che succede?» sussurrò Sally. «Oggi c'è un'eclissi?»

Anche il vicario continuava a scrutare il cielo, distratto da quello spettacolo. «Se infatti crediamo che Gesù è morto e risorto, così anche Dio, per mezzo di Gesù, radunerà con lui coloro che sono morti. Così per sempre saremo con il Signore. Confortatevi dunque a vicenda con queste parole» continuò con voce incerta.

Ormai era quasi buio pesto.

«Poiché Dio Onnipotente, nella sua grande misericordia, ha voluto chiamare a sé l'anima del nostro caro fratello Harry, noi affidiamo il suo corpo...»

Poi, come se qualcuno avesse premuto un enorme interruttore in cielo, nell'oscurità più completa apparve un brillante arcobaleno iridescente.

Osservandolo, Ross si disse che aveva qualcosa di diverso.

Il vicario tacque, non si sentiva volare una mosca e tutti avevano lo sguardo fisso in alto, guardavano l'arcobaleno.

Occupava tutto il cielo visibile, e le due estremità toccavano un orizzonte scintillante, lontano e spettrale.

Con il naso in su, Ross ricordò una filastrocca che aveva imparato a scuola per mettere nell'ordine corretto tutti i colori dell'arcobaleno, l'unico ordine possibile, l'ordine nel quale quei colori erano apparsi fin dalla notte dei tempi. *Riccardo Andava Garrulo Verso Begli Igloo Viola.*

Rosso, Arancione, Giallo, Verde, Blu, Indaco, Viola.

Ma i colori di quell'arcobaleno erano nell'ordine sbagliato, invertiti.

Viola, Indaco, Blu, Verde, Giallo, Arancione, Rosso.

Gli tornarono in mente le parole di Mike Delaney nel pub di Los Angeles.

Il Sole si oscurerà, la Luna non darà più la sua luce, le stelle cadranno dal cielo e le potenze dei cieli saranno sconvolte. Allora comparirà in cielo il segno del Figlio dell'Uomo.

Era forse quello il segno?

142

Venerdì 24 marzo

Big Tony si accomodò meglio sul divano giallo accanto alla finestra fumando un sigaro, bevendo whisky e godendosi la luce del sole che entrava alle sue spalle. Nella settimana successiva al suo rientro da Los Angeles aveva bevuto più del solito.

Un grave fallimento a Los Angeles.

Un grave fallimento per Big Tony.

Si sentiva abbastanza ubriaco. Di solito non toccava niente prima delle sei del pomeriggio. Non era mai successo, con l'eccezione del giorno in cui era uscito di galera avendo finito di scontare la pena. Allora era come impazzito, ma sarebbe successo a chiunque dopo tanto tempo passato in carcere.

Fuori sembrava che il sole si fosse oscurato, ma Big Tony quasi non se ne rese conto. Stava pensando a quel lunedì e cercando di capire.

O stava perdendo il suo tocco oppure…

Oppure?

Il vecchio pazzo sul marciapiede si era mosso troppo in fretta, più veloce di un atleta allo sprint. E non aveva spinto Ross Hunter, non gli era arrivato tanto vicino, ma era ancora a una certa distanza quando Hunter era stato catapultato di lato.

Poi Big Tony si era trovato davanti il vecchio, illuminato dai fari.

Non aveva potuto evitarlo.

In quel momento rivedeva ancora il bianco degli occhi di quell'uomo, tutto il suo viso. Non aveva mostrato paura, anzi sorrideva. Come un pazzo, come una persona che voleva morire, che era pronta a morire.

A sacrificarsi.

Tony ne era rimasto terrorizzato. Aveva proseguito per venti isolati prima di posteggiare e cambiare macchina. Poi aveva guidato per quattro ore fino a Las Vegas per incontrarsi con il tizio che gli aveva procurato le macchine, e aveva trascorso la notte giocando a poker con lui. Aveva perso di brutto, troppo distratto per concentrarsi.

Stava calando il crepuscolo e la stanza diventava sempre più buia. *Un momento!* Guardò l'orologio. Le 13.25. Quel coso si era fermato? Lo scrollò, poi diede un'occhiata al lettore DVD. Le 13.25.

Guardò fuori dalla finestra e vide le luci lampeggianti di un elicottero che scendeva, passandogli davanti all'altezza della finestra. Era buio pesto, come se fosse notte. Guardò in alto. «Ma che c...?»

Balzò in piedi, andò alla finestra, la aprì e uscì sul balcone.

Non riusciva a credere ai suoi occhi. Quanto aveva bevuto?

Fissò l'arcobaleno che occupava interamente un cielo nero come l'inchiostro.

Ma c'era qualcosa di strano. Ci mise un momento a capire: i colori erano sbagliati, invertiti. Viola, indaco, blu, verde, giallo, arancione, rosso.

Continuò a fissarlo con timore reverenziale, provando un terrore oscuro, indefinito. Che cazzo stava succedendo? Un'invasione di alieni? L'inizio della fine del mondo?

Prese il cellulare e scese dal portiere, chiedendogli se sapesse cosa stava accadendo.

Nemmeno il francese lo sapeva, ed era confuso quanto lui.

Big Tony riprese l'ascensore verso il suo appartamento. Entrò e corse sul balcone. Sopra e sotto di sé vide altre persone: tutte che osservavano e fotografavano il fenomeno.

143

Venerdì 24 marzo

La porta dello studio di Hassam Udin, al primo piano di casa sua, si spalancò.

«Hassam!»

Era sua moglie Amira, e la voce aveva un tono di urgenza, allarmato.

Lui era seduto alla scrivania con la solita tazza di caffè e una sigaretta che bruciava nel posacenere. Da tutta la mattina comunicava via email con una signora di nome Hilary Patel. Era un procedimento laborioso, con il software che gli leggeva ad alta voce ogni messaggio, una parola per volta.

Hilary era team leader per il Dipartimento per le comunità e il governo locale, e si occupava di contrasto all'odio di stampo religioso. Hassam non era certo del significato di quel titolo, ma era una signora deliziosa e di enorme aiuto. Lo stava mettendo in contatto con un buon numero di importanti guide religiose, e lo aiutava per il libro che stava scrivendo identificando le somiglianze fra le molte religioni e fedi del mondo.

«Hassam! Oddio, vorrei che potessi vederlo!» disse Amira.

«Sì, amor mio, dimmi.»

«Fuori è diventato buio, completamente buio, ma sarà mezzogiorno e mezzo. È come un'eclissi totale di sole. Sono tutti per strada a guardare. Le macchine si sono fermate, e tutti sono scesi per vedere meglio. La gente fa foto con telefoni, macchine fotografiche e tablet!»

Udin diede un colpetto al telefono che portava al polso, che gli indicava a voce anche l'ora.

«Dodici e ventisette» annunciò.

«Lassù, Hassam» proseguì la moglie. «C'è un arcobaleno che occupa tutto il cielo.»

Lui rispose con voce pacata. «Lo vedo anch'io, amor mio. Nella mia testa. Ma dimmi se ho ragione: i colori sono tutti sbagliati?»

144

Venerdì 24 marzo

Il ritorno di fratello Pete sul Monte Athos non era stato facile. Dio lo aveva messo alla prova, lo sapeva. Aveva messo alla prova la sua fede.

Per due giorni aveva cercato freneticamente la sua borsa lungo la linea ferroviaria a nord di East Croydon. Alla fine l'aveva trovata, fradicia, fra le erbacce di un fosso. Fradicia e vuota.

Vuota di tutto quanto: i suoi magri risparmi, quelli che aveva portato con sé per passare un po' di tempo in Inghilterra, e il suo passaporto. Poi i preziosi oggetti che gli aveva affidato fratello Angus.

Tutto sparito.

Disperato, era caduto in ginocchio facendo la sola cosa che sapesse fare: pregare chiedendo aiuto.

Poi, mentre sempre più disperato stava facendo l'autostop sul bordo di una strada, Dio aveva risposto alle sue preghiere. Quando era ormai fradicio, gelato, assetato e affamato, un salvatore lo aveva accompagnato all'ambasciata greca di Londra.

Adesso, finalmente, era sul traghetto da Salonicco verso il Monte Athos. Erano le 14.25. Un istante prima c'era il sole, ma in quel momento il cielo stava stranamente facendosi buio, minaccioso.

Poteva trattarsi di un'eclissi?

Nel giro di pochi minuti era scesa la notte.

Sopra di lui, in cielo, apparve un arcobaleno con i colori invertiti. Irradiava luce, calore, amore.

Un segno.

Come tutti gli altri monaci e pellegrini accanto a lui sulla coperta del traghetto, cadde in ginocchio.

145

Venerdì 24 marzo

Le maledette scimmie di Ainsley! pensò Cilla Bloor.

Poco dopo le tredici, mentre quell'arco dai colori strani stava scolorendo nel sole tornato a splendere e a illuminare il cielo, la serra sembrava un manicomio.

In lutto, ancora sotto shock per la telefonata ricevuta da Los Angeles che la informava che il jet di suo marito era precipitato poco dopo il decollo, Cilla non usciva di casa da giorni. I due figli erano tornati a casa: Lucy, diciannove anni, che stava girando l'Europa con lo zaino in spalla durante il suo anno sabbatico, e Jake che studiava biologia a Oxford. Quel giorno erano andati insieme all'ambasciata americana per informarsi sul rientro dei resti del padre, quando il suo corpo avesse avuto il nulla osta del coroner di Los Angeles.

Cilla era troppo sconvolta per accompagnarli. Lucy e Jake avevano visto? si chiese. Quella straordinaria eclissi imprevista, o qualsiasi fenomeno fosse, e quell'arcobaleno dai colori incredibili in cielo? Non li aveva ancora chiamati al telefono.

Gli urli striduli divennero più forti.

State zitte, scimmie, per l'amor di Dio!

Sembrava che si stessero scannando tra loro. I rumori erano terribili. Ma dov'era Frank, il loro giardiniere capo? Come mai non se ne occupava?

Quel giorno Cilla non si era ancora lavata e vestita. Uscì di casa ben sapendo di essere molto in disordine, ma non le interessava, e si avviò sull'erba umida verso la serra in vestaglia e pantofole di velluto.

Lo stridore, avvicinandosi, divenne più forte.

Appena celebrato il funerale, decise, si sarebbe liberata di quelle bestie. Le avrebbe donate a uno zoo o a una riserva per scimmie o a qualsiasi organizzazione fosse felice di avere sei scimmie fracassone e poco versate nella dattilografia.

Aprì la porta della graziosa serra vittoriana di mattoni rossi ed entrò, cercando di inalare il meno possibile il lezzo. Le urla le perforavano le orecchie.

Superò le prime cinque gabbie. Con sua grande sorpresa erano tutte tranquille. Una di loro, Jefferson, teneva in mano una nocciolina e la osservava con sguardo privo di interesse. Un'altra, Gwendolyn – ma dove aveva preso suo marito quei nomi ridicoli? – era seduta in alto su un trespolo e guardava la sua tastiera coperta di escrementi.

Boris, nell'ultima gabbia, era l'unico che faceva baccano. Saltava qua e là come impazzito, dal trespolo al pavimento, poi sulla scrivania dove c'era il computer e alle sbarre della gabbia, scuotendole, e urlando, urlando, urlando.

Quando la vide, spalancò la bocca scoprendo i denti, urlò, poi, con un salto di tre metri all'apparenza impossibile, balzò sul trespolo.

«Che c'è, Boris?» chiese Cilla.

Lui urlò di nuovo, saltò sulla scrivania, rimbalzò sulla tastiera e tornò sul trespolo.

Capì che stava cercando di mostrarle qualcosa.

Poi notò che su un foglio sbucato dalla stampante c'era scritto qualcosa.

Entrò cauta nella gabbia e lo prese.

Poi lo fissò.

Guardò Boris, e di nuovo il foglio.

Osservò meglio, per due volte, per essere sicura che gli occhi non la ingannassero. Poi guardò la scimmia, e avrebbe giurato che la deridesse.

Sul foglio di carta A4, stampata a lettere maiuscole, in grassetto, c'era una sola parola seguita da un punto esclamativo:

ARCOBALENO!

146

Domenica 26 marzo

Negli ultimi due giorni i media non avevano parlato d'altro. Astronomi e meteorologi pontificavano. Alcuni giornali prevedevano l'Armageddon. Ma cos'era successo di preciso venerdì alle 12.25 ora di Greenwich e, contemporaneamente, in ogni fuso orario del mondo?

Com'era possibile che apparisse in cielo un arcobaleno se non aveva piovuto? E come poteva comparire in un cielo notturno buio pesto?

E i colori invertiti?

I social traboccavano di teorie e ipotesi. Ogni canale televisivo intervistava qualche testimone. Ross aveva visto due giovani escursionisti di fronte alla Sydney Opera House parlare quasi senza fiato di quello straordinario arcobaleno scintillante, con i suoi colori invertiti, apparso nel cielo notturno. Aveva qualcosa di mistico, avevano detto.

Aveva visto un pastore di un remoto altopiano delle Ande cercare di descrivere ciò che aveva scorto in cielo. Il dipendente di una società petrolifera, che lavorava su una piattaforma nell'Artico, confermare il fenomeno. Un baleniere giapponese. Un soldato di guardia al Cremlino. Persone che si erano prostrate in piazza San Pietro di fronte al Vaticano. Commercianti di un mercato iracheno. Un imam di Baghdad. Un meteorologo delle Hawaii diceva che ciò che avevano visto lui e i suoi colleghi era semplicemente impossibile: la migliore spiegazione che erano riusciti a dare era la probabile interferenza di un'imprevista tempesta elettrica nella galassia.

La cosa altrettanto straordinaria era che sembrava non fosse sopravvissuta nemmeno una foto – o un video – di quell'arcobaleno fra i milioni di foto e filmati di tutto il mondo: l'immagine non si era memorizzata oppure, non si sa come, era stata cancellata.

Gli scienziati di tutto il mondo – Cina, Russia, Stati Uniti, Africa, Australia, Nuova Zelanda, Giappone, Europa, India, insomma ovunque – erano perplessi.

I leader religiosi del globo avevano espresso la loro opinione. Il papa l'aveva definito un miracolo, un segno di Dio. L'arcivescovo di Canterbury, più circospetto, aveva pubblicato un comunicato stampa affermando che era avvenuto un fenomeno che sfidava tutte le nostre conoscenze scientifiche. E aveva fatto appello a tutti gli scienziati per unirsi e dare una spiegazione che fosse migliore della sua, ovvero un intervento divino nel nostro mondo fisico.

Il sabato Ross si era recato a Monmouth per raccontare al suo amico, Benedict Carmichael, gli antefatti del fenomeno. E per rammentare a Benedict quanto gli aveva detto a proposito del fatto che la prova dell'esistenza di Dio richiedeva qualcosa che sfidasse le leggi della fisica dell'universo.

«Vediamo come lo spiegheranno gli scienziati» gli aveva risposto con tatto Carmichael, forse in maniera un po' troppo evasiva secondo Ross.

Ross non aveva quasi chiuso occhio sul duro letto singolo nella camera degli ospiti dell'appartamento di Sally. Aveva guardato sulla sveglia le ore che passavano: 3.00, 4.00, 5.00, 6.00, 6.15.

Le edicole aprivano presto, ma quanto presto? Alle sei e mezzo?

Poi, quando guardò di nuovo la sveglia, erano le sette e venti.

Scivolò fuori dal letto, rischiando di calpestare Monty che dormiva a terra accanto a lui, apprezzando il tappeto bianco sul pavimento di legno lucido.

Ross si spruzzò un po' d'acqua in faccia, spazzolò i denti, poi indosso una T-shirt e una tuta, le scarpe da ginnastica e chiuse il portafoglio nella tasca con la cerniera.

Il cane balzò in piedi uggiolando.

«Shhhh!»

Ross sentì Sally che lo chiamava dalla camera da letto.

Socchiuse la porta dicendole che andava solo a prendere i giornali.

«Sbrigati a tornare!» mormorò lei.

«Rimettiti a dormire, torno subito.»

Non vedeva l'ora di mettere le mani su una copia del *Sunday Times*, di vedere il suo articolo. Era sempre così quando ne pubblicavano uno, ma mai come quel giorno. Era troppo curioso di vedere quanto spazio gli avevano dato: le quattro pagine che aveva indicato la sua caporedattrice? Sarebbe stato straordinario!

Scese le tre rampe di scale, agganciò il guinzaglio di Monty, controllò di avere in tasca il sacchettino per le deiezioni e le chiavi, aprì la porta d'ingresso e uscì nella fresca aria del mattino sull'elegante strada georgiana di Bristol. Era quasi giorno fatto.

Cominciò a correre, con Monty che gli saltellava felice accanto. Poi il cane si bloccò, tirando il guinzaglio, perché voleva annusare un lampione.

«No!» disse Ross severo. «Lo fai dopo!»

Continuarono a correre, giù per la collina, e arrivarono a una fila di negozi. Uno, con sua grande gioia, era un'edicola aperta. Legò Monty a un gancio lì fuori, entrò e acquistò una copia di tutti i giornali nazionali della domenica che c'erano.

Il titolone sulla prima pagina del *Sunday Times* era, come ovvio, la storia della misteriosa eclissi totale avvenuta in tutto il mondo e del bizzarro arcobaleno.

LE TENEBRE SCENDONO SUL MONDO

Come a voler ulteriormente sottolineare l'argomento, tutta la prima pagina era nera con un arcobaleno disegnato da un artista.

Con grande delusione del cane, Ross si affrettò a rientrare a casa di Sally.

«Non ti preoccupare, ragazzo, più tardi faremo una passeggiata più lunga.»

Monty gli lanciò uno sguardo che, potendo tradurre il linguaggio canino, significava: *Certo, per chi ci crede.*

Al suo rientro, Sally era sveglia e aveva acceso il televisore in camera su Sky News, ma silenziato.

«Ciao, meraviglia!» disse. «Allora c'è?»

«Sto per controllare.»

«Fantastico. Guardiamo l'*Andrew Marr Show* alle nove, e vediamo cosa hanno da dire lui e i suoi ospiti. Sarà l'argomento principale.»

Ross lasciò cadere tutti i giornali sul tavolo rotondo della zona pranzo, adiacente alla cucina di Sally, e cominciò a sfogliare le pagine del *Sunday Times.* Parlavano tutte della storia del buio che aveva avvolto il mondo quel venerdì. Dello scintillante, iridescente, brillante, misterioso arcobaleno inverso.

Teorie di scienziati di tutto il mondo. Di politici sconcertati.

Solo dopo ventitré pagine trovò la sua storia. Era stata ridotta a una sola, breve colonna.

La fissò senza riuscire a credere ai propri occhi.

> Secondo il nostro reporter Ross Hunter, Mike Delaney, un anziano ex prestigiatore e illusionista statunitense, aveva predetto che Dio avrebbe dato al mondo un segno del Secondo Avvento di Cristo.
>
> Negli anni Novanta Delaney, che affermava di essere un messaggero di Cristo, era stato il protagonista di uno show in prima serata sul canale televisivo dell'ABC: *Mickey Magic. L'uomo del mistero.*
>
> Nel 2014 Delaney era stato condannato per guida in stato di ebbrezza. È rimasto ucciso la scorsa settimana a West Hollywood, in California, quando è sceso dal

marciapiede mentre arrivava una macchina, che l'ha investito.

Furioso, quasi incapace di contenere la rabbia – e il risentimento – Ross portò il giornale in camera da letto e lo mostrò a Sally.

«Che cosa?» chiese lei dopo averlo letto. «A che gioco stanno giocando? Tu hai in mano la storia più esplosiva forse degli ultimi duemila anni, e loro pubblicano questo trafiletto? Non possono farti uno scherzo così!»

«Lo hanno fatto, te l'avevo detto» le rispose affranto da quella dura realtà. «Maledetti giornali.»

Poi ebbe un'idea. Stuart Ivens, l'uomo dell'MI5 che lo aveva avvicinato alla stazione di servizio due settimane prima, aveva qualcosa a che fare con questo? Non aveva mai dato seguito alla sua richiesta di vedere l'articolo prima della pubblicazione.

Afferrò il telefono e digitò il numero della sua caporedattrice. Lei rispose quasi immediatamente e Ross attivò il vivavoce perché potesse sentire anche Sally.

«Ross, ciao.»

«Scusa se ti chiamo così presto, Natalie.»

«No, sono sveglia.»

«Che diavolo è successo al mio articolo?»

«Cosa intendi dire?»

«Avevi detto che mi avrebbero dato quattro pagine e, probabilmente, il taglio alto in prima.»

«Giusto, ed è così che l'ho lasciato. Tutti ne erano entusiasti. Adesso siamo in campagna e i giornali non sono ancora arrivati.»

«Tu o il tuo capo avete ricevuto qualche rischiesta da parte dell'MI5?»

«L'MI5?»

«Un tizio che si chiama Stuart Ivens.»

«Mai sentito nominare, Ross.»

«Sei sicura?»

«Assolutamente. Perché, c'è un problema?»

«Un problema? A dire il vero sì.»

Un paio di minuti più tardi concluse la telefonata lasciando Natalie McCourt sconcertata quanto lui. Ross si voltò verso Sally e disse: «Sta succedendo qualcosa di molto, molto strano».

«Forse so di che si tratta» rispose lei.

«Lo sai?»

«Tutto quello che ti è successo. Quell'avvertimento sinistro del tuo amico vescovo, quando ti ha detto che se qualcuno avesse davvero avuto la prova assoluta dell'esistenza di Dio, probabilmente sarebbe stato ucciso. Forse Delaney è intervenuto… per proteggerti.»

Ross le lanciò un'occhiata strana.

«Voglio dire, Ross, che quello che è successo, è successo. È di pubblico dominio e non te ne attribuiscono il merito. Ma almeno sei al sicuro. Non è uno scambio abbastanza buono?»

Lui lasciò vagare lo sguardo, cercando di assimilare l'argomentazione di Sally. «Però posso almeno recuperare il DNA, che dovrebbe essere al sicuro» disse infine. «Magari non adesso, ma nel momento in cui…»

Lei lo sfiorò delicatamente, interrompendolo e indicando lo schermo con un gesto. Stava cominciando l'*Andrew Marr Show*. Sally prese il telecomando e alzò il volume.

Il celebre intervistatore televisivo, con i capelli corti, un abito grigio scuro e una cravatta color salmone, era seduto di fronte a un fondale curvo che rappresentava il Tamigi, il London Eye e il Parlamento.

Davanti a lui, aperti su un tavolino, c'erano tutti i giornali della domenica.

«E la storia importante di questa settimana» disse Marr, «è la straordinaria eclissi totale di sole di venerdì 24 marzo, se si è davvero trattato di un'eclissi. Alle 12.25 ora di Greenwich, in ogni fuso orario di tutto il mondo, dove c'era luce, è diventato buio ed è apparso un arcobaleno con i colori invertiti. Nelle zone dove era già calata l'oscurità è apparso nello stesso momento lo stesso arcobaleno. Milioni, miliardi di persone erano in strada a testimoniare il fenomeno. Che ha colto gli astronomi, ma anche i meteorologi, completamente alla sprovvista e li ha lasciati stupefatti. Il fenomeno di cui è stato testimone il mondo intero non è stato soltanto un'eclissi totale di sole imprevista, ma anche un arcobaleno impossibile, o almeno impossibile secondo le leggi della fisica che conosciamo e comprendiamo al giorno d'oggi! Avrò in studio con me la dottoressa Susan Meyer, docente di meteorologia dell'Università di Leeds, Sir Quentin Ferlinger, astronomo reale, e il colonnello Jeff Hawke della NASA.»

Proseguì indicando gli altri ospiti dello show, compresa una band folk.

Poi arrivò il notiziario.

Con la mente in tumulto, Ross si accomodò sul letto accanto a Sally e si mise a sfogliare le altre sezioni del *Sunday Times*, nel caso un'altra parte della sua storia fosse stata pubblicata in un supplemento. Ma non trovò niente.

Dopo il notiziario, tornò Andrew Marr, seduto su una poltrona color albicocca di fronte a due uomini e una donna su un divano della stessa tinta. Un uomo era vicino ai settant'anni, in abito grigio, con lunghi capelli grigi spettinati, l'altro doveva avere dieci anni di meno ed esibiva un portamento da militare, i capelli a spazzola e indossava un'informe giacca beige con camicia e cravatta in tinta. La donna, sui cinquant'anni, era vestita con eleganza, aveva capelli corti e rossi, piccoli occhiali rotondi e un'espressione abbastanza grintosa.

«Benvenuti alla dottoressa Susan Meyer, docente di meteorologia all'Università di Leeds, a Sir Quentin Ferlinger, astronomo reale, e al colonnello Jeff Hawke, direttore della ricerca spaziale della NASA. La prima domanda che vorrei farvi, e che riguarda gli eventi dello scorso venerdì, è semplicemente questa: voi e moltissimi altri esperti siete all'affannosa ricerca di una teoria scientifica in grado di spiegare quanto è avvenuto. Abbiamo sentito parlare della possibilità di condizioni meteorologiche straordinarie. Forse un improvviso evento astronomico. Una pioggia di meteore. O un tentativo degli extraterrestri di comunicare con noi. Non esiste, forse una spiegazione molto più semplice per cosa, o *chi*, ne potrebbe essere responsabile e che nessuno vuole accettare?»

«E sarebbe?» chiese Susan Meyer.

«Dio?»

Epilogo

Domenica 26 marzo

Quel pomeriggio, Ross e Sally guardarono di nuovo l'*Andrew Marr Show*. Mentre il dibattito in studio si faceva via via più animato, Ross tirò un pugno al divano, furioso e frustrato. «Avrei potuto dirglielo io!» disse. «Avrei dovuto essere in trasmissione, avrei dovuto…»

Il suo telefono squillò: era un numero privato. Ross guardò Sally.

Lei prese il telecomando e mise in pausa. «Rispondi» lo sollecitò.

«Ross Hunter.»

Sentì un accento di oltreoceano, un tono sicuro di sé. «Signor Hunter, parla Jim Owen di Owen Media. Ha un momento?»

Ross fece un'espressione perplessa. Owen era l'agente pubblicitario più potente del mondo dei media, specializzato in storie di alto profilo.

«Sì, ok» rispose Ross esitante, chiedendosi cosa potesse volere.

«La sua storia di oggi sul *Sunday Times*. Secondo le mie fonti, lei ha in mano molto di più su questo argomento incredibile, riferito anche allo straordinario evento soprannaturale avvenuto in tutto il globo. È corretto?»

«Sì.»

«Sto per dare il via a un'asta al rialzo per l'acquisto da parte di testate di tutto il mondo. In questo momento ho già un giornale disposto a pagare tre milioni e mezzo di sterline, ma credo di poter spuntare molto di più. Sarebbe interessato a diventare mio cliente?»

Ross rispose: «Il papa è cattolico?»

Domenica 20 marzo

RINGRAZIAMENTI

Questo romanzo ha preso le mosse da una telefonata arrivatami all'improvviso nel 1989: un anziano signore mi chiedeva se fossi Peter James, lo scrittore. Affermava di aver ricevuto la prova assoluta dell'esistenza di Dio, e che gli era stato detto che uno scrittore con il mio stesso nome lo avrebbe aiutato a farsi prendere sul serio.

Quella telefonata fu l'inizio di un viaggio durato ventinove anni, un viaggio in cui ho esplorato quella che in effetti potrebbe essere considerata la *prova assoluta*, e quali potrebbero essere le sue conseguenze. Durante questo periodo, ho parlato con persone di diverse fedi, ho soggiornato presso una comunità monastica greca nel tentativo di scoprire la vera fede che deve animare un monaco, e ho intrattenuto molte e profonde discussioni con scienziati, accademici, teologi e religiosi a tutti i livelli.

Negli ultimi quattro anni, io e mia moglie Lara abbiamo incontrato e parlato con numerose persone, tra cui eminenti scienziati e teologi, ponendo a tutti le stesse due domande: «Quale sarebbe, per lei, la prova assoluta dell'esistenza di Dio e quali potrebbero essere le conseguenze di tale prova?» Abbiamo fatto esattamente le stesse domande agli atei più irriducibili, chiedendo loro cosa potrebbe fargli cambiare idea, o almeno incrinare le loro certezze, proprio come accadde all'irriducibile Antony Flew nel 2004.

Ho tanti di voi da ringraziare per la vostra gentilezza sia nel dedicarmi il vostro tempo sia per aver partecipato al dibattito. Soprattutto, tre sono le persone che davvero hanno contribuito alla realizzazione della *Prova dell'infinito*. La prima è Dominic Walker, OGS, ex vescovo di Reading e di

Monmouth, che, senza saperlo, ha fatto nascere l'idea di scrivere questo libro. La seconda è il mio amico Ken Owen, che mi ha aiutato in così tanti modi che non posso elencarli tutti. La terza persona è David Gaylor, il cui infaticabile lavoro, insieme all'occhio per i dettagli, è stato assolutamente inestimabile.

Ringrazio inoltre, per l'aiuto in campo teologico:

Professor Denis Alexander, Faraday Institute for Science and Religion
Sua Grazia il vescovo Angealos
Qari Muhammad Asim MBE, Imam capo, Makkah Masjid Leeds
l'abate e i monaci del Monte Athos
Professor Andrew Briggs
Andrew Gosler FLS, FRSB
Venerabile Paul Hackwood
Professor Rumy Hasan
Roger Homan
Professor Sir Colin Humphreys
Padre Raphael, Monastero della Certosa di St Hugh
Reverendissimo Richard Jackson, vescovo di Lewes
Padre John O'Leary
Rabbi Natan Levy
Professor Simon Conway Morris FRS
Professor John Lennox
Professor Ard Louis
Alister McGrath FRSA
Professor Abid Nasir, Università degli Emirati Arabi Uniti
Amy Orr-Ewing, Zacharias Trust
Nitin Palan MBE, Trustee, Swaminarayan Neasden Temple
Jack Palmer-White, consulente per gli Affari sociali e pubblici dell'arcivescovo di Canterbury
Hilary Patel, team leader per le questioni di fede, Dipartimento per le comunità e il governo locale

Reverendo professor John Polkinghorne KBE, FRS
Michael Ramsden, Direttore per gli affari internazionali, Ravi Zacharias International Ministries, Direttore aggiunto dell'Oxford Centre for Christian Apologetics
David Ryall
Jasvir Sing, City Sikhs
Reverendo Ish e Reverendo Irene Smale
Rio Summers
Professor Lionel Tarassenko
Reverendo Mark Townsend
Chloe Trotman
Reverendissimo professor Martin Warner MA, PhD, vescovo di Chichester
Reverendissimo Justin Welby, arcivescovo di Canterbury
Professor Bob White

Per l'impagabile aiuto nelle ricerche e nella correzione delle bozze, ringrazio:

Susan Ansell
Maria O'Brien
Tiffany Britt Darling
Mark e Debbie Brown
Danielle Brown
Linda Buckley
Rob Cohen
Jane Diplock
Martin Diplock
Jason Edge
Peter Faulding
Larry Finlay
Annabel Galsworthy
David Gaylor
Jack Gaylor
Jane Greenbank
Anna-Lisa Hancock

Christopher e Gill Hayes
James Hodge
Tom Homewood
Mark Johnson
Peter Johnson, LGC Forensics
Rachel Kenchington
Richard Kerbajr
Patrick Lahaise
Kitty Logan
Nick Lom
Sarah Middle
il defunto Sir Patrick Moore
Susan Opie
Ray Packham
Julian Quigley, LGC Forensics
Andrew Reeds
Ross Bartlett
Daniel Salter
Susan Sandon
Helen Shenston
James Simpson
James Stather
Guy Swayland
Jolene Thomas, LGC Forensics
Matt Wainwright
Martin Walsh
Arnie Wilson

Ai miei brillanti agenti e editori:

Emanuela Anehcoum
Isobel Dixon
Julian Friedmann
Hattie Grunewald
James Pusey
Conrad Williams

Sarah Arratoon
Jonathan Atkins
Anna Bond
Wayne Brookes
Geoff Duffield
Stuart Dwyer
Claire Evans
Anthony Forbes Watson
Lucy Hines
Katie James
Daniel Jenkins
Sara Lloyd
Natalie McCourt
Alex Saunders
Jeremy Trevathan
Charlotte Williams

Soprattutto grazie a mia moglie, Lara, che ha creduto in questo libro fin dall'inizio. È stata una costante fonte di saggezza e mi ha sostenuto con il suo infinito entusiasmo per questo progetto. Si tratta senza dubbio del libro più difficile che abbia mai scritto, per la vastità dell'argomento, ma è anche quello da cui ho imparato di più. Sono immensamente grato a mia moglie e a tutte le persone che ho elencato, e vi prego di perdonare ogni omissione.

Le mie fonti includono le seguenti opere:

In God We Doubt – John Humphrys
L'orologiaio cieco – Richard Dawkins (Mondadori 1986)
L'illusione di Dio – Richard Dawkins (Mondadori 2006)
Who Made God? – Ravi Zacharias & Norman L. Geisler
Who Made God? – Edgar Andrews
Dio e la scienza – John C. Lennox (Armenia 2009)
God & Stephen Hawking – John C. Lennox
Dio esiste. Come l'ateo più famoso del mondo ha cambiato

idea – Antony Flew con Roy Abraham Varghese (Alfa & Omega 2010)
Why God Won't Go Away – Alister McGrath
La grande domanda. Perché non si può fare a meno di parlare di scienza, di fede e di Dio – Alister McGrath (Bollati Boringhieri 2016)
Darwin & God – Nick Spencer
La Sacra Bibbia
La particella di Dio. Se l'universo è la domanda, qual è la risposta? – Leon Lederman con Dick Teresi (Mondadori 1996)
Dio esiste? – Hans Küng (Fazi 2012)
Il libro che la tua Chiesa non ti farebbe mai leggere – a cura di Tim Leedom e Maria Murdy (Newton Compton 2011)
Unapologetic – Francis Spufford
The Mystery of the Last Supper – Colin Humphreys

PETER JAMES

VOGLIO LA TUA MORTE

È una piovosa serata d'autunno, a Brighton,
ma per la prima volta da mesi il cuore di Red Westwood
è sereno come un cielo terso. Bella da togliere il fiato, giovane,
intelligente, Red sta finalmente per avere l'unica cosa
che le manca: la felicità in amore.
L'uomo che presto busserà alla sua porta è quello giusto,
lo sente. Ne è sicura... O forse lo desidera con tutte le sue forze,
perché dopo l'incubo passato con Bryce, il suo ex, Red
ha bisogno di nuova luce, di nuova libertà, di nuova speranza.
Dopo un anno di inferno, e sotto la protezione della polizia,
Red ha alla fine cancellato Bryce dalla sua vita.
Ma c'è chi ancora osserva ogni suo respiro, ogni mossa,
ogni parola. Chi segue ogni suo passo, ogni suo movimento.
L'incubo dal quale credeva di essersi liberata è soltanto all'inizio...
E per l'investigatore Roy Grace è l'inizio di uno dei casi
più difficili della sua carriera.

LONGANESI TEA

PETER JAMES

UNA MORTE SEMPLICE

Michael Harrison è noto per i suoi scherzi.
Li ha fatti a tutti i suoi amici, specialmente ai quattro più cari. Scherzi spesso divertenti, sì, ma altrettanto spesso crudeli. Forse troppo. Mai però quanto quello che tocca a lui. Dopo la sua festa di addio al celibato e una colossale sbronza, Michael si risveglia nel buio più completo in un luogo sconosciuto. Sconosciuto e... stretto. Michael è sepolto vivo, chiuso in una bara con soltanto una bottiglia di whisky e una radiolina ricetrasmittente, e una cannuccia per respirare. Lo scherzo è la vendetta dei suoi quattro amici, e dovrebbe durare poco, giusto il tempo di spaventare Michael a dovere. Quando però i suoi amici rimangono coinvolti in un incidente d'auto, il gioco si trasforma in un incubo. È a questo punto che il detective Roy Grace viene contattato dalla fidanzata di Michael…

LONGANESI TEA

PETER JAMES

IL SEGNO DELLA MORTE

La telefonata che Jamie Ball riceve è a dir poco allarmante. Quelle che sente sono le parole della sua futura moglie, Logan Somerville. Logan ha appena parcheggiato la macchina nel garage sotto il palazzo in cui vive, un posto che non è mai piaciuto a nessuno dei due, male illuminato e poco sicuro. Gli ha appena detto di avere visto un uomo, in quel parcheggio, uno sconosciuto.
Poi un urlo straziante, e il silenzio. Quando, poco dopo, la polizia arriva sul posto, la donna è scomparsa, lasciando la macchina e il cellulare come uniche prove del suo passaggio. Quello stesso pomeriggio, alcuni operai, scavando in un parco in un diverso quartiere di Brighton, scoprono i resti di una ragazza morta oltre trent'anni prima.
In apparenza sembrano due casi del tutto scollegati, ma l'ispettore Roy Grace, incaricato di seguire la prima indagine, non può non notare che le vittime sono molto simili nell'aspetto…

LONGANESI TEA

PETER JAMES

UNA MORTE IN DIRETTA

Tom Bryce ha agito come qualsiasi persona perbene avrebbe fatto. Ma poche ore dopo aver raccolto il cd che qualcuno aveva dimenticato sul sedile del treno accanto a lui e aver tentato di restituirlo al suo proprietario, ha capito di essere l'unico testimone di un omicidio spietato. Nulla da quel momento sarà più come prima. La sua splendida famiglia finisce infatti sotto la minaccia dei colpevoli: sua moglie Kellie e i bambini faranno la stessa fine della vittima nel video se Tom andrà alla polizia a denunciare il fatto. Ma grazie al sostegno di Kellie, Tom trova il coraggio di parlare all'ispettore Roy Grace, un uomo a sua volta non privo di demoni contro cui lottare…

LONGANESI TEA

PETER JAMES

UNA MORTE DA AMARE

Da piccola si è sempre sentita un «brutto anatroccolo».
Forse è per questo che oggi Jodie Bentley ha due sogni, nella vita:
essere bella, e molto molto ricca. Il primo obiettivo
è facilmente raggiungibile, grazie all'aiuto di un bravo
chirurgo plastico, ma il secondo richiede un certo impegno.
Trovare un marito ricco è facile: il difficile è sbarazzarsene
subito dopo il matrimonio. Ci vuole abilità, e soprattutto...
ci vuole esperienza.
L'ispettore Roy Grace è sotto pressione. L'ultimo caso
che ha dovuto affrontare tormenta ancora le sue notti riempiendole
d'incubi, ci sono finalmente sviluppi sull'enigma legato
alla scomparsa di sua moglie e, come se non bastasse,
un suo vecchio nemico è tornato in campo. Ma c'è qualcosa
di ancor più inquietante: Roy Grace ha il sospetto
che, nella sua città, sia all'opera una serial killer.
Una Vedova Nera dotata di una mente geniale e velenosa...

LONGANESI

Questo libro è stampato col sole

Azienda carbon-free

Fotocomposizione: Macchia Nera di Andrea Bongiorni
Milano

Finito di stampare
nel mese di aprile 2021
per conto della Longanesi & C.
da Grafica Veneta S.p.A. di Trebaseleghe (PD)
Printed in Italy